茉上霜 著

上册

良药添松糖

长江出版社
CHANGJIANGPRESS

图书在版编目（ＣＩＰ）数据

君如良药添松糖 / 茉上霜．
— 武汉：长江出版社，2021.12
ISBN 978-7-5492-7946-3

Ⅰ．①君… Ⅱ．①茉… ②张… Ⅲ．①长篇小说—中
国—当代 Ⅳ．① I247.5

中国版本图书馆 CIP 数据核字（2021）第 194350 号

君如良药添松糖 / 茉上霜　著

出　　版	长江出版社
	（武汉市解放大道 1863 号　邮政编码：430010）
选题策划	天河世纪
市场发行	长江出版社发行部
网　　址	http://www.cjpress.com.cn
责任编辑	胡　箐
印　　刷	香河县闻泰印刷包装有限公司
版　　次	2021 年 12 月第 1 版
印　　次	2022 年 1 月第 1 次印刷
开　　本	710 mm×1000mm　1/16
印　　张	32
字　　数	540 千字
书　　号	ISBN 978-7-5492-7946-3
定　　价	69.80 元

目 录

第一章　冲撞

姜瓷吃力地从床上爬起来走向妆台，就着窗口透进来的光看着铜镜里的人——脸胖得铜镜都快遮不下了，眉眼被挤成细细的一条缝。

她受伤这半年，姜家没有一个人来看她，顾铜也由每天来瞧一眼到十天半月来一回，再到现在她已经两个多月都没见过顾铜了。

她想着，她得从后屋出去，见见顾铜，毕竟他们是夫妻——还算是新婚。

姜瓷脸红了红。

她是在送嫁路上遭惊马冲撞摔出轿子，石头磕了头，也不知哪里磕得不对付了，养伤这半年，薄粥轻减，竟吹气似的胖起来，臃肿萎靡。娘家姜家知道她受伤，但向来轻贱她这没了娘的庶女，只有顾家来提亲时，她爹才算高看她一眼。

姜瓷拢了拢干枯的头发，拿起才绣的荷包费力往外走。她住在顾家后屋，两间屋她住一间，另一间是柴草厨房。

她的郎君顾铜，父亲是县丞，顾铜年少时便在府衙由他父亲教着念书。姜瓷去给她那做校场看守的爹送饭，一眼惊见如遇天人，自此念念不忘，每每送饭总要给顾铜带些什么，久而久之，顾铜总算明白了她的心思，在与县令家的庶女议亲不成后，便去姜家提了亲。

想起顾铜，姜瓷笑了笑。才走出屋没几步，就见顾铜从前头转过来，月白的长衫儒雅的面容，她惊喜地疾走几步。

"铜郎！"

顾铜一下停住脚步，他看过来的工夫，身后又走出个女人，清秀里带些魅色，正是王县令家的庶女王玉瑶——才和苍术县大地主家定了亲的那位。她听见这一声铜郎，讥笑着走来。

"你叫谁呢？"

姜瓷愣住了，王玉瑶撇了撇嘴又退回去，拉住了顾铜的手："我们顾家良善，你在我家养了半年，现今既能下地了，也该走了吧。"

顾铜面无表情，甚至看也不看姜瓷一眼。姜瓷惊诧，手里的荷包掉在地上，看着王玉瑶拉着顾铜的手，瞬间明白。

"你……"

她声音颤抖，顾铜没了耐性："咱们没拜堂，算不得成亲，我娘子说得对，你这么不明不白住在我家不是事，你走吧。"

"我去哪儿？我是你明媒正娶的娘子，你叫我去哪儿？"

"好了，当初肯去你家提亲，是可怜你一片深情，好歹你勤快麻利身子健壮。如今照顾你养好伤，我也算仁至义尽，你快走吧，别叫人对我们顾家说三道四。"

顾铜不耐烦，拉着王玉瑶走了。初秋的天还算热，姜瓷却觉着浑身冷得厉害，颤颤发抖。她艰难地咽了咽，拾起荷包抖着手往前院去，已不见顾铜和王玉瑶。顾县丞在县衙吃午饭，这会院子里只有顾铜的娘。

"婆婆……"

她声音颤抖，方氏正吃饭的手一僵，回头看她，一脸晦气。

"瞎叫什么？"

方氏狠狠放下碗，见顾铜和王玉瑶走远了，才松了口气。

"铜儿该都和你说了，玉瑶和铜儿有缘，地主家那庶子死了，他们自然是要续前缘的，你也别碍着了，现如今铜儿见了你就恶心，便是收妾也轮不到你。"

"婆婆，我是顾家明媒正娶的媳妇儿，旁人瞧着顾家的轿子把我接进来，你叫我走，我可怎么走？"

姜瓷眼泪流下来，方氏厌烦，拽起她往外推搡："我管你怎么走？你又不是我顾家人！"

"婆婆！婆婆！"

"再瞎叫我打死你！就你这鬼样子！半年了还不能干活儿，成这样子了还能指望你奉养公婆伺候铜儿传宗接代？赶紧给我滚！"

推推搡搡把姜瓷推到了大门外。

"婆婆！"

姜瓷哭喊，方氏回头端起一盆污水泼出去，兜头盖脸泼了姜瓷一身。

"赶紧滚！可别把晦气留我家！"

门咣当砸上，任由姜瓷如何哀求也闭得死紧。邻里三三两两开门来看，姜瓷无地自容，拿袖子抹了一把脸，低头往姜家去了。

苍术县不大，姜瓷避着人绕路回到姜家，推开门时，嫡母和哥嫂弟妹正在吃饭，看见她回来，都愣了愣。

"你咋回来了？"

姜家大哥皱眉，姜瓷支支吾吾，姜家大哥上下打量她两眼顿时明白，霍然起身，不由分说地把她推了出去。

"嫁出去的女儿泼出去的水，赶紧走赶紧走！"

"大哥！叫我在家住几天，就几天！"

姜瓷哀求，姜家大哥却不听，狠狠把姜瓷推倒在地，他指着骂："几天？顾家不要你了吧？你会就住几天？今儿要留下你你就赖着不走了！顾家半年前就把你那三两银子的聘礼要走了，嫁妆可没还回来！"

"我的嫁妆是我自个儿攒的体己，大娘子并没有……"

"并没有怎样？"

姜家大娘子刻薄喊道："我没给你买了两块布做了一身衣裳？你出嫁那天戴的包银首饰不是我给打的？你还回来没？"

一脚踢在姜瓷身上："跟你那下贱的娘一个德行！我们姜家就是叫你们母女给败坏了！快给我滚！再敢来看我不打断你的腿！"

姜家大哥听他娘的话，转身从院里捞起个木棍抡起就打，姜瓷哭着手脚并用爬起来，木棍扫到她腿上，她又摔下去，慌忙忍着疼爬起来跑出去。

姜瓷不敢停，一路往外跑，泪眼模糊，心里酸楚得上不来气，她咬着牙拼命跑，跑得上气不接下气。

正觉着眼前发晃，想停下来歇一歇时，忽然一头撞上什么。倒地前，姜瓷听见一声怒喝："哪个不长眼的撞了小爷？"

姜瓷做了个梦，梦见还年幼的她去衙门给爹送饭，看见了那个在窗户里写字的少年，端正的模样秀气的眉眼，这一辈子，她就没见过这样好看的人。

从前每每想起顾铜，姜瓷心里都甜丝丝的，可如今做着这样的梦，她的心里酸楚楚的，好像有什么捏着，叫她难受。

姜瓷再睁开眼的时候就看见一轮明月满天星斗，她恍惚了一下，忽然坐起来，身上的黑斗篷就掉了下来。

"醒了？"

姜瓷呆了半晌还没明白过来，忽然有人说话，她吓得回头去看，就见旁边一堆篝火，坐着个修眉俊眼的青年举着树枝子正在烤兔子。香味飘过来，姜瓷的肚子咕噜了一声，那青年笑了。

"算小爷我倒霉，你撞了我，你倒晕了。"

"谢，谢谢。"

姜瓷从小到大遭遇恶意无数，仅有的好也是自己拼命换来的——譬如曾经顾铜的娘喜欢她，是因为她能干活儿。

"用不着谢。"

青年大咧咧地起来，把树枝子伸到她脸前，姜瓷却呆呆地没接。

"我吃过了，这只是给你烤的。"

青年以为她顾虑他，姜瓷难为情，肚子又响，她接了树枝子。也实在半年没沾荤腥，在顾家先前下不来床的时候，方氏每日给她送两碗稀粥，后来勉强能下地了，后头的柴草厨房有点柴火糙米，也是她自己煮稀粥吃。

顾铜不让她到前头去。

吃了两口，冒油的兔子实在香，姜瓷狼吞虎咽地吃起来，青年失笑，递了个葫芦过来。

"没人和你抢。"

姜瓷噎住，接过葫芦忙灌水。

"我叫卫戍，到苍术县来找人。"

姜瓷灌了两口水好容易顺下去。

"我，我叫姜瓷。"

青年拨弄着火堆，添了两根树枝，缓了缓问道："慈和？"

"瓷器。"

青年顿了顿，有些诧异："惯少人用这名字，易碎。"

"我娘说，我这一辈子注定坎坷，叫个易碎的名儿，没准以毒攻毒也就好了。"

姜瓷苦笑，哪里就好了。

"听这意思，你娘倒像是读过书的。"

姜瓷沉默了一下。

"我娘是青楼的丫鬟。"

"哦……"

卫戍诧异了一下，有些了然。虽说不是妓子，可到底出身青楼，她的女儿若无大富大贵的命，在市井间确实注定坎坷。

姜瓷的娘其貌不扬，实在撑不起做妓子，所以年岁渐大因辛劳累坏了身子，鸨儿就把她卖了。姜槐是贪便宜准备买个下人，可到底姜瓷的娘伺候那些雅妓沾染些诗书气，和寻常女人不大一样，便难耐心痒上了手，有了姜瓷后，她娘身子渐渐坏得更厉害，没到姜瓷五岁就死了。

姜瓷在姜家，从小牛马一样地长大，姜槐的娘子顶厌恨她们母女。

见卫戍不出声了，姜瓷有些不是滋味，举了举手里的树枝子："谢你的兔子，回报你，我是苍术县人，你要找谁，没准我能帮你。"

"不必了，我已经见过了。"

卫戍拨弄着柴火，身子在火光下明明灭灭，姜瓷这时候才认真看了看这个叫卫戍的青年。身形修长，样貌之好连顾铜都远远及不上。姜瓷感叹了下，竟然有人能长成这样，心还如此善。

"你再睡会儿吧，现在才子时。"

苍术县后有片林子，穿过林子就是于水县，卫戍在这儿叫她撞了，想来确实是要走了。

卫戍对她和善，她听话地点了点头又躺回去，把黑斗篷拉起来盖住了自己。

鼻尖丝丝缕缕透着男人的味道，姜瓷一下慌起来，她悄悄地把斗篷往下拉了拉。

今日闹成这样她也没脸再留在苍术县，又身无分文丑胖穷困，只能先就近寻个落脚地，她肯吃苦能干活儿，想来总能寻片瓦遮身。

姜瓷不知什么时候又睡着了，等晨起阳光透过树叶射到脸上时，姜瓷被刺得醒了。她眯着眼，先看见火堆还冒着烟，又看见火堆边蜷缩着的卫戍。

初秋夜里还是冷的，看着火堆这样，卫戍恐怕净添柴了，倒没睡多久。她起来拍拍身上的草屑灰尘，悄悄把斗篷给卫戍盖上，往于水县走了。

姜瓷身子虚走得慢，吃了些野果充饥，过了晌午才走到于水县，直奔酒楼去了。她知道自己如今丑胖登不得台面，只能在后厨洗洗涮涮。

然而她几乎走遍于水县的酒肆茶楼饭馆，每每一开口就叫人撵走，有的甚至嘲笑谩骂。

夜色渐沉，最后一家酒肆把她推出去，一天没吃饭的姜瓷腿一软摔在地上。

"装什么死？你胖成这样能这么虚？赶紧滚滚远点，别碍着咱家生意！"

酒保厌恶地想，这样丑胖邋遢的女人洗碗，还不把吃饭的客人给恶心死。

姜瓷颤抖着撑着胳膊，勉强站起来，周遭鄙夷的眼光指指点点，她低着头走了。行尸走肉在路上，一阵酒香，东集市有个小酒铺，她木然抬头看见里头忙碌的女人，眼里渐渐生出光辉。

孙寡妇的酒铺。

她动作缓慢地整理了一下，慢慢走过去，掀开布帘。孙寡妇听见声响从里头鸟雀一样飞出来，笑的清脆："哟，客官……"

她看见姜瓷一下愣住，姜瓷局促地拽着衣裳："孙大娘子，我，我从前在你这买过酒。"

孙寡妇认不出，姜瓷忙着比画："就是，就是半年前，我在你这定了十坛子酒，我是苍术县的。"

孙寡妇茫然地点了点头，忽然恍然大悟："你是……"

她惊诧，上下打量姜瓷："你怎么成这样了？"

那时候顾铜要和姜瓷成亲，孙寡妇酒铺的酒物美价廉，顾铜就叫姜瓷来这儿定了十坛子酒，送去结账。可酒送去的时候却并没亲事，孙寡妇白跑一趟落了定钱，她还记着这事。

"那天惊马撞了轿子，我伤了这么些日子，才好。"

姜瓷傻笑，有些事再说一遍更伤人心，她眼圈有些红，孙寡妇看她这样多少有些明白，却又看她几眼后，叹了口气："不是我不收留你，我这也是个小铺子，赚个几两银子的辛苦钱。"

"我不要工钱！有吃有住就行！"

孙寡妇眼前一亮，却又顾虑她丑胖怕厌走了客人。姜瓷见她犹豫，忙三两下收拾了铺子，孙寡妇迟疑："要不，我先收留你几天……"

"好，好！"

"我这铺子后头就俩屋，我住一间，还有一间是库房。"

"库房就成。"

孙寡妇对姜瓷的识时务很满意，又到底嫌弃。

"赶紧洗洗。"

孙寡妇把她赶到后头，怕误了客人买酒。姜瓷钻进库房，酒气熏人，咬牙忍着打盆冷水擦洗收拾了，孙寡妇扔了一身她死去婆婆的旧衣裳，姜瓷换了出来，好歹不酸臭邋遢了。

"你来。"

孙寡妇告诉她酒钱，便叫她试着卖酒。站在窗台里，姜瓷抛头露面，总有些难为情，好在夜黑了行人少。

饿得久了，姜瓷有些心慌，好几回有人来买酒，看见姜瓷却都迟疑着走了，孙寡妇皱眉，姜瓷小心翼翼不敢吭声。亥时酒铺关门，姜瓷才出去扛起木板要挡住窗口，忽然有人一把拽住她。

第二章　脏污

"喂！买酒！"

姜瓷冷不防被拽个趔趄，手里的木板顺势翻过去撞了人，她慌张丢了木板："客官没事吧？"

赵屠户脑袋疼，一看丑胖的姜瓷愈发恼怒，不由分说把姜瓷踹翻在地，拳打脚踢。姜瓷挣扎要逃，又被拽住，打的仿佛骨头都要碎了。

"你傻呀？挨打不会跑？"

姜瓷被打的浑浑噩噩，忽然听到气喘吁吁的声音，茫然抬头，模糊地看见一个精瘦的青年，月色下格外高大的身影。

"你傻啦？"

卫成怒骂，被他掀翻在地的赵屠户恼羞成怒地蹦起来："哪个狗拿耗子多管闲事！"

"你才是狗！敢动小爷我的人，你也真是活够了！"

卫成笑得邪气，一手扬起马鞭，竟把壮硕的赵屠户打的没有还手余地。

孙寡妇早吓傻了，眼见赵屠户抱头鼠窜，卫成才骂骂咧咧回来，看着地上鼻青脸肿还傻呆呆的姜瓷，没好气地摸在她头上，姜瓷顿觉头上一阵疼，嘶地抽了口冷气。卫成冷笑："胖丫头你行啊，竟敢跟小爷不告而别？万一你撞在小爷身上伤了脑袋，回头死了，小爷我背着条人命冤不冤？"

姜瓷看着卫成，便是他正骂她，她也觉得幸福得要死。她瘪了瘪嘴，硬忍着没哭，正想道谢，忽然咕噜一声，两人都愣了一下。

姜瓷脸红："我，我没吃饭……"

"真是爷欠了你！"

卫成一把捞起姜瓷，撇嘴嫌弃："这么胖！"

却还是拉着她胳膊，拽着走了。

没多远有个扁担摊子，卫戍把姜瓷按在板凳上。

"两大碗羊肉面！"

姜瓷低着头不敢说话，热腾腾的面一会儿送到脸前，她还没敢动，就见眼前的碗里忽然又多了一大块羊肉。自小被刻薄得早已麻木的姜瓷抬头看见卫戍还在把自己碗里的羊肉往她碗里夹，忽然觉着委屈，抽抽噎噎，哭了起来。

卫戍拿着筷子愣住。

"你，你哭什么？"

卫戍不敢动了，手里的羊肉送也不是不送也不是，看着丑胖的姑娘肩头一耸一耸努力压抑的哭，他狠狠一拍桌子："哭就大声哭！憋憋屈屈干什么！"

姜瓷仰头号啕大哭。丑胖，鼻青脸肿，一身脏污。卖面的大爷早看傻了眼。好半晌，面快凉了，卫戍没了耐心。

"谁还没遇过坎，还不活了不成？快吃吧快吃吧！"

那块羊肉终于又送到了姜瓷碗里。

姜瓷一抹眼泪，红肿着眼，呼噜呼噜地吃面,香得仿佛珍馐美味。卫戍看得目瞪口呆，比赛似的，比她吃得声更响。

吃完面，卫戍送姜瓷又回了孙家酒铺。孙寡妇还没睡，看见卫戍就想起他打人，能把赵屠户打成那样，她就变得畏畏缩缩的，卫戍见姜瓷进了库房，他一推门，酒气扑面而来，狠狠皱眉："这哪是住人的地方？"

看姜瓷逆来顺受知足的模样，他总算明白过来，这个丑胖的姑娘无家可归。

卫戍皱眉，天人交战了好半晌。

"跟小爷走！"

孙寡妇吓一跳，再看丑胖的姜瓷和俊俏的卫戍，她又放下心来。

"去吧去吧。"

卫戍看着实在不像个坏的，姜瓷犹豫了一下就跟着卫戍走了。弯弯绕绕走了一会儿，卫戍去开门，姜瓷抬头看，惊讶地张开嘴。

张扬的朱漆大门正中横刻着字，左"大吉大利"右"出入平安"，卫戍开门回头看姜瓷这样，得意地笑："小爷这门不俗吧？特找人刻的，天下没有第二扇！"

他把姜瓷拽进来，姜瓷不识字，她只是惊讶有人在大门上刻字。进了院子才看见是个阔大而空旷的四合院，姜瓷四下打量，局促而畏惧，卫戍里里外外忙碌起来，厨房点了火，噼啪作响，他来来回回几趟往东屋送水。

"赶紧去洗，别熏坏了爷的屋！"

卫戍一脸嫌弃，姜瓷这才知道卫戍是在给她烧洗澡水。

她心里好像虫子爬过去，痒痒的，还有些疼，胀得难受，她眼眶又热了。从六岁时知道哭死了也不会有人疼的时候，姜瓷就再没哭过，可这两天见着卫戍，她却回回想哭，满腹委屈。

"公子，你为什么对我这样好呢？你看我，丑胖，还身无分文。"

姜瓷虚弱地笑笑，眼泪又流下来。

卫戍皱眉，看了她两眼，姜瓷有些心慌，卫戍忽然去解腰带，姜瓷大惊失色仓皇奔逃，没听见有人追，她惴惴地回头看，就见卫戍扯开的衣裳没露出皮肉的胸膛，而是一片银色的冷光。

姜瓷诧异，挪着脚步一点点靠近，总也看不清，就挪到了他胸前。

银子？

她伸手戳了戳，又凉又硬，恍然大悟，傻乎乎地摸上自己额头，疼得抽了一口冷气。难怪她撞到他背上就晕过去了，还肿个疙瘩，原来他贴身穿着银铁甲。

真是银子？

姜瓷又摸了摸，卫戍忽然邪笑："你知道了小爷的秘密……"

姜瓷比哭还难看地笑了一下，低头伸过去，一副任人宰割的模样。卫戍气不打一处来："打你不还手！杀你也愿意？你是个什么人？"

"赵屠户要打我，我也躲不开。您要杀我，我也逃不掉，何苦费劲。"

姜瓷有气无力，卫戍憋气得很："今儿就该叫屠户打死你，免得小爷受累！"

他推推搡搡把姜瓷往东屋送："洗去，洗去！郎中说十天半月后要是没事就没事了，小爷也就安心了！这十天半月别给小爷添麻烦！"

门在身后咣当一声砸上，声音和昨天在顾家时一样。可昨天她是被搡出去，今天她是被搡进来。

卫戍是个好人。

姜瓷摸一把眼泪，脱衣服爬进桶里。

她很少能舒舒服服洗热水澡。她泡在水里，不知是水热，还是赵屠户打得伤痛，心酸难受，眼泪噼噼啪啪落到水里。

"姜瓷！你要是这么软弱，你就活不下去了！"

姜瓷对着水恶狠狠警告自己。

外头贴着耳朵听的卫戍皱皱眉，神情复杂。

这胖丫头，真是可怜。

姜瓷好歹洗干净了，还穿着孙寡妇婆婆的衣裳出来，卫戍看着总不顺眼。他掂着药酒就在院子里给姜瓷擦，手有些重，姜瓷疼却不敢吭声，卫戍就更生气，憋着气擦完。

"看你可怜，小爷我收留你一个月！"

"谢，谢公子！"

卫戍已换下贴身银铁甲穿一身宽大外袍，隐约露着锁骨，姜瓷扫了一眼赶紧低头。卫戍摆了摆手走了，总觉着哪里不顺心，思来想去没有眉目，竟然辗转反侧，深更半夜才睡着。醒来时天光大亮，窗子开着，外头隐约有声响，他恍惚忘了还有别人，警觉地抽出桌上的剑，提着剑就出来了。

姜瓷端着碗才出厨房，赫然撞上提着剑的卫戍，吓得手一哆嗦。

"公……公子？"

脸都白了，卫戍冷峻的脸看清她后，茫然了一瞬，松了口气，把剑送回鞘里，转身又往回走。

"公，公子，吃，吃饭了。"

姜瓷壮着胆子，卫戍摆摆手，迅速洗漱出来，就坐在院子里石桌边上，呼噜呼噜吃饭，样子粗糙却不粗鲁。姜瓷小心翼翼喝粥，几次偷看。连顾铜都揣着样子的文雅，住着大宅子的公子竟然这样。

"公子，我想去孙家酒铺看看。"

姜瓷小心翼翼，卫戍厌烦："我没那么多臭规矩，好好说话。别公子来公子去，我叫卫戍！"

又诧异："你还去卖酒？"

姜瓷拽着衣角低头："昨儿我走遍县城，酒肆茶楼都把我撵出来了，洗碗碟都不叫我做，只有孙大娘子收留我。她说留我几天，我答应了不要工钱给她干活儿……"

卫戍不出声，姜瓷忙摆手："我！我就去几天！报答孙大娘子！不给公子添麻烦！公子收留我，也是恩人，公子这院儿里往后所有活计我都包了！"

卫戍皱眉看她，很不喜欢她这份骨子里透出来的卑微，不耐烦地摆手，放她走了。

姜瓷松一口气，忙出门去了。卫家离东集市不远，姜瓷走去远远看见孙家酒铺大门紧闭，她迟疑着去旁边铺子询问。

"赵屠户睚眦必报，昨儿在她酒铺挨打，孙寡妇害怕，昨儿夜里就锁门走了。"

姜瓷内疚，她给孙寡妇招来无妄之灾。酒铺没开门，姜瓷自然又回去，走到院门口正见卫戍要出门。

"孙，孙家酒铺没开门。"

姜瓷慌张解释，卫戍皱眉点头，就没锁门扬长走了。姜瓷傻傻看卫戍背影消失在胡同尽头，才赶紧进去。卫家是个大四合院，十米间屋，院子极大，厨房门口大树下有套石桌凳，他们今儿早上就在这吃的饭。姜瓷翻出抹布扫帚开始打扫，屋里屋外，除了紧闭的屋门不敢擅自打开，没多大会她就有些气喘。

不知过多久大门推开，姜瓷忙接出去，就见卫戍提着一大块肉两只鸡，身后还跟着个小二，抱着个大包袱。

"放这儿放这儿！"

卫戍指挥叫放在石桌上，小二看见屋里走出的女人，顿时瞪大眼睛，在卫戍姜瓷间来回看，一言难尽地走了。

姜瓷有些吃惊，呆呆地跟着卫戍进了厨房，卫戍把鸡扔出去，两只鸡在院子里叫着扑腾。

"骨头熬汤肉炖了，鸡什么时候吃什么时候杀。"

卫戍交代，又出来解开包袱："赶紧把你这身死人衣裳换了！恶心得小爷一晚上没睡好！"

见姜瓷总算明白，又抖着嘴唇要哭的样子，他厌烦地摆摆手："小爷丢不起脸！赶紧去换！"

姜瓷不是个聪明人，但也不傻。前夜卫戍烤兔子，他说他吃过了，可嘴上手上没有油光，昨晚把他碗里的肉也都给了她，在知道她是个那样出身的丑胖姑娘后，他还可怜她。

卫戍是个善良的好人。

她得知恩图报。

姜瓷抹一把脸，把想哭的心思抹下去，进厨房洗肉切肉，不一会儿咕嘟咕嘟炖起来。

中午一桌子菜肉，姜瓷吃得多，寻常男人都吃不过她，卫戍竟然比她吃得还多。卫戍吃过饭就去睡了，睡醒又出去，黄昏回来时，提了两坛子酒。

姜瓷自小劳碌，做饭手艺不错，看卫戍吃得高兴，她也高兴。

两坛酒卫戍喝得差不多，有点醉了，就在石凳上跷着腿，筷子敲着碗盏，不知唱着哪里的小曲儿，模糊得听不清。看着这样的卫戍，姜瓷才没觉着紧张。

"公子醉了。"

"胖丫头，说说呗，你前儿那鬼样子从苍术县跑出来，是怎么回事？"

卫戍斜着眼，脸颊泛红，似乎需要酒后谈资。姜瓷从不说苦，但却愿意和卫戍说。

"也就是，也就是那样……"

她有些局促，缓缓地把出嫁那一天的事说了，又说了被撵走的那一天。

"你瞎呀？找这么个男人？"

卫戍口齿不清，很瞧不起她。

"顾铜长得俊，我想着，我一心一意待他，他总能知道，总能打动他。"

"喊！"

提起顾铜，姜瓷心里就丝丝拉拉的疼，可想起他拉着王玉瑶的手，头也不回地走，她觉着她也该放下了。

"胖丫头，赶明儿找个郎中，你再胖下去可不得了。"

"没事儿，我俩月前就这样了，没再胖下去了，估摸着是好了。"

"哦。"

卫戍歪着头，筷子掉地，他就这么坐着睡着了。

初秋微凉的风吹着，头顶朗月繁星，旁边窝着脑袋打着呼噜，坐着也能睡那么香的俊俏郎君，姜瓷竟忽然人生中头一回觉着，岁月静好。

姜瓷废了老鼻子力气才把卫戍拖进屋，第二天她做好饭卫戍还没醒，她悄悄掩门又去了孙家酒铺。孙寡妇心神不宁，见她来了慌张招呼她看铺子就匆匆走了，姜瓷坐在窗户里头，看着人来人往，总觉着难为情。

中间卫戍来了，远远看见她坐在里头，转头又走了。

孙寡妇失魂落魄地回来，呆坐半晌忽然大哭起来，一把拉住姜瓷："姜瓷！你不能不管！我知道你那会儿是要跟顾家成亲！顾县丞昨儿调到于水县来了……"

姜瓷呆住。

"要不是因为你，我相好也不会以为赵屠户是欺负了我，就不会去找赵屠户理论，赵屠户把他告了，他被抓进县衙了！你得把他救出来！"

姜瓷大惊失色，这事她都不知道，原来昨日孙家酒铺没开门，是出了这样的事？

"我，我……"

她心虚，赵屠户显然不敢招惹卫戍才把气出到孙寡妇相好身上，这事确实是她惹出来的。

"你去求求顾县丞！他家差点娶了你，是有些情分的！你跟他把这事儿说明白，

012

是你那相好打的赵屠户，你亲眼看见的呀！"

"我，我……"

姜瓷说不出话，满嘴里发苦。她和顾家哪有什么情分，可这事也真不能不管。

孙寡妇把她推出来，姜瓷踟蹰着去了县衙，得知顾县丞才调来还没上衙，顾家还没搬来于水县。她不知该怎么办，下意识就想找卫成商量商量，走回卫家就见大门上锁，她想了想，责任使然，要不是她，孙寡妇和她相好哪来这场无妄之灾？

咬牙狠心，她往苍术县去。一路上不住宽慰自己，方氏糊涂，顾铜没良心，可顾县丞到底做官该明事理，把事儿说明白了许就没事了。

姜瓷一路小心避着怕叫人看见，越走近顾家越心慌。顾家大门开着，里头人声鼎沸往来道贺，顾家人正收拾准备搬家。姜瓷在门口探头探脑，有些退缩，正想等顾县丞出来再说，王玉瑶忽然看见她，从院子里蹿出来，一把抓住她："你来干什么？"

满院子看过来，顾铜脸色阴沉，顾家亲戚匪夷所思。

"还不死心呢？顾郎和你说清楚了，你这么缠着算什么？还有没有廉耻？"

王玉瑶狠狠推搡，却没推动。姜瓷尴尬："我来找顾县丞，有个案子……"

"哎哟，你要不要脸？还来纠缠我公公？"

方氏一听这话顿时拔开众人冲上来，对着姜瓷一巴掌打下去。正和王玉瑶纠缠的姜瓷没留神，结结实实挨了一巴掌，王玉瑶趁机握住她手腕，谁也看不到的地方，指甲伸进袖子，狠狠掐她。

姜瓷疼得大叫，一把推开王玉瑶，王玉瑶夸张地摔出去，把方氏也拽翻在地。

"快来看呀！这恶毒的丑丫头缠不住我相公，又来勾引我公公，把我们婆媳都打了！"

王玉瑶坐在地上大哭，姜瓷吓得摆手，徒劳地解释："我来找顾县丞说于水县的事，赵屠户告了……"

顾铜两步上前，狠狠一巴掌打在姜瓷脸上，姜瓷愣住，耳朵嗡嗡作响，顾铜铁青着脸：

"你真恶心，长得恶心，心更恶心！"

姜瓷把顾铜搁在心里多年，就是准备放下了，这样伤人的话从他嘴里说出来，姜瓷还是觉着上不来气地难受。王玉瑶拼命大哭，顾铜恼火，又扬起巴掌要打，却忽然被人擒住。他使劲也没挣脱，回头看见了个肃冷的青年，比他还高出几分，似乎不费力气，勾起一边嘴角邪笑：

"你说谁恶心？"

他捏着顾铜的手："打女人的男人，既没种，又恶心。是这只手打的？"

第三章　出气

卫戌手上用力，骨头错位，顾铜杀猪一样嚎叫起来。卫戌厌恶地一推，顾铜摔进门里，把门口的顾家亲戚砸得人仰马翻，卫戌拉起姜瓷就走。

卫戌憋了一口气，脚步极快，姜瓷跟跄跟着，走出苍术县路上没人了，他才停下拽起姜瓷胳膊，露出袖子下被王玉瑶掐得冒血的手腕，恶狠狠地骂：

"你这么怂？男人打不过逃不开，女人也打不过？"

见姜瓷心如死灰的死样子，卫戌一下子甩开她胳膊，姜瓷徒劳地找借口："她们人多……"

"对！所以你不反抗就真可能被打死了懂不懂！"

卫戌觉着这几年生的气都没遇上姜瓷这几天多，他努力心平气和地说："姜瓷，你和我，有什么分别？"

姜瓷不知道他为什么这么问，却仍旧小心仔细地回答："你人好，有本事，有银子，我……"

"我和你没分别！咱们都是大炎的子民！都活在大炎的土地上！一样要吃饭睡觉！咱们没分别！姜瓷，你不比谁低贱，你要再这么轻贱自己，那才真没人救得了你。"

"怎么会一样！"

多年积压令姜瓷爆发，她号哭："我也不想自轻自贱！可我努力了十几年也没改变，所有人都在提醒我，我生来低贱！"

卫戌眼神越来越深，她骨子里的卑微源自从小遭遇的恶意。他一言不发拉着姜瓷就走，走过树林回到于水县直奔集市，那里有个角落，跪着几个瘦弱的孩子和姑娘，头上插着草标。

"你看着她们，她们下贱吗？"

卫戌指过去，姜瓷眼神闪烁。

"她们……可怜……"

"她们活不下去，有人肯买给口饭吃已是天大的恩惠，若因此沦落青楼，下贱吗？"

姜瓷咬着嘴唇说不出话，卫戌扳过她："姜瓷，有些人未必歹毒却欺软怕硬，她们需要一个借口，是你把机会给了她们。既然十几年都没变，说明你的路是错的，你为什么不回头？"

"我以为，总会有人讲道理的。"

"道理？"

卫戍笑了："人从来只和自认为有资格的人讲道理，一个轻易就能欺负的人，何必和你讲道理？"

他见姜瓷茫然，揉一把她头顶："胖丫头，小爷实在瞧不上你这样的人。赵屠户的事你别管了，是我打的他，我来处理。"

卫戍眼神很冷，转身就走，他是真看不上她这样的人。

姜瓷跟卫戍回去，卫戍憋着一股气，把她送进去转头又走了。晚上回来，姜瓷杀了鸡，炖了香喷喷一瓦罐，卫戍气得不想吃饭，却还是坐到石桌边上，赌气似的，一块一块的肉往姜瓷碗里夹。他喝了半坛子酒，姜瓷吃了半只鸡。

卫戍空肚子喝的气酒，饭后风一吹，醉意上头，他沉着脸盯着姜瓷，姜瓷心里发毛。

"胖丫头，老姜家人死绝了吧……"

"除了我娘，都活着。"

姜瓷心慌得更厉害，卫戍阴恻恻地笑："还不如死绝了。"

卫戍慢慢站起来，姜瓷不敢再吭声。卫戍这口气越憋越恼，翻来覆去。萍水相逢，他也从不是多事的人，可在姜瓷身上他看见了自己的影子，幼年时的卑微无助，那时若有一个人能像现在自己帮姜瓷那样帮自己，或许路就不会那样苦，他也不会变。

姜瓷是个迂腐的老好人，说教，不如言传身教。

有了主意，醉意上头，卫戍酣睡。翌日一早神清气爽，少见的早起，掂起大刀舞得虎虎生风。

姜瓷睁眼就听见院子里呼呼作响，跑出去一看，卫戍一柄长刀舞得风生水起，隽秀青年，月白劲装，把刀柄上系的红绳衬得格外耀眼。

"看什么哪？"

姜瓷看得太入迷，卫戍收刀站定，满脸浑身汗湿，姜瓷脸红："没，没！我做饭！"

姜瓷仓皇跑去厨房，撞得里头锅盆叮当作响，卫戍大笑："胖丫头你真傻！"

吃罢早饭卫戍拽住要去孙家酒铺的姜瓷。

"去哪儿？"

卫戍拽着姜瓷一路去到赵屠户猪肉铺，赵屠户瞧见远远而来的卫戍，吓得一把攥住了杀猪刀。

"你干啥！"

见卫戍果然朝着他来，赵屠户色厉内荏地冲出来，浑身肉哆嗦。

"啧啧，老赵，你一杀猪的掂着刀就这样胆量？小爷的胖姑娘要讲道理，小爷就来跟你讲讲道理。小爷敢作敢当，小爷抽的你，不会叫别人背黑锅。"

卫戍笑着抽出别在腰间的马鞭，呼啸抽了过去。赵屠户大怒，举刀砍来。他明知打不过卫戍，可自家地盘脸丢不起，果然才挥刀，鞭子已抽到身上，赵屠户龇牙咧嘴，如此几回后，实在受不了疼，掂刀往回跑。

"老赵别走！咱道理还没讲完！"

赵屠户舞着杀猪刀摆手："你他娘的打老子！讲个屁道理！"

"哎哟，你还骂人？"

卫戍笑着追进去，姜瓷就听铺子里叮咣作响，赵屠户杀猪一样的嚎叫。

"老赵！到底谁打的你？"

"没，没人打我……"

"胡说！你要讲道理！是小爷打的你，你凭什么告货郎？"

猪肉铺外聚了不少瞧热闹的人，不一会儿卫戍从里头出来，掸掸袖子，众人自觉让路，他径自走到姜瓷跟前。

"道理是这么讲的，明白没？"

接着，又循循善诱："顾家把聘礼要走了，你的嫁妆呢？你是身无分文叫撵走的吧？"

顾家肯给三两聘礼是因她和顾铜说过她偷攒了三两私房钱，她不知心里在念着什么还是在怕什么，终究一直没敢去要。但赵屠户的事和卫戍的话盘桓在心。

卫戍在集市租了一架马车，推姜瓷上车，带着她驾马往苍术县去了。

顾家仍旧门庭大开，昨日一场闹剧似乎并未影响什么。马车远远地停住，卫戍率先跳下，接着拽下姜瓷，指着顾家大门，姜瓷迟疑地看着卫戍。

"怕丢脸？在苍术县你还有脸吗？"

卫戍冷笑，可话说的却真。姜瓷攥拳暗自打气，她以为雷霆万钧的脚步其实迟疑绵软，卫戍怒笑。

"嘿！姑娘！"

卫戍忽然大喊，姜瓷回头，看见卫戍抱胸斜倚大柳树下，他的声音穿透四野：

"小爷走南闯北，就没见过你这样好的姑娘！比你俊的没你实在，比你实在的没你仁善，比你仁善的没你勤快，比你勤快的没你手巧，连鸡都敢杀的姑娘，敢不敢给自个儿讨个公道！"

姜瓷眼热，狠吸了一口气，昂头迈步。动静惊动了四邻，顾铜出来，脸色难看：

"姜瓷！你真是自甘下贱！才出顾家门就和野男人混上了！"

"我自甘不自甘在你们心里不都是下贱吗？顾铜，你当初肯去我家提亲，不过是因为你缠王玉瑶缠得丢了名声。王玉瑶肯跟你，是因跟孙地主家俩儿子先后定亲死了俩，被人说克夫没人要了才回的头。都是没脸的人，谁又笑话谁？"

话出口，姜瓷仿佛发现新天地，前所未有地舒畅！

周遭瞠目结舌，这些话没人敢明目张胆地说，王玉瑶恼羞成怒："你这贱人瞎扯什么？"

王玉瑶冲上前要撕姜瓷的嘴，姜瓷到底胖，一挥手把她推翻，见顾铜要冲上来，她嘲笑：

"女人打架你也上？你是女人？"

"哈哈哈哈……"

卫戍远远地毫不客气地大笑，姜瓷也笑了，秋风扫过，她意气风发地扬头："大炎律法明定休妻合离都要归还嫁妆，何况我跟你顾家也没结成亲，顾家既然把三两银子的聘礼都要走了，是不是也得把我嫁妆还回来？"

"你这样穷酸有什么嫁妆！"

方大娘子钻出来啐了一口。

"方大娘子好忘性，接亲时可是媒人当众清点，我带了三块布料两身衣裳一套包银首饰和三两银子的嫁妆。"

"你病这半年，和咱们顾家非亲非故，伺候你不说，难不成还得贴银子治你？"

"请一回郎中买了两服药花一钱银子，我每日用你顾家半斤柴二两糙米，方大娘子，您算算我花了多少？除开这些您照看了我半个月，我再给您半两辛苦钱，剩下的是不是也该给我？"

方氏大笑："我把你养这么胖，你一天就吃二两糙米？"

姜瓷觉得道理讲不下去了，方大娘子顿时得意："街坊四邻都瞧瞧，就是这么个狼心狗肺恩将仇报的人！我家铜儿怜她痴心，是她自己没福气出了那么档子事儿，她现在这样还怎么奉养公婆传宗接代？我们也是没法子，可好歹照料她养好了伤，她就是这么回报我们的！"

"哎哟，真是下贱胚子……"

三三两两回应，方大娘子啐姜瓷："秉性恶透了，转头就调三窝四，跟你那下贱的娘一样！"

"不许说我娘！"

姜瓷恼怒，却也上了钩，方大娘子跳脚往她身上撞："许你下贱不许人说？"

顾家亲戚里的女人们见状都哄哄上前，卫成远远瞧着叹气。

忠厚人向来吃亏。

"怎么，你们都要瓜分胖丫头的嫁妆？"

卫成马鞭隔开要对姜瓷动手的人，谁也不想惹一身骚，渐渐退开，方大娘子又啐卫成："不要脸的妍头！"

卫成扬眉，却笑了："小爷不打女人，叫你家男人出来说话。"

顾铜退缩，昨日在卫成手下吃亏，卫成也不看他，可到底眼神太骇人，还有凶器，王玉瑶瞧着不对悄悄跑了，卫成也不理会，拉着姜瓷长驱直入进了顾家院子。顾家众人咋咋呼呼围着她两个却没一个敢上前，不多时王玉瑶带着顾县丞匆匆回来。

"放肆！"

顾县丞怒喝，卫成马鞭指来："姜瓷要讲理，小爷只问你一句，你讲不讲理？"

"讲理又怎样？不讲理又怎样？"

听顾县丞这样说，卫成邪笑："讲理有讲理的说法，不讲理……有不讲理的说法。"

马鞭在手上有一下没一下打着，有恃无恐的样子反倒叫顾县丞迟疑。姜瓷顾虑，顾家到底是官，她不想连累卫成。

顾县丞眼神阴鸷，卫成丝毫不退缩，僵持间他瞥见卫成腰间悬着几根丝绦下叮当作响的饰物里，一块两寸见方的铜牌，眼瞳顿时一缩。卫成知道他看见了，讥诮更浓，顾县丞忽然客气："这位公子，可否借一步说话？"

"不好。"

顾县丞皱眉，几经思量与方大娘子耳语几句，方大娘子惊疑不定地瞥向卫成，虽不甘愿却还是进屋提了个包袱出来甩到姜瓷怀里。顾家其实并不缺那些东西，方氏不过就是想拿捏姜瓷罢了。

卫成笑了。

院墙外王玉瑶眼神闪烁，拉住顾家一个傻大憨粗的青年嘀咕几句，青年大怒，推开众人闯进去。

"腌臜小贼来抢我二伯！"

劈手去夺姜瓷手中包袱，姜瓷拽得死紧，难免险些摔倒，卫戍一把拉住，青年呼喝，外头又闯进来几个大大小小的青年直奔姜瓷。卫戍将姜瓷拽到身后，马鞭挥起，姜瓷只听噼啪作响哀呼成片，混乱中方大娘子等人嘶喊，片刻又归于平静。姜瓷探头，见满院狼藉，卫戍昂然站在她身前。

"还有没？一起上！"

要说顾县丞方才还只有几分猜测，如今已是笃定，卫戍身手显然多年历练，他看地上歪七扭八呻吟的几个侄子，这口气咽不下也得咽。顾铜站在角落捂着手腕暗自庆幸。

"顾大人。"

卫戍出声，顾家众人吓得哆嗦。

"我是自卫，你看见了。"

"是，是。"

卫戍捡起包袱看，只剩两身衣裳，他扬眉，顾县丞递眼光给方氏，方氏抖着手送上三两银子。

"就，就这么多了……"

"瞧你这话说的，好似小爷打劫。"

"不，不敢！这是归还姜瓷的东西。"

"不是说伺候姜瓷养伤又养胖？"

"怎会？怎会……她是因伤而起，我并没怎样照料。"

卫戍点头："这话你得跟外头人说。"

卫戍招呼姜瓷走，姜瓷愣愣跟着走过顾家门外层层叠叠的人群，遥遥听着一声苍老的叹息："这苦命的丫头，总算时来运转……"

姜瓷眼眶倏地红了，她抬头看卫戍，所谓时来运转，都因卫戍，这辈子当牛做马也还不清这份恩情。

归程途中，姜瓷总结道："嘴皮子不利索脑筋不灵光。"

"心不够黑脸不够厚！"卫戍纠正。

姜瓷摸出包袱里的银子给卫戍，卫戍一把扔回马车："小爷的恩就值三两？"

"你，你什么也不缺，我也不知怎么报恩了。"

姜瓷脸红，卫戍心神一闪笑意渐淡，他沉默良久沉声问："你真想报恩？"

姜瓷重重点头，卫戍扬鞭打马："那就跟小爷走一遭！"

第四章　该娶

　　马车飞快，一向吊儿郎当的青年坐得笔直。马车又回了于水县，直奔一处僻静院落，门庭巍峨肃穆，卫戍推门进去直奔后院，才进垂花门，遇见一个端庄的中年女人。

　　"郎君来了！"

　　女人大为惊喜，卫戍点了点头，便往一旁的紫藤架下走去，树荫下木轮椅上坐着个白发老妪。

　　"嬷嬷。"

　　姜瓷第一回见卫戍笑得如此纯真，他蹲到木轮椅前仰视，老妪伸手抚摸他的头脸："阿戍来了。"

　　卫戍把眼光投向姜瓷，老妪回头，慈眉善目眼神柔和，她有些诧异，上下打量后笑着点头："你向来不喜欢娇弱的姑娘，这姑娘极好。"

　　似乎误会了什么，姜瓷想解释，可看着卫戍躲避的眼神，她鬼使神差顺应着微笑。

　　"阿戍，我想吃南街的桂花糕，你去买。"

　　老妪拍着卫戍手哄他出去，卫戍顺从出去。

　　"姑娘，你来。"

　　老妪笑着招手，姜瓷迟疑上前，蹲在方才卫戍的地方，仰视老妪。卫戍在垂花门边回头看来，神情意味不明。

　　"嬷嬷，我叫姜瓷。"

　　老妪点头，她的柔和叫姜瓷觉着亲近舒适。

　　"我姓陶，是阿戍生母的奶娘。阿戍命苦，半岁就没了娘。"

　　姜瓷顿悟，陶嬷嬷怕是将卫戍养大的人。

　　"阿戍既带你来见我，想来你是阿戍极为重要之人，嬷嬷时日无多，阿瓷……"

　　陶嬷嬷握住姜瓷的手："好好待阿戍，叫他有个家，叫他别再吃苦。"

　　误会有点大，姜瓷尴尬地张了张嘴，陶嬷嬷放心不下的悲悯和这些话叫她心里发酸，她点了点头。

　　"好姑娘。"

陶嬷嬷柔软的手抚摸姜瓷的头顶，姜瓷不知说什么，怕露了马脚，便伏在陶嬷嬷膝头。

卫戍回来时就见这副场景，他提着桂花糕愣住，那位曾打过照面的中年女人站在他身后，过了片刻笑道："姜姑娘可会烧菜？"

中年女子叫芸姑，曾是卫戍母亲的侍女，如今跟着嬷嬷一块儿照料卫戍。

这一语惊醒卫戍与姜瓷，姜瓷抬头看向她，点了点头。

"今日厨娘不在，嬷嬷想喝汤，我腾不开手，可否劳烦姑娘烧几道小菜？"芸姑笑着问。

姜瓷忙起身应了，随着芸姑走出了垂花门，卫戍才慢慢去到陶嬷嬷身边，坐下后没精打采，陶嬷嬷笑："既带来了，你心里必是已有思量。"

卫戍皱眉厌恶："不该拉她下水，她该有自己的人生，她值得更好，她是个好姑娘。"

虽然又蠢又笨。

"和我说说，她是个怎样的姑娘？"

陶嬷嬷歪着头笑，温柔得不容拒绝。卫戍将他与姜瓷相识这几日点滴悉数告诉，陶嬷嬷点头："是个可怜的姑娘。"

"所以卫家这浑水，不该再拉她下去。"

"可是阿戍，你从盛京千里迢迢逃到这里是为什么？你扛不住，你该知道这是最有效的法子。"

卫戍厌恶无能为力的感觉，他抿紧嘴唇，眉眼厉色，陶嬷嬷叹息："若你也沉沦了，还有谁能救她？说起来非亲非故，你搭救一场，她便是报恩，也是福气，总好过如今这样的日子。"

卫戍不出声，陶嬷嬷拉住他劝解："待她好，好到你心里不觉得亏欠，也算一场缘分。"

卫戍痛苦闭眼，他厌恶需要牺牲一个女人来搭救的自己。

"阿戍，好好想想，若真想不明白，就问问她，兴许她愿意呢，毕竟她的日子也不好过。再没有比她更合适的人了。"

善良悲悯，可以帮他，又不会缠上他。

微风轻拂，姜瓷烧了几道小菜，芸姑煲了一罐老汤，午饭便在陶嬷嬷处吃了，陶嬷嬷待姜瓷极为和善，不住夹菜劝她多吃。

"瞧着脸色就虚浮，该找个郎中好好瞧瞧。"

陶嬷嬷见多识广，卫戍也看向姜瓷，她脸色确实不好。姜瓷难为情地笑："我好了，无妨的。"

"傻姑娘，你那伤半年还如此，定有古怪，还是瞧瞧好，你还年轻，别有个什么，将来后悔。"

姜瓷看卫戍，看来卫戍将她的事都告诉陶嬷嬷了，便不再作声。

吃过午饭卫戍照料陶嬷嬷直到她歇下才带着姜瓷与芸姑作别，先去集市归还马车，再带姜瓷去最大的医馆。午后没什么人，中年郎中正指点徒弟分药，见有客便来诊脉。

"我真没事了。"

姜瓷局促，卫戍按她坐下，郎中微凉指尖触碰她手腕，她抖了一下。郎中细细品脉，蹙起眉头，问了几句，摸了她脑后从前伤处，翻开她眼皮又叫她伸了舌头，看过再诊，皱眉摇头，姜瓷心一沉。郎中起身进了里间，卫戍跟进去，半晌才拿方子出来买药，姜瓷见他付了好几两银子。

卫戍提药回头见姜瓷灰败的脸色和颤抖的手。

"走了。"

风轻云淡招呼姜瓷走，姜瓷一路没话，卫戍带她又在集市买了肉和鱼，回去后卫戍挑水，把鱼从瓦罐倒进木盆，他就蹲在盆边看鱼游走。

"我是不是……"

"别瞎猜。"

卫戍不高兴，从见过陶嬷嬷起。姜瓷也蹲到木盆边，笑得艰难："我欠你的越来越多了，可怎么还？"

"姜瓷，若不想搭上自己一辈子，一月期满立即离开。"

卫戍死死攥着盆沿，牙缝里挤出句话，他用尽全力，似乎在挣扎。姜瓷惊诧，卫戍已起身离去。

到底怎么了？

姜瓷仔细回顾，从苍术县回来时尚好，她说要报恩，他说跟他走一遭，陶嬷嬷说的话和卫戍的反常……有什么呼之欲出，姜瓷却决然否认。不会，卫戍便是需要那样的帮助也轮不上她。

晚饭时卫戍从屋里出来已恢复如常，却终究话不多。吃完饭他去厨房煎药，姜瓷蹲在井边洗碗。

"姜瓷。"他把药递了过去。

姜瓷接碗的手有些颤抖，她闭着眼一口闷下，苦得龇牙咧嘴。卫戍愣了一下转身就走，片刻回来带着一包松子糖，姜瓷吃了两颗。

"甜！"

甜到心里去了，她心里满胀胀的，从来没有一个人对她这样好。为她煮药，吹凉给她，苦了还给她买糖。

卫戍静静地看姜瓷哽咽，又塞了两颗松子糖到她嘴里，姜瓷哧地又笑了。卫戍坚硬的眉眼总算染了几分笑意。

"绕着墙根跑，跑到跑不动为止。"

姜瓷不问缘由去跑，跑了三圈就气喘吁吁。

"坚持！郎中说你身子自幼亏空伤患未尽，要调养、服药、锻炼。"

姜瓷咬牙，心头大石总算落下。又跑了两圈，卫戍总算松口："往后每日加一圈，能跑二十圈后再加旁的。"

如此半月，这日姜瓷如常去孙家酒铺，孙寡妇忧心忡忡地拉住姜瓷："卫郎君苛待你？"

"怎么可能？"

姜瓷笑，孙寡妇细瞧，姜瓷眉眼立起鼻梁挺出，从前被胖肉掩盖的五官渐渐清晰，虽然还是胖，却眼见的瘦了一圈，且气色极好，比之半年前来定酒时不知好了多少。

各中苦乐只有姜瓷知道，卫戍每晚凶神恶煞，一手马鞭一手长刀坐在院里，直到姜瓷被折腾得只剩一口气才会放过，药没停肉没断，她总冰凉的手脚热了，力气也大了，枯黄的脸皮渐渐白皙红润。

姜瓷一来孙寡妇便躲懒，姜瓷才坐到窗子里，就见外头来了个笑得温柔的女人。

"芸姑？"

姜瓷惊喜，芸姑点头，孙寡妇呷气："快些！"

姜瓷忙出去，芸姑引着她走去街边大柳树下。

"郎君和你说了吧。"

"说什么？"

芸姑笑意渐渐僵住，她在姜瓷脸上看不出破绽，略微讶异："哦，没有。嬷嬷想你了，问你有空能和郎君一起看看她，也想吃你烧的菜了，比厨娘烧得好吃。"

姜瓷笑应，可终究还是生了疑心。

芸姑走后她悄悄跟随，果然芸姑又去卫宅，她倚着墙外听院里人说话。

"怎么还不提？嬷嬷还当你们就要成亲，说姜姑娘没人疼顾，催着我为她筹办嫁妆。"

姜瓷大惊，卫戍却在长久的沉默后沉闷出声："我不能害她，此事……作罢。"

"你……"

芸姑不知该说什么，良久后叹息一声。

听着脚步声响姜瓷忙躲避起来，看芸姑走远，她皱眉思量许多，走进院子。卫戍背对大门坐着，听见脚步叹息一声，疲乏而无可奈何："芸姑，别说了，不行。"

姜瓷走过去，蹲到卫戍眼前，卫戍愣了一下惊跳起来。

"胖丫头你作死？吓死小爷了！"

姜瓷笑了笑，晶亮的眼神，竟头一回把卫戍看的无所遁形，卫戍恼怒异常暴躁走开，姜瓷就跟在她身后，如此半晌卫戍大怒："你要怎样！"

"卫戍，芸姑都告诉我了，我想帮你。"

卫戍大惊："不行！"

"为什么不行？"

"我不能坑你一辈子！你也应付不来卫家！"

卫戍脱口而出，在姜瓷的诧异中懊恼不已。他乱了分寸，叫姜瓷诈出真相。他狠狠喘息几下压下怒火，艰涩开口："有人要做好人，却拿小爷献祭，小爷不想当绿头王八……但是姜瓷，任何恩情都不配叫你付出一辈子，这件事，你别管。"

姜瓷的心忽然尖锐地疼了一下。

卫戍没娘，能拿捏他亲事的，只有亲爹。这样的伤害姜瓷感同身受。他需要一个娘子来抵抗这场不堪的婚事，却并不是一个真正的娘子。恐怕这才是卫戍一再挣扎退缩最后决定放弃的真正原因。

她若嫁给他，须得与他一起直面暴风骤雨，还要独守空闺直到功成身退，白误了名声与岁月。

"这不公平。"

卫戍打断姜瓷深思，他摇头，告诉她不行。

虽然她丑胖且出身低微一无所有，确实不配卫戍，可姜瓷却不能否认，没有比她更合适的人了。姜瓷木然走了，她也不知道该怎么办。

一直傻呆呆地坐到下午，被尖厉的声音惊醒。

"呦，原来真是你呀，姜瓷？"

王玉瑶刻薄嘴脸丑陋不堪，她起先不信，再三确认真是姜瓷，又见周遭并没那个俊俏郎君，失望而又兴奋，心思立刻活泛。见姜瓷魂不守舍，她猜定是遭那纨绔抛弃，不然怎能当垆卖酒没得丢脸？

"我就要这瓶。"

王玉瑶指着窗里一瓶酒，丢了几个大钱进去，姜瓷弯腰捡钱的工夫，王玉瑶惊呼一声退开几步，姜瓷直起身子见王玉瑶满脸满身酒水，她也真下得去手。王玉瑶得意笑容一闪而过便化作惊慌无助，连退几步，软弱隐忍噙着泪水哭诉："姜瓷，是铜郎不要你，不干我事……"

叫人浮想联翩的话，姜瓷看着桌上翻倒的酒瓶没了反应。

远远拐角处，卫戍冷冷看着。

就在周遭议论纷起时，姜瓷忽然猛吸一口气，眼神鲜活抬头笑起来："对不住，一时手滑，我给你洗洗。"

说着转身出来，王玉瑶得意，正想一会儿如何为难姜瓷，就见姜瓷端着木盆出来，兜头到脚泼了王玉瑶一身。

"王玉瑶，你当顾铜是宝我不稀罕，回家好好过你的日子别再来招惹我！酒钱你付了，你要自己泼自己我也没法子！"

姜瓷正有气，她是被卫戍嫌弃了？也是，嫌弃是对的，可她就是心里不痛快，活该王玉瑶撞上。

"不稀罕？"

王玉瑶回神气疯："不稀罕你死赖着不走？你可是叫我婆婆给撵出门的你忘了？"

"撵得好！不撵怎么能看清你们一家子狼心狗肺？"

"你大胆！你竟敢骂顾县丞？"

"县丞怎么了？我升斗小民安分守己，大人要抓我吗？来呀！来呀来呀！"

姜瓷上前几步，骇得王玉瑶连连后退。

"井水不犯河水，好好的日子你不过，跑来陷害我做什么？杀人不过头点地，你是觉着我没饿死不甘心，还得再来踩两脚是吗？"

姜瓷刚到于水县时落拓样人都还记着，前后一思量自然就明白了，看王玉瑶的眼神顿时鄙夷。

王玉瑶羞恼："你这贱人丑胖不堪，活该一辈子孤家寡人遭人嫌弃！"

歪打正着戳到姜瓷痛处，姜瓷憋着一口气，忽然听见有人喊："喂！胖丫头！小爷娶你啊！"

第五章 报恩

王玉瑶针扎一样回头就看见了倚墙邪笑的卫戍，顿时魂飞天外，仓皇逃窜。姜瓷那一口气憋得更狠了。

"不嫁！"

她恶狠狠地喊，卫戍猖狂地笑了。

王玉瑶还记着卫戍打人的样子，惊慌跑回去后假惺惺地与顾铜哭诉一番，顾铜大怒要去寻姜瓷算账，却被顾县丞阻拦，再三警告不许招惹。王玉瑶懂得看人脸色，又反过来劝慰顾铜，可到底不甘心，使了小钱叫人打探，得知卫戍是外乡人，但与陶家老夫人来往甚密，她有些坐不住了，寻个由头回娘家一趟。

王县令是人精，听女儿前后细说后，已推敲出了卫戍的身份。

"你沉不住气，若能与这卫小郎成亲，怕是好处更多。"

"爹，女儿等不得了，那会儿再晚一时半刻，若等闲话兴起，那女儿只能老在家里了。"

王玉瑶懊恼不已，王县令也没法子。他惯不喜爱长袖善舞的女人，但若是自己女儿又另当别论。只看王玉瑶不过庶女却能在闺阁中就为自己谋下大地主家的亲事就足以叫他高看。孙家非同寻常，百顷良田的大地主，富得流油。可王玉瑶运气不好，先勾上的暴毙又搭上的病亡，王玉瑶命硬克夫的名声眼见要传出来，她硬是以残破之身哄的顾铜回头。顾家有些本事，陶县令有望升迁，顾县丞也是硬挤走了于水县先前的县丞等着升任。可这些本事在陶家面前就都不算什么。

陶家有贵人相助，凭陶县令读书不多又资质平庸却还能升迁。

与陶家有关联的卫小郎又叫老狐狸顾县丞那样忌惮。

"你若能攀上那卫小郎，也不失为一件好事。"

王玉瑶也正有此心，她从娘家借了几个人，挂着顾家的由头，去姜家闹了一场。

而王玉瑶被卫戍吓跑那夜，姜瓷照旧被操练得只剩一口气，正要烧水洗漱，卫戍叫住她。

"顾家已搬来，你在于水县往后怕是不好过，我后日就走了，宅子留给你，你是还留在这或是卖了去别处，自己看。"

"不要。"

"不要？那你住哪儿？别赌气。"

卫戌少见地有耐心，可姜瓷就是心里别扭。这份别扭掺和着不安，譬如你要饿死了，有人给你个馒头救了你，但你不能因为他救了你就要求他以后要养活你。可她如今就是，卫戌的恩越欠越深，无以为报。

没亲没故的，凭什么呢？但报恩一事，也真不是你想怎么还就能怎么还，姜瓷倒是愿意当牛做马为奴为婢的还，可卫戌如今缺的是个能挡亲事的娘子。但是她不配，就是假的也不般配，这点自知之明她还是有的。

卫戌见她没了话便回屋去了，姜瓷却烦躁异常，开门便走出去了，漫无目的地胡思乱想。

姜瓷一身汗，秋夜风吹直冷，她抱着双臂哆嗦。

算了，还是洗洗回屋再好好想吧。

才转身，忽然兜头叫人罩住，姜瓷正要挣扎，颈后一疼晕了过去。

不知过去多久，姜瓷隐约听见人声。

"卫戌口味真是清奇，本还想好好享用一番折辱他，谁知竟是这样货色，我可吃不下嘴……"

卫戌仇人！

姜瓷惊醒，却不敢动弹，发觉自己被堵了嘴绑着手脚，听话意思是要对她……她遍体生寒。

"你真没弄错？"

"哪能呢！奴才仔细查了，卫戌从老夫人处搬走就为和她住一处，奴才方才跟着，她确实是从卫戌院子走出来的。卫戌为她上心，前些日子还去苍术县把顾县丞的公子给打了。"

"呦，还是情种！"

指尖叩在桌上的声音，一下一下地敲在姜瓷心上。

"罢了，便宜你们了，叫外头两个进来，等她醒了好好招呼，享受罢了给卫戌送回去。"

"那是，昏着有什么意趣……"

听着二人的调笑声，姜瓷如坠深渊，努力思考脱身之计。

木门开合声，有人出去有人进来，姜瓷觉着有什么东西在身上游走，她再顾不得，一个激灵挣扎起来，往墙角挪去。

"呦！醒了？"

姜瓷这才看清，两个粗壮大汉，满脸淫秽。她拼命挣扎呜呜嘶喊，奋力踢蹬的双脚却被人一把抓住。

"没看出来，还是个烈性的，我就爱这一口！"

说着往姜瓷身上压去，姜瓷肝胆俱裂，忽然一声巨响，二人回头的工夫被一飞来的物什砸翻在地，姜瓷立刻往角落缩去。

"陶春！小爷给你脸了是吧？"

屋门外站着卫戍，目眦欲裂，抽出马鞭朝地上三人劈头盖脸抽去，顿时一阵哀号。姜瓷面墙，不住颤抖，直到有人触碰在她肩头，她惊得挣扎却被紧紧箍住。

"姜瓷！"

她才看见卫戍在摇曳烛光下冷峻的脸。

"呜……"

姜瓷号啕，惊恐委屈。

"对不住，对不住……"

卫戍眼神瑟缩，解开绳索扶她出去。

姜瓷一句话也没说，卫戍把她带回将她安置，坐在院子里整整一夜。

天将亮时，卫戍敲门。

"姜瓷，今日别出去了。"

姜瓷紧紧裹着被子一夜没合眼，她没作声。卫戍站了一会儿走了，大门落锁。

卫戍神情冷透了，才出巷子十几个男人围上，他长鞭挥舞，虽没吃亏也落得一身狼藉。脱身直奔陶嬷嬷住处，芸姑似知道他要来，守在门外，跟他进去。

陶嬷嬷还在花架下，一个青年伏在她膝头，陶嬷嬷神情漠然。

"祖母！你要为我做主！"

陶春脸上两道鞭痕，哭起来狰狞可怖，院子里还有一对中年男女，女人擦泪："婆婆，便是夫君在外真有什么，我也忍下了，可他不能打春儿呀，春儿才是咱们陶家正根儿嫡子！"

卫戍冷笑，众人回头。

"阿戍。"

"嬷嬷，你真要为他求情？"

陶嬷嬷欲言又止，女人凶恶："你算个什么东西！春儿才是陶家嫡子！你凭什么打他？你不就为着霸占我陶家家产吗！"

"就是！"

陶春应和，卫戍笑了，他看向陶县令："陶大人连家都治不好，何谈治理一方土地。"

陶县令大惊失色，卫戍看向女人："你要争的家产，都是小爷赏的。你算计争夺我不在乎，可你不该波及无辜。"

陶春暗笑，那丑胖丫头果然是卫戍软肋。卫戍忽然看过来，眼神令陶春不寒而栗。

"陶春，再敢动那丫头，小爷把你大卸八块。"

轻飘飘的话却如雷霆万钧。

姜瓷不知枯坐床头多久，听见外头声响，不多时大门被推开，传来芸姑的叹息声。

"怎么就成这样了？"

芸姑烧了热水要为姜瓷洗漱，姜瓷忙起来自己洗漱，红着眼眶笑："我，我就是吓坏了，并没什么。"

"到底怎么了？郎君也不肯说。"

姜瓷顿了顿，艰涩地将昨夜之事略说了，芸姑冷下脸去："实在不堪！"

她拉住姜瓷的手："卫家……不是个好地方，郎君才生下，我就照料在他身边，郎君命苦，夫人心思不在他身上，老爷更是。夫人去后嬷嬷不放心，留在卫家照料郎君，郎君少年时，知道卫家容不下我们，就叫我和嬷嬷一齐走了。那样一个地方，留他一个，该多难熬……"

芸姑恻隐："姑娘，郎君遇到难处，只有你能帮他，可他不肯。"

"想跟他的姑娘一定很多，是我不配。"

这是实在话，谁知芸姑却摇头苦笑："算计他的倒不少，喜欢他的，真没有。你想，总不好随意寻一个，不知根不知底，将来还不知多少麻烦事。况且你瞧，今日种种，郎君分明看重姑娘。"

姜瓷也承想卫戍为何会这样帮她，却在昨日隐约猜到答案。

"是同病相怜。"

芸姑叹息，她也知道是这样的缘由。

"郎君此番来探望嬷嬷，嬷嬷待郎君极好，好过亲生孙儿。陶家公子误会，以为郎君是陶大人在外所生的孩子，如今接回欲要争夺家产，才会如此打压，嬷嬷身家实则还是郎君所赠。姑娘，同病相怜也好，报恩也罢，你帮帮他吧。"

"芸姑！"

卫戍匆匆赶回，站在门外，少见肃冷。芸姑无奈，叹息着出来。姜瓷累极了，转头看见卫戍时极为诧异。还是昨夜的衣裳，却满是狼藉，眉梢破损，衣衫染血。

"你……"

"不是我，我没受伤。"

芸姑在院子里低低说话："郎君，再没有比姜姑娘更合适的人，热忱良善，如此秉性也断不会痴缠，她会全心帮你，必不会叫卫家看出破绽。"

"芸姑，你说太多了。"

卫戍关上姜瓷房门，将一切隔绝在外。

姜瓷轻轻叹息。

芸姑不知何时走了，外间安静许久，姜瓷才整理出来，卫戍还在院子坐着，她目不斜视地去厨房做饭，与卫戍吃过午饭收拾干净便去了孙家酒铺。她本也是为报答孙寡妇善心白做工，谁知午后天阴了，不到黄昏狠刮几阵风，豆大的雨点落下，雨帘密如织，姜瓷正要和孙寡妇借伞，就见拐角处卫戍执着油纸伞等她。

"啧啧，这样俊俏郎君，莫说于水县，便是永华州也难见一个，要是我，就答应了。"

孙寡妇调笑，姜瓷不知如何作答。

是呢，他好看得紧，出身想来也不低，所以这个假妻人选才格外慎重。

卫戍见她出来，走到酒铺门口接了她，一路没话，走许久姜瓷才隐约觉着卫戍身上极热，在突如其来的凉雨里，隔着衣衫，热的烘人，但瞧着神色却并无不妥。

回去做好饭，卫戍却并没胃口，早早睡下。

半夜雷霆大作，姜瓷叫雷声惊醒，外头狂风卷雨，姜瓷想起卫戍没关窗子，匆忙起来，这样大动静卫戍不为所动。姜瓷总算发现不妥，推门进去，他已脸颊通红地昏睡。

"卫戍！"

她推他，隔着衣衫也能觉出的烧热，卫戍皱眉，呻吟一声艰难睁眼，眼神迷蒙看着她。

"你怎么都弄湿了……"

要挣扎起来给她擦擦，忽然闷哼一声捂在胸口倒下。

"卫戍！"

似乎疼痒，卫戍抓着胸口，把衣衫胡乱抓开露出胸膛，赫然一处还没全长好的伤口，显然阴雨天伤患发作。

姜瓷关好窗子给卫戍掖好被子，冒雨跑出去。

东集市卫戍总给她瞧病的医馆，郎中就住在后头，雷雨中她拍门许久才总算惊动。

"郎中！救命！"

姜瓷险些跪下，郎中心善，披了雨具随她去，卫戍竟挣扎起来了，见她回来松了口气，看她身后跟着郎中，没好气怒斥："我没事！你大半夜瞎跑什么！"

姜瓷已和郎中说过，郎中不客气，上前按住卫戍诊脉，撩开衣衫瞧了。

"折腾！可劲儿折腾！仗着年轻不把身子当回事，有你后悔的时候！"

他推搡卫戍的时候姜瓷才发现，他后背也有一个伤处，看上去像是一箭穿透，姜瓷后知后觉地抽了一口冷气。

"你这伤不超过两月，该仔细将养才是！"

郎中恼怒写着药方，姜瓷愣在一边，卫戍艰难的自己系上衣衫。他昨夜未睡，又动了手，遇上这场大雨才再支撑不下。

姜瓷一直不知道他有伤，瞧着样子，陶嬷嬷和芸姑也不知道。

卫戍看姜瓷失神的样子，郎中写好药方，他起身要接，姜瓷回了神，忙接过来就要出去。

"站住！"卫戍冷喝，"等天亮再去。"

姜瓷没理他，天亮时已煎好药，风雨不停，清晨萧冷，卫戍昏昏沉沉，却一直阴鸷瞪着姜瓷。

她不听话。

姜瓷瑟缩了一下，送上药碗，卫戍接过一口闷了，扭头躺下。一阵窸窸窣窣，卫戍觉着身上又添一床被子，他不肯睁眼，即便他警示了陶春，也未必全然安全，这蠢丫头好了伤疤忘了疼。

这样大的雨，孙家酒铺不开门，姜瓷便能好好留下照顾卫戍，也不禁佩服，从她头一回见卫戍开始，从未发觉他是个有伤在身的，还几次三番动手，打屠户打顾家人，昨日甚至见了血。

卫戍身子底子好，不过歇了两日就好转。

风雨虽缓，却终究没停，一月前初秋燥热忽然就到了深秋寒凉。这日一早姜瓷熬好药送进去，卫戍咳嗽，却正在整理衣领，脚边一个不大的木头箱子，床上摆着他的黑斗篷。

姜瓷忽然意识到，卫戍要走了。她的心沉了沉，把药递上去。卫戍接过一口喝了，指着桌上摆的银锭子。

"照从前说的，宅子留给你。"

姜瓷沉默了一下，走了，她的东西简单，比穿衣裳还快就给收拾了，卫成提着箱子出来时，就见姜瓷挽着个小包袱正在出门。

"姜瓷！"

第六章　没完

姜瓷站在门里回头，四目相对沉默半晌，姜瓷低低地叹息了一声："我一直想不明白，怎么我就要如此坎坷，和别人不一样呢，就算高低起伏，也该有些好过的时候。后来听人说起因果报应，大约我上辈子欠了什么，这辈子是来还的，心里也就踏实些。我这辈子努力还完了，下辈子，还能清清静静做人。但是，如今又欠了你。"

姜瓷笑："老天眷顾才会派你几次三番来救我，你于我的大恩大德你或许不觉得，但是对我而言，是命。我欠了你，我……恐慌得很……我想报恩，但真不知道该怎么办。"

姜瓷眼含畏惧，卫成皱眉，僵持了片刻，姜瓷点了点头："我明白你的好意，卫成，你是个好人，谢谢你。欠你的，下辈子再还吧。我说话算话，绝不耍赖。"

卫成眼睁睁看她笑了笑走了，转头去她屋里拉开柜子，果然她只带走了自己的东西，连他给她买的几身衣裳也没全拿走。宅子银子她都不要，怕欠他更多。卫成一阵烦躁，觉得姜瓷麻烦。

整个院子一尘不染整洁干净，他带她来的那晚，这里落满灰尘萧索冷清，毕竟这只是他偶然来时才会暂住几日的落脚之处，是在姜瓷住进来后才有了改变。

有了人气儿，就像寻常百姓家。有男人和女人的声音，有饭菜的香味，有晾晒的被褥衣物，他嬉笑怒骂地折磨姜瓷锻炼身体。姜瓷勤劳手巧，他是她的天，她看他的眼神满是敬畏，这叫他一个被人瞧不起算计了十九年的纨绔，头一回有了过日子的感受，体会到家的温暖。

没法子否认，这一个来月，是他这一辈子最好的一段日子。

"麻烦！"卫成提着箱子锁门走了，与姜瓷相反的方向。

孙寡妇见姜瓷提着包袱来了，自然什么都明白了，不住地摇头："你说你，答应了不就成了？"

"他是可怜我，我却不能不自知。"

"讲究真多！"

这些话半真半假，卫成不过在见到她时想起曾经自己可怜无助时，想着那时若有个人能像如今他帮她那样的帮他，或许他就不会那样苦了。他是好人，他救她，她不能恩将仇报缠上他。

"唉……"姜瓷悠长地叹息，仔仔细细在心里记下这一笔不小的欠账。

连下几日雨好容易停了，酒铺今日生意极好，姜瓷忙碌，很快就把那点淡淡的惆怅暂且抛在脑后。又到黄昏时，听着声响，姜瓷站起迎客，就见阴沉着脸冲到她跟前的顾铜。

姜瓷身手敏捷退了一步避开顾铜挥来的手，反手抄起笤帚戒备的盯住顾铜。

"姜瓷，我从前觉着你尚算良善，没承想你竟是如此黑心烂肚肠的东西！是你不堪不配做我顾家妇，是我把你撵走迎娶玉瑶，这其中最为无辜的就是玉瑶，你凭什么对她下手！"

姜瓷挑眉，诧异茫然。无端端地，这是来为王玉瑶出头？

"少装蒜！那日玉瑶来买酒，不是你侮辱她泼她一身酒？你做了亏心事，躲了这么些日子，今日好歹叫我逮住你了！"

姜瓷有些一言难尽的腻味，像踩了狗屎，分明都擦净鞋了，还是带着一股臭。顾家人算是甩不开了？

"有完没？"姜瓷质问，顾铜恼怒，卫成那厮都走了，他掩饰下方才被姜瓷厉色震慑的怔忪，壮着胆子上前厮打，可还没近身，劈头盖脸叫姜瓷一扫帚打在头上。

"我问你有完没？"姜瓷大喝，心头火一下烧起来，趁着顾铜被打蒙，接二连三打过去。

"有完没？有完没……"

问一下一扫帚，顾铜抱头鼠窜，姜瓷追着越打越兴起，心头郁结也随着一下一下慢慢消散。卫成匆忙赶回时正见这样，短暂的诧异后，露出了老父亲般的笑容。

总算长进了。

但又发愁，长此以往，不是和顾家越闹越僵，就是名声坏透，对于孤家寡人弱质女流的姜瓷而言，都不是好结果，卫成忽然想起陶嬷嬷的话，他权衡再三，又想起早上姜瓷说的话，见姜瓷累得喘不上气，才慢步上前接住了笤帚。

顾铜头脸被刮出许多细碎血痕，他受惊不小，然而抬头看见卫成时，见鬼一样逃走了。

"哎！小爷救了你！你不谢谢小爷？没教养！"

姜瓷叉腰喘气，看着落荒而逃的顾铜和去而复返的卫成，哈哈大笑，前仰后合，一屁股坐在地上。

卫成拉她："起来！地上凉！"

忽然发现她比从前轻了许多。

"你怎么回来了？"

"小爷叩了九十九个头，就差一个见真佛了，你要饿死了，小爷功亏一篑！"

姜瓷正拍身上灰尘，卫成看着，忽然去问："姜瓷，你愿不愿意嫁给我？"

姜瓷大惊。

"咱们双赢，你能过踏实日子还能报恩，也解我燃眉之急。三年，事后你若想离开，我保你余生无忧，你若有心上人，我为你风光送嫁，若你不想离开，可以做一辈子卫夫人。"

姜瓷眼皮子不受控地抽搐了一下，卫成眼光灼灼："你想好。"

"没什么好想的，怎么都是我沾光。"

姜瓷实在不是个矫情的人，卫成笑开了，孙寡妇虽听不清却旁观许久，忙送了姜瓷的包袱出来。

"多谢！往后不能常来了！"

卫成接了包袱摆手。

"胖丫，明日就办婚书成吗？"

"婚书？什么婚书？"

寻常乡野百姓少办婚书，大多说媒下聘迎娶拜堂就算成亲了，但顾铜是县丞之子，姜瓷却不明白这些，卫成叹了口气："官府办下的文书，证实夫妻名分，看来顾铜一开始就存了要撵走你的心。怎么了？"

姜瓷深深懊恼："方才打少了！"

卫成哧笑，二人回去，却见门外徘徊着两人。

"姜瓷！真是你！"姜家大嫂眼尖瞧见直冲上前，姜瓷眼疾手快避开她要撕扯的手。

"做什么？"

"做什么？你这贱人在外作恶，却叫人来闹得家宅不宁，我要不撕吃了你……"

"大嫂！"少女阻止，带着娇俏，姜瓷这才留意与姜家大嫂一同来的姜莹。姜莹年长姜瓷半岁，因生得有几分姿色颇为挑剔，今夏才说好的亲事，还没下定。此时她正惊疑不定地看着卫戍。

卫戍被盯得不爽，回瞪一眼，谁知那姑娘竟娇羞起来，拉着姜瓷悄声询问："你怎不回家？在外闹个什么？前些日子顾家来人闹，说你在外寻了相好打了顾铜，还伤了顾家亲眷，顾家人把大哥给打了，咱们好容易才找到你。"语调温软真情流露，姜瓷诧异。从来姜莹待她都不假辞色，惯爱谩骂争抢，她看了卫戍一眼，忽然明白。

姜莹怕是看上了卫戍。

"打便打了，那是该打。"

卫戍倚墙，邪气横生的眉眼格外勾人，姜莹脸热心慌。

"这位郎君贵姓？话却不能这般说，我妹子的名声总还要的。"

"嘁！屁的名声，小爷的人不是白给欺负的。"

"你的人？"

姜莹大惊失色，眼光来回看过，似明白了什么，深为不甘："三媒六聘都没有，你怎和个男人住在了一处？"

她斥责姜瓷，可便是斥责，语调也那般娇软。姜家大嫂许也看出苗头不对，默不作声。倒是点醒了卫戍。

"哦，三媒六聘？"

他看向姜瓷却忽然笑了笑，将她们抛在外头开门进屋。

"是听说我从顾家要走了三两银子才来找我的吧。"

"你大哥因你被打伤，你不出钱医治？"

姜瓷笑了："哦，没米没粮叫我买，做衣裳修房子看诊吃药叫我出银子，合着我才是姜家一家之主？"

"呸！那是抬举你！"

姜家大嫂啐姜瓷，姜莹拉住她。

"好了，天色也不早了，你这事一时半刻也说不清，我们先住下……"

"二姐不是说无媒无聘就与男人住在一处了，二姐名声不要了？还是回去吧。"

姜瓷抢白，姜莹竟无言以对，脸色难看半晌，冷笑着走了。姜瓷进门，卫戍坐在院里，正在擦拭长刀。

"如同血蛭，不在你身上吸足了血，她们是不会甘愿脱离的。"

姜瓷心知，卫戍舞了两下刀又道："她们与你到底还有血脉亲缘，割断不易。倒是也好弄，砸银子就是，她们心满意足了……"

"她们不会心满意足。"姜瓷截断，"卫戍，她要是看上你要给你做妻……"

"我的妻是你。"

卫戍皱眉，姜瓷叹息："姜莹看上你了，她是不会罢休的。"

"嘁……那你预备怎么办？"

姜瓷茫然了一下，又有些迟疑，卫戍扛着刀笑："你说，我听你的。但有一样，三媒六聘确实该有。"

"不必这样麻烦，又不是真的。"

"有婚书在，怎么不是真的？胖丫，你要总觉着是假的，那咱们谁也骗不了。"

卫戍斜睨姜瓷发笑，姜瓷语结，卫戍说的是对的。

第二日天不亮卫戍就出门了，姜瓷做好早饭他又回来了，吃完早饭又拉她一起出门，去了布庄首饰铺，银子流水似的花的姜瓷心慌，里外换新，卫戍才带她去府衙，写了庚帖寻先生制了婚书，姜瓷户籍就在自己手里，十分顺利，巳时便在府衙登记，婚书盖了戳子。

卫戍拿着婚书异常欣喜，拉着姜瓷又往别院，寻陶嬷嬷做媒人，姜瓷再三阻挠卫戍才愿意精简，可聘礼与喜宴怎样也不肯免。他把姜瓷先送回又出去张罗。

如卫戍所猜，他还没回来，姜家人便又登门，几乎倾巢而来，姜瓷将他们迎进正堂。姜莹看姜瓷簇新一身与头上那支石榴石樱桃金穗簪，妒忌得恨不能立刻夺走。

"郎君呢？"她笑得温柔和煦，四下去看。

"不巧，他出去了。"

"你二姐说你在外与人结亲，家中爹娘不知，你结的什么亲？"

姜槐生怒，姜大娘子却上下打量，看姜瓷这般阔气，连这处宅院，怕是攀了好亲，心里不痛快，嘴里便刻薄："旁人攀了高枝都念着提携娘家，你倒好，躲得隐秘。你二姐四妹还有小弟都没成亲……"

"有爹和大娘子在，哪里有我出力的道理。"

"牙尖嘴厉！刻薄寡恩！我生养你一场就养出你这么个狼心狗肺的东西！"

"我六岁被撵出去乞讨，讨了钱才能进门。这么些年，苍术县那么些酒楼茶馆哪一家我没送过菜洗过碗？哪个大户人家我没刷过恭桶？大娘子夺我工钱养活一家，好吃好穿没有我。十年了，报不完爹的生养恩？"

"放肆！你这一身骨肉都是我赏你的！你就是拆骨卖肉都还不清！"

做爹的说出这样恶毒的话，姜瓷深深吸了一口气，眼泪在眼眶打转。

"你有什么资格阔气？你孝敬你爹了吗！"

姜槐说着劈手去夺姜瓷头簪，姜瓷退避，脚跟碰到门槛，才一晃就被人扶住，她回头，看见了卫戍柔软却淬着寒冷的眼神。

他看了姜瓷一眼，便笑着看向屋里人，笑容冷漠："是谁在我家放肆？"

轻飘飘甚至戏谑语调，却镇住姜家人。姜槐讪讪，姜莹忙上前，含羞带怯："郎君误解，爹是忧心三妹，关心则乱。"

"郎君？"

卫戍冷笑看她："你是我奴婢还是我姬妾？叫的什么郎君？没得这样轻薄，我娘子真是羞与你做姐妹。"

"娘子？你不声不响就要娶我姜家女儿？"

姜大娘子看不得女儿受辱，卫戍咪笑："感情是来兴师问罪的？不是你们撵走我娘子，还要打断她的腿吗？我可记得清楚。"

卫戍扶姜瓷去主位坐下，凉薄扫视："怎么？有利可图，便要卖女儿？"

"我便卖了又如何？他身上流着我的骨血……"

卫戍掏出一锭银子搁在桌上，姜槐的话戛然而止。

"听说岳母是姜家买去的奴婢，当初花费二两银，这是十两，连本带利该是够了。"

"不卖！"

姜莹拽住姜大娘子，姜大娘子立时大叫。卫戍但笑不语，又拿出一锭。轻轻一搁却如同重重砸在姜家人心上。见姜家人沉默，他又拿出一锭，姜槐有些手抖。

"姜大人可想好，我不是傻子，便是娶了姜瓷也不会任你予求予取，您该知道，这天下好姑娘多得是，我也不是非姜瓷不可。"

姜大娘子挣脱姜莹扑上前拿走三十两银子，心花怒放。姜莹恼恨，知道是卫戍要姜瓷与姜家割断，往后才真再没机会盘剥，却又没法子。

卫戍笑了，转头去看姜槐："那么姜大人，是不是该把我岳母交给我？"

"死了十来年，给你什么？"

姜大娘子似笑卫戍傻。

"哦，尸骨呢？"

卫戍眼光阴冷，姜槐此刻才惊觉落入圈套。

"没有吗？"

"老的没了小的偿，你不是娶了姜瓷？拿姜瓷还你就是！"

一本万利的买卖，姜大娘子脱口而出。卫戍点头，掏出一纸文书，寥寥几句，是姜家斩断与姜瓷瓜葛。

"也好，便画押吧。"

姜家众人沉默，姜大娘子要去画押，卫戍捂住，瞥向姜槐。

"你去！三十两呀！三儿与姜莹姜蕊的亲事都有着落了！"

姜大娘子推搡，姜槐却甩开瞪住卫戍："一个死人，卖便卖了，拿姜瓷抵了也成。但画押前咱们是不是得说说，你娶了我女儿，聘礼在哪儿？"

第七章　聘礼

"对，对！聘礼！"

姜大娘子两眼生光。

姜槐贪婪，抵出去的女儿还要再收聘礼。卫戍讥诮地看着他们，令人无所遁形，姜槐以为不成的时候，卫戍慢条斯理从怀中拿出两锭金子，二十两，姜家人顿时惊愕。姜大娘子几乎是呜咽着扑上前夺走金子，姜莹目眦欲裂。

姜槐颤抖着手忙不迭按了指印，生怕卫戍反悔。

"姜大人还真是没有令人失望，这样的……无耻。"

卫戍收起文书轻笑，姜槐竟不恼，反唇相讥："无耻？也不如青楼出来的肮脏下贱！"

"肮脏下贱？"

姜瓷的生母也姓姜，她或许真出自淤泥，但全天下最不配骂她的，就是姜家人。她眼底通红地死盯着姜槐："大人既觉着她肮脏下贱，又为什么要买她？为什么要收房？为什么要生下孩子？"

姜槐无言以对，姜瓷红着眼笑："我来替大人说吧，因我娘在青楼得的赏钱攒了十几两私房，她与你商议给你五两还她自由，你却不肯，你心知她还有银子，怕她走，硬霸占了她！抢走她的银子，欺辱她当牛做马还要为你生育女儿。你说她肮脏下贱，她也是穷苦出身叫人卖了，你如今不也是卖女儿？你还不穷呢。你压榨我们母女，花着卖我们的银子，还厌恶我们低贱，姜大人，你恶心不恶心？"

"臭丫头你找死！"

姜家兄弟恼怒欲打姜瓷，卫成抬手，一只手臂竟阻挡他们兄弟三人。姜瓷已仰天大笑泪水横流："你们抢走她一辈子攒的钱，她死了，没棺材也罢，乱葬岗随意挖个坑也不肯，一把火把她烧了，连把灰都没留下。我们母女，上辈子定是杀人越货的恶人，这辈子才落到你们姜家手里！"

多年沉积，姜瓷嘶声厉吼："滚！"

卫成松手，姜家人欲要生事吵闹，卫成抽出长刀，寒光凛冽，吓得姜家人仓皇逃去。

姜瓷这一哭却再也止不住，多年郁结一招疏散。卫成没有扰她，给她留了热茶点心。

翌日一早，姜瓷顶着黑且肿的眼圈在厨房做饭，也不知卫成何时来的，斜倚门框似笑非笑。

"怎样？"

"从没有过的轻松。"

卫成点头，进屋看见她那张脸，顿时嫌弃："啧！丑成这样，除了小爷谁要你？"

怕是哭一夜，声音嘶哑脸肿的泛光。嘴里嫌弃，却送了一个木盒到姜瓷面前。

"喏，你的聘礼。"

"不是给过了？"

"那是打发癞狗的，这才是你聘礼。"

"你可真阔气，三十两银子二十两金子，喂癞狗？"

"小爷错了，没得折辱了癞狗。"

姜瓷接过一看，顿时惊慌推回，里头银锭银票怕是千两之数。

"说笑的，家里家外要你打点，不好总和我要银子，你的聘礼到上京再补。"

"这，这也太多了。"

卫成看着姜瓷，很久才说："姜瓷，我从没想过我会成亲。这天下间的姑娘，不是柔弱的一遇坎坷便会死，就是满腹心机。成亲太叫人畏惧，一不小心就要背负人命，一不小心就被算计……"

姜瓷苦笑："我知道，你也是被迫才和我成亲……"

"呷！小爷跟你说不清！你既不会柔弱的随时会死，也不会算计小爷，因为是你小爷才愿意成这个亲。也和你说了，如果你愿意，可以做一辈子卫夫人。只要你不变坏，三年后，咱们做正经夫妻。姜瓷，这天下没人能逼小爷，只是刚巧成亲是最简单直接能解决问题的方法。你如今既然是卫夫人，那么该你享有的就安心享用，别亏待自己也别辱没小爷脸面。"

没有情爱，只因合适。

卫成摆手，还没走出去，就听有人敲门。看见门外姜莹，卫成厌恶。

"奴，奴有几句话，要和妹妹说。"姜莹低头羞怯，卫成叫姜瓷出来便进屋去了，姜莹看他背影直到不见，才神情转冷看向姜瓷。

"姜瓷，你是铁了心要忘本了？"

"什么本？你亲眼所见，我已叫姜大人卖给我夫君，我如今是卫家人，姜家与我还有何干？"

"姜家与你无干，那姜氏呢？你偷刻了牌位供奉，十来年了，怕是烂木头也该有灵了。"她满意姜瓷变了的脸色。

"姜瓷，我不介意，我做大你做小，你促成此事，我把你娘牌位还你。否则丢进灶台，你娘可就要再挫骨扬灰了。"

立过威又笑："我也是为你好，卫成这样貌，整个永华州再寻不出第二个，必是多情，便是一时贪新鲜对你有心，将来你也拿不住他。咱们从前再争斗，那也是血脉亲缘的姐妹，卫成到底是外人，我怎么会害你？你好好想想吧。"

说罢忽然扬声悲戚："阿瓷，我舍不得你，你这一走何年何月咱们才能再见？"

虚情假意哭个几声，还不见卫成出来，她胁迫地拍拍姜瓷的手走了。姜瓷气得发颤，摸向颈间佩带的一个小小锦囊，眼眶又红。

"怎么，又被欺负了？"

卫成在书房，跷腿躺在矮榻上翻着一本书，听脚步就知她心情沉重。

"是我疏忽，当初成亲不好带我娘牌位，本想三朝回门带走。"

"姜家收我三十两赎岳母银，岳母的牌位，光明正大去拿就是。"

他翻一页："她逼你做什么？"

"她要给你做大，叫我做小。"

卫成慢慢摇头："恶心坏小爷了，于水县待不得了，尽快动身走吧。"

翌日，夫妻两人去与陶嬷嬷作别，却意外见陶县令夫妻也在。卫成冷笑，他前脚与姜瓷办下婚书，陶县令便猜出他要走了，一辈子聪明才智都用在这上头了。

陪着陶嬷嬷说半晌话，陶嬷嬷是真心高兴，拉住姜瓷再三交代，陶县令忖了半晌才终于寻到机会插嘴。

"也不知调令何时会下，母亲惦记公子，若能去盛京，倒是好事。"

屋里一下子安静了。

卫戌从不会客气，淡笑回应："不会有调令了。"

陶县令顿时灰败，姜瓷此刻才明白，陶县令竟是指望卫戌升迁。她知道卫戌有钱有本事，却不知卫戌竟这样有本事。他到底还顾着陶嬷嬷，转头对她笑："嬷嬷的庶孙倒与我有些投缘，他要愿意，叫他去盛京找我。"

陶嬷嬷母子顿时缓和，陶夫人却变了脸："他是什么东西？凭他也配去盛京？要去也该是我春儿去！卫小郎！我婆母奶大你娘，又照看你到十二岁，你报恩便是这样报的？不给你奶舅舅升官反倒抬举个卑贱庶子折辱我们？"

卫戌笑容不减，笑着看向陶夫人。

"多嘴。"

陶嬷嬷气得咳嗽不止，一巴掌打在陶夫人脸上。陶县令这才慌张请罪，陶夫人说的也是他不敢说出口的心里话。

"孽障！当初穷得卖身，郎君抬举免我自称老奴！你们就忘了本！当初姑娘殁了，我要不留在卫家，哪来的银钱养活你们？便是如今身家都是郎君赏的！倒娇纵出了咬他的狗！"

陶嬷嬷歇斯底里，陶县令虽连连请罪，眼底却并没认同。

"芸姑，郎君成亲老身高兴，阿冬既与郎君投缘，便叫阿冬来陪郎君饮酒，也高兴高兴！把那些个不相干的都撵走！"

陶嬷嬷捣着松木拐杖，陶县令夫妻悻悻地走了。陶嬷嬷还为姜瓷备了一份嫁妆，礼单豪奢，姜瓷推拒，卫戌却叫她收下。

少时，来了个与卫戌年岁相当的青年，古铜肌肤浓眉大眼甚是结实，甚至笑起竟有梨涡，平白添了几分羞涩，倒是个爽朗性情，没几句便与卫戌说笑起来。一同吃过晚饭，似还不尽兴，二人相携去往酒楼，卫戌交代今夜宿在陶家别院，姜瓷便也留下了。

卫戌走后陶嬷嬷笑容渐收，竟添了几许萧瑟苍老，良久，叹息一声，屏退左右，只叫姜瓷陪在内室说话。

"少夫人……"

"嬷嬷快别这样，没得折煞了我。"

陶嬷嬷摇头："郎君苦，没有亲人，我想叫郎君不觉孤单，托大了这些年，却也错了，做奴才的，生了狂悖欺主之心，实在该死。"

她指儿子陶县令，姜瓷不知如何安慰，陶嬷嬷拉住她手，张了张嘴，终究却只道："罢了，叫芸姑陪你说说话吧。"

她唤芸姑，疲惫摆手，芸姑唤婢女侍奉陶嬷嬷歇下，便和姜瓷出去，坐在了院子里。

"郎君可与少夫人提过家中往事？"

见姜瓷摇头，她笑了笑："少夫人许能猜出一二。夫人出身盛京大族许家，名门贵女，那年将军出征归来，少年英雄，夫人城墙上遥遥一眼便动了心，可这亲事却怎样也说不下。将军青梅竹马有一位心上人，虽未定亲，却也是水到渠成的事，夫人一生磊落，独在将军的事上迷了心窍，做下不堪算计之事。有了身孕，这亲，结不成也得结。但将军怨恨，自是冷落夫人，夫人郁郁，生下郎君也没得将军来看一眼，便迁怒郎君笼络不住父心，甫一出生便丢在外头，生死不顾，再不看一眼。"

"将军难耐相思，不舍青梅竹马的姑娘，郎君满月时夫人得知那位姑娘也有了身孕，将军要迎她进门做平妻，这身子便愈发不好，及至将军迎亲之日，夫人抱了郎君欲从城楼跳下，将军却不为所动，照旧成亲，人虽救回来了，可夫人到底存了死志，第二日还是跳崖了。郎君有两个妹妹两个弟弟，他在将军府，从小便格格不入，将军对他从来不闻不问，新夫人的孩子欺辱算计他，下人也难免轻贱。便是十二岁时因生得太好被人当街掳走卖去小倌儿坊，将军得知也不管，郎君被打得遍体鳞伤自己跑回来，质问将军，将军说……"

姜瓷的心陡然刺痛，芸姑红了眼眶："将军说，他从来都不想要郎君这个儿子。郎君活着，时刻见证他曾被算计，曾背叛心爱之人。自此后，郎君自暴自弃，纨绔成性，在盛京成了一大笑话。"

芸姑声音如诉如泣，姜瓷惊诧，难怪昨日卫戍会那样说，难怪对于成亲既抵触又畏惧。这样说来，他娶她，当真不知付出多少勇气。二人沉默许久，姜瓷总算找到自己声音，艰涩难过："天下间，总有这样狠心的爹娘。"

"你们一样苦，少夫人必能感同身受，郎君待你好，你自也会待郎君好，对吗？"芸姑殷殷期盼，渴望得到她的承诺。

"他是我夫君，我自然待他好。"

芸姑眼角生泪，连连点头。二人又闲话几许，芸姑与她说了许多卫戍喜好，不觉便说到亥时，姜瓷正疑惑卫戍还不回来，便见卫戍着急慌忙冲进门，直奔卧房，甚至些微衣衫不整。

姜瓷心一沉，想起姜莹，忙跟了过去。

"洗！不！烧了，烧了！"

卫戍气急败坏，三两下剥了衣裳露出胸膛，姜瓷顿时羞红脸却又不好退避，捡起他扔在地上的衣裳背向他站着，待要问，却闻到了他衣服上传来丝丝缕缕脂粉香气。

"姜莹？"她脱口而出又自己否认，姜莹从不用这样浓郁香粉，这味道倒有些像是……王玉瑶？

院子里陶冬声音断续传来："郎君吃醉了，我去叫酒楼的人给郎君烧一碗解酒汤，回来却见厢房关了门，听里头有女人声音，说是姜瓷，往郎君怀里倒，还扒郎君衣裳。郎君醉得睁不开眼便抱住她，只一下就推开，嚷了她几句，郎君还摔了一跤。那女人便哭，说辱了清白，叫郎君收她，又说什么顾铜强占她，叫郎君救她，她愿意为奴为妾……"

卫戍不见姜瓷反应，转头见她贴着房门认真听外头，这才听见外头声音，顿时开门大怒："陶冬！闭嘴！小爷斩了你！"

陶冬怔怔回头看见卫戍身后姜瓷，才惊慌失措："少，少夫人还没歇着哪？"

姜瓷尴尬笑笑，卫戍倏然回头，恼羞成怒的眉眼，脖颈青筋迸起。酒气还没散且还光着上身，姜瓷少不得去哄，见他耳根都是红的，也不知是气是羞。好容易哄进屋，芸姑已命人烧好解酒汤送进来，姜瓷哄着喝了，卫戍又去找刀，扬言要砍了顾铜狗夫妻，幸而陶冬在，连哄带骗抢下长刀，总算按在床上哄睡了。

第八章　名声

"这顾家少夫人也忒不要脸些。"

芸姑忖着姜瓷的脸色，见她竟不为所动，却不知有姜莹在先，姜瓷已有些习以为常。

卫戍不痛快，便是睡了一夜醒来，想想仍旧不痛快。

姜瓷想着，王玉瑶怕不会善罢甘休，果然才回卫宅就见顾铜气势汹汹，竟少见振奋男子雄风，要与卫戍决一死战来报辱妻之恨。卫戍虽轻易打跑顾铜，却终究落了个欺人太甚之名，甚至酒楼风波也被人刻意渲染传扬，说卫戍垂涎王玉瑶美色，掳劫欲行不轨损人清白，大有逼迫卫成纳了王玉瑶的意头。

"这王玉瑶是蠢的？她与顾铜是夫妻，这样吵闹能怎样？便是逼着我相公低了头，难不成还能抢了有夫之妇？她这不是偷鸡不成蚀把米反倒坏了名声？"姜瓷想不明白王玉瑶作的什么妖。

"你傻呀！这是一计不成，按她原想必是悄无声息做下那事拿捏你相公收她。显然没成便生二计，以声势逼他就范。你相公终归是要走的，到时带她走了，谁还管在这儿的名声好坏？"孙寡妇指点，姜瓷恍然大悟，恶心的不行，难怪卫成回来要烧衣裳。

"你相公呢？"

"闷在房里生气。"

姜瓷努嘴，外头沸沸扬扬，孙寡妇上门宽慰："这几日且避避吧，不然你们趁着夜深人静就走吧。"

卫成哪是被逼低头的人，姜瓷也咽不下这口气。凭什么王玉瑶算计卫成做下不要脸的事，却叫卫成背黑锅，她反倒成了受害人？

接连几日，姜瓷便是出门买菜也被指指点点，卫成与陶冬几次辩解都被淹没。这事本也是豆腐掉进煤灰里，拍不得打不得，如今又说不清。这日想着卫成委屈多日，姜瓷想做顿好的安慰，正斩骨头，听门外响动，她出门去看，见大门被人砍了几刀又洒满烂菜叶臭鸡蛋等污秽之物，想着卫成那样的人竟被逼到如此境地，分明被人算计陷害却有口难辩，闷了几日的气一下子爆发了。

虱子多了不痒，她随手抓个小乞丐给了二百大钱："你跑一趟苍术县，找校场看守姜槐家，与他家二姑娘姜莹说于水县姜瓷寻她说事，十万火急，叫她午后必要过来，迟了就再不必来了！"

乞丐得钱跑得飞快。姜瓷憋一口气，骨头斩得惊天动地。

午饭姜瓷吃得很多，吃完提着菜刀等在院里，大门一响，开门拽着姜莹便走。卫成见她气势汹汹地提刀出门，大骇地尾随。

"做什么？"

"做什么？你不是要给我相公做大吗？往后这事断不会少，今儿我便替你出一回手，你且看着吧！"

姜莹听说有女人惦记卫成，竟也恼怒异常，但一到顾家见竟是王玉瑶，便挣扎退缩避开了。姜瓷也不理她，一脚踹开顾家大门，果然王玉瑶在院子里与人哭诉。

姜瓷气得眼底赤红，多少天了？泼粪水一样的辱没人，没完没了！

"好你个不要脸的！趁我相公吃醉酒假冒是我欲行非礼之事，叫我相公识破你反倒打一耙？"

菜刀沾着肉，王玉瑶早等卫戍上门才好再闹一场逼他就范，没承想来的竟是姜瓷？姜瓷这样她反倒被吓住了，但机不可失，她顿时大哭："怎么？你是要杀我灭口？杀我也还是那句，是卫戍掳劫我欲欺辱，我拼死才保全清白跑了出去！"

"哪家女子受辱大肆宣扬？自己脸面也不要？你这样大肆宣扬是要我相公赔你银子还是偿你性命？还是你都不要，就想逼他就范给他做妾？"

"你胡说！"王玉瑶声嘶力竭，姜瓷一把将刀砍在顾家大门上，撸起袖子。

"我胡说？来！事过半月还风声不减，咱们来说说当日事！你说我相公掳走你，什么时候在哪掳的，带你去了哪儿？"

"就是十月初四戌时三刻，在春和酒楼后街将我掳走，就带去了春和酒楼厢房！"

姜瓷一把拽下菜刀，伸手薅过王玉瑶，王玉瑶尖叫挣扎，可姜瓷自幼劳作力气颇大，竟一路薅她出门直奔春和酒楼，王玉瑶动静颇大，待去到春和酒楼，身后已不知跟了多少瞧热闹的人。

姜瓷一把将王玉瑶丢在地上："十月初四我相公卫戍可来你春和酒楼吃酒！"

姜瓷气势骇人，酒保吓得要逃，却被她眼神震慑，抖抖索索。

"来，来了……"

"什么时候来的，是独自前来还是有伴同来？"

酒保迟疑去看王玉瑶，姜瓷一刀劈在酒案："说！"

"戌，戌时来的，是与陶二公子同来！"

"哦，我相公掳你欲行不轨，还带了帮手？"

外间顿时大笑，王玉瑶大喊："他是在陶二公子走后才做的！"

"陶二公子什么时候走的？"

"陶，陶二公子没走……"

酒保脸色苍白，王玉瑶也傻眼，她分明见陶冬出去才进的门。姜瓷冷笑，怀里掏出钱袋，摸一把大钱在手掂着："悬赏，十月初四戌时三刻前后，可有人瞧见春和酒楼门口，顾少夫人是自己进的酒楼，还是被我相公胁迫去的？"

春和酒楼没后门，卫戍便是在后街掳了王玉瑶，也得绕道从前门进去。

人群立刻有人蹿出来。

"我见了，顾少夫人那夜打扮花枝招展，她是自己进的门上了楼！我那日就在大堂吃酒！"

"你胡说！"

王玉瑶声嘶力竭。

"我胡说？咱们三五人一同吃酒，难不成都看错？"

来人冷笑，姜瓷依约给了几十大钱，众人见钱，接二连三冒头做证，是真是假姜瓷不在乎，终归今日当众说了，便能佐证王玉瑶说谎。

一袋大钱散尽，大堂已站了十数人证实王玉瑶是自己上的楼。本先她做这事便经不起推敲，她勾不出卫成，只能趁他外出临时起意，自然漏洞百出，便想以声势制人，先前也确有成效，卫成与陶冬几次解说都没人听信。她笃定卫成一个男人不会对她下手，便是下手也能反咬，而姜瓷软弱卑贱又能成什么事？

但王玉瑶没想到，姜瓷自遇见卫成，从软弱到泼辣，都没个过渡。

"成，那咱们再来说说，戌时三刻天已黑透，你一个官眷少夫人，花枝招展独自一人进酒楼，还摸进我相公厢房，是为何？"

这事已再明朗不过，卫成虽是外乡人，可到于水县已两月多，样貌出众财力不俗，还曾打过赵屠户，闹得沸沸扬扬，不知多少姑娘对他有心，偏生悄无声息娶了姜瓷这样的娘子，而姜瓷与王玉瑶瓜葛，众人也都略有耳闻。

"就是他见色起意邀约，我，我是没经住诱惑才前往赴约！"

王玉瑶不死心，继续攀咬。姜瓷大笑："我相公约你，带着陶二公子？这便罢了，于水县多少貌美姑娘，我夫君便是起了色心也轮不到你这残花败柳！"

"你这青楼出身生下的贱种！凭什么说我！"

王玉瑶上前厮打，姜瓷轻易推倒："青楼出身？便是青楼姑娘也比你有情义，总还担着骂名，不比你满心肮脏念头做了下贱事，还要诬人清白自诩洁净！你是个什么东西？我夫君是昂堂男儿！绝不行无耻之事！"

人群之后，卫成遥遥相望，胸臆间不知为何胀得满满的，似乎伤口在疼，叫他忍受不住眼眶发热。

十九年，没人相信他，没人这样维护过他。

姜瓷出这一口恶气，看着人群中畏畏缩缩的姜莹，一手指过去。

"你们两个，一个爬床，一个拿我娘牌位胁迫我，都要逼我下堂给我相公为妻做妾，你们既不顾脸面，那咱们索性别要脸了！我今儿把话撂在这儿，我相公就是我的命！谁再逼我，我左右活不下去！我斩骨头似的斩了谁，咱们同归于尽！"

豪言壮语，一劳永逸。孙寡妇说得好，终归要走的，谁还在乎于水县的名声好不好？

一场闹剧，却将半月来的乌烟瘴气顿时清扫。人群渐散，姜瓷有些脱力，掂着菜刀回去却没见卫成。

卫成此刻正策马前往苍术县，胖丫难过多日，岳母的牌位该接回来了。

黄昏时，姜瓷见卫成抱着牌位回来，愣了一下，眼泪便流下来。

"姜家轻易就给了？"

"抢的。"

姜瓷看一眼他腰间长鞭，抱着牌位哽咽。

"别哭了。"

卫成指尖微凉，触在她脸颊，激得她心生战栗。

"乌烟瘴气的，过两天咱们就走。"

"好……"

接连两日，夫妻俩难得清静整理行装，卫成轻便只几身衣裳，姜瓷却有陶嬷嬷给的大把嫁妆，收拢过后寻个镖局，恰有镖送往盛京，便一并带去。

姜瓷又同孙寡妇作别。

"走吧，我过几日许也走了。娘家婆家虽都没了人，可守在这儿，我跟货郎都不好办，我们商议着卖了酒铺，也到外地算了，总能成个家。"

也是这个理，孙寡妇是冲喜进门，没圆房就守寡，侍奉公婆终老，才二十来岁，孤苦终老着实可怜。

十月二十二这日一早，夫妻两人总算上了路。

卫成买下一驾马车，姜瓷少坐马车，起先颇新奇了两日，看沿途风景与城镇，不过两日渐渐腻了，疲乏里竟有些晕车起来，走了四五日到永华州府，卫成果断弃车登船，他们顺潞河行舟十余日，再走个三四天就能到盛京。

行舟第六日，卫成站在甲板上望着河边崇山峻岭，眼神深邃。

"山贼猖獗，潄山百姓苦不堪言。"

"官府为何不剿匪？"

卫成缓缓摇头："发兵三回，回回伤亡惨重无功而返。"

"官府都奈何不了？"

姜瓷大惊，不禁多看几眼潄山。郁郁苍苍，作为南北交界，这里山势险峻易守难攻。

卫成冷笑一下，他不信这是一块一点都啃不下的硬骨头，次次不成，山贼必有内应。

正看着，船头忽然一阵骚动，卫戍拉过姜瓷看过去，就听嘶喊声中接连扑通落水声，卫戍细听，脸色微变，眼疾手快拉着姜瓷回屋，抓起一个小包袱背在身上，三两步蹿去船尾，抽刀断开船后挂着的一艘小舟，拉着姜瓷跳了下去。

第九章　水贼

姜瓷惊慌，卫戍摇船没多久，大船上生出火光，人声鼎沸。

"怎么了？"

"山贼变水贼了。"

卫戍冷笑，回过头继续摇船，迅速靠往岸边，拉着姜瓷隐入山石草丛，没片刻便有人追过来细细搜索，姜瓷看到凶神恶煞的彪形大汉提着寒光凛冽的大刀，眼见要搜到藏身处，卫戍一跃而起手起刀落砍下人头，在其他山贼被惊动追来前拉起姜瓷就跑。

姜瓷吓坏了，全不知自己看到了什么在想什么，只跟着卫戍没命地跑，跑得胸腔被挤压撕裂的疼，卫戍一把将她塞到一处凹洼处以枯草覆盖。

"别出声，等我回来。"他低声交代，跑去另一边引开了山贼。

感觉脚步从身边经过，姜瓷一颗心慌得要跳出来，她死死捂着嘴才没喊出声来。从正午等到繁星升起，从惊惶无度等到心慌麻木。姜瓷不敢动，深秋河边的夜格外冷，她簇簇颤抖，忽然听见慢慢走近的脚步。

"有人吗？"

正惊喜想要出来的姜瓷一下顿住，是个女人的声音。

"有没有人？我害怕，咱们一处走吧？"

枯草缝隙，姜瓷看见一个女人身影，百姓打扮，一支树枝在长长的枯草里扫荡，语调可怜眼冒寒光，姜瓷屏住呼吸看树枝从眼前扫过。

是个贼婆。

事到如今她不得不承认，卫戍到现在还没回来，恐怕凶多吉少。走与留是抉择，姜瓷咬着嘴唇看那贼婆渐渐走远，终于哆嗦着站起来："大姐……"

她哽咽着，楚楚可怜。贼婆倏然回头，眼光已变得惊慌悲悯，她迅速跑过来。

"这位妹妹，你是今儿午时那船上的客吧？"

"是，是……"姜瓷大哭，"我相公不在了……"

贼婆上下打量，见姜瓷身无分文又姿色寻常，犹豫是否放弃，姜瓷拉住她手哭："这位大姐，我可怎么办？"

"那，那你跟我走吧，我家就在这山上。"

"好……"

姜瓷抹一把，脸更脏了，贼婆嫌弃，可到底是个女人，便带她往山上走，姜瓷一路抽抽噎噎，实则小心记路，贼婆左右来回走，瞧着像是躲避枯枝乱石，但恐怕这路上是有埋伏的。直到月上中天才算走到，姜瓷看着如同村落一样在半山腰的寨子，有男人走近。

"阿尧。"

阿尧点头，二人谨慎。

"这是我夫君。"

一阵厉呼，姜瓷哆嗦，阿尧淡漠看过去。

"我们这寨子时常被山贼惊扰，这回他们下山作恶逮到几个，可不能轻饶。"

姜瓷惊魂未定，看村寨里人来人往不见老人孩子，心中便有数。路过刑房隐约见里头十字型架上绑着白条猪一样的男人，抽打的浑身是伤。

阿尧将她带进一间屋，只有一副床铺一桌一椅。

"你暂且住这儿，你是哪里人？"

"我是于水县人，因和相公得罪了新任县丞，过不下去了，要去盛京投靠做小生意的亲戚，谁知路上遇见这事，我相公为救我，到现在还没消息，贼人凶悍，怕是凶多吉少了……"

阿尧叹息一声，姜瓷继续抽抽噎噎："我相公说漭山山贼猖獗，百姓苦不堪言，果然如此。"

"你夫君说得就对吗？你倒信他。"阿尧讥诮。

姜瓷顿时变脸："我相公说得自然是对的！他不会说错！"

"好了，你先歇着吧。"阿尧不耐烦走了，姜瓷才松口气，却听见门外铁链声上了锁。

"大姐？"

"为怕山贼万一逃脱，女人屋子晚上都要上锁，你别怕。"

阿尧声音冷漠，姜瓷冻了半日忙缩到床上披了棉被，她忧心忡忡，不知卫成如今怎样了。胡思乱想挨到黎明前，天还黑得很，外头锁链声响，姜瓷惊醒，阿尧看姜瓷脸色便知她一夜未眠，却并不关心，只提进来一个藤筐，里头装着棉絮布料。

"咱们寨子穷，养不起闲人，你在这儿停留的日子得给咱们缝制冬衣。"

姜瓷胡乱拢了头发从床上爬下，阿尧身后一个瘦弱的小丫头进来，端了一碗糙米稀粥和一个菜窝窝，瞧着八九岁的样子。

"你多大了？"

"十，十二了。"

小丫头惊慌瞥一眼阿尧走远的背影，姜瓷抓起菜窝窝掩饰："你叫什么名儿？"

"翠，翠芽。"

"你们寨子叫什么名儿？"

翠芽飞快瞥她一眼："您别问了，要是有机会，就快走。"

"你有没见一个二十岁的男人，长眉凤眼，个子很高？"

翠芽要走，姜瓷低喊，翠芽慌乱摇头，却下意识瞥一眼刑房。

"多谢！"

姜瓷松口气，在刑房总算还活着。翠芽欲言又止，外头有人来往，她匆忙走了。姜瓷胡乱吃了就开始做针线，一遍一遍告诉自己要镇定，卫戍还在等她救。

约到晌午，姜瓷一件棉衣差不多做成，起来活动活动筋骨，见没人盯着，她试探走出去，四下走走看看，这一片约有她那样的屋子十来间，里头拢共坐有二十余个女人做冬衣，一个个苍白惊惧，而男人们，都在刑房。

"你在这做什么？"

才走近刑房，身后冷漠声响，姜瓷吓得一哆嗦，夹起双腿："我，我内急！"

阿尧皱眉，指着背后乱石丛中："去！"

连茅房都没，这会是山民村寨？骗鬼呢！

姜瓷火急火燎蹲过去，阿尧听见流水声，厌恶皱眉："快些，再十日就开拔了，你得做够冬衣。"

姜瓷假装没听懂，一叠应声，蠢得阿尧也放松警惕。姜瓷解完手回去，又做起针线。阿尧远远与她夫君站着看过来。

"虽蠢，手脚倒麻利，数她做得快，我方才也瞧过，针脚细密。"

男人点头："嗯，年底最后一回，再劫几艘大船，到时候冬衣也差不多了，就可以回山上了，咱们肯定是头一份。"

"年年受冻，今年有了冬衣，大当家一定高兴。"

"还是你有心，他们只想去村镇抢劫，那才能有多少，还是你说劫了女人做冬衣。"

"也亏得你劫了那一船棉花棉布。"

"等开拔前再把这些女人都杀了，那个手脚麻利地带走，山上有孩子生下来，她还能照料。"

男人遥遥指着姜瓷，阿尧点头。

姜瓷安守本分做了几天冬衣，翠芽每回来送饭她总会说笑几句，或哭诉夫君失踪的悲苦，声音很大，寨里人都当她是无知村妇，渐渐松懈。丑胖也绝非全无好处，至少让人觉得她蠢。

第四天黄昏，姜瓷揉揉眼放下针线，看见刑房抬着那个白条猪出去了，眼见出气多入气少，怕是家里送赎金来了。她叹了口气。天色渐暗已没法再做活儿，等黑透的时候，翠芽会来送饭。她假装疏散筋骨，把地上捡来的石头丢到门槛外，翠芽来送饭时果然绊倒。

"你怎么样？"姜瓷骇一跳，粥撒了，菜窝窝滚在地上。翠芽捂着腿起不来，伤不重但疼得厉害，姜瓷心虚。

"天黑了，反正活儿也做不了了，我陪你一块去把饭送了吧。"

门外还有个篮子，姜瓷挽起扶着翠芽出去，翠芽一瘸一拐指点方向，给那些女人们送过饭，就是刑房了。

这几日陆续送出去了几个，刑房人已不多，姜瓷心慌得厉害，每次从栏杆递进东西时不经意的一眼，她都仔细辨认。到最后一间时凌乱地面上散落的一根马鞭扎眼，她匆忙一瞥，面向里躺在草垛上的男人，衣衫褴褛背影熟悉，姜瓷一下眼热。

"喂，吃饭了！山贼！"姜瓷把碗重重搁地上没好气，翠芽吓一跳。

"姜姐，你……"

"她们害了我相公，我气不过！"

姜瓷委屈。

里头那人一动不动，姜瓷有些害怕："别是死了吧？"

"不会，这是个有力气的傻子，寨里还指望他做活儿呢，姜姐你回吧。"

翠芽接过空篮子瘸着腿走了，人来人往，为怕显眼，姜瓷先回去。这几天夜夜担忧不能安寝，今日看到卫戍，姜瓷心里酸得难受，打从认识卫戍，从不是个会吃亏的，如今却要假装傻子还得出苦力，身上伤还没好透。越想越心酸，便迫不及待想去找他，搬了凳子摆在桌上，爬着够到天窗，才冒个头出去，忽然被人按住头，拽着把她放下去，黑暗里依稀一个身影顺着天窗也下来。

"卫戍？"姜瓷激动得颤抖。

"狗胆不小……"卫戍讥诮，一下来直接窜到床上去，"胖丫，小爷累死了。"

"能把你困住，这寨子瞧着不简单。"

"小爷好容易脱身，回头就见你这蠢货跟人走了。"卫戍哼哼的有气无力，逞嘴强。实则山贼扫荡，船上人非死必抓，无一漏网，这伙山贼确实不简单，竟像行过军的还颇懂排兵布阵，他和姜瓷真难全身而退。姜瓷摸索过去，在他脸上摸到疤痕，大惊失色。

"假的！"

姜瓷这才松口气。

"那咱们怎么办？"

"这寨子内松外紧，要走不容易，除非挑了此处。"

"挑了？"

姜瓷大惊："官府发兵三回都无功而返，咱们怎么就能挑了？"

"真正的山贼在那里……"

卫戍遥遥指着山顶方向："这儿只是一支分舵。"

姜瓷想了想，还是不简单，这寨子里山贼凶狠且多，连逃都不易，何况荡平？

"胖丫，在外撼不动，从里头许有意外之喜呢。"

"那咱们怎么办？"

姜瓷问过却不见卫戍再回话，她欲要再问，却听到细微鼾声。

第十章 火把

卫戍太累，从进山寨，白日装憨傻劳作，夜间还要四处打探，幸而姜瓷没叫他分心。卫戍只睡了一个来时辰便惊醒，恍惚中一把拉住床头趴着的姜瓷："胖丫！"

看清她没事后才松了口气，细细交代几句，姜瓷脸色几经转变，他又悄悄离开。

翌日早起，寨子又有苦力来回搬货，姜瓷假做无意看一眼，果然发现其中有个与卫戍身形格外相似，头发糟乱，脸上纵横两道疤痕，丝毫看不出卫戍模样。

这日半夜，外头忽然糟乱，姜瓷一跃而起从天窗钻出，就见刑房起火，而火光中有人打斗。她强耐想去看一眼的心思，依照卫戍交代趁乱往寨子后头库房跑去，跑到一半听到有人嘶喊追赶，她脚步不停，没片刻后，竟有箭矢破空而来，堪堪从她耳边飞过，姜瓷吓得脚步微顿。

"走！别停！"卫戍遥遥大喊，长鞭挥舞为她断后，她拼命奔跑，总算跑进库房。

偌大库房一半堆满财物，另一半摆满武器，姜瓷推翻一桶桐油，又在旁边小屋找到酒，来回几趟摔碎在易燃之物上，卫戍手执火把冲进来。

"卫戍！"

卫戍跟跄，姜瓷心神俱裂，他背上两支翎箭，身上也不知哪里受伤，鲜血淋漓。姜瓷一把扶住他，觉着他浑身重量都依靠过来。卫戍咬牙，反手拽住翎箭，用力拔出，箭尖带钩挂出一块血肉，卫戍疼得浑身颤抖。

门外脚步糟乱，大门推开，冲进数十人，在嗅到桐油酒气看见卫戍手中火把，生生停住脚步。

卫戍苍白着脸邪笑，火把指向另外几桶桐油堆放处。

"卫公子，别来无恙。"

"别来无恙。"

是阿尧的夫君，二人竟似乎旧相识，他略微讶异："卫公子贵人事忙，没承想竟还记得小人。"

"一箭之仇，自不敢忘。"

"所以，卫公子是来报仇的？"

"不敢，是你请小爷夫妻来做客，小爷夫妻也是却之不恭。"

阿尧夫君咬牙冷笑："没想到，真人不露相，这蠢女人竟是卫公子的娘子……"

"啧，没教养。"卫戍轻斥，勾唇邪笑，"拖延？别想了，小爷怎么会上你的当。"

"你不敢扔，不然你们就得做鬼夫妻了。"

卫戍皱眉笑，似认真去想："也好，只要我们夫妻在一起，是人是鬼又如何……"

火把扔了出去，触酒急燃。山贼惊得急退，卫戍却拉姜瓷跑向库房深处，大火如墙阻住山贼脚步，卫戍拽姜瓷跃上货物从高窗跳下，外头两面峭壁一面乱石嶙峋无路可走的下坡，卫戍便抱起姜瓷于乱石上纵跃行走，步步艰难。姜瓷胆战心惊，没多久身后沉闷爆声，火光冲天，想是烧到桐油了。

姜瓷鼻尖血腥气愈发浓郁，卫戍脸色也急剧苍白，不知颠簸多久，卫戍忽然把姜瓷按进自己怀里，一个纵跃，姜瓷却没觉着落地。她陡然心惊，也紧紧抱住卫戍，耳边呼啸风响，然后陡然的击打疼痛，被迫分开。

他们落水了！

姜瓷被水拍得晕眩，呛了两口睁眼，就见周边一片血色，卫戍正往下沉。她拼命游过去拽住卫戍往岸边洑去。

"卫戍，卫戍……"才到浅滩姜瓷就没力气，抱着卫戍的头不住摇晃呼唤，他却紧闭双目毫无生气。

"卫戍……"

趴到他胸口听到微弱心跳，姜瓷心安又焦急。

卫戍伤势严重，再不救治也难活命。她咬牙拖起卫戍上岸，一路艰难嘶喊挪动。

日头渐升，卫戍怕是不止一次在上头探过路，那一路乱石嶙峋的下斜坡降低了一半崖深，此处恰是潆山一处凹陷缝隙，潞河水流入形成深潭。不然他们这一跳早摔成肉饼。

湿透的身子吹了半日寒风，姜瓷冻得要死，忽然见不远处半壁上枯草抖动，她拼命呐喊，草丛里露出半个脑袋，身后背着篓子，是个药农。

"救命！救命……"姜瓷大喜，脚下却一滑，与卫戍滚下高坡晕了过去。

姜瓷做了许多梦，梦中混乱，时而是娘，时而是卫戍，还有那些自小欺辱她的人，她呜呜咽咽，惦记卫戍想要醒来，却被人拽住不得脱身，不是置身寒潭水淹就是大火中炙烤的挣扎，最终竟梦到卫戍站着悬崖边上，一支带着倒钩的翎箭呼啸而去穿透他的胸膛，他的笑容甚至还在嘴角。

"姜瓷……"他呼唤她，然后掉下万丈深渊。

"卫戍！"姜瓷一把拽住胸前锦袋，惊醒，大汗淋漓。喘息中，四下安静，有咕嘟咕嘟的水声，她惊惶地发现自己身置一间狭小木屋，有火盆，还有吊炉煮水，屋中温暖。

手底下似乎压着什么，她低头就看见了躺在她身边昏睡的卫戍，心猛地一缩。

"卫戍！"

卫戍高热昏迷，棉被下的身子裹的层层叠叠透着血红。

"他醒了一回，扑到你身边又晕了，我没法子，只好让他躺你身边了。"走进个中年男人，带有歉意。

"谢大哥救命，我们是夫妻……"

他这才释然。

"我姓何，十里八村就我一个赤脚郎中。你们夫妻命真大，山贼手里也能逃脱。"

"何大哥怎么知道……"

"锯齿刀倒钩箭，除了山贼没人用，你相公身上就是这样的伤。伤成这样还能活着，他也真能扛。"

"我相公他……"

"我也实话告诉你，你相公命悬一线，如今汤水不进，药也灌不下，要还这样，我也救不了他了。"

"他伤很重吗？"姜瓷心揪得紧紧的。

"重！伤多，虽没中要害，可伤得太深血流太多，又被冷水激着，总之不好。"

何大哥指着一堆草药："这是五天的药，外敷内服都有，十里八村都等我治伤治病，你既然醒了，我就走了。也别怕，村里人会帮你。"

他背起药篓不等姜瓷回话又拉上门走了，姜瓷烧了一天多，这会儿浑身酸疼，桌上摆着何大哥方才送进来的药，她挣扎起来，吹温，往卫戍苍白的嘴唇喂去。

药汤顺嘴全流出来，姜瓷忙擦了，继续喂。一勺一勺流出来，她一勺一勺继续喂。

受过苦难的人坚韧，姜瓷难过得要死，却一滴眼泪也没流。

哭没用，救不了卫戍。

一碗药没吃下去两口，姜瓷支撑起来，照何大哥交代，又支起炉子熬药，等熬好放温，继续喂。

喂到一半，姜瓷看着卫戍，像看一个任性的孩子，仿佛他知道。

"卫戍，你听到何大哥说了吧？你得吃下去，要吃不下去，你会死。你死了，我就成寡妇了，那些欺负你的人也会很得意。今儿的药就这么多了，你听话。"她又去喂，喂进去立刻用手捂住，另一手从他脖颈一直顺到胸口，一下一下，她眼眶濡湿。

"卫戍，你咽，你咽下去，我不想做寡妇，我好日子才来，我想活着，跟你一块儿活着。你要是死了，我报不了恩，下辈子还得这么受罪地还……"

姜瓷念念叨叨，说到第三遍时，卫戍喉结微不可见地动了一下。

最后这半碗药，吃下去三四口。

姜瓷洗碗的时候哭了。

黄昏时来了个大娘，端着大海碗，野鸡汤炖的野菜米碎，山缝里的村子只十几户人家，民风淳朴。姜瓷连连道谢，先喂卫戍，大娘看姜瓷那么喂，意外且感叹。

许是吃下了些微药和汤，第二天姜瓷再喂时显然吃下的多了些，到晚上热得没那么厉害，第三天卫戍发了一场大汗，瞧着愈发虚弱，烧却退了许多。姜瓷欣喜异常，给卫戍换药时又难受得喘不上气。

他身上斑驳伤痕，衣裳遮盖的地方甚至还有许多疤痕。从前她当卫戍是富贵人家纨绔，有几分善心，见他鞭子使得好，以为他抽人多。后来见他使刀，又觉着他是习过武，再后来他们逃命那日，卫戍的功夫显然不低。

他到底是个怎样的人？到如今姜瓷才不得不承认，对于卫戍，她一无所知。

她反复回想芸姑同她说过的话，卫戍就是一个打小就过得苦，没人疼没人顾，自暴自弃的富贵纨绔。可如今看来，他似乎并不是。

姜瓷心里酸得难受，幸好天冷，伤口没有溃烂，却还没结痂，四天了，还会渗血。

村里人轮流给夫妻二人送饭，知道卫戍昏着，都会备些汤汤水水，见姜瓷便是留了也大半喂给卫戍，感叹这对儿小夫妻情深意切。姜瓷受人恩惠无以为报，就格外出力干活，再兼之没日没夜照看卫戍，村里人都怕她熬不住。

第五天何大哥回来，诊脉时眉头舒展，看过伤留了药又走了。第七天半夜，姜瓷忽然觉着身边人呼吸有些粗重，一激灵翻身去看，就对上了卫戍涣散泛红半睁的眼。

"卫戍？"

卫戍嘴唇张合却没发出声音，姜瓷忙送水到他嘴边，卫戍喝两口，艰难开口："走……"

声音微弱嘶哑，又体力不支睡过去。

走？

姜瓷愣了愣，忽然想起卫戍和阿尧夫君说过的话，她盯着卫戍胸口，那里一箭穿透的伤，也是阿尧夫君干的。不管因为什么，阿尧夫君这样想要卫戍命，她们如今还在潦山脚下，确实不安全。

但怎么走？往哪儿走？

第十一章　舟车

姜瓷挨了半夜，天一亮就去寻最近的那位大娘。

村里每半月会来一趟牛车，拿粮油布匹换山货，约是后日又会来。牛车来自下河村，来回一趟需两日。

她回去熬药，卫戍虽还昏睡，一碗药却喂下去大半，待煮好药汤给卫戍擦洗伤口时，不知是疼还是如何，卫戍醒了。姜瓷对着卫戍赤裸的胸膛，四目相视，尴尬得脸红。

卫戍别过脸，也些许不自在。

姜瓷加快速度，但看他身侧紧握的拳头，又慢了下去。

害羞什么的，确实不如让他少疼些。

"后日约会有牛车来收货，咱们若走可以商量趁牛车，可你的身子……"

"不妨事。"

"七八天了，没人追过来，许不会来了。"

卫戍看着窗外，目光悠远："飞鸽传书一日即可到盛京，即刻出发，日夜不休七日可到潇山，寻到这里也用不了多久。不走，就会是刀下亡魂了。"

姜瓷打了个激灵。

"怕了？"

姜瓷缩着脖子点点头，因卫戍醒来的喜悦并未持续多久。卫戍却勾唇邪笑："是不是后悔了？跟小爷这笔买卖还担着性命，不划算。"

"后悔什么？差点饿死的人。"

"你不是说，好日子才开始……"

"好日子不也是你给的？"

卫戍说不出话来了，盯着姜瓷好半晌。

"胖丫，嘴皮子利索了。"言不由心地夸了一句，卫戍转头合上眼，想起姜瓷方才给他擦洗伤口换药，浑身不自在。

卫戍醒了，汤药饮食跟上来，两日后伤口结了薄痂不再渗血。姜瓷照卫戍交代寻回小包袱，村里换了几身衣裳，牛车来时买下整车东西回报村里人，与车主商议轮流赶车，当夜便又出发回程。

赶车的是个中年男人，身已佝偻，卫戍躺在车里，摇晃间拉扯伤口，他时刻忍痛，嘴唇越发苍白。半夜下起雨，幸而没出差错，第二天巳时前后到了下河村，换租马车，二人继续前行。

马车要快，却颠簸更凶，姜瓷见他肩头渗血，伤口裂开，要停下处理，卫戍却不肯。马车行走中，姜瓷解开他衣裳，果然伤口开裂，幸而血已干涸，姜瓷处理干净重新包扎，心里说不出的滋味。

卫戍看着姜瓷，她抬眼看来时他又飞快移开，偏头假寐。

淅淅沥沥小雨令秋末天迅速冷下去。

马车又行一日半总算到清河府，大船午后才到，还有一个来时辰，姜瓷打算带卫戍找个医馆看看，走到医馆外，卫戍忽然拉住正要下车的姜瓷。他用力拉回她，姜瓷大怒，卫戍却忽然靠在她肩头，声音略带颤抖。

"有人跟踪。"

姜瓷大惊，下意识转头去看，卫戍另一手已扶在她脑后，用力按回。

两人鼻尖触着鼻尖，呼吸拂面，卫戍垂着眼："别看，渡头有胡家商船，咱们坐他们船走。"

塞到姜瓷手里两寸的圆铜牌，他叫车夫掉头回渡头。

姜瓷下马车时脖根都还红着，胡家下人却倨傲得很，姜瓷递了铜牌过去，下人疑惑地走了，片刻再回来却殷勤万分。卫戍兜头披了斗篷，分明伤重，可上船那百步多路却走得格外沉稳，一入舱房跟跄，姜瓷忙扶住，卫戍呼吸粗重浑身颤抖。

房门响。

"公子，我家主人请问，可否赏光一见？"

"不见！"姜瓷急怒，卫戍后背渗血，那里倒钩箭拔出的伤口，又深又大，缺一块皮肉。

"明日吧，我累了。"卫戍双眼紧闭，却沉声回复。门外小厮才松口气，小心将铜牌从门缝塞进来。

"是，小人这就退去。"

"尽快开船。"

"是。"

漭山山贼猖獗，胡家行船到漭山附近登岸，绕过漭山又在清河府重新上船。房内有热水，姜瓷重新又为卫戍清洗上药包扎。

"药没了。"

原想能撑到下船，姜瓷忧心，卫戍半阖着眼，已然虚脱。姜瓷拾起铜牌，此时才细看，两寸的圆铜牌，正面一个卫字，背面一只鸟雀，就是这东西震慑了胡家。

没片刻又有人敲门，送来饮食甚至两套锦衣华服，姜瓷从没见过这样流光溢彩的衣裳首饰，便是最富有的孙地主家也没有。

到晚上又送浴桶热水，姜瓷已有半月有余不曾沐浴，可舱房虽大，终究只是一间。卫戍还睡着，姜瓷给他擦过手臂，棉帕子才沾脸，因夜里纵是点了灯也光暗，姜瓷凑很近，不期然卫戍睁眼，四目相对，他妖娆的凤眼带着几许惺忪迷离，姜瓷一下愣住，连呼吸也忘了，胸腔里心跳的快要蹦出来。

"你慌什么？"卫戍声音喑哑，笑容慵懒。

"没，我没……"姜瓷匆忙爬下床，掩饰的背对着卫戍，卫戍审视她背影。

"姜瓷，你还喜欢顾铜吗？"

"不，不喜欢了。"

"你当初喜欢顾铜，是因为他俊？"

姜瓷无所遁形地尴尬。

"是吗？"

姜瓷点了点头，卫戍笑了："我比顾铜呢？"

"他远比不上你。"

"所以……"

"我吃过这种亏，再不会为色所迷了！"姜瓷急着保证，怕卫戍担忧她会纠缠他，卫戍怔了一下，笑容转苦。

"那真遗憾，我还盼着你会喜欢上我。毕竟，从来没有人喜欢过我。"

他不知道被喜欢的滋味。

姜瓷心慌的比方才跳的还凶猛："怎么会，至少陶嬷嬷和芸姑……"

她话忽然停住了，卫戍看着她。

"她们怎么了？"

姜瓷摇头，她们是卫戍的奴婢，做奴婢的对主子忠诚，那不是应该的吗。可如此算来，卫戍当真从没被人喜欢过。

卫戍手握铜牌，不知思索什么。

"不能让胡家人知道我受伤。商人逐利，我但凡落于颓势，就会被他们欺压。"

"好。"

卫戍看着墙脚浴桶："去借个屏风。"

"不，不用了。"

"去吧。"

卫戍体恤，姜瓷借了屏风摆好，便在屏风后沐浴。想着卫戍什么都能听到，她坐在浴桶一动不敢动，好半晌听见他呼吸平稳才敢动弹。洗完出来，卫戍似乎已睡着，他如今大多时候睡着，却仍旧疲惫苍白。姜瓷头发还湿，屋里只一张床两把椅子，她寻思坐着挨一夜。

"睡这里，你睡一夜椅子就废了。"

姜瓷吓得魂飞魄散，卫戍甚至没睁眼，听着响动，嘴角愉悦抿起。姜瓷气急败坏，故意把头发上的水甩在他脸上。

"啧！小爷真是惯坏你了！"卫戍照旧不睁眼，蹙眉躲避，伸手抓住她湿漉漉的头发，捞一条干棉巾裹住，笨手拙脚的揉搓。姜瓷愣住了，卫戍给她擦过头发，拍着身边："老实睡。"

姜瓷听话倒下，半晌不言语，卫戍伸手给她盖上被子，怕是以为她睡着了，她才松口气，卫戍哧笑："装睡不累？"

姜瓷还是不敢言语，卫戍低沉的声音便在昏暗里慢慢传来："我没给人做过相公，不知怎么做才好，要是哪里做得不对，你告诉我。"

姜瓷拉过被子把头都给盖上，她有些怕，怕她会喜欢上卫戍。与顾铜一场情事已耗尽她所有勇气，伤筋动骨脱一层皮。但人生来依恋温暖，照此下去，她恐怕控制不住。但她们不般配，她出身市井，卑贱且丑胖，一无是处。如今是为他解困，若解困后还赖着他，那是恩将仇报。

"你已经很好了，很好很好……"被子里声音闷闷的，姜瓷以为她掩盖了想哭的哽咽，卫戍看她露在被子外的头顶，手伸过去，却蜷了蜷又缩回来。

"睡吧。"

水声平稳有规律地传来，姜瓷心里乱，总觉吵得心烦，又不敢动，熬到半夜才睡着。她呼吸才一平稳，卫戍便揭开蒙在她脸上被子，免她闷着，然后才睡。

清早叩门声极轻，姜瓷一激灵起身，下意识先看卫戍，见他没被吵醒，忙去开门。来送洗漱热水与茶饭的是两个貌美婢女。

"姑娘，奴婢来侍奉卫公子。"

姜瓷怔怔，婢女要越过她进去时，她醒悟阻拦道："我来，你们下去吧。"

卫戍交代不能让胡家人知道他受伤，婢女却闪身避开，笑的不容拒绝："姑娘一人怕是侍奉不好，还是奴婢们来吧，这也是咱们主子待公子的心。"

见姜瓷还不肯让路，婢女回头，姜瓷这才看见后头还有一位姑娘，清秀可人容装精致。虽带着笑，但疏离倨傲："卫公子可起了？"

"还没。"

"是咱们疏忽，今日再给姑娘安排一间舱房。"

"不必。"

姜瓷张了张嘴，话却是屋里卫戍所说，继而传出咳嗽，姑娘顿时紧张要进去，姜瓷阻挡。

"放肆，你这奴婢……"

"放肆……"

卫戍咳嗽喘息："胡姑娘便这般侍卫某娘子？"

胡珊兰大惊失色，盯住略显尴尬的姜瓷："卫公子，何时娶亲了？"她声音颤抖，卫戍咳嗽平息，带着初醒淡淡鼻音："卫某娶亲，还要知会胡姑娘吗？"

"不敢，不敢……"

胡珊兰眼角带泪，指使婢女放下东西，黯然神伤离去。

第十二章　真心

姜瓷顿觉自己做了恶人，把东西搬进去出神片刻，卫戍看着她讥笑："这就心疼了？"

"没有……"姜瓷闷闷给卫戍擦手擦脸，不知想到哪里，忽又释然了。卫戍看她脸色转变，又笑："怎么又自在了？"

"胡姑娘虽挺好，但我觉着配你还是不足些。"

卫戍被取悦，好心指点："胡珊兰是庶女，胡家此番带她进京是要送给户部尚书做妾。"

姜瓷思量后大怒："亏我可怜她，以为她对你是真心！"

"哪来那么多真心……"卫戍哧笑，"不过见过两面，我同她父亲有生意往来。"

姜瓷苦难中长大，逆境里却难得仍旧本心澄澈，眼神骗不了人，那些隐私污秽，她一窍不通。

"姜瓷，陶嬷嬷和芸姑许和你已说过卫家了吧。"

"说过一些。"

"说了什么？"

姜瓷有些为难，若有人当她面说她不堪过往，她心里会难过，卫戍自然也会。

"就，就说了你爹娘的事……"

卫成沉默片刻，眼帘低垂道："卫家是军侯世家，卫将军是嫡长子，少年将军，但因为那场亲事，被迫分家，后嫡妻新丧，丧期另娶丢了名声，也因此失去袭爵资格。卫将军……忠君爱国，孝敬尊长，不是恶人。继夫人梁氏，也不是恶人。"

卫成语调平淡，斜倚床头坐着，置于被上的手却攥得极紧。姜瓷皱眉盯着他手，好半晌有些茫然问："戏文里唱一入侯门深似海，是那个侯门吗？"

卫成愣了一下，无奈笑道："是那个侯门。"

"我不过市井小民……"

姜瓷没承想一朝飞上枝头，嫁了个侯府公子，惊慌无措。卫成愉悦的欣赏她的惊惶无措，身份悬殊令她惶恐。所以，才要在于水县将婚书办下。

"小爷在盛京嚣张跋扈，胖丫，你也尽可以如此。"

欣赏够了，卫成支撑要起，姜瓷忙按住："不行。"

"胡福海要见我，我这样见他合适吗？"

姜瓷纠结，卫成支撑起身："就是偶感风寒，也不至于卧床不起。咱们还在他船上，这个面子是要给的。"

卫成伸手去拿胡家送来的衣裳，姜瓷帮他更衣，他举手投足都牵动伤口，为防止伤口再裂，动作格外缓慢。一袭月白长衫，金镶玉簪，眉眼间柔和，卫成恍然如同变了个人，郎君清润，气度不凡，修眉俊眼如同谪仙。

"看够没？"卫成笑着，姜瓷恍然回神忙不迭避开眼神，脸颊顿时烧红。

"你更衣，随我一同去。"

但姜瓷没穿过如此繁复华衫，半晌拉扯不成样子，走出屏风，卫成叹息，低头为她整理。待理顺，将头簪给她插上，姜瓷抬头，忽然大惊："我长高了？"

卫成啼笑皆非，姜瓷震撼："我都十七了！"

"是啊，你才十七，长个儿有什么稀奇？"

姜瓷仔细分辨，从前不到他胸口，如今却已到胸口。是高了！

"于水县时郎中就说了你自幼亏空，如今补上了，自然就长个儿了。想想我才见你的时候，你才这么高……"

他比着，那时候姜瓷矮胖，如球，丑得惨绝人寰。但如今得顾着自己颜面，他斟酌着说："嗯……不尽如人意……"

姜瓷还沉醉在长高的震撼中，卫成看她高兴得脸颊通红，拿过铜镜："还瘦了。"

姜瓷捂着脸，再次震惊。

这些日子劳心劳神，也有于水县时吃了那一个来月汤药清理伤患遗存的功劳，她又瘦了许多，虽还圆润，但比从前却不知要好看多少。她从前面黄肌瘦，因着劳作，皮肤也黑，一张脸只那一双眼睛亮而有神。如今白皙细腻，五官渐渐长开，勉强也算得佳人一个了。

"卫成！"她拉着卫成，高兴得忘乎所以，在发觉她竟然拉住卫成手时，针扎一样缩手，"我，我……"

卫成笑了。

他从前虽不少拉着姜瓷，却都止于礼数牵着衣袖，牵手这还是头一回。卫成轻轻捻过手指，姜瓷的手软而有力，触感颇为不错。

"走吧。"

门外小厮引路，将夫妻二人带到副厅，胡福海是永华州首富，颇懂享受，副厅温暖如春，一早便唱起小曲儿。

"公子来了。"

姜瓷悄看两眼，中等身材圆鼻小眼，面相憨厚眼露精光。

卫成只略颔首，胡福海殷勤指使两个美婢服侍，卫成扬手避开，面露不快。他挥手，婢女娇嗔，恋恋不舍地妖娆退回他身边。

卫成这姿容，着实勾人，姜瓷竟油然而生一股自豪。

"没承想能在清河州府遇见公子，实属幸事。"

"还要劳烦胡老爷。"

"不敢，不敢。不知明年公子矿坑出产玉石……"

"好说，永华州便交予琳萃阁吧。"

"哎哟，多谢公子照应！"胡福海喜不自胜，早饭摆上，胡福海吃相粗鲁左拥右抱，主位莺声燕语，姜瓷听着腻味，伸手去拿糕点，卫成却拉过她手拢在掌心。

胡福海见卫成二人未动一口，了然笑道："小女今早亲自下厨为公子做了早饭，连我这做爹的都没这样福气。公子想来已用过早饭吧。"

"不曾。"

胡福海笑容一僵："那公子……"

"吃惯了我家娘子烧的饭菜，别人做的，入不得口。"

胡福海看他握着姜瓷手，又笑："公子与夫人伉俪情深。沿途风景不错，倒是可以一赏。"

"秋末冬初花草枯萎，也没什么风景了。况且我偶感风寒不宜吹风。"

接连被拒，胡福海面色渐沉，他盯着卫戍缓缓道："那公子可得好生休养。来人，送公子与夫人回房。"

卫戍从善如流起身，拉着姜瓷回去。

"要不，我去厨房给你烧些饭菜？"

"不急。"

卫戍靠在床头坐下，疲惫地闭上眼。姜瓷立刻紧张："哪里不舒服？"

"有些疼。"

他风轻云淡，姜瓷心酸。针扎一下都疼，他身上那么多那样深的伤，皮肉都被撕掉，怎么会不疼。

外头有些嘈杂，极快又安静，卫戍嘴角微微扬起，过一刻来钟小厮敲门，又送早饭。卫戍这回叫送进来了。用过早饭又睡去，姜瓷守着他，忽然有人敲门，声音细微，姜瓷不期然想起胡珊兰，开门果然见她。

胡珊兰透过姜瓷看里头卫戍，在他脸上停留几眼，神色颇为遗憾。

"夫人，可否借步叙话？"

姜瓷摇头，对胡珊兰没好脸色。

"我也是没法子，并不知卫公子已娶亲，若有不当之处，还请夫人见谅。"

胡珊兰倒坦然，姜瓷面色稍缓："过去便过去了。"

"只想知会夫人一声，清河府渡头搬货苦力混上船两个，方才已捉拿，还请公子与夫人放心。"

"那就好，他们潜上胡家商船，怕有损胡家利益，既捉拿就好。"

胡珊兰意外姜瓷滴水不漏，试探又问："公子在清河府得罪了什么人？"

"胡姑娘慎言。"

"夫人见谅，珊兰只想与夫人亲近别无他意。"

胡珊兰顿时惶恐，姜瓷沉脸："我相公感染风寒须得静养，还请胡姑娘别再打搅。"

胡珊兰脸色白了白，福了个礼走了。姜瓷关上门松口气，她一个市井小民，板起脸端架势，着实不安。悄悄觑一眼卫戍，见他没醒，便坐在床头，掏出两根玄色绳子打起络子。

姜瓷手巧，细绳打出精巧络子，将卫戍放在枕边的铜牌打上，带个小穗，便于佩戴。她从前见卫戍是佩在腰上的，不知什么时候取了。

自伤后，卫戍眠浅且时短，胡珊兰来时他便醒了，却没声张。后又寂静，便又睡去。

歇一个来时辰到午时，小厮来请，姜瓷见卫戍还没醒，便做推辞，小厮回复，不多时送了饭菜来。想因说卫戍染了风寒的缘故，饭菜清淡且有一盅补汤。才送来，卫戍"刚巧"就醒了。

接下来在胡家商船六日，卫戍几乎未出舱门一步，胡家不敢怠慢，珍馐美味补着，卫戍伤势长得极快，到下船时，痂色已深，伤口再不会开裂。

卫戍拒绝胡福海邀约同回盛京，但接受胡家马车，在永生州府下船后，独自上路往盛京回。路上倒安生，走了三天多到盛京外时，卫戍却叫马车转头向西而去："不急回京。"

又行半日，黄昏时停靠在一处名为良辰的道观。

正经地方，却有这么个不大正经的名儿。卫戍却熟门熟路，守门小道姑开门，他引着姜瓷径直向后。道观不大，拢共三进，前头是殿堂，中间食宿，后头隐约是个花园，说是清修，日子似乎也很舒适。

姜瓷前前后后没见几个道姑，卫戍停下，她才看见偏厅矮榻上斜倚一个中年道姑，姿容不俗，乍见卫戍颇为惊喜："阿戍？"

"姑母。"卫戍淡淡而笑，眼底却有温暖。

"半年不见你，又鬼去哪里？"道姑急步走来扑进卫戍怀中，嗔怪捶打，卫戍带笑皱眉。

"怎么？"

道姑焦急，在她身上摸索，极为熟练发现他受伤，顿时冒泪。卫戍不忍，温言宽慰："我这不是没事了。"

说着侧身露出姜瓷。

"姜瓷，来见过姑母。"

第十三章　如意

姜瓷干笑："见过仙长。"

道姑昧地笑了："这又蠢又乖的，是你娘子？"

姜瓷诧异，她已拉住姜瓷手："莫听外头闲言碎语，什么流连花丛鬼混不堪，阿戍从未带过姑娘给我见，你是头一个，必是她娘子！"

卫戍称姑母，这必是卫侯府曾经的姑娘，虽不知何故出家为道，但卫戍与她亲近，这却少见。她偷觑卫戍，卫戍低眉垂眼。卫道姑高兴不已，拉着姜瓷细细打量不住感叹："只当他要孤苦终老的，没承想还有娶亲一天，我也算得偿所愿。"

说着又流泪。

"不高兴哭，高兴也哭，你做什么？"

"滚出去歇着，叫小莨给你瞧瞧！"卫道姑凶恶，撵走卫戍，她拉姜瓷坐下。香炉里不知焚着什么香，格外甜腻，炭火旺盛，屋内陈设精巧富贵。卫戍走后，道姑一扫嬉笑怒骂，温和却认真审视姜瓷。

"卫将军与我是嫡亲兄妹，我闺名与道号都是如意，你若不自在，也可唤我如意道长。"

"不会，不会不自在。"姜瓷笑。卫如意也笑着点头，给姜瓷注一杯红枣桂圆茶："东林州姜家是大族。"

姜瓷沉默片刻，低头道："我自永华州苍术县来。"

卫如意手顿一下，再度审视姜瓷。没承想卫戍竟娶个市井小民。

"也罢，官宦侯门也并没怎么好。只是这样他更艰难，你必也要不少吃苦。"

"没什么，只要卫戍需要我。"

卫如意说不出话，不知道卫戍到底告诉她将要面对什么没，也便不再多舌。

"既已成家，往后需仔细度日，许氏陪嫁没多少，到阿戍手里更稀少，往后不必每年贴补观里两千银子。"卫如意这话似乎卫戍很穷，姜瓷诧异，却笑笑没说什么。卫如意又叹气："世家大族，亲缘最薄。卫家许家嫡枝数百，他和我却一样，都是被家族所弃。阿戍虽瞧着不在乎，实则最在意，他又最念情心软。当年他落难，我不过替他出头护他一回，这么些年他一直记着。"

卫如意目光悠远些许怅然："许氏昏了头倒罢了，卫将军冷血薄情也罢了，却平白害了这个无辜的孩子。"

"是。"姜瓷应声。卫如意看过来，眼神深远："同阿戍在一块，莫计较许多才能长久。有些事，过去就过去了，你待他好，他早晚想开。阿戍念情，这是好事，有时却也是坏事。"

话里有话，姜瓷待要追问，卫如意却又悄声问道："阿戍此番缘何受伤？"

姜瓷怔了一下，以为她会问伤势如何。她想了想，将遭遇山贼的事挑挑拣拣说了，一切只是意外，卫如意想了半晌，才哦了一声。

卫戍因怕姜瓷不自在，寻小茛看过伤便又过来，恰听到卫如意问他缘何受伤，他在门外站片刻，才推门进来："吃晚饭吧。"

卫如意一见卫戍便鲜活如同少女，姑侄两个行走在前，不住嬉笑。晚间自宿在良辰观，姜瓷待要寻卫如意再辟一间厢房，卫戍似笑非笑地盯着她，她讪讪作罢。

卫戍脱衣有些吃力，姜瓷帮他解去外衫嗅到草药气。卫戍伤口在长，有些发痒，热了更痒，屋中便没点炭炉。睡到半夜卫戍觉冷，往姜瓷身边靠去，翌日一早醒来，卫戍竟是怀抱姜瓷，两人倏然离开，面红耳赤。

"胖丫！你嫌冷也不能乱钻！"

卫戍恶人先告状，姜瓷懒得理他，只指了指床铺，痕迹分明，是他钻过来。卫戍恼羞成怒："小爷伤着怎么可能乱动！"

姜瓷哧笑回应不屑辩解，卫戍盯着姜瓷，颇为幽怨："胖丫，你变了。"

"变好看了！"

姜瓷照镜梳头，没皮没脸的笑着。确实好看了，消了浮肿的脸上，杏眼桃腮，细眉薄唇，卫戍一看也高兴。说起来，姜瓷生母姿色平庸，姜槐更算丑陋，姜瓷这容貌也不知袭了谁。

良辰观日子悠闲，卫戍也恣意，姜瓷每日除照料卫戍便陪卫如意说话，卫如意独身在此修行颇为寂寞，遇上姜瓷耐心回应，话题不绝，从她自己说到京中世家大族后宅乐事，姜瓷也知道了这位曾经的侯府嫡出千金，是因不满世家联姻要她嫁给一个好色病痨，一气出家为道，自此为卫家所弃。

转眼十一月过，卫戍身子好许多，虽还有些虚弱，但至少已能看似如常。腊月初三，卫如意依依惜别，送走卫戍与姜瓷。

半日工夫，马车进城。盛京繁华，外头声响不绝，姜瓷心痒难耐，卫戍一边笑话一边为她掀起窗帘。马车直往镖局，因他们耽搁日子，家当反倒先他们入了京。卫戍留下地址才回，径直往城东略偏僻处一所宅子停了。

姜瓷下车抬头，门脸阔大，朱漆大门显贵，悬着巍峨卫府匾额。车夫敲门，少时小厮来开，一见卫戍顿时惊喜："公子回来了！"

也不迎卫戍，一路喊进去。卫戍习以为常，拉姜瓷下车带她进去，闻风来迎卫戍一众人等在看见卫戍拉着个姑娘进来时，顿时石化。

场面寂静，双方对峙足有三息，为首的老头才颤手道："公子……"

"来见过夫人。"

卫戍淡淡一句，老头老泪纵横，竟险要跪下，姜瓷忙一手托住，探寻看向卫戍。

"这是管家高叔。"

"高叔好。"姜瓷笑，后头跟着的两个丫鬟两个小厮顿时活泛。

"见过夫人！"

"还有，还有厨房的宋老二夫妻……"

"叫夫人往后指点他们厨艺！"

卫戍顿时嫌弃，不耐烦应付下人，拉着姜瓷就走。偌大前院，假山鱼池，堂屋阔大，左右还有厢房，走半晌才见半月门进入后院，比之前头竟又大许多，屋舍林立于花园中，前后左右足有六处院落。卫戍引着她直奔正中院落去，那是正房，悬着"凤凰居"匾额，院内栽着梧桐，十几间屋舍，布置刚硬。

"这是外宅，没人知道。凤凰居是主屋，入冬正冷，你住暖阁成么，姜瓷？"

卫戍卧房是一套三隔间，卧房里带着个暖阁，外头还有外稍间。卫戍指着暖阁，姜瓷却还没回神。他看跟随而来的两个丫鬟："喜鹊，给夫人倒茶。"

俩丫鬟面面相觑，卫戍皱眉："麻雀？黄莺？画眉？"

场面尴尬，高叔跟随进来，无奈解释："公子从来记不得婢女名。"

他向姜瓷介绍："蓝衣裳是杜鹃，紫衣裳是石榴。"

又进来小厮服侍卫戍更衣，却粗手笨脚，卫戍触痛嘶声，却并没苛责。姜瓷转头接替，卫戍虽没回头，却眉眼舒展。小厮婢女四顾相视，杜鹃掩嘴轻笑，高叔拉他们悄悄退下去。姜瓷开衣柜，见卫戍家常大多宽服，择了一身天青色给他换上，又见襟口下隐约露出美人骨。

"你……"姜瓷指着，有些羞涩。卫戍哧笑："同床共枕，你给我擦身换药，什么没见过，这会儿倒假正经起来了。"

虽这样说，还是拢了襟口，可到底宽大，没行几步又开，卫戍不再计较。洗漱罢用饭，显然不合胃口，虽皱眉却仍旧未曾训斥。在这里，卫戍似乎容忍度极高。

用过午饭众人皆退，凤凰居只剩夫妻二人，姜瓷进屋给卫戍铺床，抬眼见窗外院子里，卫戍身边站个男人，玄色劲装眉眼严肃，她低头拿过枕头再抬头，院子里只剩卫戍一人。

"咦？"声极轻，离得远，卫戍竟循声望来，四目遥遥相对，姜瓷眼神清澈带有疑惑。卫戍一笑，进屋关上窗子。

"怎么走这样快？一眨眼就不见了。"

"是护卫，我回京了，他自该来领差事。"

这样隐秘，姜瓷不再多问。卫戍歇下，她也进了暖阁。这一觉便歇了两个来时辰，再醒时天近黄昏，卫戍还没醒，姜瓷出了院子才寻到个小厮，问厨房的路，小厮引着，一路说笑。

这府里的下人，并不畏主。

"我叫阿肆，洪峰人，那年大水淹死一家，是公子把我从水里捞出来救了命。咱们这府上人不多，都是公子救回来的。杜鹃跟石榴是叫卖进青楼，打死不接客，公子把她们买回来的。"阿肆十三四岁，活泼爱说，到厨房时，一对夫妻正做饭。

"二哥二嫂，这是夫人！"

卫戍回来时宋老二夫妻正在厨下忙碌，并不曾见，却已听说，忙擦手要行礼，姜瓷阻拦："没什么，左右无事，来给卫戍做些他爱吃的。"

卫戍挑食，不爱吃青菜不爱吃甜食。宋老二夫妻听这话却茫然："公子不挑食，什么都吃得极好。"

姜瓷讪笑："没事，我就随便做些。"

从没见过这样宽容适应下人的主子。

姜瓷见厨房洗好的鸡和一些菜蔬，寻个砂锅炖进鸡，又拿瓦罐用青菜蘑菇熬煮粥，那头切菜切肉，鸡好粥浓时，蒸出几块山药糕，炒出几道小菜，清香四溢，阿肆瞠目结舌口水直流，假意帮宋老二端菜，顺走一块鸡肉，好吃得恨不能咽下舌头。

厨房离凤凤居不算太远，食盒提过去饭菜不凉，姜瓷洗过手回去时，卫戍已坐在饭桌旁，吃得极快。

"公子从前细嚼慢咽……"

"对对！听阿肆说，夫人烧的饭菜特别香。"

石榴盯着那碗青菜蘑菇粥，姜瓷笑："饭菜都多，厨房给你们留有，趁热去吃吧。"

杜鹃石榴吓一跳，但难掩雀跃，捂着嘴跑了。

饭后姜瓷收拾碗筷往厨房送，回来时听见院内有琴音，怔了怔，待转进去，就看见外稍间坐着宽摆华服的俊朗青年，眉眼舒润地抚琴，身侧焚着香炉，袅袅轻烟满室馨香，琴声婉转流畅，令人迷醉。

君子六艺是世家子弟必修之课，但姜瓷见惯吊儿郎当的卫戍，这样的卫戍着实令她诧异甚至惊艳。

毫无疑问，美色足够惑人，卫戍的相貌世间少有，从前懒于修整，便是打了折扣都那样亮眼，今晚这模样……

姜瓷笑容忽然凝固，想起卫戍少年时那场不堪的变故，致使他人生的转折，也是因容貌而起。

卫戍看着她，从她站在门边第一刻就看向了她，她神情地转变丝毫没有逃过他的眼睛。他垂下眼，淡笑渐渐变冷。

"姜瓷，你在想什么？"

第十四章　美色

姜瓷激灵了一下，脸先不自控地红了起来。

"啊，啊，没有啊……"她语无伦次，卫戍又淡淡笑了："你贪恋美色，为夫知道，不会怪罪你。只是往后你只贪着为夫一人的美色便足够了。"

"没正经！"姜瓷白他一眼走进屋，卫戍骨节分明的修长手指盖在琴弦上，琴音停止。他看向姜瓷，目光幽冷，却叫人无所遁形，姜瓷下意识地躲闪。

"你知道了，是吗。"

是疑问句，却是笃定的语调。

在船上他问她知道了多少，她说也就知道了他爹娘的事，她低着头，心虚难堪。

卫戍一闪而过的惶惑，姜瓷看见他垂在膝头的手蜷了蜷，心没来由一疼，想安慰，但又不知道该怎么说。

"也是……挺久以前的事了，倒也没什么了。"卫戍淡淡的笑容有点艰涩，姜瓷也艰难笑笑，就听他又道：

"就是，终归有些意难平，曾经为之多努力，想要讨好他，那个时候就有多失望，多痛苦。尤其九死一生逃回去，他却和我说，不如死了。你说，我得多生气。所以我就走了。原本在那个将军府，我本来也就多余。"

姜瓷张了张嘴，觉得满嘴发苦，卫戍说完这些却长长舒了口气："说出来了，也就痛快了。况且离开将军府确实是最对的选择，你瞧，我如今不是好好的？有自己的宅子，有自己的家业，还娶了娘子。"

他说着眉眼又染上戏谑，在姜瓷羞恼前推了个盒子到她眼前："这是我如今身家，除却此处宅子，尚有商铺几间，一处玉石矿，千顷庄园。"

姜瓷不懂这些，但千顷真是不小的数字，她咋舌："姑母以为，你很穷困。"

"是穷困。"卫戍笑了，"我离开将军府时只带走许夫人小半嫁妆，五千两银子和两处商铺，但如今都已没了。"

"你离开将军府就经商了？"

姜瓷诧异，卫戍的笑容意味深长："算是吧。"

卫戍掌心扣着那枚雀鸟令牌，他将木盒递给姜瓷："如今你是卫府女主人，这些都合该交由你打理。"

"不不不，我不能，我也不会！"

卫戍蹙眉："没什么能不能会不会的，有人打点，你每年收银子就是。倘或三年后你要走，到那时再给我就是了。"

姜瓷摆手："不不不，你拿着，你给我我心慌。况且从前我真是不知道，如今看来，我这恩报得真是可笑，我们身份着实悬殊，待事了了，我就走。你也别觉着怎样，我是顾家花轿抬过一次的人，陶嬷嬷还给我那么多东西，说起来也都算是你给我的，足够我做一个大地主了，几辈子也修不来的，要说亏欠，是我亏欠你，占了你的大便宜。"

"啧，什么胡乱叨叨的，以后少说这些，我不爱听。"卫戍皱起眉，"什么出身身家的，都是身外物，在我看来，你品性上好，没有人比你更适合做卫夫人。"

"你看，只是在你看来合适。卫戍，你并不喜欢我。"

卫戍微微皱眉："这有什么不妥吗？"

婚姻之事，大多父母之命媒妁之言，别说喜欢，成亲前见都没见过的也大有人在。

姜瓷叹了口气："卫戍，你是觉着我是个好人，所以合适。但是天下之大好人不止我一个，再者，将来你要是遇上了喜欢的人，又该怎么办？"

"你若许我纳妾就纳了她，你若不许，离开就是。"

未经过情爱的卫戍并不明白这些，他心里的婚姻可以与感情分离，但姜瓷还是感动他愿意为了她而不纳妾。

"卫戍，喜欢一个人的时候，想要和他在一起，想要给他你所能给予的一切，你舍不得他难过委屈，你可以为他去生去死。"

纳妾？离开？那是绝不会有的。

卫戍目光沉沉，想起顾铜，竟有几分不痛快，语调不觉变冷："你当初，就是这么待顾铜的吗？"

姜瓷愣了一下，慢慢摇头："我那时候知道我配不上他，他是天，我是地，我仰望他，悄悄想他，我不会对他提任何要求。他求娶王玉瑶时我伤心过，但觉着理所当然，因为我配不上他。但当他来下聘娶我时，我觉得就像春天，花都开了……"

"你真是瞎了眼，那种狼心狗肺的东西，值当你喜欢？"

卫戍忽然刻薄，姜瓷苦笑："是啊，如今我知道我瞎了眼看错人。"

卫戍心里这才好受些："算了，以前的事不要再想了。咱们洗心革面重新来过，从前过往一概不究了。"

姜瓷看着他："卫戍，我只是想要告诉你，等你遇上你喜欢的人时，也会这样。姑母说你重情，那你为了喜欢的人，或许会恨我碍着你们……"

"我不会那样！"

卫戍变脸，姜瓷愣了一下，极快明白过来他想起了卫将军和许夫人的事，连忙补救："不会，你不会那样。但是……"

她不知道怎样说，卫戍已呼吸粗重再度重申："我不会！"

许夫人和卫将军的事是他永远也无法释怀的心病。他难以想象有朝一日他会为了其他女人也将姜瓷逼到那种境地。

"那你就会很痛苦。"

"再痛苦也不会抛下你。姜瓷，我不会喜欢上任何人。我们如今是夫妻，有婚书为证，不必再说真假。我求娶你时就承诺给你三年时间，这三年我不碰你，是给你一条后路。但三年后若你没有可以依托终身之人，我也不会放你走。天下之大，是你一个弱女子难以独自走过的艰险。你说我是好人，你也是好人。那么多不相干的人我都可以救下来护着，为什么你不可以？"

见姜瓷没有妥协的意思，卫戍伸手拉开衣襟："那不如，我们现在就做夫妻……"

"卫戍！"

姜瓷惊跳着避开，卫戍却因动作太猛扯到伤口，他只是皱眉露出些微痛苦之色，姜瓷立刻又紧张上前。

"哪里疼？你怎么这么不小心？"

卫戍看着她，看着看着笑了："姜瓷，知道为什么卫家龙潭虎穴，我还是想娶你吗？"

姜瓷呆傻傻看他。

"人生来会追逐温暖，在于水县与其说我收留你，不如说你恩赏了我一个月。院子里有饭菜的香味，有晾晒的衣服，有一个女人为我忙里忙外，为我尽心，为我担忧，维护我。并且，只为我一个人。"

"这里不是也很好么……"

"好吗？对，他们都很好，可是……没有家的感觉。"

卫戍指着黑黢黢的院子："我永远只是一个人。"

"那是因为你拒绝。"

不是他吩咐，凤风居怎么会少有下人进来侍奉。

"对，可我没有拒绝你，不是吗？"

姜瓷说不出话了。确实，卫戍确实待她不同。

"姜瓷，公平些。你受过情伤，轻易不会再动心，但为什么要求我喜欢你，你才会安心做卫夫人？何况这些于你有利，是该你去求，而不是我求你。你从前不会这样矫情。"

姜瓷语结，咬牙反击："我陪你出生入死，还不许我矫情一把？"

卫戍点头笑："好，可以，可以矫情这一把。"

他忽然想起什么，又兴奋道："瞧，咱们还出生入死过！"

姜瓷恼羞成怒，赌气钻进暖阁。卫戍没有追来奚落，倒是琴声再起，时而悠扬，时而激昂如同战场。

姜瓷在琴声中睡着，第二天被嘈杂声惊醒。

石榴送洗漱热水来，卫戍已不在屋里。

"公子去后头静心居了，夫人的东西镖局送来了，公子将静心居辟出一半给夫人做私库。"

静心居是库房，卫府前院待客，后院这六处院子，主院落凤风居夫妻二人居住，西边两处院落是厨房下人房等处，东边两处院落是客院。

姜瓷洗漱出门，就见镖局人和卫府两个小厮正搬东西。卫戍照单接收，为她分门别类摆了几间屋子，虽每间屋都只放了角落，姜瓷难掩激动。她从没想过会有身家，当初偷着藏着攒了三两私房她都已觉得自己富有。

"将来，我把这里都给你填满。"

姜瓷已高兴得说不出话，她轻易满足，卫戍看着她笑脸，竟也生出满足之感。

待收好库，卫戍带姜瓷逛盛京，因他伤势未愈姜瓷不许他多走动，只在品味居吃了早饭，卫戍捡紧要的先往布庄首饰铺，只选盛京最好的地方去。姜瓷不懂挑选，俱是卫戍来选。里里外外，连小衣都挑好布料，大毛衣裳跟斗篷也制了下来，竟做了将近二十套，临去时姜瓷听到有人小声议论。

"那是谁？卫戍新宠？卫戍可从没对女人这样用心过，这个可见时日要长些了。倒不知是哪家姑娘。"

"哎哟，这不孝纨绔打肿脸充胖子！这姑娘瞧着就不像官宦世家贵女，指不定什么不干净路子来的。倒是可怜梁夫人外甥女董泠儿，春天时闹得不可开交，卫戍毁人清白，如今还不肯娶过门呢！"

"是不是谈不拢嫁妆？听说卫戍穷困，他娘陪嫁少得可怜，他小小年岁就被赶出将军府了……"

话越来越不堪，姜瓷头一回感受盛京对卫戍的恶意，卫戍耳聪目明，她不信没听到，但卫戍神色如常带她出去，去了隔一道街上的首饰铺。

卫戍豪掷为姜瓷添置，午时才回。姜瓷午饭做好回到夙风居，就见偏厅里坐着个嘤嘤哭泣的姑娘。粉裙娇嫩眉目如画，梨花带雨格外惹人爱怜。

姜瓷愣在门外，卫戍在屋中遥遥一眼看她，面容冷峻。

第十五章　董氏

董泠儿见卫戍不为所动，忽然哀泣一声朝着卫戍倒去。卫戍躲避，本是轻易的事，但如今却因有伤在身竟一时没避开，董泠儿撞在他身上，恰巧胸口处，卫戍触痛，眉眼揪作一团，姜瓷立时大怒，疾步入内一把揪开董泠儿，护在卫戍身前。

"你是谁？"姜瓷的戒备在董泠儿看来显然是另一种意思。

"你是谁？我同表哥说话，你……"董泠儿一眼便猜出姜瓷就是街上传扬的卫戍新宠，但她不在乎。有将军府做后盾，有外头那些传闻，卫戍早晚低头，必须娶她。

卫戍已疼得脸色发白，姜瓷扬声唤高叔叫他送客，高叔与阿肆一同进来，董泠儿却也带了婢女护卫，两厢对峙，姜瓷竟不占上风。

"高叔，送卫戍回房。"姜瓷生怒，卫戍走后，她还没开口，董泠儿一扫方才柔弱，冷冷地笑："得了，别故作姿态了。表哥纵是一时新鲜宠爱你，也有丢开手的时候。我必是要做卫少夫人的，况且我和表哥已有夫妻之实，姨丈为了我，哪怕杀了他也会逼他娶我的。"

"滚。"总算知道她是谁了，姜瓷毫不客气。董泠儿惊诧，这瞧着就是出身市井的女人竟然没有震慑住？

"你……"

"我什么？你进门前也该好生打听，卫少夫人？我才是卫戍明媒正娶办下婚书的原配嫡妻卫夫人，你算什么东西？从没见过你这样不要脸追到别人家硬贴的姑娘！"

"你放肆！我清白人家，要不是他……"

"他怎样？"

姜瓷追的董泠儿语结。

董泠儿不是王玉瑶，有些话外头传归传，她说不出口。姜瓷冷笑："我男人我清楚，他毁你清白？是谁毁的你找谁去，再缠着卫戍不放，我……"

"你怎样？"

董泠儿凶狠，她自持身份，哪怕是卫戍都不能压过她，何况姜瓷。姜瓷盯着她，阴恻恻地笑："我就划花你的脸，把你丢在街上，你所谓卫戍毁你清白的事，实情你知道，卫戍也知道，别逼的撕破脸，咱们无所谓，你可没法做人。"

董泠儿显然没料到姜瓷是个心狠的泼皮，气得胸口起伏，俏丽的脸上哪有半分温柔。

"你等着，表哥早晚有腻的那一天，等我进门时，定要你跪下请罪。"

"我等着，只怕没有那一天。"

董泠儿愤愤而去，姜瓷在后凉凉地追喊："听说你是梁夫人外甥女，我相公可不是你表哥，以后别叫得这么亲热。"

董泠儿是哭着回将军府的。

她十岁丧母，母亲与梁夫人是闺中交好的表姐妹，临去时将独女董泠儿托付梁夫人。董泠儿初入将军府，第一眼就看上了十一岁的卫戍。

她的喜欢带有侵略，将军府对卫戍的轻慢敌意叫她也觉得，她看上卫戍是卫戍的福分，卫戍该感恩戴德，匍匐于地的感激她。然而卫戍对她越是冷淡，越激起她征服的欲望。董泠儿生得好，自幼又会做戏，白莲一样美丽洁净的姑娘引不少郎君追逐，凭什么卫戍对她不屑一顾？

所以她想方设法，哪怕毁了卫戍，折辱他磋磨他，也一定要他娶了她，匍匐在她脚下。

春天时那一场所谓卫戍毁她清白的事，她自然清楚怎么回事。卫戍警觉，没有踏入她的陷阱，但有人进了她的屋毁了她的清白。她怎么可能嫁给那个贩夫走卒？所以咬死了，也要扣在卫戍头上。

姨母姨丈都知道内情，因为他们都知道，那一天卫戍没有去。

但她们都顺着她，所以她才有恃无恐势在必得。

梁文玉神色清冷，她出身武将世家，是个上过战场的奇女子。她知道外甥女对卫戍的心思，所以当初使了手段。她以为那时董泠儿意乱情迷，错把毁她清白的人当作卫戍，这么久，她和卫北靖都不敢说破，怕柔弱的外甥女心里过不去坎会出什么意外。

然而董泠儿哭诉卫戍娶亲了，梁文玉神色总算有变："你先回去吧，好生休养别胡思乱想，我同你姨丈说说此事。"

她同大女儿卫安安使了眼色，卫安安扶起哭倒的表姐，劝慰着出去了。卫北靖从屏风后出来，行军习武之人，便是中年也英姿硬朗。

"你怎么看？"

"逆子不告而娶，打死也不为过。"

梁文玉叹息，却一句也没再多言，这对父子间的事她从不参与。

卫北靖令人去寻卫戍，他备好马鞭等在书房。

信儿送到卫府时，姜瓷刚给卫戍换过药出来。

"公子不舒服，改日再去。"

没见过这样亲爹，迫不及待给儿子扣绿帽。姜瓷愤愤回去，卫戍笑着看她："只怕更恼了，下次打得更凶。"

"他打你？他凭什么打你！"

"凭他是我父亲。"

生疏的父亲二字，卫戍淡笑，眼中嘲讽掩盖下透着些许悲凉。姜瓷也沉默。

卫将军不是姜槐，一点银子就能打发。

"公子，贺公子来了。"

阿肆在院子里大喊，少顷进来个与卫戍相当年岁的青年，长袍华服，气度雍容清冷，容貌绝俗。只是看惯了卫戍，姜瓷也没觉着怎样，倒是贺公子进来，审视目光毫无顾忌地扫在姜瓷身上，卫戍不高兴了，拉过姜瓷："看够没？"

贺旻冷笑："十九年情意，不如你一个新宠？"

卫戍不理他，只和姜瓷道："娘子，这是贺旻。"

贺旻脸色微变，姜瓷点头权做打了招呼，转头倒一杯药茶给卫戍："晚上想吃什么？"

076

"你昨日熬的粥很好，贺兄口味清淡，你瞧着做就好。"

"好。"

姜瓷出去了，贺旻脸色却没缓和，他盯着卫戍："成亲了？"

"办过婚书了。"

"她是哪家姑娘？"

"永华州苍术县的姑娘。"

贺旻倏然攥拳，咬牙切齿："你要如何？你如今该娶一个世家大族的嫡妻！"

"世家大族的姑娘就能挽救纨绔的名声，不再令人轻鄙哧笑？"

二人对峙，贺旻眼神凶狠，卫戍却神色淡然。

"你想想该怎么和老九交代吧。"

"我不需要和任何人交代。"

贺旻气急，却没拂袖而去，他赌气坐下紧盯卫戍，卫戍被他看得烦躁，出声道："贺旻，你今年娶亲，你娘子是你青梅竹马心上人，你愿意为她死吗？"

贺旻仿佛听到笑话，挑眉道："好端端的，什么生和死！"

"是，你生来顺坦，自不知经历生死时的艰难抉择。"卫戍笑容里有淡淡的嘲讽。

没有人会活的像他这样，多少人盼着他死，不仅盼着，还付诸行动。他的命始终悬着，因他的存在，世人永远不会忘记许瓔和卫北靖曾经的往事，许家和卫家的脸面这么多年也难以挽回。而除了许家卫家，还有不知多少人惦记着他的性命。

"贺旻，那个姑娘在以为我深陷险境时毅然追随，若说连累，是我连累她。若说配不上，也是我配不上她。"

"我知道你这人念情，丁点善意存留在心，可将来，会有许多人愿意为你死。"

"但在那么多人愿意为我死之前，只有她陪伴我，搭救我。贺旻，倘或我因故赴死，你和老九能做到这样吗？"

贺旻没说话，但显然不会。他们会缅怀他，为他伤心，已是念情。卫戍笑了："看，十九年情分。可这姑娘，那时却只和我相识三月。贺旻，我身边有多需要一个顾惜我的人，你明白吗？那是所有一切的坚持都能抛弃用来交换。她的珍贵，你不懂。"

"你这样喜欢她？"

"说喜欢，为时尚早。我珍视她，只要她能过得好，我可以为她做任何事。"

这话脱口而出，连卫戍自己都震惊。原来他心里竟然是这样想的。从前他就知道姜瓷的好，可在潇山同经生死后，似乎悄然改变了许多。贺旻陷入沉思。黄昏时姜瓷与石榴提着食盒来，摆好饭桌，四菜一汤，虽清淡，却都顾着卫戍的口味。

晚饭后送贺旻出门，贺旻临走前再度审视姜瓷，眼光显然善意许多。

因贺旻饮酒，外稍间留着些许酒气飘进暖阁，姜瓷推了窗透气。照料卫戍洗漱后，各自躺在床上，隔着屋说话。姜瓷看着外头一轮明月满天星斗，一时来了兴致。她似乎从来没有这样悠闲惬意过。

两人有一搭没一搭地聊着，说到过往，姜瓷通透得很，但卫戍的事她却知道不多。

"没什么特别，十二岁前我讨好将军府每一个人，希望得到他们善待。我比任何人都努力，君子六艺，四书五经，习武军策，样样出挑，七岁得选皇子伴读。"

"皇子伴读？"

"是，九皇子。但我十二岁离家，皇家另选，便是贺旻。"

"你做陪读时，一定风光无限吧。"

"不，九皇子……出身低，做他的伴读，在外人看来就是人以群分，我和他，都是为人耻笑的存在。"

姜瓷沉默，心里不大是滋味。卫戍望着漆黑帐顶，淡淡笑了："小时候我连名字都没有。读书后，自己给自己取了卫戍这个名字，因为觉得可以取悦做将军的父亲。"

"他不配。"

"是啊，他不配。除了身上流着一半卫家的血，给了我半条命，他什么都不配。所以那时候我很恨，我急于打败他来证明他的过错，所以……"

姜瓷攥着被子，许久不听卫戍声音，在以为他睡着时，淡淡的声音传来。

"十二岁那年，我投军了。"

第十六章　过往

"不是经商吗？"

姜瓷惊诧："他是将军，你投军他发觉不了吗？"

卫戍笑了："卫家虽在军中势力不小，但总有些地方，是他伸不到的。例如，皇家暗卫。"

卫戍手里翻弄着黄雀令，想起姜瓷现在百思不得其解的模样，愉悦升起。

"卫戍，好像没人知道你从过军，你为什么告诉我？"

"你不该是我最亲近最信任的人吗？"

除开父母，妻子确实该是。姜瓷张了张嘴，反驳的话说不出口。

卫戍的话，半明半暗。涉及隐秘的内情，并没透露多少。

太上皇做皇子时建立黄雀，百余人的队伍能当千军万马，凭这支亲卫夺下皇位，然禅位后黄雀再无出。所有人都以为黄雀功成身退，只有有心人才知道，黄雀如今仍旧把持着大炎一半的权利。

得黄雀者得天下。

太子之位太上皇的意思举足轻重，而太上皇的意思一半源自黄雀刺探来的消息。圣上有子十三，除去夭折病故的两位，尚余十一。再除去天生痴愚的二皇子与尚未成年的十二、十三两位皇子，余下的八位皇子，没有一个不想得到那个位置，包括老九。

他们都渴望得到黄雀，却又畏惧黄雀选择他人，于是在有心人的挑拨下，在潆山有人买凶杀他。或者，是潆山的事，触动了某个紧要之人的利益。

然而最重要的，是有人泄露了他的身份。知道他身份的人不多，除开太上皇，也只剩二人。

"胖丫，再给你一次选择，你还会跟那个贼婆去山寨吗？"

"会。"

"为什么？"

"这有什么为什么？"

姜瓷吓笑，仿佛天经地义。卫戍心里有些熨帖的舒坦，他勾起唇角。

姜瓷许久不听他再说话，以为他睡着，枕着手臂看窗外却走了困。天近子时她听外头声响以为卫戍起夜，谁知卫戍竟悄悄推开她的房门。她忙闭眼，听到卫戍低叹："这蠢丫头果然开着窗子。"

窗在床内，卫戍走过来探身关窗，却拉扯伤口，忍着疼没作声，出去时已一身冷汗。卫戍咬着牙的声音从外头轻轻传进来："不成亲是对的，做人相公当真不易。"

姜瓷愣了愣，裹着被子偷偷笑了。

因睡得迟，第二日夫妻二人自然都起迟了。

才洗漱完，外头有人送请帖，卫戍接过看了吓笑："贺旻这臭嘴。"

"怎么？"

"老九请客，收拾收拾咱们出去。"

"你伤没好，不好外头奔波，要不请他家来？"

卫戍似笑非笑眼神里大有深意："老九可不是能支使的。"

姜瓷愣了愣，老九，九皇子！

卫戍推惊诧的姜瓷进屋，亲自给她挑了衣裳首饰。将近午时，夫妻俩空着肚子出门，然而还没见到九皇子，就出事了。

卫戍昨日未去卫将军府，卫北靖等了半日，怒气越大，要去卫宅找卫戍，却叫梁文玉拦下了。府内怎么闹都无妨，若闹到外头，这对父子又不知要失多少颜面。董泠儿倒安生，谁知半夜竟悬梁了。

幸而贴身丫鬟警醒，听到椅子倒地拼命撞门，没撞开便一路呼救，是二公子卫骏撞开门救下人，合府闹个不堪。

其实不过是董泠儿与丫鬟做了一场戏，连颈间勒痕也是画上去的，郎中又提前收买，夸大其词尽往重了说，吓坏梁文玉。董泠儿装昏，气息奄奄，梁文玉守了外甥女半夜，已时才回，疲惫憔悴，心疼她滴了几滴泪，卫北靖心头积压怒火炽烈。待宽言哄睡娘子，他提鞭出门。

卫北靖此人孝敬爹娘，顺字绝没有。他有军中人鲁直，心中自有是非曲直。绝不是个心软会怜香惜玉之人，只除了梁文玉是他软肋逆鳞，触之即死。卫家子女俱孝顺母亲，多半也因父亲缘故。

待他策马提鞭远远看到酒楼外卫戍扶着个女人从马车下来，那股气如火遇风，猎猎而起，他呼啸而去扬鞭抽下。

扑面而来的杀气令卫戍警觉拉着姜瓷避开第一鞭，待靠着马车看到下马扑来的卫北靖，他诧异一瞬。就是这一瞬，卫北靖第二鞭挟风泻火狠狠抽下，几乎未加思考，姜瓷挺身抱住卫戍。

长鞭掠过皮肉的钝响，姜瓷隐忍地痛呼，卫戍下意识拽开姜瓷却仍旧迟了，第三鞭抽在姜瓷背上，她疼得几欲昏厥，软软倒下。

卫戍一手抓住再抽下的鞭子，不可置信地看着怀里的姜瓷。片刻之前，她还在和他说笑，可现在却气息奄奄倒在他怀里，甚至他支撑她的手臂，掌心黏腻。他心头浮上一股陌生又强烈的情绪，悲伤愤怒，甚至生出一股想要杀人的欲望。

卫北靖也愣住了，他没料到打错人。但一想这是卫戍私娶的女人，卫戍又竟敢反抗，又恨不能立刻打死。他狠狠抽回鞭子，刮着卫戍掌心，留下血肉模糊的痕迹。

卫戍面无表情，受伤的手从斗篷里抽出长鞭，狠狠一鞭抽在卫北靖的马上。马受惊，扬蹄嘶鸣险些踩踏卫北靖，卫北靖狼狈躲避。

"逆子！"

"逆子？"

卫戍冷笑："你配做父亲吗？"

"你的命是我给的，早知你如此不堪逼辱弱女还没有担当，当初就该扼死你！"

"是啊，怎么就没扼死我呢？"

卫戍行尸走肉一样小心翼翼把姜瓷抱回马车，回头，冷漠带着死气的眼睛盯着卫北靖："什么时候我还了卫将军半条命，就两清了。"

放下车帘命车夫回程，卫北靖执鞭冷笑："你还不清，我不会放过你。"

卫戍痛苦闭眼，他把姜瓷用力抱在怀里，喃喃自语："我该死心的，我早该死心的，我错了，姜瓷……"

酒楼上贺旻和老九站在窗前看马车又疾驰而去，自始至终没有离开半步。老九在宫里再落拓，却终究是皇子殿下，涉及皇家颜面，卫家的破事他不好插手。

"怕是要断了。"

"断了也好。"

老九揣着袖子话里有话："备份礼，晚上送去表表心意。"

卫戍抱着姜瓷一路急回凤凤居，口中一声鸟鸣般呼哨，那日在院子里同卫戍说过话的男人倏然降落。

"公子！"

"叫程子彦来！"

卫嵘少见卫戍如此急迫，却当看见他怀里姜瓷时了然，迅速退去。

黄雀卫军医，卫戍伤重时也未曾惊动。

卫戍看着姜瓷，眼光一刻不离。

程子彦来得极快，纵看遍黄雀卫多少生死紧迫的伤，但在解开衣裳看到姜瓷背上两道深刻又血肉模糊的伤时，还是吸了一口冷气。

"鞭子？什么鞭子能打成这样？"

说完又立刻明白，从前卫戍身上见过这样的伤，只是今日格外严重。

程子彦为姜瓷清理伤口的时候，盛京沸沸扬扬传开了卫北靖当街鞭打儿媳，又遭卫戍还手的事。

"卫嵘，去查查卫北靖今天发什么疯。"

程子彦的药下去，姜瓷安稳许多，沉沉睡去。

卫戍就这么守着姜瓷，黄昏时药效渐退，姜瓷疼得睡不着，几欲挣扎反手要抓伤口，卫戍擒住她手，她恍惚醒来。

"你没事吧？"

姜瓷反手拉住卫戍，竟先问了卫戍想问的话，卫戍眼神复杂。

"你怎么样？"

姜瓷还没张口，肚子先咕噜起来，她尴尬地笑笑。

"还疼吗？"

疼！疼得要死，但看卫戍紧张，她又虚弱笑笑："没那么疼了。"

"胡说，卫北靖的鞭子是凶器，上战场能一鞭子抽裂敌人脑壳。"

尤其今天气头上，恨不能打死卫戍。

卫戍这么一说，姜瓷觉得后背火辣辣越发疼了，龇牙咧嘴。

"你不怕吗？"卫戍背光，脸色叫人瞧不清，声音却有风雨欲来前的平静。

"怕！"

姜瓷心有余悸："万一打在你身上，你身上里里外外的伤都还没好。"

卫戍眼神更复杂，摸着她头顶轻叹："你这个蠢丫头。"

"我哪里蠢？我又不是谁都会替挡鞭子！"

姜瓷拉开他手，却扯着伤口疼得嘶声抽冷气。

"董冷儿昨夜悬梁了。"

姜瓷抽了一半的冷气倏然截住。

"没死。"

卫戍的笑容淡漠而冷，姜瓷又松口气，疼得直哼哼，卫戍有些想不明白："你不准备哭着喊着叫我给你讨回公道吗？"

"讨公道？说什么傻话，他是你爹，你能打回去还是骂回去？还是给口饭先？"

卫戍哭笑不得，从外稍间提进个小吊炉，上头咕嘟咕嘟正煨着一砂锅肉粥，香气弥漫。

"我照着你的法子闷的。"

卫戍得意，盛一碗吹着喂姜瓷，姜瓷埋怨："你还没好，叫宋二嫂做些饭就是了。"

"不好，太难吃了。"

"现在挑食了？你从前不是吃得好好的。"

"那是没尝过好滋味，尝过了，就不想再委屈自己了。"

卫戍淡笑，伺候姜瓷吃过粥哄她再睡会儿，姜瓷昏睡一天实在不困，背上又火辣作痛，趴在床上龇牙咧嘴实在可怜，卫戍心里难受，叫卫嵘又把程子彦请来。

程子彦用了薄荷一样的药膏，姜瓷后背顿时没那么火辣，又上了熏香，才睡过去。卫戍轻着手脚拽程子彦出去，才出暖阁，程子彦就扣住了卫戍腕子。

"没事了。"程子彦神情淡然，"中午来时你这兵荒马乱我就没问，你这伤是怎么回事？且从潾山下来没有即刻回来复命，如今回京了又没及时去见主上。"

"老头子恼了吗？"卫戍哧笑。程子彦摇头："老头子精着呢，这会儿想必心里有数了。程子彦，有人要嫁祸你。"

卫戍一边听着，一边把砂锅里姜瓷吃剩的肉粥盛出来呼噜呼噜吃起来，他也饿坏了。

"到底怎么回事？"程子彦耐着性子等，卫戍才放碗他立刻追问。

"有人知道我去潾山，且买通山贼要我性命。"

"怎么可能？"程子彦皱眉，黄雀卫隐秘，行事身份更是秘中之秘，甚至同为黄雀卫之人也只知自己而不知他人。他略作思量："主上身边不干净。"

卫戍点头，这真是要命的事，坏在根源。卫戍摸出自己黄雀令在手："程子彦，永华州苍术县的县丞顾正松，认识我这黄雀令。"

第十七章　黄雀

程子彦霍然起身，面色隐着怒火："老顾越发不堪了！"

"喊，你恼什么？我还没恼呢……"

"他嫁祸我！"

"别说得这么严重，也就是在我跟前嫁祸你，离间咱们二人罢了，对你没什么影响。"

"我程子彦的名声，不允许沾染半分尘埃！"

卫戍勾唇邪笑，从三年前太上皇另立一支黄雀卫开始，顾允明就视他如眼中钉，却苦于不知他到底是谁，顾允明有一种要被取代的危机感。黄雀卫分工明确，自分支后顾允明管明卫戍管暗，顾允明做什么卫戍都知道，可卫戍那头，顾允明却一概不知。

"太上皇这么沉得住气，他不准备给你个公道？"

"公道？"

卫戍想起姜瓷的话，笑了："说什么傻话？亲爹还不能给我个公道，我指望赏我饭吃的主子给我公道？"

"你倒看得透。"

"从小尝遍人情冷暖的好处。但我和老顾新仇旧恨，不能善罢甘休。"

想起顾家欺辱胖丫，卫戍这会儿忽然觉着丝毫不能忍耐。

"要说起来，老顾从前虽不俗，这几年却着实不堪，主上心里既然有数，也该分出个高下取舍。"

"啧，程子彦，要是你，一条养了快二十年的老狗，在外头不管怎么张扬惹事，在你跟前永远乖顺听话。另一条才养三五年，能看家护院抓老鼠，但在你跟前张牙舞爪镇日吠叫，你喜欢哪个？"

程子彦无话可说，卫戍哧笑："老头子舍不得。"

"那你怎么办？"

"等过了年再说吧。"

"你这么拖，老顾未必愿意等，怕是还得下手。"

"就怕他不动手，老头子讲究多得很，谁不叫他过好这个年，谁都好过不了。"

程子彦笑了，指着他："你这坏胚子。"

两人笑一场，程子彦忽然感叹："能为你挡鞭子的姑娘，合该她才能打消你不想娶亲的心思。"

"她的好，你又怎么能全知道。"

程子彦夸姜瓷，卫戍高兴。

"也是我蠢，原想卫家的事，我担了恶名，给个台阶都下了算了，谁知他们却不知足，偏要把我逼入穷巷，看来卫北靖不逼死我不甘心。"

"那你怎么办？"

程子彦嘲笑他："堂堂黄雀卫少将军这幅狗样子，也真是叹为观止。"

卫戍斜睨他："要不是小爷还用得着你，定打你个不能自理！"

"谢少将军留情！"

程子彦笑着走了，卫戍看他逃得快，嘴角有淡淡的笑容，转过看向暖阁时沾染几分无奈。

半夜，姜瓷发热，卫戍因守着，及时发现，把程子彦留的药灌下去，第二天醒来时，姜瓷只觉浑身黏腻虚软无力，伤口虽疼却已可以忍耐。但转眼看见床边靠着个矮榻，卫戍蜷在上头睡着，眼下乌青的憔悴。

他怕是守了一夜。

姜瓷忽然想起他们初遇那一回，萍水相逢的陌生人，怕冻坏她，也添柴烧火守了一夜。

"卫戍……"姜瓷的声音嘶哑得不成样子，但卫戍还是立刻惊醒伏上床边："怎么？"

见她张嘴，送一杯温水喝了，姜瓷才指着外头："你去歇着吧，我没事了。"

"你别乱动，程子彦说你这伤要是裂开就得上针线，那就留疤了。"

卫戍把姜瓷按趴下，看外头天明了，索性起来："你有事叫我，我就在外头，昨日老九送礼来。"

"他们，昨天看见了？"

想想也是，都在酒楼下头了，可没人替卫戍出头。

"卫戍，你跟了九皇子五年，你们该情分不俗吧。"

"还好，但不如贺旻。"

他和老九同病相怜，见面一起丧，谁也扶不起谁。不如贺旻，鼓励老九，为老九出谋划策，扶他立势，他们才是真的不俗。但到底五年情分，贺旻又是他荐给老九的，所以他们三个总凑在一处。

"你再睡会儿，我一会儿送饭进来。"

姜瓷趴着，总觉气不顺，想动一动，卫戍立刻又按住，无奈又愤怒："你别动。"

"我，我上不来气。"

卫戍便探手去她身下，将她整个人垫起来，慢慢翻身侧躺。过程中卫戍手掌碰触到一团柔软，两人都尽力忽视，卫戍还是红了耳根，他匆忙走出暖阁，高叔等在那里，将礼单给他，他扫过一眼："都搬去夫人库房。"

高叔应声，又踟蹰半晌。

"说。"

"您叫杜鹃和石榴来伺候夫人，石榴去烧水了，可杜鹃说她从前也是好人家的女儿，不懂伺候人那一套……"

卫戍神色渐冷。

石榴人如其名一张喜庆圆脸，杜鹃却有几分妍丽之色，从前卫府没女主子，卫戍生成那样又是她救命恩人，难免生出几分遐想，惯来围拢卫戍侍奉尽心，后来因太碍卫戍行事，才令没传不得擅入凤凤居。

"既然不会伺候人，我要这婢女有何用？卖了吧，卖的银子买个会伺候的奴婢。"

高叔脸色一白，却不敢再为杜鹃辩解，匆忙去了。

卫戍越想越气，他好心救助，却养贪了这些人心。三四年了宋老二两口子饭菜做的仍旧难以入口，他伤重回来除了烧热水，都是姜瓷照顾他，如今姜瓷也伤了，没人伺候洗漱，连口热水也是他喂的。

做主子做到这样境地，世间少有。

"阿肆！把贺旻给我叫来！"

卫戍一声厉喝，把墙角蹲着的阿肆吓得险些扑倒。

贺旻听阿肆十万火急的传话，撩袍子骑马来了，见卫戍大马金刀坐在外稍间，以为事态严重，谁知卫戍开口竟问他要人。

"什么？"贺旻以为听错。

"奴仆不成奴仆，耍个人来教教，教不好就卖了换了。"

"何必这么麻烦，我先借你几个人使就是了。"

"不必，就要人教。"

"连我你也信不过？"

"姜瓷伤了，如今谁我也信不过。"

卫戍斜睨贺旻，眼神凉薄，贺旻略思量，顿时歉然："是我思量不周，卫家如今怕是最容不下你这新娘子。我这就回去，午时前就把人给你送来。"

卫北靖耿直，董泠儿却无孔不入，贺旻的人若被收买，毁的还是他二人情分。

"贺旻，多谢了。"

"没得和我客气，昨日的事，我和老九心里都不舒坦。"

"我明白。"

老九身份特殊，他没那么矫情。贺旻点头，催马离去。前脚才走，卫戍提了吊炉进暖阁，还没盛出饭来，外头一阵吵嚷，杜鹃的哭声凄厉尖锐，姜瓷小心看卫戍脸色，心知这杜鹃怕是得不了好了。

杜鹃是一路冲进暖阁，扑通跪下，哭声刺的姜瓷耳朵眼脑仁儿疼。卫戍坐在床边，掂着碗，面无表情看着她。

"公子不能这么无情，我跟了公子两年，事无巨细照料公子，公子不能这么狠心有了夫人就厌弃我……"她斜睨一眼姜瓷，竟有埋怨之意，姜瓷哭笑不得。

"那你说怎么办？"

卫戍忽然缓和神色，甚至温柔询问，杜鹃面色一喜："我是不走的，往后如从前一样伺候公子！"

杜鹃直起身子，满怀希冀，卫戍点头："伺候我就不必了，我有阿肆。婢女归夫人掌管，你要伺候的，是夫人。"

杜鹃哽住，显然不愿意。卫戍眼光放远，高叔与石榴、阿肆、阿远，还有宋老二夫妻都站在外头。

"你们都知道，爷一直不娶亲，是因为不想娶，如今既然娶了，说明夫人于爷来说至关紧要，伺候不好爷无所谓，但伺候不好夫人，只有卖出去这一条路。"

屋外众人震慑，卫戍叹息一声："爷当初怜惜你们才救了你们收容在府，但你们不该拿爷的心软，来拿捏爷。"

卫戍低头，眼神森冷盯住杜鹃："瞧不起夫人？"

他转头向阿肆阿远："拖下去，即刻发卖，不管什么去处。"

"公子！你不能这么无情！就是这女人挑唆你！"

杜鹃大哭，阿肆进来，阿远却迟疑在门外。阿肆跺脚去拉阿远："你蠢？没听公子话？你没见别家奴才是怎样？"

"可我，我不是奴才啊……"

阿远茫然，阿肆这回也冷了脸："你不是奴才是什么？公子花银子救你，你不做奴才做小爷？"

阿远仍旧一脸不敢苟同，杜鹃得意，竟高声斥责姜瓷，卫戍眼中怒火炽烈，高叔急了，抖着手和阿肆把杜鹃扯出来。杜鹃的叫骂在院子里格外尖锐，骂姜瓷勾引卫戍，陷害忠良。

"白救了一场呢，狼心狗肺的东西。"卫戍冷笑，低头看着手里的碗，"阿肆，爷是从哪救回来的？还卖回去。"

杜鹃骂声戛然而止，她终于知道恐慌，也终于知道谁掌控着她的命脉。不知从哪来的力气挣脱，她扑到暖阁窗口，抓着窗棂哭喊："夫人！你救救我！我是好人家的女儿！我不做妓子！公子把我卖去妓坊是要了我的命啊！"

姜瓷张了张嘴，卫戍森然回头："闭嘴！你要留个姑奶奶踩你头上拉屎拉尿？"

姜瓷悻悻闭嘴，卫戍才悠然道："你只是回到原本该你在的地方，是你爹娘卖你去的，你委屈什么？是爷对不起你？还是夫人对不起你了？"

外头的声音渐渐平息，石榴吓得瑟瑟发抖，阿远仍旧茫然。卫戍指向石榴，吓得石榴哆嗦："能伺候好夫人吗？"

第十八章　攀附

"能！能！"

眼光扫向宋老二夫妻，宋老二扑通跪下来，抖抖索索："奴才定给夫人做出可口饭菜！"

阿远后知后觉害怕，宋老二扯着他一块走了。

他们从前是可怜，也都知道卫戍救了他们，舍不得苛责他们，于是一步一步越线。他们心知肚明，在卫府，主子没主子的威严，奴仆没奴仆的尽心。做奴才的生在卫府，简直是人间仙境。

午时前贺旻送个老嬷嬷来，姓杜。杜嬷嬷不苟言笑，格外威严，看着清冷的主人房跟伤着的主子，还有那零星几个眼含畏惧却什么都不懂的下人，觉得工作任重道远。

"先学会怎么伺候主子。"

卫戍吹冷药小心喂姜瓷，杜嬷嬷叹气："公子，奴婢来吧。"

转头向石榴："你来看着我怎么侍奉夫人吃药。"

杜嬷嬷手轻嘴轻，服侍得极为舒服，姜瓷从一开始的不适应慢慢到享受，卫戍看着姜瓷，朝她笑笑。

石榴学的用心，阿肆勤快有眼力，高叔忠厚，宋老二夫妻虽有些奸猾却胆小，卫戍这一下震慑，杜嬷嬷教导工作开展顺利。姜瓷总算舒坦些，卫戍也能歇着。一晃三四日，贺旻过府来看，顺便告诉卫戍，董泠儿如今闹着要出家做道姑，外头沸沸扬扬传着卫戍如何欺辱弱女又不肯负责，逼的人没活路云云，骂得口不留情。

"觉着这事儿耳熟吗？"卫戍偏头问姜瓷，姜瓷讪讪地点头，于水县时王玉瑶也来过这么一出，她还以为世家大族的姑娘会高明些。

贺旻走后卫戍叫来卫嵘，吩咐道："今儿夜里把董泠儿挂梁上。"

姜瓷惊愕。

"别叫她死了，告诉她，她要寻死，小爷帮她。她要毁她清白的人娶她，小爷也帮她，叫她好生等郎君。"

卫戍脸色森寒，姜瓷觉着发冷，往里缩了缩，卫戍发笑："你怕什么？"

姜瓷摇头，卫戍眼光扫在姜瓷背脊上，低声道："姜瓷，卫将军忽然发疯，董泠儿功不可没。这两鞭子若打在我身上也罢了，却打在你身上，就不能善了了。"

"那你，你预备怎么办？"

"该怎么办怎么办。"卫戍又邪笑。姜瓷想想这事，也确实憋屈。

"你说她，她都这样了，还硬逼你做什么？"

"娘早死爹不仁，她觉着全天下都欠了她，不敢得罪卫家人，毕竟她仰仗梁夫人过活，却在我身上可劲儿作。从今年春天开始，头一回春天游湖，买通艄公钻我船上，她跳水，艄公要推我下水救她，我把艄公踹下去了。第二回就跟于水县那样，跑去酒楼钻进厢房，她不知道我前脚进门后脚走了，屋里只有贺旻。第三回叫卫将军亲信传话说卫将军找我，谁信那鬼话，她却万事俱备，不巧两个行商走错屋，中了药……"

姜瓷嘶声冷气："倒是个狠人。"

待自己也这样狠，为算计卫戍不惜把自己都舍下了。

"她这样，难不成对你真有心思？"

"心思？都宠着她顺着她，遇上个对她不假颜色的，就想征服，就这么简单。事情闹到这样，她觉着都是我错，我得对她负责。甚至还觉着因为她我或许可以回将军府做大公子，我该感激她才对，但我偏没有，所以我狼心狗肺。"

卫戍笑得没心没肺，姜瓷沉了脸。

"这么？生气了？"

卫戍刮她脸皮，笑容更深了些："还是……心疼了？"

姜瓷斜睨他："没个正形！"

"嘁！日子已经这么苦，还要一本正经地吃苦，哪里还能活下去！姜瓷，你不觉着如今苦吗？"

"哪里苦？高屋软枕衣食不愁，还有人伺候，这日子怎么苦了？"

"不苦？"

"不苦！好得很！"

两人别嘴，杜嬷嬷领着石榴捧药进来，姜瓷顿时苦脸。

　　程子彦医术不俗，她伤势好得极快，只是这药下得真重，隔一个时辰就得吃一回，一天得吃五六种不同的药。她不知道程子彦给她把过脉后，出的方子是把她林林总总从小到大的毛病都一齐治上了。

　　这天夜里，卫将军府鸡飞狗跳，董泠儿再度悬梁，因没事先和丫鬟商议，真是吊得还剩半口气才被巡夜婆子发觉，心惊肉跳地救下。几次三番寻死闹得太多难免叫人腻味，原本沸沸扬扬的传闻反而因她再一次悬梁平息下不少，她醒来后歇斯底里地大哭，然后安静了下去。

　　梁文玉觉着反常，却又问不出什么。

　　日子忽然清静下来，姜瓷被打后第十一日，她慢慢活动臂膀，微微撕扯发疼，卫戍一把拉住她的胳膊。

　　"别乱动。"

　　"程郎中真了不得，我都觉着活不了了，才十来天又生龙活虎了。"

　　"他下得都是重药，好得慢，我们的活儿没法干。"

　　"你们平时都干什么？"

　　姜瓷顿时来了兴致，顺着问去，卫戍冥想："寻常也没什么，刺探消息，护卫主子。"

　　"哦。"确实平常，姜瓷有些失望，将卫戍归类在地主家护院层类，只是跟的主子了不得。

　　"还半个月就过年了，咱们这还清锅冷灶的，不备年货吗？"

　　卫戍愣了下，他从来独过，年不年的确实没分别，可今年……他却是个有家的人了。这层认知叫他忽然升腾起喜悦，有些激昂："备！"

　　他转头欲吩咐高叔去准备，姜瓷却忽然拉住他，眼神晶亮带有乞求："我去吧！"

　　卫戍愣住，没想着她这样大兴致。

　　"我没踏实过过年，今年头一遭，有新衣有首饰还有钱花，我去，行不？"

　　"你伤还没好。"

　　"落一层厚痂了，我小心点！"

　　"那……"

　　姜瓷攀上他手臂摇晃，眼瞳水润闪亮的乞求撒娇，卫戍恶趣味上来了，邪笑："求我！"

　　"求你求你……"

猫儿一样细弱娇软的声音，卫戍心都化了。

"阿肆，备马车，你跟包子侍奉夫人出门。"

包子是谁？被叫的石榴一脸迷茫而不自知。

马车备好，卫戍仔细检查，垫了厚厚棉垫又铺了雪狐皮，把姜瓷安置进去，又给她盖了皮毛斗篷塞了手炉，窗子钉了一层望月纱，叫她既能看见外头又吹不到风，卫戍这才放她出门。

"公子怎不陪夫人一同去？"暗处，卫嵘的声音微弱传来。

"难得她高兴，我若陪在身边，叫那起子人瞧见闲言碎语，没得又叫她不高兴。"

卫戍盯着马车走到胡同尽头，转弯消失。

姜瓷把沉甸甸的荷包揣进袖笼，却摸见了另一个鼓囊囊的荷包。她疑惑摸出来，待看清花色，想起方才卫戍扶她上车，想必那时候偷偷塞了荷包进去。她心里顿时满的要溢出来的柔软，揭开去看，一袋子一两的小银锭子，还有几张银票。

姜瓷从没试过花银子，从前过年便是花一个大钱买两朵绒花也得再三思量。如今卫府也算一大家子人，上上下下，要过年自然要吃吃喝喝。卫戍想必没什么亲戚拜年，但贺旻程子彦或许会来。她寻思着，吃吃喝喝的东西先定下，干果点心蜜饯也必不可少，年下采买众多，铺子里她挑好阿肆挤着定，付了银子出来松口气。接连逛了几处，连活禽都定下了，还号了一头羊半头牛，定了日子宰好送去。

待忙完这些，路过布庄，寻思过年得给卫戍做两身新衣裳，遂进去拣选布料。她从前自己做衣裳，是以瞧着身形就能估个大致尺寸，报了尺寸欲交定银时，石榴一把拉住，笑道："夫人，您不给自己做两身？"

"不必了，前些日子才做了几身。"

"夫人，您瞧那匹，和您给公子选的花色登对，样式登对。过年了，您和公子是夫妻，也该穿的登对呀！"石榴笑得喜气，说的姜瓷心念一动。

夫妻，登对……

姜瓷鬼使神差指着那匹料子，也给自己做了一身。

从布庄出来的时候脸还红着，忙了半日，背脊隐隐作痛。

"夫人，对面是茶楼，咱们歇会儿吧。"姜瓷正要登车，阿肆指着对面。姜瓷确实也累了，遂点了点头，带着石榴进去，阿肆停好马车也跟进去。小二引领，将她们带去二楼雅座，却并没去厢房。

姜瓷点了两壶茶几碟子点心，逛街过后这么歇着，确实惬意。

她眯眼享受没有片刻，眼前的光忽然暗了下来，抬眼去看，就对上了董泠儿苍白的脸。

"你很得意吧？卫郎为了你，恨不能杀了我。"

"有什么得意的，我相公为了我，那不是天经地义？"

姜瓷对董泠儿没什么可客气的，依她算计卫成，跟她刻薄都便宜了她。董泠儿脸色又白了白，嘴唇颜色浅淡容颜憔悴，没带围领的脖颈上，一圈青紫。

董泠儿不请自来，姜瓷的话令她短暂失神后，她竟笑了笑，自顾自坐下："巧遇是缘，我倒想和你说说话。"

"我却没什么和你说的。"姜瓷起身。

"怎么，怕了？"董泠儿奚落，见姜瓷不为所动就要走，立刻道："同卫成有关的事，你也不想听？"

姜瓷厌恶："从你嘴里说出来的，我也不想听。"

"可这些话，不从我嘴里说出来，他不会告诉你。"

第十九章　白月光

董泠儿回头，幸灾乐祸的笑："姜瓷，你也不想将来被撵走的时候，连为什么都不知道吧？"

姜瓷倏然回头，董泠儿笑："你一定会被撵走的，我的事一旦了结，你一定被撵走。"

她的笃定令姜瓷疑惑，莫非被察觉什么？还是卫成……她鬼使神差又坐下。

"夫人？"石榴担忧。

"你和阿肆下去等我。"

石榴还想说什么，阿肆却拽着她急匆匆下去。

"阿肆，是不是得跟公子说一声？"才下楼，石榴焦急，阿肆却在走到大门口时忽然站住。石榴茫然地抬头，看阿肆望着一处笑，顺着看过去，就在对面酒楼窗户里看见了她家公子。

楼上，董泠儿见姜瓷坐下，才露出得意的笑容，姜瓷淡然道："说不说？不说我走了。"

董冷儿忙收了笑暗自恼怒，却又不敢再多动作，怕姜瓷真就走了。她有些疑惑，姜瓷当街为卫成挡鞭子，命都不要了，该对卫成多情深，但为什么对这样的事似乎没多少惊惧？但……只要情深，总有机可乘。

"这话得从十多年前说起。"董冷儿沉了沉气，自己给自己倒了一杯茶。

"太上皇尚在位时，有一位宫女所出的敏柔公主，身份低微，二十岁才赐婚，入赘的也只是四品官家子弟。雍安二十一年太后生辰，刺客行刺，护卫被牵缠，黄雀卫无奈，扯着敏柔驸马推过去给太上皇挡刀子，公主竟挺身救驸马，被刺客所杀。太上皇追封公主，又册封她的独女为玉和郡主。后来……"

董冷儿讽刺地笑笑："没两年，驸马疯了，火烧公主府，郡主倒逃过一劫，太后把她接进宫抚养，可那时太后已病入膏肓，没两年便薨逝了，太上皇禅位，她在宫里，终究一个身份尴尬。"

董冷儿看着姜瓷："姜瓷，你该明白这种在出身上没法弥补的低贱。你知道九皇子吧。他也是宫女所出，所以玉和郡主和他走得很近，那时候，卫郎还是九皇子侍读。他们，青梅竹马，两小无猜。"

姜瓷眉头一皱，董冷儿看着她脸色，得意地笑笑："你对卫郎很好吧，他是个知恩且念情的人。但就因为念情，你的情分再深，总抵不过少年时青梅竹马相携走过困境的情分。那些年，卫郎为护着郡主，打架生事，生生落下纨绔之名。你为了他可以不要命，他为了郡主，也可以不要命。你得谢我，不是我在这里头，他早求娶郡主了。他舍不得委屈她，烂摊子总要有人清理，留下个清清白白的卫成，还给玉和郡主。所以姜瓷，你早晚会是个下堂妇！"

董冷儿自己说的解气，咬牙冷笑，笑容却僵在脸上。姜瓷这神情波澜不惊高深莫测，她到底是听进去了，还是没听进去？

"这话可不是我编排来骗你的，整个盛京谁人不知卫成喜欢玉和郡主？你随口打听就知道。"她补了一句，姜瓷看着她。

董冷儿心里七上八下的时候，对面酒楼窗户里，程子彦走到卫成桌边坐下，自顾自斟酒。

"咦？"他顺着卫成眼光看见对面二楼窗户里坐着的两个姑娘，疑惑出声，"这是怎么个戏码？"

"能有什么戏码，自然是极近挑拨了。"

"会上钩吗？"

卫戍笑着摇头："我那娘子，生来纯善，好骗得很。"

"啧啧啧，那你还坐得住？"

"娘子未曾召唤，坐不住也得坐啊。你这是从哪儿来？"

"从卫侯府来。"

程子彦一脸晦气，卫戍忽然来了兴致，往前凑了凑："怎么？"

"你那好堂兄，把你那祖父气的中了风。"

"啧啧啧。"卫戍摇头叹气，没有幸灾乐祸，但也没有丝毫忧心。

"早说了不成器，实话说，卫家除了卫将军，实在没一个能扶得上墙。卫侯恼怒撵走卫将军，这么多年了，那么多子孙，硬是没找出一个堪用的，老头也怪可怜。"

"是可怜，一大把年纪还得操持一家，你就没想帮帮他？"

"和我有什么相干。"

"卫侯若知道了……怕是无论如何也会把你叫回去。卫将军和卫侯都刚硬，父子谁也不肯低头退一步，但你就不一样了。"

"有什么不一样，我连卫将军府的公子都不是了，跟卫侯府又有什么相干？不提这些了，喝酒！"才端起酒杯，忽听得一声断喝。

"卫戍！"

卫戍眼瞧着程子彦，嘴角却忍不住扬起，下一瞬酒杯劈手被人夺走，怒气冲冲的姜瓷一下凑到他跟前。

"你忘了程郎中说的！不许饮酒吗？说！喝多少了！"

姜瓷气急败坏，才走出茶楼就看见卫戍坐在对面酒楼吃酒。卫戍挑眉往前看，姜瓷顺他眼神看过去，才总算发现了卫戍对面还坐着个人。

"程，程郎中。"姜瓷讪笑，捏着酒杯局促，卫戍拉她坐下。

"置办怎么样？"

姜瓷掰着手指清算，末了道："我合计着，还得打些银锞子，大过年的，总得装些荷包打赏什么的。"

卫戍点头："明儿吧，今儿时辰不早了。"

姜瓷也点头，拿起酒壶摇了摇，见一壶酒没少多少，脸色才略是缓和。才欲再说些什么缓和方才河东狮吼的尴尬，忽然酒楼上传来跌跌撞撞的声音，还有一个男人高昂的说笑声："我就问你！还有谁？除我卫家还有谁？那溁山我卫家势在必行！"

卫戍笑容转冷，瞥一眼已空了的对面茶楼窗口。

这时辰，还真是掐算得刚刚好。

程子彦还在揣测姜瓷，她这样平静，是董泠儿没说，还是说了，但她不信，或者不在乎？

然而愿意为卫戍挡鞭子的姑娘……

楼梯传来的声音更热烈些，姜瓷和程子彦也看过去，见几个身形高大的男人从楼上跌跌撞撞下来，中间一个眉眼硬朗体格健硕却显然还有几分青涩的……少年，脚下忽然一滑，极快地翻滚着到了一楼。

姜瓷吓得挤眉弄眼嘶声抽气，这听着就怪疼的。

那少年霍地站起来，众人忙收回眼光，只有姜瓷因怜悯慢了半步，少年顿时恼羞成怒："看什么！"

醉鬼惹不得，姜瓷讪讪收回目光，少见却在看见姜瓷身边人时勃然大怒，冲到跟前咬牙冷笑："我当是谁！原来是你这目不识丁的市井小民！听说你娘青楼出身，难怪这么会勾人，勾的那坏心肠的废物不肯娶我表姐！"

这话简直恶毒，姜瓷倒抽一口冷气，还没发怒，卫戍轻飘飘的声音已传了出去："卫二公子，言重了。"

甚乎轻柔的语调，然而了解卫戍的人，譬如程子彦，此刻正默默寻找可以遮挡之处。

卫煦戒备地盯着卫戍："言重？你敢做不敢叫我说？你招惹了她却不肯娶她，你简直……"

卫戍站了起来，卫煦的话戛然而止，一只手警觉地摸在腰间。卫戍淡淡笑着看过去："你这蠢货，真是一点没变。"

说着，长鞭如灵蛇探出直取面门，程子彦眼疾手快抓着姜瓷窜开躲避。卫煦到底醉酒，趔趄一下中在肩头，哀号一声，扭头怒骂："废物你别太过分！"

"有你说的话过分？"

鞭鞭凌厉，卫煦狼狈逃窜，不过片刻酒肆一半已是狼藉，卫戍喊道："酒家！你瞧见了，卫将军府二公子生事，找他赔！"

"是是是！"

酒家快哭了，就算真是卫戍惹事，他哪敢找这混世魔王赔。卫煦却真哭了，卫戍想起卫北靖那狗脾气，卫煦回去还得招一顿打，顿时又高兴起来，两步上前，吓得卫煦连连后退。

他从小就恨卫戍，卫戍十二岁前他打骂卫戍都忍，十二岁后每每招惹都是自己鼻青脸肿，他对卫戍，又恨又屎。

卫煦鲁直，又自幼混迹军中，他和兄长卫骏的功夫都是卫北靖亲传，卫北靖擅鞭，一条挂着铁刺的长鞭使得出神入化，但卫煦兄弟二人却都不擅鞭，唯独卫戍。卫戍算自学成才，从前在将军府时武师护院都请教过，学得认真拼命。不过卫北靖的长鞭沉稳有力，卫戍的长鞭迅猛灵活。

看卫煦就知道了，绕是功夫了得也躲不开，抽的如同花栗鼠。

卫戍丢了一锭碎银子，邪笑："买副猪脑补补。"

卫煦气得不敢回嘴，卫戍心情大好，转头从桌下拉出姜瓷。

"走，吃饭去！"吹着口哨拉着瞠目结舌的姜瓷走了。

姜瓷不是没见过卫戍打人，但是亲弟弟还抽得这么不留情面的，当真少见，也只有卫家如此了。

姜瓷决定痛踩落水狗，走到卫煦身边时她站住，扬声道："我虽大字不识，又出身市井，甚至我娘在青楼做过丫鬟，但自小我娘教我要谦恭有礼，比不得卫将军府好家教，当街打人，口出恶言。"

从前再是打骂卫煦也没觉着自己不对，可如今这小娘子淡淡的话竟叫卫煦脸红。他心里暗骂，当老子的上梁不正当街打人！都是亲爹坏了卫家名声！

卫戍耐心等姜瓷说完话才拉着她走，出了门，冷风吹来，想想卫煦脸上纵横交错的痕迹，姜瓷神清气爽。

"董泠儿说，你有个青梅竹马的相好。"

第二十章　引诱

"啧，没得恶心小爷，是青梅竹马，但不相好。"

卫戍皱着眉头笑，姜瓷竟暗暗松了口气，她忽然惊觉她似乎并不如方才在董泠儿面前所表现那样淡然，她好像……还真的有些在乎？

姜瓷心里惊跳，她怎么能在乎？

卫戍却有些高兴，没有隐瞒："那姑娘初时确实挺好，但不到十岁的孩子，好又能好到哪里？你应该知道，我顶恨算计我的人。"

"算计？"姜瓷惊诧。

"我这人，从小命贱，又渴慕善待，她对我温言软语一句，我恨不能拿命回报。所以她一而再再而三地利用我替她出头，打的皇宫没人再敢欺负她。我原也乐意，我名声本就不好，要能换朋友安康也没什么，偏偏……"

卫成冷笑："外头疯传我喜欢她，这话怎么传出去的我心里有数，原想她要真有这心思，终究一块长大的，遂了她也成，但原来我自作多情了。直到去年我偶然听到她和别人说话，原来我对她好在她看来是痴心妄想，她嘲笑我利用我，却厌恶我低贱。"

卫成看着姜瓷笑："姜瓷，你明白那种恶心吗？她在对着你时极近温柔关怀的引诱……"

姜瓷想了想，确实怪恶心，但又觉得卫成其实不必和她解释得这么细，她认真看着卫成："你为什么和我说这些？"

卫成失笑："你不该知道吗？娘子！"

姜瓷的心猛然慌跳，这是卫成头一回慎而重之的唤她娘子。这个称呼，代表着什么？她愣了愣，心里竟仿佛慢慢开出花来，似乎春暖了。

她抿着嘴偷笑，卫成拉着她手摇晃，夫妻两个竟如孩童走过街市，阿肆与石榴坐在马车上跟在后头，看着前头两个主子，窃窃私语不住嬉笑。

姜瓷着实累坏了，一回去洗漱就睡下了，卫成等她睡着又出去，转去东边独立三间的书房，卫嵘等在里头。

"查查，夫人的身份怎么这么快就传到盛京的。"

卫嵘应声，递来一封文书，卫成展开看上头十来个人名，却已勾画了大半。

"顾将军先挑了。"

卫嵘不大高兴，卫成淡淡扫着剩下四个名字。

"无妨，他是以为我不会回来了。"

指着名字道："这个送到城西废宅，这个送去妓坊，这个送去京郊田庄，最后这个叫康虎的，带去孔府。过了第一回合再说。"

每年年底都会有这一遭，黄雀卫伤亡退役进行择选填补，今年他这里因伤退了两个。

卫嵘领命退去，向来熟门熟路，翌日便安排四人试炼，他择选其一，亲自去了孔府。

康虎出身平民，投军一年多，因忠厚和武艺出众被选出，统领说若挑中了他，往后平步青云，他满怀憧憬，然而一早收到消息去孔府做护院，他内心是绝望而拒绝的，可他还是去了。

因为统领告诉他，军中已退了他，他要不去孔府，就面临流落街头。

满腹愤懑的康虎到了孔府，年老的管家接他进去，他看着萧条不见人影的孔府，心里愈发难受。老管家安置他住在偏僻处一间破漏瓦房，讳莫如深再三交代："别乱走，叫你才能离开这院子。"

老管家出去，康虎使劲儿回想，是不是统领说的话他漏了什么，怎么就从吃皇粮的忽然变成个护院了？但他老实，老管家不叫他出去，他真不敢出去，想不通心烦，索性在院子里练起拳来，虎虎生风。

傍晚有个丫头来送饭，康虎擦着汗叫住她："这孔府做什么的？我是新来的，我得做什么？"

"你听管家吩咐就是。"其貌不扬的丫头看起来也高深莫测，康虎隐隐觉着不对，吃过饭躺在床上，看着屋顶露出来的星星，越想越不对。正攥着被子，外头忽然传来些微声响，似乎打斗嘶喊，他忽地坐起来冲出去，却在门口时堪堪停住。

老管家说，不叫不能出去。

他急得攥紧拳，却定在门里一样不动，细听夜里清晰传来的声音，似乎越来越近，忽然一声厉呼："康虎！"

康虎立刻如箭蹿出，朝着来声处掠去，就见几个黑衣人在纠缠老管家，白天不良于行的老管家此时身手了得，但终究寡不敌众，康虎蹿进解救他，却不恋战，拽着他蹿逃出去，老管家在他耳边指点方向。跑到后院假山，老管家随手一拍，假山背后竟开出一门，二人挤进去，石门合住。

康虎一看，这不过是个狭小的密闭空间，不能逃脱。康虎皱眉，形势不利。老管家喘息声传来，呼唤康虎，康虎上前。他拿出一枚令牌递给他："你可知……这是哪儿？"

康虎摇头，老管家瞧着不好："这是……九殿下暗桩……"

康虎眼瞳骤然一缩，他听说过。皇帝有子十三，至今未立太子，已成年的八位皇子暗中角逐。

"康虎，我不成了，临危受命，这里……交给你了，你定要对九殿下忠诚……"

"管家，殿下的暗桩，怎么可能交给我一个新来的。"康虎神色转暗，对老管家已起疑心。老管家苦笑："旁人不会，但九殿下……他势单力弱，不然也不会央人从军中择人，早自训兵马了……"

老管家咳嗽，一口接一口吐血，将令牌塞到他手里，指着地下："府中藏有一批兵器，不能……不能叫他们发现……"

康虎暗叫不好正要推托，老管家忽然抽搐几下断了气，康虎苦着脸，手里沾血的令牌烫手得很。

骑虎难下，他如今临危受命已成九殿下麾下兵。他抹一把脸，仔细捋了捋老管家的话。他指着地下，怕是那批兵器就在这里，他若还躲在这里，逃不掉不说，那批兵器也一定会被找出来。把心一横，康虎揣着令牌蹿了出去。

白天荒芜的孔府如今糟乱异常，有人放火，还有吵嚷，他正欲脱身离去，忽然听见内里一声尖锐的嘶喊。

丫头！

康虎顿足，咬牙深恨。他跑了，那丫头被抓住，还得漏！咬牙狠心，他又冲了回去，果然几个黑衣人扭着那个送饭的丫头，康虎抽刀杀进去，一阵乱砍，抓着丫头要跑，却被团团围住，看着腿上汩汩冒血，康虎朝天翻白眼！

出师示捷身先死啊……

"这儿藏的东西，谁先说，谁活……"

丫头顿时双眼冒光，一把推开康虎："我说！"

然而她再张口，却没有声音出来，一股一股的血冒出来，她不可置信地看着胸前，穿透的长刀。康虎一刀杀了丫头。

左右跑不了了，康虎丢了刀，一条腿使力站着，一身血污发狠的笑，一圈黑衣人围着他，比他笑得更狰狞。康虎嘴角一抽有些想哭，这算什么？这就没命了？老管家怎么不早死？早片刻断气，他什么都不知道，走也就走了。

"说。"

黑衣人举刀，康虎叹息着闭上眼。

"小爷什么都不知道。"

"再给你一次机会，你好好想想。为那么个废物搭上自己性命，值吗？你说了，咱们主子许你宅子，银子，女人……从此你安生过日子，不好吗？"

康虎苦笑。

好，当然好！但是……骗谁呢？这种时候的话十有八九都是假的，他说了，也得是个死。没有人看得起叛徒。

康虎比哭还难看地笑："爷不知道！"

引颈就戮。

"好！"

黑衣人赞一声，眼神凶狠，举刀砍下。康虎硬忍着没哆嗦，却忽然听到一声呼哨，一阵乱箭袭来，黑衣人仓皇躲避，康虎屁股中箭，哀号着趴在地上，几个灰衣人奇袭而至，团团举剑指向他，他一手捂着屁股，一手颤抖着送出令牌。灰衣人在康虎希冀眼光里看见令牌，果然放松下来，甚至蹲身查看。

得救了……

康虎呼出一口气，安心昏厥。

翌日，卫成看着报书，脸色难看。

废墟的被乞丐阻挡，妓坊的沉迷女色，庄园的身陷陷阱……

只有一个康虎，算是熬过了头一轮试炼，还不算全军覆没。

"送下一轮吧。"卫成交代过，转头回去。本昨日要去银楼，结果前日姜瓷采买的东西昨日悉数送到，倒是忙了一日安置，厨房院子如今摆满另辟库房不说，连地下的小冰库也启用了，鲜肉放了进去。

痛快花钱的感觉，姜瓷如今算是体会了，确实很痛快。

所以一早又神清气爽站在门口，等卫成忙完，夫妻二人一齐坐车出去，直奔银楼。待看见银楼柜上摆着样板澄黄银白的锞子，姜瓷艰难地咽了一口。

所以这东西，谁不喜欢呢？

卫成觑着眼，觉着姜瓷实在太可笑。他交了三千银子，姜瓷便趴在柜上，认真挑选样式。直挑的口干舌燥，这样也好那样也好，还是临近晌午，卫成不得不拍板，到底她看上的模子，一样做了几百只。

其实哪里用得着呢。

回去已过了午时，吃过饭歇晌还没起，姜瓷忽然听见院子里一阵嘈乱，她迷糊睁眼，隐约听见哭声，似乎就在身边。

"姑姑？"这一睁眼，就看见了坐在床边正哭的卫如意。

"这杀千刀的蠢材！我才知道，遭了多大的罪啊……怎么就能打得下去……"

卫如意话说得乱，前一句是骂卫北靖，中间和姜瓷说，最后又说卫北靖。

"姑姑，我没事了，你别哭了。"姜瓷一骨碌爬起来，心里又暖又难受，没人为她哭过。卫如意却吓得不轻，忙扶住她，一双惊疑不定的眼睛直盯她肚子。

"你……有没有……"

第二十一章　结交

姜瓷顺她眼光看过来，顿时大窘，忙着摆手道："没有没有！"

"那还好。"

卫如意松口气，幸而没怀身子，不然可怎么是好。想着，又期期艾艾落泪，哭苦命的卫戍不慈的亲爹。

"我那闭塞，才得了消息，忙来瞧瞧你，可好没事了。"

"姑母留下过年吧。"

"不成不成，我久不在京，很不喜欢吵闹，我来看看你，倒是前些日子友人探访，这回来了总也得回访一下，过两日就回去了。"

姜瓷想起卫戍说这几日也出门，遂同卫如意道："倒是不巧，卫戍明日要出门。"

"要过年了，他这是去哪儿？"

"说是为九殿下淘换些新鲜年礼。"

皇子每年要给圣上皇后及太上皇送年礼，卫如意点头："也好，这两日我陪着你，你在京中也没什么亲友，我这几位友人呀，府中都有和你年岁相当的姑娘小娘子，你交些朋友，往后也不至孤独。"

卫如意倒是为她思量周全，姜瓷想要拒绝的话拦在嘴里。她想起几次出去听见的话，觉得并不需要做这些，不会有人接受她。

翌日一早，卫戍出门。因卫如意在，姜瓷总得装一番夫妻情深，送他出门上马。卫戍才走，卫如意便拉她重新梳妆更衣，因石榴实在不懂梳头，还是卫如意的婢女给她梳妆打扮，戴了一副嵌浅色宝石的钗环，换了一身衣料名贵的华衫，带她出门。

姜瓷很局促，她从未经过这般场面，卫如意拉着她手宽慰："无妨，都是我的友人，很是亲和，你就寻着能说上话的小姐妹说说话。"

姜瓷点头，但有些不安。

马车摇晃，停在一处巍峨府门外，卫如意一掀车帘便皱眉，府邸外停了许多马车。她叫丫鬟下去打听，才知曹府今日有宴，她正踟蹰，门内却来了一个嬷嬷，殷勤来到马车前，探头一看是卫如意，顿时笑了："哎哟，是如意仙长呀！我们夫人前些日子还念叨您呢，您来了可不能就走，您要走了，我们夫人还不锤死老奴！"

说笑着招呼丫鬟来扶卫如意下马车，卫如意为难看向姜瓷。

"阿瓷……"

姜瓷僵笑："那……"

话没出口，已叫人扶了下来。没法子只得跟在卫如意身后进去。姜瓷瞥一眼，门头极为巍峨，想来是个不俗的人家。

兜兜转转走到一处花园，渐闻人声，园中一处暖堂，许多衣装华贵的妇人三五成簇说笑，倒是一旁林子里，隐约见鲜艳衣角翩飞，莺声燕语娇俏清脆，该是姑娘们所在。

"没的闹，起什么诗社！"

"哎哟，你年轻时没附庸过风雅吗？还笑话人家。"

卫如意笑着走进暖堂，褪了围领与大氅，束着道人玉冠，暖堂里众人看过来，顿时笑起："哎哟不容易！你竟进京了！"

说笑着凑过来将她围住，姜瓷一下被隔开，看着那边说笑，晾了许久，倒是引她们进来的嬷嬷赔笑："这位……姑娘，姑娘们都在梅林里呢，您且去吧。这厢夫人们怕是顾不上您。"

她说着引姜瓷出去，姜瓷要与卫如意知会一声，奈何低声唤了几次，卫如意都未曾听见，她只得随着出去。

姜瓷进了梅林，却避着人走。倒是梅花开得好，实在诱人，她看着看着，不觉走到一处，忽然听见有人娇声发问。

"你是谁？"

姜瓷回神，就见一个十六七岁的姑娘，生得娇嫩貌美，正瞪着一双黑白分明清澈的大眼瞧她。

"你是哪家的姑娘？怎么瞧着眼生？"

姜瓷一下怔住，才看见她信步而行，大约是闯进别人的所谓诗社了。这里团团围簇了十几个姑娘，丫鬟侍奉，一个个俏丽娇嫩衣衫妆容都精致华贵。

她抿着嘴唇，身份二字，在这里不如不说。

"莫不是不会说话？"

姜瓷垂眼，那几个姑娘面面相觑，转头拿了一副诗递过来："也无妨，今儿是曹家姑娘生辰，咱们诗社作诗恭贺，你既来了便是客，不愿说话赏一赏也好。"

话说的和善，确实盛京也没听闻谁家姑娘是哑的。她递了诗作到姜瓷面前，姜瓷却更加局促，她不敢接。众人疑惑中，终于有人试探猜测："别是……不识字吧？"

世家姑娘大多精明，略是思量也就明白。姜瓷装扮不俗，如今甚至可说貌美，但这神情态势来瞧，十有八九便是如今风口浪尖上的那个女人。

场面一度尴尬的凝滞沉默，随即，几位姑娘竟下意识地退避几步，拉开了同姜瓷的距离。站在最中间的红衣姑娘眼角略挑，见状冷笑："还真是目不识丁？原来外间传闻并未是虚呢。"

有低低的笑声附和，姜瓷微不可闻地叹了口气："抱歉，打搅了。"

她平静致歉，不卑不亢，在一众姑娘错愕的眼神中挺直背脊走了出去。她想了想，循着来时的路走到暖堂，待要和卫如意说一声，却听见里头压低的气急败坏的声音："你带她来做什么？如今外头传的正盛，若知道她来我们曹府，那我们府上的姑娘郎君还做亲不做了？快带走快带走！你也不听听外头都传了什么，苍术县的市井小民也罢了，目不识丁，亲娘还是妓坊丫鬟！脏不脏！"

姜瓷倏然僵在门外，隔着衣衫一手攥住了颈下那个小小的锦囊。

她转身离去，叫马车先送她回去，再回曹府外等候卫如意。

卫如意是黄昏才回，一回来就找她，满脸歉意道："我以为你在林子里和那些姑娘们玩乐，谁知你竟先回来了。"

她粉饰太平的笑容在看见姜瓷浅淡礼貌地回笑时，也渐渐收回。

"她们说的话，我都听见了。"

说不上沉痛，卫如意看着姜瓷："但是阿瓷，这样的事情，以后还会有，除非你们门户紧闭再不出门。你倒罢了，女人窝在后宅避着也没什么，可阿戌是爷们呀……如今外头总也在说，说你们般配。"

卫如意脸色发苦："不管如何，许卫两家煊赫，阿戌出身是没得可说的，那些人就是不喜欢阿戌，能说的也就那么多，但如今……我今日也受了不少话，还是多年老交情在尚且如此，倘或是阿戌，怕是遭人白眼恶言更多，我就是心疼。"

"对不住，姑姑……"

卫如意摇着头擦眼泪："我在良辰观僻静，一年到头不见她们三两面，实在不算什么。你也别怨我这做姑姑的偏心，你的好阿戌必是知道，可旁人谁知道？便是咱们，我也了解你不多，我只求我阿戌能过得顺遂些。倘或你知书达理举止合宜，便是出身低些也没什么，前朝还有民女熬成太后娘娘的先例，其实也没什么，可你……"

卫如意无奈地摇了摇头。

姜瓷算不得粗俗，但她目不识丁，自然谈不上腹有诗书气自华，不懂穿衣打扮，更别提举止气度，她甚至没法子为卫戍打理后宅。

姜瓷总算明白卫如意在得知她出身时的震惊和担忧，出身确实是难以逾越的鸿沟，根本不是卫戍说的算什么。

姜瓷攥着手，她想到离开，可就算离开了，卫戍曾娶过这样一个娘子的事终究没法改变，他该遭受的一点不会少，甚至没准还落下更难听的骂名，贪一时新鲜娶个民女，过后又抛诸脑后，始乱终弃。那些人的嘴，什么话说不出来？

"阿瓷，事已至此，便不求你如今日曹家梅林那些姑娘一样谈诗论道气度不凡，但你若肯学字学规矩，至少走在外头不叫人指摘取笑，也能为阿戍打理好后宅，叫他没有后顾之忧呀。你，你想想成吗？只当是为了阿戍。"

卫如意甚至有些哀求，姜瓷看着卫如意，一刹那的惶恐，然而过后又想，她是要报恩的，总不能反倒连累卫戍。从前为顾铜她尚且什么都愿意做，为了卫戍，学规矩又有什么？总不会比从前还苦。

"好。"她点头，卫如意高兴得很，连夜便去备了帖子，在京中择了两位颇负盛名的女先生。

第二日一早姜瓷便收到回信，那位宫里出来的嬷嬷是得空的，午后便可到府，另一位教书习字的女先生却不得闲，约年后才有空档。

"也好，你且专心学规矩，这位吴嬷嬷从前是伺候过太后的，太后殁了太上皇便恩典放她们出宫，因在宫里几十年，家人早寻不到踪迹，这才留在京里做了教养嬷嬷。她为人严厉些，但严师出高徒，左不过也没多久。你先捡着人前的规矩学，倒是调香制茶刺绣那些女红，慢慢学也就是了。"

卫如意交代，见姜瓷连番应了，就和石榴一齐去打扫出一处客院。卫如意看了又连连摇头，世家子弟的后宅，这也实在太寒酸些。但她也没再说什么，等午后与姜瓷一同迎了吴嬷嬷来，客套几句，便又去拜访友人了。

这位吴嬷嬷是听说过卫戍，近来也听说过他的夫人姜瓷的，甚至知道另一位女先生不是不得空，而是不愿来。但她什么也没表现，只上下打量了姜瓷，歇晌后制了一份教习计划，姜瓷不懂，但足够尊重，细细询问商议后略做修整，也就定了下来，当晚便留在客院用晚饭，算是先学一样，用膳。

姜瓷没这么吃过饭，实在拘束得不行，原本胃口不错，但小半个时辰下来，实在没吃几口下肚，饿着回去着急慌忙自己做了点垫垫，就累的睡了，连卫如意都没顾上去看。

第二天一早卫如意又早早出门，吴嬷嬷却是到了凤凰居来，看过姜瓷衣裳首饰，搭配了两身，给她换上，又讲了这其中的搭配之法。姜瓷这才知道有些首饰跟衣裳是不能那么穿，有些颜色也是不能那么搭，样式更不能混着乱弄。吴嬷嬷讲过，叫姜瓷自己试着配一套，姜瓷忖着，冬日不好穿太清冷的颜色，便择了一身藕荷色衣裳，搭了几支淡黄暖玉的海棠花簪，家常穿着淡雅素净，又端庄大方。

吴嬷嬷点头，不指望她一鸣惊人，好歹不出错漏就成。

"夫人天分不俗。"

"嬷嬷教得好，我到底不比那些年幼的，嬷嬷说的总要领会得好些。"

也谦逊恭顺，吴嬷嬷点了点头，脸色温和许多。

这一日便都在屋里，又学了几样发式，接下来便是妆容。吴嬷嬷也无奈，这丫头少得可怜不说，连胭脂水粉也短得厉害，遂瞧着姜瓷脸色容貌，荐了几样合适的，阿肆跑着买来，午后便又学了那些。

卫戌回来的时候，还没进门，就先看见了小花厅里姜瓷与一位嬷嬷对面而坐正在用饭，那位嬷嬷还不时指点，手里一方小竹板，时不时落在她身上，虽然不重。

他脸色渐渐沉下去。

第二十二章　规矩

卫戌未曾惊动姜瓷，而是先去了书房，只待小半个时辰后吴嬷嬷走了，姜瓷在屋里扬声唤阿肆："公子今日是要回来的，怎么现在还不见？"

阿肆掩着嘴笑，看窝在书房的卫戌，卫戌这才理了理衣袍往正屋去了。

姜瓷才唤罢没片刻，就见卫戌掀帘进来，她高兴地迎上去，卫戌还没说话，她先在他眼前转了转。

"你瞧？好看吗？"

卫戌上下看了，确实同她往日不大相同。

"嗯，好看。"

姜瓷这才发觉他闷闷的，立刻关怀："怎么？差事不顺吗？"

"有什么顺不顺的，就是给老九淘些稀罕物件儿罢了。"

"那这是怎么了？"

她跟在后头，他换衣裳她帮着理理，又倒了杯茶给他，卫成手直接扣在她手腕上，另一手拿走茶杯，翻过来就看见她手背上淡淡的红痕，脸色难看。

"啊，这……"

"为什么要学规矩？为什么要受这些苦？我生里死里，难道还不能为我娘子挣一份想过的日子？"

姜瓷终于明白他的沉闷因何而起，说不感动那是假的。她笑笑，又反手握住了他的手，小小的白嫩的手挽着卫成的大手，平白有些好笑，她便笑了："卫成，你看我的手，好看吗？"

卫成只盯着那渐渐快要看不见的痕迹，很搁到心里去了，但还是闷闷回道："好看。"

"是吧，又细，又白，又嫩。可我手从前根本不是这样的，又黑又糙，还枯得跟鸡爪子似的。你说我受什么苦了？我如今锦衣玉食有人侍奉，还有花不完的银子，什么样的日子好？什么样的日子不好？我的好处我知道，但我的短处我自己也知道，你不是常说咱们……咱们是夫妻，那夫妻就是一荣俱荣一损俱损，我不好了，你也不好，你要是不好了，我也落不得好。所以你瞧，我想要变得更好，其实归根结底，是为我自己。"

卫成静静听她说完，眼里心里还是姜瓷被吴嬷嬷拍了小竹板的事，心思又扭转回去，粗声粗气："我不在乎那些！"

"我在乎啊！"

卫成心狠狠一缩，没有人在乎过他，他看向姜瓷，看她兴奋的脸颊泛红眼瞳晶亮。

"我不想你受任何委屈，不想你被人用那样的话诟病，学规矩真不算什么，我也不是往后要时时揣着，咱们在一处，我自然是怎么舒坦怎么来，但你想，我赏心悦目了，你面上有光辉，我自己也觉着心里舒坦，这不就是你从前说的，咱们双赢吗？"

卫成不说话了，眼中淡淡笑意，姜瓷这才发觉她仰着头听他说话，不知什么时候凑得这么近，竟微微踮着脚趴在他胸前，她脸一红待要退下，他却忽然揽住她腰往回一拉，她顿时又贴了过去。卫成低头，她慌得眼神躲避。

"嗯，你舒坦就好，绝不要委屈自己。"他沉沉的声音显然带笑，醇厚微磁，撩的她耳朵发痒心里发痒，忙推他退了两步站定。

若非见她眼中是真的高兴，安稳，卫成不会轻易妥协。自回京，她知道他身份后，嘴上不提脸上不显，但她一直在惴惴不安。若这样能叫她安心，那也是好的。何况吴嬷嬷他也知道，确实是个不俗且有分寸的。

"姑姑呢？"卫戍这时才端起茶杯。

"说是今夜宿在朋友家，明日一早就出城回观里了。"

然而此时，该歇在友人处的卫如意，却踏着夜色回到良辰观。

"仙长回来了。"

"嗯。"

在观中卫如意惯来肃冷，小道姑侍奉她到中殿便止了脚步。卫如意的规矩，非传不得擅入后殿。连婢女也留在了中殿。她独自走回自己居所，解了斗篷倒在美人榻上，长出一口气。

她累坏了。

才眯上眼，便传来一阵轻微的叮啷声，由远及近，似乎环翠相撞，又似乎金属相连。卫如意微微抿起嘴角。

自后堂走出个人，二十岁的年纪，墨发披肩，长眉入鬓眉眼妖娆，说是男人着实娇媚，说是女子又实在身量修长，比卫如意高出一头还多，竟是雌雄莫辨，只喉上隐约见结。身穿烟紫薄纱衣，隐约露着身躯，两只赤足脚腕上带着一副银环，连着一条银链，那是一副极为精细的脚镣。

他走到卫如意身边，坐在地上毯子上，薄薄的嘴唇贴在卫如意耳朵上轻轻呼唤："主人……"声音低沉而魅惑。

卫如意慵懒地应了一声。

"可还顺利？"好听的声音又嗔道。

卫如意睁开眼看他，带着些冷淡的责怪。他低头轻轻地笑："青怜僭越了。"

卫如意见不得他这副模样，心里发痒，伸手摸在他脸上。

"想我了吗？"

青怜侧脸贴在她手上，如猫儿温顺，来回摩挲，眼神缱绻地看着她："想……"

这一声勾的人心颤，卫如意低叹一声："我也想你了，这不是连夜赶回来了。"

青怜往前伏了伏，趴在她怀里，男人醇厚的声音却柔软得能滴出水来："累坏了吧，可还顺利？"

"顺利。"

卫如意微微勾起嘴角。

"出身市井的小娘子，怕是受不得这些约束，吴嬷嬷那性情，那小娘子短不了受气，怕是没多久就要心生怨怼了。"

"多嘴。"

卫如意嗔怪，青怜伏在她怀里，闷闷发笑："主人还真是为卫公子费心。"

卫如意钳住他下巴，看进他眼睛里："怎么？吃味儿了？"

青怜垂下眼，卫如意才笑道："他是我侄儿，如今卫家不管我，全靠好侄儿养着我，我自然得保他好好儿的，至于他活得痛不痛快，我这做姑母的也实在管不了那么多了。"

"公子奉您若母呢。"

青怜调笑，卫如意也讥笑："我也视他如己出啊。"

"己出……"

青怜蛇一样攀到卫如意身上，轻轻压上去，耳边私语："主人，自己生的，才是己出。念着他，不如叫青怜努力，定会有小主人的。"

嘴唇触碰耳垂，湿润温热，卫如意浑身战栗，声音缥缈："青怜，我老了，生不出孩子了。"

"主人不老，才三十多岁，青怜会努力的……"

卫如意的声音被压住，只剩下了旖旎的吟呃叹息，与银脚链轻缓脆响。小半个时辰后，卫如意昏昏沉沉满身痕迹倒在床上，青怜转头去给她倒水，悄悄注入水杯一滴避子药，再回头抱起她来轻声哄着："主人，喝口水……"

卫如意眼都没有睁开，就着他手把水喝下。

天还没亮，姜瓷就起身梳妆往客院去，早饭才摆上，卫戍竟也过来了。

"烦劳嬷嬷。"

卫戍笑容得体，温文有礼，吴嬷嬷见他一身月白长衫儒雅温润，又待人有礼，倒是有些诧异，瞧着同从前在外混闹的样子似乎不大一样。

"内子虽出身平民，却是少有一颗良善赤诚之心，多谢嬷嬷拨冗相教。"卫戍说着，拉姜瓷坐下，与吴嬷嬷一同用了一回早饭。但吴嬷嬷并未因卫戍在就刻意放宽对姜瓷的要求，倒是昨日指点后，今日这顿早饭她几乎没有出错。吴嬷嬷看着，微笑点头，姜瓷不着痕迹朝卫戍得意笑笑，卫戍也勾起嘴角。

饭后卫戍便坐在角落，既不出声相扰，眼神却也少有离开姜瓷的时候。吴嬷嬷想，传闻是虚眼见才是实，这夫妻二人显然心意相投，保不齐就是这位平民娘子，叫这盛京出了名的纨绔笑话转了性子。

姜瓷在客院留一日，卫戍便陪一日，姜瓷几次想叫他忙自己的去，却屡屡因分心遭斥，卫戍朝她笑，叫她安心学。这样三五日下来，姜瓷学规矩学得小有成效。吴嬷嬷要求严苛，姜瓷尽心，她也确实不是那起子小姑娘了，能吃苦又懂得快。转眼到腊月二十二这日，因明日商户都要闭门了，卫府又只有夫妻两个主子忙碌备年货，吴嬷嬷便很知趣地放了姜瓷一日假。

姜瓷睡到日上三竿，出来时卫戎正歪在外稍间榻上拿着本书看，慵懒的公子松松套着衣裳赤着脚，见她出来才起身趿着鞋过来。

"醒了？"

卫戎递了一碟点心："先垫垫，出去再吃。"

"怎么？"

姜瓷一脸诧异，卫戎揉乱她头发笑："你这蠢的，你去商铺定的年货，怎么？不过年了？不要了？"

姜瓷恍然醒悟一拍额头："真忘了！我还在布装做了两身衣裳！"

卫戎挑眉，竟生出一股吾家有女总算长成的心态，姜瓷会花钱了。

"那走吧。"他拿过斗篷给她裹上，自己披了大氅，将她拥在怀里带出去。外头有些风，零星下着雪粒子，格外冷。

马车摇晃，夫妻二人今日忙碌得很，先往银庄取了锞子，一个个黄的白的瞧的姜瓷爱不释手，又接连去了几家拿走预定之物，最后才去布装。

卫戎这才知道，所谓的做了两身衣裳，有一身是他的。

"贵人且先试试，若有不妥，咱们这就改，也不碍着贵人过年穿。"

姜瓷先去了后头，婆子端着托盘，卫戎随她去往后堂。

姜瓷先换了衣裳出来，照着铜镜，腰身略有不合适，还须得再改得窄一些，正说着，见那头布帘掀起，卫戎走出来，四目相对，两人都愣了一下，姜瓷顿时脸烧别过脸去暗自懊恼。

第二十三章　登对

姜瓷恨不能咬掉自己舌头！她怎么忘了？

卫戎打量姜瓷两眼，再看铜镜里的自己，嘴角不觉勾起一边，心里一股酥酥麻麻的感觉，陌生又舒泰。

姜瓷一身海棠红滚银边，银丝勾画祥云纹路，而卫戍一身暗红滚着黑边，身上黑丝绣着月纹。二人腰间捶绦，衣裳贴合，身形勾勒，越发显得姑娘袅娜男儿精壮。果然是当时所说，真是……登对！

卫戍缓步走到她身边，照着铜镜整理领口，姜瓷越发心慌，卫戍理完又看了镜中一对人，淡淡笑了："嗯，极好。"

姜瓷的脸更红了，心也更慌了："那个，我……"

她徒劳地想要解释，卫戍看着她等她说，她却说不出来了。卫戍好心解围："我在首饰铺给你定了两套首饰，我先去取，你这……"

他拽了拽她腰间松垮垮的衣裳："得改，你在这儿等吧，我一会儿来接你。"

"好！好！"姜瓷忙不迭点头，卫戍又换回衣裳，竟直接拿走了。姜瓷忙着呼哧呼哧喘气，拿手对着脸扇风。

真是尴尬！

"夫人这样热吗？"小丫鬟进来服侍，大为诧异。屋里侍奉的年轻媳妇偷笑，这对小夫妻倒是恩爱。姜瓷忙换下衣服叫改，她便坐在后堂等，没等多大会儿，忽然听见外头院子里有人声传来，本不予理会，却听见一道熟悉声音，怔了怔，起身出去。

前后堂相连的小院子里，站着四五个人，两个年轻姑娘眉眼嘲弄，婢女围着个人正在奚落，而在中间正被说教的，竟然是吴嬷嬷。

"呦，先前不是猖狂得很吗？这会子怎么不言语了？仗着伺候过太后娘娘，你当自个儿就是太后了？与你一般的瑞嬷嬷可是谦恭得很，哪有你这般托大不识趣的！给你银子雇你伺候人，反倒花钱请了个祖奶奶回来呢！"

吴嬷嬷抿着嘴唇不言语，脸色却不好看。

几十岁的人了，被十来岁的小丫头抢白，确实丢脸。

"嬷嬷？"

姜瓷想了想，缓步上前，站在了吴嬷嬷身后。吴嬷嬷惊诧，回头一看是姜瓷，脸色一瞬复杂，又还归平静："我做了身衣裳，想着今日取回。"

姜瓷点点头，去拉她手："你可取好了？我这须得改，一时半刻还走不了，你等等我吧。"

拉着吴嬷嬷要走，吴嬷嬷心中复杂而又感激，她耿直严肃行事认真，同那姑娘嘴里说的瑞嬷嬷当初都是近身侍奉太后的，太后身故她二人恩赏出宫后，都是一样没了家在京中做教养嬷嬷的人，却是柔和顺从的瑞嬷嬷更令人喜欢。她的生意一向淡薄，请不到瑞嬷嬷了，才会退而求其次的请她，纵然明白她教导出的姑娘比瑞嬷嬷教导出的更好，却还是不大愿意请她。

今日下她脸的是礼部尚书府的姑娘，她的上一任主顾，她严厉姑娘顽劣，师徒闹得不堪，还没教完，提前结算，算是撵出来的。正是卫府下帖子那一天，她从卢家出来第二天就去了卫府。

"别走啊。"

卢大姑娘脚步一移，温言软语笑着挡住姜瓷去路，略扫一眼，看姜瓷并未有侍婢随从，想来姜瓷出身寻常，便也无所顾忌。

"你是哪位？"

吴嬷嬷前行半步挡在姜瓷身前："卢大姑娘，咱们终究也并没什么恩怨。"

"恩怨？"

卢大姑娘顿时笑了，虽瞧着温软，却是个度量狭隘又阴私之人，好容易堵住吴嬷嬷，哪能轻易放过。

"嬷嬷，咱们也算半个师徒，您做嬷嬷的，我有什么不对，您教导便是，毕竟你做的就是这样活计。可您不该呢，动辄惩罚，打也就罢了，还要告状，惹得父亲训斥母亲，我的腿都险些跪断了，您叫我这做徒儿的，又能怎么办呢？"

吴嬷嬷抿着嘴，卢大姑娘避重就轻，当初因她屡教不改，吴嬷嬷教导姜瓷那样，小竹板纠正略拍一下，她记恨在心，先在吴嬷嬷涂脸的脂膏里加颜料，又在吴嬷嬷茶里下泻药，最后险些烧了吴嬷嬷头发，如此种种不胜枚举，吴嬷嬷到底年纪大了经不起折腾，又是证据确凿，吴嬷嬷便禀报了卢尚书夫人。

然而结局却是，夫人到底疼惜女儿，大抵惩罚过后女儿哀求，还是撵走了吴嬷嬷。

姜瓷却已明白过来，几日相处，吴嬷嬷耿直，她是如何教导自己的，想来也是如何教导这位姑娘的，可惜这位姑娘娇嫩受不得委屈，便存了恨意在心。

但外人不认得吴嬷嬷，看热闹的人听卢大姑娘这样一说，纷纷指责。吴嬷嬷见状悄悄放开姜瓷手，姜瓷觉察，又拉紧了她。

"严师出高徒，姑娘瞧着气度不凡，想来便是嬷嬷的功劳吧。"

姜瓷笑着恭维，卢大姑娘面露得意，却厌烦她抬举吴嬷嬷，斜眼看着吴嬷嬷："可惜却不是，吴嬷嬷在我府中不过留了十日，好与坏，功劳也并不是她的呢。"

忽然转向姜瓷："这位是谁？倒是眼生。"

她身后的姑娘盯着姜瓷，笑得意味深长，见她问，拉过她悄悄耳语，她听后短暂诧异，随后帕子捂嘴笑了一下："我当是谁，原来是卫公子的夫人呀……好容易攀上的富贵想来舍不得，这才请了教导嬷嬷吗？"

她来回打量，笑得愈发肆意。原来她身后相陪的姑娘，恰好是那日在曹府梅林诗社的姑娘。

姜瓷脸色未变，倒是吴嬷嬷脸色不好。她再度推拒，拉开了与姜瓷的距离："夫人，您请先回吧，我稍后便回去了。"

她不能连累姜瓷受辱。她从来受雇，便是主家待她客气，却终究只把她当作奴仆，然而在卫家，姜瓷的礼遇叫她觉着颇受尊敬，这是个真诚的主子。

姜瓷看着吴嬷嬷，不过两眼，又笑了："天都黑了，您不和我一起走，那可就迟了。"

说着又伸手，不容吴嬷嬷拒绝，拉住了她。转头对向卢大姑娘："可还有事？若没事了，我便带吴嬷嬷走了。"

"你倒真能受气！"

卢大姑娘诧笑："不过也是，市井小民么，是能忍一些。何况你那夫君又是个上不得台面的，听说被卫将军府撵走，只住着一处小宅院，想来日子不好过。不过他颜色好，听说十二岁时竟被人当街掳走卖去了小倌儿坊，你们要真过不下去了，他好歹还能以色示人养活你……"

"住口！"

姜瓷勃然变色，冷沉的目光竟有几分厉色，卢大姑娘失笑："说你你不恼，说他你倒恼了。你算是什么？连他都是不堪的，你这攀上他的贱民……"

"姑娘说得好，我是市井小民，不懂世家大族的礼教规矩，可从头到尾我未曾辱没姑娘一字一句，倒是姑娘恶言相向。你为难吴嬷嬷，但她如今是我府中人，断不是什么街边阿猫阿狗都能随意辱没的，她又不曾损害你！何况咱们说话，有什么说什么，便是姑娘在这儿故意牵缠不清，也断没有扯上男人的道理。瞧姑娘尚未出阁，却轻易谈论男人，甚至什么好颜色小倌儿坊，连以色示人这样的话都说出来了，姑娘这礼教，看来真不是出自吴嬷嬷教导。"

姜瓷狠狠捏着拳，拼命忍住了想打人的冲动。还不如在于水县，至少那时候，道理可以那样讲。但一番抢白卢大姑娘气白了脸，周遭又指指点点起来，姜瓷见风头调转，拉着吴嬷嬷趁势便走，进了后堂招待他们夫妻的那间小厅。

回来坐定，姜瓷犹自气的发喘，胸口起伏。

吴嬷嬷站在一旁，半晌叹息："是老奴的不是，连累了夫人。"

姜瓷一愣，回头看她："嬷嬷，年岁大了，别什么奴不奴的。她为人不堪，你何必往自己身上揽。"

吴嬷嬷顿住，叹息一声。姜瓷却忽然又道："还得烦劳嬷嬷出去交代一声，方才那些事可别传到卫成耳中，他那性子，容不得我受气，别……"

说着却愣住了，她只想着上回卫成为她打了卫煦，怕他气急又与卢家姑娘起纷争，丢的还是他的颜面，却不想脱口而出的话，竟这样直白的显露了卫成对她的看重。

吴嬷嬷看着她半晌不出声，慢慢笑了："是呢，公子待夫人呀，真是情深义重。"

姜瓷脸蓦得红了："嬷嬷！"

吴嬷嬷笑了："好，好，我不说了，这就去。"

锦绣阁生意不错，尤其这时候，都赶着年前来取衣服，人来人往，吴嬷嬷交代了几句，想着不会有人在卫成跟前闲言碎语，少时卫成回来，她打远瞧着，确实一路无人攀谈，他笑着走进去，倒是看见她在门外略是诧异，点了点头进去。

姜瓷听见门响抬头，一见卫成眼底一闪而过的惊慌，没想到卫成回来这样早，待看见门外的吴嬷嬷朝她笑着摇了摇头，她才松口气。

"改好了吗？"卫成笑问，恰送来了衣裳，姜瓷又试过，无比贴合，换下包起来，卫成又笑，"年初一的衣裳算是有着落了。"

姜瓷红脸笑："那咱们回去吧。"

卫成便拉着她手出去了，谁知才走出去，姜瓷就看见她们的马车后面，跟着两个黑眉乌嘴、破衣烂衫的小丫头。

第二十四章　买人

"对不住，我该先和你说一声的。"

卫成歉然："不是一家穷的快饿死了，也不会大年下在外卖女儿，我，我一时就……"

触动心肠，又犯了心软的毛病。姜瓷自然不会和他计较这些，忙着追问：

"在哪儿买的？"

卫成一指街角，姜瓷看见影影绰绰似乎还跪着几个孩子。

"惯常不在这里卖，但大约那里如今没什么客人往来，做爹娘的便想到这里，总能碰上贵人，孩子去了那些地方总好过糟污之地，也不会太吃苦。"

吴嬷嬷远远瞧着叹息："倒还算是好爹娘，只是大户人家买卖仆婢都有特定的人牙子，极少会在外头随意买卖，也是碰上了公子，不然跪死也没个结果。"

姜瓷已慢慢走过去，街角尚跪着两个男人，身前跪着两个男孩子，八九岁的年纪，头上插着草标。男人见卫戍又回来了，呜呜哭着又满眼希冀，姜瓷看得心酸。

"嬷嬷说，咱们后宅人手短缺得厉害，不如……"

姜瓷满眼希冀，卫戍自然明白她心思，他的岳母当初想必也是这样处境，只是时运不济，最后被卖去了青楼。

吴嬷嬷见夫妻两个都动了心思，便上前查看，低低询问了几句，那头两对父子惶恐作答，哭声却再遏制不住，倒还是当爹的斥道："你要不去，也是饿死在家！倒是去了贵人那里，好歹活一条性命，害怕见不着家里人吗？"

孩子抱着爹哭，姜瓷不忍，想给些钱罢了，卫戍却拦住他摇头。

救急不救贫，做爹的说的话是对的，孩子跟着他总还能活命，如今便是给了银子，将来也未必能养活。但姜瓷想了想，还是从荷包里另外又掏了两锭银子，给了他们。孩子虽哭哭啼啼，却还是给爹磕了头，又给她磕了头，站起来跟着她走。

这一趟回去，倒带了四个孩子。进门后卫戍将姜瓷送到夙风居外，笑着说道："你先回去，我同吴嬷嬷商量商量，看她能不能留下帮着料理后宅，这几个孩子要如何教导安顿。"

姜瓷点头，因那两身衣裳，她见着卫戍还有些难为情。卫戍看姜瓷进了夙风居，便往客院去了，吴嬷嬷把四个孩子都带了过去，如今正叫石榴阿肆烧水令他们先清洗清洗。

她见卫戍进来，瞧着神色，觉着不好，果然等人都下去，卫戍便道："嬷嬷，她是我娘子，我不想她受委屈。但既然受了委屈，我这做相公的，总得为她讨个公道。所以……嬷嬷，您是自己告诉我，还是叫我去打听？"

吴嬷嬷叹气，但不明白他是怎么勘破这事儿的，不过时至如今，少不得一五一十告诉了，当说到卢家姑娘说的话时，她感到卫戍眼神一冷，透着森森杀气。

翌日，腊月二十三，祭灶。

但夫妻俩其实没什么可忙碌，没有祖宗牌位要祭拜，也没有亲族相聚，如旧一天。

约是卫戍昨日同吴嬷嬷商议有了结果，吴嬷嬷竟同意留在卫府了，主动要求搬去西边院子。西边两处院子其实空旷得很，厨房只住了宋老二夫妻，那前后两个小四合院一处的下人房，前后两个门，前头住着男仆，后头是女婢，十来间屋只住了石榴一个，吴嬷嬷搬进去，住进了下人房那带着小厅的正房。四个新来的收拾干净，吴嬷嬷带着去了凤凰居，连带高叔等人齐聚小花厅，姜瓷这还是入主卫府后，头一回升座。

下人一同行礼，姜瓷的心扑通慌跳，知道一墙之隔外稍间里，卫戍正躺在榻上悠闲看书，但他说了后宅都是她做主，便由得她做主，一句不过问。

"这四个孩子我瞧了，倒也齐整规矩，胜在本分听话。从前府中人少且没规制，如今倒是趁着新来的，夫人少不得分派仔细，人人明白自己职责，府中也就不乱了。"

吴嬷嬷起了头，只看她头一回理事能做到如何地步。姜瓷看着，先问了名字，但穷苦人家能起什么，丫头狗蛋儿地乱叫。

"若是这样，阿肆领着，就叫阿伍阿六，分开年岁就好。至于她们，有石榴在，就叫桃儿梨儿吧。"

吴嬷嬷指使孩子们磕头谢恩，分了名字，姜瓷看着不免怜惜，但瞧着一旁总是眼神游移的阿远，又不大高兴。

"高叔，往后您便管着前头，府中门户，还有男客迎来送往，洒扫上便叫阿远带着阿伍阿六。后院里吴嬷嬷管着，西边两处院子你们寻常都要打扫干净，凤凰居里，因公子喜爱僻静，每日巳时石榴带着桃儿梨儿打扫，只一个时辰。屋里茶水点心要备齐，院子大门边有一间屋，总要有一个人守着，防着唤你们。"

石榴应声，吴嬷嬷点头，分派仔细叫人下去，吴嬷嬷又道："断没有咱们这样的人家，大门上没有人，二门上也没有人，更没个值夜的，终究还是人少的缘故。"

"且慢慢来吧，如今府里也只我和公子两个，马上就过年了，等过了年，嬷嬷陪着我咱们好好儿择些人手来。"

姜瓷喝口茶压压惊，吴嬷嬷笑："如今也只能这样了。"

之后又和吴嬷嬷往库房去寻了几件不俗的摆件儿，把空旷的凤凰居约略装扮了一下，午后又去厨下做了一顿饭菜，晚上回去，就见卫戍还歪在矮榻上看书，身旁的小几上摆着一碟子糖。

"灶糖？"

她见过，但几乎没吃过，卫戍笑着朝她招手，她坐过去，见卫戍搁了书，乌木银筷夹了一块送她嘴里，她张嘴咬了，卫戍笑："甜吗？"

"甜。"

卫戍眉眼更弯了，把手里她咬过剩半块的糖送进自己嘴里："吃了我的糖，你可记在我家了。"

原来是这个意思？姜瓷脸红，翻身起来。

"真是，真是……"

语无伦次手足无措，卫戍笑着看她颠三倒四地忙碌。

接下来几日，因吴嬷嬷又担起教导四个新人之责，姜瓷每天能得半日空闲，便去厨房指导宋老二夫妻煎煮蒸炸准备年货。姜瓷风风火火地忙碌，卫戍跟在她身后，头一回觉着原来过年是这样的，可以这样热闹红火，叫他心里踏实温暖。

京中人也在惊奇，惯常这个时候，卫戍总要生出几番事端，可今年……却安宁得很，反倒叫人不习惯了。

至年三十，程子彦一早过门，说是拜年。二人在夙风居书房坐着，姜瓷瞧见，交代石榴送茶水点心，便先往厨房去了。

"你尝尝。"卫戍有几分得意，程子彦捏一块丢嘴里，嚼着嚼着便挑起眉头。

"口味不错。"

桌上咸蛋酥炸汤圆绿豆糕云片糕四碟子，卫戍捏了一片云片糕也丢嘴里，跷着腿笑："爷的娘子做的！"

程子彦哧笑，却又不禁佩服。哪家都有奴仆，吃的点心精细，姜瓷做的虽拙朴，但一个男人吃着自己女人亲手为自己做的点心，滋味自然又不同。

二人调侃几句，程子彦端起茶杯。

"听说老顾请了谋士。"

卫戍哧笑，却没多说。

顾允明不是请了谋士，而是苍术县的顾家进京了。顾允明是泥腿子出身，虽有几分机遇，到底自己拼到如今地位。顾正松算他本家侄子，约是去年才得知本家竟有个京里任职的大人物，才牵上线。而顾允明也是去年开始，心思渐渐深沉。要说其中没有顾正松的功劳，卫戍可不信。

顾正松得了消息大费周章平调去于水县，就等陶县令走了他好补缺，眼见无望，即刻辞官携一家老小进京投靠。单看这份杀伐果断，也不是个寻常人。

"主上最近暴躁得很，听说经常在殿内破口大骂，你心里得有数。"

"我有什么数？我叫他的好狗险些咬死，还不能委屈委屈？"

"嘁，近来礼部尚书卢大人那儿鸡飞狗跳，是你的手笔吧。"

"你有证据吗？话可不能乱说。"

卫戍斜睨着他邪笑，今日是今年最后一回朝会，就要封朝到十七再开。因近来公事连番出错，卢大人确实成了每日圣上必责之人，天天胆战心惊一身冷汗。家里也不太平静，原本长女议亲，还算顺利，几家合意的也有意结亲，却忽然不知怎的都萌生退意，原本还算炙手可热的卢大姑娘一下乏人问津。

"我可听说卢家大姑娘在锦绣阁折辱了你夫人……"

卫戍笑着，眼神却冷了。

"倒不知道，你这样在乎。"程子彦打量卫戍。卫戍放了茶杯："老程，不必试探。要不在乎也没必要成这个亲了，一个好好儿的姑娘跟了我，给我洗衣做饭，将来还要为我生儿育女，哪个男人不该在乎？"

程子彦沉默不语，看着最浑蛋的人，没承想却是个最明理重情的人。

"罢了，无非和你说一声，近来小心些，你叫那位不痛快，他要折腾，可有的是法子。"

程子彦起身拍拍他走了，卫戍也没起身去送，喝完了茶，直接往西院去了。他心里清楚得很，跟太上皇叫板，无疑捋虎须，但这险他却必须要冒，得叫这个偏心眼的主子明白，叫他卖命无所谓，但总不好他在前头冲锋陷阵替主子分忧，却还得防着身后自家人的暗算。

但他一直在想，今日已除夕，年前顾允明没生事，太上皇也没应对，难道……是在憋什么大招对付他？

第二十五章　为家

姜瓷眼下自然还在厨房忙碌，除夕年夜饭，她叫宋老二整治一桌席面，那却是给他们吃的，她同卫戍的饭菜，是她亲自张罗。

吴嬷嬷也确实手段不俗，不过几日，新来的几个孩子都已舒展，端茶倒水颇有模样，凤凤居也不再是从前三不五时才打扫一回，院子里时常落满灰尘。

卫戍偷瞧姜瓷忙碌的高兴，回来后左右无事，便练了半晌长刀，待姜瓷回来时他满身是汗，唤阿肆去厨房催水，叫卫戍沐浴更衣。

卫戍沐浴出来就见外稍间小桌上摆着几碟子菜，都是他爱吃的，还有一壶他最喜欢的清江老酒。

姜瓷把他拉进去按在桌边坐下，从他手里拽过棉巾给他擦头发。一切都那样自然，卫成觉着头发被人拨动略微发痒，痒得浑身酥酥麻麻的，有一股说不出的古怪而又陌生，却又极为舒坦的感觉。

过日子，原来是这样的？

对于婚姻，卫成从来避之不及，其实归根结底，终究是恐慌。

生母许璎的算计，生父卫北靖的凉薄狠毒，他从未体会善待和温暖。他所遭遇的姑娘，如宋莹莹、董泠儿等，明里暗里的心机，旁个世家姑娘眼角眉梢的讥诮轻视，便是寻常人家，他也遇多了王玉瑶那样，见他俊俏有钱，使着心机的算计他。

在他心里，姑娘不是心机繁多便是柔弱的一触即死，婚姻不是复杂算计便会波及旁人。他只看到一对真心相恋的夫妻，但他们这一场情，他却首当其冲受害，便是卫北靖与梁文玉。

初初成亲时，他觉着能帮自己也能帮姜瓷，这是两全其美的事。姜瓷也本分，不会算计他，还会照顾他，这已然极好，他也努力回报。但没想到，这一场婚姻远比他想象的要纯粹，要诱人。

姜瓷对他，没有任何企图。但付出的，却比任何人都多。

他忽然有股冲动，但努力遏制，他想要毁掉那所谓的三年之约。三年太久了，这其中会有怎样变数谁也说不清，尤其他身边纷纷扰扰，连累她受辱受气，连他都嫌弃的日子，他怕姜瓷厌恶，留不住。

"姜瓷。"

"嗯？"

姜瓷抬头，他眼底的欲望一闪而过，但她及时捕捉，心里慌了一下，卫成却退缩了，给她夹了一筷子菜："你多吃点，你近来瘦得很。"

"哦。"

"程子彦的药吃着怎么样？"

"好啊，我从前总觉自己健壮，能干很多活儿，但总气促。后来更不用提了，虚胖得连走路都累。现在可不了，也不怕冷了，也有力气了，能吃能睡的。"

"那就好。"他风轻云淡的样子，仿佛方才什么都没发生过。

二人吃着饭，外头爆竹声响，卫成擦嘴就要跑出去，姜瓷拽住他："头发没干透！不能出去！"

卫成抓过大氅兜头披上，把姜瓷也裹进怀里，豪迈道："把爷买的炮仗抬出来！咱们也放！"

阿肆兴冲冲地指挥阿伍阿六抬炮仗在园子里，卫成点了一个，听着砰磷作响，炸在天上五颜六色，姜瓷捂着耳朵，卫成在大氅下弯着腰从后头抱住她的腰，她整个人一颤僵住。

"好看吗？"他在她耳边笑，她忍着扑通扑通的心慌，点头，卫成侧过头，嘴唇几乎触碰她耳垂。

"高兴吗？"

"高兴……"

怎么会不高兴？人生头一回，如此圆满地过一个年。

她下意识又去攥住颈子下佩戴的那个锦袋，卫成看了一眼。好几次了，这似乎是对她来说极为重要的东西。

除夕守岁，炮仗放了许久，他家的停了，别家却又接着放起，倒是站在院子里看了许久。姜瓷拢在他怀里，卫成蠢蠢欲动，手掌滚烫贴在她腰上，姜瓷从先开始的慌张，渐渐被五彩斑斓的烟花吸引，她不知道卫成熬得多艰辛。

一直到亥时三刻，卫成忽然打横抱起姜瓷，她一声惊呼，院子里的仆婢却吃吃发笑，她顿时心慌，卫成一径将她抱进暖阁放在床上，她吓得不敢动，卫成却甩了甩胳膊。

"不行，站久了累！"

姜瓷松口气，他到底大伤初愈，身子不比从前。

"那……"

"不成，我得守岁。"他拉过被子给她盖上，"你困了就睡，想看烟花就把窗子打开。我去外头守着，等子时过，辞旧迎新，放了爆竹我再睡。"

姜瓷胡乱点头，卫成便出去了。外头忽然没了声响，姜瓷只听见自己猛烈跳动的心，扑通扑通的，听着更心慌。她摸索自己腰，卫成抱了一晚上，他迁就她，一直弯腰躬身，想必是如此累着了。

外头爆竹声响不绝，屋里却静谧无声，过了小半个时辰，卫成忽然推开门。姜瓷听见门响慌忙闭眼，卫成站在门口看了片刻，走上前脱鞋上床，姜瓷好容易平静下的心又顿时惊跳起来。

卫成揭开被子钻了进去，却只是挨着姜瓷，安安稳稳地躺着，悄声道："我不乱动，我就是……头一回有人陪我过年，我挨着你，心里才踏实。"

这话竟有些可怜。

在潇山脚下山村养伤时，她们也曾这样睡过，但那时卫成昏迷，他什么都不知道，她心里也就不会这样慌张，可如今……

"卫戍……"

"嗯，你别怕。"

姜瓷沉默了，满脑子胡思乱想，嘴也不当家地乱说起来："我，我不怕，那个，晚上吃得有点多，我想喝水……"

卫戍哧地笑了，支起头望着她，郎君晶亮如星的眼，在窗下熠熠发光，姜瓷看着看着，往下缩了缩，埋了半张脸在被子里，只露了两只眼睛。

"你怕什么？你当初不是因为好看才看上的顾铜？你看看我，你说过顾铜远比不上我，你看看我啊。"

他逗她，姜瓷吭吭哧哧说不出话，一张脸通红滚烫，额头冒出了汗。卫戍给她擦汗，叹了口气："我知道了，我守约，我会忍着的，等你愿意的那一天。"

他低头，笑容有些颓丧，姜瓷心有不忍，她不敢看卫戍，忖了好半晌，颤抖的低低的声音："其实，其实你不必……"

卫戍在被子里攥住了她的手，满怀希冀："那你会害怕吗？"

她迟疑了一下，摇了摇头，然而神情出卖，她会。不仅会害怕，还有彷徨。

卫戍慢慢松开了手："不急，咱们日子还长着。"

姜瓷羞窘的别过头看向窗外，心里矛盾复杂："卫戍。"

"嗯。"

姜瓷觉得该圆这个房，往后理直气壮死乞白赖地缠着他，又觉得不该这个时候圆这个房，至少在他心意明朗前。她害怕有朝一日卫戍有了喜欢的人，却因为所谓责任的拖累，让他们彼此间陷入怨怼与痛苦。她没想过卫戍会喜欢她，但至少……是打从心里接受了她，而不是像如今这样，仅仅只是应该。

他头一回过温暖的年，那些灿烂的烟火中，一个对他知冷知热的姑娘在怀里，难免生出的冲动。但是冲动过后，没准是将来为难了他自己。

"再等等吧……"

等他冷静下来，觉得真的可以做夫妻的时候。再或者，她奢望着，等到他喜欢她的时候……

"好。"

卫戍笑着，揉了揉她的头发。这是个好的开端，至少她不再像从前那样拒绝，明白地说将来要走，她说了等等，那就是有期可待了。

他有耐心，姜瓷曾被顾铜伤害，她的迟疑顾虑，甚至是对于男女之情的防备，都需要时间来平复。他可以等，等到她愿意的时候。

被子下，他又攥住了她的手，姜瓷这回没有躲避，手指穿过他的指缝，与他十指交握。彼此的心跳在掌心汇合，姜瓷慢慢发现，她似乎远在自己都不知道的时候，已经对卫戍，动心了。

对于这项认知她惶恐又惊喜，仿佛身体里注入热血令她兴奋，却又害怕卫戍不喜欢她。她想，既然她有这个心思，是不是就该努力？努力让卫戍喜欢上她。

而傻乎乎的卫戍如今傻笑着，也在想，他会努力，努力让姜瓷喜欢上他，死心塌地地做他的卫夫人。

夫妻二人各怀心事，并排躺在床上看着黑洞洞的床顶，一个嘴角抿起诡异的弧度，一个笑得像个傻子。外头更响，卫戍一跃而起出去，院子里炮仗炸响，好长一串，过了一会儿卫戍带着一身烟火味儿又进来，手里不知拖着什么，姜瓷翻身坐起，见他拉着一个箱子进来。

"这不是银庄的箱子？"

卫戍把箱子放在她脚下，道："恭贺夫人新春大喜，这是为夫的年礼。夫人，你备了什么给为夫？"

卫戍调笑，箱子揭开，三千两银子打的金银锞子摆得整整齐齐，晃得姜瓷眼疼。一旁还有两个首饰盒，一套赤金一套白玉的头面，精美的叫人移不开眼。卫戍的手忽然伸到她眼前，手指勾了勾，她茫然看过去，卫戍勾唇再笑："我的呢？嗯？我的呢？"

姜瓷一下窘了，她没有准备！卫戍看着她一言难尽的脸色，仰头大笑，笑着笑着，忽然低头，湿润微凉的嘴唇就这么毫无预警忽然触在了姜瓷嘴唇上。

第二十六章　赏罚

姜瓷愣住了，卫戍却一触即离，他揉着姜瓷头发："蠢丫头，睡吧。"

把木头一样的姜瓷推倒在床，给她盖上被子，他躺在她身边，却是在被子外头，心如擂鼓。

天知道他现在有多慌，他笨拙地想要表达心思，他觉得他表达得足够明白的话，至少能阻止这三年里她会喜欢上别人。

想着以后可以与姜瓷相守做真夫妻，卫成窃喜不已，那份慌张渐渐淡去，觉得身边人僵硬如同石头，他好心地开始装睡。姜瓷受到冲击不小，惊慌里带着窃喜，她想摸摸嘴唇却又不敢，听着身边人平稳的呼吸，她动了动，卫成没反应，她才悄悄把被子拽过去，给他盖上。

卫成觉着，真是暖和。

姜瓷盯着屋顶，慌着慌着，傻笑起来。

也不知何时睡着，卫成转过头，看着她睡熟中还带笑的模样，想要摸一摸，又怕吵醒她。

卫成实在迷迷糊糊没睡多久，忽然听见外头远远传来阿肆杀猪一样的嚎叫。

"公子！公子！公子……"

他跑得快要断气，卫成惊觉翻身，见姜瓷没醒，小心下床，出了暖阁飞奔出去，制止阿肆惊醒姜瓷。

"鬼嚎什么！"卫成捏着拳头恫吓阿肆，阿肆扑到他跟前扑通跪下，满脸惊恐攥着他衣角。

"公，公子！卫将军府传话来，除夕夜宴太上皇赏菜到卫将军府，点名赏您的！还叫您进宫磕头谢恩去！"

咚的一声，卫成叫台阶绊倒，他即刻翻身起来，拼了老命才压下破口大骂的冲动，咬牙赤眼，牙齿缝儿里一个字一个字地挤出来："老家伙疯了吧……"

从禅位后，太上皇除夕夜宴从未赏过菜，十来年头一份儿给了卫成，这是要把他放火尖儿上烤。

卫成眼睛恨不能滴血。

老家伙就是把他当狗，也不能这么不心疼他！

他匆匆进屋更衣洗漱，其间，小心翼翼没有惊醒姜瓷。收拾停当出来交代："请吴嬷嬷来陪夫人，和夫人说我出门一趟，午时前定回来。"

他面色阴沉，哪有半分受恩宠赏赐的欣喜。阿肆愣愣点头，看卫成匆忙离去。

卫成进宫去了。

到了这时候也用不着戴面具了，亮了黄雀卫腰牌，直奔圣清殿去，在殿外强忍了想掐死那老头的心思，才请人通传。

老内官庆安微笑着看卫戍欲要癫狂的愤怒却还不得不挤笑同他问好，甩了一把拂尘。

"呦！卫大人来得不巧呢，殿下昨儿看戏高兴歇得迟，还没起呢。您倒是有福气，圣上与娘娘都还没来呢，今年殿下这头一份儿请安拜年的好事，就到您头上了。"

卫戍憋气假笑，庆安三角眼瞥他，要笑不笑地："您就这么等啊？"

卫戍深吸一口气，一撩衣袍，缓缓跪下。庆安这才满意地又眯起了眼。忖着时候，卫戍跪有大半个时辰，庆安才进内殿通传，里头很快传来轻微咳嗽。

"谢恩？没眼力的狗东西！天都没亮谢的什么恩！大过年的都不叫孤消停！"

太上皇的骂声从内殿传出来，他心里也气啊！回来一个多月了，不来找他这做主子的禀报请安，还得他费心思才能把他逼进来。

"孤要不赏你，这一年是不是还见不着你卫将军的面儿？"

太上皇阴恻恻问着，从后殿慢慢走出来。卫戍低头，跪得笔直："臣不敢。"

"不敢？这天下还有孤这么做主子的？得看下属脸色？得求你见孤？派你一件差事你委屈成这样？要是不想干了把令牌给孤放下！多少人求着孤的黄雀卫！"

卫戍不搭腔，太上皇却越数落越气，一来气便破口大骂，洋洋洒洒，骂到兴起，一脚踹在卫戍肩头。卫戍叹气，怕崩着太上皇的腿，遂顺着倒下去了。明知硬扛不扛都不顺太上皇心思，果然太上皇抖着手斥骂："瞧瞧！还做上戏了！这就倒了？好！来呀！给孤庭杖！三十大板！"

侍卫上前，拖着卫戍出去按在地上，一板子下去，卫戍攥紧双拳，却咬牙忍耐。这几下，是必然要忍的。

庆安嘴皮子动了动，却终究什么都没说，太上皇却自言自语："不必求情，能一人一刀血战贼匪数十人，区区三十大板……"

这时程子彦端着太上皇的补药进来，走过噼啪作响打板子处，眼都没眨一下，太上皇见程子彦进来，倏然想起什么，话没说完，立刻大吼："滚进来！"

外头立刻停了，却也打了七八板，卫戍龇牙咧嘴，微声道谢，两个行刑侍卫面无表情。

卫戍吃力爬起来，进殿重又跪下。太上皇气的冷笑："好啊，苦肉计都使上了，料准了孤会生气……"

"臣不敢。"

"不敢？什么你不敢！"

太上皇扔了个纸镇，歪歪扭扭正砸在卫戍膝头地上，卫戍面无表情。他料想无数种太上皇怒火冲天惩罚他的可能，却唯独没料到太上皇会揭穿他的身份。太上皇气喘吁吁，两撇小胡子被吹得翻飞，阴骜的眼神死盯卫戍，看他要死不活的样子，太上皇忽然高兴了。

卫戍没想到他会干这事，瞧瞧现在，不就治住他了？

"给他看看。"

太上皇高兴了，叫程子彦给卫戍瞧伤，程子彦便在他眼前揭开了卫戍的衣裳，背脊一片模糊伤痕，还有背心上刺眼的那道伤，太上皇看着看着，笑容敛起，渐渐沉郁。庆安看着，暗道不好。

"你过来。"

卫戍顿了顿，膝行上前，太上皇探身看过去，慢慢点头："好，好啊……"

太上皇冷笑，此刻总算知道卫戍的怨气缘何而来，又为何明知会触怒他会挨这一顿罚，还偏要如此。连命都顾不住的人，确实什么都不在乎了。

殿内忽然陷入一片沉默，太上皇盯着卫戍的背脊。那里在漭山留下的斑驳伤痕，有刀箭，有他跳崖时在石壁磨过的血肉模糊，有些地方落了痂，是粉嫩的新肉，有些地方仍旧是厚厚的黑色血痂，却都因这几杖打的开裂出血。

侍卫没有留情，打的货真价实，不过控制着速度，太上皇喝骂时又及时停手，终究少了几杖。

太上皇年近七十清瘦矍铄，禅位后虽从不过问朝政，也看上去宽和慈善，但想当初也是杀出重围以不受宠的庶出皇子身份夺得帝位，便不是个简单的人物。圣上是个心软没主见的，故而其实到如今，把持大炎朝政的仍旧是太上皇。而太上皇最为倚重的，唯一替他办事的，也只有黄雀卫。

太上皇忽然觉得自己的惩罚有些可笑，甚至残忍。这一赏菜，卫戍的身份不言而喻，往后做事不便之外，身家都不再安全。满朝文武皇室子孙，哪一个不是虎视眈眈地盯着那个位子？怕是要八仙过海各显神通的拉拢卫戍，这种时候卫戍就是不偏不倚也要遭人猜忌，一个不甚万劫不复。

太上皇又看了看卫戍的伤，觉得有点牙疼。

"孤……"

忽然又皱眉："办个差事不声不响娶了亲，回来还这么闹，孤还以为你铁了心要走了，少不得这么着叫你收收心！"

卫戍忍住没瞥太上皇，这老头就是觉着自己做过分了，也得想法子替自己开脱。

"是，臣有错。"

卫戍越恭顺，太上皇越别扭。他要是跟从前一样犟几句嘴，他心里也没这么不得劲，谁知卫戍这遭似乎被吓怕了，格外乖顺，太上皇少不得自思弥补之法。

"你同玉和青梅竹马，孤听闻你那娘子出身市井，孤便趁着新年喜气，给你赐个婚吧，有玉和在，今日这事也权当是因她高看你一眼，这才赏菜。"

"殿下垂怜，此事不妥。"

"怎么？玉和还配不上你？"

太上皇竖起眉毛，卫戍头垂得更低。

"是臣配不上郡主。倘或娘娘在生，郡主是娘娘的心头肉，必舍不得委屈郡主。臣毕竟已然娶亲，不预备和离再娶，不会娶平妻，不会纳妾。"

想来也是，卫戍惯来憎恶婚姻，这一番却娶亲了，想必那女子确实有过人之处能令卫戍折服，但又烦躁："那你要怎么办？若赐婚，外头也只当孤为玉和高看你一番，这才赏菜。"

卫戍笑了笑："殿下赏菜自然有赏菜的道理，依着殿下的心思便罢了。"

太上皇一口气哽住上下不得，本要撒气，结果这气撒的愈发怄气，想着卫戍的伤，顿时厌恶起顾允明，呕着气又问："差事办得如何？"

"一切顺利，漭山确实与朝中有所勾结，所以几次剿匪才都铩羽而归。"

太上皇脸色变了变，皱眉冷哧："罢了，孤身子渐不如从前，圣上又是心软没决断之人，这储位确实不能再拖延了，今年必要有个结果。"

他盯着卫戍："有个干干净净的结果。"

"是。"

龙子凤孙争饭吃，苦的却是他这小臣，操碎心跑断腿，不仅遭算计还得挨板子。这都不算，在太上皇跟前还不能委屈。

"下去吧，年初一的，想来不少人要去给你拜年。"太上皇摆手，忽然幸灾乐祸起来，这小子惯来不服管教，虽办差是一把好手，但如今想着能叫他吃瘪，太上皇内疚之余还是隐隐兴奋。卫戍顺着他，苦着脸告退，故意走得缓慢踉跄，太上皇又皱眉，卫戍还没走出圣清殿，那厢太上皇的赏赐口谕也传下了。

这就是挨打的好处了。

赏完了太上皇才觉得心气顺了点，抱着罐子逗起蛐蛐儿，庆安叫人都退下，殿内只剩他主仆二人时，他跪下了。

第二十七章　偏心

太上皇没作声，逗了好半晌蛐蛐儿才抬头，冥想出神。

"庆安啊，顾允明是什么时候到孤身边儿的？"

"回殿下，瑞祥十九年，您还没封太子的时候。"

"嗯，那时候他才多大，几岁的孩子，在孤王府做小厮，实诚得就跟个傻子似的，对孤挖心挖肺地忠心，算是孤眼瞧着长大，虽没出大力，但一直跟着孤，一步步走到如今，有……"

"三十多年啦，殿下。"

"嗯，可不是吗，这么些年了，所以就算孤知道他本事不大，却还是难免偏心。宁愿再立一支黄雀卫，也没想过换了他。就算知道他明里暗里算计卫戍，孤也睁一只眼闭一只眼，甚至偏帮他，打压卫戍。一样的统领，顾允明是三品，卫戍是五品。"

太上皇啧啧摇头："给孤拼着命办差的，就落这么个下场，孤也觉着怪没意思。"

"殿下，奴才错了。"

庆安低着头，太上皇又出了半晌神，才叹了口气。

"你是错了，错得离谱。"

他扔了逗蛐蛐儿的草棒子。

"传旨，升卫戍四品，还是少将军衔儿，这个年啊，姑且叫他好好儿过吧。等出了年，还得有要命的差事得他干。庆安啊，什么事儿都好说，但事关国运，承嗣大统的事儿，若出分毫偏差，便是把孤的骨头填进去，也愧对列祖列宗，旁的人，就更不用提了。你下去领罚吧，把心思正一正，你既然是孤的人，就该一切以孤为主才是。"

庆安神色一凛，躬身应是。

卫戍出了皇城便直起腰来，虽还龇牙咧嘴，但方才程子彦在圣清殿给他上的药其实已然止疼，如今腰到大腿麻木一片。也算是将计就计，但这顿打是必要挨的，太上皇气越大，他越委屈，事后顾允明遭到的反噬也就越猛。太上皇可不是个能受气的主儿。

苦肉计有时候还是很好使的。

马是骑不得了，他牵着马撑着腰往回走。

大年初一凌晨的大街上一片萧索，但时常炸响的爆竹又着实喜庆。卫戍一路走回去的时候，已天光大亮了，但姜瓷昨夜晚睡，这会儿也就才醒，听外头门响，脚步声不大对劲，忙跑出来，就见卫戍正扶桌站着。

"你去哪儿了？"

姜瓷惺忪迷糊，卫戍摆手："我，我那个……"

他正想怎么瞒着姜瓷别叫她担惊受怕，但这事也瞒不住，索性苦着脸艰难脱了大氅："我挨打了。"

姜瓷愣了一下，不太明白这个挨打是什么意思。

"那个……"

卫戍才要说，外头乱哄哄地吵嚷起来，姜瓷听见外头吴嬷嬷来了，有人说太上皇交代不必惊动卫少将军，这是赏赐之物云云。

她愕然了一下，卫戍等她来问，谁知她忽然翻他衣服。

"你被谁打了？伤到哪儿了？"

及至掀了衣摆看见腰身上一片惨烈，顿时吸了一口冷气，卫戍忙拽衣裳不叫她看："这会儿不多疼，麻得厉害，程子彦等会儿就来了。"

"这不疼？这不疼？"

姜瓷连问两句没话说了，眼眶就红了，忙倒热水打湿帕子要给他擦擦血污，又忽然想起他才说程子彦给上了药，不能乱抹，拿着帕子一时不知怎么办，眼泪就吧嗒吧嗒掉下来。

"还叫人过不过年了？好好儿的大年初一把人打成这样！"

"你别哭啊，大过年的！真没事，早晚要挨这一遭，你先听我说……"

卫戍忙拽她手里帕子给她擦泪，顺势要坐她身边，屁股一挨椅子，嘶一声又弹起来，姜瓷也顾不得哭，忙拉着他把他按趴在矮榻上，待要往下扯扯看到底怎么样，卫戍死死拽着裤腰，脸红一片："没事！没事！就腰上！"

二人正奋战，忽然有人敲门，姜瓷回头看见程子彦站在门边，满眼促狭，卫戍松口气。

"烦劳夫人，能备些热水吗？我给卫戍看看伤。"

姜瓷抹一把眼泪，道了谢出去，程子彦是瞧着卫戍这样故意支走的姜瓷。

"哎，多谢。"

"害怕吓着她？漭山时可比这厉害得多了。"

"就是那时候吓坏她了，现在才不敢让她看，况且也确实没多严重。"

止疼药效渐渐褪去，卫成龇牙咧嘴，程子彦揭了他衣裳，把那些碎了嵌进肉里的血痂取出来，兑了药水清洗伤口，又撒了一层药粉。姜瓷端着热水进来的时候，程子彦已然给卫成盖好，探手往盆里洗手。

"多谢夫人，不严重，这才几板子，没几日也就好了。"

风轻云淡的语调叫姜瓷明白，从前卫成挨板子是常态。

要不说卫成命苦，没人管没人心疼倒罢了，亲爹打，主子也打。程子彦洗过手坐在矮榻边，姜瓷看卫成确实没大碍，便转身出去，唤了吴嬷嬷，也不问方才外头的事，同吴嬷嬷一齐去了厨房，简单做了几样小菜蒸了点心，提了红泥小炉回去，就在外稍间烹起了茶。

程子彦看见吴嬷嬷，恭敬地点了点头，吴嬷嬷还一礼，姜瓷摆了小桌在卫成跟前，给他倒了一杯桂花梨汤："想吃些什么？"

那一低头的眉眼温存，带着心疼，卫成觉着心里酥麻麻的。

"我自己行，你也坐着一块吃，程子彦不是外人。"

姜瓷点头，就在他旁边坐了，便叫吴嬷嬷先下去了。

这头二人吃过，程子彦擦着手："我这就回去了，你今年怕是不得安宁，拜年送礼的怕是要踩破大门。"

"不会，我叫卫嵘在外拦着了，如今既然身份揭开了，索性大大方方的，谁的脸都不给。"

"啧，你倒是厉害。"

"没法子，我就是涎着脸赔笑，谁也照样瞧不起，何必呢？"

卫成说着看一眼姜瓷，方才乱糟糟，还没来得及和姜瓷细说，姜瓷倒也沉得住气，直等送走程子彦回来，卫成趴在榻上昏昏欲睡。

"你来，咱们先说说话。"见姜瓷去拉窗帘，他撑着眼皮伸手。

"你睡吧，醒了再说也不迟。"姜瓷拉了窗帘，屋里暗下去，卫成却还伸着手，她只得又坐到他身边。卫成便侧脸趴在手臂上，看着她笑："也没什么，老头子气急了，昨儿夜里给卫将军府赏菜，点名给我，还叫我今日进宫谢恩。太上皇禅位十来年了，除夕从没赏过菜……"

姜瓷听着皱起眉头："做主子的赏赐，必是心腹。"

"做君主的除夕赏菜，不是心腹，就是于朝有功的，但不拘是哪个，终归现如今只差没明说，我这黄雀卫统领的身份算是遮不住了。"

姜瓷前前后后结合从前听卫戍和她说过的话，脸色有些古怪。

"怎么了？"

"我还以为，你就是个小兵。"

卫戍的脸色也古怪起来："啧……"

想了想，又道："也是从小兵做起来的。程子彦才说的，你也听见了，储位未定，满朝大半都押了宝，不定是哪个皇子，但这事最终做主的还是太上皇，太上皇的消息又是从我这儿递上去，少不得往后要有人拉拢，拉拢不成那就是敌祸。同你说一句，也不必心慌，终归不管是谁咱们都不偏帮，也就谁也不得罪了。"

姜瓷没戳破卫戍的粉饰太平，他所谓的不得罪，仅仅只是没有对立成敌，可但凡别人来拉拢，你没站过去，就已然是得罪了。卫戍惯来走得艰辛，也确实没把这些当回事，反正一贯瞧不起他算计他，左右也不差这点儿了。

"我知道了。"姜瓷应声，给他将了捋散乱的头发，发丝自指缝中变的理顺，指尖轻轻刮过头皮，卫戍一阵酥酥麻麻，困乏的感觉愈胜。

"黄雀这样隐秘，你是怎么进去的？"

"那时候啊，我逃出来，跑回将军府质问卫北靖为什么不去救我，结果卫北靖说了那样的话，我恨得厉害，想的不是玉石俱焚就是要打败卫北靖，叫他在我面前忏悔，和我说他做错了，他不该这么对待他的亲儿子。我就去投军了。"

卫戍笑了笑："想想那时候多傻？一个十二岁的孩子去投军，还人人知道我是卫家厌恶的孩子。没人要我，还嘲笑我，我恼了，和他们打一架。你是知道的，从前为讨好卫北靖，我什么都学的用心，武艺不俗，虽人小，但到底寡不敌众，半死半活叫丢出去，被人捡走，醒来就在一处深山别院，还有另外几个孩子。对了，卫嵘那时候也在，他是猎户家的孩子，和他爹打猎遇上老虎，父子俩虽杀了老虎，他爹却伤重不治，他也是半死半活叫捡去了那里。"

"黄雀卫？"

卫戍点头："也是运气好，本来只是遴选黄雀卫，谁知顾允明那厮不顶事，老头子想再立一支黄雀卫，我也算是层层杀上去，十六岁接掌另一支黄雀卫。那时候才又回的京。"

他说着，越来越慢，语调越来越沉，姜瓷低头看，他已困得睁不开眼，还苦苦支撑。

"睡会儿吧。"她将手掌覆在他眼上，卫戍笑了笑，就在她手下入睡，竟格外沉稳。

这时候，顾允明却不安稳，热锅上的蚂蚁急躁不安。

第二十八章　伤病

"你说？太上皇赏菜是什么意思？还叫卫戍去谢恩！"

顾允明气急败坏，顾正松少不得安慰："他不是挨打了吗，您知道的，他从回来一直没去复命，太上皇恼着呢，这是为整治他。"

"什么整治！"顾允明大怒，打断顾正松的话，"我就不该听你的！年前就该弄死他！这时候了，太上皇赏菜什么意思？自然是要把他抬到明面上了！那我呢？我怎么办？我执掌黄雀卫这么多年，当初要不是我散布出的消息，人人都当我只是圣清殿护卫统领！可如今太上皇亲自把卫戍抬出来，这是要弃我了，往后黄雀卫哪里还有我立足之地？"

顾正松没说话，对于这位本家堂叔，他也真不知该怎么出谋划策了。当他得知当年黄雀卫尚存于世甚至掌控朝堂的消息是顾允明故意泄露出去的，他惊诧于顾允明的愚蠢，也充分意识到了太上皇的偏心。

换了别人，打死都不为过！

顾正松觉着他辞官投奔来恐怕不是个正确的选择，敷衍了几句退出来后，便回了自己小院子，想督促顾铜功课，叫他仔细预备三月的科考。然而一进书房竟见书桌前坐着的顾铜腿上还坐着哀哀哭泣的王玉瑶，他顿时沉了脸，拂袖而去。

没有一件叫他顺心的事，前年得知本家有这么个亲戚的时候他兴奋高亢，谁能想到会是这样的结果。倒是再敷衍敷衍，等顾铜中举安顿个好去处，再想旁的吧。

他叫住个丫头："去和夫人说一声，敲打敲打小娘子，别总缠着公子。"

随后沉郁着脸出门，又往顾允明处去了。

卫戍趴着睡气总不顺，又醒不来，兔子一样窝着拱了拱，牵动伤口，才皱了眉头，就觉着腰上一阵清亮，有人拿湿热的帕子轻轻擦了，又抹上凉润的药膏，叫嚣着火热发疼的伤口极快又被镇压下去，又有人将手垫在他胸下，试图将他翻过身。

卫戍睁眼，带着惺忪迷蒙的眼睛正看见姜瓷，但她没看他，正左右估算着，怕他翻过去撞着伤口。卫戍牵动嘴角，看她那样吃力，好心的自己掌握力道，堪堪翻了个侧身。

姜瓷站起来擦了把汗，看他还睡得香，蹑手蹑脚退出去，卫戍嘴角笑意更浓，又睡了个把时辰，听见外头篦汤药的声音，他想起来，却觉着虚软无力。

这种感觉很陌生，他很不喜欢。正皱眉，姜瓷端着碗进来。

"别动！"碗搁在小几上，她忙扶住他，"疼的地方好些没？"

她的手探到他额头，卫戍看着外头黑沉沉的天，觉着额头触到的手冰凉，皱眉一把拉住："手怎这样凉？"

然后极快地意识到，不是她手凉，是他发热了。不禁摇头苦笑，成亲后倒娇弱起来，从前受伤哪会病。待想再说什么，张口却咳嗽起来，姜瓷送了一片陈皮到他嘴里，慢慢好些，又递了碗来，卫戍一口灌下去，满嘴发苦，那片陈皮忙嚼起来。

"饿吗？我熬了粥。"

"嗯。"

是饿了，饥肠辘辘，就在屋里小吊炉上银铫子熬着粥，姜瓷盛了喂他，连吃几口，卫戍满足地喟叹，这日子真好。

"你这什么表情？受伤生病还舒坦得不得了？"

卫戍囫囵咽着，语焉不详的唔哝一句，药效上头，吃完又倒头睡去，一夜昏昏沉沉，初二窗户才露白的时候，卫戍总算醒来，觉着浑身舒坦，待要抻抻腰，却忽然发觉矮榻边上趴着睡着的姜瓷。

小几上药膏瓶子，一盆微凉的汤药，他摸了摸腰和屁股，已不大疼了。程子彦的药，若能坚持一个时辰汤药清洗上一回药膏，确有神效，极快便能结痂生肌，看来姜瓷是一夜不曾好睡。

其实没多重的伤，她这样上心，就是真夫妻也做不到她这样。

"姜瓷？"

趴着睡不舒坦，卫戍轻唤一声她就醒了。

"嗯？"

姜瓷坐起来，额头上头发乱蓬蓬竖起来，脸上硌的红印子，满眼惺忪迷惘，可爱的叫人心痒。

"床上睡去。"

他翻身起来，试着走了几下，慢慢行走倒真是不大疼了。

姜瓷蒙着看他走了几步，倒头钻进他才起来的矮榻上，唔哝道："我就睡半个时辰，半个时辰……"

卫戍失笑，给她掖好被子，银铫子上昨儿夜里吃的粥还剩一半，端起来就吃，才吃一半，吴嬷嬷进来了："哎哟，公子别吃了，夫人交代给您预备了饭。"

卫成摆手，三两口把剩的吃了："不必了，等夫人醒了再说吧。"

吴嬷嬷笑道："公子醒了倒也刚好，卫侯府遣了人来，您可要见见？"

卫成又看了看窗户，勾唇冷笑。

天才蒙蒙亮，侯府派的人就上门了，这得多心急。

"不急，夫人才睡下，后宅的事我不好多插手，叫她们等吧。"

他囫囵洗漱，动作轻微，纵着姜瓷睡了两个多时辰，将要午饭时，卫成听见屋里咕噜了一声，然后姜瓷睁开眼，他忍着笑探头过去。

"走，吃饭吧。"

放下书扬声传饭，没片刻吴嬷嬷带着石榴和桃儿梨儿提着食盒进来，摆了一张小桌子。

姜瓷这才惊觉这都午时了，忙去看小几，卫成拉她坐下："我涂药了，也吃药了，就打了几板子，主要是旧伤裂开了，其实没什么。"

"我还没洗漱！"

姜瓷弹起来，卫成按下去："吃了再说！"

姜瓷也真是饿了，夫妻俩头顶头吃了饭，吴嬷嬷才报说卫侯府的人没等多久就走了。

"卫侯府派了人来，左不过要年礼，但今年怕是要搅缠我不回去过年的事，毕竟今时不同往日。"卫成洗着手同姜瓷说了，这时候又要涂药，姜瓷顺手把他按回去，倒了热水兑进药粉，等融尽了沾着帕子，揭开他衣裳给他擦拭伤口。

"来就来吧，又能怎么的。"

卫成趴着，脸不自然泛红，还没圆房，倒先叫姜瓷看了摸了。

"嗯，明日估计还会来，你看着办就成，要是缠不过，就去走一趟也无妨。"

"照你说的，卫老侯爷当初以卫将军成亲为由把他分家出去，这么些年你和将军府他都不偏不倚谁也不理，倒勉强也算公正的人。"

姜瓷淡淡嘲弄，卫成笑："整个卫侯府若说还有一个人算是正直，也就是老侯爷了。"

抹过药他侧身支着头看姜瓷："卫家当初和梁家有口头婚约，但出了卫将军和许夫人的事，老侯爷撵卫将军出去是要做姿态给梁家看。但真正惹怒老侯爷的是卫将军嫡妻新丧不足三日，他就抬了梁夫人进门，还带着肚子，这就是秉性问题了，彻底断送了卫将军袭爵的资格。可惜的是卫家除了卫北靖竟然再没一个出息的，腊月里老侯爷叫孙子气的中风，如今还躺在床上，侯府落在那个糊涂的老夫人手里，怕是更要不好了。"

早前为给卫家子孙在官场谋个出路，卫侯府已花的只剩空壳子了，这几年年年都要来我这儿索一回年礼。"

他说着又笑："如今府里有了女主子，这年礼的事你做主吧。"

姜瓷想着，便问道："往年年礼可有单子？"

"有，在书房。"

他唤人去书房取了礼单来，姜瓷不识字，吴嬷嬷念了，她便带着吴嬷嬷到后头库房去，照着单子的量调换着备了礼，等明日卫侯府再上门送过去。倒是开了库房看见几匹布料，顺手带了两块出来，寻思左右无事给卫戍做几身寝衣里衣。

初三一早卫侯府果然又来人，姜瓷命请到凤凰居小花厅，见是个神情倨傲的老嬷嬷，不等姜瓷开口便指责起来，话里话外卫戍不孝，多年不曾和祖父祖母请安侍奉。

这就有意思了，连卫北靖那亲爹都叫撵出去二十年不往来了，如今却要这个被嫌弃的孙子回去伺候？

姜瓷端着笑不答话，她说急了才应个"嗯"，"对"，"是"，态度是没的说挑不出刺儿来，如此添了三壶茶，这老嬷嬷总算住了嘴，怕是嘴皮子也累了。

"哎，吴嬷嬷，我乏了，代我送送客吧。"姜瓷扶额，吴嬷嬷笑着把人送出去，连带着一马车的年礼，倒也不算空手而回。

但是初四，又来了。

这回来了两个老嬷嬷，姜瓷足耗了一个时辰，到初五，这话就更难听了，不忠不孝不悌不义都按到了卫戍头上，姜瓷也真耐不住这疲劳攻势，顺口相劝："郎君忙碌。"

这不过是托词，谁知老嬷嬷顿时眼底精光闪现，姜瓷暗道不好，想必误会什么，忙要挽回，那老嬷嬷却忽然柔和下去："既如此，少夫人却得闲的，况且这后宅有少夫人也足够。少夫人还没拜见过老夫人和诸位夫人吧？府中几位少夫人和姑娘，也都是和善的，听说郎君娶亲了，都惦记着还不曾见过少夫人……"

绕来绕去，姜瓷头昏，但摘出了卫戍，却把自己搭进去了。战况不够理想，姜瓷有些懊恼地同卫戍说了，卫戍合上书："我明儿和你一起去。"

姜瓷可怜巴巴望着卫戍，卫戍笑着捏她脸："卫家急于再顶起门户，蚂蚁力气都舍不得弃，信不信你独自去了，她们必要留下你好逼我登门？左右还是为了我，还是省些力气吧。卫家到底不比旁人家，随口一句也就搪塞了。"

于是初六一早，不等卫侯府人登门，夫妻二人便收拾了往卫侯府去了。

第二十九章　登门

这还真是头一遭登卫侯府门，想着卫北靖被撵出去二十年还不能进门，卫戌无端有些解气。

阿肆叫门，门上一听说卫戌夫妻来了，顿时喜出望外把人迎进去，自有人把马车赶到偏门进了院子。卫戌一瞧挑起半边眉，凑在姜瓷耳边低声道："今儿怕是走不了了。"

"那怎么办？"

姜瓷也歪着头低声回，卫戌笑："住下呗，横竖吃他们的省咱们的。"

姜瓷笑着点头，但凡省钱她都愿意。

因来得早，侯府还没客登门，清净得很。倒是一路走来亭台楼阁果然非同一般，就是破落了也能看出曾经的辉煌。待进了二门，来了两个婆子引姜瓷往后院去，卫戌拉着姜瓷，给她披了披斗篷，理着鬓发，轻声淡笑："去吧，我一会儿找你去。别怕，谁敢不给你好脸色，怼回去就成。"

两个婆子笑容顿时有些僵，早先听说卫戌脾气不好，一言不合就要打人，也没人敢接他的话。姜瓷笑着点头，卫戌把她往前送了一步，她才先走了。

卫戌路上同她说，卫老夫人最疼卫北靖，是以对于致使卫北靖被撵出去的许璎格外厌恨，连带也厌恶他这个孙子，人前人后从不吝惜辱骂，甚至觉着就是这对丧门星母子连累了卫家的败落。

路上慢行，姜瓷叹息。

这一家子糟污，不比姜家少多少。

侯府阔大，曾经到底也辉煌过，亭台楼阁精致大气，穿堂入院进了后宅，卫老夫人所居的荣安堂在东边，一进院落就顶着个紫气东来的匾额，院子里种了许多梧桐桂树，婆子丫头寂静无声，算是叫姜瓷见识了侯府气势。只这一处院落，就堪比小半个卫宅，引路婆子瞥一眼姜瓷，见她波澜不惊，倒有些诧异。

不是说小门小户市井出身吗？

姜瓷被引到正堂外，听里头娇声脆语说笑不断，婆子进内通传后竟一下安静，她挑了挑眉，待片刻来请，她随着入内。绕过富贵花开的围屏，有人侍奉，姜瓷解了斗篷，在扑面而来的暖香中步履沉稳缓步入内。她虽未侧目，却显然觉着两侧无数打量她的目光在微微诧异，不禁微扬嘴角。

卫成今早特叫她换了这身衣裳首饰，金贵又不俗套，她做的那身海棠红的衣裳叫他搭了银丝腰带，行走生辉，与头上白玉首饰相得益彰，低调中显示着华贵。

"姜瓷拜见卫老夫人。"她微微屈膝低头，脊梁却挺直，吴嬷嬷跟在她身后，心里暗暗点头。

好，好，这是她出身最低的学生，却也是学得最好的学生。

她的气度，令卫家人意外。印象中市井小民的姑娘，不该是这样的，堂内环着尴尬的静默，片刻，一道清脆的笑声从上头传来："老太太见了三嫂，高兴得都忘记说话了……"

姜瓷没抬头，却听这一声后，屋内窸窸窣窣有了声响，主位才传来低沉威严的声音："起来吧。"

姜瓷这才起身，侧立一旁，本离周遭人站的就远，可还是有人极为忌讳得又避开两步。姜瓷恍若未见，略略抬头，神色坦然清冷。方才那说话的姑娘就围在卫老夫人身边，此刻看清她，忍不住赞了一句："呀，三嫂好相貌，把澜妹妹都比下去了呢……"

众人看过去，姜瓷淡然自若，但有一道眼光着实冷淬，姜瓷想着，许就是什么澜妹妹了吧。倒是卫澜身边的一个年轻妇人瞥一眼冷笑："她如何能与澜妹妹比？"

卫北靖兄弟四人，他却并非最早娶亲，卫成虽是他长子，在卫侯府却齿序为三，这说话的，是卫家四少夫人，才入门不久，是四房嫡姑娘卫澜的表姐，泼辣嘴厉，果然这一句后，卫澜神色舒缓，别过头不再看她。

姜瓷仍旧不言语，一番试探，她似乎没气性，周围小声议论多起来，大多围绕姜瓷出身。卫老夫人身边的姑娘见状走下来，挽住姜瓷手臂："三嫂初来乍到，我为三嫂引荐一番。"

说着一一指引："这是我母亲，三嫂该唤二婶，那边是三婶四婶，还有两位姑姑今日不在。这边便是嫂子们了，那头最好看的，是澜妹妹，颂姐姐和莲姐姐今日也不在。还有一位姐姐，三嫂不见也罢。上头的便是老太太了，老太太呀，面凶心善呢，可是个顶好的老祖宗！"

"韵儿。"

卫韵嘴甜，话音落，二夫人拉过她揽在怀里，摩挲抚摸，转头向姜瓷笑："我这女儿自小娇惯，话多了，三少夫人别见怪才是。"

"不会，韵姑娘极好。"

姜瓷虚应，却有人较真儿，一旁冷声讥讽："她好不好，轮得到你评论？你算什么……"

"二嫂！"卫韵冷脸，二少夫人这才讪讪住口，却并没丝毫惧色。姜瓷粗略扫过满室女人神色，怕也只有那一位二少夫人才是个心思浅白的。

卫老夫人也在打量姜瓷，老来垂了眼皮的三角眼显得有几分刻薄。她接过婢女递来的茶，慢慢开口："你这出身，自不必说。我们卫府结亲的，不是仕宦官家，也要高门显贵。你若识时务，自请下堂，与卫戍合离便是，若不识好歹，那就只有被休一条路。"

堂内顿时又一片寂静，众女人眼光扫向姜瓷，见她微微错愕，大多幸灾乐祸。姜瓷却真是见识了，这卫老夫人心里没谱吗？说得好似卫戍会听他话，但转念一想，卫家人从来瞧不起卫戍，怕是事到如今仍旧如此，便是卫戍显贵了，在她们看来，她们只消一道好眼色，愿意接纳他进卫侯府大门，他就该感恩戴德感激涕零，甚至唯唯诺诺任由摆布。

姜瓷笑了笑："老太太这话，我倒不明白。"

"这有什么不明白？你市井贱民出身，没得玷污我们卫侯府门第。"

卫三夫人冷笑，姜瓷比她笑容更甚："我倒不清楚，我卫府门第，与卫侯府何时有瓜葛？卫戍向我求亲时可只字不曾提过有此关联，我若早知道了……"

"知道如何？"

姜瓷淡淡笑了："便不会答应他了。"

卫家众人面色各异，却是哧笑："你莫不是痴心妄想疯了？你这贱民也配我卫家人求娶？莫不是你使了什么下三烂的手段，逼得人丢不开手吧？"

这话就难听了，姜瓷却仍旧不恼："下不下三烂的，能叫他娶我，一心一意待我，那也是我的手段。"

屋里嘶嘶抽冷气的声音，姜瓷心里痛快。市井间女人掐架可没她们这样云里雾里藏着掖着，怎么气人怎么骂，谁越是风轻云淡，谁越能气死人。

姜瓷虽没试过，但不少瞧过，算是深谙其道。

"你怎如此不知廉耻？卫戍再低贱，也不是你能攀得上！赶紧滚开，叫他娶个门当户对的才好……"

"才好怎样？"

姜瓷追上去笑问，卫三夫人顿时住嘴，险些露了真心，姜瓷却道："好提携卫侯府是吗？您瞧瞧，都成这样了，还摆什么脸子给我瞧？我今儿若气着了，卫成定拂袖而去，您想什么都白搭了。"

"你，你……"

卫三夫人气结，脸色发青，姜瓷淡笑审视屋中众人，声音越发欠揍："我怎样？"

瞧，世家大族也是有好处的，若在市井间，这样挑衅多半是要挨揍，但在这里，哪个都顾惜颜面，能动嘴的坚决不会动手。

"三嫂……"

卫韵惊愕，显然没想到姜瓷竟是个不要脸皮的。在她来之前，这满屋子女人做了无数设想，归根结底，这姜瓷不是畏怯定是无理，反正不管怎么闹，终究能坏她名声撵出去。但从没想过，她礼节没有丝毫疏漏，却也强势得滴水不漏。

"罢了罢了，大过年的，老太太怎么提这些？知道您心疼三哥，还是罢了，三哥看重三嫂，您爱屋及乌……"

卫韵提醒，卫老夫人脸色不情愿舒缓，这尴尬算是硬遮掩过去，姜瓷反正撕破脸，老不在乎。又有人嘀咕，说姜瓷初次相见，竟没给两个妹妹预备见面礼，姜瓷顿时嘲讽，她是新妇，满屋子长辈也没见一个见面礼，又是一通尴尬。卫家人得不了好，卫老夫人怒气强压，却叫卫韵一直宽慰。眼见忍不下去，却见有人绕过围屏进来，满室乌烟瘴气顿时凝固。

卫成含笑，却仿佛谁也没看见，径直去到姜瓷身边，把手炉递在她手里，轻言软语："怎么这半天还不出来？"

"没什么，老太太留我说话。"

姜瓷拢着手炉暖到心里，卫成今日执意穿了同她一套的那身暗红衣裳，发结也用了白玉束在头上，身上披着雪白大氅，面容如玉，叫人无端心痒。

"三哥！"

卫韵高兴，再次走下主位，去到卫成身边。十四五岁的姑娘，高兴得眼瞳熠熠，笑容真挚，卫成却只瞥过一眼，点头示意，又抬头看向主位，带着几分慵懒："老太太可说完了话？快要午时了……"

"是呢，快午时了，已备下席面，阿成随我去吃饭吧。"

外头跟来个中年男人，与卫北靖有几分相似，却气质平庸略微发福，腆着肚子笑容憨厚，正是卫成二叔，卫韵父亲卫南书。

卫成看姜瓷，姜瓷没发话他也不答话，卫韵见状忙道："三哥你便去吧，有我陪着三嫂可好？"

第三十章　怠慢

卫成仍旧不理会，姜瓷这才笑道："那便用过午饭再说吧。"

姜瓷松口，卫成这才点头，满屋女人惊诧。姜瓷才大放厥词卫成便这样，显然是听姜瓷话的。姜瓷抽帕子掩了掩嘴角："莫饮酒。"

"是。"

这样听话又叫人惊诧，卫成出去，卫二夫人这才忙出来圆场："老太太，既如此，咱们也摆饭吧，今儿还请了您最喜欢的女先儿，备着两出书呢。"

卫老夫人顺阶而下，点了点头，暖堂偏房立刻有人忙碌，进进出出摆饭。

摆了两桌，老太太一桌两个姑娘作陪，另一桌便是三位夫人三位少夫人，卫韵拉姜瓷坐在老太太一桌，和气道："三嫂今日是贵客。"

卫澜冷冷一笑不再言语，女先儿书说的确实好，午饭后老太太困乏，卫澜最先走的，姜瓷欲走，卫韵却几次眼神示意，她留到最后，等卫老夫人睡下后，同卫韵一起出门。

"三嫂初来乍到，我知道三哥在哪儿，我送你过去。"

卫韵的热忱在这个冷漠的卫家突兀而珍稀，倘或没有今日那一句引恨，姜瓷大约也只存三分防备。

行走间卫韵不住说笑，为姜瓷指点景色，又说起府中各人性情，路却越走越偏，姜瓷看见一处精致院落，停了脚步，也不言语，只微微笑，卫韵红了脸："三嫂莫怪，三哥多年未回，祖父同爹爹叔叔还有哥哥们必然都高兴得紧，这饭一时半刻是吃不完的，韵儿怕三嫂受冻，自作主张先引你到我住处歇一歇。"

"极好。"

姜瓷笑应，卫韵欣喜，引她进了院子，待在暖阁坐定，茶水点心上齐，卫韵叫丫鬟退出去，姜瓷也忖着合适时机叫吴嬷嬷和石榴下去。没多久，卫韵悠悠叹了口气。

来了，姜瓷挑眉，茶水热气氤氲遮挡神情，卫韵忽添几分惆怅。姜瓷顺着问道："怎么了？"

卫韵强笑一下："没什么，就是感叹，瞧着鲜花着锦的人家，实则谁都不易。"

"是呢，不易。"

卫韵看姜瓷："三嫂想来更不易，三哥自小离家，独身在外拼搏，受苦更多。"

她竟心疼，姜瓷点头，这点她是同意的。

"听说三哥如今在太上皇处任差……"

"韵姑娘，有些事是不好说的，便是你三哥不在意，太上皇也……"

姜瓷截住卫韵的话，带着歉然浅笑，卫韵忙应："对，对，是我疏忽了，三嫂莫怪。"

继而闲谈几许，但话里话外似乎都在担忧，姜瓷听着慢慢捋着，得知今年竟是五年一大选，卫家有二女适龄，择了卫澜。但卫澜清高，卫韵担忧她不懂世故遭人算计，说着说着，自然引到自己归宿，她心事重重地叹气。

姜瓷这回不接话了。

卫韵显然有心思，从第一眼示好，给她拉仇，卫澜的眼神、四少夫人的奚落，她自然也会不高兴，这一切的铺垫，应该都在这个所谓选秀上。

但姜瓷还是低估卫韵，她扭扭捏捏，低头羞涩："三嫂，我，我往后可不可以去你们府上做客？我，我……"

"夫人。"

外头吴嬷嬷声响，卫韵一闪而过的恼怒，却立刻收拾心情。

"怎么？"

"韵姑娘，公子来接夫人。"

"好。"

卫韵狐疑，怎么这样快。姜瓷却已起身出去，吴嬷嬷和石榴站在门口，院子里那道雪白的身影立在微雪中，见她出来迎上几步，接过石榴手中斗篷给她披上，将她护在臂弯，小心往外走。

姜瓷见他身后跟着几个侯府小厮，卫戍也一言不发，带着她往前头走去，直到一处簇新的院落停下。姜瓷叹气，不幸言中，真是得住下了。

屋中有些冷，炭炉里寥寥几块炭火，烧得奄奄一息，姜瓷不高兴，叫小厮添碳，小厮却笑："咱们府上每日碳是有数儿的，少夫人您且忍忍，不然我给您灌个汤婆子？"

"有数儿？怎么荣安堂能烧得滚热，韵姑娘房里也能烧得滚热，我这儿却清清冷冷？哎，好呀，既然连碳也没有。相公，咱们这就回吧。"

卫成立刻转头，小厮吓出一身冷汗，旁边一个忙斥责："瞧你浑说！就是老太太屋里少烧些也不能短了成公子的！"

他瞥姜瓷，见她竟不为所动，只得去取碳。屋里左右也冷得坐不住，姜瓷索性扶他去院子，因没人知道他受伤，也不敢做得太过。院子里有座小亭，夫妻二人坐下，吴嬷嬷把炭炉里的碳夹进手炉，他们就坐着看雪。

这雪好几日了，零星飘点时而又停，这会儿总算要大起来，雪白飘散，鹅毛一样，姜瓷盯着看，越看越好看，不觉嘴角带笑，卫成也笑。

"这样好看？跟没见过似的。"

"见是见过，但可从没这样惬意赏过。"

"那从前下雪你都在做什么？"

"忙着做工啊。"

卫成嘴角笑意渐渐凝固，他看飘在大氅上隐藏不见的雪花，淡淡道："顾家进京了。"

姜瓷愣了愣，仔细想了想才明白这个顾家是哪个顾家。

"哦。"

淡漠的样子令卫成高兴。

"往后交道要打不少，在潄山算计我的，也是他顾家人。"

"什么？"

姜瓷瞠目，倒是没想到啊，天南海北的，仇人竟是一家。她倒不在意顾家对她做的事了，横竖她如今过得好，但险些要了卫成命的人，真是刻骨大恨了，她冷笑着连连点头点头："好，好！"

转头又问："什么时候能回去？"

卫成摇头："怕得住些日子了，卫老侯爷要我把三房四房的两个儿子弄进黄雀卫，我没答应，有得磨了。"

"倒真敢想，怎么不去太上皇那儿求？"

卫成哂笑："卫侯府这些年萧条，心急自然是有的，你且看吧，卫家这几日怕是要不少宴客。"

姜瓷觑着他笑："没法子，谁叫你出息了呢，好容易把你讹回来，自然要借借你的东风。不过都知道怎么回事，那些人会因为你卖卫家这脸面？"

"撕破脸了不也还是卫家人？世家大族的脸不值钱。"

姜瓷忽然想起卫北靖，照卫成这么说，卫北靖虽被撵出去了，可到底不还是卫家人？

卫戍看她脸色，好心解答："不一样，卫将军虽还挂着将军职，但这么些年朝中从未派过差事，手下的卫家军也不断缩减，他的脸面还是仗着卫侯府才没有削官降职。"

"哦。"姜瓷一知半解，朝中事不明白，但知道卫北靖其实也没什么面子就是了。她手肘支在石桌上，手掌托着下巴，"你说，卫家会先借你脸面做什么？"

"结亲。"

姜瓷面容一僵，卫戍笑："怎么？"

"没什么。"

姜瓷垮着脸不想说话，卫戍把她手拿下："桌子凉，结亲是结盟最简单有效的办法，卫家尚有好几位公子姑娘未曾定亲，自然要趁这机会，寻些有实权又正当旺盛的世家官宦结亲。"

"啊……"

姜瓷恍然想起："卫韵似乎想替卫澜去选秀。"

"她替不了，若是你，这二人做何择选？"

"是啊，容貌气度上，卫澜都高出卫韵。"

"不止，卫家在卫澜身上花了大力气，琴棋书画，就是为了今日。这些卫韵心知肚明，她没提别的吗？"

"提了，她问，以后能不能去咱们那里做客。"

"你怎么说？"

"还没来得及拒绝，你就来了。"

卫戍点点头："外间所知，与我交好的只有贺旻……"

"她看上了贺旻？"

姜瓷诧异，卫戍看着她，淡淡又道："还有老九。"

姜瓷吸了一口气，久久没有吐出来。卫韵心未免太大了。

"你要帮她吗？"

"说什么笑话？和我有什么关系。"

卫戍讥笑，又带出那股痞里痞气的味儿，却配着这一身再正经不过的衣装，平白竟有几分勾人之势，姜瓷掩饰转头。

"困了？"

"嗯。"姜瓷怎么敢说她是为色所迷心慌，卫戍便拉她进屋，用自己大氅铺在矮榻，叫她躺了。

"该压坏了……"

姜瓷要起来，卫戍按下："无妨，你睡吧，一会儿屋里就暖和了。"

他坐在榻边，姜瓷拽着自己斗篷给他披上，到底有些小，看着模样可笑。卫戍摸着她头，轻而缓，一下又一下，仿佛在哄孩子，姜瓷笑着笑着，神思模糊。恍惚中小厮似乎送了碳来，卫戍亲自接过，给炭炉加碳，直到屋里暖和，但他还没能歇一会儿，就有人来寻，不知他和吴嬷嬷交代了什么，又看她一眼，出去了。

姜瓷也没睡多久，才过申时卫韵便来了，见她还睡着却执意叫醒，似乎兴致勃勃："三嫂，咱们这园子有一片蜡梅，这会儿正香着呢，我陪你去逛逛吧。"

姜瓷本要拒绝，但转念又道："好。"

她起来洗脸梳妆，卫韵见她竟躺在卫戍大氅上，神情微变，又见吴嬷嬷给姜瓷拢了拢头发，换了一套米珠首饰，收拾停当，石榴拿来一件白狐大氅。

"夫人，公子说这和他那件是一套的，叫您穿这个，也暖和。"

姜瓷抿嘴笑，披了这大氅华贵清冷又显得白皙娇嫩，卫韵霎时失神："三嫂这风姿，真是澜妹妹也只能望尘莫及。"

"澜姑娘得悉心教导将要选秀，姿容无双，韵姑娘就算再喜欢我，也不能夸大其词呢。"

姜瓷淡笑，卫韵脸红："三嫂又笑话我。"

姜瓷虚与委蛇，随着卫韵出去，卫韵几次看她，轻言软语同她说笑。侯府园子不小，卫韵嘴里的一片梅林实则也不过几棵，只是年月久了树大，一层脱了叶只剩密密干枝的灌木挡着，还没走近，姜瓷就听到了那边传来说笑声，她脚步顿住，那头低低的声音便清晰起来。

第三十一章　嚼舌

"真是小人得志便猖狂，一个盛京笑话、废物，取了个青楼生下来的女儿，还当宝，你看那贱婢今日猖狂样，不知道的还当她是公主！"

"也不知走了什么鬼运，他怎么就搭上了太上皇？你说他真是黄雀卫？"

"你管他黄雀不黄雀的，能帮着咱们办事儿就行，不过依我看，他哪里有什么本事，不过那相貌身材倒是出挑得很，想当初十二岁就被人瞧上当街掳走卖去了小倌儿坊，那时候没准儿已经就……"

二人笑了一阵，先前说话的又接道："他是个出了名儿的废物纨绔，有什么本事？倒是从前跟着九殿下认识不少宫里贵人，那些贵人不少好儿这一口的，定是拿身子讨好了谁……"

姜瓷的指甲已深深掐进肉里，卫韵担忧地看着她，那边的话却没停。

"少条失教，今日老爷子和他说了，竟不允！"

"不允？撵他出去！没了卫侯府看他还能仰仗什么！"

那头话语不停，姜瓷却已木然转身，她眼眶泛红却没言语，卫韵有些惊慌失措一路跟随。

"韵姑娘，我有些乏了，你先回吧。"卫戍还没回来，姜瓷强压怒火，但想起卫戍她心里又针扎一样密密的疼。怎么会有人这样骂他揣测他？他已经那样苦。

"三嫂，三婶四婶……"卫韵徒劳地想要解释，姜瓷摇摇头，吴嬷嬷脸色冰冷送她出去，姜瓷看着榻上卫戍为她铺着的大氅，走过去抱起来，用力地往怀里抱，恨不能歇斯底里大哭一场，哭苦命的卫戍，哭委屈的卫戍。

怎么会有这样的人家呢？

她心里发颤，便回想，今日在荣安堂与她争执的是卫三夫人，方才话却不多，那么另一个辱骂卫戍最多的就是卫四夫人，在荣安堂与她面对时却总是温婉谦恭的浅笑，谁能想到背后竟会说出如此恶毒的语言。

无端端地，她睡着，又那样大雪，卫韵怎么偏要叫她去赏什么蜡梅？一路引着走那么快好像生怕错过什么，便是怕她错过那些话吧。二房同三房四房看来也并不怎么和睦，除此之外，卫韵怎么笃定卫三夫人和卫四夫人一定会说出那样的话？想来私下里她们说的只会更多。

姜瓷死死握着手，吴嬷嬷看许久，忍不住叹息，拨开她手掌，那手掌用力到僵硬。姜瓷这才回神，掌心火辣作痛，深深掐痕透出血来。

"嬷嬷，我自诩没有对不起任何人，也一直秉持良善，但倘或有一日，我心机算计，是不是就不再是一个好人了？"

吴嬷嬷摇头："怎么会呢，夫人，那些话……要是公子听了，怕是要杀人的。"

"不会。"

姜瓷一笑，眼泪却滴了下来："他不会，因为他听多了，都不在乎了。"

心里好疼啊，怎么会有这样的人呢？成亲前她一直以为这是个富贵人家娇养的公子哥儿，谁知道原来不是呢。或许锦衣富贵，但心里的苦，比她还要多。他是怎么扛着这些还挣出了这样的天地？

"夫人预备怎么办？"

吴嬷嬷忧心，姜瓷擦了眼泪："如今是卫侯府有求于我们，想怎么办，自然好办得很，别告诉公子这些了，叫他安心养伤。石榴，倘或露了一个字……"

她看石榴一眼，从来好脾气的主母这一眼森寒凛冽，吓得石榴连连点头。

卫戍黄昏时才回，见姜瓷坐在暖炉边拿着本书，吴嬷嬷在旁教她识字，他上前一看，竟是他往常看的兵书。

"看这些做什么，晦涩难懂，你要想看，回头我择几本浅显入门又有趣儿的给你。"

姜瓷迎上去："吃了吗？"

"在前头吃了。"

卫戍更衣时动作迟缓，姜瓷小心帮着，卫戍累得很："有些疼。"

"我带了药。"

卫戍点点头，姜瓷叫吴嬷嬷和石榴去外屋，合了门烧热屋，掀了卫戍衣裳给他擦药，卫戍趴在矮榻上，中午姜瓷在上头歇过，他的大氅带着她头上淡淡的茉莉香，那是他给她买的头油。

"也不知怎么想的，三房四房家的孩子送进黄雀卫，那就是送死的料，却死了心要去。怎不学二房家的孩子，习武不成读书也行，再不济经商也好啊。"

"你也说了，卫侯府心急是有的，如今储位不定，卫家的孩子若在黄雀卫，明里暗里给太上皇传些消息……"

卫戍摇头，心思不正的人总想歪门邪道。

"别管他们了，你这伤得好好养。"

"嗯。"

姜瓷指尖触在他背脊，湿凉微痒，痒进心里，卫戍模模糊糊，忽然敲门声响，吴嬷嬷在外说卫韵来了，姜瓷合了药盒盖子擦了手，下意识又攥了一下颈下挂着的那个小锦袋，淡淡回说累了，明日再请吧，卫戍便睡了过去。

卫戍一向警醒，近来受伤不断，潇山上失血过多，都是须得慢慢将养才好，便总会疲乏无力，但乏意过去，外头窸窸窣窣动静传来，他便倏然睁开眼。他在矮榻趴着，身上盖了被子，姜瓷在不远处床上面朝着他躺着，他动作轻而快蹿到床边，动作却因看到姜瓷颈子下头戴着的那个小锦袋而停顿，鬼使神差，他悄悄伸手，把那锦袋口松了，略微翻开，却登时眼瞳一缩。

竟是细细一缕头发，理的整齐，红绳系着。

外头响动挪到窗下，卫戍拉上锦袋翻身上床，动静惊醒姜瓷，还没出声，卫戍一手捂在她嘴上，身子却压了上去。

"唔……"

姜瓷大惊，卫戍示意，她看到窗子上隐隐约约不甚清晰的人影，透着雪色映在窗子上。

时辰尚早，但并无事可做，卫戍又睡了，姜瓷这才也早早睡了。但没想到卫侯府竟派人来听窗？

这是为什么？

卫戍忽然动了几下，按的木头床吱呀作响，他又发出几声低迷含混的声音，姜瓷顿时红透了脸。外头的人顿了一下，迅速走了，卫戍这才翻身躺进里头。

"真是下作……"

姜瓷低声斥责，卫戍却低低发笑："比这更下作的事儿，卫侯府也做得出。"

姜瓷给他盖上被子，要起来往炭炉添两块碳，卫戍拉住她，又翻身下去，添了碳回来，姜瓷往里挪了挪，他躺在了外头。

半晌无声，卫戍心里都是姜瓷那小锦袋里的头发。

她随身带着，极为在乎，每每遇事都会下意识攥住。

不会是姜瓷自己的头发，那么……

是谁的头发？

卫戍不想那么想，但他却也不得不承认，头发的主人必然是她在乎的人。

亲人？男人？

"姜瓷，你……有没有相好的……朋友？"

"朋友？"

姜瓷哧笑："哪有人愿意和我做朋友？"

"那，有没有哪个亲人，对你好呢？"

"自然有啊，我娘啊。"

卫戍的心一下安下来，甚至带了笑问："那你娘一定给你留了不少念想。"

"念想……"姜瓷又攥住锦袋,笑容泛苦,"她病了许久,姜家没人管她,我那时还小,天天干活儿央求才能给她求来几口饭菜,那一天我给姜家人洗衣服回来,他们说我娘断气了,逼问我我娘攒的东西在哪里。可我娘什么都没了,要有,怎么会不给自己治病?我抱着我娘哭,他们把我娘的东西翻了个遍,但凡值两个子儿的都拿走了,不值钱的都烧了,说我娘有脏病,破席卷子都没有,拖到乱葬岗一把火烧了,等我追去的时候,下了一场大雨,连骨头灰都没留下一点……"

卫戍难以想象,年幼的姜瓷在大雨滂沱的乱葬岗,她肯定哭了。她的娘,连灰都没留下一点。他攥住了姜瓷的手,心却一点点往下沉。

不是亲人,没有朋友,也不会是顾铜的。

卫戍心有点乱,姜瓷这么在意的人会是谁?

然而看着她有些发苦的迷离浅笑,他又一遍遍安慰自己。

没事,是谁都没事,只要能让她安心。横竖如今他们在一起,他对她好,一辈子好,这就行了。

但是,头发?

头发……

哎,真是要了命了!

而此时的姜瓷却在酝酿着另一件事,丝毫不知卫戍的内心挣扎。

初七一早,卫南书又遣人来叫卫戍,姜瓷交代吴嬷嬷,小厮连门都没进去,就听吴嬷嬷说卫戍病了。忙去告诉卫南书,卫南书诧异,亲自去了夫妻二人的院子,姜瓷叫阿肆把卫南书迎进小厅,奉过茶她才过去。

"二老爷,真是不巧,阿戍病了。"

"昨日还好好的,怎么就病了?"

"是呢,许是吹了冷风,半夜发热,我一早要了姜汤让他喝下,这会儿正捂汗呢。二老爷可是有什么急事?"

姜瓷明知故问,卫南书起身:"我去看看他。"

"早起打了十几个嚏喷,别过了病气给二老爷。"

姜瓷拿帕子沾了沾嘴角不存在的湿润,含笑道:"二老爷有什么和我说就成,他的主,我还是能做的。"

卫南书惊疑不定,但昨夜想来已听卫二夫人同他说过,卫戍确实极为看重这娘子。女人心软耳根子软,若把她说通了,想必卫戍也就同意了。

"哦，也没什么。你们祖父心疼阿戍，他一个人孤身奋战辛苦得紧，黄雀卫里没个亲信怎么成，便想叫他两个堂弟进去帮衬他。"

"哎，是呢，卫戍确实辛苦得紧。"

姜瓷叹息，卫南书喜上眉梢，姜瓷抬眼看来："卫家要入黄雀卫的两位公子，想来是三房四房的吧？"

"正是，两房的嫡长子，很是出息的青年。"

姜瓷抿唇轻笑："哦，这样呀。那么这事儿，我不同意。"

第三十二章　做主

"自家兄弟……你说什么？"

卫南书惊得站起来，不可置信地盯住姜瓷，好半晌才道："你凭什么不同意？"

"凭我是他娘子。"

"你知不知廉耻？懂不懂女德女戒？你能做阿戍的主？"

"不巧得很，只有我能做他的主。"

姜瓷浅笑，卫南书大怒："古来妖姬祸国，你也是一般货色！阿戍在那边孤苦无依，你还不叫他的兄弟去相助！"

"卫戍孤苦无依二十年了，流落街头没人管，被人算计没人管，这时候太上皇赏菜了，怎么就上赶着要管了？"

"你胡说八道！我卫家青年才俊，文武全才，若不是为了心疼他帮衬他，哪里不能争一番天地！"

"哦，那更不能碍着公子们的大好前程呢，倒是该请立世子才是，再或者您和老侯爷亲自去圣清殿请旨？叫太上皇发一道指令叫他们进黄雀卫？"

姜瓷淡笑着，堵得卫南书脸涨成猪肝色："你，你……"

"二老爷，别说这事卫戍不答应，就是答应了，我也不许。您不妨去问问韵姑娘，到底为什么。我还得照顾阿戍，他惯来辛苦，好容易过年能歇一歇，自然要好生休养，不然怎么给太上皇分忧呢。"

姜瓷始终笑着，送走卫南书后，她叫吴嬷嬷备礼，又特拿出一对儿金丝红宝的镯子，分了一支装在锦盒里，给卫韵送了过去。

卫戎就斜躺在床上拿着本书看，听她在外头抢白卫南书，心里舒坦。见她来回忙碌，也不问为什么，听话得很。临近午时卫侯府着人来请用膳，姜瓷随口问今日可有客到，小丫头老实答有几家世家来拜年，老太太留了饭。姜瓷点点头："公子身上不好，我得照料，就不过去了。"

小丫头愕然，拿眼往垂着帘子的内室瞧，里头传来低低的咳嗽，吴嬷嬷道："还不快走。"

小丫头忙跑出去，姜瓷叫石榴悄悄跟着小丫头，过了会子石榴回来，说荣安堂热闹得很，说说笑笑。姜瓷又点了点头，端了热水进去，滴了些药汤，卫戎熟门熟路又趴好，姜瓷掀了衣裳给他擦了，重又上药。

"别说，程郎中的药真是好。"

卫戎笑："不好谁要他？倒是干渴得很，可否烦劳熬些莲子汤？"

客气的话戏谑的眉眼，姜瓷没好气瞥他一眼，转身去张罗，卫戎扬声："要个红泥小炉屋里炖！吴嬷嬷，先倒盏茶我喝！"

吴嬷嬷自然留下，姜瓷一路出去后，吴嬷嬷低低叹气："公子，您二位真是……"

一言难尽啊，她摇头，姜瓷不叫她说，卫戎又偏要知道。

"嬷嬷，我不告诉就是了，我家娘子纯良，您看……"卫戎涎着脸笑，满是讨好颜色，吴嬷嬷无奈笑笑，她近身侍奉太后多年，黄雀卫的本事她是清楚的。

"知道瞒不住，公子想知道自然能知道。"

于是将昨日在园子里所听原原本本一字不差说了，看一眼卫戎，他竟平静无波，正如姜瓷所说，他真是不在意了。她怔了怔，慢慢又道："夫人听了这话，大恸，心疼得掉泪，指甲掐进掌心……"

卫戎铁打的神情倏然松动，他看着自己手掌，慢慢掐了一下，眉头一挑。

疼。

比他挨板子还疼。

这么疼，她怎么就掐得下去？

"好，我知道了。"

吴嬷嬷点头，把手里茶递过去，卫戎却没接，拿着兵书继续看。

姜瓷张罗好提了红泥小炉进屋，莲子是今秋才收，没去皮，便还是脆的，略泡了泡才剥了皮下锅，外头便有声响，听着似是卫南书。

阿肆进来禀报的工夫，卫南书和两个弟弟都径自进来了，脸上带笑，如同没看见姜瓷。

"阿戍啊。"

三人自顾自坐了，卫戍眉眼不抬，仍旧看书，鼻腔里慵懒地嗯了一声。

"昨日的事，都是误会，我已问清了，不过后宅里女人闲嚼舌根，你是个男人，莫不会计较的。"

卫戍挑眉："什么事？"

翻了一页书，卫南书与两个弟弟交换眼神，有些诧异："哦，就是……园子里的事。"

"园子里什么事？"

卫南书惊讶："哦，不知道就罢了，本也不算什么大事。"

"嗯。"

"那卫郎卫庆去帮你的事……"

"哦。"

卫戍眼睛总算离开书，带着淡然笑意看向卫南书："我今早恍惚听见卫二老爷同我娘子说话，她不是说了吗，她不同意，我听她的。"

"你！"

"阿戍啊！"

卫南书要发怒，卫东炀忙拉住，笑着劝说："你可不能糊涂，不拘在哪儿也都得有左膀右臂不是，何况是黄雀卫，有人帮你了，你地位不就越发稳固？行事也更方便不是？"

"怎么三老爷觉着在太上皇眼皮子底下，也能作妖？"

"你看看，这不是咱们私下说的吗，难不成你还会说出去？"

卫东炀无端觉得冷，暗骂卫戍，脸上却笑得更慈和，卫戍笑笑，又去看书："还是说回去吧，昨日园子里什么事。"

水滚了，姜瓷下了银耳，忽觉卫戍知道了什么。卫南书尴尬地笑笑："你瞧，我都告诉你了，后宅妇人们的事情，你一个大男人，既不知道，也别多问了。"

"二老爷特来提了此事，想来不是小事，还是说清得好。"

卫南书迟疑地看两个弟弟，卫东炀想了想："哎，咱们先说正事，那些小事，回头叫你娘子同你说就是了。"

卫戍嘴唇勾起，邪气肆意，他放下书，目光深不见底，看着卫东炀："又不是我娘

149

子说的话，为什么要她告诉我？或者，叫三夫人四夫人来，当着我的面，再说一次？"

卫东炀脸色僵了僵，忽然意识被耍，卫戍这样分明是知道了，顿时大怒："卫戍！果然没说错你，真是少条失教！这里哪个不是你长辈？你这般戏弄？"

姜瓷丢了几颗雪花冰糖进锅，笑了："卫戍是出了名的笑话、废物、纨绔，卫家老爷，您说的事儿，他办不了。"

卫戍觉着姜瓷嘴里咯吱作响，想必牙咬得辛苦，点了点头："还是娘子明白我。"

眼神缱绻看过去，姜瓷咬牙切齿回笑。

"阿戍，你看……"

卫南书为难，卫戍疑惑："卫郎卫庆是三房四房的人，二老爷何必这样焦急？或者我娘子说的也是，既那样优秀的青年，可请老侯爷请立世子，再或者去圣清殿请旨，太上皇发了话，我自不敢不收的，您也知道，这黄雀卫是太上皇的。"

卫东炀惊疑不定同四弟相视一眼，二哥来只说卫戍姜瓷凑巧听见他二人夫人不当言辞惹怒卫戍夫妻，这事才谈不拢，但只字未提卫戍娘子曾说过的请立世子和请旨一事。卫东炀去看卫南书，卫南书却避开眼光。世子之位他是给自己儿子留的，怎么可能给三房四房？

卫东炀立刻明白，指着卫南书道："好啊！好二哥！"

卫戍低低咳嗽几声，三人顿时退一步，生怕被他染了病气，姜瓷淡笑道："三位老爷，不送。"

三兄弟自有话要说，匆忙出去，她看着背影气地坐下冷笑斥骂："怎么会有这样的人？沦落这般地步要求着你办事，还瞧不起你辱骂你！"

卫戍无奈笑着走到她跟前，抚着她头顶："你说你，傻不傻？"

他果然知道了，卫戍的本事她知道，他只要想知道的，总会知道。她忽然无端生出几许委屈，却嘴硬："不傻！"

卫戍低低叹息："同卫家人，不值得生气。"

"可我还是气不过！"

"有娘子疼我，为夫不委屈。"

他越说不委屈，姜瓷越觉得委屈，伸手抱住他腰，将面目全数埋在他腹间，闷闷道："卫戍，你才是傻子。"

"嗯，傻，你说什么都对。"

姜瓷气笑，好像打在棉花上，这人总叫她生不起气。

傍晚时，姜瓷稍做整理，留吴嬷嬷照料卫成，她带着石榴往荣安堂去。快要晚膳时，拜年的客人已经走了，只余卫家女眷。卫老夫人见姜瓷来了，不满斥道："牵着不走打着倒退的东西。"

姜瓷仿若未闻，含笑施礼。姜瓷听见卫三卫四夫人说话的事如今已成公开的秘密，谁也不提，但脸色都不免难看，只卫二夫人同她说笑几句，卫韵更是亲热异常，说话间姜瓷腕上金丝红宝的镯子若隐若现，因精美华贵，卫老夫人不禁多看两眼，姜瓷便笑："老夫人可喜欢？今日才戴，卫成年前特在荣宝斋打的，您若不嫌弃，便孝敬老夫人吧。"

说着从腕子上褪下递给老夫人身边婢女，又笑道："本是一对儿，另一支送予韵姑娘了。"

卫韵笑容一僵，转瞬即逝。

"是呢，多谢三嫂了。"

姜瓷笑笑，卫家虽是世家侯爵，但自老侯爷卸了官卫北靖被擢，渐渐没落，这些年四处打点想为另三个儿子谋个差事，银子流水一样的花却没什么见效，但掏空了侯府根基不过徒留面子，卫老夫人虽矜持却并没推托，甚至有几分喜色，姜瓷这才笑道："说来，也亏得韵姑娘热心，若非带我去逛园子……"

第三十三章　回敬

卫韵脸色骤变，屋中氛围却忽然凝滞，姜瓷仿佛没见卫三卫四夫人的眼刀子戳向卫韵，只同卫老夫人又道："韵姑娘实在少见知情识意，又纯良诚挚，听卫成说今年是大选之年，侯府是勋贵侯爵之家，想来必有选秀之额，若是韵姑娘能去选秀，有卫成帮衬，必前途无量……"

"哦？若不是她又如何？"姜瓷话没说完，卫澜冷冷接话。姜瓷看过去，持着礼淡笑："若是那清高不懂世故的，便是入选了，怕是也不过为他人做配，落不得什么好结果。"

"你！"

卫澜气结，眉眼变了颜色，卫四夫人一把拉住她，母女脸色都难看至极，卫澜细思，忽然冷笑，看向卫韵："好，好啊！"

转身就走。

姜瓷诧异转头对上了脸色同样难看的卫二夫人和卫韵："怎么？"

卫二夫人强笑道："没事，没事！快用饭吧！"

"倒是不了，卫戎还病着，我得照看他，原也只是为着来给老夫人请个安。"

她又行了个礼，施施然去了，全不管身后如何。这一夜卫侯府人仰马翻鸡飞狗跳，卫三夫人向来跋扈张扬又没什么头脑，经卫四夫人点拨明白，同二房大战起来，骂得难听。不只是卫韵带着姜瓷听见她们说话，卫侯府有心送卫澜选秀这事还未明着订下，但姜瓷竟知晓，且今日这话的意思，显然卫韵是有心要替代卫澜，还有提立世子的事，卫家三兄弟午后已吵过一场，这层浅薄的遮羞纸便被捅破了。

二房三房闹个不休，卫澜气得不轻，在房中大骂卫韵痴心妄想姜瓷多管闲事，连她哥哥卫庆的事也不顺遂，这怒火自然迁到姜瓷身上，听说是她一力阻拦。

"什么穷乡僻壤出来的下贱胚子，同卫戎这不光彩的勾结一处，倒小人得志猖狂起来！"

卫澜面目狰狞，卫侯府这般光景，全指望她选秀飞上枝头带着四房过上好日子，竟横生枝节。她嘴里骂着，却生怕卫韵得姜瓷喜欢，真就阻挠更换，思来想去，同心腹丫鬟道："你去同祖母说，我病了，想接个相好小姐妹作陪几日。"

丫鬟去报，卫老夫人虽更喜欢嘴甜的卫韵一些，但对卫澜也格外爱惜，这会儿二房三房大闹的事也瞒着，说她病了，老太太极为关心，也许了她接什么小姐妹作陪的事，丫鬟回报，她立刻叫人往外送信。却不巧，那姑娘回家过年，说是明日才回。

自然来得及，她先收拾了猖狂的姜瓷，再料理那痴心妄想的小贱人。

卫家几房闹起来，倒给了夫妻二人不少清闲。

初八听闻卫澜接了个什么小姐妹来做客，也不知是哪个世家姑娘，卫澜便再少露面，倒是三房已然出门的两个姑娘回来，虽是庶出，却难得和嫡母一道，同二房战得风生水起。姜瓷每日照顾卫戎兼瞧热闹，倒也惬意，连吴嬷嬷也调笑她。

到初十，姜瓷往荣安堂请安，待说一声要回去了，卫澜却笑："贺府送了帖子，说今日来做客，三哥同贺旻公子交好，总不能他来了三哥却要走。"

"他们相熟，惯常见的，倒不在意……"

"瞧三嫂这话说的，往常是往常，这可是年里，再说不在乎这一日半日的，明日再回不就是了？"

姜瓷没话可说，回去问了卫戎，卫戎倒不在意，一日半日确实没怎样，但姜瓷却

152

觉着卫澜有些反常。午时过后，果然有人来请，说贺旻到府请卫成前院叙话，卫成更衣去了，姜瓷也被叫去荣安堂，见着一位夫人和几个姑娘，卫韵同那些姑娘说笑，卫澜竟也在座。

姜瓷作陪，贺家许也是看着卫成面子，贺夫人自然同姜瓷要说些话，倒是有些诧异这传闻出身市井的姜瓷竟不见丝毫粗鄙，反倒眉目清秀可人，言谈谦和举止合宜，再看了她身边陪侍的吴嬷嬷，心下了然。

这一陪却好似没了边儿，吃罢晚饭尚有一班小戏子在唱，姜瓷忖着时辰，看外头黑透的天，今日反常作陪的卫澜，她凑过吴嬷嬷跟前悄声道："嬷嬷，这卫澜不妥，您去打听打听，她请的那位小姐妹是谁？可送走了。"

吴嬷嬷应了，忖着时候出去，姜瓷便耐着性子陪着等，约一刻来钟吴嬷嬷回来，略是凝重："接来的人捂得严实，只隐约听她院子的人唤董姑娘。"

姜瓷手一顿，暗道不好。

"人呢？卫澜今儿出来了，那位姑娘呢？"

"听说黄昏时也出去了。"

姜瓷点头，笑了笑起来，慢条斯理地往外走，还没走两步卫澜立刻追问："三嫂去哪儿？"

姜瓷回头笑："我去更衣。"

"那三嫂可快回来，今儿请的这班小戏儿唱得极好。"

姜瓷点头，慢慢出去，一直到净房外，看着左右无人，她交代吴嬷嬷："嬷嬷就等在这儿，我去去就来。"

"天儿这么冷，夫人……"

"不行，要取了斗篷便打草惊蛇了，嬷嬷定要稳住。"

吴嬷嬷皱眉，只看她一身袄裙，出去时候若长点就冻透了。

"那您可快回来。"

姜瓷点头的工夫已投入夜色，未免算错先往他们住的小院去，远远看着一片漆黑，转头她就往前院去，但走到垂花门时竟发觉垂花门已上锁。

姜瓷拨了一下锁冷笑，谁也没惊动，顺着墙沿寻了一处挨着树的，爬树攀上墙头往下跳，这就翻到前院去了。

她摸索走了一段，婢女成群结队来往送酒送菜，就悄悄跟着婢女到一处院落，阔大的暖堂依稀可听见里头觥筹交错说笑声。她躲在暗处，等待一个落单的婢女出来，才笑着上前:"这位姐姐——"

婢女回头,姜瓷站在树下半明半暗,脸遮挡得叫人看不清。

"我家夫人叫我来寻阿肆,说是交代我们公子一说,莫要贪杯,可烦请姐姐把阿肆叫出来?"

"阿肆?"

"对,卫戍公子的小厮。"

那婢女笑了:"那你可来迟了,戍公子已然醉了,才被送去那边歇着了。"

姜瓷顺着看过去,那方向却一片漆黑。

"啊,多谢姐姐,那我家公子今夜想来也回不去了,我便回去复命了。"

她福了福往回走,婢女不疑有他继续忙碌。姜瓷却是脚步一转,朝着那婢女指的方向寻去。

一路越走越暗越走越偏,暖堂边上就有厢房,却偏要送这么远。直到穿过一片林木才隐约看见一处小院子,漆黑苍凉丝毫不见人影。姜瓷正踟蹰,就见黑洞洞的院子里踉跄走出个人,她忙避到树后,那人从她身边走过,呼吸粗重衣衫不整脚步虚浮却极快。

姜瓷咬牙暗骂,后头紧追另一道人影出来,她转身出来一把拽住,兜头一巴掌扇下去把人打得晕头转向,趁机噼噼啪啪几巴掌又狠踹几脚,这人连吱声都没就晕过去了,她这才往前追去,一把拉住前头人。这人却气急败坏,姜瓷才挨住他袖袍,他挥手把人甩出去,姜瓷惊呼一声,这人立刻反手把飞出一半的姜瓷拽回来。

"怎么是你?"

卫戍脸色潮红满头细汗,姜瓷被这么一甩一拽正晕着,靠在他怀里,显然觉着这人与往常不一样,身子僵硬得很。

"我,我觉着有古怪……"

卫戍一扫她破损的裙摆:"你翻墙出来的?"

拽着她上上下下看一遍,皱眉:"往后不能这样了!"

拽着她就走,掌心滚烫,他不着痕迹地与姜瓷拉开一些距离。

"卫戍!"姜瓷拽着他手站住,卫戍停下脚步却没回头,细汗已凝结成珠,从额头顺着发梢滑到鬓角,痒得他颤抖难受。

"有,有什么回去再说。"他牙齿缝里挤出来句话。姜瓷甩手,咬牙切齿要回头,卫戍又一把拉住:"快走!我忍不了多久……"

"那,那你先走!"

"不行！"

卫戍坚持得很，姜瓷又退一步："你在前头走，我跟着，你拉着我更难受！"

卫戍攒攒手，觉得有些难为情，她看出来了，他中了药。

"你走我前头。"

姜瓷忙跑几步，脚步匆忙，听身后脚步声和卫戍越来越重的呼吸，心里把董泠儿和卫澜已骂的死去活来。

都是姑娘家，怎么就能干这么不要脸的事？

身后传出一声细微如雀鸟的鸣叫，姜瓷回头，正看见一道黑影落在卫戍身边，他低声交代两句，那黑影又迅速离去，卫戍忽然疾走几步一把将她抄起，纵身飞跃，似是施展轻功，片刻就翻出卫侯府院墙，外头等着一驾马车，他先把姜瓷推上去，人却坐在了外头。

马车在深夜里疾驰，很快回到卫宅，夫妻两个一前一后往夙风居急回，姜瓷推门进去的时候，就见小花厅里卫戍满头大汗瘫坐在椅上，程子彦正往他嘴里塞一粒药丸。

程子彦回头，意味深长地看了一眼气喘吁吁进来的姜瓷，手中已解开针包："热水，准备沐浴。"

姜瓷转身又出去了。

她头一回送水回去的时候外稍间门关着，里头传出卫戍隐忍痛苦的声音，第二回时卫戍艰难粗重的喘气，第三回第四回已寂静无声，最后一回预备好热水，程子彦出来她进去，就看见了虚脱倒在矮榻上的卫戍。

他朝她笑笑，笑得尴尬又不安。

"我……"

第三十四章　疏忽

"你没事了吧？"

她不敢靠得太近，怕他难受。卫戍见她小心和自己保持距离，始终坚守不肯放松的态度，隐隐不安。

"没，没事了。我防备着，一口酒一口菜都没吃，结果只喝了一口白水，还是中招了。"

他有些寥落颓丧，姜瓷冷笑："只有千日做贼的，哪有千日防贼的？蛇鼠一窝没一个好东西，自诩什么出身？懂的什么腌臜的礼义廉耻？"

卫戍从没听她这么骂过人，愣了愣咻咻地笑了。姜瓷看程子彦往浴桶里加了药粉，催促卫戍："快出来沐浴吧。"

卫戍点头，有些虚软地出来，姜瓷给他备好衣服摆在浴桶边上便避进了暖阁。她听外头程子彦和卫戍低低地说了几句话，卫戍回了几句，听不清说了什么，只听得出来语调极冷，然后程子彦似乎走了，卫戍泡了一会儿出来，再然后……

他没有进暖阁，歇在卧房里了。

姜瓷说不清自己什么心思，心放下了，却又有些古怪的失落，卫戍今天几次与她拉开距离，便是中了药，还是清醒地掌握着分寸。卫戍对她，恐怕还是责任与同情高过情感。

唉，真是叫人不安心呢。他明白地表示想在一起，却又偏偏不喜欢她。

今日追在卫戍身后的是董泠儿，算她疏忽了，现在勾起卫家那些人内斗，没承想威胁到卫澜，她竟然想用这样的法子报复。算计她倒罢了，终归是她们间的恩怨，但竟然对卫戍下手，她就忍不得了。

这么折腾着，离天亮也没多久了，姜瓷歇了没多久就起来，交代高叔去卫侯府把吴嬷嬷等人接回来，忍着昨夜受寒的头昏脑涨，去府衙报官。

因不到开衙的时候，姜瓷就敲了鼓，府衙外的大鼓咚咚作响引来不少围观之人，衙差出来，姜瓷报官，只说昨夜在卫侯府遇匪，抢了自家相公的钱财云云。

因卫戍近来正在风口浪尖，百姓一听这侯门恩怨最有兴致，她虽没说什么，但外头却已沸腾，猜测纷纷。

京兆府尹咬牙切齿，大过年不叫人舒坦，但他不敢得罪太上皇，少不得分派人等去卫侯府查案，但这一查下去才发现，什么遇匪，分明是……

屋里一片狼藉，还有被撕下的几缕衣裳布片，来查案的衙差又兴奋又无语。

瞧瞧，这女人厉害起来可比男人凶猛多了！继而没费多大工夫就查到了卫澜和董泠儿身上。

卫澜矢口否认，推脱得干干净净，一切都是董泠儿自己干的。董泠儿也正恼恨，她险些事成，没想到卫戍毅力惊人，都那样了还能忍着逃走。也就差一步，追上了也行，却半路被姜瓷毒打一顿坏了大事。如今事没成还要担这罪，于是昨夜还是盟友的两人

156

顿时互相推诿起来。

到底是姑娘，又是世家出身，总不好带回府衙问话，何况又没人员伤亡财产损失，卫南书塞了几锭银子，府衙的人也就走了。可这董泠儿伙同卫戌堂妹给卫戌下药意图不轨的消息却传出去了，不消半日就传遍京城。

自然，这里头有姜瓷推波助澜的功劳。

卫戌醒来听说夫人去报官了，笑了笑，叫卫嵘好生协助夫人，先前存着的底货也该拿出来亮亮给夫人助威了。

有些事他做没有人相信，就是再证据确凿也不行。但换了姜瓷就不一样了。

阿肆因昨夜被人故意灌醉，知道发生了这么大的事，回来后抱着卫戌腿哭，眼泪鼻涕抹卫戌一腿，不知道的还以为他是被算计的人，委屈成这个样子。吴嬷嬷看着好笑，但笑着笑着又叹气："闹得这样大，终归又要丢脸面。"

"嗨，做这事的人都不怕了，我怕什么？左右我们夫妻都是没脸的，还怕丢什么脸？"

吴嬷嬷想着也是，这对苦夫妻可不是没人瞧得起，出不出这事也都遭人嘲笑，遂又安慰："这算是到头了，那姓董的事情败露，往后不会再缠着公子了。"

"这才哪到哪儿？前头的事还没清算呢，清清白白的人凭什么替她背黑锅？"

吴嬷嬷不解，但很快她就明白了。

当夜衙门在京郊抓了两个贩卖首饰的行商，因前些日子有妇人被害，遂以杀人凶犯罪名收押，然而细审之下才发现这二人与劫杀妇人案并无瓜葛。相反，他们贩卖的首饰精细华贵，出自世家贵族府第。继而再往下审，竟然又牵缠上了董泠儿，因行商口口声声这些首饰是董泠儿所赠。

关乎人命，十三这日一早，衙差只得带人上门对证。而这日一早，卫戌也带着姜瓷出城了。

年过到这一日还不曾给卫如意拜年，好容易得了空，姜瓷备好礼，夫妻俩就往良辰观去了。

得知衙差带人来问话，董泠儿一见便避回屋里再不肯出来。卫北靖少不得陪着，叫梁文玉去劝说董泠儿，但董泠儿院门不开，里头传出打砸哭喊。

梁文玉和两个女儿在外听着，卫安安沉默不语，倒是十三岁的卫宁宁冷笑："娘，你还没瞧清？她心虚了，这事根本不是她说的那样，跟她的，也根本不是卫戌。"

"你胡说什么？"

梁文玉斥责女儿，年纪小小，怎能参与这些丑事。

"你觉着我小，但我看什么都明白，我劝娘也别管这混事了，咱们家本来名声就不好，何苦为这么个人这么个事瞎闹腾？何况您是长辈，卫戍又不是你亲生的。"卫宁宁说罢，转身走了。

梁文玉皱眉，她惯来性情冷漠，武将家的女儿，也曾上过战场，自小厮混军营，后宅弯弯绕绕着实懂得不多。她知道那日卫戍确实没去客栈，但遗落在房里的腰带她实在不知如何解释，也不知和董泠儿同房了的男人到底是谁。董泠儿要生要死地喜欢卫戍，她便想着，遂了她这心愿，好歹保一条命。至于卫戍……

愧疚多少会有，但是许璎的孩子，她真的难以喜欢。

衙差对董泠儿远不如卫北靖夫妻怜惜，大过年因此不能安生也有怨气，最终踹开了门对证。

董泠儿投湖了。

这回是真的寻死，只因两个行商当场指认，正是他两人那日走错房间，却被董泠儿早备下的燃情香薰了，待要退缩，董泠儿却扯着不放，怕他们走漏风声，恫吓收买，谁知这一耽搁，中香更深，身不由己，三人都……两个行商是亲兄弟，滚圆丑陋，家境平庸，甚至当场推托，嫌董泠儿肮脏，纳妾也谁都不肯，毕竟与兄弟二人都曾有染。董泠儿没承想事败遭此侮辱，遂而投湖。

她投湖的时候，卫戍与姜瓷正在良辰观。

卫如意很高兴，且一行带着吴嬷嬷，卫如意见姜瓷言谈举止脱胎换骨，兴致更甚，便取了素酒喝了起来，姜瓷不擅饮酒，卫戍有伤在身，卫如意喝醉抓着卫戍唠唠叨叨个不住，直到时辰不早，见卫如意也确实支撑不住，卫戍才安置她的婢女照料，与姜瓷作别离去。

出了观待要登车，姜瓷忽然发现手里还拿着卫如意的手炉。

"且等等，我去还了姑姑就回来。"

她快步往回，穿过肃静的前殿中殿，绣鞋无声，往后殿她们今日所在的小厅去，里头却已没人，正欲搁下就走，却听见屏风后暖阁里传来细细低低的声音。

卫如意方才显然醉了，但此刻话却无比清醒。

"我真是担心，又心疼。阿戍命苦，自小受苦受罪，好容易喜欢上个姑娘，又是无论家世样貌才情样样出挑，同阿戍万般般配，怎么就是皇家看上要娶的？阿戍把她搁在心里那样深，命都能给她，为她九死一生上漭山，就为她能立下功劳，将来嫁进皇家站稳脚跟，可是……终究有缘无分。幸而遇见姜瓷，那姑娘心肠善良又实在，待

158

阿戌也好，可阿戌怕只是为了寄托，你看姜瓷为了阿戌再苦再累受冤受屈也愿意，这姑娘多可怜？唉……我害怕得紧，廖家就快回京了，阿戌总要再见她，若再见情不自禁……这可怎么办……"

卫如意慢慢说着，言语低沉，后面的话姜瓷没有再听，她悄悄放下手炉退出去，脚步极快穿过中殿，却在前殿忽然停住脚步。

有一个姓廖的姑娘，出身大家，容貌才情俱是出众，将要嫁入皇室。卫戌为她去的漭山，两次险些丢了性命。而这个姑娘，是卫戌的心上人。

姜瓷觉得有些难受，心里密密地喘不上气。但是奇怪得很，她竟然极为平静，甚至头脑从未有现在这样的清晰。一桩桩一件件，将和卫戌相遇到如今所有的事回想一遍。

卫戌于她，起于怜悯，继而责任，再而感激，时至如今，他真的想要和她好好过日子，恐怕除此之外，真如卫如意所说，是寄托。他是苦日子出来的人，拼命努力地活着，行不通的路叫人难受，他自然要再择一条能逃出生天的路。

而她，大约就是那条路吧。他用对她的好来作为回报。

第三十五章　深陷

卫戌会慢慢忘记那个人，慢慢喜欢上她吗？

姜瓷认真想了想，觉得会，又觉得不会。能否忘记一个人重新接纳另一个人，全看他将那人摆在什么位置。可卫戌为了那姑娘连命都能舍下，怕是已扎根在心了。她忽然想起那时卫戌同她说过的话，让她公平些，她受过情伤不会轻易再喜欢一个人，为什么又偏要要求他喜欢她才肯和他做真夫妻。

这样的话，与其在说她，或者是在说他自己。

可怎么办呢？她已深陷其中，与顾铜的一次伤筋动骨并没叫她学乖，她还是一头扎下去了。可卫戌这样的人，她又怎么能不喜欢呢？换哪个姑娘对着这样的郎君会不动心？

毕竟，他是个那么好的人……

姜瓷攥住胸前的小锦袋，想哭，却偏偏抿起了嘴角。

"怎么了？"卫戌久不见姜瓷出来就进来找她，远远走来看姜瓷迷蒙的双眼抬起看他，然后朝着他粲然一笑。

"有些累了。"

卫戍失笑，走上前拉住她手："回去还得一个多时辰，马车上睡一会儿吧。"

"好。"她温存而温顺，低头跟他走着，看他牵着自己的手，觉得遥远而又陌生。

他有没有牵过那个姑娘的手？有没有和她说过喜欢她？有没有拥抱过？有没有……

"卫戍？"

"嗯？"

姜瓷怔了一下，笑了："没事。"

卫戍笑了，她看着卫戍的背影。会是个怎样的姑娘呢？竟然会不喜欢卫戍？还是说，他们其实两情相悦，但却冲不破皇家阻挠，所以才不得不强忍分离？

马车摇晃，装睡的姜瓷下意识又攥住颈下的锦袋，一直看着她的卫戍，嘴角浅浅的笑意凝固。

她在想头发的主人吗？

一路上夫妻二人都未曾说一句话，回到凤凰居草草用过晚饭，姜瓷揉着眼睛进屋，卫戍坐在外稍间看了许久的书，就寝前推开外稍间，看姜瓷缩成一团偎在床里，睡中拧着双眉。

她在不安。

但为什么呢？

年十四，一早有人来禀，说的便是昨日卫将军府的事。姜瓷也在一旁听着，在听说董泠儿投湖时，微微皱眉。

"死了吗？"卫戍冷声问道。卫嵘摇头，姜瓷才松口气。

董泠儿那样惜命的人，肯要寻死，自然是还没放弃牵扯卫戍。至少要让卫戍因此背上逼死她的名声，纵然是她算计卫戍在先。

卫嵘走后，姜瓷又沉默起来，卫戍看她时她总会回以一笑，他看书时她就静静坐在一旁做针线，从前他们总能聊些什么，但现在卫戍问什么她答什么，卫戍不说话，她就是沉默。

"姜瓷。"卫戍放下书，淡淡笼着眉头，有些疑惑有些担忧。姜瓷应声看过来，四目相对，卫戍看不出任何破绽。

"你怎么了？从昨天良辰观回来，就不大高兴。"

"不高兴？"

姜瓷诧异，沉默了一下淡然笑道："没有，我只是……有点累。"

喜欢一个人，心沉甸甸的。

卫戍神情松动："对不起。"

"又不是你的错。"姜瓷失笑，却又无奈。他们都这么可怜，为什么还要如此折磨。

"但你原本可以不必过这样糟心的日子。"

"瞧你说的，不比三餐不继无家可归的日子好吗？"

何况还可以做"卫夫人"，虽然只是假的。姜瓷低头，摸着正在绣着的一簇松针："卫戍，董泠儿的事……"

"了结了。"

姜瓷点头："嗯，那么，该我走的时候，你告诉我一声。"

卫戍神情变冷："为什么又提这件事。"

"我本来不就为了替你抵挡这件事么，事情了了，我也该功成身退，不该霸占这个位置不放。不然痴痴缠缠地，你该厌恶我了。"

这话说得有些委屈有些怨气，但更多的，却是平淡，平淡得仿佛不在乎。卫戍心里被针点了一下，说痛不算痛，说难过似乎很难过。但经年警醒令他立刻发觉，昨日在良辰观确实发生了什么他不知道的事。他一直陪在她身边，只有她还手炉那片刻离开。

"姜瓷，昨天在良辰观到底出什么事了？"

"能出什么事？"

姜瓷心虚，掩饰着笑："我不过白问一句，毕竟那时候不是……"

"那时候是那时候，现在是现在。何况那时候我也说了，亲是真的，卫夫人也是真的，只要你愿意。"

姜瓷抿了抿嘴唇，不知道再说什么，也怕说多漏嘴。那些事挑开了说明了，难堪的是两个人。她怕心意大白，他负担更重，又怕他瞧不起她，轻而易举又变心，未免是个轻浮的姑娘。

"嗳，我就是白问一句，没什么。"她知道终究还是露了破绽，卫戍的警觉不简单，忙打点精神，逃避似的往厨房去了。

一路上走得太快，冷风刮着脸，生疼得叫人想哭。她盼着能留在他身边，又怕留在他身边。日日对着一个心里装着别人的心上人，小心掩饰自己的知情，掩饰自己的真心，竟然是这样地煎熬。

她觉着自己真是得寸进尺痴心妄想了，当初和顾铜时就盼着他好，他要娶她了，明知他心里惦记王玉瑶，可她还是高兴。但如今怎么就不行了？她怎么就这么在乎卫戍心里那个人？怎么就那么发疯地想要他喜欢自己？她要是不知道多好？踏踏实实留在他身边，高高兴兴做卫夫人，或许哪一日，小女儿娇羞地同他圆房。

分明不到午饭的时候，姜瓷蒸了几块点心带回去，才进屋，外头阿肆扬声大喊："公子！孔府遣人来送年礼！"

卫戍掸了掸长袍出去，小厅里接待，姜瓷在外稍间又拿起针线，听外头低低说话，卫戍的声音沉稳低醇，没多久来人告辞，阿肆送他出门，卫戍转进外稍间，那人走到院子回头一眼，便顺着窗口看见里头坐着绣花的小娘子，娟秀娇媚，端是一股好颜色，平白有几分眼熟，他又辨了辨，陡然看见她颈子下头挂着的一个老旧的小锦袋，顿时惊喜。

"阿瓷！"

卫戍的脚步倏然顿住。

姜瓷抬头望，隐约见院子里有个人，却瞧不真切，那人在外又叫一声，她起来推开窗，便看见了外头俊朗的青年，高头人马，她仔细辨认一番，倏然惊喜："康虎哥？"

卫戍看过去，姜瓷便在窗子探出半个身子。

"你怎在这里？"

"唉，那年离家，没地方可去便从军了，我现在……一言难尽呢！你呢？你怎么在这里？我都认不出你来了！你可真是……脱胎换骨啊！"

康虎兴奋得不行，毫不吝惜地夸赞。姜瓷有些难为情，那模样在卫戍看来仿佛羞涩。她竟理了理耳边碎发："我，我也来盛京了。"

"你在这府做什么？主人待你可好？"

康虎误会姜瓷在此为婢，姜瓷张了张嘴，却终究没有解释："好，很好呢。"

卫戍的心往下沉，康虎指了指她颈子下头的锦袋，笑容深了许多："你还戴着呢。"

"嗯。"

姜瓷垂眼，攥住锦袋。

卫戍的心仿佛被重重一击，那头发，是康虎的？他在外头看不见的角度，重新打量康虎。不觉中攥起拳，眼神锐利如刀。

两人说笑几句，姜瓷似乎才想起卫戍，回头歉然地看他一眼，压低声音对康虎道："回头再说吧。"

康虎笑："好！等我得空来寻你！"

姜瓷点头，目送康虎离去。她脸上笑容比这一日对他时诚挚得多，甚至因乍然得见旧相识高兴的双颊泛红，也做不得假。卫戍强忍着问："你们认识？"

"是呢，他是苍术县康婆婆的孙子，就是……"

她想了想，高兴道："咱们大闹顾县丞家那一天，走时叹气的那个婆婆！"

康婆婆那日叹息，这苦命的丫头，总算时来运转……

卫戍自然没记起来，他只见姜瓷高兴的说话。

"从小到大，若说有人肯对我和善些，便是康婆婆。康虎是她长子长孙，但康虎爹娘意外早亡，康虎投靠叔父，那时候有人欺负我，他会替我打回去。不过没多久康家二姊嫌养他累赘，把他赶走了，没想多年后竟然还能再见。"

她高兴的时候，也下意识攥住了锦袋，卫戍手里捏着的书已然褶皱，面目全非，姜瓷却浑然不觉，绣着松针，嘴角始终浅浅的微笑。

她很高兴！

卫戍艰难移开眼神，放下书，心里憋着股郁气，霍然起身出去，一路到书房取下挂在墙上的长刀，甩下外裳，只一身单薄劲服便在院子里练起武来。

长刀虎虎生风，每一刀都带着凌厉。姜瓷听见声响，又趴在窗子上看，顿时变色："卫戍！"

卫戍长刀一晃，扭头看来，她气急败坏："放下！"

然后拖着大氅出来，踮起脚试图把大氅给他穿上，却终究身高悬殊，便抱在了他手臂上，斥道："你还没好！要什么大刀！"

她分明恼了，他心头却因为她的关心松快了些，笑了笑，回头看过去，想要问什么，但张了张嘴，却没说出口，只轻轻把她推在一边："没事，许久没动，骨头都快锈了，你看着，你看着就好。"

又练了起来。

姜瓷看不懂，但她总觉着他似乎心头不痛快。董泠儿的事分明了了，他为什么不痛快呢？忽然心一颤，因为廖家姑娘吗？终究错过，是一生遗憾。

她就这么看着，看他大汗淋漓，看他气息紊乱，看得心头纷乱。

他们各怀心事，却都心力交瘁。

第三十六章　元宵

卫成觉得，他的心意已经表示得足够明白，但姜瓷总却淡然地推拒在外。

是他不够好，不足以让她踏实，让她安心。

淋漓地出了一身汗，姜瓷怕他受凉，仔仔细细看着他擦了汗，催促他换衣裳。卫成看她为自己忙前忙后添碳烧茶，显然对他极为关怀，那股郁气才算消散一半。

心里有些矛盾，姜瓷看见康虎是真高兴，她从小到大怕是连个说心里话的人都没有，如今在盛京除了他也再没别人。他希望姜瓷高兴，却又不愿她和康虎多说，挣扎许久还是放弃。算了，自私一把，他想起姜瓷对康虎的笑心里就别扭难受。

卫成心里有愧，觉得姜瓷的疲累都是因他而起，晚上隔着墙小意温存地逗她开心，听她说着话慢慢睡去，心里才算舒坦些。第二天是十五元宵节，姜瓷早早包了元宵，都是卫成爱吃的馅儿，才洗了手从厨房回去，就见贺旻往夙风居去。她走回去，听见他们在小厅说话。

"你去了，老九见了定高兴。"

"嗯，廖大人却未必高兴。"

姜瓷陡然僵住，卫成声音淡然，似乎带着些意难平的萧索。卫成更衣，再出来时看见她站在外头，拉住她发凉的手诧异："站在这里做什么？才要叫吴嬷嬷告诉你，我同贺旻出去拜会老师。"

姜瓷笑："今天是元宵节呢。"

"对，所以我早些回来，带你出去看花灯。"

"好。"她看着卫成出去，他披着那件雪白的狐皮大氅，头上玉扣束发，浑身上下润泽如玉，是他最好的模样。

"夫人，外头冷。"姜瓷愣许久，直到吴嬷嬷来叫。

"嬷嬷，有位……廖大人？"

"您说廖太傅吗？那是帝师呢，曾为圣上讲学，如今为皇子殿下讲学。公子做过九殿下五年陪读，廖太傅也算是他的老师。"

"哦。"

姜瓷嘴里苦涩，原来是这样的廖家。帝师之尊，清贵至极。

"我听说，廖家姑娘极为出色？"

"是呢，廖太傅膝下两子，只长子有个女儿，聪慧秀美，性情和顺，乃我朝有名的才女。太傅当作孙儿教养，连名字也取了永清二字。太上皇极为喜爱，早同圣上定了皇子正妃之位，只是不知到底是与哪位殿下了，与之年岁相仿的有六殿下七殿下和九殿下三位呢。"

姜瓷点头，也合该这样的姑娘才能配得起卫成了。

"说起来，公子同这位廖姑娘也有些渊源，想来您该听说过，公子十二岁时……曾遇险，恰被廖姑娘遇见，便指使人往将军府送信，这事不少人知道。"吴嬷嬷扶姜瓷进屋，姜瓷双手捏在一起。

原来是这样？原来是这样啊……

那时的卫成，孤苦可怜，又是那样的紧要关头，廖永清待他的恩情，想必他牢记在心。这样的姑娘，那样的卫成，他自然该喜欢她的。

"嗯，这位姑娘，倒真是不俗。嬷嬷，我有些乏了，略歇歇。"她笑容有些空，闷着头进到暖阁，一头扎下，昏昏沉沉。

廖永清，廖永清。

姜瓷浑浑噩噩，天色渐沉，她等着等着，却总不见卫成回来。他说要带她出去看花灯，许是忘记了吧。姜瓷也不点灯，吴嬷嬷以为她睡着，直到戌时，阿肆忽然在院子里叫嚷。吴嬷嬷忙接出去，姜瓷起身，便见他扶着卫成摇摇晃晃进来，卫成似乎高兴，又似乎并不是，有些醺醺的，姜瓷上前接一把，他忽然离开阿肆，整个人靠在她身上。

"怎么喝酒了？"她诧异，因伤势而久不饮酒，今日却喝这么多。

"贺旻那狗东西算计我！老师跟前不敢造次……"卫成呵呵笑着，与姜瓷跟跄几步，却不肯回自己屋里，执意要往暖阁去。好容易躺下去，姜瓷为他解了大氅，里头衣衫似乎染酒，湿了一片，这样天最容易受冷，姜瓷忙解他衣衫要给他换一换，才解开，他却忽然按住她手。

"姜瓷……你……你吃了么……"

姜瓷以为他要说什么，没好气甩开他手："这时候说什么吃不吃！快换身衣裳！湿这么多要受寒的！"

"不行啊！你必须吃！你总挨饿，你看你瘦成什么样子了？"

卫成显然醉了，诸多阻挠，姜瓷只得按住他，他竟顺从躺倒，平展双臂的大笑："你要做什么？你做什么小爷都愿意！"

才脱下衣服，光裸上身，姜瓷正欲给他套一件干净的，他忽然坐起来，一把将她抱进怀里。滚烫而又带着酒气的怀抱。

"姜瓷……姜瓷……"

什么都不说，只一遍一遍地叫着她。

"夫人？"

阿肆看傻眼，吴嬷嬷也看傻眼，谁都不曾见过这样的公子。姜瓷红着脸摆手："你们都下去吧，我来就行了！"

几人匆匆退下，凤凰居只剩夫妻二人，姜瓷与之战斗许久都没能给他套上衣服，见他似乎昏昏沉沉睡去，索性把他翻过去，擦洗过后涂了药膏，厚厚的棉被盖得严严实实。

她叹口气，把银铫子挂在炭炉上，削了个梨炖进去。他这醉酒，半夜醒来必然干渴。

水还没滚，姜瓷听见有人敲窗，但卫戍睡在窗下小床上，不能开窗透了冷风，她去外稍间推开窗子，扭头就看见那边认真敲窗的康虎。康虎听见旁边声响，回头看见姜瓷，咧开嘴笑道："我敲半晌也没人应门，今儿是元宵节，外头那样好的灯，你也不去看看？"

姜瓷愣一下，卫戍答应她去的，但没能去成。她寥落地摇摇头，康虎道："没事，给人做工哪能这么随意，我猜你也出不去，这么僻静，想来主人也都出去了，我带了灯来。"

他说着从身后拿出一盏灯，竟是一盏许愿天灯。

"你出来，咱们就在这儿放了，我就走了，别叫你主子发觉又要骂你！"

姜瓷笑笑，从屋里出来。

她就站着，看康虎不知写写画画了什么，红色的灯笼纸顿时花哨起来，他以火石点灯，然后抓着灯，朝姜瓷笑："来，一起放！今年定要安康顺遂！"

是啊，卫戍三灾八难的，这一年不断受伤，是得祈愿，今年一定安康顺遂。

姜瓷便去抓住灯另一边，两人慢慢将灯托起，松手，那灯渐渐浮起升空。这时候天上升起许多天灯，姜瓷抬头看着，漫天亮着的光，甚是好看。

她笑着看灯，康虎却在笑着看她。

卫戍在暖阁里，推开窗户缝隙，无声地看着他们。

康虎没停多久便走了，姜瓷却坐在院子里看了许久的灯。等到那些灯都瞧不清了，她浑身冻得发僵，才搓着手臂回去。卫戍睡得正熟，梨汤噗噗滚着熬得正浓，她把银铫子挪去一旁温着，坐一旁看着卫戍。一支烛火微弱的光映着他侧脸，他的脸今日似乎僵硬得很，她伸手抚上去，轻轻将着他皱起的眉头。

"我还是喜欢你笑的模样，温温润润……"

清浅的声音，卫戍的神情却慢慢柔软。她趴在床边，对着他的面容，看着看着，竟然泪目，低低唤他："卫戍……"

你为什么不喜欢我？

她却没问出口，他也不会给她答案。凉润的嘴唇轻轻印在他额头，一触即离，然而卫戍的心却陡然放下了疑虑。

烛花爆的毕毕剥剥，卫戍的心也仿佛毕毕剥剥开出花来。

姜瓷趴在床边睡着了，呼吸一平稳，卫戍便将她轻轻挪上床，盖上被子，二人同床共枕。他枕着手臂胡思乱想，后半夜才模糊睡去，却天还不亮就被人叫醒，匆匆穿衣出去。他才走，姜瓷就醒了，已不见卫戍，她迷茫地摸索了几下，却在床铺上摸到一片纸笺，拿出来一看，折的掌心大小，淡淡纹路透着馨香，上头有字，极为娟秀，可她却不识字。

这不是她的东西，那必然便是昨夜睡在这里的，卫戍的东西。但显然是姑娘的东西，他又是从廖家回来。姜瓷心一沉。

"嬷嬷？"

吴嬷嬷应声进来。

"夫人醒了？公子还说不叫吵醒您，他才走，宫里传话叫他去。"

姜瓷点头，拿着纸笺问："嬷嬷可识字？"

她递过去，吴嬷嬷轻轻地念："一别许久，愿君安康……"

分明字还许多，吴嬷嬷却没有再念，脸色有些不好看。

"也不知哪家不知羞的姑娘，引诱别家郎君！"

吴嬷嬷低斥，姜瓷却无力浅笑。

想必是廖永清写的，而卫戍也贴身放着。

姜瓷把纸又顺着纹路叠回原来的样子，拿在手里觉着滚烫，该要还给卫戍，但怎么还是个问题。倘或卫戍知道她看见了这东西，平白又要尴尬。她拿着思量半晌，忽然苦笑。

"夫人？"

姜瓷枯坐，忽然吴嬷嬷又进来。

"如意仙长来了。"

卫如意有些心虚，那日出来看见手炉，料想姜瓷曾回来过，算着时辰她正借酒说话，不知她听去多少。

"姑姑怎么来了？"

"没什么事，就来瞧瞧你们。阿戍呢？"

"进宫去了。"

"啊，我听说了，没承想阿戍竟这样出息……"

卫如意的笑有些干巴巴的，心里没底，再次试探："也不知他什么时候回来，咱们两个枯坐也没趣儿，今日集市许多店铺都开了，又是十六，且出去逛逛吧。"

第三十七章　璧人

姜瓷缓了缓点点头，整理过后，换了同卫戍一套的那身衣裳，披上卫戍那日叫她穿过的，同他一套的大氅，和卫如意一同出了门。

街上着实热闹，她跟着卫如意走走停停，卫如意兴致颇浓，逛了半日，快要晌午，卫如意不想折腾回府，遂叫石榴先回看卫戍若回去了便知会一声，寻了个酒楼，因没雅间儿了，便在大堂择了个靠窗的位置。小菜精致可口，但卫如意吃没几口，姜瓷心神不畅，也没吃几口，正要结账走的工夫，姜瓷忽然瞥见外头一片衣角闪过，似乎眼熟，再看却没了踪迹，觉得自己疑神疑鬼，不禁失笑，待结账和卫如意出去后，却倏然僵在了门口。

前头行走一对璧人，郎君昂堂俊俏，手里提着一只木盒，旁边走着个姑娘，秀美柔和。那郎君一身白色大氅，隐隐透出领口暗红，不是卫戍又是谁？他们却在前走着，没有看到姜瓷。

姜瓷便盯着卫戍侧眼看那姑娘，嘴角噙着的浅笑，眉眼间少见的温柔。

卫如意跟在后头，不明姜瓷怎忽然停住，待循她目光看去，那一对身影转而进了另一间铺子，但她还是看见了，陡然倒抽一口冷气。

"阿，阿瓷！"卫如意的声音颤抖。

真是要了老命了！怎就撞见了卫戍和廖永清？

她见姜瓷痴痴站着，狠命拉她去了一旁茶馆，寻个偏僻幽静的雅间儿推她进去。

"阿瓷！不是你想那样，你别多想！你们才成亲没多久，阿戍不会纳妾的，那姑娘是……"

"要做皇子妃的姑娘，自然不会做妾，更何况也不该她做妾。"

"你知道了？"

卫如意大惊失色，看来前日的话她真听去了，狠狠懊恼。姜瓷轻轻推开窗，看卫成和廖永清从铺子走出来，廖永清手上拿着一包什么，塞到卫成手里，卫成没有推拒，不知说什么，廖永清笑了。他肩头落了灰，廖永清极为熟稔伸手去拂，卫成顺着她手看过去，脸便转到另一侧，叫姜瓷看不清神情。她想卫成方才的笑容，真是美好，她眼神迷离，竟也浅浅发笑："姑姑，他们真是一对璧人，是吗？"

卫如意真不知该说什么。

"你别乱想，你们都已成亲了，廖永清再怎样，那都是过往。今后只有你们，会越来越好，他会忘记的。"

"会忘记吗？"

姜瓷看着他们登上马车，渐渐远去。

"他走了那么远，又娶了我，再回来，不是还和她走在一起么。你说，真的会忘记吗？姑姑？"

生生死死多少回，但都抵不过她一个眼神，一个笑。她忽然释怀了，喜欢一个人，真是没有道理可讲。

"我没什么，姑姑，你说得对，我们有今后呢。"

看卫如意焦急，她笑着宽慰，卫如意听她这样说，总算放心。

"是呢，你别乱想。四月大选，她入了皇子府，就再不会相见了。"

见不见又怎样？搁在心里念着就成。

"嗯。"

卫如意没有再回去，她出城回观去了。姜瓷回去时卫成竟还没回来，她坐在暖阁取了一件卫成的衣裳，在衣襟口处绣着一簇松针。

卫成回来时，往里屋看，姜瓷安安静静坐着绣花，手里拿着他的衣服，他抿起嘴角，她难得有这样内心清净的时候。他手里拿着一包东西，径直放进屋里。

"带回几块致和斋的银雪棉，软得很，贴身穿最舒服，回头裁两身里衣你穿。"

姜瓷瞥一眼，正是今日廖永清塞进卫成手里的那个包。

"先前才进京时你给我做了好几身，一时倒也穿不上。等我得空给你做两身吧。"

"那就一人一身。"

卫成想着两人连里衣都是一样的，顿时嘴角带笑。回头打量姜瓷今日衣装，是和他一套的那身，心满意足："宫里今夜有宴，倒不必换衣裳了，咱们一同入宫。"

"我也要去？"

"你是我娘子，自然要去的。"

他叫吴嬷嬷来给姜瓷重新梳头，亲自开了妆奁盒子给她挑了首饰簪在头上，不得不说眼光极好，搭配起来既不张扬又显华贵，通身上下气度不凡。

略是收拾了，卫戍拉着她出去，特意带了吴嬷嬷，便往皇宫去了。

饮宴处在永安殿，在圣清殿旁，其实并非什么大宴，只是太上皇办的家宴，来的莫不是皇族和他的亲信宠臣。才入殿，里头已歌舞升平，两侧摆着小案，因是家宴便没分席。卫戍携姜瓷入门行礼，随后择一处扶着姜瓷坐下，他还没落座，庆安便上前，笑得和煦："卫少将军，太上皇叫您过去说话。"

他冲姜瓷点点头，姜瓷也忙回礼。卫戍轻轻地同她说了几句便走了。倒没有她想象中压迫令人畏惧，实则并无人理会，相熟的人左右言笑，她独自一人倒也自在。

宫婢奉酒，吴嬷嬷瞧了轻声道："这是果酿，夫人口渴能喝些。"

姜瓷点头，拿起喝了几口，淡淡梨香清甜，酒气淡薄。吴嬷嬷坐在她旁后，怕她局促，与她低低说话。今日圣上皇后俱不在，倒是皇子们来得齐全，坐案俱在对面，只有四位携皇子妃前来，余下都还未曾成亲。她扫视过去，忽然停顿，竟看见廖永清，廖永清正举步往主位去，卫戍也正在那里。她缓步上前屈膝行礼，眼角扫过卫戍悄然一笑，但卫戍随后起身，与太上皇往后殿去了，不知说了什么，他脸色不大好看。

廖永清又下来，去到六皇子身边说话，笑容极深。

"你在看什么？"

姜瓷恍然抬头，不知何时走到身边的人，贺旻她认得，旁边一位身着蓝衫，白皙明润的青年，正笑看着她。

"见过九殿下。"

姜瓷起身行礼，老九挑眉。

"卫夫人聪慧。"

姜瓷垂头，她坐得偏僻，此时在一处说话倒也没人发觉。贺旻却有些不愿多说的意思，卫戍黄雀卫的身份，他和老九都是在除夕夜才知晓，虽明白事不由己，但终究三人交好总有不快。老九也是看她独处此间怕她不安，才特来寒暄几句。但真是没说几句话，又有人走来。

姜瓷看着那个清秀的姑娘带着笑走来，暗自猜测，她先同老九问好，淡然同贺旻说了一句，继而回头笑道："这位可就是阿戌的娘子了？"

姜瓷微微屈膝："臣妇姜瓷，见过郡主。"

宋莹儿笑："竟认得我，是否阿戌同你提过？"

"是，他同我说过，友人不多，只有三位。"

贺旻低低嗤了一声，脸色这才缓和。姜瓷看这模样，想来那日在卫侯府所谓贺旻过府请去说话也是假的了。贺旻分明记恨他。

玉和郡主却似乎很多话要说，姜瓷只虚应，但她说着忽然点了点头走了，姜瓷看过去，卫戌从后殿出来，她在背人处迎上去，同卫戌说了什么，卫戌略皱眉头，却还是随她出去了。

老九与贺旻都没看见，又说了几句便也回去了。姜瓷踟蹰要不要跟过去，却见廖永清竟然跟着去了，她鬼使神差也起来，吴嬷嬷要跟，她制止："嬷嬷就在这等我，我一会儿就回来了。"

然而她慢慢走出大殿，外头却已然不见那三人踪迹，只有几个宫婢往来送酒送菜，她茫然张望片刻，门口值守的小内侍见状微声询问："夫人可是要找卫少将军？"

"啊，是。"

"往那头竹林去了呢。"

小内侍赔笑，姜瓷顺着看过去不远处一片竹林，点头道谢，慢慢走了过去。

竹林不大，冬天外头也没什么人，她往里走了几步就听见了低低的哭声。

"你怎这样狠心？当初说得好好的，必不会叫我落到和亲的下场，可太上皇说要赐婚你竟然不肯，圣上今早和我说要封我公主让我和亲。北徽民风彪悍，我又不是真公主……你叫我怎么办？"

没有听到卫戌的声音，但姜瓷多少诧异，太上皇要为卫戌跟玉和郡主赐婚这事她并不知道。

玉和哭得更甚，里头传来窸窸窣窣的声响，二人似乎有所纠缠，姜瓷心沉了一下，觉得尴尬，忙悄悄退了出来，才出竹林就见外头等着个人。

"卫夫人。"

她淡淡笑着，一副洞悉的眼神，姜瓷有几分狼狈，皱眉，对这个传闻几近完美的姑娘提不起半分善意。

"廖姑娘。"

她点头，回应一声，待要绕过她回去，走到她身边时廖永清却低低道："我想同夫人说几句话。"

姜瓷想要拒绝的话几乎冲口而出却生生忍住,她想知道这个卫戍心里的姑娘会对她这个卫戍如今的夫人说些什么?

烦劳照料?我会感激你?

约是这样吧。

"说什么?"

她笑着看过去,廖永清眼神示意,姜瓷便同她慢慢走远,直到大殿后头灌木丛中一条小径尽头的六角凉亭。

凉亭围了纱幔,倒是不冷,廖永清对皇宫倒是熟悉。石头凳上摆着棉垫,甚至桌上一副茶具,红泥小炉烧着水。

"坐。"

廖永清坐下,娴熟的烹茶,姿态赏心悦目,姜瓷就这么看着,看着看着,慢慢地四肢冰凉。

这约就是差距吧,贵族的姑娘与市井间小民的差距。

廖永清送来小小一盏红亮的茶汤,清香四溢,她笑的柔和:

"夫人且尝尝,这是卫戍最喜欢的翠山新芽。"

第三十八章　斗法

姜瓷接茶盏的手一颤,虽立刻稳住没有倾洒,但廖永清还是看见了。她笑着:"

"我今日,看见夫人了。"

姜瓷不动声色,内心却波澜惊起。

"夫人放心,我并没告诉卫戍。今日也只是在宫外偶遇,因我在致和斋定了银雪棉,他是惯来爱穿银雪棉制的里衣,便叫他一同过去顺道拿了。"

语调中不经意显露的熟稔令姜瓷不自在。廖永清自然也觉察,露出歉然:"夫人且宽心,我与卫戍,止于礼数,绝无半点逾越,但今日被夫人看见了,怕要误会,恰巧今夜得见夫人,这事儿不是个能拖延淡忘的,还是同夫人说清的好。"

姜瓷置于腿上的手慢慢攥紧，廖永清又道："他说夫人是品德高尚之人，说实话，官宦贵族光鲜亮丽，但说起品德高尚实在没多少人能担得起。他也是个重情重义之人，从前姑且不论，但夫人为他挡鞭子，对他有恩，照料他养伤，对他有情，恩情并在，他一辈子也不会负了夫人。方才想来夫人也听见了，初一时太上皇要为他赐婚，他拒了，这才挨了打。或许夫人不明白，拒绝玉和，他也背负内心罪责，他重信守诺，当初虽是年幼时的玩笑话，却是实实在在答应过玉和，倘或皇家要她和亲，他定会求娶，不叫她走上和亲这条艰辛路。所以您看，他待您，实在真情实意。"

廖永清自己觉得很尴尬，姜瓷又一直不回应，她牵牵缠缠自己找话说，却越说越叫人难受，她自己也觉出来了，苦笑道："我实在不擅长做这些。"

顿了顿又道："对不住，我知道夫人心里一定不高兴。"

姜瓷枯坐许久，那些话似乎听进去了，也好像没听进去，廖永清说对不住，她忽然笑了笑，又摇了摇头："姑娘的意思，我明白了。该说对不住的是我。"

"夫人别多想，我同卫戍真的并没什么，归到底，心里都明白的事情，一字半句都未曾挑明。只是……他这两日甚是辛苦，昨日同九殿下贺公子拜访祖父，饮宴醉酒，我瞧着，总是有些心疼的，可也没什么法子。"

姜瓷脑中忽然浮现卫戍受伤的情形，那次在潒山穿胸而过的箭伤，他是如何独自逃下潒山？如何自己为自己疗伤救命？他对自己的狠，她是见识过的，箭在背上，一把拔下，倒钩的箭撕下一块皮肉，鲜血淋漓地疼痛。

他如今，心里也一样疼着吧。

姜瓷这时候才认真地打量廖永清，端庄大气之余，她眉目间的柔和透着岁月静好，是受上天眷顾的顺遂才能养出的平宁。

老天有时候就是这么不公平。

"姑娘，你叫卫戍去潒山时，可知道此行的危险？"

她忽然问一句，廖永清愣了愣，垂下眼。躲避的神情显示，她知道，但却还是叫他去。

姜瓷点了点头，路途凶险，一个舍得叫他去，一个就真舍得自己的命去，她一个外人又能说什么？

"朝上的事，夫人不明白，我也不参与，但既定的事，谁也无法反抗，我也只能在这其中，择一个对自己伤害最小的。六殿下待我好，母族王氏也是武将，所以……"

"所以姑娘就拿卫戍做人情，还报六殿下的厚待。"

没有讽刺，姜瓷的话说得波澜不惊。廖永清有淡淡的不耐，垂着眼看手中茶盏："身不由己的事，夫人这风凉话大可不必了。今日同夫人说话，也是为着卫戍。听闻当初在苍术县，卫戍是为着帮你，也是为着董泠儿的事，才同你成的亲。如今董泠儿的事已了，说起来，原也不该我多嘴，但事到如今，我少不得做一回恶人。卫戍看似纨绔，心肠却软，他怜悯你收留你，但如今因为你，他过得不大好。"

姜瓷就静静坐着听她说，她连当初在苍术县的事都知道，想来是卫戍告诉她的吧。

"这盛京城里多少名门贵女，哪一个都成，对卫戍都有所助益，但夫人却不同。听闻夫人出身市井，这倒罢了，可生母……"

廖永清笑笑："我没有瞧不起夫人的意思，但您的出身，确实给卫戍带来困扰。他远去溿山这一趟，我们久不见面，有些事便掩盖起来，我和他都以为，我们慢慢会淡忘，但那日乍然相见才发觉，原来并没有。"

姜瓷艰难地攥了攥手。

"他如今很痛苦，连个独自疗伤的机会都没有。夫人若真喜欢卫戍，不如暂且离开，待一切平息，伤痛过去，他大约才会真心实意地接纳夫人。"

原来是为了叫她走。

姜瓷竟然松了口气，那是一种等待刑罚，不知生死煎熬的痛苦，如今总算有了结果，她平静下来，觉着自己该难受的，却似乎并没有，只是觉着冷，透骨的冷。她看着廖永清，看她说话时的神情，想要从她眼底寻找一分痛苦，但是并没有。她想起方才在殿内，廖永清对着六殿下笑的时候，显然不是她说的只是择一个对自己伤害最小的，那分明才是真情实意的显露。

"伤痛过去？既然伤了，总要留下伤痕，心上留下的伤痕又怎么办？姑娘说过去了，那么他受过的伤吃过的苦，还有险些丢掉的命，是不是在姑娘心里也都过去了？"

她看着廖永清，淡淡戏谑："姑娘真担不起他的喜欢。"

廖永清也笑了笑，不甘示弱："夫人若能早些出现，我或许也不必担着他的喜欢了。只是可惜，可惜了。"

这一声可惜顿时击溃姜瓷，她狼狈的别过眼，廖永清笑着，外头有人慢慢走近，廖永清看了，起身道："夫人，失陪了。还请您怜惜卫戍，给他些独自清净的日子。"

来的是六皇子，见廖永清从凉亭出来忙迎上前，给她披上斗篷："这样冷天，你别乱走……"

心里眼里再容不下旁人的架势，扶着廖永清走了。

姜瓷觉得浑身都僵硬了，她觉着冷得很，冻的腿脚不听使唤，费力地站起来，掀开帘幔走出来，四下望着一片漆黑，殿后的地方少有人来，她搓了搓手，信步乱走，却不是往前头去，反而走进了花田。

伤痛过去，就会痊愈吗？连命都肯为她抛下的姑娘，哪能轻易忘却？怕是他故意掩藏下，心上的伤痕经年日久，会溃烂得越来越凶。

姜瓷忽然绝望，甚至悲愤，廖永清说着心疼，可待卫成的风轻云淡分明没有多少情分，只是利用。她甚至有恃无恐的表现，根本不怕她警醒卫成。廖永清不是心疼卫成，只是要告诉她，卫成愿意，叫她不要多事，不要碍事。

她不信聪明如卫成看不出来，可卫成却还是愿意。

真叫人绝望啊。

她该怎么在自己心里继续粉饰太平地过下去？盼着有一天他忘记廖永清，慢慢地喜欢上她？

这真是个不小的坎儿啊……

姜瓷觉着上不来气，狠狠地朝着胸口锤了几下，还是憋闷得难受。

这些话没法去问卫成，她又以什么姿态去问呢？

告诉他，我喜欢你，所以我很在意，卫如意和廖永清她们说的，是不是真的……

笑话啊，她凭什么去问呢？谁还没点过去？她还坐过顾家的花轿，卫成在乎过吗？

不喜欢，所以不在乎。

姜瓷想笑，觉得自己太傻，没人叫她这样，是她自己管不住自己，她又凭什么要求别人喜欢她？她咧嘴，眼泪簌簌地往下流，流进嘴里苦涩发咸，一个趔趄险些跌倒，却忽然被人一把拽住。她恍然回头，看着模糊的人影，一身玄色劲装，他诧异地把脸上的银面具取下来："你怎么在这里？"

康虎从没见过有人会有这样的神情，似乎心如死灰，似乎悲痛欲绝，但又拼命隐忍。姜瓷摇头："我，我迷路了……"

姜瓷在康虎震惊的眼神里渐渐冷静，这里是皇宫，一个不慎便会招罪，何况不知多少明里暗里对卫成虎视眈眈的人。她狠吸了两口冷气，推开康虎。

康虎前几日过府送礼还不知卫成身份，今日却一身玄衣银面，许是卫成新晋手下人。然而黄雀卫轻易不得现身，她摆手，康虎满眼惊疑不定，他今早才拿到的腰牌接到任务，叫她入宫护卫卫夫人，一直不远不近地跟着，没承想这位卫夫人竟然是姜瓷。

他沉郁下去，面具扣回脸上，迅速隐入暗处。但眼光一直未曾离开姜瓷，看她趔趄地离开，脚步渐渐稳住，回到永安殿。

姜瓷回到前头，路过竹林，里头已极为清净，她几步迈过去，待要进殿，里头却摇摇晃晃走出个锦衣华服的高壮男人，她退避一旁，那人却忽然停下脚步，迷离醉眼打量几眼，露出淫邪笑容。

　　"确实狐媚，不然也不能勾的那厮心动愿意娶一个贱民！"

　　说着伸手来抓姜瓷："听说你娘青楼出身？啧啧啧，想必手段不俗，叫本王尝尝……"

　　姜瓷大骇，连番退避，眼见脏手快要摸上，斜里忽然冲来一人挡在身前，一手擒了他手，狠狠丢回去，那人被甩个趔趄，顿时大怒："放肆！"

　　"放肆？"

　　卫戍冷笑，待要上前一步，姜瓷拉住他，惨白的脸微微摇头。这里是皇宫，对面的又是三皇子，她怕卫戍吃亏。卫戍回头上下将她打量："你怎样？"

　　"没事。"

　　姜瓷摇头，殿内众人谈笑风生，并没人注意到门外响动，但廖永清却忽然朝外头看来，目光直投向卫戍，随即她微微皱眉，同六殿下私语几句，六皇子看过来，面色不善，随后起身走来。

第三十九章　醉酒

　　三皇子大约觉着自己被一个废物震慑实在丢脸，愈发恼怒，探手朝卫戍打来，但扬到一半忽然被人拦住。

　　"三哥这是做什么？皇祖父还在里面。"

　　三皇子果然忌惮，狠狠朝着卫戍啐一口，骂了一句狗奴才，转身进去了。

　　六皇子看了卫戍身后姜瓷几眼，神情渐冷："皇宫大内，夫人还是少走动为妙。"

　　但话没说完卫戍已拉着姜瓷进殿，卫戍对他丝毫不大客气，大约是因为廖永清的缘故吧。

　　再次进殿，分明隔了不到半个时辰，却真是沧海桑田时过境迁，歌舞升平还是歌舞升平，言笑晏晏的贵人们仍旧还是言笑晏晏的贵人们，姜瓷端起果酒喝了一口，觉得干涸的心里好像舒坦了一些，便小口小口一气儿喝完了。一旁侍立的宫婢见状又给她注了一杯，她点头道谢，继续喝。

在喝到第四杯时，有些醺醺地发晕。

怪了，这甜丝丝的果汁子，怎么会喝得头晕？

姜瓷捧着杯子发怔，与老九说完话的卫戍回头，看她手里仍旧是那一个杯子，便低声道："别喝太多，这种果酒后劲儿大，三杯便要醉死人了。"

"什么？"姜瓷恍惚。

果酒杯子与酒盏不同，一杯能倒大半壶酒，这么四杯下去灌饱肚子，姜瓷捂着嘴打了个酒嗝儿，忙惴惴四下看了，幸而声音小没人听见。卫戍却觉察不妥，他意识到姜瓷或许已喝不少了。

"喝多少了？"

他慢慢拿走她手里杯子，轻声哄着，姜瓷认真地掰指头："四，四杯了吧。方才出去前还喝了大半杯。"

卫戍愣了愣，吴嬷嬷站在一旁满脸担忧，她几次制止无果，夫人不知在想什么，一味出神。卫戍想着姜瓷许是心里不痛快，方才三皇子话说得难听，又险些伤害她。

"对不住，我不该离开你。"他歉意地握住她手，她却抖了一下，戒备地抽回手。

她不喜欢卫戍和她说对不住。

卫戍也顾不得她那样抽回手的难过，又追着握住她手："好，你等我一下，我这就带你回去。"

姜瓷看着卫戍去到主位旁对太上皇行礼，太上皇不耐烦地摆手叫他滚，卫戍下来，拉着她手在人后走出大殿。外头风一吹，姜瓷一阵晕眩，酒意上头。她晃了晃，卫戍立刻将她揽在怀里，用大氅将她裹住，快步往外走。

吴嬷嬷跟着，好容易走出皇宫，吴嬷嬷去找自家马车，卫戍便揽着姜瓷等着。他伸手摸着她滚烫的脸颊，忧心忡忡："姜瓷？你怎样了？还晕不晕？想不想吐？"

又从荷包里摸出一粒碧绿的丸子塞进姜瓷嘴里，姜瓷吧嗒吧嗒嘴，薄荷的清凉冲上头，暂且清晰了一些。

"晕……"

卫戍把她细细揽在怀里，马车过来，小心将她安置进马车，他人还没进去，忽然被她从后一把拽进去，卫戍抄手抱起她翻了个身，她上他下，趴在他怀里。

这一翻姜瓷愈发头晕，扶着头笑出声来。

"今天有人骂我狐媚，是夸我好看吗？"姜瓷按着卫戍，认真地问。

"嗯，是夸你漂亮。"

她漂亮得惊人，如同蜕变。姜瓷拍着他胸膛笑："是你的功劳啊卫戍！我从小黑瘦，她们都说我像山里的猴子又丑又怪！后来胖了，你也见了……我如今还长高了呢，又白又细！"

"你从小吃没好吃穿没好穿才会那样，你不丑，你从来都不丑。"

"你说谎！你那时候天天叫我胖丫丑丫……"

"好，好，我错了。"

卫戍哄她，把她头按在胸膛。本就喝醉了晕，再动来动去晕得更凶。姜瓷乖顺地贴在他胸口，听里面砰砰有力的心跳，听着听着，指着问道："卫戍，你这里，是不是住了个人？"

"是啊，住了个人。"

姜瓷戳他的手指一下停住，咧嘴去笑："那人命真好呀！"

这话有些古怪，卫戍要问，她却又笑起来，戳着自己胸口："我这里也有个人啊，可惜他不稀罕……"

"谁说的，稀罕！"

卫戍把她又拉下来，宽大的手掌按在她脑后，不叫她再动来动去。姜瓷便伸手摸到他脸上，从下巴一直摸到眉眼。

"卫戍，你是不是不高兴？"

"没有，高兴。"

"你是不是有什么事发愁？"

"没有……"

"你说谎！"

她挣扎要起来，卫戍赶忙改口："是，有！"

她果然安静下去，沉默了片刻，小声又可怜道："能不能和我说说？"

算不上发愁，但叫人不痛快是真。

"明日开朝，怕是要说潇山的事了。"

姜瓷僵住，潇山，又是潇山！

"你要去潇山吗？"

不等卫戍回话，她忽然把脸埋进他怀里："不去行吗？你不去行不行？"

带着哭腔，卫戍忙扶她起来："怎么了？怎么哭了？"

姜瓷摇头，捂着脸，眼泪就这么一行一行地流下来。

那个两次险些要了他命的潇山，他还要去！

"你又不是行军打仗的，你为什么要去潇山？你别去，你别去啊！"

姜瓷委屈爆发，狠命去推卫戍，卫戍顺着她，她又把他拽回来："你蠢不蠢？你笨不笨？你怎么就这么傻啊？"

卫戍依着她，她问一句，他回一句。

对，蠢！

对，笨！

唉，是，是傻……

跟醉酒的人没道理可讲。

姜瓷号啕大哭，惊天动地，卫戍怎么也哄不下，吴嬷嬷与阿肆坐在外头，几次担忧回头。好容易回家，卫戍要扶姜瓷，她却甩手避开，跳下去，踉踉跄跄左右摇晃往里走，卫戍一步不敢错地护着。

待到凤凰居，交代吴嬷嬷石榴备水，卫戍推开门，姜瓷却站在门口。她盯着屋里，抬头看卫戍，忽然道："卫戍，你让我走吧。"

夫妻二人隔着门，一个屋里一个屋外便沉默住了。

"你还回来吗？"

卫戍眼神幽深，她几次显露要走的意思，他们之间怕是真出了问题。

"你还要我……"

"要！"

姜瓷那句你还要我回来么还没问出来，卫戍便急着接了话。姜瓷瘪了瘪嘴，想笑又要哭的模样，卫戍又问："你要多久回来？"

"你需要多久？"

姜瓷的反问令卫戍觉出古怪，皱眉试探："一天够不够？"

姜瓷认真想，一天怎么够？从她受伤到被顾家撵走，半年的时间她都没对顾铜死心。要忘记一个人最快的法子约是遇上一个更好的人，她能忘得那么快，一来因为卫戍，二来叫她心累的事太多，顾铜实在算不得什么。再或者，或许她根本就没那么喜欢顾铜。

可她却远不是个能比得上廖永清的，哪里哪里都比不上，心机更是差太多，哪里能让卫戍转变心思？

"一天不够吗？"

卫戍看着她茫然的脸色，试探着往前一步，姜瓷却摇头："卫戍，我不想你这么辛苦……"

"那就别走！"

他拉她进屋。

"别走，你留在我身边，我就不辛苦。"

她眼前模糊盯住卫戍，双手揪在胸前："可是怎么办？我也觉得好辛苦，我喘不上气……"

她徒劳撕扯，眼泪却越来越凶。

"姜瓷！"

撕扯间指甲在颈间留下抓痕，卫戍一把抓住她手，把她抱进怀里。

"到底怎么了？在良辰观到底怎么了？从那天回来你就不对，我一直陪在你身边，只有你去还手炉的时候分开片刻，这片刻到底发生什么事了？"

姜瓷摇头，拼命推开他，醉酒后的勇气喷薄而出："你别碰我！你心里装着廖永清！为她生为她死！为什么还要我留在你身边？我不要！"

卫戍惊愕，一个愣神被她推开，踉跄站定，匪夷所思地看向姜瓷："你在说什么？"

然而姜瓷又哭起来，醉酒后的癫狂无状，揪着头发狠命揉搓："我怎么这么蠢呢？你们的事，跟我有什么关系？一个忍心叫他死，一个甘愿为她死，关我什么事？"

她哭着，又扑到卫戍身上，满脸是泪地哀求："卫戍，你别死，你别死好不好？"

卫戍看着她，一字一字："到底，出了什么事……"

姜瓷呜咽的一声，发泄过后似乎清醒些，她一把抹了抹脸，转头往暖阁回："没事，没事……"

行尸走肉般走到暖阁门口，她扶着门，略略回头："卫戍，你让我走吧。是我的错，是我想不开。你……你已经够辛苦了，不必为我费心。我可以把自己照顾得好好儿的，也一定会活得好好儿的。你瞧从前那样，我不也一样过来了？没有我在你身边，你清清静静的，对你才是最好，对我也好。当初咱们是为了两全其美才在一块的，如今也为了两全其美，咱们分开吧。"

她走进去，关上门。那扇门合上的声音轻乎其微，卫戍却觉着声响震天，仿佛姜瓷对他关上了心门。

黑暗里他竟然微微发颤，出了满身冷汗。

外头声响，他出去摆手，叫送水来的吴嬷嬷和石榴走，继而站着院子里发了好半晌呆，渐渐沉静。手指抵在唇边发出一声轻微呼哨，飘忽落下一道人影，他低语吩咐后转身去往书房。

书房角落点着一盏灯，没片刻有人进来，先来的是程子彦，继而是一个与卫戍身量相当的青年，玄衣银面。

卫戍似乎在出神。

"我怕是中计了。"

第四十章　道破

程子彦扬眉："中计？什么计？"

卫戍慢慢摇头："有人设了个局，我那蠢娘子前些日子就开始不妥，但我几次试探，她都不肯吐露实言，她不是个有心机的，可见这事对她多紧要。今天醉了一场酒，话才算出来，有人离间我们夫妻，怕是已瞧出我娘子对我的紧要，这是要乱我心神。"

玄衣银面的青年听她说话，斜斜倚在门边谑笑，姿态语调竟与往常的卫戍颇为相似："那局面就打破了。"

"沈墨，先前叫你查的事，可查清了？我离京到如今，卫如意见过什么人？"

"等等，到底是怎么了？"

程子彦尚且不明白，沈墨转着腰间玉坠笑道："能有什么？卫公子的夫人以为卫公子心悦廖永清，有心让贤，要走呢。"

"呦，这样贤惠？"

二人一唱一和，卫戍并没心思搭理。程子彦又奇道："照理说，董冷儿使过的招数，并没奏效，怎么到了廖永清那，反倒信了？"

卫戍只想着姜瓷今日这场大哭，她闷闷伤怀了这些日子,醉酒之后说的才是心里话,她真的想走了。

她的自卑他一直知道，为他去学规矩识字，遭受侮辱被人刁难也从没想过离开，但为什么听说他有那么个所谓的心上人，她会这么难过甚至逃走？若非在乎，何必在意？

"怎么？摸不透女人心思了？"

程子彦看着卫戍脸色嘲笑，沈墨亦笑："你别笑话他了，他哪里能懂？从小到大怕是除了他那姑姑和娘子，连个女人的边儿都没挨过。"

"呵，他就是活该，我若是姜瓷，我也要走。"

"为什么？"卫戍拧眉看向程子彦，他迫切地想要知道这个答案。

"我若是女子，同一个男人成亲了，这男人出身高贵相貌昂堂，对我还十分好，但是……"

程子彦笑着倾过身子凑在卫戍脸前，同他四目相对，一字一字："这男人却不肯和我圆房。"

"嘶……"

沈墨甩手，吓得手摸在炭炉上，他不可置信地看向脸色铁青的卫戍，惊道："你不行？"

卫戍抬手一纸镇扔过去，沈墨轻松接了："那你怎么个意思？成亲不圆房？"

卫戍却没答他，认真思考："因为这个？"

"你说呢？"

程子彦抱臂笑："卫戍，你连中了药都是急着叫我来，放着现成的娘子不用，受苦熬着，你叫她怎么想？多嫌弃她？"

"不能是嫌弃，嫌弃就不会娶了。"

沈墨接话，程子彦便同他说起来："是啊，一个市井小民，背井离乡，听说和娘家彻底断了，孤身一人投在他身边，卫戍若不要她了，她可就什么都没了。自惭形秽提心吊胆，这可不是对她好就能填补的恐慌。这夫妻做的什么趣儿？或许当初是有什么因由，但到如今，事情解决了，要么叫她走，要么留下来，但留下来自然也该有留下来的说法。要我说，你那娘子所想不错，你有喜欢的人，同她又不是真夫妻，这么跟你耗着算什么？走是对的。"

"我没有喜欢别人！"

卫戍低声咆哮，但不可否认程子彦的话明白得很，一语道破，既然没圆房，姜瓷又显然接受，那必是婚前二人有约定。既有约定，那么如今履行约定就是。

"她不能走。"

卫戍固执，程子彦又笑："那你凭什么留她？"

"我不能没她！"

"那是你自己的事，卫戍。且不说她或许并不知道你不能没她，便是知道了，也或许不在乎。"

卫戍无话反驳，死死捏着椅子扶手，程子彦看他手背青筋迸起，意味深长地拍了拍他肩头："卫戍，你比我们聪明多了。但有些事，旁观者清。你看有人就瞧出姜瓷对你重要性，从她身上下手扰乱你心神，你如今这样，正中他们下怀。你是乱的，你那嘴里良善好骗的娘子也比你好不到哪儿去，也是乱的。情到深处成疯魔，患得患失小心翼翼。你那娘子出身是硬伤，她不提你不提，可她心里永远记着这事，她自觉配不上你，你又不同她圆房，在她看来，自然是嫌弃的。既然嫌弃，必然不会喜欢了。所以当有人说起你喜欢谁，在她看来合理的时候，也就深信不疑了。这道理你都懂，但……只缘身在此山中啊。"

程子彦笑得得意，甚至有些同情卫戍，没想到卫戍竟还有这一天？但看卫戍又太可怜，程子彦好心提醒："你那娘子心里有你啊，不然哪会在乎你心里有谁？"

看卫戍灰败眼中渐渐升起光辉，他又泼下一盆冷水："但如今就不好说了，这人啊遇上了坎儿，要么堵着气拼命迈过去，要么逃避绕路走了。你说哪条路不能走？偏要迈那个难走的坎儿？你如今就是那娘子心里的坎儿，她迈不过去，就要绕路逃走了……"

卫戍倏然站起来，沈墨上前："省省吧，还是正事要紧。先前你交代的，都查清了，你猜想不错，你出京未回，廖家年底回老家过年，廖永清推说身子不好没有随行，你回来的第二天，她就悄悄去了良辰观。"

"呵，看来我娘子那日去还手炉，听到的正是这些了。偏隔日又在街上撞见我同廖永清在一处，怨不得她深信不疑。"

"所以你为什么会和廖永清走到一处呢？她不是向来怕你污了她名声，不肯明着同你往来吗？"

程子彦疑惑，沈墨嘲笑："今时不同往日，卫公子不再是那个满盛京嘲笑的纨绔废物了，而是黄雀统领。廖姑娘假借太傅之名，说他新婚，要补送礼物，叫她去送，正是那几块银雪棉。卫公子怕是走到一半就发觉不妥了，却没抽身离去，就想看看廖永清耍的什么花招。如今知道了，后悔吗？"

卫戍眼神阴鸷，沈墨忙摆手："罢了罢了，我怕了你。今日永安殿宴，廖永清把你那娘子叫去说了半晌话，至于说了什么，这就得问你今日派去跟随保护你娘子的那个新卫了。因怕他发觉，所以咱们的人跟的就远些。"

沈墨是卫戍麾下掌管情报往来的，卫戍今夜先后被太上皇和玉和绊住，就有人趁着这时机再度施行离间。

"这廖永清怎么回事？好端端的怎么算计你？"

程子彦皱眉，卫戍闭上眼："她要我帮六皇子，我拒绝了。"

程子彦厌恶："这么些年，为还她当初报信的情，生生死死为她办了多少事，她怎么还能这样逼你？"

卫戍摇头："恐怕没那么简单。当初太上皇命我去浒山，她便来找我，话里话外试探，说起浒山，说起王家想要请旨剿匪。因陶嬷嬷那头送信病重，我才亲自走这一遭。但廖永清怎么知道我身份，甚至接了这命令？顾允明又怎么知道是我亲自去的浒山？他们想来是早就勾结了。六皇子算得好，我若能活着回来，能用廖永清牵住我。若死了，黄雀卫落在顾允明一人手里，卖了这份人情给顾允明，自然也能同他结盟。"

他又缓缓敲着桌子："怕是还没完，我拒绝了，廖永清显然觉着不再能掌控我，便把原因都推到我娘子身上，这才急着离间想要撵走她。"

说到此脸色暗沉如夜，程子彦与沈墨对视一眼，都没说话。

将事理清，点将排兵出去，已是半夜。程子彦和沈墨走后，卫戍回去，想起姜瓷喜欢他，如今却心伤痛苦，他满心复杂近情情怯，手放在暖阁门上许久，还没推开，外头轻轻鸟鸣声。他皱眉，转身出去，角落站着个玄衣银面人朝他行礼。

"公子，三皇子遇刺。"

卫戍皱眉，那人又道："刺客似乎并无心取命，只是恫吓，三皇子口口声声夜宴与您有所冲突，此事定是公子所为，太卜皇叫您即刻入宫。"

卫戍一口气憋在心里，他没动手倒有人嫁祸他了。

"等夫人醒了同她说我入宫一趟，叫她等我回来，我同她有话说。"

"是。"

卫戍回看暖阁窗一眼，这才一跃登上墙头，几个纵跃消失在夜色，玄衣银面人也迅速隐匿起来。

姜瓷这一夜睡得并不安稳，她听到卫戍出去的门响，但酒醉上头，昏昏睡去，一夜梦魇不断。天边才亮起一丝白时她扶着头醒来，干渴难受。模糊间听见窗外轻响，恍惚回头，隔着窗纸仿佛看见一道身影，却一闪即逝，随即屋门响，吴嬷嬷带着桃儿梨儿进来。

"夫人可头疼？"

吴嬷嬷转头从桃儿手里接了一碗汤上前，看姜瓷扶着头，把汤递上，姜瓷皱眉："晕，疼。"端着汤喝下去才觉好点。

"瞧瞧，宿醉是要头疼的，那果酿后劲大得很，夫人喝那许多。"

姜瓷笑笑，吴嬷嬷这才四下看了："公子呢？"

姜瓷手顿住，疑惑的四下看看，果然不见卫戍身影，但她却怎样也想不起来卫戍什么时候走的，只恍惚记得昨夜走出永安殿时风吹的头晕，往后似乎坐马车回来，然

184

后便记不清了。

"许出去了吧。"她揉着额头哀号，吴嬷嬷笑着，指挥桃儿梨儿伺候姜瓷洗漱。待姜瓷换好衣裳出来，昨夜在宫里的事渐渐清晰起来，但醉酒后的事仍旧想不起，想来是醉死睡着了。她静默地用完早饭，昨日因廖永清激起的心潮起伏反倒因这一场醉酒沉静下来。

兵来将挡水来土掩，她如今拿不定主意的事，不妨再等瞧瞧，她也不信卫戍会糊涂到底。待收拾了，把那块银雪棉拿出来，寻思给卫戍制两身里衣，但柔软的布料却仿佛有刺，让她无从下手。

正无奈，忽听有人敲门，她回头就看见了康虎站在门口。

第四十一章　竹马

想起昨夜的事，姜瓷不大自在。

"康虎哥。"

笑容未免牵强，康虎脸上的笑便淡了淡："我寻思了一夜，还是想来和你说说话。"

姜瓷看着外头，凤凰居惯常不传没有人伺候，饭后她想清净，也叫吴嬷嬷和石榴下去了，这会儿康虎不请自来，屋里只她两个，到底不大妥当。

"你怕什么？"康虎道。

姜瓷垂头："你该瞧出来了，我嫁人了。"

"嗯，还是个来头不小的人。"

他嘲讽一笑，噎得姜瓷不知怎么接话。

"我知道你过得苦，但再苦，你也不能这么轻贱自己。他是什么出身？能对你真心？昨夜我也听见了，你熬得这么苦，为什么不走？"

姜瓷皱眉，却还是不说话，康虎气急："你是不是欠了他什么？我替你还，好过你卖身……"

"康大哥！"

姜瓷厉声，康虎也意识到自己话说过分了，却又赌气，怄了片刻才又道："我不知道你们怎么搅缠到一处去的，但你们不是一路人，你也斗不过他，只有你吃亏受罪的份儿！"

"他没有欺负我，他对我很好！我也不会和他斗！"

"没有吗？那昨夜是怎么回事？你又难过什么？同他没有关系吗？"

姜瓷有种被人戳破的难堪，深吸了口气："康大哥，这是我们夫妻间的事。"

康虎愣了一下，似乎这时候才想起来眼前的姑娘不再是当年那个被人欺负需要他保护的姑娘了。

"好，好。你们夫妻间的事。"

想想又气恼，昨夜在宫里花田，若非他抓住她，他都怀疑她会无声无息地死在那里，那样的神情真是叫人心惊。

"阿瓷，天下没有过不去的坎儿。日子过得艰难，心里挨不住，不过就是了，哪儿还不能活命是不是？过个三年五载，你就把他忘了。"

姜瓷的心尖锐地疼了一下，她别过眼，不大想再和康虎说这些。康虎也看出来了，恼她的倔强，又心疼她的艰难。

"我阿奶进京了，你要不要去看看她？"

"康婆婆？"

姜瓷诧异看来，康虎这才笑了笑："我阿叔伤了腿不能做工了，阿婶怕遭拖累，卷了钱走了。他们活不下去，阿奶就把房子卖了，带着我阿叔和堂弟堂妹跟着镖局进京找我来了。"

"啊。"没想到康婆婆一把年纪又遭这样波澜，她心里有些不是滋味。

"你将她们安置在哪儿了？"

"我如今你也知道，不大能见光的身份，盛京的宅子也贵，在城墙边赁了两间屋，暂且安置了。"

姜瓷心里有数，从柜里拿钥匙时摸了一张银票窝在袖里，又去库房择了些布料补品。

"我同你去看看婆婆。"

康虎看她提的包袱笑："阿瓷，人要是心里不顺畅，再衣食无忧的日子也不痛快。"

姜瓷沉默了一下："我心里有数。"

"有数就好。"他点头，一跃出了院墙，"我在街口等你。"

姜瓷这才提了东西出来，寻了吴嬷嬷交代："我去探望一位故交，午后就回来了。"

"夫人不在家吃饭吗？"

"不了。"

她便出去了。

街口停着一架破旧马车，康虎坐在前头，马车走了小半个时辰才到，姜瓷探头就看见了坐在屋外的康婆婆。

"婆婆，这么冷的天怎么坐外头了？"

康婆婆诧异了一下，揉了揉昏花老眼，半晌辨不出是谁，康虎笑着走过来："阿奶，这是阿瓷！"

康婆婆震惊，拉着姜瓷手上下打量连连感叹。康虎二叔躺在屋里，从前健壮有力的汉子这会儿垂头丧气，姜瓷宽慰阿叔几句，又给那两个半大孩子二两银子，叫他们出去买米卖肉，两个孩子欢天喜地去了。康虎看着昏暗老屋里热闹起来，都是因为姜瓷的到来。

姜瓷把冒着浓烟的炭盆丢出去，重烧了刚买回的细碳，屋里暖和起来，她又卷了袖子做饭，没有女人的家确实不成样子。

"倒是该雇个女人，每日来做个一日三餐就成，婆婆年岁大了，阿红阿江还小，阿叔又不能下地，你天天在外忙碌，确实不行。"姜瓷抹一把汗，因为见到康婆婆有些高兴的脸颊泛红，康虎看着她，忽然有些意动。

直到吃过饭，姜瓷忖着卫成约要回去了，这才悄悄地把银票掖在康婆婆枕下告辞。

"我送送你。"康虎看见她小动作，却没戳穿，康婆婆看孙子和姜瓷亲近，满心高兴，连着交代康虎定要把姜瓷好生送回家。

这边巷子狭小停不下马车，二人往外走的工夫，康虎看着姜瓷："阿瓷。"

"嗯？"

"我说的话，你再好好想想。"

姜瓷还没应声，他又道："或者你也看见了，我阿奶，阿红阿江都喜欢你，我，我也……"

"康大哥！"

姜瓷心慌打断他的话，康虎脸一红，却横下心。

"咱们青梅竹马，那时候我就觉着你是个好姑娘，倘或我没有离开苍术县，如今咱们……"

"康大哥！我成亲了！"

"那又怎么样？我不在乎！他待你不好，你何苦受罪？这黄雀卫我不做也罢，我带你走，咱们走得远远的，过舒坦舒心的日子不好吗？我会待你好，你知道的，我一

187

直都待你好！"

"别说了！"

"阿瓷，你从前喜欢过顾铜，如今不也喜欢上卫戍了？离开他，用不了多久你就能忘了他，咱们……"

"所以你也觉得，我这么快移情别恋，真的是轻浮？"

"我不是这意思！阿瓷，倘或你如今过得好，我一定不打搅你，那会儿一来咱们小，二来我自己也落魄，我觉着给不了你好日子，这才什么都没说破。可如今你看？你看似过着好日子，可我几次见你，你不是强颜欢笑就是痛苦煎熬，你这样……我心疼。"

心疼二字出口，两个人都惊住了。姜瓷难堪地别过脸："康大哥，有些话不要再说了，咱们是同乡，你和婆婆都待我好，我看重你们，把你当亲大哥看待，如今异乡再遇，我真是高兴得紧。我同卫戍的事并非你所见那样，况且只是我们夫妻间的事，你还是不要再管了。"

姜瓷笑笑，但在康虎看来她还是强颜欢笑。姜瓷想着卫戍想着廖永清，忽然觉着自己确实多余，若没有她，卫戍是不是也能安安静静地想着他心里的那个姑娘，甘之如饴地为她生为她死呢？

康虎脸色古怪难看，却硬忍着没有再说什么。

待回到卫府门外，姜瓷下车，他伸手去扶，她却避开了，自己扶着车辕跳下来。

"康大哥，我在婆婆枕头下搁了张银票，别叫她看不清扔了。雇个女人每天去做饭吧，要是能换个地方住更好，屋子逼仄阴暗，住久了对身子不好，婆婆年岁大了，阿叔又伤着，阿红阿江正长身子，可不能亏空饮食。我得空会去看她们的。"

康虎笑笑："你多去看看才好。"

姜瓷也笑："好。"

康虎忽然脸色僵了僵，掏出一个油纸包递给她："这是我阿奶今早蒸的菜饼，你小时候特别喜欢吃，我特意给你留了一块。"

姜瓷接过笑道："多谢。"

康虎也笑："外头冷，进去吧。"

姜瓷又点头，转身进去了。

卫宅大门才合上，康虎脸上笑容倏然消失，朝着一处曲单膝行了一礼。

"公子。"

卫戍自树后走出来，面色阴沉。康虎看着他，冷冷一笑："公子昨日临时擢升属下

188

入卫，叫属下护卫夫人，该叫属下知道的，属下已然知道了。"

卫成看着他，半晌慢慢开口："知道了就好。"

待要转身进去，康虎却在他身后道："公子许是吃腻山珍海味想要尝尝小菜的滋味，这几个月了，想来已尝出滋味了，可否便把她还给属下？"

卫成蓦地停住脚步，眼中乍然而起森森寒意："你知道你在说什么吗？"

"自然知道。公子人中龙凤，阿瓷不过市井小民，难道叫属下觉着公子是喜欢她非她不可才娶的她？阿瓷的性情，不是欠了公子的要还，就是遭人胁迫，但不管是哪种，如今也都够了。"

卫成笔直僵硬的背影，康虎看着道："莫不是她欠了公子什么令公子记恨？这才想要逼死她？"

卫成慢慢攥起拳，一字一字慢慢问："你、知、道、你、在、说、什、么、吗？"

"怕是公子不想明白属下在说什么。公子风姿卓绝，阿瓷那没见过世面的，自然着迷，但公子这么骗一个没见过世面的小丫头，也实在不光彩。"

"这是我们夫妻间的事，你退下吧。"

"退下？"

康虎冷笑："属下，这一回不会那么听话了。属下同阿瓷青梅竹马，那是属下幼年时曾用心护卫的姑娘，虽短暂，却牢记在心，怎么能任由公子欺凌？"

卫成极力平息自己："你想多了，她是我娘子，我们夫妻间的事，不劳你一个外人费心了。"

康虎哧笑一声，从腰间取下一枚黄铜腰牌，捏着穗子在手里摇晃："外人吗？或许吧。但等她离开你之后，便不是了。"

第四十二章　不放

卫成霍然回头，康虎毫不畏惧对上他目光："公子，她欠了你什么？康虎用命来偿，你放过她吧。"

卫成登时头脑发热，回头的瞬间手也探来，直取咽喉。康虎大惊连番后退，惊喘几下后讥笑："怎么？公子给属下戳中心事恼羞成怒，这是要杀人灭口？你不喜欢她，却拖着她在身边，待她好，让她沦陷，就这么折磨她，属下没有说错，你就是要逼死她！"

说着欺身攻上，卫戍闪避，却咬牙没有辩解。

他们夫妻的事，说给姜瓷听就行了。他厌恶康虎，厌恶这个姜瓷会对他笑，与他亲近的青梅竹马！

卫戍招式凌厉强悍，康虎自诩武艺不凡，谁知过不到五招便落下风，他急恼："你便是吃定她又如何？昨夜之前就算她喜欢你又如何？你这么伤她，哪个还会喜欢你？她早晚和我走！"

"你住口！"

卫戍果然中计，招数乱了一瞬，只这一瞬被康虎利用，挥拳凌厉往卫戍胸口打去，卫戍回手抵挡，重重一击退开一步，虎口震裂，另一手便又趁机攻去，康虎一跃避开，二人对峙，康虎气喘吁吁地冷笑："属下听闻黄雀卫统领曾独闯龙潭，单枪匹马挑了一座北徽暗桩，独战暗探百余人。也曾深入西泠刺探军情，九死一生带回的消息救我大炎数万将士。如此这般为数不少，康虎敬畏。后来才知并非是顾允明那废物，而是公子这少年英雄，我曾将公子奉若神明的敬仰，但如今却都化作烟云。公子堂堂英雄，为何偏要逼死一个弱女子？她要走，你为什么不放？"

"她不会离开我！"

"嘁！"

康虎嘲弄："公子娶她回来，她那姓姜的娘家可有吸公子的血？若属下猜得不错，怕是开了大价钱把她卖给您了吧。你必是知晓她出身的，可您看如今的阿瓷，这般貌美，您就没怀疑过她的样貌承继于谁？您该听说了吧，阿瓷的生母相貌丑陋。"

他在卫戍眼中看见惊痛，才又道："阿瓷的生母曾名动永华，自幼卖进青楼，琴棋书画样样卓绝，多少男人挥金如土只为和她吃一盏茶论一首诗，那些男人都在等她长大，在她十五岁生辰那日，聚春楼一场盛会竞拍她的初夜，她却在香闺用烙铁烫烂了半张脸。"

康虎阴鸷地笑："你看，她并没有你想象中那么喜欢你，她心里有远近亲疏，有些事，我知道，你却不知道。所以她是喜欢你多一些，还是喜欢我多一些呢？虽然我们经年未见，但乍然相逢的喜悦骗不了人，除非你杀了我，否则用不了多久，她一定会念起从前的情和我走。人啊，只要处在一块慢慢就能生情，分开了天长日久也能淡忘。您看我们青梅竹马，我走了，她后来不就喜欢了顾铜？便如如今这样，她就是喜欢公子又如何？只要走了，也就忘了。公子是英雄，何必同一个女人计较，你放了她，康虎把命给你。"

卫戍眼瞳浓稠如墨，深不见底。康虎觉着后脊发凉，竟叫他眼神慑得不觉退了半步，但一想起昨夜花田里姜瓷的模样，他又咬牙："公子，咱们打个赌？倘或她真如公子所说不会离开你，我自当作罢再不纠缠。但倘或她有去意，公子能否成人之美？"

卫戍面无表情，转身推门。康虎所有勇气都已用尽，看着他离开，手攥紧却不敢再纠缠。身上脸上方才被打过的地方，狠狠作痛。

他有些懊恼，生怕时机不对会引来卫戍对姜瓷的报复。

卫戍行尸走肉般一步一步走进去，凤凰居大门外，恰石榴出来，被他神情骇的避在墙角。

"公，公子。"

"夫人呢……"

"夫人回来了，才歇下。"

卫戍摆手，石榴匆忙跑出去，卫戍看着空荡荡的院子，回身把院门闩上。

他一路走进屋，轻轻推开暖阁门，就见那个姑娘躺在床上蜷缩的背影，只看了一眼就觉心里狠狠刺痛，转身又出去。

姜瓷听见脚步，待要转身起来，却听他脚步又走，心里沉沉的，便没有动。

卫戍在院子里怔忪片刻，转头去了书房。坐在桌案旁，点水，研墨，提笔。

然笔尖颤抖，半晌未曾落下，反倒虎口震破处凝成的血珠坠下，啪地落在纸上，小小一片触目惊心的红。

他就这么提着笔，直到快干才终于落笔。

和离二字一出，眼眶登时红了，他皱眉，下笔疾书。

狂风骤起，前些日子下了一场雪，雪停后一直阴沉沉的天又忽然变了脸。

黄昏时天黑沉如深夜，风声呼啸，姜瓷早就起来了，这会儿正在灯下做针线，光到底暗，看不大清，她才剪了烛花就听见门响，抬头去看的工夫，卫戍走进来。

"回来了？"

"天暗了，别做针线了。"

"可不是，忽然就阴天了，瞧这样子要下一场大雪了。"

姜瓷把针线放下迎过去，接了他脱下的外裳："我去看看厨房饭做得怎样了。"

把衣裳才挂上，转身要走，却被卫戍抓住手。她回头，卫戍神情有些看不清，她笑了笑："怎么了？"

"你昨晚喝醉了。"他的平静有几分风雨欲来的危险，姜瓷却未曾觉察。

"可不是，我以为是果汁子，甜丝丝的，谁知竟这样大酒劲儿。"

卫戍看姜瓷浅淡地笑，松开她手："你是不是有心事？"

"怎么会？"

姜瓷否认得太快，倒更像是心虚，连她自己也觉察了，忙移开目光："我去厨房瞧瞧。"

"你昨夜，说了许多寻常不会说出口的话。"

姜瓷慌张停住脚步，却怎样也想不起昨夜到底说了什么，她笑："嗳，醉了，可不就胡言乱语。"

她听不到卫戍回应，回头看去，他站在背光处，身影暗沉，夫妻二人隔着昏黄的光对峙许久，卫戍才慢慢道："你没什么想问我的吗？"

姜瓷想了想，笑着摇头。有什么可问的？有些事，心里有数就好，何况她并没那个资格去问。

然而卫戍的心却冷了，若说方才还如死灰中有那么星点火光，如今却都叫她扑灭了。他自嘲地笑了笑，不得不去赞同康虎说的话。

她从前许喜欢过自己，但谁愿意过难熬的日子？恰这个时候再遇青梅竹马，她心里难受，自然要偏向安稳之处。他甚至也不得不承认，在姜瓷心里，或许真就更喜欢康虎一些，毕竟她生母的事情，她从没和他说过。

"好。"他抿唇笑，心里却酸楚发疼得难受。

他有无数法子可以把姜瓷留在身边，哪怕是不光彩的手段。但姜瓷若心里有了旁人，他却做不出这样无耻的事，因为那将生生断送她一辈子的幸福。他不怕她恨他，就怕她过得不好。可想起姜瓷将会和康虎走，他的心就狰狞得有一股想要玉石俱焚的念头。

"绣什么竹子？我哪里有那样的气韵？"

卫戍缓步上前把她身边绣筐里的衣服拿起来，看她细细绣着的竹子却仿佛每一针扎在心里。

"你想我是个这样的人，可在你心里我分明不是个低劣的人吗？何必呢？这么讽刺人。"他喃喃，姜瓷听不真切，只觉着他神情不对。

"卫戍，都会好起来的，别想那么多。"

"那你会留下来不走吗？"卫戍斜眼看来，眼角眉梢的嘲弄，姜瓷恍惚了一下，却忽然明白过来，看来昨夜醉酒，心里话都说出来了。她原本以为自己多少要慌一下，没承想反倒坦然了："我还没想好。"

"是没想好什么时候走？还是没想好什么时候回来？"他嘲笑更甚，扬手把自己

192

的衣服扔在地上，想要踩上去泄愤，但一看那簇松针，想起她一针一线绣上去，抬起的脚就怎么也踩不下去。

姜瓷看着他，他如今的无状痛苦都是因为廖永清，她就觉得满嘴里发苦。

卫戍死死盯着地上的衣服，天人交战。他知道自己的日子乱七八糟，带累她不能安生度日，便是中了别人的离间之计，可若非因他也不会有这一出事。平心而论，姜瓷自小日子过得苦，她如今最想要的就是安稳日子，不论是外头还是心里。换作别人，大抵会问一句，可她自卑又本分，不敢逾越这场当初说定的假亲，也或许重遇康虎让她有了新的选择。

他也想遵循当初的承诺，给她置办宅子给她钱，叫她安稳踏实地过日子，喜欢谁就招了谁做夫婿，只要她高兴。可死死捏着袖子里的东西，他却怎么也拿不出来。

他想挣一挣，他也想逃出生天过好日子。这几个月有她在的日子是他一辈子最风光霁月最舒坦的日子，他尝过滋味，不想再下地狱。

夫妻二人沉默许久，卫戍咬着牙的声音传过来："姜瓷，我有话要和你说，我……"

外头风声里传来兵器相击的声音，姜瓷还没听真切，就见卫戍脸色忽然变得格外骇人，然后破碎的嘶喊传进来。

第四十三章　抢走

"阿瓷！阿瓷！"

姜瓷悚然一惊转身要走，卫戍一把拉住她："他没事！只要他不硬闯！"

姜瓷愣了一下，外头的打斗呼喊愈发激烈。

"他是我同乡！"

"他就是那个要抢走你的人！"

姜瓷匪夷所思地盯着卫戍："卫戍，你简直不讲理！"

她拼命挣扎，卫戍虎口裂开渗出的血令手掌湿滑，姜瓷挣脱跑出去："住手！快停下！"

姜瓷呼喊，卫戍站在门里，神情阴鸷，然几个围攻康虎的玄衣银面人看来，他还是挥了一下手，几道人影顿时消散隐匿。康虎有些狼狈，他跟跄跑过去，要去拉姜瓷，姜瓷手避了一下，他拽住袖子，把姜瓷拽走几步。

"你受伤了吗？"她慌张地询问。

康虎胡乱摇头，戒备地盯着卫戍。

"你，你快和我走！我，我阿奶病了，盛京我不熟，我阿叔那样，阿红阿江还小，你帮帮我！"

"婆婆病了？"姜瓷大惊，别的事都放下，急着往外两步，又转回来，"康婆婆来京了，她病了，我去看看她。"

卫戍低头看着她，晦暗不明的神情："我有话要和你说，我们说完你再去，行不行？"

"有什么话以后不能说？"

康虎在后冷笑，卫戍原本的哀求一下生成愤怒，他抓住姜瓷手："你不能去！"

这时候似乎是在姜瓷心里，他和康虎孰轻孰重的较量。康虎恼怒，欲要上手，姜瓷却忽然淡淡地问道："你是为她去的潇山吗？"

"不是！"

卫戍矢口否认，姜瓷却笑了笑："我以前以为你不过是个小兵，后来才知道你原来是个统领。卫戍，既然是统领，你何必冒着性命危险独自亲上潇山呢？你没必要对我撒谎，归根究底，这是你自己的事，我并没资格去管。"

她的声音轻轻的，在他的愣怔中抽出手，道："我先走了。"

"姜瓷……"卫戍声音颤抖，想要阻拦，康虎插身进来挡在二人中间。

"公子做什么要追呢？是她想走，但归根结底，还不是您待她不好才叫她想走？"

卫戍如遭雷击般的停住，看姜瓷急匆匆渐远的背影。姜瓷并没听见康虎这些话，她走出很远才见康虎追来，一句话也不多说。然走了片刻，康虎忽然停下："你去哪儿？"

姜瓷回头，目光冷然："盛京我也不熟，但婆婆年岁大了，病了不能耽搁，吴嬷嬷地熟且极会照料人……"

"你不和我走？"

康虎大急："你得跟我走！我今日触怒卫戍，我就是怕他对你下手才要来带你走！"

"他要是真会对我下手，会轻易放我走？你玩这一出苦肉计，分明是要我自己跟你走。我记得我和你说了，这是我和他夫妻间的事。"

"你真是昏头了！他心里有别人，你过得苦不堪言还要死缠着他……"康虎还在硬劝。

"康虎！"

姜瓷扭头,努力心平气和:"我以为我把话和你说得很清楚了,这是我们夫妻间的事,可你做什么要说谎?你甚至故意激怒他,以身犯险,叫我替你出头,跟你走。但是康虎,平心而论,在卫戍手里,你真能带走我?"黑暗里,姜瓷的神情令人瞧不真切,康虎却有些无所遁形。

"不管怎么样,你自己下不了决心,我推你一把。门不当户不对的亲事,他名声不好,又没个能制衡的人,如今一时三刻就让你过得这么难受,将来若对你厌倦又存了歹心,你该怎么办?"

"那也是我的事。"

姜瓷叹了口气:"说句不知好歹的话,我如今还并没求你做这些,我们之间也并没到那个地步,反倒是你一而再再而三的这样,我们才会更糟糕。要没旁的事,你便先回去吧。卫戍脾气虽不好,但做事惯来有章法,今夜若非你硬闯,也不会有人对你下手,你既然也身在黄雀,怕是也知道这些,做什么硬要弄出这一出戏给我看?他是什么人,我心里有数。"

康虎横身挡住她去路,匪夷所思地气恼:"你还是要回去?被折磨还是要回去?"

"谁折磨我?"姜瓷反问,"我就是受折磨,也不是他折磨我。是我自己要喜欢他,落到今日因为这些难过,也是我自找的,怪不到他头上。"

姜瓷生怒,绕过康虎往回走,康虎咬牙切齿却无计可施,扬声大喊:"成!我等你!等你过不下去来找我,我带你走!"

姜瓷没理会,一路回到夙风居,黑沉沉的大风里,院门外还站着那个形单影只的身影,她没来由一阵心酸,想着这人单恋着廖永清,甘愿被算计,实在又气又可怜。

卫戍只听见耳边呼呼作响的风,单薄衣衫早被吹透,他却麻木得发疼。他到底谁也比不上,就是挣到如今,也比不过一个康虎。青梅竹马自小的情分,还帮过她。你说人的心,说小不小,可说大也真就不大,她心里若先容了个人,自然也就没那么轻易再容别人了。

院子里几个玄衣银面人面面相觑,都是和他经过生死的,如今看到主子难堪狼狈,一时走也不是留也不是,忽然急匆匆的脚步声从风声里传来,各个儿都是耳聪目明的,眼神一换,倏忽没了踪迹。

卫戍抬头看见那个匆匆回来的人,愣了愣,咧嘴笑了一下,却比哭还难看。可胜负到底已分,她跟康虎走了,虽然又回来了。

"回,你回来啦。"

他生涩的强颜欢笑，看她出来匆忙也是衣衫单薄，忙掀开帘子："进屋，快进屋。"

姜瓷搓着手臂进去，卫成给炭炉添碳，一时间噼啪作响几声，姜瓷看着卫成灰败的脸色，微微皱眉："不是有话说吗"

卫成站着炭炉边发怔，循声看过来，眼神空空，茫然了片刻，慢慢摇头："没，没有了。"

姜瓷愣了一下，忽然觉着卫成有些陌生，二人认识这些日子，几乎日日处在一处，他的心思惯来好琢磨，可如今却叫人猜不透了。

卫成看姜瓷皱眉审视自己，头脑总算清醒了些，缩在袖里的手触到什么，蜂蜇一样颤抖了一下，死死捏住了那东西。他有些上不来气，却咬着牙把东西拿出来了。

"姜瓷。"

东西摊开在桌上，他皱着眉，指着东西半天说不出话，姜瓷看过去，盯着那东西看着看着眉头蹙得更深。卫成开始发慌，心里搅得难受，一阵燥热，登时冒了一身的汗。

"这是什么？"

姜瓷仰头，指着纸张上那细细一点凝结的猩红。卫成愣住，姜瓷上去捧起来放在鼻尖嗅了一下，顿时变色："哪来的血？你受伤了？"

卫成忽然就喘出一口气，那是一种死里逃生的庆幸，姜瓷不识字！

他实在该死的纠结，慌乱地去抢她手里的纸，姜瓷却一扬手，轻易地避开了他，也顿时看见了他裂开的虎口。

"手怎么了？"

"康虎打的！"

姜瓷扬眉："他打得过你？"

卫成顿时一口气哽住。

她从前向来信他，如今遇上康虎，百般不信。他咬牙赌气："那你问他。"

姜瓷沉默了片刻，把他的赌气归咎于敌视。

他可以不喜欢她，但谁人都不会喜欢一个觊觎自己东西的人，康虎偏巧总想带她走。她想了想，这么憋气地熬着难受，不如挑开算了，反正醉酒的时候也不知道说多少了。

"你真的要走吗？"

她还没开口，卫成却先开了口。人还站在外稍间的炭炉边上，两人隔着有些距离，姜瓷愣了愣："我还没想好。"

同样的话又重复一遍，卫成眼瞳映着炭火："是没想好还回不回来吧？"

姜瓷看着手里那张纸，慢慢举了起来："这是休书吧。"

"不是！"

卫戍反应有点激烈，姜瓷点了点头："那就是和离书了。"

卫戍死咬着牙，痛恨她的聪明。姜瓷继续点头，把纸铺在桌上，另一手从小柜里翻出一盒朱砂，指头往里狠狠戳了一下，染了满指头的红就往纸上按下去，可这一下却恶狠狠地按在了桌子上。

"你真的按？"卫戍大怒，三两下把那张抽走的纸撕得粉碎，怒不可遏地再次质问，"你真的按？"

"不是你写的吗？"

姜瓷冷笑："卫戍，你胡闹什么？是你不肯让我走，也是你写的和离书，这会儿又怪我要按指头印，话都叫你说了，事也都叫你办了，你说我该怎么办？"

卫戍一下又哽住，直着脖子憋得脸红脖子粗，好半晌怒吼一声："写了你也不能按！你就这么急着走？"

"我是急着走！急着给你腾地方好叫你安安生生踏踏实实想人家，你愿意为她死是你自己的事！我按了也安安心心踏踏实实地走，再也不必为你死活烦心！"姜瓷去抢卫戍手里撕碎的纸，卫戍扬手把纸扔进炭炉，一阵光火，姜瓷愤然放弃，甩手往里去，堵着气翻箱倒柜收拾东西。

"你讲不讲理？我想谁了？我为谁死了？你问都不问一句就定我罪！分明是你心里有鬼！原本心就没安定！见了康虎更浮漂！是不是那时候就合计着怎么逼我跟你和离你好跟他双宿双栖？"

卫戍追着姜瓷进去，气得口不择言，姜瓷大怒："你不可理喻！"

"我就是不可理喻！也好过你这个没心肝的蠢女人！康虎是什么好东西你这么当宝在意？当初你日子那么苦，他要走为什么不带你一起走？如今你好过了漂亮了，三言两语又哄得你死心塌地！就凭他如今对我做的这些事，我不光要收拾他，杀了都不为过！"

姜瓷震惊，卫戍喊完尤不解气，看她颈子上若隐若现的红绳登时气涌上头，伸手拽住，没怎么使劲，但经年的老绳也真经不住什么，啪就断了，卫戍看着终于落在自己手里的锦袋，眼都红了。

"卫戍！"姜瓷大惊，劈手去夺，指甲在卫戍手腕上留下长长的刮痕，顿时冒血，带着裂开的虎口，卫戍觉着一阵火辣辣作痛，伤口浅，却因是她加诸而格外疼痛不能忍受，他眼圈顿时红了。

"姜瓷……"

第四十四章　逆鳞

"还给我！"

姜瓷却不管不顾，跳起来要抢他举在手里的东西，卫戍气急，往炭炉走去，姜瓷撕心裂肺哭喊："卫戍！我恨你！"

卫戍倏然顿住，像是石头，又微微颤抖，手里的东西滚烫得让他捏不住，他想哭，却咧嘴笑了。她为了康虎的东西恨他。

"好，好啊。看来我真是自作多情了，原来你这么喜欢他。就算经历过顾铜，咱们又经了生死，我在你心里，终究连这么个物件儿都不算。"

卫戍喃喃的，屋里只有姜瓷咻咻地喘着粗气，和炭炉里偶然爆碳的声音，静得叫人发慌，卫戍虽背向姜瓷，可夫妻二人却如同对峙。许久，卫戍抬袖子抹了一把脸，转身匆匆走来，一把将东西塞到姜瓷怀里，姜瓷忙接住，紧紧护住，卫戍红着眼微笑："看来你是真心想走了……"

"是！"

姜瓷因锦袋的事气血上头，话脱口而出又隐隐有些后悔，却想着卫戍今日作为，堵着气没有回嘴。卫戍却已被她这一个字击打得溃不成军，眼泪倏忽就下来了，他狼狈地掩住脸，好半晌抹了一把松开，低低地垂着头往外走去。

姜瓷慌跳的心因锦袋的失而复得慢慢平复，她紧紧攥着，比命还紧要，看着红绳懊恼，年月久了，已糟粕不堪，她寻思该再做一个锦袋把这放进去。

卫戍抢锦袋的事如同触了她的逆鳞，她火气上涌对他生恨，可转头想他说的话又觉着不对劲。怎么他口口声声不离康虎，又似乎好像把这东西当作康虎一样预备泄愤？

姜瓷捧着锦袋出神，卫戍又回来时就见这幅情景，心里被狠狠地戳了一下。

"我……"

只一个字又说不下去，卫戍重新放了一张纸在桌上，将方才打翻的朱砂扶正摆在旁边，姜瓷怔了怔，明白过来，就见那张纸被洇湿多处，墨迹都模糊起来。这张纸与方才那张不一样，只寥寥两行字。

"你在盛京没有落脚处，我搬出去，宅子留给你，东西留给你，这里的人你使的顺手就留下，不喜欢的就送走，京郊有一处小庄子，给你。还有两个铺子，也给你。你想留在盛京，这都可以安身立命，若不想……"

卫成声音颤抖了一下："那就卖了，有银钱傍身，终归去哪都能立住脚跟。"

想了想又道："别太傻了，康虎的话，听三分疑三分，自己留个心眼，你没娘家可倚靠，若是在盛京，我还能护着你……"

"我为什么要和他走？"

姜瓷反问，卫成抿了抿嘴唇："不是为他，你又为什么这么急着要离开我？不惜冤枉我，也要寻个好由头走。"

"我冤枉你什么了？"

事情有些不大对劲，连卫成也不对劲，姜瓷越发强烈的感觉，不是她误会了什么，而是卫成误会了什么。更甚至他们都误会了什么。见卫成梗着脖子紧抿着嘴唇，委屈又倔强，她扬起手试探："卫成，你为什么要夺我娘留给我的东西？"

卫成红着眼看过去，一下愣住，死死盯着那个老旧的锦囊，瞠目结舌："你，你说……"

"我没告诉过你，但这是我娘留给我唯一的物件儿，我命一样金贵，我哪怕千错万错，你打我骂我，也比要毁了它强。"

卫成艰难地咽了一下，死水一样的头脑忽然活泛开，许多片段飞闪而过接连一起，他面色几经转变，在脸上化作忽然狂喜又忽然愤怒，最后又悔恨万分的神情。

"姜瓷！"

姜瓷防备地退后一步，卫成转身把才又写好的和离书抽走飞快丢进炭炉，又是一阵火光，姜瓷气笑了："你怎么？嗯？你到底要怎样？"

"我混账！姜瓷！你，你能不能听我说几句话！这些日子你的困扰，还有我做这混账事，我都能解释！"

姜瓷戒备地把锦囊死死护在怀里："说，你离我远点，你说。"

"好，好。"

卫成退开两步，努力整理思绪，姜瓷看他拧眉沉思半晌才抬头："那日我同你去良辰观给姑姑拜年，你去而复返还手炉，是不是听到了什么？"

姜瓷有些不自在，却还是点了点头。

"想必说的就是我同廖永清的事，因为就是从那时候起，开始郁郁寡欢心事重重。"

看姜瓷又点头，他才又道："那就先说良辰观吧。姑姑自诩身份，她居住的后殿从不许下人随意进出，她也绝不会和下人说心事，但偏偏良辰观除了她和修行的女冠，只有她一个主子，所以不管她说了什么，那些话，都只是特意说给你听的。"

姜瓷诧异，卫成又道："当年廖永清对我有相助之恩，十二岁时我被人当街掳劫，曾逃脱求助，正是求到了廖家马车上，但廖家人驱赶我，这才致使匪徒再度劫走我，廖永清彼时正在马车上，便差人往卫将军府送了道口信，仅此而已。她持着这份恩，这些年已数次寻我为她办事，我觉着，她的恩，连本带利绰绰有余早已还完了。所以去岁她来找我，说希望我能帮六皇子夺储，我拒绝了。"

卫成看一眼姜瓷："你曾问我是不是为她去的潺山，我如今再同你说一回，不是。六皇子母族王氏也是武将出身，只是这些年耽于享乐，早已没了作战本事。太上皇那头出了岔子，六皇子探得我身份，知道我要去办潺山的差事，叫廖永清来寻我，说的便是希望我将潺山打探来的消息告知王氏，由王氏请战。这些年大炎边关太平，朝中最紧要的便是潺山匪患，王氏若能剿匪立功，对于六皇子便是一大助益。"

姜瓷听的云里雾里，卫成瞧着，迅速切入主题："但我拒绝了，在六皇子看来，我若不能帮他，将来不拘投靠谁，都是他的敌祸，所以我估量着，他约是寻了顾允明，合谋做了这个局，想将我踢出黄雀。"

姜瓷诧异，忽然想起什么，震惊得无以复加："你，你是说……"

卫成一把拉住她："记不记得咱们头一回见面？我和你说我去苍术县寻人，寻的正是顾正松。我也不是头一回见你，从你被顾家赶走，再回姜家被撵，我都一路跟着。"

姜瓷瞪大眼，卫成又道："后来试探，顾正松一介偏远小小县丞，竟然认得我的黄雀令，那时我就猜出，六皇子怕是和顾允明已然勾结。姜瓷，廖永清向来谨慎，我这人名声不好，她很避忌，怕同我沾染半分辱了名声，所以这么多年，那件事早已被人淡忘，也不会有人觉着我和她有任何瓜葛，除非有人故意提起。姑姑一直在良辰观，这件事，她其实并不知道。可姑姑既然说了，甚至觉着我对廖永清情根深种，只有廖永清自己告诉姑姑这一样可能。而顾正松一家偏巧也这时候进京，你的脾性被揣摩的透透的，这个漏洞百出一戳就破的局，却克着咱俩的心性，就这么做成了！这种时候你我心生嫌隙，更甚至你离我而去，只会乱我心神，如此一来我疏于防范，那么不是遭遇意外被人劫杀，就是犯错被太上皇惩治。太上皇杀伐果断，我若不能再为黄雀所用，也只有死路一条，绝不可能活着脱身。如此，他们也就除掉我了。"

姜瓷捂住嘴，惊恐得浑身冒起鸡皮疙瘩。这是一个简陋的局，之所以能成事，全是因为她！而更关键的一点，顾允明和六皇子廖永清，是否将她于卫成的重要性算得太过了？

"姜瓷。"看姜瓷疑惑，卫成苦笑，"你有时聪明得叫人恨，有时蠢得也真叫人恨……"

谁都能看明白的事，偏她自己不明白。

自从在良辰观听见卫如意那番话后，姜瓷的头脑似乎就没清醒过，而此时经卫戌一番明说，似乎渐渐澄澈，她疑惑片刻，那些总叫她觉着有些不对的事情总算浮了上来。

是了，好端端的，卫戌都已然成亲了，卫如意何必忽然又说那番话？隔日卫如意带她出门，就那么偏巧撞见卫戌和廖永清一处，痕迹未免太明显。而之后在宫里，廖永清和她说的那些话，从姿态到语言，更别说眼神了，都那么虚假，可她怎么就轻易被骗住了呢？

"你别自责，倘或你心里没我，大约也不会上当。"

那么浓烈的痛苦，怕是心里有的还不浅。卫戌才咧嘴要笑，姜瓷眼神犀利射来："你既然知道我心里有你，为什么早不戳穿？"

卫戌悚然一惊，嗫嚅道："那，那时候我以为你心里有的是康虎。"

姜瓷点头："所以这事，连康虎也都是其中一枚算计的棋子了？"

卫戌忙不迭呼应："是，他来找我，说你要和他走，让我放了你。还说你们青梅竹马，再次相逢旧情复燃，我一下乱了方寸，也就失与判断了。"

"我们不是青梅竹马！"姜瓷皱眉，"我八岁他搬来苍术县，九岁他就走了，这一年出头帮过我，但我看重的情分却是康婆婆的，几次三番我快饿死时偷偷给我吃的。"

"所以康虎真该死！垂涎你的美色，竟然撒这种下作的谎！还好被我戳穿……"

"戳穿了你还写和离书？"

第四十五章　补救

卫戌冷汗涔涔而下，艰难地咽了一下："我，我就是想试探一下。咱们是在官府办了婚书的，这和离书……就算你我都签字画押了，也做不得数……"

姜瓷脸色略缓，却仍旧皱着眉头，卫戌小心翼翼看着她，悔不当初："姜瓷，此番事故，究其根本，全都在我。"

姜瓷诧异看他，他咬牙切齿："我就是个混账王八东西！骗着个姑娘跟我办了婚书，竟还说什么劳什子三年之约，自个儿觉着自个儿君子之风，是给你多留了条后路，其实却是堵了你的路。你自卑，我还说这样的话，也不同你圆房，在你看来我势必是不喜欢你不在乎的。所以这接二连三，由不得你不信。但天知道，姜瓷，我喜欢你喜欢得发疯，你就是我的命！你这回要真走了，不用等顾允明算计，我自己就活不下去了！"

姜瓷震惊："你，你说什么？"

卫戍叹息："我这一辈子，没几个人真心待我，尤其是姑娘。在我眼里的女子，不是满肚子阴私，就是脆弱得一触即碎，我害怕得很。那时候……鬼使神差，也挣扎过，可于水县那小院儿里，冒着炊烟晾着衣裳，有个纯粹的女人跟我说话的小院儿里，那就是个家呀，是我卫戍的家……所以我怎么会不喜欢我家里的女人呢？"

姜瓷惊呆："你说，你说什么？"

"我说，咱们两个之所以中了这种简陋的计，丢脸之余，一因没有防备，二因互相在意，三……三因我这浑球办砸了事！"

"办砸，办砸了什么事？"

姜瓷头脑这儿滚烫发烧，卫戍忽然狞笑，抄手把姜瓷扛到肩头，姜瓷一声惊呼，人已三两步急切地迈进屋里。

"这就补救！这就补救！"

一看自己被搁在床上，姜瓷顿时明白，头脑轰得一下又乱起来："你，你你……我我，我……"

"别你你我我了，春宵一刻值千金！小爷一刻也不能再等了！真是要了小爷的命了……"卫戍的声音语焉不详的淹没在姜瓷的唇齿间，外梢间的半截蜡烛烧得热烈，黑黢黢的卧房里仿佛炭火烧得太旺，叫人心里躁动不已。

烛火整燃了后半夜，蜡油滴了满台，窗边透出淡淡青光时才摇曳了一下，烛芯儿终于陷进油里灭了，姜瓷这才被放开，呜咽了一声，昏沉沉地睡去。

这一觉香沉无梦，累得狠了，心事也没了，但没睡两个时辰，姜瓷就醒了。才一动，就有人立刻轻轻拍在肩头，如同哄孩子入睡，但姜瓷一下惊醒了，她想起昨夜种种，欣喜之余自有羞涩，便闭着眼一味装睡。

卫戍手里拿着书看，听着小女子略有紊乱的呼吸，淡淡笑道："岳母的香囊……"

姜瓷一下睁眼，香囊立刻送进手里，姜瓷长吁一口气，也忽然明白中计，羞恼之余，红着脸解释："我娘过世前一个来月，许知道自己时日无多，亲手做了这香囊，铰了一缕头发搁进去，叫我留个念想。她说姜家人什么都不会给我留下。"

卫戍看着姜瓷拢在怀里的香囊，此时细看才发现，老旧的香囊针脚细密，淡淡纹路绣工卓著。他抚着姜瓷头发："还早，你这些日子都没好睡过，再睡会儿吧。我往书房去，有些公务要处置。"

姜瓷点头，他这才起身，穿衣离去。

虽说真是困乏不堪，可姜瓷就怎么也再睡不着，索性翻身起来。站在院子依稀见书房里几道身影，可这院子安静得仿佛只有他们夫妻两个。姜瓷这才明白，不是卫戍拒绝旁人关怀，而是他如今做的活计，这院子里只能这样僻静到荒凉才算安全。

她没打扰，去到厨房烧水做饭，身上总有些不舒坦，又要掩饰，难免有些扭扭捏捏。旁人倒罢，石榴她们都还小，自然不懂，倒是吴嬷嬷一眼看透，却是了然一笑，顿时放心。

宫里出来的嬷嬷，姑娘妇人辨得清，如今看来，前阵子叫夫人心神不安的风波想来是过去了。

"这灶下离主屋实在远些，不拘饭菜热水，送去都冷了大半，如今又几乎都是夫人亲自下厨，我瞧着，倒不如把主屋后头那两间小屋收拾了，权做个小厨房，夫人要做什么顺手也就做了，不必跑这样远。"

姜瓷抬头："是呀，我怎么就没想起来？等会子我去收拾了……"

"夫人……"

吴嬷嬷笑："您是这卫府的夫人，公子如今挂着将军的衔儿，领着太上皇那头黄雀卫的差，那是炙手可热的人物，宅子这样冷清已不该，您的做派也该改改了。若说是和公子，夫妻二人有什么趣味倒也罢了。"

姜瓷一下红了脸："嬷嬷说的是，那，那我回头瞧瞧，等卫戍醒了，叫石榴带着桃儿梨儿把屋子收拾出来。"

"好，我瞧着您惯常用什么，叫阿肆带着阿五阿六送过去。"

"好。"

姜瓷把老鸭炖进去，洗了手，正要添柴，吴嬷嬷却拉了一把，她会意，闪身到一旁，吩咐宋老二媳妇添柴看火。

老鸭炖了一个时辰，姜瓷做了几道卫戍喜爱的小菜，又装了饭，摆进食盒，下头搁了小炉子热着，一路提回凤凰居，卫戍正在院子里练刀，见她进来忙收势起来，喜笑颜开。

"吃，吃饭了。"

姜瓷低头，总觉着难为情，心里却欢喜着。

吴嬷嬷瞧着好笑，叫石榴几个把饭送进去，便带着往屋后去了。

凤凰居正房后头隔着两丈靠院墙有两间屋，想来一开始是预备做库房用的，但卫戍独辟了一处院子做库房，这里也就一直空置，地方倒不小，收拾出来，叫人来打了灶台，水缸柴火送进来，柴米油盐备齐，另一间屋放了两个柜子，各色食材摆好，不过一个下午时间，黄昏时姜瓷和卫戍去看了，姜瓷点头："吴嬷嬷办事真叫人安心。"

"府里若都是这样的，那就更省心了。"卫戍思量着，这府里着实得改改了。从前那个叫人笑话的落拓纨绔卫戍不拘过怎样的日子都无所谓，可如今有了娘子，却不能叫娘子过得不舒坦。

因灶台新打的，总要干上两日，姜瓷晚间便在屋里吊炉上煨了瓦罐粥，晚饭后卫戍便缠上来。

初尝滋味的儿郎总念着那妙处，又是可心意的人儿，难免心头烧着一把热火，姜瓷被缠不过，针线丢到一旁拉回屋里。不过一回就折腾了将近一个时辰，姜瓷是乏累了好些日子的，脸颊通红奄奄一息地窝在卫戍怀里，叫卫戍看得心痒，恨不能揉进怀里吞下腹中，看她扶着腰，便将手按过去。

卫戍办差时常受伤，倒练了一手好推拿，只在她尾椎上轻轻揉捏，姜瓷心满意足地哼叹，没多久便沉沉睡去。卫戍叹息一声，舍不下又心疼，只得搂在怀里权做安慰，囫囵着也睡了。

姜瓷这一睡到天光大亮，醒来又不见卫戍，倒是吴嬷嬷带着石榴几个端着热水等她起身，见她洗漱间几次心不在焉，吴嬷嬷才笑道："公子在旁边的院子，叫人置了一处小佛堂，偏堂里供下了夫人母亲的牌位。"

姜瓷怔了怔，顿时眼眶发热。

进京后姜氏的牌位她一直带在身边，就在暖阁里供着，如今卫戍独辟了一处院子，还请了佛堂，如今她娘有佛祖庇护，还有香火供奉，做女儿的也真是无甚可求了。

"我去给我娘上炷香。"

洗漱后，吴嬷嬷陪着姜瓷去小佛堂，小院子肃静得很，只有回字形七间屋，正屋三间如今是佛堂，供着佛祖，东偏堂里红漆厚重的桌案上，便摆着姜瓷亲手刻下的那个简陋的牌位，里头已焚着三支香。

"娘……"

姜瓷上了香，鼻尖发酸，卫戍从外头轻轻走进来，吴嬷嬷悄无声息退出去，卫戍揽在她肩头宽慰："岳母瞧见你如今过得好，想来也是安心的。"

姜瓷依在他怀里："我娘说，只消能离了姜家，我在哪儿都能活得好。"

"是呢，还是岳母睿智，你这样的好姑娘，自然去到哪都能活得好。还是我有福气，叫我捡了个大宝。"

姜瓷破涕为笑，卫戍忽然又问："岳母是怎么到的姜家？"

"听康婆婆说起，县里红花楼每年都要发卖一些年岁大身子不好的仆婢妓子，我娘便是那时候叫卖的，我同你说过，我娘相貌不堪，姜大人图便宜，实则念着我娘一贯侍奉花魁，怕不少得赏钱攒有体己，便买了我娘。"

"怎么是听康婆婆说？"

姜瓷苦笑："我娘的事，姜家人都避讳提起，都嫌她低贱，外头人都瞧不起我们母女，自然也不会和我说什么，我娘……我娘也从不提那些事。"

卫戍眉头微蹙，缓缓点头："也总算雨后天晴了，岳母是有大智的人，瞧你这名字，取得极好。"

姜瓷微笑："是啊。"

夫妻二人又拜了拜，才走出院子，就见阿肆远远跑来。

"公子，圣清殿传话来，叫您进宫呢。"

卫戍冷笑一声："还真是不肯罢休。"

"怎么？"

姜瓷诧异，卫戍淡淡道："老头子心里还憋火，潺山差事派下来了，却叫我去打辅助。"

"意思是功劳别人的，命你去拼？"

姜瓷也气不过，转头又想，卫戍是个能屈能伸的，为这也犯不上这样生气。

"派的谁家？不会是王家吧？"

"王家哪还有那本事，多少年不行军打仗了，家里的儿郎会不会骑马都不一定。"

卫戍哧笑，眼神却极冷："派的卫家。卫北靖卫将军。"

第四十六章　恶犬

这就欺负人了！

姜瓷一口气哽住，太上皇做事忒不讲究，满朝哪个不知卫家恩怨，父子成仇，卫戍独自拼着命到如今，却要给他那薄情的爹做垫脚石，太上皇这是实实在在地恶心卫戍。

"我很快就回来。"卫成给姜瓷拢了拢斗篷，转身走了，待他走远姜瓷才恍然想起，太上皇是个心眼小的，上回就因回京没及时入宫禀报，就使了计揭穿卫成身份，大年初一打了板子，卫成这回进宫，要是允了，咽下这口气叫太上皇得意也罢了。可以她对卫成了解，这事十有八九是要拒绝的，一旦拒绝……

姜瓷不敢想，怕是一顿板子免不了。

"嬷嬷，上回卫成挨打，郎中留的药膏还有吗？"

"用得差不多了。怎么了夫人？"

"没，没怎么。"姜瓷勉强笑笑，回去吃饭。

这饭吃得心不在焉，卫成却也没如他所说很快就回来。倒是这两日时不时刮起的大风连阴天，没到午时便下起雪来，洋洋洒洒，鹅毛大的雪片密密地下了来，不到一个时辰地上就积了厚厚一层。

"阿肆，去宫门外看看，公子怎么还没回来？"

卫成是辰时二刻走的，如今已是申时二刻，已足走了四个时辰，姜瓷越发不安，一直等在卫府大门里，才吩咐了阿肆，忽然有人敲门，姜瓷大喜，忙叫开门，然大门打开，外头却站着个脸生的男人。

三四十岁的模样，虽样貌还算周正，打扮不俗，但眼神却平白叫姜瓷不喜。

大门打开的那一刻，顾允明是着实惊艳了一下。他只知道卫成在外娶了个平民娘子，甚至还是他那侄孙顾铜不要的低贱丑丫头，可如今看来却显然不是。这明眸皓齿臻首娥眉，披着大红滚着兔绒边儿斗篷的小妇人，是那样一副娇艳欲滴又绝色的容颜。

"这位，想来就是卫夫人了吧？"因这容色，顾允明把本预备奚落的话压了回去，他站直了身子，做出一派君子之姿。

"正是，不知阁下是……"

顾允明清了清嗓："在下黄雀卫统领顾允明。"

姜瓷原先还有几分疑惑的好脸色，在听到顾允明三字时渐渐敛去，眼角眉梢的冷峭："原来是顾统领啊。"

这小娘子瞬间变了脸，娇柔顿时又化冷艳，顾允明一阵心痒，暗骂卫成那厮竟有这般艳福，愈发想要弄死他，好霸占这叫人心动的小娘子。

"在下前来并无他事，只是好心想给小娘子带个口信，卫成那厮触怒太上皇，从巳时罚跪到如今。怕是老天也容不下他了，你瞧这雪？哈哈哈哈……怕是一时半刻出不来，这倘或跪一夜，便是明早太上皇发了善心赦免他，怕是他回不回得来也说不准了，小娘子不若早做打算。"

姜瓷乍然听得这消息一阵心惊，她是早知卫戍此番要挨罚，但越往后听气得她浑身发颤，尤其顾允明目光直喇喇地往她身上扫，姜瓷扭头看阿肆，声调平淡地吩咐："阿肆，门外一只疯狗，打了去。"

阿肆聪明，看出顾允明对夫人心思，又听了这话，早气不过，得了吩咐顿时扬起扫帚，招呼阿五阿六打出去，顾允明冷不防，被扫帚挂一脸，反应过来恼羞成怒，抬脚去踹，高叔一把拉住阿肆，堪堪避过顾允明这一脚，他却趁势歪倒，大声呼喊："哎哟，我的老命啊！黄雀卫顾允明大统领对我这老奴才大打出手啊……哎哟我的天哪！主人不在家，夫人是女子，大统领就这么欺压妇孺么……"

阿肆顿时扔了扫帚伏在高叔身上哭，阿五阿六慢半拍，却也极快反应过来，跪在一边呜呜痛哭，顿时引来无数行人驻足观看，指指摘摘。

顾允明捂着半边脸，怒火中烧，甩袖而去。

姜瓷浑身发僵，吴嬷嬷扶着她好容易关了大门进去，她登时瘫软下去。

这样的天，已跪了四个时辰，再硬气的人也要跪坏了，再跪上一夜……她抬头看天，头一回觉着这样无助，叹道："嬷嬷，怎么办呢？"

吴嬷嬷摇头，颇为无奈："太上皇那脾性……朝中大事是再清明不过的，可这私下里却耐不住火，火气上头拎剑杀人都是有的，便是圣上和几位王爷，年少时都不少挨打。从前太后娘娘在世时诸多规劝，他最听太后娘娘的话，可娘娘过世后……"

早已不会有太后娘娘来规劝，太上皇如今恣意任性得很，姜瓷手脚哆嗦："那，那他会不会……"

"不会！"吴嬷嬷笃定道，"公子于太上皇还是有大用的，太上皇于朝政上还是很能隐忍，只是惹怒太上皇，苦头是要不少吃的。"

姜瓷咬牙点头，强迫自己冷静："好，好，只要人活着，怎么都好。"

一路回到凤凰居，才叫人散去独自进了院子，就见院子里大树下的石桌旁坐着个人，披着玄色皮毛大氅，清贵冷冽的神情，姜瓷惊愕，这却是个熟人。

"程郎中？"

顿时心喜，程子彦医术不俗，倘或他在，卫戍回来就能及时救治，那再好不过。程子彦正在石桌上的积雪画着棋，闻声回头，淡然一笑："重新认识一下，在下程子彦，黄雀卫军医，卫戍至交。"

歪头想了一下又补充："唯一的至交。我年长他几岁，你若愿意，可以叫我一声程大哥。”

姜瓷愣了一下，疾走几步满怀希望："程大哥是黄雀军医，那卫戍如今……"

"嗯，就是他叫我来的，谁知却叫顾允明那厮抢了先。"

"卫戍现在如何？"

姜瓷全不计较那些，迫切不已，程子彦微微皱眉："不大好。"

"啊……"

"他怕是同你说了吧。"

"说了，换成是谁，哪里能咽得下这口气呢。"

程子彦的神情有些微妙，他看着姜瓷，淡淡笑开了："他答应了。"

姜瓷诧异："那怎么还会？"

"作为答应的条件，他要得胜归朝时，敕封你为诰命。老头子是为这些生的气。"

程子彦在姜瓷惊愕中又道："其实从卫戍入黄雀至今，立下多少功劳，一品也早该得了，封个爵位也不为过，此番若再出征，得胜归来封妻荫子也是应该的，但太上皇那人，脾气是古怪的。他打压卫戍多年，笃定卫戍除了他再没旁的出路，自然有恃无恐地欺压。他不想给，卫戍讨，那就是大不该，自然是要罚的。不过你也不必焦心，这便是赌心了，如今太上皇拿他还有用，自然不能让他出事，受些苦也就是了。"

眼泪一直打转，姜瓷低着头点头，那委屈隐忍的模样叫程子彦也觉着心酸，程子彦又觉安慰，这么些年，卫戍身边总算有了这么个知冷知热的真心人。

他瞥了眼大雪："嗯，约莫明儿天不亮，就能回来了。我就是提前来准备准备，这人回来啊……有的折腾。"

"好，好！"姜瓷抹一把脸，"大哥你说，要什么，我来备！"

事关卫戍，姜瓷事无巨细，连生姜压汁熬汤也亲自去做。姜瓷只叫了吴嬷嬷来相帮，吴嬷嬷几次要上手，却都叫程子彦制止，他端坐着看姜瓷忙碌。

"嬷嬷且叫她去吧，她心里如今慌得很，不干点什么，怕是熬不住。"

吴嬷嬷怔了怔叹口气，站在一旁等她唤着帮忙才搭把手。这一夜不停，几次叫阿肆驾车往宫门外等，卯时三刻，一听外头车辘声响，姜瓷立刻拉门出来，扒着上了马车一掀帘子看见里头苍白着脸双眼紧闭的卫戍，她一下捂住了嘴，死死忍着哭："嗯……"

马车停了，卫戍动了动，奈何身子僵硬，他要睁眼，却被姜瓷抱住了头："到家了，你再睡会，一会儿就好了。"

听见姜瓷轻柔的声音，卫戍嘴角扬了扬，眼睛到底没睁开，头往她怀里一歪，人

208

便又晕了过去。

"把车驾进去,送到凤凰居门外。嬷嬷,叫阿五阿六备好撑,等会抬公子进去。"姜瓷轻声吩咐,小心扶着卫戍头,直到凤凰居门口,阿五阿六抬着撑,可两个孩子力气终究有限,还是程子彦与吴嬷嬷同姜瓷搭着手,才把卫戍送回屋中。

屋里早已烧得暖如春昼,姜瓷这才看见,卫戍身上化开的衣衫上还带着斑驳的血迹,一瞧就知道是先挨了板子又罚跪,打伤的地方流出的血,把衣裳都冻得粘在身上。

姜瓷咬着牙,心里酸楚,堵得厉害,红着眼却没掉一滴泪。吩咐吴嬷嬷把提前备好的热药汤拿来,用帕子沾了一点一点往卫戍身上抹,小心翼翼地褪下衣衫。程子彦皱眉,卫戍的伤势比他预料还要严重,熬好的汤药递过去:"先吃这一碗。"

姜瓷喂药,程子彦便又拿了汤药帕子一块一块给卫戍密密地敷在腿上。

起先没什么,但没片刻后卫戍脸色唇色愈发苍白,昏厥中竟也咬紧牙根浑身发抖。姜瓷慌张:"这是怎么了?"

第四十七章　忧心

"没什么,冻的气血不活,如今热药下去,两条腿皮肉俱如针扎刀割。"程子彦看了看,又道,"有知觉是好事,就怕一直没知觉下去,那他往后余生就别再想站起来了。"

不给姜瓷难过的机会,他指着身后火炉子上煨着的汤药:"帕子一冷就换,膝盖往下尤其要盖严密,一丝也不能漏下,两个时辰后准备药浴。寒气浸体不是小事。哦,对了,小炉子上熬的药,半个时辰后等寒气略退些喂下去。"

姜瓷一一应声,程子彦去备药浴,姜瓷便守在卫戍身边,十几条帕子,几乎一刻不停地换。

卫戍昏昏沉沉,几次疼醒,迷离眼神便要搜寻姜瓷,待看她一眼,才会再安然昏睡。半个时辰后卫戍开始发热,身上烧得滚烫。

在于水县时,姜瓷就见过冬天醉在外头的男人,不过冻个半夜人就死了,何况卫戍这跪了一整日,大雪压身,还是挨了打又带伤的。

背着卫戍时,她心酸难过,但如今面对卫戍,她却坚强隐忍。她知道卫戍担忧她,她却不能脆弱得成为他的负担。

程子彦备好药浴，擦着手道："弟妹，你先出去吧，这药浴得泡上个把时辰，我来照料便是。"

姜瓷意会，点了点头："劳烦程大哥了，我就在外头等着。"

"哎，叫你出去是为叫你歇会儿，别把他收拾好了，你又倒下了，你们夫妻两个三灾八难的，从进了京到如今，就没消停过。你若不安心，暖阁歇着就是。如今人回来了，有我在，断不会出事。我知道你心疼他，但你不知道的时候，他已不知受过多少苦，这些也实在不算什么。"

虽说是为叫姜瓷安心，可这话却说的她越发难受，程子彦摇头："罢，我没说对，你便去吧。"

姜瓷便往暖阁去，程子彦朝吴嬷嬷递了眼色，示意香炉，吴嬷嬷会意，捧过来，程子彦从腰间荷包掏出一锭香饼丢进去，吴嬷嬷将香炉送进暖阁。

姜瓷嗅着一股似有若无的淡香，没多久便觉着眼皮子发沉头脑发昏，她叹息一声，沉沉睡去。

这一觉不安稳，她心提着，满心都是卫成，睡梦不断都是他，好也有坏也有，最后竟仿佛看见了圣清殿内卫成挨打又罚跪，大雪纷纷中，那个带伤跪着的男人，石头一样的坚毅。

眼泪流下来，酸酸楚楚，姜瓷睁眼，外头天光正亮，不知是不是熏香的缘故，姜瓷觉着头昏眼花，努力克制着坐起来。外头程子彦一听动静便皱了眉头。

倒是个心性强的，寻常这香少说也能叫人睡上三五个时辰，这姜瓷竟只睡了不到两个时辰。

"嬷嬷，烦劳取这些药来泡茶给夫人喝。"程子彦飞快地写了几味药，用来驱散姜瓷身上熏香遗留的药效。

姜瓷从暖阁出来时见卫成躺在床上，屋里药浴已冷透了。

"怎样？程大哥？"

"嗯，效果还不错，不过冰冻三尺非一日能解，总还得些日子才是。"程子彦说着拿出一副针便在卫成身上施针，姜瓷看着颤巍巍的银针扎了卫成一身，就觉得眼皮子不受控制的抽搐，"弟妹，不如你去熬些肉粥，卫成醒来须得进食。"

"好！"一听说卫成要醒了，姜瓷顿觉浑身力气，转头出去后头小厨房。

程子彦看她背影叹气："你说，凭什么叫我担着这心？你这伤患一个不甚便要落下

210

残疾，剥皮削骨的疼你自个儿忍着……"

"嗯，辛苦你了……"原本该昏迷的卫戍眼也没睁，却微微抿唇，疲惫沙哑的嗓音，叫程子彦不住叹气。

"罢了，终归最凶险的已经过去了。命保住了，腿也保住了，老头子这回看来下了狠心。"

卫戍却不再言语了，程子彦自顾自又道："你这里也不成，吴嬷嬷年岁大了，你那娘子可没帮手，一直这么耗着照料你，十几日下来，神仙也吃不消，她那身子你也清楚，亏空透了的，如今填补小有成效，这般劳累下去，怕要功亏一篑。"

程子彦唠唠叨叨，待收了针，姜瓷便回来了，看程子彦正在收拾药箱。

"黄雀公务冗杂，我不能久留。身上的伤还用这药膏便是，这里还有几个方子，上头都写了服用时辰，还有一服药浴方子。药浴每日要泡上一个时辰，水不能冷，我后日再来施针。"

见姜瓷端着粥，又交代道："少食多餐，都要是稀烂的，莫要形成负担。"

姜瓷一一应了，程子彦便匆匆走了。姜瓷搁下碗看卫戍还睡着，便是闭着眼也透着憔悴疲惫，她探手去试，额头略有发热，已退了不少，这才约略放心，才要收手，却听卫戍绵软声音："娘子……"

卫戍半睁开眼，虚脱的模样，沙哑的嗓音，竟有几分娇气。姜瓷听见他声音，却一下红了眼："喝水吗？"

卫戍摇头，看姜瓷摆在桌上的碗，遂笑道："有些饿了。"

他说饿，姜瓷忙端碗来喂。卫戍吞咽艰难，疼得麻木并没胃口，却还一口一口吃着，只想安下姜瓷的心。但到底力不从心，吃了小半碗便又昏睡过去。程子彦的药安眠，他多睡才能将养得快，也能减轻不少痛苦。

姜瓷才给卫戍掖好被角，就见吴嬷嬷从外头进来。

"夫人，方才公子吩咐，叫阿肆和石榴进来伺候，照看饮食汤药。"

姜瓷蹙眉，有些不安，但看了眼卫戍，并没反驳："嬷嬷，您辛劳些，我若真顶不住了，您便多费心帮我盯着些。"

吴嬷嬷点头，心里叹息道：这样的人家，竟没一个可信能用的人，两个主子这般受累。

姜瓷挪了几个红泥小炉到外梢间，熬粥熬药亲力亲为，只叫石榴等人交替着来掌看火候。每日算着时辰叫醒卫戍喂药喂粥，他睡下了，她便窝在他身旁小憩片刻。如此两日下来，难免力不从心，这日醒来出去，就见外梢间只石榴一个正在看着几个炉子。

"吴嬷嬷呢？"姜瓷一愣，出声问。石榴忙道："药煮完了，嬷嬷交代去取药，才出门没片刻。"

姜瓷点头，盛了粥和药进门。

除第一回姜瓷不曾陪同，往后药浴姜瓷都陪在一旁，每每见卫戍强忍疼痛，她都会想头一回时到底会有多疼。她却笑着攥住他手同他说话，把自己从小到大的事情，都一一说与他听，说到兴起处，卫戍还会笑出声来。

有谁能想到，那个斗鸡走马狎妓赌钱的纨绔，竟是个这样的人，刀剑里挣出带血的前程。

她没见过那样的卫戍，她见过的卫戍，从来都是一个昂堂的男人。而她唯一能为他做的，只有陪着他。

凤凰居紧闭门户半个来月，卫戍以惊人的速度好转，这日一早天还没大亮，姜瓷就听见院子里传来呼呼的声响。她急忙跳下床，赤脚跑去窗边，一推开窗子就看见了那个正舞动长刀的男人。

还没恢复如初，虽有些力不从心，他却认真尽力，那副神情竟端是耀眼，叫她移不开眼光。

卫戍见她开窗，练武时肃杀的神情一眼瞥过，长刀顿时往后收去，他一个纵跃蹿到窗边，抄手捞起姜瓷两步送回床上。

"二月初一，春寒料峭，天还没亮，你竟敢赤脚下地？"卫戍生恼，见姜瓷还嬉笑着看他，顿时一股邪火噌噌地烧起来，长刀哐啷丢下地，三两下飞掠关了门窗，人便饿虎扑食般跃上床。

"哎？你做什么？"

姜瓷惊慌退避，却叫他拽到身下，勾唇邪笑："我做什么，娘子瞧不出？"

姜瓷挣扎，却听卫戍闷哼一声，到底顾忌他身子不敢再放肆，卫戍忍笑，看着他那束手束脚的小娘子任他施为。他也没叫她失望，一阵酣畅淋漓，他将头埋在她香汗遍布的颈间。

折腾足大半个时辰，外头天光大亮，幸而是在凤凰居，惯来不许奴仆随意进出。姜瓷缓过神来羞恼地推开他，他只闷闷发笑："娘子，程子彦叫我多行气血，你瞧今早练了一场刀，我是不是果然好了许多？"

想起方才勇猛如虎的人，姜瓷一张脸顿时红透，穿衣跳下床，转头啐了一口："没个正经！"

212

卫成一把将人又捞回在怀里，紧紧扣住："哪里不正经？嗯？"

姜瓷拗不过他，生怕再招出他邪火，不敢再多言语。卫成舍不得放手，腻腻歪歪，直到程子彦来才心不甘情不愿地松开手。

姜瓷念了句佛，忙逃去了后厨。

程子彦给卫成诊脉，忍不住叹了一句："也合该是你，这么些年，也不知死多少回了。"

"没法子，谁都瞧我命贱，我只能自个儿争强了。"卫成扣着衣领。程子彦哧笑："这般勇猛，看来是没事了。"

卫成回以一个意味深长的笑，递给程子彦一本薄薄书册一样的东西："昨日传进圣清殿的邸报。"

程子彦接过看，卫北靖倒也拼命，十来日便已抵达潲山，如今在潲山外几十里处休整。

"你就这样笃定卫北靖赢不了？"

第四十八章　灵犀

"山上剿匪不比平原作战，况且卫北靖二十年没上过场，卫家军被裁革的只剩七千，虽这些年也勤于操练，外人看来对抗潲山匪几百数绰绰有余，但操练是一回事，厮杀是另一回事，更别提卫骏卫煦。"

程子彦沉吟着："我渐渐相信你说的，没有内应，区区山贼哪来如此大能耐。"

卫成冷笑一笑，没说什么。

"九殿下跟贺旻都没来看过你？"

程子彦忽然一句，卫成淡然道："他们要避嫌。"

"呵，你连借口都替他们想好了，明着要避嫌，暗着总该来看看，你这一回毕竟涉着命关。不是我说，眼光忒短浅，只怕你遇事遭你连累，难成大事。"

"你也不必和我说，我没准备帮任何一个人。"

"你心里有数就行，神仙打架，遭殃的都是小鬼。"

卫成笑了笑，眼光落在桌上做了一半的针线，是他的寝衣。程子彦也看过去："啧，你这身家堪比亲王的，还要娘子做针线？"

"你懂什么？"

程子彦把针包好，点头："嗯是，我不懂。"说罢笑了起来，这人变化之大，就因一个女人。难以想象。

姜瓷做好早饭端来时程子彦已走了，就见卫戍坐在外梢间正在看书，膝头搁置两个小熏炉，传出淡淡艾草的味道。

"什么书？"

"邸报。"卫戍搁下书。

"那是什么？"

"黄雀卫各地都有密探，方便消息往来，他们听命于太上皇，这是宫里传过来的。"卫戍说着笑了笑，"乱得很，皇家家事也糟乱，瞧瞧，为了一个皇位，一个一个脸面不顾的。"

"怎么了？"

"倒也没什么，不过眼下的事，老头子属意给廖永清赐婚七皇子，可廖永清却整日与六皇子厮混一处。那六皇子自诩聪明，觉着与帝师攀上干系，也算一个助益，殊不知因此早已触怒老头子。"

卫戍摇头，幸灾乐祸："他怕是再挣也没戏了。"

姜瓷愣了一下，因为卫戍受伤，却是许多事都一时搁置了。

"你既提起了，我便问问，先前那事，康虎是否也牵涉其中？"她咬着筷子皱着眉头，因知晓她对康虎无心，卫戍把对康虎的厌烦也减了许多。

"说牵涉其中有些言重，但被人利用少不了。他也是苦出身，拼命奔前程，若有人肯指点，自然欣喜万分言听计从。如今想来已意识不妥，你瞧许多天不见个踪迹了。"

姜瓷松了口气，幸而没犯大错，卫戍瞧她这样不禁失笑："你也不必担心，便真是犯了错没了命，咱们把康婆婆接来养老便是了。"

姜瓷愕然，先前二人便因误会闹了那样一场，险些分崩，可自从圆房后，似乎心有灵犀，她想什么卫戍都能知道。"你又知道了！"嗔了一句白他一眼，不再搭理他。

吃过早饭，姜瓷收拾的工夫，卫戍拿起邸报又道："卫家军已到溏山，卫北靖作战谨慎，会先围不攻个几日，探探底细，待探清山势明白大举进犯不是好法子，便会小股上山分散游击，怎么也得打个三五日才会出问题。到时候飞鸽传书，两日入京，宫里消息往来，老头子再别扭个一两日，算着时候，旨意怕是很快就会下来，如此，约再有十日，我便要走了。"

姜瓷愣了一下："你还没好呢，怎么能去？"

"老头子算计的精着呢，自然知道我到时候便能行动了。"

姜瓷拧眉："我去寻程大哥，他是神医，他的话太上皇必要听的，你去不了！"

"姜瓷！"

卫成一把拉住她，淡淡的笑里带有几分无奈。姜瓷在他眼光下平白生出委屈："怎么能去？那样危险，你都还没好……"

"习武之人，免不了行军作战。我知道你心里想什么，我在潺山折了两回，但正因有那两回，如今我才是唯一一个可以拿下潺山的人。姜瓷，这八年，我就是为了这一回。"他宽慰着她。

"既然要去，那为什么还要惹怒太上皇，平白伤这一回。"姜瓷的眼泪倏忽而下。卫成一愣："程子彦多嘴了，这事与封诰命没什么关系，老头子是主上，我自然要听他的话。但他不公，该我的，我自然要争。何况他惯来瞧我不顺眼，这回回来又因我不恭顺记恨在心，上回没打畅快，这回自然要寻个理由找补回来，指望着能把我教训学乖。哎，你快别哭了，哭得我心里乱得很。"

卫成胡乱给她擦泪，掌心的茧子磨得她脸颊生疼泛红，卫成忙又缩手，拿袖子往她脸上擦。

姜瓷心里不痛快，她曾也遭遇不公，却也没这会儿这样气愤过。凭什么没本事的人受宠，拿命干活儿的讨要自己该得的还要挨打。

卫成生于花团锦簇的人家，然而这命确实比她还苦。

越想越觉着委屈，原本哽哽咽咽，继而想起这些日子卫成受的苦，顿时大哭不止。卫成慌得不行，邸报都丢在一旁胡乱哄着："我至多两月一定回来，全须全尾毫发无伤……那个，那个今儿天气晴朗，咱们夫妻头一个年过成这样，不如咱们出门且逛逛去吧。今儿是二月初一呢……"

但到底哄不下，直到姜瓷疏散得差不多了，一张脸红肿，一双眼桃儿一样，抽抽搭搭看向卫成，卫成慌忙看着她等吩咐，就见姜瓷委屈道："不是说要出门逛逛吗？我还做了两身衣裳忘了没拿回来呢……"

卫成顿时失笑，笑着笑着把人揽进怀里，恶狠狠地啜了两口那娇嫩嫩粉嘟嘟的小嘴唇，立刻叫人备马车，带着姜瓷出门。

二月初一的街市热闹非凡，姜瓷窝在马车没片刻便被外头的喧闹感染，掀了窗帘往外望，卫成便一处一处指着为她解说。自然先去取衣裳，谁知姜瓷那会儿并没说何时来取，那头便也没赶着做，如今还没做成。卫成便又择了两块新进的春衣料子与姜瓷又做了两身极为相配的衣裳。

出了布庄，夫妻携手走走逛逛，卫成把他从前二十年里觉着京里好吃好玩的去处都走了一个遍，看她吃得满嘴满手油，看戏法看得兴高采烈，他也觉着高兴得很。

待到下午，姜瓷到底顾着卫成伤患初愈，一大早还又荒唐一遭，便只说累了。卫成心里明白，带她去了一家茶楼，莲叶藕粉羹清甜爽口，外头传来鼓书的声音。

这是南方才有的，迤逦袅娜的南方姑娘打着小鼓，娇软的语调唱着鼓词，下头一阵叫好，赏的铜钱呼啦啦扔在台上，那姑娘唱过下去，又换一个抱着琵琶的，一样软糯。

"这是一家南方馆子。"

姜瓷移不开眼光，漂亮姑娘谁不爱看？但卫成眼光一直锁在她身上，时不时喂她一口她爱吃的。姜瓷便坐在楼上，托着下巴看。但看久了，卫成有些吃味儿，低低咳嗽一声，姜瓷回头，就看见他清润眉眼中淡淡的委屈。

心便软了。

卫成此番伤病虚弱，人便柔软的如同水光，修眉俊眼的清润，配了这一身月白华贵的衣装，平添几许贵气，姜瓷直到此刻才在卫成身上寻到了勋贵子弟的模样。

"哪里不舒服？"

她立刻问，卫成微微蹙眉："有些冷。"

伸手来攥她手，手指果然冰凉，他又咳嗽几声，眉眼满是歉意。姜瓷心疼又自责："是我不好。"

卫成笑了，拉着她手："咱们去个暖和的地方。"

丢了一锭银子，瞥了下头那弹着琵琶娇软的姑娘，竟有几分得意地带走姜瓷，没走多远是一个酒楼，但这样门头显贵的酒楼姜瓷还是头一回见，一进门扑面而来的热气，带着股子姑娘们身上的馨香，姜瓷诧异，看见楼下侍候客人往来端菜送酒的都是十六七岁娇嫩的姑娘，各个儿的清秀貌美身姿娇软。

"这是……"姜瓷讶异。

"别管她们！"卫成拉着她熟门熟路上楼，这样人声鼎沸大堂挤满的饭点儿上，楼上竟有一处极为僻静，空着一间厢房。卫成才推门进去，立刻跟进来个姑娘，本笑得娇媚，甚至想往卫成身上依偎，但一眼瞥见他带着姜瓷，堪堪稳住身形，戒备地盯住。卫成眼光便冷了："我似乎交代过，我这间客厢，不用你。"

那姑娘立刻委屈，眉眼盈盈。后头立刻又跑来个姑娘，虽也风流袅娜，眼神却极端正，规矩道："公子来了。"

卫戍淡淡点头，她扯着先前那姑娘推出去，小声埋怨："你莫害我，你上回做的没脸事儿，公子厌烦着呢！"

随后关门，带笑到卫戍身边，先审视一刻，朝着姜瓷行礼："见过夫人。"

姜瓷忙叫起，那姑娘便笑着奉了茶，姜瓷实在不饿，方才就着小曲儿和姑娘已吃喝不少，但卫戍冷，来这儿是为取暖。可看着里里外外莺莺燕燕，再看卫戍熟稔的样子，心里不大自在。卫戍自然看在眼里，近来也时常要做些惹她心疼的事，她心疼他，他就高兴。如今亦然，她吃味儿，就是在乎，他心里也舒坦，但到底舍不得她别扭。

"这就是个吃饭的地方。"

"咱们这酒楼是番外主子开的，那儿民风开阔，咱们主子也是个大气的，实则没什么腌臜心思，夫人可别往心里去，咱们都是好人家的女儿，在此做工。"

姜瓷被撞破心思的难为情。

"你下去吧，做些清淡的送来，不必在这儿伺候。"转头，卫戍又同姜瓷道，"明日初二，晚上会有龙灯游街，乞求风调雨顺，就在窗下这条街。"

第四十九章　惶惶

卫戍推窗指给姜瓷，风吹进来，姜瓷看一眼又拉住："有风。"

卫戍看她笑容总有几分虚浮，叹了口气："姜瓷，有卫家军七千人马，我总还要带我那以一敌百的黄雀卫，不会有事。"

"我知道，我就是……"心里总浮现卫戍胸口伤疤，还有那回在潇山下奄奄一息受伤的模样。这是心病。

卫戍握住她手："我知道，只有我好端端站在你面前，你才能宽心。我何尝又不是？上京水深，到处都有虎视眈眈的人。一个六皇子一个顾允明，还有卫家许家那些人。甚至还有一个莽撞的三皇子，那日在宫里，也是因我之前得罪过他。没有我保护你，我怎么能安心。"

"别！你别！"姜瓷一下慌张，"我会好好的，你千万别分心！左右两个月，我绝不出门，自然不会出事！"

卫戍淡淡笑了，眉宇间却有几分愁绪。他转头拿手指沾在茶盏里，便在桌上写下两个字。

"什么？"姜瓷看过去，虽不知是什么，但写得很好看，笔画间坚韧有力，尽显风骨。卫戍笑道："你不是说想识字吗？其实旁的倒罢，但这两个字却是要记住的。"

"是什么？"

"卫戍。"

姜瓷茫然抬头，卫戍又笑道："卫戍，我的名字，卫戍。"

"啊！"

姜瓷忙又低头去看，在那水还没干的时候，近乎贪婪地看着那两个字，深刻地记在心里。

"真好看，这两个字……"她笑着赞叹，仿佛那不是字，而是卫戍。

"等你回来教我识字吧。"

"好。"

他就喜欢他这小妻子眼神晶亮的模样。

夫妻二人直到夜色黑沉才回去，第二日黄昏，因有龙灯，姜瓷早早收拾了便和卫戍又出来。还是昨日那客厢，还是昨日那姑娘，摆了满满一桌姜瓷爱吃的，街上人头攒动，姜瓷与卫戍坐在窗边，姜瓷托着下巴看楼下，卫戍看她，手里忙着给她张罗吃喝进嘴里。

这么等着，没等灯来，倒是吃多了急着如厕。

见卫戍站起要陪她一同去，姜瓷忙按住他"到底还冷，你别出去！"

急匆匆跑了。恭房在酒楼后院角落，姜瓷从后楼梯下去，院子里几个胡商正高谈阔论。北徵民风剽悍，从前觊觎大炎泱泱中原，着实闹了好些年，也就近二年因那头新帝继位，是个主和的，这才和缓起来，通商往来。前年送了位公主来和亲，今年大炎也要送一位过去。

姜瓷去过回来，才要上楼，忽然隐隐传来言笑，那声音有几分耳熟。姜瓷就这么一顿的工夫，却听见了他嘴里不堪的言语。

"他不过凭着那副皮囊，指不定讨好了哪个贵人，哄得把他荐去老圣人那儿，他有什么本领带人？必也是哄骗的老圣人从你手里夺的人吧？"

实在怨不得姜瓷，这声音太熟悉，论调也太熟悉，果然有人笑回，端着架子，含混地应道："罢了，他小孩子家家，又生得貌美，让他就是了。"

"啊哟啊哟，顾大人真是个怜香惜玉的呢！"

满屋子笑得暧昧，姜瓷皱眉，顾允明和卫东炀。做叔叔的，后头说的话却更不堪起来："前阵子听说雪地里挨打罚跪，是不是没伺候舒坦惹怒贵人？唉，就是个命贱的人，都这样了还不死！"

顾允明叹息："听说年里在你家也闹得不成。要我说，到底是个娇嫩的姑娘，既有这心思，收在房里好好怜惜就是了，何苦装什么正经人，生生逼坏了个好姑娘。"

"可不是！"

"听说董姑娘送回董家了？也不知如何了？"

"哎哟，寻死觅活好几回，可怜着呢！"

"我倒有心宽慰她……却怕被人说别有用心。"

卫东炀立刻激动道："大人真是善心！我回去便和她说，定欢喜得很，待寻个好日子，我便把她送到您府上！"

顾允明笑起来："从前不知，卫兄竟是这样实心肠的人，真是一见如故，你家那公子的事，包在我身上！刚巧我那队里还缺一口！"

卫东炀忙着道谢，一阵觥筹交错，二人又说笑一通，卫东炀忽然压低了些声音："不知卫戍近来可有什么差事？"

姜瓷心念一动，略侧身，自窗户缝隙间卫东炀推了一盒银子到顾允明面前，顾允明扫一眼，淡淡道："约是前阵子罚了他，主上有心哄哄，要叫他去潇山，分你那好哥哥一杯羹，占个功劳……"

姜瓷一颗心倏地提起，这样隐秘的事顾允明轻易就卖了出去，置卫戍安危于何地？姜瓷气得发颤，忽然被人拉住手，回头看见卫戍，立刻捂住他嘴，拉着往楼上去。

卫戍一直跟着她，她听见的，卫戍也都听见。姜瓷好容易忍回厢房，顿时破口大骂："那顾允明是个什么东西！"

姜瓷一进屋忍不住斥骂，卫戍缓缓关上门："总归不是个好东西。"

姜瓷气得很，卫戍坐过去，楼下忽然一阵喧嚣，笑闹声恨不能冲破云霄，烟火灯火映过来，姜瓷的脸上色彩斑斓。她看下去，龙灯走过来，那是几百人举着灯凑成的龙，活灵活现，在街上游走，前前后后还有端着贡品和踩高跷舞狮的，煞是热闹。

"不气，他就是个小人，且留些日子，等我回来料理他。"

卫戍从后抱住她，弯着腰在她耳边宽慰，姜瓷不解："你说这么个人，怎么混到黄雀卫的？"

"他也是苦出身，曾历练赤诚过，太上皇喜欢他那乡间出身的淳朴实在，主要是听话，就留在身边了。对了，他对太上皇是有些功劳的……"

姜瓷撇嘴："抓驸马给太上皇挡刀子的就是他吧，毕竟拿别人性命立功这种不要脸的事，不是谁都能干出来的。"

"嗯，娘子睿智。"

卫戍笑："当初老统领退下时荐的并不是顾允明，但是巧了，那人在外办差，没等回到宫里升官就死在外头了。顾允明那时候差事办的还是极好的，只要不动脑子不拼命。太上皇也就提了他，没过半年就发觉他难堪大用。但黄雀卫历来没有这么换统领的，毕竟对根基摸的太清，一个不慎满队尽失了，这才生了心思再立一队。他买卖消息也不是一时半刻了，太上皇禅位后黄雀卫淡出，所有人都以为散了，黄雀卫也更便宜行事，但就因顾允明的张扬露了消息，不轻不重的罚了，左右已分了明暗，他既在明，那就顶出去算了，反正触碰不到核心机密。"

"太上皇可真偏心，没本事又惹祸都能容下……"姜瓷不平。

"不止偏心，还自负。他觉得他看上的顾允明，便是大大小小一堆的毛病，但对他势必忠诚听话，买卖消息这事他是断然不信的，顾允明也做得隐秘。"

这世道，没法说理。

偷吃的得赏，办差的挨打。

"算了，没得烦恼自己，左右也管不着，只是顾允明泄露你行踪。"

"没事，如今我身份得明，这回既然要等卫家军求救才派遣我去，势必是要下明旨的，他早了晚了知道也无妨。"

姜瓷这才宽心，外头龙灯已经走远，隐隐还能听见喧嚣。卫戍有心带她下去逛逛，龙灯走过的街市夜间也热闹非凡，姜瓷却叫搅了兴致："咱们回去吧。"

拉着他手有些凉，正要给他披上大氅，他却先将斗篷裹在她身上，笑着将她裹个严实才自己穿了大氅，拉着她手往外走。

待下了楼，前头一群人吃酒，糟乱难行，夫妻两个便向后门走去，只是才下楼进院子，迎面又见几个胡商。昨日那要往卫戍身上依偎的姑娘陪着，嬉笑走来。卫戍把姜瓷拉到自己身内，怕被碰着，才安置好，就被人重重撞在肩头。他晃了一下，回头。

姜瓷看见那几个壮硕丑陋的胡商脸上忽然兴起的惊艳，卫戍眼瞳骤然冷下去，他去拉姜瓷，意欲先行离开，那胡商却伸手去拽卫戍袖袍，嘴里高声喊道："娇娇儿！"

卫戍顿住脚步。姜瓷诧异，卫戍揽着她的手臂隐隐颤抖，似乎在极力忍耐什么，那胡商见卫戍停下，凑过去抬头仔细看，明目张胆的肮脏欲，望在脸上，他惊喜道："真是你，真是你……我可找了你七年了……"

姜瓷脑中轰然炸开，她忽然明白了什么。七年了……那一声娇娇儿，这是当年卫戍被掳走卖去小倌儿坊……

姜瓷不敢想，这该是怎么样的噩梦？她探出身去挡着卫戍身前，那胡商又是一道惊喜，扫过姜瓷后笑道："小美人儿不必急，你虽绝色，可比娇娇儿还是差了些。爷走南闯北这些年，当年就没见过他那样标致的孩子，没承想七年后竟出落的更绝妙了……"

他舔着嘴唇，卫戍回头，淡淡地笑："图鲁格，我也找你七年了。"

图鲁格眼中现出杀戮凶光，却更兴奋，摸着眉梢连到嘴角的一道疤痕："好孩子，我记得呢。但……我总得尝尝你，不然怎能甘心？当初已绑到我眼前的人却没吃下肚，我可念念不忘呢……"

姜瓷一阵恶心，袖中匕首已抽出来，卫戍一把攥住她手，眼中寒光凛冽地皱起眉头。她竟然随身携带凶器？

"你要先回去吗？"

"不走！"姜瓷怒不可遏，卫戍点头，那胡商却已等不得，毕竟现在的卫戍看来病娇柔弱，仙姿玉貌。图鲁格振臂一挥嚷了几句北徽话，顿时几个彪形大汉围过来，卫戍将姜瓷揽进怀里，后院惊呼四起众人逃窜，那几个人抽出兵器，图鲁格蔑笑的揩着嘴唇："莫伤了娇娇儿的脸……"

第五十章　痂

但也只有这一句了。

没人看到卫戍是怎么出手的，甚至没人看到卫戍出手，那几个气势汹汹的大汉轰然倒塌，图鲁格的笑甚至还没收起来，他的脸上，从前那道疤痕就淌出血来。

卫戍用袖袍遮住姜瓷的眼，手捂住她耳朵，那些哀号血腥都没叫她遇上。

"哎哟！这是怎么了？"

卫东炀和顾允明听到外间响动出来，便看到这样一幅场景，卫东炀吓得腿哆嗦，站在廊下不敢下来，顾允明却下来看过，冷眼对上卫戍："卫戍，你是要挑起两国纷争吗？"

更像是有预谋般，忽然冲进一队衙差，为首那个一看境况顿时拔刀对向卫戍："大胆！竟敢当街伤人！"

"可笑，大炎的衙差，不护大炎子民，却要为北徵奸贼出头。"卫戍薄薄的嘴唇冷笑，"既然指望不上，便也不劳烦了。"

指尖勾动，忽然翻然掉落几道黑影，面罩银面具。

"黄，黄雀……"

面具上淡淡黄雀的纹路，有人颤声指认。

这是卫戍第一回在人前显露，他甚至神情仍旧云淡风轻，几人扭住图鲁格离去，卫戍连一道眼神都吝惜给顾允明，顾允明铁青着脸又横到他身前挡住："卫戍！你今日所为我必要禀报主上！"

话音落，突兀的哀号一声滚倒在地，原来姜瓷厌烦，把匕首扔出去，恰扎在顾允明大腿上。

"啧。"

卫戍淡淡皱眉，脚尖踢出匕首，匕首带着血珠子在半空划出一道弧度，柄恰好落在卫戍手中。他嫌弃又惋惜的摇头："染臭了。"

姜瓷懊恼："是我欠考虑了！"

"算了，回去煮煮将就着拨碳用吧。"

"好。"她拉着卫戍手，夫妻径直而去。

马车上卫戍一言未发，姜瓷看着他，许多话想问却一直没问。卫戍从来不在乎外人如何轻贱辱骂，但从没提过十二岁那年那场事故的任何内情，那是他一生中最惨烈的耻辱，一个孩子险些被欺凌的畏惧和愤怒。然而他最不想让姜瓷看到他最不堪的过往，所以在认出图鲁格的第一瞬，他想到的是先送姜瓷离开。

"我没事。"

卫戍探手过来拉住姜瓷，温言宽慰："这件事，也不像你想象的那样，我……我没有……"

"我知道。"姜瓷明白，他没有被怎样，但心里的创伤却势必存在。

卫戍释然地笑笑，揉搓着她的手："图鲁格的弟弟是北徵大将军，当年两国交战进入疲乏期，遂想暂时议和，那时他就是随着他的弟弟和北徵议和使团一起进的盛京。富贵人家总有些背着人的肮脏玩意儿，有些人，就好些清俊的男孩子。图鲁格尤爱凌

222

虐貌美的姑娘和男孩子,有人讨好他,在小倌儿坊择选孩子送去,而我,是有人故意在此之前替代那些孩子,送到他房里的。"

"你没有……"姜瓷震惊,卫戍眼神渐深,"对,我没有。我根本不是外间所传被卖去小倌儿坊,而是直接迷晕送去了驿站图鲁格的房间。试想,他真的对我做了什么,谁会在那个时机破坏两国议和,为我说一句公道话?"

姜瓷紧紧抱住浑身僵硬的他,他在忍耐,忍耐多年积压的愤怒、羞辱,甚至是年少时留下的心魔恐慌。

"你怎么逃出来的?"

卫戍扬起嘴角,戾气冷笑:"图鲁格很高兴,想安心享用,屏退左右,又笃定我一个被绑着的孩子逃脱不了……我自己卸了半边肩膀挣脱绳索,砍了他。"

没有人来救他,一个面对禽兽绝望的孩子,什么心都能狠下,什么都做得出来。

"我今夜怕是不能陪你,图鲁格不能禁太久,涉及两国,明日一早必要放出来。"

看着姜瓷愤愤的模样,卫戍安抚道:"我会处置好。"

"那你务必小心。"

卫戍点头,笑着摸了摸她脸颊,正在行驶中的马车,他竟掀起帘子跃了出去,身手轻盈矫捷,瞬间消失在黑暗里。

然而姜瓷心头火还是泄不下,想起那图鲁格丑陋肮脏叫人恶心的眼神,她愤愤铰了半夜的布,给卫戍纳了一双鞋垫。卫戍半夜就回来了,看姜瓷一手拿着剪子一手拿着鞋垫睡在外稍间矮榻上,顿时叹息。

把她抱上床,使了半天性子的人困乏了,竟也没醒,他宽衣躺在她身边,抱进怀里,冬日寒冷里热乎乎娇软软的身子,叫他的心也软得一塌糊涂。翌日醒来,姜瓷见卫戍沉沉睡着,悄悄起来,整理他丢在椅上的衣服,看见外裳上几许血污,她忖着,卫戍会如何对待那个他少年时内心恐惧的魔障。

做了卫戍喜欢的饭菜,巳时程子彦来时卫戍还没醒,他没有吵醒卫戍,坐在外稍间等着,带着淡淡愠色,看来昨夜的事怕闹的不小,程子彦已然知道了。

"这种腌臜东西还放什么?大卸八块都嫌脏了刀。"

程子彦少见这样戾色,见姜瓷看他,以为姜瓷并不知内情,收敛起来,姜瓷理着给卫戍做的衣衫鞋袜,淡然道:"就是怕脏了刀,才先放了的。"

程子彦脸色一下难看,男人要脸面,这种事情卫戍竟然也叫姜瓷知道,遂尴尬得也不知再说什么好。

屋里低低咳嗽，卫戍昨夜劳累，今日精神便短缺些。

"好些吗？"

姜瓷闻声便动，探到床前，眉眼弯弯笑得温煦，卫戍心里顿时踏实："好多了。"

见程子彦已然来了，便要翻过身，姜瓷卷了他裤脚，就在一旁看着，程子彦一根一根的银针扎在他腿上，捻着针颤巍巍地动。她心里细细密密地疼，要把这些疼深刻地记着。

待施针过，预备药浴，卫戍泡进去，程子彦道："似乎没用早饭？空着泡不大好。"

姜瓷抬头："早起熬了粥，我去端。"

程子彦点头，姜瓷出去，走了几步，却贴着墙角在窗跟边上站定，里头低低的声音传来。

"就这么放了？"

卫戍看一眼窗户，没有提醒，嗯了一声。程子彦烦躁起来，在屋里走来走去："这么放了？他污言秽语，一早外头传遍，说你肌肤细嫩如雪，左肩一颗胭脂痣……"

卫戍痛苦闭眼，攥紧双拳，再睁眼时又还复往常平和："所以，他不能活……"

"那为什么不早杀？叫他多这一半日！早杀了，何必有这一遭侮辱？"

卫戍的声音淡淡传来："为兵将，为边关百姓。"

图鲁格不能死在他手里，虽然他是那么想手刃这个肮脏的魔障。但姜瓷总算听出什么，顿时死死捂住了嘴，心痛如绞。

这粥端的时间有点长，姜瓷在后厨平复许久才端着碗回去。程子彦已走了，卫戍正在穿衣，她有意无意瞥过去，他左肩头那颗殷虹的痣，火一样的燎着她的眼睛，但却再三克制，权当什么都不知道。

"别放心上，你也见过打架吧，挣扎厮打，哪有不扯破衣裳的。他看见我肩头的痣，我也看见他背上的刺青，我还一匕首砍到他脸上，我哪是会吃亏的人？"卫戍忽然风轻云淡笑了一句，姜瓷愣了愣，原来她方才在外头，他都知道。而如今随意一句也想要掩盖当时的恐惧。可一个十二岁的孩子，出身世家，面对那样的事情怎么能不怕？

"嗯。"姜瓷虚应一声，却忍不住颤抖。卫戍叹息："有你心疼我，就什么都值了。"

抱住她腰肢，将脸埋在她肚腹上，透着衣衫传来的温暖叫他从没有过的安心。

图鲁格是半夜就被放了出来，甚至他的随从还没来得及与官府交涉放人。因被卫戍毒打，他破口大骂，污言秽语，又为没能得手卫戍而耿耿于怀，心头的火急于发泄，半夜便叫随从去妓坊和小倌儿坊挑着貌美娇嫩的带去了落脚的客栈，及至第二日早晨，客栈里还间次传出凄厉惨叫，那些姑娘与小倌儿一个个被送进去，约小半个时辰就得换一个。

午时图鲁格才算熄了半边火，睡了去，等黄昏醒来，那股火又烧起来，心心念念都是卫戍，便带着人又往那酒楼去，来回翻找指望再遇见，谁知在后院瞧见了一个娇嫩貌美十六七岁的少年，眼间流波，生生烧起图鲁格邪火，一把将人扛在肩头欲掳回施虐。但这少年并非无端现身于此，惊呼挣扎，顿时又跑出一队人马，图鲁格一见，火冒三丈。

所谓仇人见面分外眼红，那一拨人马，正也是北徵富商巴炎，两人商场争斗，家族在朝中争势，真是世仇。这小倌儿正是巴炎买了今夜作陪的。

文官为敌还懂迂回，武将便直白得多，两厢顿时叫骂起来，继而厮打，混乱中图鲁格拔出腰刀朝巴炎砍去，他怀里钳制的如同烟柳的柔软少年忽指尖一动，图鲁格竟手软，正是眼红的时候，巴炎夺刀反手，割开了图鲁格的喉咙。

北徵自己人杀了自己人，众目睽睽下，谁也说不出什么来。战事不会起，将士不会因此折损，边关百姓也不会流离失所。

卫戍近来练武频繁，出征在即，便是他说的，要想保住命，还得自己拼命。

姜瓷总算压下心里那股子不安不顺，他练武时，她就在旁做针线，给他做爱吃的，衣食住行无微不至，日子流水地过，她天天扒着看他身上的伤，总算脱了痂，痕迹渐渐淡了。

所谓十日之期将到，卫府开始有信鸽往来，姜瓷也时常能看见带着银面具的黑衣人出现，他们遇上了，总会远远的朝姜瓷行礼。因着卫戍，姜瓷知道这些人的辛劳，每每总也要还上半礼，倒引得那些人微微诧异。

至十日整，一早姜瓷见有三人进了凤凰居书房，两个远远向她行礼，居中那个背着手，眼神冰冷倨傲。待往屋里进，姜瓷才诧然看见那人背在身后的手被一截银丝缚着。

第五十一章　临行

他们进去没多久，卫戍便更衣出来，那缚着手的面具略歪，露出一片红肿，显然是被打了，卫戍见姜瓷目光，顺着看去，一根指头把那人面具捣正，朝着姜瓷笑："我要出去一趟，晌午多做些饭，有客来用。"

那人低低冷哧一声，卫戍头也不回，一拳打在他下巴，他闷哼，卫戍仍旧对姜瓷笑着。

"好。"

见姜瓷应了，他才带人走，一行策马奔入皇宫，亮了令牌，卫成便与那人一同进去，这人倒似乎熟悉得很，落后卫成半步，行走昂堂。

去漭山的事，是太上皇和卫成早说过的，漭山卫家军的奏疏已到御案，顾允明无事便会在太上皇处凑趣儿陪伴，这会儿正在殿后的小池子边陪着太上皇钓鱼。

"漭山那头已查出消息，牵线搭桥的，名叫谢澜。"

卫成行礼后只说这一句，顾允明嘴角抽搐一下，太上皇眼底精光一闪："谢澜？"

卫成没答话，扫了顾允明一眼，顾允明顿时跪地："主上！臣下冤枉！当初那谢澜因与卫少将军有私怨，这才携裹了几个相好之人谋算卫少将军，险些害他性命，此事臣下当年便已申辩，臣下确实不知！如今他竟落草为寇，可见本就是个心思不正的！"

太上皇冷哼一声，卫成没作声。

毕竟黄雀卫出身的人，如今却在漭山为寇，还刮缠了这许多，太上皇总觉面上无光，终归是顾允明带的不好。一道眼光，顾允明忙又叩头："当初臣说定要重罚以还卫少将军，是卫少将军说不必了，这才放了他，不然怎会有今日之乱？"

卫成连眼角眉梢都没动弹一下，太上皇腻味，扫卫成两眼，淡然道："病好了吗？"

"好多了。"

卫成垂眼，太上皇收了鱼竿："嗯，那明日便上早朝吧。"

"是。"

顾允明眼瞳狠狠一缩，恨恨看向卫成。这么多年了，他还从未以黄雀卫统领之职上过早朝。

出了圣清殿，随行的黄雀卫脚步沉稳许多，甚至沉重。二人出宫，卫成什么都没说，他便上马，随着卫成又回卫宅。二人并未再回书房，因快到午时，卫成便引着他往小厅去了，姜瓷已做好饭，见他们回来张罗摆了小案，那人吃得又快又狠，卫成不满："啧，抢什么？爷娘子做的饭！"

那人不服软，二人筷子便在菜上斗起来，姜瓷在外稍间探头看，不禁失笑。

吃过午饭，隔着围屏与门，姜瓷就在外稍间矮榻上歪着，外头两人却摆了一盘棋。这棋僵了许久，姜瓷已奄奄寐着了。卫成听着那响动，眉眼舒展："你那样子做给谁看？"

谢澜冷笑，卫成皱眉："小声些！小爷娘子睡了！"

谢澜脸色僵了僵，低头看棋局："你这娘子，似乎不是先前那一个。"

"少浑说！要爷的命！"

卫成勃然变色，谢澜又冷笑："特意叫我去听，叫我知道自己蠢？"

"你是真蠢，这黑锅背的心甘情愿，拐回头还替他办事。"

谢澜嘴角抽搐，眼神暗沉："当初他和我说，是你不依不饶，必要罚我，他同我连坐，罚俸，还降了职，终于叫你赢了，踩在他头上。"

卫戍嗤一声："他说，你就信？"

"他说他拼了性命放我们几个一条生路，叫我们快逃，我们连夜奔逃，被人追杀，只我一个逃出来了，那时候想着，自然是你。"

"我要计较，圣清殿不松口就成，区区你们几个，不声不响也就处置了，犯不上花大力气再去杀。况且……"

卫戍忽然邪笑："你那未婚妻，如今还在他府中做妾，你们几个的身家，也都纳入他的家产。"

谢澜嘴角再度抽搐，手里的棋子轰然粉碎，卫戍恼怒："你赔！爷大价钱买的！"

谢澜道："好，我赔，只要你能弄死那厮……"

"你赔不赔爷都要弄死那厮。"

谢澜忽然扫一眼围屏："你倒大胆，这样紧密的事，也不背着人。"

卫戍落了一颗棋子，道："这世上若只剩一人可信，必然是她，有什么她听不得的？"

谢澜嘲弄："恨你的人多了，你就不怕她是别人照着你的喜好安置在你身边的……"

卫戍也看过围屏，眼神缱绻："那我就认命了，能死在她手里，也算我圆满。"转头又问："你那娘子呢？"

谢澜摇头："她当初救了我命，我已用尽全身力气回报她，这回我走，叫她和我一起走，她却不肯。"

"人啊，生来就定了秉性。"

"喊，你不是半路转了性子？从前小意讨好！"

卫戍人生的转折发生在十二岁，那件前几日又起风波的被辱之事。所以人啊，不是被逼得无路可走，谁又会改变？

"是啊，生生改了秉性。"

"改了也没用，照样被人算计！"

二人互戳刀子，戳着戳着恼起来，蹿进院子大打出手，谢澜一声大喝，卫戍兜头一拳夯下去，咬牙切齿："说了别吵醒爷娘子！"

姜瓷醒时已不见那个在他家吃饭的黄雀卫，她嘴上不说，心里却清楚，卫戍今日进宫怕是许多事要定下来，她便寻着有用的，开始为卫戍收拾行装。收拾着总觉少了这样短了那样，待收了一大包，忽想他办这差事必要轻装简行，遂解开又看，却又觉着哪一样都不能去下，为难得心烦意燥。

卫戍便拿着书，看她忙碌，看她烦躁，嘴角淡淡笑容，直达眼底。

这一夜，小意温存，道不尽的旖旎风流，姜瓷有心叫他安心，甚而少之的主动逢迎，倒叫卫戍欲罢不能，直到半夜。

天还黑着的时候，姜瓷觉着身边一凉，待要睁眼，却被人覆住眼皮，低且沉的声音挠着人的心肝："你睡，还早。"

她唔哝应着又睡去，隐约听见沉闷轻微又似乎清脆的声响，然后是靴底笃笃的声响。眉梢落了凉润的一吻，那人缓步离去。

姜瓷日上三竿才醒，到底二月中旬，天虽还冷着，却已暖和多了，她睁眼，看着空荡荡的屋里，恍惚想起昨日卫戍同她说过，今早要去上朝。

走得那样早，想来没吃什么，姜瓷剥了几只昨日新鲜打上的河虾，洗净切了，就在屋里熬上了粥。米才下锅，听见门外声响，姜瓷回头，便诧然呆住。

门外的青年一身银甲，昂堂肃冷，个子高的人平白给人一种压迫，然而面上罩着的黄雀暗纹银面具勾勒着妖冶弧度，魅与邪，端与肃，诡异地糅在一处，展在他一人身上。

她看得痴了。卫戍迈了一步，勾住她腰身往回一扯，她便离了地悬在他臂上，他的嘴唇便印了下来，缠绵悱恻，唇齿纠葛，生生吻得姜瓷浑身都战栗起来。

"旨意已下，明日整顿，后日出发，我……"他松了口，暗哑的声音在她耳边，她忽然钩住他脖颈拉下来，辗转反侧，好半晌，卫戍忽然闷哼一声。抬起头，迷蒙眼里带笑，他揩一下嘴唇，些微血迹，他取下面具，笑的妖邪，又扑下去咬住她耳垂，却又舍不得，最终只含了一下又放开："我去议事，晚些回来。"

姜瓷点头，他依依不舍地放下她，姜瓷就着日头，看他银甲背影配出的光，分明柔和得很，怎么就刺出眼泪来？她翘着嘴唇笑，眼泪滚滚下来，捂着脸大哭。

这份激昂许久才渐渐平息，到底是大事，卫戍去了许久，直到第二天清晨才回，姜瓷看他卸甲，手里提着他的家常衣裳。

"对不住，这时候才回来，因拨了京郊大营八百精兵并一位校尉，少不得烦琐些。"他换了衣裳接过姜瓷递来的热帕子捂着脸："这一天马骑的，脸都吹僵了。你瞧！"他把脸凑上去，偏巧把嘴唇上姜瓷咬破的地方对她眼前，姜瓷推他脸，羞得脸红。

"啧，咬的时候痛快，这会儿羞什么？"

卫戍笑着，嘶了一声："疼！"

"咬坏了？"

姜瓷立刻上钩，皱眉凑上去看，卫戍皱着的眉眼舒展，姜瓷看见他眼底促狭，羞恼的转身又走了。

"唉！脾气越发坏了，别恼……"他从后头抱住她。姜瓷回头，看他眉眼间的疲惫，嗔道："别闹了，快歇会儿，不是说旨意上要卯时出发？天还不亮。"

卫戍却不依不饶，姜瓷把他按趴在床上，拿了一瓶药膏搓在手心，往他背上抹去，卫戍笑："都好了，我是男人，有些疤痕也无妨。"

"我看着心疼。"

"哎，那便多抹些。这回程子彦也去，待四月回来，定叫它淡了。"

姜瓷不说话，卫戍也沉默了片刻。

"姜瓷，我会好好儿的，不会忍饥挨饿，不会受伤，不会……"他保证着，姜瓷凉润的嘴唇落在他颈后，他轻颤着，想要转身，姜瓷却按住。

"快睡吧。"

"嗳，你这……叫我怎么睡？"

姜瓷往香炉里丢了个饼子，香气渐渐弥漫，卫戍回头，带着怨念，却沉沉睡去。这一觉到午后，因昨日已商讨好，今日各处自己休整，只等明日集结出发。卫戍醒来时姜瓷就坐在床边，手里一双袜子，针脚细密，觉着目光灼热回头看来，便笑了。

"饿吗？"卫戍说着便起身，叫了声吴嬷嬷，石榴几个便鱼贯而入在外稍间摆了桌，"都是你爱吃的。"

姜瓷一样一样递着帕子和淡盐水，卫戍漱口擦脸才下地，披了外套出来，一桌子摆着的，果然都是他爱吃的。拉姜瓷坐了，姜瓷等他，也还没吃，夫妻便凑着头吃饭，谁也不说话，等吃过饭收拾了，屋里竟然陷入一片古怪的沉默。

姜瓷满肚子话却不知如何说起，又怕说的太多坦露不安，叫卫戍不能安心。卫戍拿着邸报，这几日潆山过来的报书格外多，他看的认真，似乎没留意姜瓷的不妥。

直到黄昏，卫戍扭了扭脖子，才放下邸报。

"姜瓷。"他叫一声，姜瓷从针线里抬起头来，他伸手，姜瓷搁了针线走过去，但人到了他跟前，他竟然也沉默起来，拉着她手仰头看她。

吴嬷嬷进来加炭火，钳子夹着新碳投进去，哔啵作响，才合上炭炉盖子要出去。

"吴嬷嬷。"卫戍唤住她，吴嬷嬷站定回头，卫戍已起身，走到她身前几步站定，规规矩矩一揖到底行了个大礼。

第五十二章　听话

　　吴嬷嬷愕然，姜瓷也愣住了，卫戍这礼持了片刻才起，郑重道："卫戍要出征了，家中只剩姜瓷。这京中什么光景，嬷嬷心知，往常我在，一切好说，但……还请嬷嬷好生看顾姜瓷两月，卫戍便回来了，到时定酬谢嬷嬷，念着嬷嬷这份情。她心思单纯良善，最是好骗，不怕明脸的恶人，就怕伪善的小人，那些想拉拢的人没了我这不好说话的挡在前头，怕是要不断来试探。再者她和顺，怕是有人趁我不在总要欺辱她，我不在的日子，闭门谢客为好。"

　　吴嬷嬷起先怔怔，后来听着嘱托，瞧一眼垂着头的姜瓷，郑重应声，卫戍又行一礼，吴嬷嬷慌忙回礼。他转头，再拉住姜瓷："我同你也有话说，方才同嬷嬷也说了，我不在家时，倘或有人来拜访，善恶难辨，托词不见为好。京中各处，上回咱们出去，我带你去过的地方，都可游逛，但没去过的，掌控略有薄弱，少去为妙，真的想去，就多带些人。屋里衣柜你的箱子我给你放了银子，我不在的时候，万别委屈自己。真要闷了，也千万别出京，暂且忍耐，我两月必回，到时候你想去哪儿，我都带你去，还有……"

　　姜瓷一把抱住他，人便撞进怀里，他的手还无措地垂在身侧，话就这么突兀地断了，眼神呆愣愣的，忽然笑了一下，嗫喏着："唉，我就是有些心慌。从前倒罢了，如今有了牵挂……"

　　"你别牵挂我，一定安心办事，我听你的话！"卫戍笑容有些勉强，"这地方，说好也好，天子脚下再没有的繁华盛况，却也是最肮脏阴私的地方，把你搁在这儿，我不踏实。"

　　"瞧你说的，再不妥的地方，总还有这个卫府，难道你的地方你也不安心？"

　　卫戍失笑："哎，是，是我痴了！"

　　姜瓷也笑，吴嬷嬷瞧着便悄悄退出去，卫戍又拉姜瓷进屋，就在床边的墙上，几乎看不到痕迹的地方拍了一下，那墙立刻打开一方小门，里头有个小樟木箱子。

　　"玉山的契书，十二间铺子，八百顷的庄子，九万两银票，这是……补给你的聘礼。有些少，我往后会努力。"卫戍说着又拿了一支半寸长细小如同柳枝子皮却很有韧性的笛子塞到她手心里，"遇上什么，就吹柳笛。"

姜瓷看着柳笛，看着看着，诧然失色地盯着卫戍："不行！"

"行！"

"卫戍！"姜瓷恼了，涉命的大事怎么能这样草率？看她不接，卫戍惨然道："你要是不周全，那这就是个必输的死局，千军万马都不算什么，你才是我的命门。"

姜瓷颤了颤，卫戍将笛放她手里，看着她淌下的眼泪，胡乱去擦："哎，怎么哭了？真是要了我的命了……"

姜瓷一把捂住他嘴："别命啊命的，我听不得！"

她瞪着眼咬牙切齿，卫戍笑了："好，不说。"

又把他那枚黄雀铜令牌给她："明日黄雀卫尽数集结，但我只带三十人走，余下的……等我消息，倘或不妥，你便带着人……救我……"

"那消息？"

"会有人传来给你。"

近来时常落在卫府的信鸽，姜瓷点头，脸颊红了："那，那我要是想你了……"

卫戍勾唇笑了："我也会想你，我会给你写信。"

他握着她手："姜瓷，你信我吗？"

姜瓷不明所以，却点了点头，卫戍笑道："那我也同你说句交底的话。这一战，必艰险，但也必胜。我曾三上潇山，除第一回全身而退，剩下两回你也知道，付出这样大代价，自然也换回些什么。太上皇逼着让我去潇山，便是因为能打下潇山的，只有我。只带走三十卫，其一是因为你，其二却也是因为……"

他声音渐渐变轻："潇山匪患与京中勾结，总要留人盯着，免得腹背受敌。"

姜瓷大惊："京？京中勾结？"

当真官匪一家了！

"是，所以你在京中也务必小心，不管是谁，都不要信，哪怕朝中传话。一切以我给你传信为准。"

姜瓷郑重点头。

姜瓷总觉还有无数的话想要交代，但看天色不早，卫戍又是一早便要出发，便催促他早些歇着。卫戍知她到底不安心，便假作睡着，偷瞧他的小娘子，悄悄忙里忙外，把他的包袱拆了系系了拆，直往里添东西，直折腾半夜，才钻进他怀里去睡。

没两个时辰，卫戍才微微一动，姜瓷立刻转醒。

"别起了，我很快就回来了。"

卫戍一边穿鞋一边叫她再睡，姜瓷却跳下床，昨儿半夜就备下的糕饼和粥，看着他吃了，又看他换衣裳。

今日倒没穿甲胄，反而换了一身玄衣，扣着银面具，与这些日子姜瓷时常能见到的黄雀卫装扮一般无二，一手拎起姜瓷为他收拢的包袱，一手掂起他的长刀。姜瓷为他穿上披风，一路送他出府，他掀开大门，半边身子探出去，却回过头，将刀交在另一手，勾在她脑后将她拉进怀里，低下头又是狠狠纠缠一通。

"等着我。"

"嗯……"

她湿漉漉的眼神迷离着，满颊春色，送他出门。卫戍眼神缠绵，好半晌才踩镫上马，拉了拉缰绳，朝着还昏暗的天边扬唇邪笑："多谢诸位来送，卫戍有命在身，便不同诸位一一作别了。不在京的日子，卫戍的家，卫戍的人，都不烦劳诸位看顾，倘或有人多心惦记，那也别怨卫戍要惦记回去了，虽说诸位并瞧不起我卫戍，但黄雀的本事，想来诸位还是知道的。这天下能在盛京城里为所欲为的人不多，偏巧我卫戍便是一个。"

晨曦微光里，姜瓷头一回见卫戍微微扬起的面目上笑容意气风发。她明白，暗处怕有不少观望之人，便探手拉了拉他："早去早回，我等着你。"

卫戍指尖摸索她手背，千言万语只从这轻轻的动作里传达，他朝着她笑："我听你的！"

姜瓷笑着点头，退了一步，他扬鞭策马，绝尘而去。姜瓷觉着眼睛有些刺痛，嘴角在笑，眼泪却往下滚，盯着卫戍离去的方向，直到再看不见丝毫人影，吴嬷嬷才从门里出来，给她披上斗篷："回吧夫人，公子出发了，两个月很快的，我陪着你，上回你不是说公子带你去了一家南方小馆儿，姑娘的曲儿唱得极好吗？您先沐浴歇歇，明儿咱们去听曲儿？"

吴嬷嬷笑着，姜瓷有些难为情，伸手捂在脖颈，转身往府里回，又忍不住往空荡荡的卫戍走的方向看一眼，才被吴嬷嬷拉进门。

她从没发现卫宅是这样安静的，一路走过去，仿佛脚踩在砂石上的声音都那样清晰，她心里空落落的，回了凤凰居左右看看，眼泪就无声无息落下来。

她纵着自己想他，哭了片刻才擦净脸。黄雀消息灵通，卫戍又那么不放心她，怕是她在家里一日吃几顿饭每顿吃了几口米都会知道，这一场哭也瞒不过，她寻思着得没心没肺高高兴兴的，才能叫他安心行事。

于是便沐浴吃饭，但躺回床上后却怎样也睡不着。满床痕迹便是床单褶皱都是他留下的，真是叫人想念。这么干躺许久睡不着，索性起来，裁剪一番，给卫戍做起衣裳来。

吴嬷嬷以为她睡着，等黄昏来看这人认真做着针线，衣裳都已成了大半，显然一眼没睡，顿时无奈。

　　"夫人，你不歇歇可怎么熬得住？"

　　半日针线反倒叫姜瓷心静下来，她抬头笑道："无妨，困了自然就睡了。倒是现在有些饿了，叫厨房做饭吧。"

　　吴嬷嬷应声交代下去，少时简单饭菜送来，姜瓷吃了几口，面无表情。

　　"嬷嬷说得极是，从前也罢了，往后却不能这样了，左右这些日子咱们有空闲，烦劳嬷嬷辅佐，咱们便把这卫府整治起来吧。"

　　吴嬷嬷笑道："正是这么个道理，日子不短了，总不好老叫外人说道。"

　　姜瓷点头，却又犯难："如今府里的都是卫戍在外买来无路可走的可怜人，从前确然也都是好人家，不懂如何侍奉，虽教导过，但到底还差着意思。可若现去采买，你是知道的，卫戍如今的差事，怕不少人想往这府里插根针，着实不好下手。"

　　吴嬷嬷忖道："凡事也须得一步步来，若是夫人信得过，我这里倒想举荐个人，也是先前宫里一同出来的。"

　　"那感情好，能得嬷嬷举荐想来定然不错。"姜瓷顿时笑开。吴嬷嬷却有些疑惑地看着姜瓷："夫人……怎就这般信任老奴？说起来咱们也相识不深。"

　　这对夫妻谨慎防备，却就这样轻易接纳信任了她，也委实古怪。姜瓷看着她却笑起来："嬷嬷有什么不可信的吗？说起来你不是太后娘娘陪嫁，娘娘慈和，陪嫁四个婢女，入宫不到三年尽嫁了出去，这才提你到身边服侍。说句不该的，娘娘之所以提你，也是因为你可怜。"

　　吴嬷嬷眼神颤了颤，仿佛当初的事又浮现眼前。

第五十三章　锄奸

　　吴嬷嬷出身边远穷苦处，大选入宫为婢，十里八乡只她一个选上了，在宫里没一个相熟之人帮衬，又是个耿直实诚的性子，自然遭人排挤。正是被人欺辱惨不忍睹的时候，被那时的皇后娘娘撞见，娘娘慈心聪慧，一眼看透，将她带去凤仪宫。

虽因祸得福，可到底出身差又不懂人情往来，只会尽心侍奉娘娘，宫里人前对她客气，人后照旧瞧不起，故而直到娘娘薨逝，她奉旨出宫，也并没一个好前程好去处。她孤家寡人一个，不涉派系，确实没什么不可信的。想起卫戍是做什么的，吴嬷嬷也就释怀了。

吴嬷嬷笑了："倒是我痴了，忘了公子拿手的本事。"

"嬷嬷瞧着，若是方便，尽快入府便是。从前卫戍不提，一半是因差事的缘故，但你也瞧见了，日子过得太将就。如今却不同了，反正身份已明，既然是黄雀卫统领，做将军的，也该拿出将军的气派才是。"

"好，我这便叫人传信给她。"

"这些事也急不来，但现下就得着手相看。高叔年岁大了，该叫他过些舒坦日子，阿远却不成，听闻只在下人院子里，吃了睡睡了吃，还时常埋怨卫家刻薄。便是宋老二夫妻，卫戍连番敲打，如今饭菜还做的猪食一般，也是没把主子放在眼里。"

"说句不该的，都是公子纵的。既帮了人，又买进来，当初就该说明了。他宽待无度，这人自然就被纵的没了规矩。好比门口一个乞丐，你可怜他，每日给个馒头，忽一日忘记给了，他便记恨了，全然忘记每日受人恩惠。"

姜瓷叹气，也是这么个道理，无奈又气人。吴嬷嬷瞧着天色，叫石榴几个送热水进来："为着公子出征，夫人且熬了好些日子了，今儿夜里早些歇了，有什么明日再说也不迟。"

然而洗漱过后，姜瓷躺在床上，听人退去，屋门合上，再远远传来院门合上的声音。凤凰居的规矩，下人一个没留，暗沉沉的夜里，忽然就剩了她一个，对卫戍的思念忽然就排山倒海似的倾泻下来，顿时眼酸鼻塞。

姜瓷蒙进被子里，哽哽咽咽，她想起当初在苍术县外二人初遇，这一想便一发不可收，点点滴滴，一丝不肯错漏的回想一遍。

左右是睡不着的，等好容易熬不住有些困意，天边却已现了鱼肚白。

吴嬷嬷悄声进来，见姜瓷酸困的眼皮才搭上，又悄悄退了出去，就在院门处的小屋里守了起来。

到底熬的日子不浅，姜瓷这一睡便足四个时辰，等再睁眼已未时三刻，一睁眼神清气爽，她推窗探头，就看见院子里吴嬷嬷同桃儿还有一个脸生瘦削的妇人正等着，见她开窗，吴嬷嬷笑着引人进屋。

"这一番好睡，夫人气色才算好些。"

吴嬷嬷说着话将窗子又拉上："春寒料峭，夫人才睡醒的热身子，可不能着凉。"

她身后那妇人便上前，递了一盅温盐水，姜瓷接了，饮下一口，才漱了，空茶盅便递来，姜瓷才吐净，又递来一杯温水，姜瓷再次漱口后，搁下茶盅又奉来一碟子紫姜，银筷夹起一片送进姜瓷嘴里。

过程流畅舒缓，一步不漏，把人侍奉得妥妥帖帖。

端着热水的桃儿满眼崇敬盯着那妇人，她用棉帕子轻轻擦拭姜瓷嘴角水渍，这才缓声道："奴婢付兰，见过夫人。"

姜瓷打量，不苟言笑，通身上下便是头发都梳的一丝不苟，和从前的吴嬷嬷像极了。

"付姑姑好。"姜瓷一笑。付兰略有差异，虽先前听吴嬷嬷说过这位女主子，却都不如这都一面的印象。吴嬷嬷左右瞧了，这才笑道："夫人，这便是我荐在咱们府上的人。"

"确实极好。"

付兰与吴嬷嬷同年进宫，性情相投身家相似，可惜没有吴嬷嬷的好运气，在宫中被欺压二十多年，直到将近四十才放出宫来。家中爹娘已故，兄嫂不仁，又没得过什么赏赐，日子过得更是清苦。

"付姑姑既来了，昨日我同吴嬷嬷说的事，便要烦劳二位了。"

"夫人说的事，奴婢已想过。公子差事紧要，那些贩卖奴仆的人牙子时常游走各处，使个银钱就能收买，恐不可靠。"

付兰瞧一眼桃儿又道："倒是昨夜来府，见了两个小丫头不俗，奴婢同吴姐姐商议着，公子与夫人既有善心，不妨便将这些孩子收入府中，我同吴姐姐教习，再不济也可请两位师傅来，如此也能一边使唤一边教导，这算是如今最好的法子了。"

姜瓷点头："付姑姑说的是，我也有此疑虑，才一直没动手整治。如今趁着公子办差外出，好生规整了，若有不妥及时更换也没什么损伤。"

说话间宋老二媳妇带着梨儿送饭菜来，付兰瞧了一眼稀稠分离的粥水跟色香味俱无的小菜，略皱眉头。姜瓷粗略用了几口，真是难为了卫戍这么多年也不知怎么将就的。

"夫人歇这一晌，府中却不安宁，各处均送了帖子遣人来同夫人请安，有约夫人过府做客的，有约夫人一道上香的，也有邀约夫人踏青的。"

"都是谁来了？"

"六皇子七皇子九皇子，这三位府上都送了帖子带些礼品，另有朝中几位官员府上的夫人下帖子，余下还有为数不少的府第都是遣人送了礼来，我瞧着都不算太过，便都留下了。卫侯府的卫韵姑娘和太傅府的永清姑娘倒是亲自过府，说公子才出征，怕夫人寂寥，是来陪夫人说说话的。"

姜瓷冷冷一笑，倒不是因为廖永清，而是因为老九。

从回京，这位卫成曾陪侍过的皇子，自打他们头一回邀约却在当街遇上卫北靖后，就再没现过身。明哲保身虽不是错处，可依着过往交情，这样也确实叫人凉了心。

"嬷嬷瞧着送来的礼，拟了差不多的回礼，明儿叫付姑姑一家一家回了，就说我身子不爽利，不好出门。"

"是。"

姜瓷随手拿起做了一半的针线叹息："开春了，府上各处都该规整，可碍于人手，宅子大半都荒置着。况且帘子得换了，窗纸也旧了，便是府上的人也该添春衣了。"

"是呢，依着各府惯例，仆从每年是得一季添一身衣裳的。"

姜瓷点头："是这么个道理，今儿天倒不错，不如一会儿出门逛逛去吧。"

吴嬷嬷同付兰相视一眼，明白姜瓷心思。付兰便去吩咐阿肆备车，待几人登车出府，府门外有鬼祟身影，立刻窜走报信。

"夫人？"

"不必管他们。"

付兰警觉，姜瓷却不放在心上。

如今虎视眈眈卫府的人多了，放个眼线瞧她行踪也不算什么。她袖中揣着卫成给她的柳笛，安然自若。

做人无耻得有下限，卫成替太上皇办差，前脚出门，后脚他府上女眷若便在京城遭遇什么，那皇家自也不能甩手不管，姜瓷倒真想趁势闹些什么好出出恶气。

马车出门直奔集市，就在卫成先前带她买下桃儿梨儿的地方，今日人倒不多，也没孩子，竟有十四五岁的姑娘，低垂着头跪着，头上插着草标。

付兰先上下打量了，这姑娘手指修长身量纤纤，是个惯常劳作又手巧的，得了姜瓷示下，下车问了几句，没多久来回话。原来是上京外不远村落的农户，家中只有一个独女，母亲早丧，去岁爹也患病，如今亡故连个下葬的银钱都没有，姑娘这才来卖身葬父。

姜瓷撩窗帘看远处角落还跪着个姑娘，比这个年岁略大些，且还有几分姿色，跪得笔直，满眼愤恨不甘。

"那个呢？"她问。

付兰瞧了摇头："怕是刚硬。"

"这姑娘样貌不俗，瞧卖她的男人贼头贼脑，只瞧那些打扮富贵的人，怕是想卖给人做妾吧。"

236

付兰又看几眼，慢慢点头，姜瓷又道："姑姑去问问。"

付兰又去问了，果然是姑娘叔父，兄长一家没了人，儿女自幼托付给亲戚，也是瞧着生得好才特意地挑了这姑娘，养了几年便迫不及待要卖了。

"问了几句，一句不回，委实气性大些。"

"那她愿意为奴吗？"

姜瓷却觉着这姑娘对眼缘，付姑姑扭头又去，只说了一句，那姑娘顿时抬头，付姑姑遥遥看过来，点了点头，姜瓷便看吴嬷嬷，吴嬷嬷也点头道："这两个瞧着都还不错，年纪也好，总好过太小的，不懂侍奉。"

"那便买下吧，文书一定要办好。"

"夫人放心。"

吴嬷嬷拿着钱袋下去，马车上就只剩下了惴惴的石榴。姜瓷托腮看着吴嬷嬷和付兰同那些人交易，集市喧嚣，马车里一方僻静，姜瓷忽然开口："石榴，杜鹃如何了？"

"她……"石榴顿了一下，忙改口，"奴婢也不知道，从公子撵她走，再没见过。"

姜瓷淡淡笑了："你不知道吗？那抹在砂锅里那块药泥，是谁给你的呢？"

石榴大骇，扑通跪在马车里："夫人说的什么？奴婢听不明白！"

"不明白干什么要跪下呢？"

石榴脸色苍白，初春料峭寒凉的天，瞬间满头冷汗。

"公子从宫里回来那几天，你日日在院子外头游晃，时不时同阿肆打听公子境况，他没怎样，你一定很失望吧。杜鹃许给你的好处，也没到手吧。"

"夫，夫人……"

姜瓷收回手，低头抚了抚膝头褶皱，眼神寒凉："说吧，自己说清楚了，没准我还能饶你一遭。"

第五十四章　膏药

"奴婢，奴婢……"

石榴天人交战，忽然哭道："奴婢糊涂！杜鹃那夜忽然来找奴婢，说有善心人为她赎身，她如今给大户人家做妾，日子过得舒泰，说得奴婢心里生了草般发慌，她便和奴婢说，只要叫公子多病几日，耗过此番出征，换给别人去，她，她就把我带去那家，也，也做姨娘，总好过做奴婢侍奉人，下贱的……"

姜瓷哧笑："顾允明快四十了，府上一妻十三妾，还有不知多少挂不上名分的通房侍婢，你觉着那是好去处？"

姜瓷这口气真是忍了许久，倘或那日不是她留了心，见只有石榴一个看护炉火，汤药与粥都没叫卫戍吃，真不知如今会是怎样光景。

"罢了，我既在这时候同你说这些事，便也是有心给你留条路。毕竟公子当初收容你们这些个在府，如今只你与阿肆得用，若连你也……公子总会有些心里过不去。"

石榴冷汗涔涔暗暗松气。

"便把杜鹃如何来找的你，说了怎样的话，许了什么好处，一字一字说清，回去后我会叫人录下口供，你签字画押，有这份文书在，我才能安心再把你留在身边。"

"是，是！"

见吴嬷嬷她们回来，姜瓷才淡淡："起来吧，别叫别人看见，往后你在府里也不好做人。"

石榴忙抹了冷汗眼泪爬起来，坐在马车角落。

买了人，姜瓷也没急着回去，而是叫吴嬷嬷荐了一处布庄，给两个姑娘先量身做了几身衣裳，随后吴嬷嬷带着去官府制文书，付兰与石榴留着侍奉。临近午时，恰走到那日与卫戍一同听曲儿的南方小馆儿，姜瓷便带着二人进去，叫了些南方吃食。

晌午来吃饭的人不多，楼下还是那抱着琵琶的姑娘唱曲儿，那日分明觉着袅娜动听，今日却似乎平淡无奇，姜瓷随口用了些饭，也不急着回去，叫了茶水托腮听曲儿，正是听得有些困乏时，忽然光暗，她疑惑回头，就看见桌边站着个人，逆光瞧不清样貌。

"阿瓷。"

姜瓷沉了脸色，旁边桌坐着的付兰已站在姜瓷身后，防备地盯着不速之客。

"我同你家夫人是旧相识，只说几句话，这位姑姑不必如此紧张。"

付兰看向姜瓷，见她摆手，才坐了回去。

姜瓷扭头继续托腮听曲儿，那人便自顾自坐在她对面，片刻后见姜瓷并没要看他的意思，便也转头看向楼下："见你如今过得好，我也就安心了，那时候听说你为卫戍挨了打，我还担心过……"

姜瓷忍不住哧地笑了一声，极快收住。顾铜皱眉，又看向她。

"阿瓷，人都有糊涂的时候。我不是不知道你的好，可阿瑶……你知道的，她是

238

我多少年的念想，所以……"

"和我有关系吗？"

姜瓷闲闲道："咱们毕竟没成亲，在顾家住了半年，也付了银子，既然两讫了，顾公子今日是来说什么？"

顾铜愕然，从没想过姜瓷会有对他不假辞色的一天，他始终认为姜瓷心里还有他，同卫戍在一起是因为退而求其次，是因为报恩。

毕竟在姜瓷最艰难的时候，是卫戍帮了她。

"叙同乡之谊？也不必了。"姜瓷又笑，眼光始终没离开楼下的姑娘。

"我知道，你如今过得好，攀了高枝，瞧不起我了。"

"哪里，再高的枝，也比不得受宠的顾统领不是？"

顾铜一口噎住，本来觉着满腹委屈想同她诉说，听她宽慰，没承想是个这样的局面。

"你！卫戍欺辱阿瑶！还招惹你二姐，你觉得他就是好人？我本好心想来劝你……"

"谢谢了。"

姜瓷淡淡截断他话，顾铜一口气顿时上不来，气不可遏："你！你无药可救！有你哭的时候！"

顾铜豁得起身，想想自己如今落拓，都怨姜瓷，凭什么如今和卫戍在一处她貌美如花，当初跟着自己的时候丑陋难堪，倘或那时姜瓷是如今样貌，他又怎么会落到如今地步？于是又回头，探手就去拉姜瓷："我不管！花轿进我顾家门！我没写过休书，你还是我顾铜的娘子！"

姜瓷大惊，起身退避，顾铜到底是男人，接连欺身而上，楼上寥寥无几的看客早惊呆退散，眼见就要抓住姜瓷，忽然斜里飞来一粒花生，堪堪打在顾铜膝头，顾铜顿时腿一软单膝跪倒，正对着姜瓷。

姜瓷犹自惊慌，又被眼前一幕惊呆。

怎么忽然就跪下了？

二楼诡异地安静了一下，忽然传来啧啧声，姜瓷惊魂未定看过去，就见角落一张桌旁坐着个书生打扮的青年，长眉朗目，端是一股清风霁月之姿。正是他啧啧出声，一言难尽的神情："这位公子，你便是再恋慕我家主母，也实在不该……"

主母？

黄雀！

姜瓷顿时松了口气。

"夫人，外头当真糟乱，官府那头文书已办好，小人这便送您回府吧。"

姜瓷点头，惊呆了的付兰与石榴忙去扶了她下楼，顾铜还欲纠缠，却叫那书生忽然横身挡了，一脚踹翻。姜瓷才出馆子就见马车上与阿肆坐在一处驾车的，竟然还有卫嵘。

卫嵘怎么回来了？姜瓷转念又想，卫戍交代过，他只带走三十人，只是不想竟连卫嵘也留下了！

她登上马车，迫不及待有话要问卫嵘，却碍着人前少不得忍耐。连阿肆都被撵进马车，卫嵘同那书生坐在外头驾车回府。

凤凤居小花厅里，两个新买的姑娘收拾停当站在当中，姜瓷端坐主位，旁边站着吴嬷嬷和付兰，门口处还有卫嵘和那书生。

两个姑娘一刚一柔，卖身葬父的温软如水，另一个眼角眉梢的伶俐，如今一个局促一个昂首挺立。

"叫什么名字？"

"奴婢春兰。"局促的姑娘乖巧道。

那俏丽的姑娘却道："奴婢没名字。"

姜瓷笑了，那姑娘脸一红："从前爹取的名叫寒烟，叔父家给改了红袖。"

姜瓷点头："爹娘给的名字不可废，只是如今你们已落奴籍，再不是从前，想来吴嬷嬷方才同你们也该说过了吧。"

春兰带些忧虑点头，寒烟冷笑道："什么奴不奴的，奴婢凭本事干活儿养活自己，不低贱！好过给人做妾！奴婢心里有成算，不是夫人搭救，奴婢不定落入什么虎狼窝，夫人恩情，奴婢便是当牛做马也还不清。"

"不用你当牛做马，做好分内就好，我也不会亏待你们。"

春兰看着身上簇新的衣裳，丧父的愁绪也消散些许："是夫人给我二人活路，奴婢谨记在心，绝不敢忘。"

姜瓷遂笑道："有心就好，咱们府上也有府上的规矩，回头叫吴嬷嬷说给你们听，明日便要当差，却得辛苦些时日，没活计可做时，要听付姑姑教导。"

两个丫头点头，姜瓷遂指着道："如今是春天，春兰这名字顶好，还用就是，倒是寒烟……"

"奴婢改叫春寒可好？"

寒烟忙道，姜瓷知她是想留个父亲给的名字，便点头："好。"

春寒立刻有了笑容。姜瓷约略分派过，叹了口气，同付兰道："倒是该多留意，厨房须得添些人手。"

春寒听了，眼波一转，却没敢出声，姜瓷问道："可有什么？"

"奴婢，奴婢三叔一家日子艰难，奴婢的弟弟如今也在三叔家，三婶同两个堂妹做饭极香，还本分勤快。"

吴嬷嬷忖着姜瓷脸色问道："从前在哪里做过活儿？"

"三婶从前在镇上小饭馆儿给人做过活儿，后来阿奶身子不好，三婶要照料，便辞工回家了。"

"话虽这样说，可若到我们府上做活儿，可要入了奴籍。"

"为奴不为奴的，要是养活不了自己，总比饿死强。何况那些大户人家的奴才，主子管吃穿用度，还管婚丧嫁娶，每月又有月钱，我瞧着比外头要饿死的强，终归几辈子也出不了个读书入仕的。"

"你倒看得开。"

姜瓷忍不住笑，春寒又道："看不开就活不了命。"

"也是这么个理。"姜瓷附道，"既如此，付姑姑明日同春寒去看看吧。"

她扫一眼门口又道："卫嵘，派个人跟着。"

卫嵘点头，吴嬷嬷瞧着便先把人带下去，屋里只剩姜瓷同卫嵘和那个书生，姜瓷迫不及待地问道："你怎回来了？公子如何？"

"已上了大路，约三日就能登船，此番派了军船，沿途有官府打点，路途极其顺畅。"

姜瓷点头，眉心不解，卫嵘瞧着夫人显然没安心，却又不知如何宽解，倒是那书生笑道："夫人不必忧虑，您瞧着公子带人少，实则不然。咱们黄雀七十卫，可不只是七十人。不然这大炎百万疆土，九州十三郡，凭七十人就能统辖得下？咱们这七十人，是七十小统领。"

姜瓷愕然，那人这才行礼："小人岑卿，见过夫人。"

姜瓷缓了缓神，这才慢慢松了一口气："哦，是了，今日还要多谢先生……"

"夫人可别折煞小人，公子说夫人初接手家中事宜，怕一时不顺手，便叫小人来辅佐一二。小人拿手算账，公子的庄子铺子都是小人在打点，账册夫人何时说看就看。"

接着又道："实则公子私产并非那些，还有几十处铺子，但如今都用作黄雀军费。"

"军费？"

姜瓷惊诧，太上皇的黄雀卫，怎么要卫戍出银子养？

第五十五章　深恩

岑卿便冷笑道："没法子，做主子的心偏到脊梁骨，姓顾的那一队每人月钱十两，伤五十两，死二百两。咱们这一队月钱三两，伤十两死五十两，更别提衣食住行办差公费，连兵器也吝啬给，公子气不过，玉山收成可有两三年的工夫都在贴补军中。小人不才，商户出身，遭同行算计，家破人亡，小人十几岁发狠报仇时被带去军中，恰同公子分到一处。"

说着又笑："公子刀下超生，饶下性命的不只我一个，如今我权且跟着公子。瞧着一个玉山贴补不是长久事，且苦了大半年，经营出铺子来，这才好些。"

"哦。"

姜瓷点头，看岑卿的眼光有些感激。岑卿便笑道："夫人可别这般瞧咱们，公子才是咱们的恩人，冒着性命险境留下的咱们，改头换面还能好好儿活着。"

"话也不能这样说，也多亏你们，不然卫戍的日子更难熬。"

岑卿笑，卫嵘惯来少言寡语，厌烦岑卿聒噪，便插嘴道："那两个丫头的底细已打探清楚，清白可用，春寒三叔一家确然困苦，也老实本分。"

岑卿立刻又道："咱们府上不比旁人，庄子上养着家生奴才，能拣选奴婢，咱们庄子才不过置下几年，谨慎起见，从前的人都遣散了，如今除了几个管事的，农户都是现雇的周遭百姓，这府中用人，也只能再采买。"

姜瓷倒忽然受了点拨："府中境况，今日约略理清，高叔年岁大了，行事也以卫戍为主，好生养着便是。倒是那阿远，犯不上这么养着，不拘送到农庄还是再发卖，处置了便是。还有石榴……"

她将事说了，岑卿拍手："可好，现在就叫来，我这就录口供，只不知夫人要这口供作何用？"

"这人可不能出事，好生看管，要这口供自然是要把事情闹大。顾允明几次三番算计卫戍，我又何必给他留脸？"

岑卿笑道：

"有些事还是夫人好出头，不然公子倘或一计较，总要腹背受敌，他就怕连累手下人日子不好过。"

又手肘捣了卫嵘：“你瞧瞧，这公子啊，还是有了夫人才算有人疼。”

卫嵘厌烦搭理他，甩手又道：“还有一人，公子说他要想明白了，叫他亲自来见您。”

姜瓷沉吟片刻才道："好。"

卫嵘便出去，少时领着个人进来，耷头耷脑，进来也不说话，直撅撅杵在那，卫嵘睨他一眼，便和岑卿一齐出去了。这人听着房门响动，脸色更加难看，半晌抬头。

"确实也是我小人了，就是到了这地步，他还愿意叫我单独见你。"

"卫戍心怀坦荡。"

康虎脸色一下难看，有些愤慨，又丧气道："罢了，也是我糊涂。那会子把我挑出来，就有人来给我支招，教我如何过关，说一旦留下，我必飞黄腾达，我依他说的，果然应验，心里感激，便请那人吃酒，他说起京中还有我故交，又说了许多卫戍从前传闻，虽没明言，但总暗指我那故交跟着卫戍，日子很不好过。后来我被搁置在孔宅，渐渐生出怨怼，及至那日去送礼……是有人假借九皇子之名传信，叫我给卫戍送年礼，我也正想瞧瞧是哪位故交，这才……"

康虎垂头丧气眼神游移："我，我真没想到你会变成如今这样，难免生了贪念，心道卫戍必也垂涎你美色，所以禁锢你在身旁，及至那日入宫办差，见你竟是他正头夫人，其实我已觉出不对，可贪心作祟，竟然还行挑拨之事，还自我宽慰是为着救你。"

姜瓷面色淡然，康虎又道："后来才知，原来顾允明已先选过，顾正松一眼认出我，登时想出这计策，派了个人充作高人指点博取我信服，又一步步引导。倘或没露馅，保不齐将来还想叫我做他们安插在卫戍处的眼线。"

他自嘲一笑："但自打我入卫，连一个黄雀内的人都未曾见过，更别提什么内情，怕是卫戍一开始便已对我存了疑心。可偏巧你是他死穴，关心则乱，竟然也险些中计。"

姜瓷冷笑一声，这顾正松作孽真是不浅。康虎见姜瓷不大想理会他，讪讪半晌。

"还有件事，我……我也得同你说一说。我，我那时为叫卫戍相信咱们情分不凡，还，还说了你娘的事。"

姜瓷疑惑看过去，康虎垂头，将那日同卫戍说过的话又重说一遍，姜瓷大惊："你从哪儿知道的这些？"

"也，也是顾正松派来那人同我说的，后来我疑心是假，但今日岑卿同我说，卫戍已叫人去查了你娘生平，果然无误。"

姜瓷哽了一下，没想着生母苦难一生，过世良久竟还被人拿来算计，更惊诧于她竟是那般过往。康虎这时候才抬起头来,盯着姜瓷道:"我听说,你生得与你娘极其相像。"

"住口!"

康虎连忙噤声。姜瓷气得胸口起伏,好半晌才道:"你做的错事,涉及黄雀,全凭卫成处置。我只问你,婆婆如何了?"

"没事,我阿奶好得很。卫成给了咱们一处宅子,透亮向光,还买了个丫头……"康虎本高兴,话没说两句又渐渐敛去笑容,"我真该死!险些坑害了你们!"

姜瓷气不打一处来,但想这人自小就这么莽撞,不然也不会幼年时出手帮她这个人人嫌弃的丑丫头。但也忽然顿悟,卫成就为叫康虎亲口来和她说,这些事只有康虎亲自和她说明白了,她才能释怀,才能继续念着康婆婆的恩。

因为他明白一个自幼饱含艰辛的人,每一个曾给予援助的善念都那样弥足珍贵,倘或因故抛弃,终归是心头一道遗憾。

"你走吧。"姜瓷觉着有些累,打从卫成出征,她就如同被抽去顶梁骨,硬撑着的一口气,人后便也散了。

康虎讪讪走了,不多时吴嬷嬷带人送晚饭来,见姜瓷枯坐,知她又念卫成,也不点破,免得她更加伤怀。倒是晚饭后请了高叔来,告知新聘了账房先生,高叔一听有人来管,顿时高兴,连番念佛:"老了糊涂,忘性也大,又怕对不住公子的恩情,整日操心真是累得紧,如今有人来,权且托回大,便都交予他,但这人却不知可不可信,我仍要时不时查一查。"

虽同高叔没多说过话,但冲着高叔待卫成那份真心,姜瓷也很喜欢这位老人,又说起阿远的事,高叔摆手:"管不了喽,眼高手低自诩不凡的人,谁能管他?饿不死就是造化了!还有厨房那宋老二夫妻,我瞧着也不成,寻个由头换了才是。"

姜瓷忽然有了事做,吴嬷嬷同付兰说过,付兰便特意在凤凰居里调教丫头,春兰春寒到底十五六岁的年纪,学得极快,没个三五日便都上了手,服侍得极为妥帖,话也不多,延着从前的规矩,只在院门处小屋里候着,主子不传轻易不许进院子。

也不过三五日光景,凤凰居变了样子,先前落灰的院子,如今洒扫洁净,屋中也打理得井井有条,两个大丫头带着两个小丫头勤快利落,卫宅里也渐渐有了欢声笑语。

已交二月中,姜瓷命阿肆将布庄的人叫来府上,奴仆俱添了春装,岑卿管账,照着等次每月算了月钱,听说还有银钱可拿,小丫头小厮别提多高兴了。

但卫府不止一个凤凰居,人手仍旧远不够,便由吴嬷嬷和付兰张罗,卫嵘跟着,接连又采买了十来个丫头婆子带小厮,只照看府中各处。春寒三叔一家也自愿卖身入府,照应饭食，春寒也算同弟弟团聚，服侍得更为用心。

姜瓷瞧着满府欣欣向荣人人欢喜，愈发想念卫戍。

卫戍走后第七日，卫嵘送来一封书信。

与其说是书信，不如说只是信鸽足下竹管那小小一片纸，却凝着卫戍浓浓的思念。

纸短情长，一句安好叫姜瓷湿了眼眶，顿时安心不少。

"我能回信吗？"

姜瓷捧着信满怀希冀，卫嵘道："能是能，但信鸽能带走的……"

"我懂，我懂！"她匆忙去书房，展了卫戍的笔墨纸砚，拿起最细的那支，歪歪扭扭，写下两个字。

她不能写太多，因为卫嵘还要同卫戍回禀这边境况，否则卫戍又怎能安心？

两日后，卫戍站在船头，下属送信，他急迫展开，见卫嵘的信里夹着一片纸，歪歪斜斜依稀可辨认的卫戍二字，咻地笑了，眼眶却红了。

"这蠢丫头，把小爷的名字写这么丑！"

嘟囔着，却万般矜贵的将那片纸贴身放好，就在胸口处。

得知姜瓷一切都好，致力于打点好府中上下，也是不禁感叹。这男人啊，还得有了娘子，这家才算是家，日子才算是日子。

如此到二月底，迎春开得灿烈，天气暖和许多，姜瓷寻思出门逛逛，给卫戍置办些鞋袜衣裳，还没出门，就听见了外头传来一叠声凄厉的哭喊，不禁皱眉。

第五十六章　查账

这些日子厨房时常闹得不像样，姜瓷一直假做不知，等的就是今日。果然没片刻，一行人跌跌撞撞挤进小厅，岑卿跑在最前头，衣装整洁，倒是后头跟进来的宋老二夫妻跟春寒三叔一家有些狼狈。

"夫人！你可要给咱们做主！咱们是在府里伺候多年的老人儿了，这新来的一来便生事，往咱们头上扣屎盆子！您要不能还我夫妻二人一个清白，咱们今日就死在这堂上！"

宋老二媳妇扑进门号哭，姜瓷隐隐头疼，吴嬷嬷顿时喝道："有话说话！主子跟前这般算是什么？"

宋老二媳妇这才抽噎道："就是他！非说咱们什么偷盗行窃中饱私囊……"

"难道不是？你们自个儿定的几家往府上送菜送肉，隔个几天还要送补品。每日要支十两菜肉钱，这府里上下哪天一日能吃十只鸡一百个蛋？你叫送的燕窝花胶，夫人又吃进嘴里几口？厨房却不剩什么，我要瞧你厨房的账面儿，你推三阻四……"

"我呸！现如今不是赵家那一家子把持着厨房？有事儿你也该找他们，干什么揪着我们夫妻不放？"

"赵家才进府不到半月，除了做饭什么都管不上，送东西的还都是你们先前定的，我不问你问谁？"

"哎哟我呸！"宋老二媳妇兜头啐了岑卿一口，岑卿跳起躲开，宋老二媳妇抹着嘴道："你莫不是看上了春寒那狐媚子吧？这般替他们开脱只陷害咱们！"

赵家几口子一进门就跪在角落，这会儿听说骂得不堪，春寒两个堂妹嘤嘤低泣，春寒弟弟虽还不到十岁，却蹦起来怒骂："老贼婆！你们两口子半夜偷盗几回，把白日送来的鱼肉补品拿走，咱们一声不敢吭，你不敢叫先生查账，就往我姐姐头上泼脏水，你这恶毒老婆子……"

"春茂！"春寒厉喝，春茂愤愤住口，宋老二媳妇待上前厮打春茂，却叫春寒一下挡住，僵持中只听姜瓷淡淡声音传来："清白不清白的，查了账不就知道了？"

宋老二夫妻顿时偃旗息鼓，宋老二一双老鼠眼左右翻腾，赔笑道："夫人，咱们都不识字，哪有什么账呀。"

"你没账无妨，每日支取的银子，总有商户接了，便去那些送菜送肉送补品的商家一一查了，总得对上这每日十两的银子不是？等查明了，咱们再问东西的下落。"

"正是！"岑卿拍手。宋老二笑得勉强："瞧夫人说的，这都吃下肚子的东西，哪里查得清？"

"查不清吗？我总记着我能吃多少，难不成她们记不住？"

姜瓷指着门外听见响动围的一众人等，春寒笑道："自然记着！"

"是了，既然都记着，那便查吧。再大的家业也顶不住这样败坏。"

"几十万的身家，咱们便拿了又如何？忒小气刻薄……"

宋老二媳妇小声嘟囔，春寒立刻竖了眼睛揪着问："你说什么？"

宋老二媳妇一激灵，顿时恼羞成怒，反手要打春寒："还不都是你们这起子妖精害

246

的！先前府上多宁静，从你们来了，再没个安宁！"

眼睛盯着姜瓷嘴里不依不饶："先是卖了杜鹃，又撵走阿远，如今连我们也要遭毒手，还找些个什么宫里出来的刻薄老婆儿来磋磨我们……"

春寒厉害，宋老二媳妇丝毫不占上风，没几下就被抓得满脸是花，春寒怒骂："做奴才的不忠心不紧守本分，你倒还有理了？你有难处主子相帮，你不念恩，倒理直气壮趴在主子家吸血吃肉！你这种东西合该死在外头烂在地里才是！"

宋老二夫妻打不过骂不过，卫嵘一棍子隔进来把人震翻，肃冷着一张脸，只看姜瓷。姜瓷闲闲坐在主位上："查吧，查清楚了，一纸诉状把人送去官府。"

岑卿兴高采烈，姜瓷又交代："送的时候记着大张旗鼓，闹得越大，知道的人越多，才越不容易叫人钻了空子。"

岑卿又要走，姜瓷忽然直起身子急着交代："贪了的银子，务必要追回来！"小气样儿展露无遗，吴嬷嬷同付兰悄悄捂嘴偷笑。

闹了一场，姜瓷兴致不减，午后带着吴嬷嬷付兰还有春寒出门采买窗纸，吴嬷嬷荐了一家不俗的，姜瓷原以为窗纸就是那样，没什么不同，谁知见了这家，顿时惊叹，这个瞧着喜欢，那个看着也不错，挑着挑着天色便暗了，将近黄昏一行人才从铺子出来，却见马车被堵在里头，一时半刻走不开。

"是怀王府马车，小人不敢声张。"

新来的车把式老实胆小，姜瓷无奈道："罢了，等等便是，这时候了，想来也不会多久。"

话音才落，一旁锦绣斋里出来一行人，仆从簇拥着一对中年夫妻出来，姜瓷猜想便是怀王，便往后退了退，谁知怀王走到马车边，还没登车，忽然看了过来。

怀王乃当今圣上唯一一母同胞的亲弟弟，太上皇当初独宠太后，在太后产下嫡子后，才由那时的太后张罗，纳入宫中几个妃妾，这才有了余下的几位庶出皇子公主。但怀王地位之崇高无人能比，如今除太上皇与圣上外之第三人。怀王样貌偏于文雅，身量修长，便是有些年岁也依稀可见当初风华，兼之气度雍容。

他看过来，姜瓷遥遥低头行礼，本也没失了礼数，谁知那怀王却忽然问道："卫府？"

姜瓷愣了愣才回道："正是。"

"卫戍？"怀王又追问一句，得到姜瓷肯定的答案后，忽然冷冷抿了抿嘴唇："呵，我当是谁，原来是那浪荡子，纳了这么个……"

难听的话却忽然被人制止，他身旁的妇人将手按在他臂上，忧虑地摇了摇头，怀王眼神闪烁极力隐忍，终究怒哼一声掀帘登车。那妇人便朝姜瓷看了一眼，柔和的眉眼无奈地摇了摇头，随后登车而去。

姜瓷仍旧诧异，卫成从没提过还有怀王这一出仇家，可怀王这样子却显然憎恶非常。

"夫人。"吴嬷嬷扶了一把姜瓷，将她唤回了神，眼神示意，"咱们上车再说吧。"

主仆几个上了车，吴嬷嬷与付兰几度眼神交汇，吴嬷嬷终是叹了口气："这事，怨不得公子，但也不好说怀王的不是。"

"怎么说？"

"我记着我曾同夫人说起过廖太傅府上的永清姑娘，夫人可还记得？"

自然记得！

姜瓷愤愤，脸上却不显，点了点头，吴嬷嬷这才道："当初许夫人也同廖姑娘一般，是皇家看上钦定的儿媳。许夫人同怀王自幼相识，算是青梅竹马，原本太上皇与太后娘娘的意思，是叫许夫人定给当今圣上，但怀王跪求，说二人心意相许，太后娘娘这才要为怀王和许夫人赐婚。谁知这厢旨意还没下，那头就闹出了许夫人和卫将军的事。怀王深受打击，为此还病了些日子，几次去寻许夫人，许夫人都没见他，狠蹉跎了两年，许夫人故去后，才求太后娘娘赐婚，方才那位便是怀王妃，说起来，还是许夫人闺中手帕交，也是许家外戚，许夫人的表妹吕莺艳。"

姜瓷听得怔怔的，这还真是从没听过的秘辛。

"怀王和许夫人？"

"是呢，这事儿涉及皇家颜面，外人无从知晓，但那时我侍奉在娘娘身边，却是知道些。"吴嬷嬷随即有些疑惑，"那时便想不通，如今还是不明白。怀王跪求，娘娘松口后，怀王很是高兴，曾带许夫人入宫觐见娘娘谢恩，那时我瞧着，许夫人待怀王分明也是情意深厚，可没过两日，在安怀公主府的寿宴上，怎么就……然后就传出许夫人对卫将军一见倾心，施计委身于卫将军，逼迫他就范。娘娘为此也伤神过，后来便交代咱们再不许提与许家赐婚的事了。"

姜瓷没承想这位传闻中的婆母竟然还有这样一出往事。但心里古古怪怪的，偏又参不透哪里不妥。

夜半时分，姜瓷睡不着，总想起吴嬷嬷同她说的话。那时候的许夫人同她一般年岁，想来少女怀春，心思大约差不太多。传闻许夫人是因在城墙看见边关归来的少年将军卫北靖，一见倾心，偏卫北靖并不理睬，这之后才行了许多荒唐事，最终害人害己。但吴嬷嬷却说，许夫人那时同怀王情投意合，既然情投意合，又极快便会赐婚，又怎

248

会在那样的当口对卫北靖一见倾心？

这是说不通的。

若说是因待怀王情意浅薄，才有可能会喜欢上卫北靖，但许夫人当初为了怀王是连母仪天下的皇后之位都肯放弃。

许家书香门第，许夫人喜爱的也是怀王那样儒雅秀丽的男子，反观卫北靖虽有几分容颜出挑，却到底是行武粗人。更古怪的是，即便之前一切都是真的，许夫人算计卫北靖，为的是要嫁给他而不是要两人身败名裂，自然会谨慎行事，怎么就会传扬得尽人皆知？甚至当初事发在安怀公主府上，安怀公主也因此事损伤颜面，竟也没有费心遮掩。

人要脸面，越有身份的人越要脸面。

姜瓷翻了身，又推翻了所想一切。

连她都觉着疑点重重，卫戍想必早有疑心，保不齐早已查过，又有陶嬷嬷在，倘或真有问题，怕是早为许夫人平反了。

她叹了口气，可心里总还是七上八下地不熨帖。

茉上霜 著

下册

君如良药添松糖

长江出版社
CHANGJIANGPRESS

目录

第五十七章　无果

正厌烦着，外头风声中忽然夹杂些微兵器交加的声响，姜瓷才支耳细听，就听见窗外卫嵘的声音沉沉传来："夫人莫惊，不过是些宵小之徒。"

"哦。"姜瓷闷闷应了一声，忽然坐了起来，"卫嵘？"

"在。"

卫嵘顿了一下才应，姜瓷忙跑去窗边压低了声问道："卫戍可查过许夫人的事？"

外头又静默了片刻，卫嵘的声音才传过来："查过。"

"结果呢？"

"并无结果。"

"这是怎么说？"姜瓷诧异，卫嵘却叹了口气，"属下也不清楚，那时查探忽入瓶颈，有人阻挠，公子前往见过陶嬷嬷，随后便命不必再查。"

有人阻挠？

只有两种可能。

或许一切都是真的，所以不必费心再查。或许果有蹊跷，但却有人不想此事真相浮出水面。

卫戍是信任陶嬷嬷的，但这信任到底有几分？

该等卫戍回来，同他再说说此事。毕竟许夫人对于卫戍的影响那样深厚。

外间极快平息，卫嵘道声夫人安心便潜入暗处，姜瓷怀着心事也渐渐入睡。倒是第二天一早，还没起身，就听吴嬷嬷在外轻声说话："夫人可醒了？"

"嗯，醒了。"

"外头来了个姑子，点名要见公子，高管事说那是许夫人陪嫁，如今在宁寿庵侍奉许夫人灵位的，夫人……"

姜瓷一个激灵全醒了。

"哦，请进偏厅吧。叫春寒来服侍我洗漱。"

姜瓷虽稳，心却急切，待收拾停当进去偏厅，就见一个瘦削的代发修行的姑子，一身灰衣俭朴，听见人来回头来看，略有苍老的模样，吊起的眼角平白几分刻薄相。

"你是谁？"姜瓷还没应声，她又冷笑道，"哦，莫不是卫戍娶的那个贱民娘子吧？瞧着样子是个以色示人的。"

姜瓷脸色一沉，眼神示意，高叔此刻也在偏厅外候着，听得皱眉。

"不知这位该如何称呼？"姜瓷缓步登上主位。才问一句，那姑子就啐道："少拿腔作调！我家姑娘生了卫戍，如今葬在荒郊野岭，牌位供奉在宁寿庵，他做儿子的二十年没给亲娘上过一炷香，算是什么东西？庵里断米粮了，快拿钱来！"

高叔在外忙从怀里摸出个钱袋，姜瓷却以眼神止住，问道："要钱？"

"怎么？不给？往常每月还给二十两，怎么如今娶了亲，二十两也不给亲娘了？"

姜瓷抿着嘴，似笑非笑，那姑子的气势在姜瓷淡然注视下竟有些无所遁形的恼怒："你看什么？你嫁进这家门！也该去给我家姑娘上香跪拜！何曾去过？也同那卫戍一般无二的无良刻薄！我家姑娘当初真是瞎了眼，怎么就没看出卫北靖那狗贼是个没人性的！连带生了个没人性的儿子！"

"稍待，我这便叫人去取银子。"姜瓷看那姑子片刻，缓缓起身，那姑子觉着自己气势压人，得意地住了口，姜瓷便交代春寒看着那姑子，随后带着吴嬷嬷，叫上门外的高叔，回到卧房外的小花厅里。

"高叔，这姑子每月都来要银子吗？"

"是呢，每月月底必要来的，头一日进城，要在卫将军府外叫骂半宿，翌日一早来咱们府上要了银子就走。"

"可如今离着月底还有好些日子呢。"

"可不是，老奴真真叫打了个猝不及防。"高叔擦汗，显然畏惧这姑子做派。

卫戍惯来吃软不吃硬，以这姑子这般，决计不是个能威逼卫戍拿钱的。以从前卫北靖待卫戍凉薄至此，卫戍尚且不死心渴盼亲情，对于这素未谋面的生母，卫戍想来也是极为渴念。连对他稍有恩情的卫如意卫戍都愿意奉养，何况生母？

"叫岑卿来吧。"

"倒不必了，不过二十两，老奴已备好了。"

"既叫他管账，府里银钱往来他那里还是记上一笔的好。"

高叔觉着也是，便叫跟在身后的阿六去叫了岑卿来。姜瓷屏退左右，岑卿大约已听说此间事，遂主动交代："是公子。许夫人当初留话，不入卫家祖茔，牌位就近供奉，那荒山野岭只有个早断了香火的破庵，便供奉在那里。公子年少得知，每年都悄悄送银子，后来更出银子翻修宁寿庵，不过这些事都没叫外人知晓。"

姜瓷点头，卫戍暗中如此，想来并未放弃对许夫人当年事的疑心，但形势逼人不得不暂且搁置。

"既如此，想必每月也是故意要等着姑子进城，好歹能骂卫将军一场。"岑卿笑，丝毫不觉赧颜。何况卫北靖确实该骂。

岑卿见姜瓷不言语了，眉头锁着，手指有一下没一下地敲着桌子，显然有心事。

"怎就这样巧呢？昨儿才偶遇怀王，今日这姑子就登了门，明明该月底来的，却偏早了四五日。"

岑卿笑容渐渐凝结："您是说？"

"苍术县多年前曾出过一场事，原本王员外家的大女儿要同张员外家的公子结亲，姑娘是出了名的贤德貌美，公子也是清俊上进，人人都说是一桩美事，可没多久王家大姑娘闹出与自家账房不轨丑事，换了二姑娘同张家定亲。但在张王两家结亲那日，王家大姑娘悬梁自尽，其后张家休妻，据说是王家二姑娘为顶替亲姐故而陷害亲姐……"

岑卿面色渐渐阴沉，吴嬷嬷品着这话，忽然倒抽一口冷气："夫人是说？"

姜瓷缓缓摇头："我不知道，但嬷嬷你说，以许夫人出身教养，贴身侍婢会是那姑子那样？"

岑卿接道："那是许夫人陪嫁粗使，许夫人当时闹出丑事出嫁，许家恼怒，嫁妆只给了十之一二，房中近身陪嫁也只许带走陶嬷嬷和雪绫雪绡两个贴身侍婢。"

"是了，陶嬷嬷可说是要照料卫戍，那么那两个婢女呢？是否也在宁寿庵供奉夫人？"

"当初此事被迫中断，正是因为雪绫雪绡不知所终。"

"好端端的，两个贴身婢女怎么会不知所终呢？以黄雀的本事都找不到的人。"

看来当初的事，并非卫戍信了，而是被迫信了。那个能阻挠卫戍的人，也可说是手眼通天了。即便不是，也必然是与许夫人亲近之人，否则又怎会将痕迹抹的那样干净？

"许是因张王两家之事，我总觉着，许夫人的事没准和怀王妃有关。归根结底暗中行事，也不碍着什么，岑卿，在不影响卫戍那头行事前提下，查查怀王妃吧。"

岑卿拧眉："涉及皇族，怕不好行事。"

"也是。"

姜瓷点头，随后道："这样吧，做做样子，叫人知道咱们又查起许夫人的事，做贼的人，自然心虚，只有惊了的蛇才会从草里窜出来。"

"那要是沉住气没冒头呢？"

姜瓷撇嘴："那我也没法子了，只能等卫戍回来再说了。先同我说说许夫人当初的事吧，着重说说出事那时候。"

许璎自幼品貌出众，出身翰林大学士许家，这才会自幼年便被帝后看上，意欲择取为下一任国后。事端便出在临近赐婚前夕，安怀公主寿宴上。这位安怀公主乃太上皇荣妃所出，荣妃曾为凤仪宫宫婢，手段不光鲜上的位，怀王不喜欢，照理说许璎本不该赴这安怀公主的宴，但她却去了。且其间心神不宁，几次借故离席，直到最终被人发现在酒宴处不远的厢房里，同卫北靖衣衫不整已行不妥之事。

诡异的是，当初寻去撞见的是安怀公主和许璎的表妹吕莺艳，并几个婢女。安怀公主吓得不轻，当时便下令封口，可消息却还是传了出去，随后便传出许璎对卫北靖一见倾心设计陷害意欲成其美事。再之后卫北靖大闹许府，事情僵持两月，传出许璎有孕的消息，两家无奈，最终下聘，卫家匆忙迎娶许璎，婚宴寥落无人道贺。

再往后的事姜瓷便知道了。

卫北靖不死心，丢许璎在府，去追寻梁文玉，后梁文玉也有孕，卫北靖欲聘娶为平妻入府，许璎不堪自尽，可卫北靖却在嫡妻新丧的当口迎娶梁文玉入府。脸面丢得大了，卫老侯爷便以分家为由，将卫北靖撵出卫侯府。

"既然不该去，为什么偏去了呢？且这事若真是许夫人设计，事成之后该迅速离开只同卫将军交涉便是，为何还留在那里直等有人发现？"姜瓷自言自语，"不知怎的，我总觉着古怪。"

岑卿接道："公子知晓当初细节后，也觉古怪，但查了一通，处处蹊跷，却又处处查不出问题。之后怀王阻挠，夫人您也知晓，那事之后，怀王极其厌恶许夫人，知晓有人又查当初旧事，便出手阻断。没有缘由，就是为了出气。"

"照嬷嬷说的，怀王曾对许夫人情深如许，许夫人出了那样的事，他痛恨厌恶也能理解。但若此事显然有异，怀王难道就不想知道真相？"

姜瓷说着，忽然灵光一闪："或者说，怀王自诩已知道一切内情，绝无冤枉被害一说，才会痛恨出手！"

岑卿眼中亮起："是！公子也是这么说的！但雪绫雪绡没了踪迹，陶嬷嬷那头给的说法是，许夫人心事只同年岁相近的两个贴身婢女说，从不会和她提那些事，一切内情她均不知晓，只在事出后才知道一切。且在事出后，许夫人不许再提此事，外间纷纷扬扬也从不辩解理会，直等卫家下聘便嫁进卫府。入府后也是一心要同卫北靖做恩爱夫妻，凡此种种，似乎那些传闻确实是真的。"

"瞧着都是疑点,却偏偏没有突破的口子。"

岑卿听姜瓷如此说,却又道:"也并非没有,夫人该知晓如意仙长,公子愿供养仙长,其一因仙长在公子年幼时曾为公子说过几句公道话,其二却是因为……"

第五十八章　关窍

"什么?"

"仙长身边的婢女曾透露,仙长并非是从卫家出走,而是被卫家撵出去的。只因当初安怀公主府上的事,是仙长辅佐许夫人谋害的卫北靖。"

姜瓷大惊:"怎么说?"

"仙长与许夫人闺中曾是好友,卫北靖年幼便同老侯爷一直镇守边关,二十来岁才回京,在此之前仙长凡收到兄长书信,遇上有趣之事总会同许夫人提上几句。说是安怀公主寿宴那日,以卫北靖的性子不耐烦这种筵席,是仙长收到许夫人婢女传信,说想看看仙长嘴里那有趣的兄长到底是什么样子,仙长便撺掇了卫北靖赴宴。本想着无非悄悄看一眼,没曾想后来竟出了那些事。老侯爷知道后大怒,便将仙长撵出家,本要送去家庙,仙长性子倔,便自己寻了个道观落下了。"

"是谁送的信?"

"雪绡。"

"果然,重点还是在那两个婢女身上。"

"陶嬷嬷说,许夫人曾许诺两个婢女,将来必叫她们自择合心意的亲事,许夫人自尽前曾给两个婢女一笔钱,说或许没法子为她们好好送嫁了,叫她们自己为自己筹谋吧。"

"也就是说,雪绫雪绡两人的失踪,或许是听从许夫人的话,为自己筹谋,过自己的日子去了。"

岑卿点头,无奈道:"大炎泱泱大国,两个不甚出挑的丫头,真是埋没到乡野间,确实不好寻找。"

"如此说来,反倒都说得通,并无疑点了。那么再追寻回去,许夫人为什么要去赴宴呢?"

岑卿回道："这就无从得知了，当初甚至还查到怀王曾从宫中传信给许夫人，问她是否赴宴，许夫人回说不去，但之后却还是去了。"

姜瓷沉思，这真是无从得知了。许夫人究竟为何赴宴，恐怕知晓的只有她自己，和或许知情的两个贴身婢女了。

院子里忽然闹了起来，原来那姑子等得久了不耐烦便闹起来，姜瓷看过去。

"岑卿，这姑子什么来历？"

"是半截子卖进许家，在许夫人院子粗使，因时常被欺辱，许夫人数次相帮，还点了她陪嫁，这姑子念情，遂不肯离去，为许夫人守灵。"

姜瓷看那姑子喧闹，连一向厉害的春寒都不是对手，眼角眉梢的模样并不大像是良善之辈，岑卿在旁又道："许夫人故去前，也给了这姑子一笔钱，如今她娘家在京郊有地有铺子，日子也不俗。"

姜瓷心念一动："岑卿，能查到当初许夫人陪嫁到底有多少吗？"

岑卿愣了愣："许夫人当初的陪嫁册子，如今想来还在卫家吧。"

姜瓷也愣了愣："哦，看来得登门拜访一回了。"

鉴于卫东炀曾和顾允明曾做的事，姜瓷打发走那姑子后，叫卫嵘就近召集了几个护卫，连同府上的小厮婆子，马车前后浩浩荡荡前往卫侯府。

当通传卫将军夫人到访时，卫二夫人几个愣了愣，因听闻卫北靖携子出征，显然即将起复腾达，卫二夫人兴冲冲地命人将卫夫人请到自己院子的小花厅，意欲妯娌几个好好儿话话家常套套近乎，谁知远远看见走来的绝色妙龄的姑娘，和前前后后簇拥的排场，卫家妯娌几个眼皮子狠狠地抽了抽。

梁文玉该巴结，这个奉命去救卫北靖父子几次的卫戍娘子，似乎更该巴结。

卫二夫人悄悄交代丫头去把卫韵叫来，便理了理含笑接了出去："原来阿戍媳妇来了……"

"见过卫二夫人。"姜瓷笑容合宜，却有些拒人于外的疏远，卫二夫人权当没见，伸手去拉她，谁知她身边一个貌美凌厉的婢女忽然伸手挡开，卫二夫人笑容凝结，姜瓷歉然一笑："抱歉了，如今您也知道，卫戍不在家，一切谨慎为好。"

卫二夫人僵笑了笑，还要说话，姜瓷又道："此番到访只为来整理一下婆母遗物。"

"什么婆母遗物？值钱的东西当初不都拿走了吗？"卫三夫人急着从里头出来，姜瓷淡笑："不拘值不值钱，只消是婆母留下的，总是个念想。"

卫二夫人顿时明白，攥住莽撞的卫三夫人："好说，好说，只是先前的东西，早些年都拿去将军府了，这边实在什么都不曾留下。"

"卫将军来取走的？"

"并不是，是你祖父交代，叫你二叔三叔收拾了，送过去的。"

姜瓷怔了怔，卫北靖自然不会带走许璎的东西，但没想到老侯爷却叫人送走了。看卫三夫人的样子，恐怕但凡值钱的都被克扣了。

"如此倒是打搅了，那我便去将军府拜访吧。"

"嗳，既然来了也别急着就走，咱们一处吃吃茶吧。"

卫二夫人见卫韵急急而来，眼角带笑，谁知姜瓷却不顾情面，转身做辞："倒是不必，谢过二夫人好意。"

说着便走，与卫韵擦肩而过，卫韵笑着要攀上欲说话，却叫春寒一下隔开，一众人来也匆匆去也匆匆。转头到卫将军府，信传进去，梁文玉母女三人正在后园子赏花，梁文玉还愣怔的工夫，卫宁宁已叫下去请人进来。

"你这孩子……"

"娘，卫戍可是为着救我爹和两个哥哥才去的潇山，他如今不在京里，姜瓷来找您保不齐是遇上什么难事，不能不管。"

卫宁宁冷着脸，梁文玉也觉着这话不错，但终究心里有些别扭。及至姜瓷进来，还不等梁文玉想着说什么，那厢已行了个晚辈礼，直奔主题："不知许夫人遗物何在？"

梁文玉又愣住，长女卫安安已气恼："我们府上怎会有她的东西？你莫不是来挑衅生事？"

春寒一见立刻上前一步意欲争吵，姜瓷却一把拉住她："对不住，只是想整理一下夫人遗物。"

卫安安还欲抢白，卫宁宁已抢先道："府上确实没有许夫人遗物，但听闻早些年侯府曾送来些东西，都归并在一处院子，倒不知是不是卫夫人所说的许夫人遗物了。"

姜瓷眼瞳一亮，卫宁宁了然，这是已去过卫将军府了。

"卫夫人便同我来吧。"

也不等梁文玉开口，便引着姜瓷往存放东西之处去。

将军府不大，比卫宅大不了多少，从园子西门出去有一座荒院，推门进去只见满目尘埃，姜瓷挥手扇了扇，便将袖子寻找起来，两个婢女一个婆子亦然，没一人多话，卫宁宁愈发好奇。

东西不多，大多是衣衫等物，果然首饰什么的但凡华贵些的都不见了，没多久在妆奁下层找到个册子，春兰吹了吹灰："夫人，可是这个？"

包着大红妆缎的外皮，里头层层记录，姜瓷递给吴嬷嬷，吴嬷嬷看了两眼："正是了。"

姜瓷顿露喜色，转头对卫宁宁道："多谢姑娘了。"

整理衣衫便要走，卫宁宁随着往外送，才到院门口，忽然发问："你找许夫人陪嫁册子做什么？"

姜瓷倏然停下脚步："有些事总理不清，便想从夫人遗物中理一理。"

话没挑明，卫宁宁却略一思忖道："莫不是当初的事另有内情？"

姜瓷愣住，没曾想这位瞧着年岁不大的姑娘如此聪慧，少不得多打量两眼，十三四岁的年纪，眉眼秀美，有几分武将家女儿的英气，但更多的却是从容淡薄。卫宁宁见姜瓷诧然，便淡淡一笑："我娘也曾说过，那事儿有些蹊跷。但你也知道，我爹那武将脑袋，行军布阵极为在行，但说起这些却一窍不通，我娘也是自小在军营厮混大的，能觉出这事儿不妥已是不俗了，叫她再往深处想，她也想不明白。"

姜瓷脸色古怪，这姑娘如此评论自己爹娘，她连赔笑都觉着不妥。卫宁宁又道："多年旧事，那会儿我还没出生，也帮不了你什么，但若有什么需要帮忙的地方，你叫人来找我就是。"

"你为什么要帮我？"

姜瓷诧异，卫宁宁更诧异："卫戍为救我爹和哥哥才出的征，以他们关系，叫他出征也实属为难。但他既这般，我也只是还个人情，还远远不够。"

姜瓷看着卫宁宁，许久笑了："瞧姑娘这样，才真是卫戍的妹妹。"

卫宁宁愣了一下，忽然着恼："谁是他妹妹？你快走吧，没事别来烦我！"

催促将人送走。

姜瓷有事要忙，便也没多逗留，急着回去便叫吴嬷嬷念了陪嫁册子，吴嬷嬷念罢道："照着许家当时，这样的陪嫁确实寒酸。"

"听说只给了原本备下的十之一二。"

"哎，若要做太子妃或亲王妃，十里红装的陪嫁也是该的。"

姜瓷又看向岑卿："那么你来算算，依照许夫人给雪绫雪绡都有一笔银子，还给了院子粗使的丫头一笔足够置地买铺子的银子，带卫家克扣下的粗略估计，卫戍最终离开卫将军府时带走的是五千两银子和两处铺子，够这个数吗？"

岑卿早已眉头深锁，在吴嬷嬷念罢册子时已觉出不妥。

许夫人的陪嫁拢共算下来只有两处铺子和八千两银子，嫁进卫家上下打点带同孕期产子各项花费，总会花去一千有余的银子。陶嬷嬷和那姑子家人所说，许夫人曾给的都是银子，何况一个粗使给的足够置地买铺子的银子，怎么也得数百两，贴身侍婢只能更多，且还有别的奴仆。再有卫家往将军府送还时明里暗里地克扣，怕是千两也难足，如此算来，这银子果真对不上数。

第五十九章　惊见

姜瓷看着岑卿脸色，了然于心："所以说，不是陶嬷嬷说谎了，就是那姑子说谎了。嬷嬷你说，是谁说谎呢？"

"若说给贴身侍婢留银子，许有可能。仁善的主子总会顾及多年相伴侍奉的奴仆。但一个粗使奴婢，又不止一个，总不会独给她一个，还是那样大的数目。"

"那姑子家人擅经营吗？"

岑卿摇头，那姑子家人及懂享受，经营却谈不上，每年只是小有盈余。

"姑子家何时置地买的铺子？"

"是在许夫人过世后。"

"在雪绫雪绡失踪前后？"

岑卿一凛："在雪绫雪绡失踪后。"

"是了，主子赏赐，何必还要等到雪绫雪绡失踪后？何况那时候，许夫人已然过世。"

岑卿背脊一层密密冷汗："是了，也曾怀疑过，却没想过一个连屋子都进不去的粗使能怎样。许夫人确实品性良善对她有恩，雪绫雪绡失踪蹊跷，都把心思放在那二人身上了，没想到竟会是……"

是那个寻常近不了许璎身，甚至如今还留在宁寿庵给许璎守灵的姑子。

"我只是怀疑，贴身侍婢都在安顿好后离开宁寿庵，一个粗使，在家中宽裕之后，为何不回家团聚呢？哪怕每月去给长明灯添油上香，也是有心的奴仆了。这姑子是有疑点，但也不能断定问题就出在她身上，先查着看看吧。"

岑卿下去后，姜瓷枯坐出神，直到点灯，她才心事重重地和吴嬷嬷道："嬷嬷，你说仙长收到的信儿，倘或不是许夫人，又为什么会是雪绡去传的话？你曾见过许夫人，她是个轻浮之人吗？"

吴嬷嬷点了灯摇头："许夫人端庄持重，否则不会自幼便被太上皇和太后娘娘看上，太上皇的眼光，毒着呢。"

姜瓷慢慢点头："所以其实那姑子不过是障眼，真正的内情，还在雪绡身上。"

"那你这么还叫查那姑子？"

"只放消息怕难惊那蛇，查不到正路也不会放在心上，那姑子……算是个突破的口子吧。她不走，只能说留在宁寿庵总还有用，可许夫人已过世二十年，她至今还留着，到底为什么？"

姜瓷寻思，吴嬷嬷也猜测："莫不是……不是为了看着许夫人的灵位，而是看着会有谁去？"

姜瓷一攥拳："看看谁还惦记她，谁还顾着她，甚至是……谁还去看她！卫成去看许夫人，说明顾念亡母，总有可能会心生怀疑去追查，所以这些年卫成从没去过宁寿庵。卫将军是决计不会去看许夫人的，许家人若有人去瞧，也是情理之中……"

"其实许夫人葬身之处，并无多少人知晓，也实在因为没多少人在意。"

吴嬷嬷阻断姜瓷的话，姜瓷怔了怔，回头看向吴嬷嬷："所以，怀王也不知道吗？"

吴嬷嬷摇头，姜瓷也皱着眉摇头："嬷嬷，不知怎么的，怀王妃分明瞧着和善至极，可我这疑心却总在她身上，怎样也难消散。你同我说说这怀王妃到底是个怎样的人，她又是如何和怀王成的亲？照理说怀王厌恶许夫人，自也会迁怒许家，怎么会最后成了和她的亲事？"

"那时候怀王心灰意冷一蹶不振，吃酒动怒，连身子都弄得不好了。还不死心，总想见见许夫人质问质问，却被连番拒绝，娘娘与圣上也担忧至极。半年后怀王弱冠，封王开府，怀王妃便曾去道贺。怀王本不见，后不知说了什么，倒见了，再之后几次三番往来，怀王渐渐好起来。怀王妃母亲是许家庶女，吕家门第本不配皇室，可当时那情景，后来怀王请旨，娘娘便赐婚了。旨意下达前一日，许夫人自尽。"

"这时候，也这么凑巧。"

"那时候怀王已对许夫人厌恶至极，听说她自尽，只是冷嗤一声。"

姜瓷沉着脸，不知在想什么，好半晌才道："等那姑子的消息查来再说吧。"

还有卫如意，也是受许夫人牵连才被赶出门，她难道不厌恨许夫人？为何落到良辰观后反倒遮掩此事，只说自己是因别个缘由自离了卫侯府？

"说起来也许久不曾见仙长，嬷嬷明日备些礼，去往良辰观一趟吧。"

到底还有廖永清的事，卫如意在其中到底充当了什么？是和康虎一样的被利用，还是终究难忘仇恨，已然和六皇子等人合谋？

"对了，昨儿夜里是谁来闹？"

"是六皇子的人。"

卫嵘在外沉声回禀，姜瓷顿时不高兴。

"没完没了，卫戍都出征了，家中只剩我一个女人也不放手。"

转念想起卫戍曾说过的话，她忽然笑道："卫嵘，想法子叫六皇子知道，他和廖永清亲近非但没有助益，反倒阻碍了自己，叫她们且闹一闹去。"

卫嵘想了想，吩咐下去。

这夜里宁静了许多，因白日忙碌，姜瓷倒睡了个好觉，翌日一早天不亮吴嬷嬷便带着桃儿和侍从去往良辰观，午后歇晌起来，吴嬷嬷便回来了。

"怎这样快？"

姜瓷诧异，吴嬷嬷摇头："仙长病了，瞧着还不轻。说是十六进京回去后便病了，起先不留意，只当偶感风寒，瞧了郎中吃了几服药，谁知越来越重，前些日子都咳血了，说是消息送进京给公子了，却没有回应。"

姜瓷愣住："卫戍不曾提过此事呀。"

转而又道："难怪许久没有仙长的消息，虽说那时卫戍忙碌，却也不至于连这消息也会错漏。"

吴嬷嬷不知先前到底有什么，此刻只看姜瓷，姜瓷却也觉着卫戍决计不是会迁怒之人，他会刻意漏过卫如意生病的消息，或许是早已知晓，也或许是卫如意果然已站在敌对之面。

"岑卿呢？"

"在。"

姜瓷正寻岑卿，岑卿便从外头回来。

"有消息了？"

岑卿摇头："一家子本都是浅薄之人，可一旦涉及当初发家之事，却都三缄其口，果然有蹊跷，得费些工夫去查。倒是听闻夫人今日遣人去了良辰观？"

"正是，仙长她……"

姜瓷瞧岑卿神情不对，试探道："谋算卫戍，仙长果然有份？"

岑卿脸色愈发古怪："夫人，公子留有话在，您若对良辰观起疑，不妨亲自去看过，许能明白些许。现在这时候，您即刻启程，应当是刚刚好。"

姜瓷纳罕不已，却也依言令吴嬷嬷叫人收拾起来。因到底是道观，都是女冠，便只带了吴嬷嬷和春兰春寒，又叫卫嵘暗中遣人保护。这一路直奔良辰观，点灯时才勉强赶到。

"卫夫人怎这时候来了？"

正要给观门落锁的女冠惊讶，忙将人引了进去。

"听说姑姑病了，我不放心。"

姜瓷一行往后去，那女冠只送到后殿大门处，歉然赔笑："仙长有令，无传不得擅入后殿，夫人且自己进去吧。"

姜瓷看了吴嬷嬷几个，便独自进去。

良辰观不大，后殿已非供奉之处，倒如寻常百姓家宅院一般，大门进去穿廊过院，分为三处。姜瓷同卫戌先前来时，在卫如意所居的正院用膳，在东小院留宿，还有一个西小院从没去过，也不知作何所用。她循着路在漆黑僻静的园子走过，直奔正院，里头微弱烛火，姜瓷在外叩了叩门："姑姑？"

屋中一刹宁静，卫如意沙哑诧异的声音："阿瓷？快进来！怎这时候来了？"

姜瓷这才推门进去，穿过外梢间，就看见了床上形容枯槁的卫如意。

"姑姑怎这样了？"

卫如意神情委顿，闻言苦笑："病了好些日子了，焉知不是报应。"

"姑姑说的什么话？您侍奉仙祖，只会福报！"

"若非听信谗言，怎会险些离间你们夫妻？"

姜瓷顿了顿："姑姑知道此事了？"

卫如意寂寥，挣扎要坐起来，姜瓷忙去扶，只觉衣衫下骨头硌人。

"事后静思，总觉不妥，那廖永清忽然到访，说的又都是些我从不知道的事，便猜想我许是落了圈套了。何况我病了，送信儿给阿戌，阿戌却不闻不问……"

"卫戌这些日子有差事，已奉旨同卫将军父子三人出征好些日子了，姑姑莫见怪。"

卫如意愣了愣，随后喜道："奉旨？当真是好事！"

随后喘息咳嗽，姜瓷忙倒水，待她平息后忍不住劝道："姑姑虽爱清净，可如今病中，倒该留个人侍奉。"

"哼哼，打量我病了不中用了，不尽心侍奉，我昨日才把人罚了。"卫如意冷笑，姜瓷叹息，殷勤问了许多，知道卫如意已吃过饭服下药，便安顿她歇息。

"阿戍既不在京，你这时候来了，便还去东小院吧。"

卫如意临睡前交代一句，姜瓷这才出来，循路回到大门处，领了吴嬷嬷等人往东小院去。春寒头回见这般阵仗，难免叹了一句，姜瓷才道："仙长规矩严，咱们夜里也别乱走才是，别扰了她病中休养。"

说话间走到东小院，姜瓷推门待要进去，却鬼使神差往黑黢黢的西边看去。良久，她吩咐春兰："你同嬷嬷整理整理，趁着还早，春寒随我出去走走。"

主仆两个也不点灯，便朝着小路往西走去，在经过正院时，姜瓷看里头烛火已熄。

西小院也一片漆黑，院门并未上锁，推开便见院子里种着满地鸢尾，此刻冒着绿芽，东边院墙边梧桐树下架着一处秋千，这院子委实没有姜瓷所想那样少有人烟的荒凉，甚至处处雅致，更像用心打理过，是有人居住的痕迹。

她带着疑心慢慢走近，院子里只正房两间带左右两间耳房，春寒推开正房门，触目所及本该是外梢间的屋里竟摆着一副刑架，甚至上头还绑着个披头散发的人。

姜瓷悚然一惊，随后便想起卫如意方才所说犯了错的奴婢，才安下心，那人便听见声响缓缓抬头，月色下姜瓷被那奴婢容貌所惊，然而细看几眼之后，震惊与凉气从脚底升腾。

第六十章　青怜

青怜嘴角淡然谑笑在看清来人后顿时凝结，他以为是卫如意，却没曾想，竟是卫戍的娘子。他想了想，偏过头，但又觉着似乎没有躲避的意义，又转回头，对姜瓷淡淡道："查出来了？"

姜瓷愣住，青怜见她不言语，只当默认，笑容转冷，眼神凛冽："那也没用，她活不了多久了。"

"什么？"姜瓷大惊，然而上下串联，立刻明白，"是你害了仙长？你是谁？"

青怜倒愣住了，半晌自嘲自语："原来没有？倒是我自己沉不住气了……"

事关人命，姜瓷沉着质问："既已露了，索性说明白吧！"

青怜悠远看着窗外，仿佛神魂不在地说道："没什么明不明白的，你相公不是有本事吗？叫他查吧。他若想给他姑姑报仇，杀了我便是。"

"你处心积虑，最终还要赔上性命？"姜瓷叹道，一回头，竟看见岑卿从未有过的凛然正色。"梅青，你爹娘的仇，还得用自己的命来填？"

青怜被触，浑身颤抖，却终究隐忍不住，拼命忍耐眼中的泪，攥紧拳头朝着岑卿嘶喊："我不比你们！我一家命如草芥，活该被人欺辱，也只能用这种法子报仇！你笑话是吗？我连命都不在乎了，还在乎你笑话？"

但喊过却又平静，他看向姜瓷："卫夫人，你叫我再见她一面，你想知道什么，我都告诉你。"

姜瓷看向岑卿，岑卿进来，给青怜解开，姜瓷这才隐约看见青怜身上斑驳伤痕，但显然都只是皮肉伤。不禁看向屋里桌案上摆着的各色刑具，皮鞭有之，铁刺有之。

青怜看姜瓷眼光，轻佻笑道："从京中回来那日，她便是在这里同我寻欢作乐，吹了风，以为染了风寒。"

说着活了活肩臂，脚步不甚流畅地往屋中走去。

门帘挑起，姜瓷能看见青怜换了身红纱外衣坐在窗台，竟如同女子一般装扮起来。薄施脂粉眉眼勾勒，本就绝色的容貌更添几许媚色，少见的勾魂摄魄。他未曾束发，青丝垂肩更见妖魅。

约是坐了那片刻，再起身时青怜已行走如常，姜瓷几人跟在他身后，朝着正院走去。待到门外，姜瓷拍着早已看呆的春寒："你先回去。"

春寒讷讷应了，姜瓷才同岑卿进去。然进去之后，只在外梢间便听见了里头声响。

"主子？"

青怜刻意压低的声音暗沉撩人，卫如意昏昏沉沉醒来，看见床头的男人，嘴角勾起："怎么？这就耐不住了？"

青怜吃笑："主子一日不见青怜，便不想吗？"

里头窸窸窣窣，有些不堪入耳的声响，姜瓷面红耳赤，好半晌卫如意才微微喘息道："谁把你放了？"

"主子病糊涂了？今早行刑后，您亲自放的青怜呀。"

青怜调笑，卫如意仿佛陷入疑惑。便听青怜自顾自又道："卫戌家的来了？"

"嗯，来了，听说我病了，便来瞧我了。"

"您瞧，我便说了，是您多心了，卫戌那样渴慕亲缘，只您一个同他亲近，他自然舍不下您，就算有所怀疑也断不会。"

"是了，倒是我病中多思了。"

卫如意说着又苦恼："只是这病，拖了许久了，郎中说终归还是伤寒，只是重了些，可好生将养这么些日子了，也不见好转。"

青怜忽然低低笑了几声："您本好转了，是您耐不住，这才又重了。"

"还不是你引逗我。"

"您不是也罚了青怜了吗？"

青怜撒娇，继而又道："主子，廖永清那一计不成，卫戍已然出征了，您打算如何呢？"

姜瓷倏然攥紧手，掌心湿凉紧张，卫如意短暂沉默后才又道："出征便出征吧，潺山那地方，叫一个人毫无痕迹地丧命，比在京中容易多了。"

姜瓷已开始浑身颤抖，她不知道卫如意到底为什么这样恨卫戍，竟然到了想要卫戍性命的地步。她略挪脚步，从那微微撩起的门帘看着里头，青怜坐在床头，卫如意躺在他膝上，服过药半阖着的眼，迷离的神情，手却在青怜胸膛来回摩挲。青怜又低低笑了起来："主子，您喜欢青怜吗？"

"不喜欢，何苦留你在身边？"

青怜攥住卫如意手，定定看向她双眼："那你瞧瞧我，我这张脸，我这副身段，你可有想起谁？"

卫如意笑容越来越迷离，渐渐惶惑，甚至生出愤怒，最终恐慌："你说什么？"

"我说……"

青怜忽然站起来，一手擒住卫如意手腕，将她拖到地上："你仔细瞧着我！这张脸，这副身段，是不是像极了梅香？你如今这样待我，是不是就为了当年未曾得到他？"

青怜的忽然发作惊住姜瓷，岑卿轻唤："夫人，咱们且出去吧。"

姜瓷沉思，慢慢走出，站在院子里，岑卿便在她身后。

"雪绡确实给仙长送了信，但卫家撵仙长出门，却并非是因为她与许夫人勾结，而是因为……"

岑卿不大好出口的样子，姜瓷慢慢接住了他的话："因为仙长对一个男人……"

岑卿龇了龇牙："那梅香二十年前颇有些名气，是个唱旦角儿的戏子，身段容貌极为出挑，不少大户人家的夫人姑娘都喜欢他，捧着他。仙长却是个胆大的，意欲将梅香养到别院做面首。可梅香却是个正经人，家中已有妻房，便拒绝了。仙长恼怒，令人绑了梅香强成了好事，这事却叫同仙长定有婚约的庆国公府发觉，碍着两府颜面，悄悄递了话退了婚约。卫老侯爷大怒，卫家从前家风严谨，从没出过这样的事，老侯爷要打死仙长，老夫人跪着求情，才说要送去家庙。仙长却还不死心，自己跑出来到这观里，改了名做良辰观，老夫人送了些银子叫她过活，她还意欲将梅香掳来厮伴。"

姜瓷皱眉，岑卿又道："梅香也是贫苦出身，否则也落不到下九流的戏子，扛不过仙长，便要携妻带子逃离，仙长知晓，命人去杀梅香妻子，打斗中梅香为护着妻子，反倒先死了，仙长气不过，叫人乱棍打死了梅香娘子，剩了个孩子，仙长赌咒要让梅香夫妻死不安宁，便把孩子带走，日日折磨。谁知养到十来岁，竟生得同梅香一般无二，仙长就……"

岑卿嘶了声冷气，觉着牙发酸，卫如意做的事叫人难以启齿。

"她……她……那一年梅青也不过十三四岁，如今，侍奉仙长已有十年了。"

姜瓷哆嗦了一下，一个十三四岁的孩子，从小被仇人折磨大，最后竟还遭此毒手。

"卫戍，什么时候知道这事的？"姜瓷哆嗦得听不见自己声音。

"没多久，公子待自个儿的事粗糙，仙长又帮过公子，是唯一对他慈爱的长辈，颇得公子信任。要说起疑还是在仙长入京撺掇您学规矩受苦，公子存了心，后来过年同仙长拜年后您忧心忡忡，公子便下令查查仙长。本是查仙长是否同廖姑娘六皇子有所勾结，谁知牵连之下还查出了这些事。仙长也并非患病，而是梅青下了慢毒。"

梅青孤身陷于此处，日常足上都带着银镣，这观里终究还是卫如意掌控的天下。

"仙长命人教习梅青识字学戏，梅青闲时爱看书，仙长有个懂医的婢女做小莨，梅青时常借阅医书，便在观里杂草中慢慢提取毒物，每回侍奉时下给仙长，已有两年之久。夫人不必担忧，公子临离京前，已叫程子彦给仙长解了差不多了，但没叫解得太干净。"

姜瓷觉着胸口梗着什么喘不上气，想起梅青房中摆着的刑具，卫如意又喜欢他，又厌恶他。从某种角度来说，卫如意和图鲁格又有什么不一样呢？

"公子的意思，仙长留待他回来再说。梅青，也要留下。"

"那就先把梅青带走吧。"

"是。"

岑卿摆手，黑暗里飘落两道身影潜入房中，卫如意的尖叫响起，随后二人架着被打昏的梅青离开。

"岑卿，谋害卫戍，仙长也有份，对吗？"

"仙长要掩盖自己做下的丑事，故此私下里都推说是因许夫人的事才离开的卫侯府，说得多了，连她自己都信了，理直气壮地恨着许夫人，也想尽办法地谋算公子。只是先前做的手脚轻，淹没在盛京厌恨公子的那些事端里，才一直没有被发觉。故而廖姑娘来找仙长时，仙长实则一下便猜透了，却假装上当，推波助澜。"

他对待自己粗糙，但为着姜瓷却上了心，蛛丝马迹也不放过，才牵出了多年奉养的姑母竟也是一条伺机撕咬他的毒蛇。

卫戍心里该多难受呢？

"夫人别伤心，公子他，他习惯了，也就是怅然了片刻，命咱们一切照旧，等他从潇山回来再说。"岑卿越这么说，姜瓷越是心疼，捂着脸呜呜咽咽，岑卿手足无措，习惯口齿伶俐还从没这么越劝越糟的。

过个两日，消息传到潇山，卫戍捏着那方寸大的纸笺，面色阴沉。

"怎么？"篝火旁程子彦喝了口酒，一看卫戍这样子就知晓必是姜瓷如何了。

"她在查许夫人的事，也已知道如意仙长的事了。"

第六十一章　大招

"啧啧，你羞于启齿，叫她亲自去看，想必震惊是少不了的。"

程子彦摇头，忽然又疑惑："怎么忽然又查起许夫人的事？"

卫戍将纸笺丢进篝火："这事本就蹊跷，当年草草结案，也是因怀王多方阻挠。我娘子她……心疼我，想还我一个公道。"

卫戍嘴角微勾，眼眶却湿润了。

"做这样子给谁看？"程子彦看不得他那副痴情模样，实则妒忌得很，怎就没叫他遇上个这样心疼自己的女人？想要甩手走，又不死心追问："那你预备怎么办？"

卫戍看着篝火，眼瞳明明灭灭："真相固然重要，但一切都不及我娘子紧要。许夫人的事，我心中有数，说句不孝的话，当初她选择隐忍，虽有多方原因，但终究放弃了为自己辩白。我孝敬她就好。"

"呷……"程子彦叹道，又看了看黑黢黢的山洞，"你到底准备什么时候攻山？卫北靖父子三人已被困将近一月了。"

"自然是要在紧要关头，这样他的生养之恩，我救他父子三人，也还报清了。"

他只想无牵无挂没有累赘地叫姜瓷过痛快日子，叫那些曾经欺辱嘲笑姜瓷的人，都仰望她，便是心里再不服气，也得忍气吞声。

"快了，这么算着，再有三五日也差不多了。"

卫戍淡淡笑着，算着归期。

梅青被送去孔府，姜瓷翌日回到家，又见九皇子和贺旻送来的礼物，这些日子隔三岔五地送，来送的人也不提拜见姜瓷，送到便走，反倒是送来的东西越来越贵重。

姜瓷看着那一套镶着红宝的赤金首饰，叫吴嬷嬷亲自送了回去。

九皇子想必就为着这般，趁着还礼的功夫，便能不着痕迹地同她对上话了。

"哎，早知如此，何必当初。"

"九皇子出身低，日子过得也小心翼翼。"

"他终究是皇家血脉，他的苦和卫戍的苦不能同日而语。"

岑卿笑："夫人说得很是。"

这厢吴嬷嬷出去还没回来，春兰便来报，说卫侯府的卫韵姑娘到访。

"请进来吧，早晚有这么一遭，打发了也清净。"

算起来选秀在即，卫韵这么急，怕是卫家并未更换送进宫的人选。

卫韵进门倒喜气洋洋，姜瓷坐在偏厅里，看她旁边带的礼，卫二夫人倒真是出了血了。

"你来便是了，带什么礼？"姜瓷嘴里说着，却叫春兰把东西收去。春寒奉了茶，付兰立在姜瓷身边，姜瓷便笑道："同你介绍介绍，这位是从前宫里侍奉的姑姑。"

付兰不苟言笑地点点头，卫韵虽并瞧不起从前在宫里做奴婢的，但碍着姜瓷颜面，笑着叫了声姑姑。姜瓷便隔三差两，吃着茶，同卫韵闲聊，从哪家点心不错说到今春哪家布料不俗，再到哪家馆子的小曲儿唱得不错，总归卫韵才一开口，她便岔开，眼见卫韵急了，她才淡淡笑着住了嘴，卫韵好容易得了机会，便假做毫无痕迹的闲聊，说起卫澜。

"即刻便要交名帖了，盼着澜妹妹此回能奔个好前程。"

"哦，府上选送的还是澜姑娘呀。"姜瓷闲闲应了一声，转头叹道，"付姑姑这茶烹得真香！"

付兰眼角眉梢见笑，春寒立刻凑趣儿："夫人赏奴婢一口尝尝呗！"

"瞧你，喝去喝去，别说的这样可怜。"姜瓷将小茶壶都递给春寒，春寒便在小厅角落里同春兰分茶吃，倒让卫韵有些惊讶。

"以澜姑娘才貌，必有好去处，但皇家选妇，德容言功，德才在头一个，以我先前在府上那几日，瞧着不甚好。"姜瓷意兴阑珊地笑笑，看向卫韵道，"我倒是觉着你好，话也挑明说了，也有卫戍将来为你铺路，可侯府怎就没仔细考虑？"

卫韵苦笑："澜妹妹自小才情出众，生得又好，从小教导到大的，怎会轻易调换。"

"你生得也不俗，怎好自轻自贱？何况卫澜有错在前，当初董泠儿的事，若说和她没干系，我可不信，这便犯了大错了，若捅到内务府，头一个要抹去名字。"

卫韵眼中精光一闪，姜瓷觉着该说的话也说得差不多了。付兰在旁瞧着，极合时宜地道："似乎听说那位董姑娘如今进了顾家做十四姨娘了吧，还是贵府三老爷牵的线，把人送到府上的。"

卫韵怔怔失神，姜瓷叹了口气："我有心帮你，但你也知道，我身份尴尬，咱们说起来是一家人，其实也不是。连卫将军都已被撵出卫侯府，卫成又同卫将军生分，我到底不好多插手。不过你若想自己给自己奔个前程，我倒是能帮帮你的。"

卫韵顿时喜形于色，又觉太露痕迹，立刻偃旗息鼓满面羞涩："我实不在乎那些，只是……只是对九殿下一片真心，如今也只有选秀一条路才能……"

姜瓷笑着探身拉住她手："真心难能可贵，我也很愿意成全你的真心呢。九殿下同卫成交好，你同卫澜，我也觉着你才合适。"

卫韵兴奋得满脸通红，姜瓷但笑不语。随后当着卫韵的面将岑卿叫来，好生交代查清当初卫澜与董泠儿勾结意欲陷害卫成的事，务必要人证物证俱全地交到卫韵手里，卫韵再三同姜瓷表白心迹，仿佛拿卫成当作亲哥哥看待，姑嫂两个其乐融融。好容易送走卫韵，姜瓷并没从小偏厅回去，春兰正疑惑，那头又来禀报，说廖姑娘到访。

"夫人神了！"春寒偷赞，姜瓷命将人请进来，还没进来的当口，岑卿疑惑："夫人这是做什么？"

"憋个大招，逼顾允明出手，我好趁机告个御状啊。卫成左右不在家，又是替太上皇办差去了，我再怎么闹，太上皇也不好打我一个女人板子。"

岑卿愣了愣，竖起手指："夫人高明！"

廖永清进来的时候，姜瓷就看见她厚厚脂粉遮掩下乌青浮肿的眼圈和泛红的眼，顿时心情大好，没能忍住，抿着嘴笑。

"你很得意？"廖永清进门，淡淡一句。

姜瓷摇头："得意什么？我就是高兴。"

廖永清眼神愤怒，但也不过片刻，她淡淡笑了笑："好，你高兴了就成，也算还你先前算计之仇了。"

姜瓷抿嘴，廖永清出身不俗，自幼才情容貌出众，瞧着众星捧月长大的，但保不齐多少嫉妒她的人使过多少手段，便是廖家的姑娘一个门子里还不知要做些什么。头回的事算是莽撞，大约是没工夫仔细斟酌，计谋之粗糙浅薄瞒不住人。

"那么姑娘今日若非登门谢罪，又是要做什么呢？"

"不请我吃盏茶吗？"

姜瓷摆手，春兰奉茶，廖永清自坐了，啜了一口："高山红茶？"

"姑娘明艳，也该配这明艳的茶。"

廖永清愣了愣，看着茶汤里映照的自己的脸，从没有如此憔悴过，厌恶地放下茶盏，舒了口气道："咱们来做笔交易吧。"

"极好，姑娘不是来攀交情的，倒叫我松了口气。"

"倘或是卫成在，攀交情也就够了，但如今只夫人在，这交情不攀也罢。"

见姜瓷笑容转冷，她抿唇道："夫人当初深信不疑，容我猜猜，除顾允明那头说的夫人性情之外，怕是对卫成真动了心，所谓关心则乱。但夫人也不可否认，宫中那夜我那般错漏百出的表现夫人却还信了，自然还因我一个姑娘家却敢拿这些来说，压上了自己的名声，想必不会有错。"

她盯着姜瓷道："夫人原也没想错，卫成若对我无心，哪会千依百顺？只不过时移世易，男人的心呵，最靠不住，喜欢的时候恨不能把你搁在心尖上，有了新欢，自然就要抛诸脑后了。"

"所以，姑娘是想和我说什么呢？"

"咱们新欢旧爱，本该是仇，不过到底我也没进他卫成的门。"

廖永清扫一眼偏厅，厌嫌之意显然易见，她用帕子扫了扫裙摆："他如今不听我的了，才叫我到了如今地步。但他既有抛下我的一日，想来也会有抛下夫人的一日。夫人倾国倾城，但也总有年老色衰之时，卫成蛰伏多年，此刻才算一鸣惊人，将来封王拜相不在话下，夫人区区一个民女，如今他新鲜劲儿尚在，愿意护着，待将来却未必耐烦总听外头那些诟病，怕是要……"

廖永清掩着嘴似笑非笑，似乎看到姜瓷失宠凄凉之状，姜瓷看她这样险些气笑，付兰见她话说的越来越不堪，意欲驱赶，却叫姜瓷拦住。

"所以姑娘来找我做的交易，怕是要保我今后富贵无忧了？"

"夫人聪慧。"

廖永清放了手："东宫之主早晚要立，立哪个却都不拘还是那些个人。卫成如今不偏不倚，虽没惹怒太上皇，却也堵住了自己将来路。我不妨也同夫人说句明白话，卫成的身份，并非六殿下探得，宫中贵妃势大，能与中宫抗衡，是她买通圣清殿得知卫成身份，先叫三殿下拉拢，卫成拒了。三殿下恼怒异常便要报复，你也知道，那是个莽撞的，可贵妃却精明，她将这信儿透给了宸妃，六殿下自然也生了拉拢之心。我着实没想到，那个斗鸡赌马吃酒狎妓的废物，竟然是黄雀。"

姜瓷淡淡笑了笑，廖永清如今还有几分不解，叹了口气道："贵妃的意思很显然，卫戍若应了六殿下，便告一个勾结之罪，一箭双雕。若也不应，便叫六殿下去报复卫戍。夫人想来也知道，最是无情帝王家，为了一个帝位，兄弟都不是兄弟了。但卫戍若得罪的人多了，那兄弟自然也能再做片刻的兄弟，总得先清了阻碍，才能再说东宫之位的事，对吗？"

姜瓷笑容渐渐凝结，廖永清说的，也正是她如今所想。

第六十二章　　谋士

廖永清看着姜瓷脸色，淡淡笑道："所以夫人，你再继续下去，保不齐三殿下同六殿下就要联手了，彼时夫人可能招架？卫戍还能活着下潺山？"

"姑娘不是一心依从六皇子吗？今日来同我说这些算什么？何况卫戍一介臣子，不拘哪个上位，他都照样是臣子。话姑娘也说了，他如今不偏不倚，不惹怒太上皇才能保住自己，若如今投效了谁，怕是也等不到东宫有主的时候了。"

廖永清笑笑："卫戍如今，说艰难也艰难，说势大，却也真的势大。黄雀在他手里，太上皇一时半刻难道就能找见合适的替换之人？若真那么简单，也不会叫顾允明那蠢货占着黄雀那样久了。太上皇养这么个闲人，就是为了牵制卫戍，但我若助夫人拿下顾允明，卫戍一人独大，他想支持谁，就支持谁，将来新帝继位，他便是从龙之功。"

"姑娘说的，倒真是诱人。"

"不妨提个折中的法子，卫戍辅佐九殿下，我做九皇子妃。将来我母仪天下，也保夫人富贵无忧。"

姜瓷这回是真忍不住笑了："怎么？六皇子果然放弃了姑娘？难为姑娘为他做了那许多。"

"成功的路上难免走些弯路，中宫娘娘这些年吃斋茹素，宫里贵妃把持，若非还占个中宫之位，六皇子胜算也没多少。你也瞧见了，看似精明，实则也没多少成算。"

"照姑娘这么说，倒是三皇子胜算最大了？"

"三殿下虽莽撞，但有贵妃这生母扶持，母凭子贵，子凭母贵，都是相辅相成的。只不过三殿下正妃之位已有了人，我是断不屈居人下。夫人也不必疑心我，我可以先拿下顾允明，叫夫人看看我的诚意，那时再答复我，也不迟。"

姜瓷但笑不语，廖永清又道："哦，对了，前几日还送了夫人一份礼物，不知夫人可喜欢？"

廖永清笑得意味深长，姜瓷微微诧异，随后也笑道："倒谢谢姑娘了。"

"夫人喜欢就好，不客气。"

廖永清起身，朝姜瓷又笑了笑，转身走了。

姜瓷看着廖永清背影渐渐消失，岑卿从屏风后走出，面色阴沉，看着姜瓷："夫人。"

姜瓷抬手，止住了他要说的话，叹道："她对六皇子是有些真情实意的，但六皇子还是弃了她，她如今所做的，也是堵着一口气。"

岑卿不语，姜瓷目光凝在窗外，显然揣着心事："所以那日恐怕不是偶然遇上的怀王，那姑子早了几日登门引起我的怀疑，也是廖永清的手笔。"

"廖家数代帝师，自有不俗的底蕴。廖永清又总和六皇子等人厮混一处，为他出谋划策，怕是许夫人的事，她也知道一些？"

姜瓷缓缓摇头："卫戍都还没查出来的事，她哪里能知道？猜测怕是真有，况且这份所谓的礼物，送来的时候，六皇子还没弃了她。恐怕她那时的想法，是想叫我对此事起疑，重新查探此事，借怀王之手损伤我。"

"那夫人……"

岑卿忧心，姜瓷却淡淡笑了："无妨，她的交易必是做不成的，但她如今堵了气要坏六皇子好事，又舍不得对六皇子下手，诚意不诚意的，她都会对顾允明下手，先断了六皇子臂膀。"

岑卿咋舌："六皇子的路已叫太上皇堵一半了，廖永清若再一出手，他怕是真难入主东宫了。我倒是奇怪了，如今这些皇子们，大皇子早夭，二皇子痴愚，三皇子自诩年长却偏莽撞，四皇子意外殁了，五皇子绵软，六皇子如今已没了胜算，七皇子醉心诗书，八皇子心狠手辣，九皇子出身低微，十皇子十一皇子虽成年但底年纪还轻根基浅，十二皇子十三皇子又未成年，这四位都压不住阵脚，倒不知太上皇到底想的是谁了。"

吴嬷嬷听着，微微蹙眉："照理说，中宫无子，宸妃得宠，又是中宫皇后娘娘的表妹，六皇子是宸妃所出，半个嫡子一般，该是胜算最大才是。"

"要真是看出身，那也早立太子了。若是依我看，一直不立，大约是如今合适的人选中并没有太上皇中意的。"

姜瓷摸着腕子上那支青髓冰玉的镯子，微微叹息："廖永清到如今都没放弃离间我跟卫戍。也是，不拘她跟不跟六皇子，如今卫戍的身份，确实对她大有助益。"

吴嬷嬷却还在想着姜瓷前一句话，忽然道："若如此说，十一皇子确实品性绝佳口碑不俗，但坏就坏在生母早亡，养在深宫同母族联络极少，没了助益。"

"是坏处，但在太上皇看来，许就是顶好的好处呢？"

"怎么说？"吴嬷嬷诧异。姜瓷又道："我从前听过这么一段书，前朝皇帝担忧外戚干政，皇子生母母族壮大，便要做去母留子的事，如今十一皇子没了生母，岂不是刚刚好？要什么母族助益，太上皇若看上了他，太上皇便是他最大的助益，将来黄雀交在他手上，还愁江山不稳固？何况久不立太子，人人又以为他没什么胜算，岂非又保护了他？"

看吴嬷嬷瞠目结舌，姜瓷笑道："我不过浑说，嬷嬷也浑听便罢了。只是我觉着立于权贵中的人，见惯了钩心斗角，心思难免复杂，有些事拨开表面，其实简单得很。"

"夫人说的，也不无道理。"连岑卿也听得怔怔的。姜瓷不觉好笑："这都不是咱们该操心的事，这么说说也就罢了。倒是顾允明……"

她冷声道："他几次三番算计卫戍，确实不能轻饶，但却不能如廖永清所说就除去了，头一样太明显，第二没了顾允明，卫戍一人独大，反倒更容易树敌，教训教训就是了。"

岑卿道："夫人说的极是，公子也是有此顾虑，才一直留着那废物没下死手。倒是还有一件事，夫人想来知晓，三皇子对咱们不假辞色，不仅仅是因为公子拒绝相助，还有一事……"

姜瓷看过去，岑卿才道："夫人也去过潽山，看着那些贼匪，可有什么想法？"

姜瓷仔细回忆："瞧着不像寻常贼匪，倒更像行军之人，颇有规章。"

"是了，确实不是寻常贼匪，而是为朝中某人敛财之用。"

姜瓷诧异，仔细一想，顿时大惊："三皇子？"

三皇子莽撞，头脑简单，拉拢人的法子惯来钱财开道，是出了名的散财童子，可他的俸禄家私远远不够。

"这得多蠢？一旦查出潽山与朝中有所勾结，头一个怀疑的就是他。"

"贵妃可不知道这事，不然早气厥过去了。公子头一回上潽山就已查出梗概，但一直没报，头一样真凭实据不在手，再者说总怕狗急跳墙，要危害一方百姓。故此这回出征，得胜归朝时，也是三皇子落马时，得小心提防才是。"

"要这么说，三皇子六皇子如今都是站在悬崖边上，那更要防着他们联手。"

姜瓷略一思忖便笑道："四月选秀，秀女庚帖眼见便要报上了，卫韵比谁都急，动作想必快得很。董泠儿如今在顾允明府上，倒是该瞧着卫侯府，那头卫澜的事一旦闹出来，立马操纵传言，引到顾允明头上，把他这些年做的蠢事丑事阴私事都抖搂出来，把谋害卫戍的事，也捡着既不要脸又不太紧要地放出去些。"

"顾允明那厮惯来装模作样，知道他真面貌的还真不多。"

"是了，别把手脚扫太干净，叫他查到咱们这儿来。"

"夫人这是要做什么？"吴嬷嬷诧异。姜瓷掩面笑道："卫戍不在家，他倘或上门理论，咱们就好借机行事了。"

"可他到底得太上皇宠幸，公子先前几回动他，在太上皇处总讨不到好。"岑卿顾虑。

姜瓷笑道："卫戍是卫戍，我是我，在太上皇看来卫戍和顾允明势均力敌，他自然偏向顾允明。可如今卫戍不在家，我一个弱女子，顾允明对我下手，哪里说得过去？太上皇总还要脸面，总不好还向着他欺负我一个妇孺，还是在卫戍为他办差的时候。再者说，只要卫戍对太上皇还有用，太上皇顾忌着卫戍，也不会对我下手。"

岑卿顿悟："是，是！有些事，果然只有夫人出手才最合适！"

岑卿办事向来利落，何况又是早已掌握在手的，翌日便将卫澜勾结董泠儿的人证物证交到卫韵手中，卫韵确实聪明，并没往家里捅，而是在坊间流传此事，因证据确凿，卫澜极快声名尽失，卫家不得已更换了选秀人选。

而那厢曾几次三番算计卫戍的女子如今却在顾允明府上做姨娘，在岑卿的推波助澜下，此事也极富有传奇色彩，从顾允明假做老实骗得太上皇信任，到下一任统领人选的离奇丧生，他继任统领却没本事，逆境中的卫戍如何以命博得另一支黄雀的统领之位，却自此成为顾允明眼中钉肉中刺，辛劳办差的同时却还要谨防顾允明的暗算，没半日功夫，顾允明在民间声名狼藉。

朝中人这几日也是听传言听得津津有味，没曾想人模狗样的顾允明竟是这种货色，每每遇上总要意味深长地笑一声，顾允明撒下手中所有力量却还压不住，没个三两日，便恼羞成怒了。

这时候就是再蠢，顾允明也意识到被针对了，思来想去只有卫戍一个仇敌，如今却又远在潆山出征，他家里只有一个娇滴滴貌美如花，叫人心痒的小娘子。

"一个娘们能这么多心思？"

顾允明问顾正松，顾正松肃着一张脸："她不是个心机多的人。"

苍术县的姜瓷，实诚本分，忍气吞声。

"那就是有人给她出谋划策！"

"卫戍身边必有谋士，想来便是谋士行事。"

顾正松的附和令顾允明愈发笃定，痛骂卫戍小人，可这传言却怎么也压不住，恼怒异常的他决定亲自去会会那个娇嫩的小娘子。

第六十三章　得逞

顾正松看着顾允明远去的背影，摇头叹气："为色所惑，难成大器，怕是这一回真要栽了。"

顾允明自觉自己气生得理直气壮，直冲卫府，若是往常这么冲进去理论倒还有几分英雄气概，可他却偏偏忘了，卫戍如今不在家。

姜瓷也没留在府上，悄悄躲了起来，叫卫戍安排的人故意激怒顾允明，把卫家的一处院子砸得面目全非。岑卿觉着差不多了，姜瓷却还在等。

"廖永清还没动，再等等，看她到底会做什么。"她心底隐隐雀跃。

廖永清不会放过这大好时机，扳倒顾允明，没准还能顺势摆六皇子一道。

果然顾允明前脚叫嚣着不会放过卫戍离开卫府，后脚一伙蒙面刺客便潜入卫府，却如泥牛入海，依照姜瓷的吩咐，俱留了活口。

姜瓷特把自己整得狼狈了些，拉住吴嬷嬷和付姑姑："走！告御状去！"

太上皇觉着近来日子过得惬意，没了卫戍给他顶杠，江山稳固，难得喝了点小酒醺醺地听着小戏，眼见要眯着的时候，有侍卫连滚带爬跑进圣清殿，庆安轻着手脚快步出去，正欲斥责，谁知那侍卫趴他耳边报禀几句，庆安登时惊诧，匪夷所思好半晌，不可置信地喃喃自语："这是蠢升了天啊？"

忙又吩咐："把人带到圣清殿，万莫惊动宫中旁人！"

侍卫急匆匆跑去，庆安也急匆匆进殿，把个拂尘挥舞得白毛翻飞也想不清该怎么同太上皇回禀此事，少不得硬着头皮叫醒了太上皇。

片刻之后，太上皇恶狠狠地又灌了一盏醒酒汤，阴鸷地盯着偏殿角落里跪着的隐忍低泣的妇人。

"你说,顾允明砸了卫家,还有刺客行刺险些杀了那女人?"太上皇偏头去问庆安,庆安艰难地点了点头,太上皇拔高了声音又问,"你说,那女人走投无路要告御状?"

庆安还没回应,姜瓷呜呜痛哭的声音也拔高了许多。

太上皇头疼,想他一世英名,总不好去打一个没犯错的女人!

"你!过来!同孤把话说清楚!"

姜瓷从手掌里抬起头,涕泪纵横地号哭:"臣妇不知啊!臣妇什么都不知道啊!"

太上皇努力克制,看向吴嬷嬷:"那么你,你过来,同孤把话说清楚!"

吴嬷嬷同付兰也是一身狼狈,甚至沾染血污,也不知受伤与否,听见太上皇发话,二人接连叩头,惊魂未定。

"奴婢实不知怎么回事,顾统领忽然仗剑闯进来,幸而家丁护着夫人躲避,但府中打砸得不成样子。也不知为何,顾统领前脚走,后脚府中又来一伙强盗,杀人放火!奴婢同卫夫人等是拼着性命逃出来的,真是无路可走,卫夫人只有敲登闻鼓鸣冤这一条路才能保住性命等卫将军出征归来了,却还没来得及敲鼓,便叫送到了殿下此处!"

太上皇勾了勾手指,庆安上前。

"查清了吗?"

"约略,约略查清了。"

"说。"

"近日坊间传言,将,将顾将军曾做过的糊涂事都抖了出来,顾将军声名有损,想来气恼,便要寻个说法,这才登了卫家门。"

"找一个女人讨说法?"

太上皇委实对顾允明失去耐心。蠢也罢了,没本事也算了,却不能安分。

"传顾允明。"

"禀殿下,顾将军已跪在殿外了。"

太上皇冷笑一笑,盯着看似蠢钝的姜瓷,摇了摇头,却又点了点头。

卫戍有妻如此,如虎添翼,顾允明那蠢货怕是不行了。

"传。"

顾允明在得知卫家在他离开后遭遇一伙刺客时已心知不好,头一回如此精明地先行请罪,听见传召,几步入殿便扑通跪倒在地:"臣糊涂!但臣一时气恼只想讨个说法!坊间百姓辱骂臣也便罢了,竟还说主上眼盲错信微臣……"

顾允明下头的话太上皇不想听了，他忽然也有些怀疑自己是不是真瞎？这么个蠢货，他怎么就偏宠了十来年。也没耐心再审了，传言这东西到底虚妄，定不得什么罪，但顾允明仗剑闯卫府是实，砸了人家家也是真，便是后来的刺客……他也说不清。

"顾允明行事不周，官降一级，罚俸一年，责十……"

姜瓷的哭声忽然高了点，凄凄切切，令人闻之断肠，太上皇皱眉："二……"

哭声忽而凄厉，太上皇眼皮子抽了抽："三……"

姜瓷仰脸，红肿的双眼蕴满眼泪，水灵灵可怜巴巴地盯着太上皇，太上皇一阵心烦，狠狠怒喝："五十大板！拉下去！现在就打！堵了嘴打！"

太上皇忽然暴躁，竟无比想念卫戍，倘或这时候是卫戍跪在他跟前，那么一切都好处理多了。

"谢太上皇为臣妇主持公道！"

姜瓷匍匐跪拜，呐喊得情真意切。

庆安看了看姜瓷，只觉着后脊梁有些发冷。

不管宫里宫外，果然还是女人最可怕。

姜瓷跪在偏殿角落，凄凄楚楚畏畏怯怯，太上皇厌烦得很，命她退下，谁知姜瓷眼泪吧嗒又掉下来："殿，殿下，能否容臣妇稍待片刻？外头正行刑，臣妇瞧着害怕……"

害怕？太上皇差点笑出声，卫戍在他这儿挨打多少回，她做娘子的会没见过血呼啦擦的样子？但看着小女子哭得可怜的样子，太上皇心里倒惬意了，被逼迫的不适感消散许多，听着外头安静得只有噼啪板子声，太上皇闲适地问道："伤亡几何？刺客可有活口？"

"回，回殿下，臣妇不知，只顾逃亡，但想着府中总有卫戍留下的护卫，虽顾统领来闯不敢硬拦，但刺客想来是会捉拿几个？"

她一双幼鹿似的洁净迷惘的眼神，倒反问起太上皇来，太上皇忖着卫戍的本事，点头赞同："

"嗯，约会捉拿几个。庆安，叫聂寒舟带一支羽林卫，去卫府瞧瞧。"

"殿，殿下，卫府小家小业，顾将军砸的烧的……"

太上皇胡子抖动了一下，不耐烦道："叫他赔！"

"臣妇叩谢殿下！殿下当真宅心仁厚明德圣断……"

吹嘘拍马得太上皇舒适，尤其姜瓷那一双湿漉漉洁净纯良的眼中满是崇敬，太上皇鬼使神差道："卫姜氏受惊了，赏暖玉一对压压惊吧。叫聂寒舟顺道护送卫姜氏回府。"

"谢殿下，谢殿下！"

瞧着无甚规矩的叩拜，看似粗鄙无知的市井妇人，太上皇看着姜瓷退下的身影，点头赞叹："大智若愚啊。"

姜瓷走过圣清殿院子，看着堵着嘴正挨打的顾允明，面红耳赤青筋迸起，已险要晕厥，嘴角微不可见地扬了扬，便避猫鼠似的匆匆离去。

回到卫宅时就见满地疮痍，显然比她走时严重得多，岑卿挤眉弄眼，姜瓷点头会意。

"这位，这位便是我们府上的管事。"

姜瓷遥遥一指岑卿，聂寒舟点头，清俊的少年将军不苟言笑上前，告了一声得罪，便问询起来。

岑卿对答如流，问询便也极快结束，没什么悬念地定了顾允明的罪，末了岑卿递了一本清单，都是顾允明今日打砸损坏的东西，聂寒舟粗略看一眼，千年不变的神情忽然扬起眉头。

不是说卫府贫寒吗？这……竟然还有夜明珠猫儿眼？糊窗户的都是几百两一匹的翠烟纱？

他看一眼岑卿，岑卿笑了一下，不卑不亢，聂寒舟觉着自己明白了些什么，但是他也实在不喜欢顾允明那诌媚奸邪又没本事的样子，他清了清嗓，把册子掖进怀里："太上皇的意思，叫顾将军赔付今日打砸的损失，既然已得圣令，这册子也不必麻烦了，聂某便直接送去顾府，督促他们尽快赔付。"

"有劳将军了。"

岑卿眯眼笑，这册子他造了万两之数，春天了，千军万马的黄雀卫得换春装了。

送走聂寒舟，姜瓷好生泡了个澡，身心舒泰地歪在外梢间矮榻上。

"这刺客进宫，以太上皇身边的手段，不知道廖姑娘的手笔能挨得住挨不住。"

吴嬷嬷有些担忧，姜瓷翻了个身："嬷嬷何必担忧，便挨不住，招出来的也不会是咱们。何况便是栽赃给咱们，太上皇也不能信。卫戍去干拼命的差事，哪有闲人用在这头陷害人？"

虽然真有，但太上皇怕是也想不到，毕竟每年支出给卫戍那支黄雀卫的银子是有数的，能养的人也是有数的。

但出乎姜瓷意料，翌日一早岑卿来报，竟说太上皇招六皇子去圣清殿，宫门关闭谁也不知晓里头发生了什么，可卫戍的眼线却报说，六皇子在偏殿罚跪。

"廖永清也真狠得下心啊。"姜瓷看着院墙头上冒着一支梨花，雪白的花瓣粉红的蕊，娇嫩欲滴清冷无暇，听着岑卿禀报叹了一句，忽然又愣住了。

廖永清怕是还没放弃六皇子，眼下是要把他逼入绝境，无路可走的时候，她自然又能回到他身边了。

"有趣，这廖永清看来并不是她自己所说的，就冲着中宫之位去的。"

岑卿不解，姜瓷看了看他，却并没解说。

女人的心思有时说不准，她就是喜欢六皇子，可六皇子却一心扑在帝位上。有什么能叫他对自己死心塌地呢？只有毁灭他的梦想，他才会重新审视自己身边所拥有的。

姜瓷想着，又摇头。

廖永清就没想过六皇子会一蹶不振？

但这就不是她的事了。

"怀王妃那头呢？查出什么了？"

岑卿笑："夫人这预感倒强，今日查出了些消息，却觉着太过顺遂些，总不敢信。"

第六十四章　滥觞

"倒不是顺不顺的，卫戍不在京，多少人都放松警惕，最起码这回查许夫人的事，即便放出了风声，怀王却并没动作，他不阻挠，自然就顺利多了。查到了什么？"

听姜瓷的话，岑卿一行点头一行道："查到姑子家人置地买铺子前，怀王妃支取了一笔五百两的银子。那时虽已下旨赐婚，但到底还未曾大婚，吕家不算勋贵，家底不厚，怀王妃也没多少私房，一笔五百两的支出不算小数目。且近日那姑子家人也在卖地卖铺子，瞧着样子似乎是准备迁移。"

"怕不是怀王妃的意思，这种时候肆意乱动反倒引人怀疑，能把事情做得当初那样精密，不会是个思虑不周的人。"

岑卿也道："是这样的道理，但除却姑子那头，怀王妃处并没异动的。"

没有异动，不是当初的事确实不是怀王妃做的，就是如今的动作并没惊动她。姜瓷想着，一笔五百两的支出说明不了什么，也可以说怀王妃感念表姐曾经厚待照料，未免她死后凄凉，花了银子托付一个奴仆照料，也算情深义厚。但她想卫戍说过的话，端看此事最终是谁得利……

毫无疑问，得利的只有怀王妃一人。

当初那场事直接的结果，许夫人因此丧命，卫北靖名声尽损，怀王一蹶不振，只有怀王妃得利，从区区一个中等官员家境，一跃入皇室。

"怀王与王妃情分如何？"

"怀王府如今也只有王妃一个女主子，没有其他妃嫔，更没通房侍妾，不过现如今怀王夫妻也没个孩子。"

没孩子也不纳妾，是个痴情人，但这情痴的到底是谁呢？

爱之深恨之切，怀王有多恨许夫人，曾经也就有多喜欢她，不然早也就忘了。那么这份深情会不会也令怀王妃忌惮呢？毕竟二十年前这姑子就埋下了，可那时候尚在襁褓的婴孩实在不必防备，许家卫家若有人祭拜也算正常，那么归根结底，防的或许只有怀王了。

"岑卿，想法子把怀王引到宁寿庵去。"

岑卿瞪大眼，想了想，连连点头："成！小人这就去办，保准叫怀王三天之内便到宁寿庵去。"

岑卿的法子其实简单粗暴，怀王虽身份尊贵，但到底因当年事心灰意冷，早已避离朝政之外，仅凭血统的尊贵。没人算计，身边的人自然也没那么严谨。轻易收买了个仆从，说服怀王踏青散心，选在溯明山上。溯明山偏僻陡峭少有人烟，风景是好，路却难走，走了半路落入陷阱，只当是猎户所设，怀王受了点小伤，衣衫脏污，少不得要寻个地方落脚，荒山野岭，只有一个宁寿庵。

怀王也懂避忌，到底是个姑子庵，便绕过去，就见庵后不远处有个荒冢并两间木屋，料想是守墓人所居，这时候也没什么忌讳的，便暂且在木屋里疗伤更衣，又思量用了人家的地方，出来后，便对着荒冢拜了一拜。

宁寿庵没几个姑子，但一行人从庵前走过，在这荒山野岭也实在惊动人，许夫人的奴婢姑子听了消息忙往后头去，遥遥就见怀王正在拜冢，顿时惊得顶梁骨走了真魂儿，忙不迭下山传话。

守了二十年无甚风波，没曾想以为平静的这时候，反倒生起事端了。先是有人不住在她家里查问，当初穷得要卖儿女的家如何就发起来了，一家子说不清，她便叫家里人尽快变卖迁移。

说起来全因那日接个信儿，叫她提前到卫府要银子，之后便生出不少事端，她禀报了上去，那头却同她断了消息。

怀王因在溯明山上这么一耽搁，回京脚步便慢了，待到城门时已然关闭，只得在城外寻了一处客栈暂且歇脚。

夜阑人静，陌生的地方，怀王再度失眠。自从许璎的事后，他的心思就没舒展过，能够安眠的次数也少之又少。

他恨她，却又想念她。心里的她还是少女时的模样，巧笑嫣然是她，搞怪作弄是她，端庄得体是她，小女儿娇羞也是她。他想不明白，一个同他已定下誓言生死不离的人，怎会轻易就变了心？还做下那些不知廉耻的丑事！

他坐在窗口，眼神迷离而空虚。

忽然门响，怀王神思渐渐回转，那门又被敲响，而住在左右的护卫侍从却没一个出现。怀王警觉，他抽出腰间匕首靠在门里，还没出声，门口的人已低声说话：

"王爷，您不必如此防备，小人只是想同王爷说几句话。"

怀王不作声，那人又道："王爷可知您今日所去之处是哪里？那座荒冢又是何人？"

门外人低低笑了一声："待您回去，王妃娘娘许就会告诉您了……"

怀王大惊，待要追问，门外却只听风声一阵，再没了声响。他顿时明白，今日是有人刻意将他引去溯明山，为的就是那座荒冢！

忽然间他心中已有了答案，却不敢去想。

存着这疑心，怀王一夜未眠，翌日天一亮便急匆匆回府，却隔着窗便看见了屋里心神不宁的王妃。

怀王一下冷静下来。

他认得吕莺艳开始，便是因为许璎。许璎这小表妹出身寻常，羞怯腼腆，因许璎对她颇多照料，总爱跟着许璎。后来许璎出事，到他出宫建府，吕莺艳前来拜访，本不愿见，但因她说念在曾经情分……

鬼使神差，他见了。到底见了她就想起那时的许璎，他沉湎于往事，怀念还同他相好着的许璎，便是自我麻痹也好，终归心是静了许多。待到听闻许璎产子，吕莺艳说，表姐已有了归宿，王爷的归宿又在哪里？他觉着，他许该放下了，也该走出来了。盛京那样多名门贵女，可如今却只有一个吕莺艳能叫他接纳，许也是因着曾经许璎的缘故。

他狠了狠心，求母后赐婚。然旨意下达前一日，许璎自尽。

他听到许多传闻，都是许璎因不堪卫北靖苛待而走上绝路，他更恨。他将她捧在心里的矜贵，她却不稀罕，偏要去找那鄙弃她的男人。

活该！

吕莺艳曾同他说过，表姐初见卫北靖那日，欢喜不已。

所以为什么总有人要再为那个死去多年的女人掀起风波呢？是她自己选的路，自己就得承担后果，凭什么还想翻身？

但他沉湎在爱恨交割中，是不是遗漏了什么？他小心藏着的，许璎曾亲手做给他的那些小物件儿，汗巾子、手帕、扇袋，甚至是佩玉的穗子。他不敢去碰触，但王妃却在不知何时，将那些东西都处置了。

曾有一夜梦魇的王妃哭诉："你就忘不了吗？"如今想来，是在问他吧？就忘不了许璎吗？

恨也是一种怀念，等到哪一日他不恨了，才算是真正地放下。

所以他没放下，王妃也没放下？

"王妃。"怀王平复下来，轻唤一声掀帘进去，王妃仓皇回头，惊疑不定地在他脸上寻找着什么。

"你怎么了？"怀王问她。

吕氏勉强笑笑："昨儿不见王爷回来，也没个信儿，正是着急。"

"哦，我不是同你说了想出去踏青散散心么，走得远了些，也就回不来了。带着有人侍奉，有什么不放心的。"

"是。"她赔笑，终究还是不自在，见怀王不说话了，好半晌终究耐不住，小心试探："王爷昨日去了哪？"

怀王捏着茶盏，眼神落在茶水里："溯明山。"

眼角余光，王妃不可控制地颤抖一下，却努力维持平静："哦，景色可好？"

怀王慢条斯理地抿茶，王妃如同经过亘古的难熬。怨不得她多心，近来事端多，王爷竟还去了溯明山拜祭许璎。怀王此刻终于决定再推一把："景色虽好，却不如故人。"

王妃踉跄一下，怀王一把扶住她，王妃眼光一下撞进怀王双眼中，这么多年了，一直灰暗的眼瞳从没有像现在这样，闪烁着凌厉的光，叫她无所遁形。

"王妃这是怎么了？"

怀王似笑非笑，王妃强自镇定："昨夜未曾歇好，有些，有些头晕。"

"哦，既是如此，便去歇一歇吧。"

怀王扶着王妃进屋，王妃惊疑不定，二十年夫妻，他从未像现在这样待她殷勤过。

"不是头晕吗？怎么不闭上眼睛？"怀王坐在床边，手掌盖住王妃双眼，却并没移开。王妃觉着怀王的手在慢慢变冷，他的声音也冷冷地传了过来，"许璎葬在溯明山，你早就知道，对吗？"

王妃锦被下的手早已冷汗湿透，她笑："她是我表姐，自小就待我好，她去了，我着人拜祭也是应该的。"

怀王沉默良久，终于拿开了手，淡淡一笑："你说的对。"

他转过头，面朝外端坐，王妃暗暗松口气，怀王却忽然又道："王妃，你恨不恨我？"

王妃无言以对，怀王又道："二十年了，你我夫妻同床异梦，我不纳妾，不要通房侍婢，所有人都以为我专宠你一人，可我二十年没碰过你，所有人都说，咱们连个孩子都没有，怨你。"

王妃紧紧攥住锦被，此刻却再忍不住颤抖。

"她已经死了，我去不去看她，并影响不了什么，所以你不必放在心上，因为即便我娶了你，也永远不会忘了她。当初我就和你说过，做夫妻，也只能有名无实，你也答应了的。"

这话轻飘飘的，怀王又坐了片刻，起身离开。王妃死死咬着嘴唇，沁出血珠来，却还是没能忍住地痛哭。

所以这一辈子，图了什么呢？

心爱的男人貌合神离，尊贵的身份却心灰意冷，这个男人没有给吕家带来飞黄腾达，她这个怀王妃，也做得并不矜贵高兴。

第六十五章　细查

怀王夫妻房里的事，没人知道。但几番试探下，多少还是能猜测出一些来。

"宁寿庵的姑子一见怀王对许夫人的坟冢拜了拜，惊慌失措，当下便下山了。"

"直奔怀王府？"

"哪能，去了京郊一处庄子，庄子又快马进京，赶在城门上锁前把信儿送了进来。弯弯绕绕的，又递话进了一家铺子。对了，那铺子就是怀王妃陪嫁。"

"哦。"

吴嬷嬷正指点姜瓷调香，屋里清香四溢，姜瓷头一回下手算没败了，心境大好。转头又看岑卿："不过这事也没作准，都知道当初许夫人待这表妹亲厚，做表妹的，照管一下表姐身后事也说不出什么来。"

"便是如此。"岑卿附声，又道："护卫的事已办妥，卫嵘挑了十来个，都安置在前头东院了，往后在府里轮值。"

"嗯。"姜瓷抬头，院子里草木抽芽，迎春玉兰开得灿烂，院墙外一株梨树探头进了院子，叫人心旷神怡。

"从前隔壁门外种了一架子紫藤，到盛夏里笼出一大片绿荫，花好看还能吃，结的果子又长又肥，只是里头的豆子不能吃。"

三月中了，卫戍走了一个月，天气暖和。

"这还不好说？夫人喜欢，院子里种上便是。"

姜瓷忽然来了兴头："是呢，下头再扎个秋千！"

等卫戍回来，就在绿荫下，两个人坐在秋千上说话……

姜瓷脸忽然红了，卫戍那不正经的，怕难安生说话。

"得，小人领命，这就叫匠人来种花扎秋千！"

岑卿领命下去，那头付姑姑又来，说布庄送了衣裳来，是前些日子给府上下人做的。

"便分派下去吧，天气暖和了，都还穿着冬衣。"

"宋老二夫妻的案子断下来了。本拖延着，因前几日夫人进宫得了赏赐的事，今儿就有了结果。人判了流放，贪昧下的银子送回来了。"

付姑姑手里一大包银子，姜瓷咋舌："这得贪了多少。前几日又买回的几个人，卫嵘都查清了吗？"

"查清了，清白可用。"

姜瓷点头："府里总算是像个样子了，烦劳嬷嬷与姑姑，这些日子辛劳些，管教管教。"

付兰笑："是，都是奴婢分内的事。"

午后匠人进府，姜瓷便坐在窗里，晒着太阳看匠人栽种紫藤扎秋千，眯着眼睛倒也惬意。及至傍晚，卫戍的信总算又来了。

也没什么可说的，到底只有一片小纸笺，寥寥数语报个平安，隔日便会有一封，如今姜瓷就依仗这信过日子，既便看不懂也拿着欣喜半晌。

她每夜都要练上会字，如今卫戍二字已写得规规整整，甚至有了些自己的味道，便又仔仔细细地写了一边，交由卫嵘回信去了。

枕头下的锦袋里都是卫戍的信，枕着睡格外安宁。

翌日一早，在得了圣令督办的聂寒舟催促下，顾府送了赔偿的银子来，姜瓷喜笑颜开地接了，对来送银子的顾府管家道："欢迎顾将军再来做客呀。"

管家眉头不可控地抽搐，聂寒舟一本正经地寒着脸。

消息送到潇山，卫戍嘴角扬着，谢澜斜睨一眼，转头同程子彦道："你看得上吗？"

"看不上！"

"就是，显摆给谁瞧？"

"顾允明跌了个大跟头。"

卫戍将事说了，程子彦挑眉："哎哟，喜大普奔！"

谢澜一把扔了正拢火的木柴，拱手道："夫人当真巾帼英雄！"

打趣罢，程子彦试探道："你娘的事，她查到哪一步了？"

卫戍笑容变淡，程子彦与谢澜对视一眼，瞧着样子怕是不好。

"当初这事，也并非查不出结果。怀王阻挠是一回事，可陶嬷嬷的话……"

陶嬷嬷话里意思，许璎曾说过，事情已然发生，没有回寰的余地，那便不必再掀风波了。她是真的避着怀王，也是真的一心要同卫北靖过日子，可惜卫北靖却不愿遂了她的心愿。

所以是许璎不愿真相大白。

"她是想保护谁？"程子彦不解。谢澜更大惊："难不成是保护害她的人？"

程子彦又道："或许这事，本就没有隐情。"

卫戍低头看着焰火："是，或许没有隐情，或许，她想保护一个人，不必再受伤害，因为时至当时，任何事都已再回不去了。"

但是做儿子的，不想这样。

他挣扎多年也没法做出选择，如今姜瓷做的，是他一直想做却又矛盾得不知道该不该做的事情。

二十年过去了，他心疼着别人，却也有一个女人心疼着他。

卫戍想着，嘴角扬起，将手里攥着的小纸片贴身放好，回书道：在确保夫人安全的前提下，一切听凭夫人安排。

转过头谢澜不耐烦道："十来天了，到底什么时候上山？卫北靖父子三人可失踪一个来月了。"

"不急。"

"还不急？"

卫戍只笑笑，有时候，不能把敌人想得太蠢。把他想得精明些，所有一切的可能都涵盖在内，才能万无一失。他的命如今矜贵，有个女人没他不行。

"等三皇子下一步动作，要谋定而后动。"

"那蠢货，如今该是忙不迭扫清在潺山的痕迹才对。围了半个来月，山上宁静得很，保不齐在打下卫家父子三人后，咱们还没来之前的空当，已然撤退了吧。"

"谢澜，倘或是你，这一本万利的买卖，说不做就不做了？"

"那定不能，可你也得想想，如今这买卖关乎生死，是银子重要还是皇位重要？"

"但还有个法子，能保持现状。"

"什么？"

谢澜不解："圣上明旨剿匪，谁还能救得下？"

卫戍脸上明明灭灭的火光，笑得意味深长："倘或咱们都死在这里了呢？"

没有消息回京，剿不掉的匪，销声匿迹些个时日再开始，或许换个地方重操旧业。

谢澜和程子彦早已惊呆了，但三皇子真有这样的谋算？

卫戍抬头看满天星斗："快了，至多三两日，便进山吧。爷还预备救那父子三个，好买断生养恩，往后爷的娘子就能清清静静没有瓜葛地过舒坦日子了。"

还有卫北靖曾打姜瓷那两鞭子，他记在心上忘不了。他要把那些曾经欺辱姜瓷的人踩在脚下，叫他们仰望她，便是再瞧不起她却又无可奈何。

这夜里起了风，翌日一早淅淅沥沥下起雨来，花匠说这场雨正好，新种的紫藤更好活了，可姜瓷却看着院子里落下的玉兰和梨花，心里还有几分怅然。

卫戍走一个月了，照他所说两月便回，那么再半个月便该启程回来了。她没问过，但卫戍的书信也从未提过作战的事，以此看来，他虽已到潺山半个月，却还没攻过山。

"夫人在想什么？"春兰看姜瓷一味出神，问出声来。春寒拉她一把："自然是想公子。"

说起来她们都还没见过自家男主子，春寒逗姜瓷开心："小时候我娘说过，漂亮的姑娘都是祸害。"

"你娘这么厌恨你？"姜瓷诧异回头。春寒顿时红脸嗔道："夫人！"

姜瓷笑："好好，你继续说。"

"奴婢是说，夫人这样貌，当真是奴婢从未见过的好看，便是那些说将来要进宫做娘娘的人，也远没有夫人好看。可夫人却绝非祸害，更像是救世观音。"

姜瓷嗤笑："那是你没见过你家公子，他才是真祸害。"

春兰与春寒面面相觑，春兰小心道："听说公子名声不大好。"

"嗯，是不好。"姜瓷扬起嘴唇，两个丫头倒揣摩不准心思了。

"外头说你家公子从前吃酒打架斗鸡赌马，还流连花丛争风吃醋，可你们瞧见卫府除了我，还有别人吗？可见外头的话，听不得。"姜瓷展了展腰身，"这雨下得倒有些冷了，颇怀念南方小馆儿软绵绵的曲子，趁着雨听，怕更有一番风味了。"

春寒登时高兴，她们都听府上说过那馆子，夫人很喜欢，可自到卫府，还不曾去过。

姜瓷见两个丫头满眼晶亮，少不得笑道："走吧。"

吩咐备了马车，便冒着小雨出了门，还没走多久，马车便减了速度，姜瓷听外头声响古怪，掀了帘子就看见外头许多衣衫褴褛之人。

"怎忽然多了这样多乞丐？"

"去岁北方遭了蝗灾，百姓逃荒，想来是逃到盛京四周了，难保有些混进城来。往常遇上这样的事，至多滞留在京一两日，官府便会出面将他们都送去京郊设立的灾民处。今年也因这灾事，圣人明旨，科考延了两个月。"

"没有赈灾吗？"姜瓷问了一句，忽然明白。朝中自然是有赈灾的，但凡灾年必生贪官。她想了想，吩咐道，"卫嵘，以卫成的名，明日在京郊设个粥棚。"

"夫人，一己之力养不了多少灾民。"

"不怕，咱们的粥棚至多设个两日，官府必接，只要这两日也就罢了。"

卫嵘还想说什么，但想了想确实如此。卫成名声不好，虽是拼着命辛苦挣来的前程，可没人知晓，只因长了一副颠倒众生的脸，反倒成了罪过。

"只有粥也不行，馒头包子也备上，把京中各处成衣铺子往年积存的春衣都买下，一并送去。"

"这可是笔不小的花销。"

姜瓷笑笑："嗯，今夜去顾府把杜鹃带回来，明日把石榴的供状送到顾府，总之不能苦了灾民。"

原想着暂且不能弄死了顾允明，才把石榴的事暂且压着，现在看来却是好事，总还能敲顾允明一笔。太上皇要用卫成的当口，他却要毒死卫成，这可不是小事。

卫嵘想想顾允明愤怒痛骂又不得不拿银子的样子，忽然想笑。

正走着，姜瓷忽然看见灾民人群中，一道瘦小的身影一闪而过。

"卫嵘！"

她急指一处，卫嵘会意，一个唿哨，便有人朝着那方向追去。

第六十六章　熟人

因下雨，南方小馆儿今日客不多，姜瓷包了二楼一处雅间，主仆几个坐着吃茶嗑瓜子，听楼下软绵绵的小曲儿。没多大活儿，卫嵘拎小鸡崽子似的拎了个破衣烂衫黑眉乌嘴的丫头上来。

那丫头甚至不敢挣扎，一双乌溜溜惊恐的眼睛满是泪水，待被带进雅间，姜瓷才慢悠悠回头。

翠芽只看了一眼那个绫罗绸缎的美人儿就赶紧低了头，促促发抖地跪在地上，姜瓷笑笑："翠芽。"

翠芽惊疑不定，仔细又打量姜瓷，觉着有两分眼熟，可怎么看也不认得，她期期艾艾，姜瓷又笑："那会儿你说我针线好，每顿多给我半个窝头，有回你在我屋门口绊倒磕了腿，我还替你给刑房送了饭。"

"啊！"翠芽惊叫出声，吓得坐在地上，把头转换各种角度看姜瓷，痴蠢的样子逗得春寒直笑，"你你你……"

"先给她口热茶吃吃。"

春兰忙递了一盏热茶，翠芽许饿得久了，又冷，眼睛一刻不离姜瓷，端起盏子咕咚两口干净。

"苦！"

咧了嘴，又奇异道："好香？"

好茶回甘，姜瓷忍不住笑："你怎么来京了？"

翠芽呷气："便是你在山上那时，后来起了一场大火，寨子里乱作一团，我趁乱跑了，可我是自小就叫掳上山的，也不知家在哪，就四处讨饭，遇上一伙灾民，跟着他们就逃到这里了。"

指着姜瓷道："你，你，你怎么？"

她说不明白，这人当初蠢胖丑，如今就那眉眼还有几分相似，貌美得叫人不敢相信，贵气逼人，简直脱胎换骨。

姜瓷生了逗弄的心思，遂拿腔作调捋了一下鬓发："女人啊，成亲等同第二回投胎，嫁的男人好，可不就脱胎换骨了？"

翠芽听的愣愣的，姜瓷噗地又笑了："你是一个人？"

翠芽眼神闪烁："不，不是，还有阿尧。"

姜瓷嘴角笑意一凝，翠芽忙摆手："你别怕！她如今不做山贼了，她其实也命苦，亲娘是叫掳上山的民女，寨主霸占生了孩子。你不知道，山贼掳女人生下男孩就还教他们做山贼，要是女孩……多是不管生死。阿尧她娘用剩饭把她养到几岁，被山贼打死了，她也是为活命，做得比男人还好，她那山贼爹才多看她一眼，赏她口饭吃。那回大火烧光了库房，她回去也要被打死，就跟我一起跑了。"

姜瓷不期然想起阿尧的夫君，问："她那夫君呢？"

"谁知道呢，乱了一场，谁也不见谁了，许也跑了吧。他本也不是山上的，是阿尧在山下捡的，受着伤，看他生得还算俊俏，就收留他，没曾想竟功夫了得，很得寨里山贼喜欢，就叫他们成亲，把他留下了。"

姜瓷听着，翠芽说完她却没了回应，翠芽惴惴不安好半晌，姜瓷忽然笑道："也算不打不相识了，既然如今你们落难，我左右明日也要设个粥棚，你叫她来，我总能暂且帮帮你们。"

翠芽顿时高兴："你等着我，我们且饿了好几天了，我这就去找她！"

咚咚咚跑下楼，姜瓷看着她背影，笑容渐渐收起。

吴嬷嬷几个面面相觑，并不知道姜瓷还曾有深陷潴山那一遭事，姜瓷也没细说，只同卫嵘道："看着她们。"

卫嵘点头，没多大会儿翠芽拉着阿尧跑来，姜瓷见着阿尧却属实意外。

半边脸火烧留下的伤疤，一条腿瘸着，双眼无神浑浑噩噩。

"她，她有些傻了。"

翠芽有些为难，姜瓷点头道："卫嵘，先安顿她们去对面的客栈。"

卫嵘引她们下去的空当，姜瓷又交代春兰："备些衣裳饮食送过去。"

翠芽欢喜雀跃，拉着阿尧不住道："好了好了，咱们饿不死了……"

阿尧仍旧痴痴傻傻，没有回应。

姜瓷照旧听着小曲儿，仿佛没有这一场风波，直到午后雨渐渐停了，她才出了南方小馆儿，又往布庄胭脂铺子逛过，还去致和斋等了新出炉的点心，黄昏时才回去。

吴嬷嬷知道姜瓷有心事，回去等春寒春兰侍奉洗漱更衣后，便带着人都退了下去，岑卿和卫嵘便在小花厅里，等姜瓷问话。

"安顿好了？"

"好了，瞧着，似乎没什么疑点。"

卫嵘木讷讷回了，岑卿立刻嗤笑，姜瓷摩挲着茶盏："如今是没什么疑点，但往前追溯，却全是疑点。"

她仔细回想当初潲山上的细节，微微皱眉："有些事，往多处想没坏事。照翠芽话里意思，她逃下潲山，甚至还带着个本该是仇人的阿尧。但是都知道去年秋天北边遭了蝗灾，她就是再不知道，待过了盛京也该知道了，怎么还会继续往北边乞讨直到遇上灾民？有些说不通。"

"确实不太合理。"

岑卿思索，卫嵘又道："瞧着她们同那些灾民也并不熟悉的样子，若说是才混进去的倒更像。"

"才混进去的？"

姜瓷沉吟："若是算着时候，卫戍到潲山，她们得到消息即刻下山进京，这时候刚刚好能合上。"

岑卿和卫嵘相视一眼："有件事，也要同夫人说一说。这阿尧的夫君便是曾经顾允明麾下黄雀小统领谢澜。顾允明令他截杀公子，事败后推脱在谢澜身上，说是谢澜与公子有私怨，但公子心知肚明，故而在太上皇处便没多计较。顾允明却同谢澜说公子不依不饶，叫他们逃亡，甚至半路截杀嫁祸公子。那一队人只逃出了谢澜，后阴差阳错流落潲山。"

姜瓷惊叹："难怪，难怪那时候见他同卫戍说话，二人似乎旧相识。"

岑卿笑道："是了，后来公子命人前往潲山捉拿谢澜，那日刻意带入宫，试探了顾允明几句，真相大白，如今谢澜便在公子麾下，辅佐攻打潲山戴罪立功。"

姜瓷笑："若这样说，胜算更胜。"

笑容未尽，忽然变了脸色："不好！阿尧同谢澜既是夫妻，保不齐谢澜会同阿尧说过自身过往。若如此，谢澜失踪，倘或遇上个有心机的山贼，便会担忧潲山境况遭泄，总会在谢澜已知之处设下埋伏才算保险。"

岑卿也脸色一变。

"卫嵘，还是快些传书给公子，叫他务必小心才是，小心没坏处。"

"是！"

姜瓷仍旧在想："小心为上，派两个人盯准她两个，不管是果然有计还只是流亡，毕竟如今卫戍就在潲山。"

才说罢，吴嬷嬷忽然在外头说道："夫人？怀王府遣了人来。"

姜瓷愣住，正查许夫人的事怀疑怀王府的当口，怀王府来人？

"请进来。"

"只是递了口信，叫夫人现下便往茗香茶楼相见。"

"茗香茶楼是怀王妃家私，又是邀约夫人入夜相见，想来是怀王妃了，只不知她要做什么？"

岑卿猜不透，怀王府此时约见姜瓷，岂不是愈发落定了她的嫌疑？

"去见见也就知道了。"

"属下这就安排护卫。"

卫嵘匆匆下去，姜瓷更衣后携了吴嬷嬷春寒乘马车往茗香茶楼，没收到卫嵘警示，便径直进去。才入夜，茶楼又在盛京城最繁华处，此刻也该生意不俗的时候，茶楼内却静寂无声。姜瓷诧异扫视，便在一楼大堂的角落里，看见了一道孤坐着的身影。

怀王？

姜瓷诧异，怀王已抬头，阴郁的眼神扫视姜瓷，冷冷地勾了勾嘴唇。

姜瓷想了想，叫吴嬷嬷等人便在大堂里，她独自一人往角落走去，还没走近就嗅到一股扑鼻的烈酒气，不觉皱眉。怀王形容秀美，一贯儒雅，眼下自斟自饮，动作虽缓，入喉却快，又喝下两盏，乜斜着眼看着姜瓷冷冷地笑："自她走后，本王酒量见长，却是好事。"

话音才落，忽然咳嗽起来，搜肠刮肚，细白的面皮迅速红涨，姜瓷不觉有些同情，只站在五步开外的地方看着。

怀王拿帕子握住嘴，狠狠咳嗽半晌才喘息着停下来。

"有什么想知道的，问吧。待你问过后，本王也有话问你，若不能给本王一个满意的答复……"

他阴沉沉地笑了一下："溯明山的事，碰之则死。"

"王爷不公平，若说远近，该说这话的，是卫戍。"

怀王眼瞳一缩，他不是个不讲理的人，这话他确实反驳不了，却又不服气:"怎么？不问？"

"问！"姜瓷在隔着怀王一桌的地方拉出一张椅子坐了，看着怀王，思忖着排了排序，"王爷，您为什么不许人查许夫人的事？"

"住口！"

怀王阴鸷暴怒，气息不稳，似乎觉着同姜瓷发怒没有道理，赌气地别过头："许璎的事，人赃并获，没有疑点，有什么可查的？"

姜瓷点头："好，既然没疑点，那么卫戍想知道生母的事，又有什么不行？王爷忒霸道了些。"

"生母……生母……"

怀王喃喃的，想着卫戍是许璎和卫北靖生的孩子，就心潮翻涌怒不可遏，终于忍耐不住，一手摔了酒壶，碎瓷片砰撒四处，酒也嘭溅。

卫嵘一跃，却没到近前就见姜瓷摆手，只得谨慎地又退回去。姜瓷看着怀王，二十年过去，提及许夫人仍暴怒如此，也足以可见当初用情之深。

"王爷，您有没有想过，许夫人倘或真是被人算计呢？"

"算计？谁算计她？得利的人？那就是吕莺艳了。"

怀王忽然舒展，往后靠去，坐得笔直，看着姜瓷："所以你兴风作浪，就是为着告诉本王，是本王的王妃害死了许璎？你知不知道，那可是本王独宠了二十年的王妃。"

第六十七章　扭曲

姜瓷笑了："臣妇可没说过，是王爷自己说的。但不拘是哪一个，哪怕万中有一，她真是被害，难道您就不想还她一个公道？"

"公道？谁来还本王一个公道？"

姜瓷忽然觉着没意思："那便叫卫将军还王爷一个公道便是。"

怀王一下被噎住，恶狠狠地盯着姜瓷，姜瓷无所谓地耸肩："卫戍已然如此，没有比现在更坏的可能了，最难的时候都熬过来了，他眼下黄雀身份得明，您也知道，往后越来越好。所以生母的事，查不查并没什么，做儿子的有孝心，做娘的地下有知也瞑目了。但王爷您呢？说句大不敬，许夫人亡故，人死灯灭。卫将军又娶心上人，一家子和乐融融，似乎也不大计较外头说什么。便是卫戍曾深受其害，如今也好起来，却唯有王爷，如今还深陷其中……"

"胡说！本王如何深陷其中？"

"那您何必阻碍？"

怀王再度被噎住。

他自己的心思，自己最明白。

姜瓷看怀王被噎得眼珠发红青筋迸起，着实有些同情他了。倘或人活着，相爱相杀也总还有个对象，可许夫人故去二十年，他怨恨二十年，怕也思念二十年，否则为何一有异动便要阻挠？

"王爷，权当为您自己，便且放放手，宽限臣妇几日。"

怀王的怒气在胸口里消散得莫名其妙，他盯着姜瓷，想看出些什么，但那双清澈的眼睛叫他什么也看不出来，心思浅白的，没有阴私。他忽然有些恍惚，这样的眼神何其熟悉？二十年前，他时时得见，他喜欢的，就是这样一双眼睛。

"你为什么要查许璎的事？"

姜瓷笑了："说孝敬，俗了。我素未谋面的婆母，甚至给我相公曾带来诸多伤害。但您也听见我说的了，她终究是我的婆母，也终究是我相公的生母。我相公风光霁月一个人，我不希望他身上有任何丁点被牵连的脏污，但我自己的斤两我自己也清楚，我尽最大的努力，能做到哪一步便是哪一步，至少问心无愧。"

一句问心无愧燎得怀王心里滚烫发烧的疼，他一直想问问许璎到底为什么，可许璎却不肯见他，直到死。

许璎问心无愧吗？

他不知道了，但倘或他如今死了，还带着这份恨，如果真像这个女人所说许璎的事哪怕万中有一的是被害，他魂魄能安吗？

怀王忽然失去了力气，他踉跄地站起来，摇摇晃晃地往外走，走到大门时，一手扶着门，看门外人来人往，好似每个人每个家都过得开开心心，小夫妻携着手，或带着孩子，便是友人三三两两，也是言笑晏晏地走着。

"你要找的人，往罪民署去看看吧。"他寥落地丢下一句，便走了出去，四下里忽然窜出几个侍从将怀王围在其中，小心翼翼地扶走。

姜瓷却愣了一下，随即面色一凝。

怀王显然故意的，在怀王妃的地方，将人清退，如此引人耳目竟说出线索。

"快！罪民署！"也顾不得了，若真是怀王妃，先一步将一事无成！

姜瓷忙不迭呼唤，卫嵘匆匆窜进来，外头的岑卿耳朵尖，立刻挥手，暗处便有几道身影倏忽不见。

姜瓷急匆匆登上马车："快！快！罪民署！"

额头甚至沁出冷汗，马车奔跑的工夫，她转头问岑卿："怀王竟知道了？"

"怀王也曾被议储，聪明才智远在圣上之上，但因都是太后所出嫡子，怀王又无心争抢，才早早定下了圣上的储位。这些年虽心灰意冷，可根基到底还在，只要怀王愿意，没准会是下一个太上皇，也能手掌一支黄雀卫。这事本就做得不隐秘，是谁撺掇的怀王上溯明山，顺着查下去，自然便露蛛丝马迹。"

姜瓷想着，忽然又放下心来。

怀王约见此处，难保不是也对怀王妃生了疑心，如今在这里放了话，倘或罪民署真有什么，在这关口又被灭了，怀王妃怕是要坐定罪名了。

"罪民署是什么地方？"

"是罪臣家眷关押处，官员抄家获罪家人连坐时，女眷便投入罪民署做苦役。"

罪民署远在城西，马车越走越有些荒凉破败，令人不敢相信这竟然还是盛京。

及至罪民署外，夜已渐深，围墙外荒草丛生，阿肆叩了好半晌门才有个睡眼惺忪的衙差探头，满不耐烦："去去去！这时候不让探视了！"

然余光瞥见马车边站着的姜瓷，顿时惊艳，把个瞌睡惊醒，涎着脸探出身子来："这位姑娘？你来瞧谁？"

姜瓷抿嘴，遥遥点了点头："烦劳，来探望一位二十年前的长辈。"

"二十年前？"

衙差诧异了一下，冥思苦想，顿悟了一下，又笑道："这时候了……"

"是，烦劳大人了。"

姜瓷摆手，春寒即刻奉上一个钱袋，衙差掂了掂，心满意足，将大门费力拉开一道缝隙："便进来吧。"

但眼神来回逡巡，姜瓷会意，只叫了卫嵘陪伴，二人进了罪民署。

姜瓷头一回进这样的地方，就见阔大的前院摆着无数水缸木盆和还未洗完的衣裳，靠着墙满是屋舍，但都破败不已。正中的屋舍要好许多，大约是衙差看护所居之处，他们绕过到了后院，才一踏入，便扑鼻的臭气熏来。

"还不快洗？洗不完没晚饭吃！一群懒死鬼！"

十来个女人坐在水井旁，正刷恭桶，满院子堆了许多恭桶。衙差捂着鼻子，他的呼喝无人理会，后院的女人行尸走肉般刷着桶。他招手叫一个婆子到近前，指点了几个人："把她们叫过来，贵人要见。"

少顷几个女人被拽到跟前，姜瓷一一打量，一个个骨瘦如柴形容枯槁，眼神呆滞，都极为苍老。

姜瓷没见过雪绫雪绡难以判断,然正是打量的时候,角落一个女人忽然扑过来跪倒:"贵人要择奴婢吗?我什么都会干!我还勤快!贵人买我吧!"

"滚开!"

衙差一脚踹翻那女人,许是得了姜瓷不少银子,也许是因姜瓷生得貌美,他好心提点:"这人曾是官眷,一身骄纵,也懒得很,到现在只会刷个恭桶,还刷不干净。"

那女人被堵了生路,呜呜痛哭好不可怜,姜瓷对衙差道:"多谢大人,我家从前穷困,姑姑叫卖进大户人家为婢,后来家中日子好了想赎回来,却再寻不到了,前些日子听闻也不知怎的,人似乎落在了罪民署……"

她又从袖笼里摸出个钱袋塞到衙差手里:"烦劳大人给找找?家父也不在了,你瞧着我年岁,也没见过姑姑。"

衙差本嗑着牙花子为难,一见银子顿时笑开:"好说,好说!咱们这呀,受不得磋磨每年死的多了,叫买走的却少。贵人也知,来这儿的都是没入官奴的,肯买的不多,都避着嫌呢。来的奴婢却不多,主家犯了事,妻女进这里,奴婢本就是奴,每年都在人市上也就卖了。"

他仔细回想:"说起来,也有个奴婢,但有宫里人关照,不必做苦工。"

又对那婆子道:"你把胡姑姑叫来。"

婆子唯唯诺诺,一会儿从角落的小屋里叫出个女人,四十来岁的模样保养得宜,还颇有几分气度。衙差见了也不禁赔笑:"胡姑姑,这位贵人来寻亲,这里里外外的,我寻摸着就您最对贵人说的。"

胡姑姑冷冷一眼看来:"我家人死绝了,不会有人来找我。"

胡姑姑冷嗤一句转头又回小屋,姜瓷也道:"瞧着也不大像。"

又看几个站出来的女人问衙差:"十来年前的只这些吗?"

"可不是,死的死卖的卖,十年前到如今能剩下这么几个已不少了。咱们大炎律法严明,抄了家的大多也都灭门了。"

姜瓷皱眉,但想那时许夫人曾给二人一笔银子,遂又试探道:"我那位姑姑,早年卖入一家姓许的人家,只不知后来是否还有什么奇遇,进到这里也不知到底是什么时候。"

说话时打量那些个女人,没有一个神情有异,不觉失望,衙差却忽然道:"贵人来前小半个时辰,也来了几位贵客,挑了几个女人买走了,就不知贵人的姑姑是不是也叫买走了?"

他在姜瓷惊诧眼光里进屋拿了一本册子,就在打开那一页指点:"您瞧,买走三个,都是四十岁，一个是湖东县令的夫人江氏，一个是詹士府府承的续弦，还有一个翰林侍讲学士的夫人，说起来也有趣儿，这位学士呀，七八年前竟干了调戏公主的事，这……"

"是谁买走的？"

"哦，说起来也是翰林院的，是翰林侍读学士吕大人家买去的，咱们这可有几年没人来买奴婢了……"

衙差正说着，姜瓷已暗道不好。

这位吕大人正是怀王妃的兄长，依着怀王的颜面谋下的差事，半个时辰前买走的人，想必怀王约见她时，怀王妃已然生了疑心，把人弄走了！到底还是慢了一步！

第六十八章　审问

姜瓷不顾衙差还在说话，匆匆往外走。

"卫嵘，吕家半个时辰前买走的人，还能追回吗？"

卫嵘脸色不好看。

"说不好，半个时辰能做的事太多，尤其这种时候，杀人灭口片刻便足。"

姜瓷倏然停住脚步。

对啊，为什么杀人灭口呢？

怀王选在怀王妃的地方和她说的消息，显然已生疑心，此举也大有试探之意。怀王妃真会掉下陷阱？

若真掉下来了，这事儿是不是就太简单了？如今也只是疑心，任何人证物证都没有，怀王妃很没有必要这样做。此举瞧着，倒更像故布疑阵。

岑卿见姜瓷脸色不断转变，在门外悄声道："方才夫人示警，已提前叫人来盯着，也好追查。"

"好，卫嵘，便去把那三人都寻到，不拘生死。"

卫嵘倏忽不见，岑卿即刻进来护卫在侧。姜瓷转头又往后走，衙差不见人，正追出来，见姜瓷又重进来，不耐烦起来："贵人到底要做什么呢？"

"既来了，索性买几个奴婢。方才大人挑出那几个我瞧着都不错，还有那位胡姑姑，我都买下了。"

"哎哟，今儿真是奇了，一下子卖了八九个奴婢？"

衙差愣愣的，叫人来办文书。没入官奴的随时都会买卖，文书都是早已备好的，交了银子做好记录，岑卿便叫人来领着带走。

马车摇晃，并没把人带去卫宅，而是一路去往城东破败的孔府。

康虎见姜瓷等人到来，吓了一跳，忙把人都引进去。孔府虽破败，却胜在地方大，寻了一处院子把那七八个女人安置了进去。

这些女人死鱼一样的眼睛因被人买了而活泛起来，毕竟苦了十来年，总算出了头……虽然也不知晓到底好坏，但终究离了罪民署，便挤在一处窃窃私语，唯独胡姑姑坐在角落一言不发，神情凝重。

姜瓷只在墙后顺着个小孔看着。

"这胡姑姑果然可疑。"

她略想了想道："许家曾是大户人家，能做到嫡长女贴身侍婢的，必然也不俗。那几个，如今磋磨成这般，是雪绫雪绡的可能性不大，你叫个懂刑讯的，一一讯问。"

岑卿点头，出门去招了个黄雀卫来，那黄雀卫听岑卿交代点了点头，转身去旁边屋里，片刻出来，竟是个妙龄少女，一身大户人家婢女的打扮，进了门，将人一个一个叫出来带到旁边的屋子问话。

姜瓷看着，每走一个，胡姑姑的脸色便凝重一分。又过片刻，得姜瓷指示的岑卿回来。

"查清了，那个翰林侍讲学士，是十九年前科举做的官，因无甚门路一直留在翰林院做侍讲学士。七品小官，就给些皇族子弟念书。后来怀王妃兄长提了四品翰林院侍读学士，第二年便闹出了这个小学士调戏公主的事，太上皇大怒，将之抄家流放，也没说其家眷没入罪民署啊。"

"那位大人姓什么？可有子女？妻房姓什么？"

"姓胡，科考那年才成的亲，说是同乡，无子女，妻房姓范。"

岑卿忽然愣怔："雪绫便姓范！"

姜瓷点头："将雪绫生平同我说说。"

片刻后，姜瓷推门进去。屋里的女人还有三个，黄雀卫假扮的婢女将那两个女人一并带走，屋中只剩了胡姑姑。

姜瓷也不言语，坐在门边，婢女奉茶后便侍立在她身边，胡姑姑瞧着不觉冷嗤了一声。姜瓷才慢条斯理道："翰林侍讲学士的夫人，怎么要同婢女换了身份呢？你的婢女顶着你的身份被人买走了，夫人可觉着可惜？"

胡姑姑脸色不变："不知道你在说什么。"

"衙差说，您受宫里人关照，所以即便在罪民署，也并没受什么苦。倒不知关照胡姑姑的宫里人，会是谁呢？"

胡姑姑照旧不理会，姜瓷不以为忤："说起来，范雪宁才该是夫人本名，虽非许家家生奴才，但到底出身书香门第，因父亲病故家道中落，母亲为了供弟弟读书，把夫人卖到许府，想来就因为这身气度，才挑到了嫡长女房中伺候。倒也尽心，姑娘待你也好，后来便是出了事，还给了你一笔银子，解了你的奴籍，你便回乡嫁了人。"

姜瓷看着胡姑姑紧紧捏在一处的手指，忽然笑了笑："你也不必担忧，我只有几件事想问问你。你自己也明白，好端端的日子，叫人嫁祸落到如今地步，也是因为你知道的那些事。"

"你是谁？"

胡姑姑戒备地看着姜瓷，姜瓷淡笑，道："姜瓷，卫戍的娘子。哦，对了，你恐不知道卫戍是谁吧？"

在卫字出口时，胡姑姑眼神已现惊恐，姜瓷慢慢道："他是卫北靖将军，同许璎许夫人的子嗣。"

胡姑姑神情古怪，惊疑不定地盯了姜瓷半晌，忽然松了口气："你若是我家姑娘的儿媳，也便罢了。但……你是不是误会了什么？"

胡姑姑又道："你说的话，我确实不大明白。我卖与许家前，确实叫范雪宁，便后来姑娘过世解了奴籍，我还了本名回乡，寻了胡君，嫁给他。但你说什么嫁祸？若真说嫁祸……"

胡姑姑冷笑："该是皇后吧。当初胡君入宫为年幼的皇孙读书，却在御花园撞见小公主，公主骄纵，见胡君生得好，那小公主竟言语轻佻了几句，胡君自觉不妥，匆匆出宫，回头便有羽林卫来捉拿他，说他调戏公主，抄家流放。还怕我漏了风声，竟然把我弄去了罪民署那鬼地方！"

说着冷眼看向姜瓷："你呢？你想问什么？几年前也有人来找我，问过我姑娘的事，想来你也是吧？我便告诉你，是夫人劝说姑娘，还未同怀王成亲，不好得罪人，姑娘才去的安怀公主寿宴，本只预备送了贺礼就走，结果安怀公主竟对姑娘亲近异常，拉着不放。至于雪绡，我们下山后便分开了，我回乡，她是许家家生奴婢，或许回去找她的爹娘兄弟了吧。哦对了，还有一事，安怀公主寿宴前一日，雪绡确实出过门，但说的是夫人给她哥哥赏了亲事，她要回去贺一贺，就这么多了。"

姜瓷看着她，二人眼神对峙许久，姜瓷淡淡笑开："那么，是谁问的你？"

"我不知道。"

胡姑姑耸肩："我在那种地方，谁来问话便问了，我问是谁，难不成会告诉我？"

"那你怎么会以奴婢之名落在罪民署，甚至还有人假冒你的身份，在半个时辰前被人买走了。"

"这我怎么会知道？"

胡姑姑讥笑："我是罪民，不管别人做什么，容得我多问？不叫我做那么多活计，不叫我吃那么多苦，我已经谢天谢地了。倒是你，既然是我家姑娘的儿媳妇，便放我走吧，叫我去北方找胡君。"

姜瓷定定看着她，仿佛要从她脸上看出破绽，她也毫无畏惧地回看，好半晌，姜瓷笑了笑，站起身出去了。

隔壁屋中，姜瓷冷笑："本来只是有疑心，才想诈一诈，没曾想一诈倒准了。"

岑卿皱眉，姜瓷冷脸："她说谎。"

"但照她所说，似乎并无不妥。"

"她嘴里的皇后，该是先皇后，如今已过世的太后。但疑点有二。太后宽和，若真是小公主轻佻了胡君，只有太后责怪公主。其二，小公主乃贵太妃所出，此事闹开，也该贵太妃处置才是。他说是太上皇下的令，您也知晓太上皇秉性，出了这事，没得丢脸，不如杀了灭口，做个意外也便罢了。"

正说着，卫嵘匆匆回来："那三个女人都死了！吕家把她们带到别院，都沉了塘。才买的奴婢，还没露脸，现在杀了确实不引人注意。"

姜瓷沉默片刻，挑了挑眉。

一锅粥似的乱，看来有人就想搅乱局势，叫她难以判断。

但以此看来，当年的事，怕真有内情。

怀王妃最可疑，但她若能做成这样的事，在公主府设计陷害了个风头正盛的青年将军和一个世家大族皇室相准的姑娘，这心思怎会简单。可若心思不简单，何至于在如此明白试探的当口，做出杀人灭口的蠢事。

吕家人必然是认得雪绫雪绡的，若那三个女人里真有雪绫雪绡中的一个，那么眼前的胡姑姑又算什么？

但反过来，胡姑姑要是真的雪绫，吕家杀那三个女人又为什么？

卫嵘不解，岑卿见着姜瓷的脸色，也笑道："看来这事更繁杂了。"

姜瓷看向胡姑姑所在的屋子，意味深长："屋里那个，未必是雪绫，但有怀王在，死的那些就绝不会是雪绫。岑卿，去罪民署查查籍册，与雪绫雪绡年岁相当的，都好好查查。"

岑卿即刻吩咐下去，那婢女审清了旁的女人进来回话："并没什么疑点，且瞧着都有些奸猾。"

那姑娘皱眉，不大喜欢。

"太上皇精明，涉及官员的事，少有冤狱，贪官污吏的妻房难免也贪婪。"

姜瓷笑了笑道："你叫什么名字？我倒不知道黄雀里还有姑娘。"

"属下钟轻尘。前年入的黄雀。"

这姑娘眼窝微陷，五官突出，很有几分明艳，她见姜瓷打量她，也没有隐瞒："属下有一半北徵血统。"

姜瓷了然，早年两国不和睦，北徵时常犯边，也常有大炎姑娘被欺辱有孕的，而这些孩子大多早早就被打掉了，便生下来了，日子也不好过，何况一个姑娘。

"你受苦了。"

"不苦，如今跟了公子，什么仇什么怨报不了？"

她冷笑，这话说得却有几分歧义了，卫嵘看姜瓷脸色，忙咳了一声，钟轻尘也觉悟，顿时脸红："夫人，属下不是那个意思！"

"我明白，我明白……"

姜瓷摆手笑，钟轻尘慌张地瞥了卫嵘一眼，恰巧落在了姜瓷眼里，姜瓷倒有些新奇了，卫嵘不苟言笑，枯燥无趣，难得有姑娘竟对他有心。

天色渐沉，姜瓷便往卫府回去，才回去用过晚饭，岑卿便蹙眉进来："不好，罪民署走水了！"

第六十九章　施粥

"人死了？"

姜瓷大惊，岑卿摇头："伤了几个，并没死的，只是罪民署几十年的籍册却都烧没了。"

姜瓷愣了一下，忍不住笑了："那便等着吧。"

岑卿也无奈："也只有这样了，如今看似咱们急，若咱们不急了，急的就该是他们了。"

姜瓷点头，问了明日粥棚的事预备如何，到底有人有钱好办事，已备得差不多。

既有正事要办，姜瓷早早歇下，翌日天不亮起身，看东方泛红，松了口气："亏得是个好天。"

匆匆洗漱吃了几口粥，便带了吴嬷嬷付姑姑和春兰春寒往城外去，岑卿因昨夜忙碌顾家的事，此番便由卫嵘护卫。

城外连夜搭好的木棚，姜瓷用力摇了摇，甚是结实。棚里支了两口大锅上百袋子米，柴也添好了。

"怎还不煮粥？"

几个下人面面相觑。

"等灾民都到了，定个时辰派粥……"

"不妥，灾民忍饥挨饿，看着粥饭哪里能挨？挤挤抗抗的保不齐要出事，现在就熬上，来一个灾民派一碗粥。包子呢？送来没？"

卫嵘愣了愣，倒没想到姜瓷是真心为了灾民，肃然起敬："是，昨日在城里多家铺子定了包子，属下这就派人去催。"

"嗯，粥好前，蒸好多少送来多少，余下的叫他们做好就送。"

看许多灾民见了木棚大锅已靠拢过来，姜瓷又道："告诉他们，不必争抢，每人都有，排好队来领。倘或乱了规矩，争抢插队，便都没了。"

灾民一个个眼神热烈，姜瓷便坐到粥棚后头，看着人生火熬粥，少顷包子送来，香气四溢，灾民一个个躁动起来，但粥棚四下戴着面具的护卫气势骇人，便都忍着耐心等待。

本以为是富贵人家博名声，没曾想那位年轻貌美的夫人见粥熬好，一声令下，便有人开始派粥发包子，一句训话也没有，甚至未曾表白姓名，倒是灾民忍不住，包子稠粥吃下去，饱个大半，擦着嘴好奇："这是哪家贵人？粥这样稠，还有肉包子，连句话也不说，这样的做派可不曾见过。"

议论纷纷，便有胆大的扬声问道："是哪家的善人？咱们便是念恩，也该知晓个名姓呀！"

卫嵘回头去看姜瓷，她一心在派粥上并未发觉，春寒拽了拽，姜瓷才回神，朝卫嵘摆了摆手，卫嵘才扬声道："我家主人乃黄雀统领将军卫戍，此间照管的，便是卫夫人。"

人群中自然不仅仅是灾民，也有城里城外不宽裕的人家前来领粥领包子，听了这话诧异："竟是那纨绔废物？"

立刻有人围上："你知道这卫戍将军？"

便围在一簇，一行吃着一行说起，各个感叹。

"啧啧,我看呀,保不齐谁败坏谁呢。你们知道潇山的山贼吧,为祸一方呢,朝中派了几次剿匪都没成事,正月里点将了卫北靖将军,听说也陷进去了,就是这卫戍将军,临危受命,带兵前去围剿救助呢!"

"要真没本事,朝中哪能派他?说起来,有本事的都是压阵呢。"

"可不是……"

"瞧着这位卫夫人,年纪还不大,倒是个实心肠的人呢!"

"朝政的事,咱们不懂,但谁对咱们真心好,还是看得明白的!"

窸窸窣窣议论声,官府派遣前来安顿灾民的户部员外郎恰领兵出城,见此一幕顿时怔住,难怪方才城里的灾民奔走相告,都往北城门跑。这官员隶属贵妃一派,打听得是卫戍后,神情阴暗,但众目睽睽,到底不敢做什么,只叫兵卫驱赶灾民,往三里外朝中临时搭建的居所安顿。

灾民正吃得满足,哪里愿意走?但并不敢反抗,起先小心翼翼,只说吃罢就去,但兵卫却并不宽待,一味推搡驱赶,后来被推搡得狠了,终究人多势众,仗着胆子问那官员:"大人?朝廷是不管咱们了吗?北边遭灾总有几十万的百姓,连颗米粮都不赈?若是如此,便别管咱们了吧,讨饭总也还有口吃的,胜过饿死……"

官员沉着脸,并不回应,兵卫继续驱赶,百姓见状,倒有几分埋怨:"去了官家安置的地方,有粥吃吗?有这么一咗一个坑的稠吗?有肉包子吃吗?有衣裳给咱们穿吗?咱们一路逃荒,不知饿死多少亲人了……"

说得可怜,灾民感同身受,有的甚至号啕大哭起来,这一下乱了,场面掌控不住,那头朝中官员也不耐烦起来,连番下令将人驱赶,两厢竟冲突起来,甚至有灾民持起木棍等物与之对峙。

"咱们年年交银子交粮养着你们这些为官做宰的,到了有灾,竟不管咱们……"

越说越怒,险要打起来。官员人惊,令人即刻往城门报信,城防兵即刻便到,武力镇压下,这边推搡间甚至碰触到了卫家木棚,眼见要撞倒铁锅,姜瓷慌起来,卫嵘忙护到身侧:"夫人,属下先护送您离开吧,这儿……"

"小心火!"

姜瓷一把推开灾民,火却燎在她裙摆上,春寒吓得连扑带搂,吴嬷嬷一碗水泼上,好歹没叫那火烧起来,姜瓷吓得不轻,指挥自家护卫:"别叫伤着灾民!"

就近的总听见了,见善人如此,拉拉拽拽,场面竟安静了下来。

姜瓷只顾着眼前,被挤翻的孩子寻不到娘,正抱在怀里宽慰,却忽然安静下来,只听孩子哭声和她低低的宽慰，有个妇人哭喊一声扑上来，抱住孩子，便跪在姜瓷跟前：
"夫人……小民谢夫人大恩大德！"

自去岁惶恐了半年的灾民，从盼着朝廷赈灾，到逃荒路上亲人失散饿死，经历种种悲凉无奈，此刻一碗稠粥一个包子，一个肯为他们安危不顾自己的贵人，足以叫他们感恩戴德。

"并没什么，你快起来！"

没人这样感念过姜瓷，她甚至有些惶恐，忙着去拉。见千百双眼睛盯着自己，反倒不自在，却强自镇定："大人，米还有一半，不如叫他们都吃饱了，自行往灾民营去吧。诸位也请听我说，朝廷怎会不管自己的子民？其中想来是有什么误会，还请听这位大人的话，听从安排前往居所，衣食安顿定为稳妥！"

几个年老德高的灾民见状，挂着木棍道："如此，便听善人的话，咱们快吃了，便往那头去吧，再坏也不比讨饭差了。"

姜瓷欣慰，那位员外郎见自个儿官威竟比不得姜瓷，沉着脸走过去，冷笑道："卫夫人好手段，一顿饭收买灾民，挑唆生事，本官定要如实禀报圣上！"

姜瓷也浅笑道："如此，便请大人必要如实禀报了。"

也不耐烦敷衍，此间已然安排妥当，便交代几句，转身就走。路上问卫嵘："这是谁？这样不会做人，敌意还这么深。"

"贵妃娘家表弟，户部员外郎，赈灾的事，也该他们管。"

"哦。"

难怪，三皇子一派。

着实忙了大半日，姜瓷回城后洗漱压惊，问了岑卿顾家的事眼下如何。

顾允明大约所有聪明才智都用在了对付卫成上，先前杜鹃才被送去青楼，转头就把人赎回去，仔细审了卫家事，瞧着几分娇妍姿态舍不下手，便纳了房，但到底府中姬妾众多，新鲜个几日便抛到脑后，杜鹃恨卫成夫妻，又为争宠，便说还有个相熟的小姐妹在卫家，能为顾允明办事。

顾允明大喜，抬她做了姨娘，在顾家颇为风光了几日，穿金戴银地去见了石榴。

但终究事没成，顾允明又得了董泠儿这新宠，杜鹃再度失宠，院子冷清，昨夜叫人掳走都没人知晓，今日一早听闻姜瓷在城门外设了粥棚大出风光，气不可遏，忽然一道冷箭射到椅子上，吓出一身冷汗。

待喝命叫人去查，好容易平复下，取了箭来看，上头绑着的纸展开，顾正松——

给他念后，顾允明捂着如今还生疼的屁股骂道："老子就要弄死他怎的？"

顾正松无语，想着如今到底还寄人篱下，少不得点拨道："堂叔，太上皇正用卫戍的当口，您却要毒死他……"

"怎么？"

顾允明怒睁着眼，好半晌才明白过来，脸色一变，冷汗便流了下来："怎，怎么办？"

怎么办？

没办法！

顾正松摇头。

人在卫府，除非能抢回来，不然以卫家那些人的本事，总会捅到太上皇那闹大，如今太上皇已显露对顾允明的厌弃，若再加这一笔……

顾允明就倒了。

顾正松看着供状背面的字，忽然喜道："他们就是要银子！"

"多少？"

"三万两。"

"怎么不去抢？前番才从老子这坑走一万两，还连累老子挨了打，如今……"

但他却不敢说不给，咬着牙忍着肉疼："你给他们回个信儿，谈谈价钱！"

顾正松心口一阵生疼，就没见过这种事还要讨价还价，为难道："那，那我去商量商量。"

"快去快去！"

顾正松涎着脸往卫府去，到底有几分聪明，打听了卫宅如今管事的，只求见岑卿。岑卿出了门外，顾正松忙上前，小心试探几句，岑卿倒不遮掩，顾正松大喜，吭哧说了能否回寰。

第七十章　讹

没曾想岑卿也爽快，一挥手道："最少两万八，若不依从，也不必再来了，岑某这便回了，咱们就进宫……"

"是是是，小人这就回去复命！"

顾正松擦汗，忙不迭又回去，顾允明气得恼恨，叫人去备银子，转头想姜瓷在外出风头，他却出钱，牙根都在发痒。顾正松却真正灰心丧气。想当初才知道京中有这么位堂叔时，是如何欣喜若狂，也确然帮着调任于水县，但在陶县令的事一坏，他果断辞官入京，曾经多庆幸自己做了正确选择，如今就有多后悔。

然而待回到自己的小院子，看顾铜阴郁着一张脸坐在院子里，一个女人揉肩捏背轻声笑语地宽慰，顾正松就觉着一股气直冲上头："滚进去！"

那女人愣了愣，悻悻地进屋了，顾铜略有畏惧，站起来，但一脸的欲求不满叫顾正松更气不打一处来，扬手要打，方氏忽地跑过来，一把拦住："老爷，铜儿近来不舒心得很，你倒心疼心疼他……"

"心疼？"顾正松大怒，"自小到大，哪一样事没满足他？何时不疼他？他从小聪明读书进益，可如今你看看他成了什么样子？这是因灾科考延了两月，倘或没有，就他如今这样能否中第？"

顾铜不服气顶嘴："有叔爷在，如何能不中？爹当真多心了……"

话没说完，顾正松一巴掌掴在他脸上，打得一个趔趄，顾正松气得手抖，却到底碍着还在顾允明府上，压着声儿嘶吼："你叔爷？再过些时日，他自己能不能保住自己都说不准了！你也日日在京，你便瞧不出如今风向转变？"

说着见顾铜屋里两个女人探头，顿时又恨："你当初缠着王玉瑶，人家不拿正眼看你，你赌气要娶姜瓷，我和你娘也答应了，你说不办婚书先拖着，等有了好的再撵走她，我也听你的。后来你休了姜瓷又娶王玉瑶……"

顾正松眼皮子直抽抽："谁都知道她不好，暗地里做了多少见不得人的事！死了哥哥勾搭弟弟，连着克死兄弟两个！怎么劝你也不听，偏要娶回来！好好，我都依你，回头闹出那么大事，我顾家脸面都丢尽了！你又听着姜莹撺掇把她从妻变妾，再娶姜莹！顾铜！你老子活了四十年也没见过哪个一年娶三个媳妇的！"

顾正松吼着，气喘吁吁，顾铜捂着脸委屈："还不是怨姜瓷……"

"怨谁？是她叫你休她的？啊？你倘或有些脸，也做不出去抢人的事！叫人家下人打一顿，这是卫成不在京，倘或他在，你想着你如今还有命？"

顾铜满脸通红，愈发恼恨："那卫成还不是捡了我不要的！我撵走姜瓷他才得！"

"是啊，不是你把人撵走的吗！"顾正松也实在气不动了，摆着手，"罢了，有我一日，你且混闹一日。等爹娘百年之后，你便想想你该如何吧。就这些家底，你屋里一个姜莹一个王玉瑶，没有一个省油的灯，也没有一个能叫你没有后顾之忧地奔前程。"

顾铜仍旧梗着脖子，顾正松摇头叹气地进屋，进退两难。顾铜也赌气回了屋子，姜莹和王玉瑶惯来不和，东西两屋住着，这会儿谁也不敢触他霉头。倒是顾铜想了想，转头往姜莹屋里去了。

到底亲姐妹，该叫姜莹去找找姜瓷才是。

而此刻潇山脚下，卫成看着郁郁葱葱深不可测的潇山，嘴里叼着一根草，也不知在想些什么。少顷一个黑衣人落在他身边，他才问道："探好路了？"

"依着谢澜所指，已然探好。"

卫成勾起一边嘴唇邪笑，摆了摆手，那人隐入草丛不见，卫成打了一个响指，几个黄雀卫走到近前。

"日子不短了，再拖下去，怕是卫将军父子支撑不住了。传令下去，今夜丑时二刻，依着先前分派，进山！"

而这时候，姜瓷正听岑卿回禀近日府中庶务，卫嵘从外进来："客栈里那两个女人窝不住了，四处打探卫府。"

"嗯，打从把她们送进客栈，我再没露过头，是该急一急。"岑卿合起账册笑道，"她打听卫府想见夫人，瞧着合情合理，但离开客栈这一路上，就不知多少机会可以传递消息了。"

姜瓷也笑了笑，没言语，付姑姑叫春兰春寒抬了几匹绸子进来，姜瓷想给卫成做一身绸衣，等夏天穿着凉快又吸汗，便起来拣选花色，岑卿也探头翻捡出主意。

他们仿佛都已遗忘了孔府里安置的那些女人。

傍晚时翠芽便带着阿尧找到卫府，前院的下人将她们送到垂花门，门里的婆子接了她们带去凤凰居，翠芽一路眼含惊叹，及至见了姜瓷，竟生出几分畏惧，扑通就跪下了："我，我，奴婢……"

"这是怎么说？"

姜瓷笑了，翠芽忙拽着阿尧跪下，才慌慌张张说道："奴婢在山寨干的就是伺候人的活儿，旁的我也做不来。要，要是没您照应，咱们离了此处照样活不下去，夫人行行好，便收留咱们为奴吧，好歹救咱们一条性命！"

姜瓷笑容渐淡，眼神锐利，翠芽胆怯地低头。

"这几日你怕也知道了，卫将军去潇山剿匪了，作为他的家眷，我却在此时收留两个从前潇山上的女人……"

"不不不，咱们不说谁也不知道，咱们是跟着灾民来的，您的善心如今阖京谁不知晓？收留两个灾民不会叫人生疑的！"

"你说的，似乎也有些道理。"

姜瓷仍旧笑着，翠芽喜道："我能干活！我很勤快！她，她……"

她拽一把阿尧："我把自己口粮分一半给她！"

姜瓷看着翠芽，恍然有几分熟悉，像极了当初的自己。心下怅然，她叹了口气："我卫府还是能养活个把人的。但如今我也不能就收了你们，权且先瞧着，你们暂且先留下吧。"

"谢！谢夫人！"翠芽喜不自胜，拉着阿尧不住磕头，姜瓷摆手，春兰上前拉起她二人，带着往西边的下人院子去了。

隔日姜瓷又去城外看了粥棚，已然少了许多人，看来官府收容灾民处想来不错。

"皇城脚下，圣人眼皮子瞧着，哪个不长眼的敢在这上头掏摸？"岑卿嗤笑，此番事了，怕是又要生一番事端。

这些姜瓷就管不得了了，她只想过好小日子，守着好好儿的卫成，有本事的时候，帮衬帮衬那些过不去的人。好比当初自己难的时候，多想有人拉一把。

叹了口气，才要转头回去，就见身后的茶寮里坐着个男人，一身贵气格格不入，吓得小二瑟瑟发抖躲在角落，姜瓷便笑了，上前行了一礼："臣妇见过怀王。"

怀王眼皮子不抬，经年不变冷飕飕的神情，直到把那一碗黄黄发涩的茶汤喝完，才擦了擦手道："废那么大力气，这就撒手了？"

"哪能？不过有人故布疑阵，臣妇又没心思敷衍，索性搁一搁，反正心慌的也不是臣妇。"

怀王点头，转头看姜瓷，眼神冷嘲："听说有人参了你一本。"

姜瓷笑："参便参了，卫成如今在阵前，圣人眼下如何也不会罚了臣妇不是？"

"你倒有恃无恐。"

"那是，自家男人仗的势，不仗白不仗嘛。"

姜瓷不遮掩，怀王倒有了些兴味，这市井来的小民果然和盛京城里那些贵女贵妇不同，但说起话来端是叫人舒坦。

"既见了王爷，臣妇斗胆，能否跟王爷借个人？"

"嗯？"

"能跟王爷借个认得雪绫雪绡的人吗？"

怀王骨节分明的手指慢慢敲在桌上："你怎不去许家找人？"

"许家恨透了卫成，不使绊子便不错了，哪里会帮咱们？倒是王爷长情，这事许还有的商量。"

马屁拍得不声不响，怀王淡淡的，思索片刻道："嗯，过个几日吧。"

"谢过王爷！"

姜瓷行礼，怀王起身负手而去，姜瓷瞧着怀王背影笑了笑，岑卿见怀王走了才上前："怀王这是做什么？"

姜瓷边走边笑："自然是等咱们了。"

看来溯明山的事已然叫怀王生疑了。她故意将事停下，急的不仅仅是幕后真凶，还有想要知道真相的怀王。

想知道？那就只能来相助了。

岑卿品过味儿来，摸着鼻梁发笑，又疑惑："你说这怀王，当初拼着命地阻挠，杀手一波一波地派，如今怎说变就变？"

"这人啊，有时候就欠那么一个软绵绵的台阶儿。他恨着卫戍，卫戍也赌着口气想查明真相，硬碰硬哪能得好？况且溯明山的事，怀王生疑在先，自然也就顺水推舟了。"

说话间走到马车边，春寒正要扶姜瓷上车，忽然一个女人从马车那头转过来："阿瓷。"

姜瓷皱眉，转头就看见了那张叫人不喜欢，假惺惺笑着的脸。

"阿瓷，许久不见，二姐想你得很呢。"

姜瓷不理她，姜莹不以为忤，自顾自笑着上前欲要拉姜瓷手，春寒一巴掌拍下去："你谁呀？护卫呢？"

两个护卫立刻上前，疑惑地盯着姜莹："她说她是夫人二姐……"

"她说她是她就是啊？你们这蠢瓜脑子怎么保护夫人？夫人说她是，她不是也是，夫人说她不是，她是也不是！她是不是夫人二姐，得听夫人说的算！"

两个护卫晕头转向的，惹得岑卿抿嘴，春寒又是一通排揎："你谁？你处心积虑接近我们夫人做什么？"

第七十一章　来送

春寒忽然夸张地倒抽一口冷气，护着姜瓷惊恐地噔噔噔退了几步："莫不是刺客杀手？"

两个护卫顿时大惊，立刻隔开姜莹，姜莹惊恐，正事还没说，便被两个大男人拔刀相向吓得浑身哆嗦："我，我真是她二姐！姜瓷！你个没良心的！你姐夫就要科考了，我来找你，你就这样？看我不告诉爹，叫他打死你！"

姜瓷顿住脚步，轻轻拨开春寒走到她跟前，一声冷笑："爹？谁的爹？姜大人卖了亡妾，交不出人，拿我抵债，一个卖出去的人，舰着脸又要聘礼。卖一个人收了两份钱，真金白银几百两发了一笔天财，我如今是卫家人，姓的是我娘的姜，同你姜家又有什么关联？我哪来的爹？我哪来的姐妹？又有什么姐夫？这位夫人，倘或再这样言语不周瞎攀咬，莫怪我要一纸诉状告你上衙了。"

姜瓷笑得风轻云淡，姜莹一口银牙咬碎，眼见周围慢慢聚拢来的人听姜瓷的话，厌恶地对她指指点点，顿时气恼："卖你如何？你终究是姜家骨血，没有姜家哪来的你？连你那肮脏的小娘也没的活命！你这没良心的，姜家养大你……"

"姜家养大我？"

姜瓷嘻嘻地笑："我娘还在的时候，给人洗衣裳换银子买米碎养活我们母女，我娘不在后，我给人刷恭桶洗衣裳做杂活儿赚银子养活你们一家子，姜家的屋不是夺我银钱修的？你穿戴的衣裳首饰不是抢我银子买的？如今你既然说了，我倒要问问，我们母女没吃你姜家一粒粮，没穿你姜家一根线，平白被你们刻薄十六年，是谁养大我？你又凭什么站在这里与我叫嚣？往小了说，我不计较恩怨你便该偷笑了。往大了说，我堂堂四品将军的夫人，你算是个什么东西？"

真是解气呀！

姜瓷笑着看姜莹红白交错的脸，她恼羞成怒："你！你真是坏透了的东西！跟你娘……"

姜瓷狠狠一巴掌掴在姜莹脸上："我娘怎样？"

她阴恻恻地笑，紧紧盯着姜莹，姜莹觉着如同毒蛇盯着自己，捂着生疼火辣的半张脸，再不敢声张。

"回去告诉顾铜，堂堂男人，自己的前程自己挣，这不光彩的路子还是别走的好，卫戍可不是顾允明。"

说罢甩手上车。

马车扬长而去，姜莹被百姓围着，色厉内荏地怒叫："看什么看？滚开！"

拨开众人羞恼地跑了。

城外的人都认得姜瓷，也知晓这位平民夫人，如今这一场闹剧倒又知道不少内情，原来竟是苦出身。这么算起来，跟那位卫戍将军倒真是一对儿苦水儿里泡大的孩子，叫人忍不住唏嘘叹息。

顾允明平白又丢了一回脸，这些日子正惶恐恼怒。叫卫家接二连三坑钱是一回事，连着几回进宫请安连太上皇的面儿都见不着，这叫他心里没来由地发慌。

从没有过这样。

而那头顾正松却拿出所有积蓄，正在城里偏僻处择看宅子，欲要搬出顾家。

解了一通气，晚饭多吃了半碗，连练字都觉着格外顺畅，姜瓷看着自己笔下卫戍二字，满意地点头。

日子风声不显，又过了两日，这日一早姜瓷才开窗，就见院子里树上落了两只喜鹊，叽叽喳喳欢快地叫着，姜瓷笑："莫不是有喜事？"

话音才落，就见卫嵘和岑卿兴冲冲进了院子。

"夫人呢？"

岑卿院子里拽住吴嬷嬷，吴嬷嬷还没答话，卫嵘便已看到窗子里坐着的姜瓷，疾走两步喜道："夫人，捷报！"

姜瓷愣了一下，嘴角的笑还没收拢，细品这二字，一股热血冲头，浑身哆嗦起来。

"什，什么？"

"大喜！公子前些日子攻山，首战告捷，解救卫北靖父子三人，活捉山贼百余人！"

岑卿笑，姜瓷忽闪不见身影，随后便听屋里咕咚一声，春兰慌道："夫人？"

没片刻姜瓷捂着头出来，瞪着眼追问："大捷？卫戍呢？他如何？好不好？"

"好！好！"

岑卿笑道："公子来信说，他答应了您必毫发无损地回来……"

姜瓷已捂着嘴呜咽了一声，没头没脑地来回转圈儿，好一会儿冲出了院子，吴嬷嬷付兰几个忙跟着，见她去了佛堂院子，一头扎进去，烧香跪拜，脸上笑得灿烂，眼泪却不停地往下流。

"哎，你说，有人惦记真好。"

岑卿看着里头，手肘捣着卫嵘，卫嵘鼻腔里哼了一声，没再搭理他。

好半天姜瓷才从里头出来，仍旧高兴得满脸通红。岑卿忍不住笑道："还有一事要同夫人知会一声，后日是皇后生辰，如今宫里大约也得了消息，怕是会叫夫人入宫赴宴了。"

姜瓷点头，只消有卫戍的好消息，旁的一概都不算什么了。转头交代吴嬷嬷好生预备了，果然第二日一早宫里便传了凤仪宫口谕，但姜瓷入宫后却还是吓了一跳。

因三月底天气晴好暖和，这筵便设在了御园里，姜瓷的小几摆在离主座不远不近的地方。主座只有皇后一人，在座的也只有后宫妃嫔公主郡主，皇家各府女眷。

这竟是一场皇室家宴！

姜瓷略有不自在，皇后虽笑得慈和，但显然心气不足的模样，倒是位于左右首位的贵妃和宸妃，顾盼神飞。

也是，一个仅次于皇后的身份，还有算是长子的三殿下。另一位是皇后表妹，六皇子半个嫡子一般孝敬皇后，后宫里这二人也着实势大。

虽下了旨叫姜瓷赴宴，但皇后并未与姜瓷说一句话，似乎只为个过场。倒是筵过三巡，献过寿礼，贵妃眼波流转，忽然扫到姜瓷身上，顿时笑开："倒是该恭喜卫夫人，潆山首捷，真是合该卫家要立这一场功。"

姜瓷忽然被点了名儿，坐直了背脊，朝着贵妃端笑着垂头，却并没接话。皇后略皱了皱眉头，旋即又淡淡笑开，仿佛从没有过不同的神情。

贵妃嘴角噙笑，意味不明。

在发觉这是一场皇室家宴时，姜瓷就明白这绝对不是一场好混过去的筵。

若一切都是真的，潆山同三殿下千丝万缕，那么如今满朝都该高兴的首战告捷，在贵妃和三殿下看来，却是一场恐慌。而造就这一场恐慌的卫戍却远在潆山，能解气的，只能是她。

思及此，姜瓷笑容愈浓，她转头看向贵妃，朝她举了举杯，贵妃笑容一凝，有些见了鬼的匪夷所思。

然而这一举动在皇后和宸妃看来，却更像是挑衅。于是宸妃也在歌舞空当回头，笑容和煦地看向姜瓷："贵妃娘娘说得不错，这卫将军当真青年才俊，捷报传来，皇后娘娘本想即刻便召你入宫共享喜讯，奈何娘娘身子不作美，才挨到今日得见。"

皇后缓缓点头："莫局促，都是自家人。"

这一句自家人当真叫姜瓷惶恐，忙离座跪伏谢恩，皇后摆手，身边的嬷嬷捧出个盒子。

"本宫同夫人一见如故，前儿得了一盒南海珍珠，旁的倒罢，却是颗颗圆润，本宫想着制一串珠串，夫人带着，必熠熠生辉。"

姜瓷还没起身，忙又叩首："臣妇谢皇后娘娘赏赐！"

皇后显然要抬举姜瓷，宫里见风使舵，总有半数也恭维起来。幸而真是皇家家宴，随意了些，姜瓷笑着应对，倒叫不少人诧异，这市井小民气度却不凡，终归没掉了脸面。

贵妃气得不轻，冷笑吃酒。

又过得半晌，皇后咳嗽几声，显见疲乏，交代宸妃几句便走了，筵上众人却习以为常，皇后走后，愈发随意。

"皇后娘娘自四皇子殁了后，身子渐渐大不如前，宫里如今是贵妃宸妃协理六宫。"

吴嬷嬷悄声在姜瓷耳边解释，姜瓷点了点头，不着痕迹地又扫了怀王妃一眼。

打从怀王妃进来至今，只是噙着一丝浅淡合宜的笑容端坐，菜没吃几口，酒也一口没饮。皇后走后，安怀公主左右寒暄后，慢慢走去怀王妃处坐在一起，关怀不已："你这是怎么了？"

怀王妃笑着摇了摇头，有些淡淡的悲苦。

姜瓷心念一动，又打量了明艳的安怀公主一眼。

当年怀王不喜荣妃，都到了许璎甚至不愿赴安怀公主寿宴的地步，但如今的怀王妃却似乎和安怀公主相处不错。

夫妻本该同心，譬如许璎和怀王。

姜瓷的心忽然咯噔了一下，觉着她是不是漏过了什么？

到底众人还瞧不起姜瓷出身，皇后去后，除宸妃又同她说了几句话，她恭敬回了，许还记恨卫戍到底也拒了六皇子的事，宸妃渐渐也淡淡的，姜瓷那头便冷落下去。

幸而天晚渐寒，贵妃和宸妃也不耐烦起来，筵席也就散了。

姜瓷一路走出宫门上了马车，吴嬷嬷捧着那盒子珍珠，主仆百无聊赖，吴嬷嬷启了盒子，珍珠确实莹润，但却还不如卫戍给她小库房里添的那两盒子珠子大。

"不过做样子给贵妃瞧，也就罢了。今儿这筵席叫我去，也无非是叫外头看着，皇家还是很会做人的。"

姜瓷有些累，一晚上假笑脸都僵了，正揉搓着脸，马车忽然停了，吴嬷嬷掀帘子问了几句，转回头脸色便不大好，沉声道："夫人，玉和郡主拦了马车，说是要同您说说话。"

第七十二章　郡主

姜瓷也掀了帘子，抬眼就看见了那家南方小馆儿，原来马车正停在了店门口。一个宫装婢女不苟言笑地站在马车边。

"哎……"姜瓷叹气，这一天天的，应付这些人也怪累的。

左不过见一面，姜瓷这一晚在宫里也拘得厉害，跳下马车舒展舒展，那婢女便引着姜瓷上了二楼，正在她惯常和卫戍从前坐过的那桌子旁边的位置，玉和端坐，身后还有两个婢女侍奉，郡主的派头倒是拿得挺足。

因夜已有些沉了，馆子里并没几个人，二楼更是除了她们再没旁人，楼下一个姑娘弹着琴。

"这样晚了，郡主还不回去。"

"宫门已然下钥，倒是无妨，我这些日子都住在公主府。"玉和郡主的娘因刺客当前替太上皇挡了剑得封长公主，府邸虽后来叫驸马烧了，但太上皇下令又建造起来。

"啊，倒是该同郡主贺喜了。"姜瓷笑了笑，坐在玉和对面。

玉和眼瞳掩不住的厌恨，却笑得愈发灿烂："倒是多谢卫夫人了。"

堂馆儿送了茶点，玉和将一道蟹黄酥推到姜瓷跟前："卫夫人尝尝，这是阿成最喜欢吃的点心。"

姜瓷笑了笑，捏起一块看了看："哦？不过郡主怕是误会了？卫戍从不爱吃这些甜不甜咸不咸又香腻的厉害的东西，他只爱吃我做的，譬如……葱油糕。"

玉和嗤笑一声："那些乡野鄙食……"脸色却更不好看了。

楼下琴声悠扬，玉和转头去看，笑容渐渐迷离，柔声道："自小我便喜欢南方悠婉的调子，连吃食也喜欢那些软糯香甜的，阿成便买了这家馆子……"

"哦，那些说卫戍喜欢郡主的传闻吧？我已然听说了。"吴嬷嬷递了一盏茶，姜瓷回身接了，风轻云淡回了一句。玉和脸色一变，有些匪夷所思，盯了姜瓷片刻："你没什么要说的？"

"说什么？"姜瓷失笑。玉和脸色愈发古怪，姜瓷看着茶汤淡然道："先是个董泠儿，再来个廖永清，郡主怕是不知道，您早已过时了。当初董泠儿事败的时候，就已然同我说过卫戍喜欢您的那些流言。但……流言它不也只是流言么，怎么郡主便当真了？"

玉和面色一沉："我和阿成青梅竹马，他为了我落下了个纨绔不堪的诨名儿……"

"郡主要真念着卫戍为您付出的那些，也不该那么处心积虑地利用他。您今夜拦下我，同我说这些，无非是因卫戍拒了太上皇赐婚，使您落到要和亲的地步，所以也想叫我不痛快。但是您自个儿就没想过吗？卫戍倘或对您真有心，还会有今日的我吗？"

姜瓷笑着，眼瞳盈盈晶亮，玉和愣住："难道不是吗？没有你……"

"没有我。"姜瓷截断玉和的话，"卫戍也不会同意太上皇的赐婚。"

她笑着对上玉和饱含恨意的眼："因为他心里并没有你。倘或你不曾算计他，是真的对他有心,在我不曾出现前,他或许还愿意遂了你的心愿。但……偏偏这三样,都没成。所以郡主还想说什么呢?怨恨我吗?"

姜瓷嗤笑:"倒不如问问您自己,您对卫戍做了什么。"

玉和咬着嘴唇恨恨道:"做了什么?我何曾对他做过什么?"

"没有吗?您不是一边嘲笑他低贱,痴心妄想,还一边和他哭诉有人欺辱你,叫他心生怜悯地为你出头?"

玉和不知想到什么,脸色再度巨变。原来他知道了?她继而连连冷笑:"好,好啊,好你个廖永清……"

她喃喃着,姜瓷却明白了,原来玉和郡主便是曾经和廖永清吐露过厌恶卫戍的话。如今她以为是廖永清卖了她。

哎,真是意外之喜。姜瓷抿了抿嘴,玉和转头又愤恨道:"你当他真就喜欢你?能在太上皇黄雀里混得风生水起的人物,心思能浅白?他年幼时曾有一次同九皇子在皇家寺院批过命,命中要有个女子替他挡灾遮煞,他才能扭转乾坤一飞冲天。你瞧,他娶了你之后,果然平步青云路途坦荡了,你替他挡了,那些灾祸早晚报在你身上!况且你到底一个没有根基的市井小民,听说连娘家都断了,他能把你放在眼里?便是凭着姿色,一时半刻新鲜着,但早晚会把你抛诸脑后,这盛京城什么样的姑娘没有?凭他如今,想要什么样的姑娘不能?"

她说的自己解气,姜瓷微微叹息:"您瞧,我们的家事,郡主何必如此费心?"

玉和笑道:"我再不济,终究皇室,便是和亲,也是勋贵。可你呢?他厌弃了你,你便一无所有,到那时,怕是乞讨也难活命!"

"哎哟,郡主娘娘说的什么蠢话?"

忽然一道声音插进来,玉和斜眼看过去,就见楼梯上走来一个吊儿郎当的青年,正是岑卿。

"娘娘怕不知道吧?如今咱们卫府,当家做主的是夫人。宅子庄子铺子银子,都在夫人名下,咱们公子啊,才是一无所有的人,该担心被厌弃的,也是咱们公子。"

姜瓷微微差异,玉和的脸色已难看至极。

一个男人把自己的身家都交托出去了,这不是真情还是什么?偏这份情谊她觉着本该是她的,可如今却失之交臂落到了一个贱民的头上。

"好,好!"她气得嘴唇颤抖,拂袖而去。姜瓷盯着岑卿看,岑卿才笑道:"哎,夫人不知道,您进京没几日,公子便交代了,将他的宅子商铺带那处庄子,还有那几万两银票……哦对了，还有连玉山，连玉山也在内，都已过到您名下了。"

姜瓷意外，那时候二人还飘忽不定，来京后他曾拿出东西要交给她，她没敢收，没曾想他竟都过在她的名下了。他就没想过她有朝一日离开他，他便一无所有了吗？

便是后来二人生了误会她险些离开，他也一句未曾提过，走也要她带着他的所有离开。

姜瓷心里发颤，堵得难受，心疼得心酸眼涩。

岑卿见姜瓷眼圈有些发红，忙道："夫人，公子做什么，便不求讨夫人欢喜，却也绝不想惹夫人伤心呀。"

姜瓷点头："我不是伤心，我是欢喜，欢喜……我只求他平平安安，立不立功都无妨。"

岑卿笑："定如夫人心愿！但是这功也是必要立的，这趟差事，不立功就挨罚。"

姜瓷皱了皱眉："你来的刚好，正巧有事想问你。当初许夫人出事时，你说是安怀公主和吕莺艳一同发现的许夫人，她二人有些交情吗？往来如何？"

"安怀公主？"

岑卿回想："当初公子查此事时，也怀疑过怀王妃，自然也查了安怀公主府，但种种看来，二人并无过多交集，当初会一起撞上许夫人，盖因怀王妃久不见许夫人归座，这才出来寻找，碰见安怀公主，因在安怀公主府，便陪同一起寻找了。当初怀王妃和安怀公主的婢女，还有旁的一些客人都可佐证。"

"瞧着倒真无懈可击。"

姜瓷沉吟着："会不会二人暗中有所接触？怀王不喜荣妃，都到了许夫人也避忌的地步，吕莺艳后既做了怀王妃，自然也该夫妻一体，避着安怀公主才是，但今夜在宫宴上，安怀公主对怀王妃颇为关怀，怀王妃的反应倒有些叫人玩味了。"

无奈而又悲苦的神情，很难叫人不想那么多。

岑卿愣了愣："夫人是说，怀王妃，只是旁人放出的幌子？"

"未必没有这个可能。好比如今，咱们怀疑怀王妃，一番试探下怀王妃果然疑点重重，可深入查下去，甚至在有怀王相助的情况下，局面非但没有进展清晰，反倒越来越混乱了。便不说别的，咱们是否也该换一个方向，打破局面？"

岑卿也有此想法，遂笑道："是，小人这就下去安排。"

岑卿匆匆下去，少顷卫嵘上来，护卫姜瓷主仆回府。

半夜里忽然刮起狂风，姜瓷睡不安稳，梦魇不断，竟忽然又梦见潆山，她二人放火逃离跳崖时。

卫戍将她护着，她几乎没被山石碰撞，卫戍却整个背脊血肉模糊，砰的一声落水，巨大的冲击令二人分开，姜瓷头脑一片昏聩，在水中迷蒙睁眼，就见周边一片血色，卫戍半阖着眼，朝着她笑，却在不断下坠。

而此时漭山顶上正熊熊烈火，借着风将整个山寨吞没，除了烈火焚烧的声响，四下没有一个人的踪迹。

这一夜姜瓷睡得不好，翌日晨起便有些怏怏的。用过早饭卫嵘进来，姜瓷看着他，他却只回禀了一些日常琐事，直到最后姜瓷才问："信呢？"

卫嵘摇头："许是眼下庶务繁忙，再等等吧。"

卫戍一般隔日写一封信，昨日没信，今日本该有，但眼下大捷，怕是山寨里不少事等着处置，千丝万缕的头绪，还夹缠着皇族的事。

"倒盼着三皇子把尾巴扫干净，如此也不必树敌。天下是简家的，不拘谁坐那皇位，只消不浑，百姓一样度日，可卫戍若树了敌，吃苦的终究是他自己。太上皇把卫戍顶出去给他办差，遇上难处是不会庇护他的。"

卫嵘不置可否。

男儿家国天下，但姜瓷的话却也没错。

随后岑卿也来了，回禀了府中庶务，吴嬷嬷在旁指点姜瓷处置，这一个月倒学了不少，才处置罢！二人退去，那边便报卫侯府的卫韵姑娘来访。

姜瓷摆手，卫韵少时进来，眼角眉梢满是喜色。

第七十三章　出事

卫韵如今正春风得意，取代卫澜选秀，也因灾民的事，圣上连科考都延了两个月，选秀自然也顺延了，但就这几日便该进宫了。

"进了那处怕少见三嫂了，进宫前来看看三嫂。"

卫家想来请了教习嬷嬷，不过半月光景，卫韵举手投足已大不相同，气度不凡。

"还有一事。"

卫韵红着脸看了吴嬷嬷一眼："三嫂，这宫里的事，我到底知道不多，能否烦请吴嬷嬷同我说说？待进了宫也不至于忙乱。"

"也不是什么大事，我也有些乏，便叫吴嬷嬷陪陪你。"姜瓷说着，春兰扶她起来，昨夜噩梦连连叫她心惊肉跳，今日又不见卫戍书信，她心里不大顺畅，便寻了借口进屋，留卫韵和吴嬷嬷在小花厅。

姜瓷歪在外梢间矮榻上，听外头吴嬷嬷的声音慢慢传来。

吴嬷嬷实心肠，宫中事物，但凡能叫人知道的，事无巨细，一一交代卫韵。

倒不是姜瓷愿意帮卫韵，前番在卫侯府的事，和后来卫东炀跟顾允明勾结的事，姜瓷不计较那是不可能。既然卫韵和卫澜要闹，她乐得推波助澜搅乱卫侯府。

便是如今，卫韵越积极，卫澜就越不甘心。到底卫韵是取代了她的位置，将要飞黄腾达。

卫韵在卫府一直留到午时，见姜瓷恹恹的也没留饭的意思，便做辞去了。

姜瓷无精打采，挨了一日，想着明日许就能收到卫戍书信了，如此宽慰自己睡了。第二天醒来便催促卫嵘去瞧是否有信来，谁知这么盼了一日，到晚上也不见往来的信鸽有一封卫戍的信。

"听说那头事情多得很，卫北靖父子三人受伤不轻也得将养，如此只有公子一个做主的，想来真是分身乏术。这没有消息也是好消息。"

听岑卿这么说，姜瓷想着也是。

朝中剿匪的大事，宫里自然也盯着，地方上也不敢松懈，倘或真有什么，这会儿也不会悄无声息的。

"哎，终究瞎想。"姜瓷失笑，这么一日又虚度过去。但卫嵘岑卿两人一离凤凰居，卫嵘的脸色便沉了下来。

岑卿看着满天星斗，少见的神情肃冷："怕是不好。"

"我已送信给离潎山最近的黄雀，叫他们去潎山打探消息。"

岑卿点头："地方上盯着，公子昨日该来信，这么算着，该是大前日就发信出来。如此已有三四日，倘或真有什么，消息怕是已传进宫了。"

话音刚落，便有一道黑影倏忽落在卫嵘身边，耳语两句，卫嵘脸色一变。岑卿瞧着他的脸色，皱起眉头，下意识回头看一眼身后的凤凰居，便同卫嵘匆匆前往园子深处。

一座假山石上，毫不显眼的一处二人拍下一掌，假山后的围墙竟打开一道门，二人急急侧身进去，里头站着个银面黄雀卫，拱手行礼的工夫便急急道："潎山出事了！"

归功于卫戍的谨慎，此番潎山剿匪虽艰难却也还算顺利。

姜瓷曾想到的事，卫戍也都想到，故而到潺山时并没急着攻山，而是派了人上山打探。

山匪果然防备周全，在谢澜知晓的所有道路和薄弱处都安置了陷阱。用了大半个月的时间，卫戍最终择了一条谁都没想到的路，行至半山转走悬崖，自峭壁翻上，里通外合，一场奇袭攻下了潺山。

山匪死伤过半，剩下的活捉审问。

毕竟那么多钱财，在山上却没搜出多少，去处要问明。但卫戍并没交代查问山匪到底有无上家主子。不是他要给三皇子留个颜面人情，而是人多眼杂时，谁也不会傻的这时候露底。

如此数日下来，一切步入正轨，他才叫人送了卫北靖父子三人下山养伤，这夜里狂风大作，山顶的寨子便起了火。大火足足烧了两日两夜，将整个山寨烧成了一片灰烬，连同里头被押的山贼和兵将与黄雀卫。

据说，一个也没逃出来。

卫嵘脸色铁青，岑卿紧紧咬着牙根，鬓边青筋迸起："继续打探，活要见人……"

后半句卫嵘抿起嘴，报信的黄雀卫踟蹰："火烧得太厉害，公子倘或……怕是早成灰烬。"

"公子是什么人？哪能这么轻易遭暗算？"

"实在一切都已掌控，都好几日了，没曾想还会有漏网的，更没想到他们竟连自己人也都狠心下手，又是夜深人静的时候……"

岑卿立刻道："黄雀掌控处，不可能有人悄无声息潜进去放火。火烧成这样，没有助燃物是绝不可能，去查！"

那人欲言又止，最终什么也没说，应了一声转身离去。

卫嵘攥紧双拳，二人沉默半晌，岑卿艰难开口："有消息前，还是瞒着夫人好。公子的心思你我都知，倘或……倘或真有不测，咱们定要护夫人周全才是。"

卫嵘咬着牙，仍旧一言不发。岑卿心里窒得喘不上气，深深吸了两口，脸色仍旧难看得可怕，他抬手，在半空停了半晌，才轻轻拍在卫嵘肩头："你，你这几日便不要往前头去了，我，我来应付夫人。"

卫嵘别过脸，眼中晶莹闪过光亮。岑卿匆匆离开，他僵在那儿，化了泥塑一般。

姜瓷一早睁眼，洗漱的工夫就叫人去请岑卿，岑卿匆匆而来，脸上带笑，面对姜瓷希冀的眼光，无奈地摊手："您说，公子他忙，小人也没法子呀！"

他轻松的样子叫姜瓷也放松不少，忍不住叹气："哎，也是，想那一大摊子事儿，如今都在他身上……"

"哎，小人这就往那边传信，便是公子不得闲，也叫他身边人回个信儿过来，免得夫人担忧。"

"好。"姜瓷笑，岑卿也回了笑，转头去了。

这日午后，卫韵叫人送了些礼来，俱是些精致却又不大值钱的东西，说是明日便要进宫，今年因溎山和北边蝗灾的事，圣上也取消了民间选秀，只在官宦世家女中择选罢了。

姜瓷也回了几样礼，带了几句祝愿吉祥的话。

倒是黄昏时廖永清来了，似笑非笑地看着姜瓷："听说前几日皇后寿诞后，玉和去找了你？"

"难为廖姑娘，这些事都知晓。"对于廖永清，姜瓷始终不喜欢。

廖永清勾唇一笑，自从六皇子离弃她，她似乎变化不少。

"宫里的意思，敕封公主的旨意很快就下了，约是四月初，北徵迎亲的队伍就来了。"

"背井离乡，郡主确实可怜。"

姜瓷这话说得冷飕飕的，廖永清笑道："我的诚意，夫人想来也看到了，不知夫人考虑得怎样了？"

姜瓷端着茶碗的手微微凝滞，面容被热气氤氲瞧不真切，廖永清淡淡道："夫人原也没猜错，我确实从六皇子那头得知些什么，当初的事，并非外界所传那样，但内中有几分真有几分假，我却不清楚了。你也知道，六皇子哪里会在乎卫家那些事。"

"姑娘说的是。"

廖永清看着姜瓷故作淡然的脸，往前倾了倾身子："夫人，许夫人出事的时候，太后娘娘还在。太上皇独宠太后，荣妃是从太后宫里出来的，整个后宫，除了太后诞有两位皇子，身份显贵的贵太妃有一子，也只有荣太妃还有一子一女，她是有些本事和太后娘娘一较高下的。"

"哦，是吗。"姜瓷兴趣缺缺的模样，叫廖永清看不出真假。

"夫人不想为卫戎查清那些事？倘或那些事也被证实是假，许夫人是遭人暗算，那么卫戎身上可就一点脏污也没了，他的人生，可就真真地要翻天覆地了。"

姜瓷嗤地笑了："姑娘上回来，还说卫戎得势，难免有厌弃我的一天，照姑娘说的，卫戎合该落拓些对我才好，怎么如今又撺掇我助他得势？"

"这本也不矛盾，夫妻一体，一荣俱荣，他好了，夫人才能登高。至于房帏中的事……"廖永清笑笑，没再说下去。

近来六皇子日子不好过，因先前和顾允明走得近，顾允明失势他多少也受牵连。廖永清也并没痴缠他几日，松手的痛快，这叫六皇子心里也极不是滋味。

到底廖永清是皇家钦定的儿媳，便是不跟他，将来也要进皇族。

"听说六皇子前番着人给姑娘送了礼？"

廖永清冷笑一笑，没有应声。有些事一旦戳破了，再难回到从前，便是她心里有六皇子，却也咽不下这口气。

"姑娘的事，我做不得主。况且卫戍保谁不保谁，我也说了不算，天下的大事，更不是你我言语一二就能定下的。姑娘如今既然置身事外了，索性做个清净人，待将来自然还会有自己的造化。"姜瓷这话算是真心实意了，廖永清听得出来，她脸色变了变，最终还是冷嗤道："罢了，你也是个没心性的。"起身便走。

吴嬷嬷从一旁屏风里出来，看着她背影叹气，姜瓷却笑道："瞧瞧，那时候不过一时气话，她哪里甘心就跟了九皇子？"

"她们的事，咱们管不得。"

吴嬷嬷端走姜瓷手里发冷的茶碗，叹了口气："倒是夫人，这几日吃不好睡不好，瞧瞧眼底下的乌青，今儿夜里早些歇吧。"

"哎，"姜瓷叹气，揉着鬓角皱眉，"哪里是不想吃不想睡，可也不知道怎么的，分明有捷报，潲山都拿下了，只剩扫尾，可我这心里总是七上八下的，反倒不安心起来。"

她抚着胸口，里头的心砰砰跳得极快，慌得很。

第七十四章　实话

"也不知是怎的了。"姜瓷嘟囔着，又支着头。

"许是久不见公子，这都一个来月了，您想想，再不久公子就回来了。"

"嗯。翠芽呢？"

"先前总往厨房去，说要帮厨，幸而夫人早有交代，她进不去，这几日便都带着那个傻姑娘在洒扫院子。"

姜瓷出了一会子神："嗯，悄悄地还盯着吧。"两鬓突突作痛，姜瓷皱眉揉了揉。

"哎，您还是先用了晚膳，早些歇着吧。"吴嬷嬷扶了姜瓷起来，付兰已带着春兰备好热水洗手。

姜瓷早早歇下了，吴嬷嬷点了安神香，春寒在外稍间支了床守夜。

待天明，岑卿匆匆进来等在小花厅。

"怎么？"姜瓷以为卫戍有了消息，忙是过来。岑卿急道："胡姑姑说要见您。"

姜瓷怔了一下，有些失望，复又冷笑："看来是藏不住了。"

"夫人？"见姜瓷没要见的意思，岑卿诧异了一下。

"她要见就见？被她牵着走，怕是又要拿架子。"

若不是雪绫雪绡中的一个，甘心被放在罪民署那样的地方，就为布个局，那胡姑姑不是有把柄在人手里，就是得了不俗的好处。如今差事不成，自然心急。

"怀王府和安怀公主府可有动静？"

"没什么动静，但近来怀王忽然来了精神，盯得紧。许正是因为怀王动了心思，所以便都不敢动了。"

"我也是这样想的，所以那日皇后寿筵，安怀公主好容易有了见怀王妃的机会，便想趁机传递些什么，才会不管不顾地同怀王妃亲近。"

岑卿思索道："倒是没想到，安怀公主？"

姜瓷指尖敲着桌面："会不会是这样？当初荣妃争宠，又是手段不光鲜上的位，怀王毫不掩饰地对她厌恶，恐怕也会做出些过分的举动。太上皇显然偏心，荣妃为争宠，势必要在太上皇跟前也摆摆姿态，做出不计较的模样，但保不齐心里如何怄着。怀王喜欢许夫人，宫里即便没传遍，但以荣妃当初在宫里之势想知道也容易，怀王用心越深，便再没有用这法子磋磨怀王更好的了。"

"嘶……"岑卿抽了口冷气，眼神也冷了下去，"要真是这样……"

这女人真就该死。

"荣太妃如今怎样？"

"很是惬意，贵太妃前些年也殁了，如今后宫只她一个太妃，还是有子的，听说原本太上皇的意思是年里要升她的位份，但因北边遭灾的事儿，暂且搁置了。"

看来太上皇如今也算宠这太妃，要真是跟安怀公主有关，又是多年旧事，太上皇那偏心，恐怕难主持公道。

岑卿见姜瓷冥想出神，悄悄松了口气，后脊背一身的冷汗。

姜瓷为许夫人的事又忙碌起来，隔日潕山总算消息传来，岑卿与卫嵘急急看了，二人面如死灰。

整个潕山叫篦子一样篦了一遍，不见一个活人。

曾经因山贼令人忌惮，没人敢上的山，如今连山贼也没了，僻静得近乎诡异。

倘或真有活人，不可能一点踪迹都叫人察觉不出。况且山寨四边一一查探，没有任何人离开的痕迹。

难道……

二人不敢想，这消息怕是捂不了多久。

"宫里那头，圣清殿已得了消息，但一直没有反应，不知道太上皇是什么意思。"

"那……"卫嵘脸色难看，"那什么时候告诉夫人？"

岑卿皱眉，这确实叫人为难。

但也不给他们为难的机会，姜瓷为许夫人的事奔波费心，怀王府安怀公主府，甚至是荣太妃所出的永王府都派了眼线，连如今只在后宫吃斋念佛的荣太妃身边也放了人，只字不再问潕山的事，仿佛接受了卫成如今正在处置剿匪后续事宜，只等归京团聚。

如此又二日，姜瓷才总算动身前往孔府，见了胡姑姑。

在罪民署那样的地方都没见胡姑姑如此憔悴，如今在孔府，好吃好喝本该心境宽松地养着，胡姑姑反倒消瘦颓唐得很。她阴郁地盯着姜瓷，满腹郁气："你费尽心思找我，不就是为了打探当初的消息？如今知道了，反倒丢开手了？哼哼，我当卫成是个多孝顺的儿子，你是个多乖的儿媳，原来……"

姜瓷慢条斯理喝了口茶："胡姑姑不必激我，我要是受激的，也不会是如今光景了。"

胡姑姑眼皮子抽了抽："你！你到底要怎样？"

姜瓷抿了抿嘴："我要听实话。"

"我说的就是实话！"胡姑姑怒喝。姜瓷盯着她，她也眼中冒火地盯着姜瓷，咻咻喘气，姜瓷忽然嗤笑，站了起来："看来胡姑姑还没想清楚，也没料准如今的情势。不是我非知道不可，而是你等不起。说来罪民署那样的地方，便是有人交代了，日子也不好过。可你却在那里一待数年。什么小公主言语轻佻皇后嫁祸，胡姑姑是觉着我市井小民出身，宫里人事便都不清不楚。但你的主子难道没告诉你？如今我身边的两位管事嬷嬷和姑姑，俱是来自皇宫？"

胡姑姑脸色大变，姜瓷意兴阑珊地起身："机会只有一次，我给了你，但你却没珍惜。

你就没想过，因为许夫人的事，许家遭遇连累，多年颓废。虽然许家恨许夫人也算计卫戍，但倘若知晓当初许夫人的事是有人算计暗害，那么你觉着，许家是会落井下石，还是积极相助？"

姜瓷满意地看着胡姑姑的脸色愈发难看，假模作样地叹了口气："所以你说，我何必在你身上浪费精力？"

说着抬手，春兰去扶，胡姑姑见她要走，忽地往前一蹿，春寒挡住她，她顿时红着眼急道："你到底想知道什么？我，我知道的，都告诉你！可是……"

忽然眼神瑟缩，又退了回去。

姜瓷略一思索，又收回了手："倘或不费事，你倒是可以说说，是有什么把柄呢，还是有什么人在别人手里捏着。"

胡姑姑眼泪顿时流了下来，咬牙切齿："胡君死便死了，死不足惜！他确实在宫里调戏了姑娘，但不是小公主，而是皇后跟前的大宫女。我不知道他是怎么的，要跟随谁，想勾搭了那大宫女打探皇后宫里的事。那大宫女告诉了皇后，此事是圣上出头，判了流放。"

胡姑姑呜咽了几声："可我的女儿啊，我的女儿却不知所终了！有人和我说，叫我假冒范雪宁，待在罪民署，有朝一日有人来找我，便是我和女儿团聚之日……"

"倘或没人找你呢？"

胡姑姑不住摇头："我不知道，我也不知道了。我娘家姓范，那范雪宁同我也是本乡，可我不认得她。那人将范雪宁的事同我说了个仔细，我隐约猜到该和那位许夫人的事相关。可卫夫人，我们是小门小户，神仙打架，咱们能有多大本事掺和？我，我这几年，是得过女儿消息的，听说她现在极好，我便是吃苦受罪，也什么都值了。但你若是不上当，我女儿还能不能安生活着，谁也说不准啊！"

姜瓷看一眼门外的岑卿，岑卿正转头和身后的人交代什么。

"倒是慈母。"

"卫夫人，除了这些，我当真什么都不知道了。那人告诉我的话，我头前都已告诉您了。"胡姑姑呜呜咽咽地哭，姜瓷不置可否地看着她，末了，忽然笑了笑，起身走了。

一切都在验证她的猜测，她转了个大圈，怕是连怀王都被蒙骗了。

吕莺艳母族势微，是靠着出了个怀王妃才勉强撑起的门脸，吕莺艳要真是个本事大的，做这些事就断不会还不干不净，叫人疑心。

岑卿曾同她说过，当初种种疑点俱指向怀王妃，牵住了所有人力物力去查，然而却什么也没查出来。

当真有趣。

怀王二十年不纳妾，怀王府只怀王妃一个女主子，外间传闻怀王独宠怀王妃，便是二十年没有子嗣，也没收房任何一个女人。

是怀王生不了？还是怀王妃生不了？更甚至是，他们压根就没做那能生孩子的事？

姜瓷一行走一行便笑了。

恨哪来的？

如果她猜想的是真，怀王若对怀王妃没男女之情，那么这么多年，保着她怀王妃的地位，保着吕家因怀王府而兴起的权势，也就够了。

他不会帮怀王妃，尤其此事涉及许璎。

但若没有怀王的帮助，以怀王妃的本事，又哪里能成大事？便说当初算计是自己所为，可事后呢？许家不会没查过此事，毕竟涉及许氏一族的脸面和前程。怀王也未必没查过，到底是他毕生挚爱。

所以那个人，手眼通天，本事极大，甚至还有一个必须对付许璎的理由。

而怀王妃不具备所有一切，所以她，只是一个顶着明面上的烟幕。

不期然，姜瓷脑海闪过荣妃和安怀公主母女两个。

彼时太后尚在，怀王喜欢许璎这事瞒不住荣妃。

安怀公主寿宴，下帖子邀了许璎，可以说是刻意讨好，意欲缓和关系。但……若是有心算计呢？

第七十五章　拼合

安怀公主姿态放得极低，当初许璎到府，本想送了贺礼就走，但安怀公主拉着说话亲热不已，致使许璎留了下来，才有了接下来的事。

谁都没想过，安怀公主会踩着自己的脸做这种事情，兼之当初安怀公主第一时间便令人禁口，事后又气得病了许多时日。

"怀王少年时，待荣妃如何？"路上，姜瓷问岑卿。岑卿回道："不假辞色。虽说荣妃已贵为妃子，甚至诞育皇嗣，但怀王是眼里揉不得沙子的性子，很厌恶荣妃趁着太后怀有身孕的时候引诱太上皇并因此有孕。"

"怎么个不假辞色法？"

"譬如，年幼时每每遇见荣妃，总会大骂不知廉耻，出身低贱，心思阴暗。便是渐渐长大，人前人后，也从不会给荣妃脸面。还有，荣妃诞下永王时，太上皇本要晋荣妃的位份，是怀王阻挠。后永王封王，怀王还要太上皇敕封号为庸，太上皇拗不过，最终只得折中，封了永王。"

姜瓷笑了笑："是了，如今荣妃还只是荣太妃而不是贵太妃，想来也是怀王手笔。而今上继位，安怀公主本该晋封长公主，却仍然没有，怕是怀王也居功甚伟。岑卿，倘或你有这么个对头，没做什么对不起他的事，还是晚辈，这么对付你，你会怎么办？"

"自然是要收拾收拾的！"岑卿笑回，但笑容却也一下僵住，惊疑地看向似笑非笑的姜瓷，"夫人……"

"怕是咱们都着了道了，在怀王妃身上耗费了太多时间和精力。那日在宫里，安怀公主对怀王妃那般亲热，怕是咱们做的事引起怀王疑心后，安怀公主不能再和怀王妃私下相见互通有无，才只得在宫里趁着皇后寿宴交流一番。怀王妃好端端的，哪里甘心背上这种猜疑，怕是有什么交易，才叫她心甘情愿地顶在前头。"

岑卿皱眉："是了，当真是查来查去，明明疑点重重，但查到最后都没有收获。"

"安怀公主那头，恐怕也查不出什么。到底当初许夫人是在安怀公主府出的事，不管是许家，怀王，甚至是卫戍去查，都不会放过安怀公主府，那头势必小心谨慎。但……"

姜瓷笑了笑："你觉得如今去荣太妃那头查，能查出什么？"

"怕是查不出什么。当年荣太妃也是身居深宫，外头的事不可能插一手，何况她母族没有根基，宫女升妃的，还不如怀王妃母族势大呢。再者多年过去，哪里还能有什么……"

岑卿说着，忽然大悟："是了！所有人都觉着不会有什么，恐怕才最容易查出什么！"

"但宫里是太上皇的地界儿……"姜瓷有所顾虑。岑卿摆手："嗨，夫人您不知道，公子的手伸的长着呢！太上皇可真不清楚公子的根底！"

他说的兴冲冲的，姜瓷眼瞳一黯，随即又恢复正常，什么都没多问。岑卿暗暗松了口气，好险好险，这种时候提了公子，倘或夫人疑心多问一句，有个一星半点回的不妥，都会出事！

幸而夫人的心思都被许夫人的事给牵住了！

这夜里，姜瓷主动叫春兰点了安神香，后半夜总算沉沉睡去。第二天一早，她便往园子里赏花去，果然没走片刻，才拉了一株蔷薇嗅着，就偶遇了洒扫的翠芽和阿尧。

"夫人！"翠芽眼神一亮，紧跑几步上前。

姜瓷回头看去，翠芽胖了些，也白了些，她笑道："许久不见了，在卫府过得可好？"

"好，好！别提多好了！"翠芽高兴得很，一手攥着扫把，一手还死死拉着阿尧，阿尧还是浑浑噩噩的样子，姜瓷看过去，有些担忧："不巧得很，黄雀的军医出门了，等他回来，叫他看看阿尧，好端端的一个人。"

翠芽看着阿尧，也叹了一声："是呢，也是苦命人。潺山上的女人，都苦！"

"你呢？既然从山上下来了，就没想过去找家人？"

翠芽愣了一下，摇头苦笑："别说找不到了，就是能找见，一个姑娘家在潺山山贼窝里那么多年，谁家还敢要？倒是夫人，这些日子我总算听说，咱们府上的公子就是去潺山剿匪的将军呢！要是能拿下潺山，那真是大快人心！替咱们报了仇了！"

姜瓷眼神还没离开阿尧，笑意更浓："是呢，前些日子倒是接了捷报，已然打到山上了，贼匪尽数俘虏。往后不会再有潺山山贼了。"

"真的？"翠芽喜出望外，姜瓷也没错过阿尧昏暗的眼光里，忽然闪过的一道冷光。

姜瓷暗暗冷笑，却觉着心里眼里都发酸发涩。

往后几日，姜瓷全副心神都放在了荣太妃身上，每日要听宫里的消息，没个三两日，果然查出些蹊跷。

那一年是安怀公主成亲出宫建府后的第一个寿辰，但因年岁小，说来本也不该大办宴席，但荣妃却同圣上说起，宫中唯一的公主，出嫁后是得光辉些，圣上惯不理会后宫事宜，皇后又是慈和的，便允了此事。

安怀公主很高兴，寿宴的预备，便足足两个多月。

公主府下的帖子，一些是府中管事所拟，而有些却是公主亲自书写。

譬如同她交好的几位王府郡主，譬如和她从无往来的许璎。

这就有意思了。同闺中密友亲自写帖子可以理解，但同许璎又是为什么呢？

巧的是，许家也查出了些事。

许璎的母亲，许家老夫人当初并不关注这些。况且帖子只下给了许璎，也没下给许家旁人，去与不去都是许璎自己的事，怀王又显然同荣妃不睦，不去也就不去了。

但偏偏许璎的好友卫如意过府做客后，许老夫人忽然说女儿还未进皇室的门，不该如此不给荣妃颜面，还提了叫吕莺艳陪同表姐一起去，许璎这才备了礼，本想着折中一番，送到贺礼便走。

"如意仙长？"姜瓷指尖敲着桌面，有些诧异。

"是呢，因那些日子怀王妃也一直住在外祖家，也有几家过府做客，并且相比如意仙长，还是怀王妃更叫人怀疑些。但当初种种如今都不好查探了，许夫人出事后，许老夫人自责不已，没多久也病了，许夫人身故后没多久，老夫人也去了。"

姜瓷皱眉："是心病病故，还是被人算计呢？毕竟当初的事，恐怕也只有许老夫人最清楚了。"

岑卿点头："夫人说的是，许夫人的事出了之后，许家本还没有那样激烈，除许夫人出嫁后几乎同许夫人划清界限。但在许老夫人病故后，许家一反常态，对卫将军府，对公子，都恨之入骨，无所不用其极地对付。"

"嗯。"姜瓷沉思，岑卿多少有些心虚，偷觑了姜瓷一眼，这几日虽松了口气，但夫人却实在反常，一字不提公子的事。

"这么说起来，倒是陷入僵局了。荣太妃也好，安怀公主府也好，兼之许家在内，都能查出些蹊跷，但要说真凭实据，却一点也没有。"

虽发愁，却也在姜瓷预料之中。当初的事能瞒天过海，许璎背负了全部罪责，若真有蹊跷，那么使此计策之人必然也做好了万全之备。二十年后的今天又怎么可能轻易就被查探出来。

"还是先见见如意仙长吧。"

"怕是难问出什么，自从上次事后，仙长大半时间都昏昏聩聩，这不清不楚的，保不齐能问出什么来。"

"仙长未必是真糊涂，那日的事，便是正发着昏，事后想起，又不见了梅青，大约是能想起七七八八的，但作为一个长辈，又是仰仗卫戍才能恣意过活的，大约是无颜面对，索性装疯卖傻的，也就混过去了。今日时辰还早，便去接仙长来吧。"

"那便飞鸽传书给城外的人，即刻送来，晚间也就到了。"岑卿转头去安置，姜瓷想了想，又叫吴嬷嬷照着她所说的写了封帖子，命人送到了怀王府。

怀王妃比卫如意来得早，虽是皇室，怀王身份尊贵，今上唯一同母所出的亲弟弟，但怀王妃似乎并不是太矜贵的身份，别提排场，甚至是只带了几个侍从，一架青帷马车，低调地停在卫府门口。

通传进去后，姜瓷命人开了大门，马车直赶进门里，待大门关上，才有婆子掀开车帘，将怀王妃扶了出来。

这是姜瓷第三回见怀王妃。

头一回见，温柔光辉。第二回在宫里，憔悴悲苦。

却都不如眼下，淡然无波。

"臣妇见过怀王妃娘娘。"姜瓷行礼。

怀王妃淡淡一笑："我既如此到你府上，便不是以怀王妃的身份。你婆母是我表姐，算起来，你也该唤我一声表姨母。"

"那姜瓷恭敬不如从命，见过表姨母。"姜瓷笑着上前，虚扶着怀王妃往内走去。直到后院，因天气已渐渐暖和，卫家后院置于一座大园子里，花木繁盛，一片新拨出的竹林，半树蔷薇，颤巍巍开在枝头，大朵大朵的玉兰。

申时三刻日头将斜，天边一片红霞，怀王妃行了几步停下，嘴角噙着一丝笑："罢了，便坐在这园子里说说话吧。"

姜瓷朝春兰递了个眼色，春寒即刻取了垫子来，便在就近的石凳上垫了，二人坐下没片刻，春兰奉了茶点来。怀王妃也不计较茶点简陋，端了茶盏起来，暖手似的捂在手里，怔怔出神了片刻才淡淡问道："查得怎么样了？"

第七十六章　冷暖

姜瓷抿了抿嘴，也淡笑道："也就那个样子，终归知晓表姨母是替人受了冤屈。"

"冤屈？"怀王妃似没料到有人会这样说她，愣了愣，诧异一笑，"也不算冤屈。"

"哦？这么说来，当初的事，表姨母是牵涉其中了？"

怀王妃认真思索了思索，仿佛久远难忆，半晌慢慢摇头："虽没有参与，但到底也没有警示，所以这么多年……"

如人饮水，冷暖自知。外人都道怀王妃以小族出身一跃而上，独得宠爱十数年，便是无子嗣怀王也不肯纳妾，除了她，身边没有一个女人，都道她神仙一样的福气，可谁能知道如此光鲜之下，是怀王十数年不曾同她圆房，宫里那些大人物更是知根知底，没有一个人看得起她。人前因怀王还算顾着些她的颜面，但人后……

都知道怀王简禾熙心里念着的那个女人。

"我不该恨她吗？我们一起遇见的阿禾，但因为出身，只有她才可以和阿禾青梅竹马，倘或我也可以，或许一切便都不一样了。我没计较过，我知道我比不过她，也

078

知道便不是她，皇家也永远不会选我做妇。但有那么一个机会摆在眼前，我只要把握了，就能取而代之，我为什么不能为自己挣一挣？你瞧卫戍，多贱的命格，比我当年还不如，如今不也挣出来了？"

怀王妃淡淡戏谑，姜瓷笑容转冷："是啊，命苦的人，都能为自己挣一挣。可卫戍却没踩着人命挣自个儿。娘娘当初真就苦吗？虽说出身差些，不也还是富贵人家。娘娘嘴里的苦，不过是人心不足罢了。且卫戍之苦，难道不是娘娘加诸？不然他如今恐怕也该是皇室子弟，怀王世子了。"

怀王妃眉头一搐，眼神狰狞，但稍纵即逝，她又笑道："是呢，可惜了，我与怀王无子嗣，但那又怎么样呢？"

"不怎么样。"姜瓷笑笑，接过春兰递来的帕子，拂了拂石榴树下飞着的一只小虫。

耗了这么些时候，怀王妃果然倦了。她看姜瓷眉宇间不见烦恼的模样，暗生恼恨。可姜瓷帖子里的话，她却也不得不忌惮。她的存在，就是要替人消灾挡煞，要是挡不住……

事情一旦败露，她怀王妃的身份再保不住，吕家那岌岌可危的富贵也再保不住。

"你，你找见雪绫了？"

姜瓷斜眼看过去，似笑非笑："娘娘何必试探？我给娘娘的帖子上不是分明说了吗。"

怀王妃脸色一变，却又害怕姜瓷是诈她："你废那么大心思，难不成……"

"娘娘也不必费心了，认得雪绫雪绡的，也不止您一个。不是您说她是，她就是。倒是公主废了那么大的心力，多年前就埋下的线，可惜了，王爷却出了手，这事终究没查到罪民署，人便留下了。但是娘娘，倘或当初王爷没出手，卫戍查下去，您觉着那个雪绫，她能骗得住卫戍吗？"

怀王妃眼皮子搐了搐，姜瓷又笑道："还是说，您就把罪揽在身，只一个无凭无据，再靠着荣太妃，您就想保全怀王妃的身份？怀王同荣太妃，您作为怀王妃，心里该比任何人都有数，便是太后娘娘不在了，也永远轮不到荣太妃来管教怀王，他也远不会听荣太妃的话。你吕家荣耀，既不能靠荣太妃，也同样毁不在荣太妃手里。娘娘，怎么您做了将近二十年的皇族，还不如我一个市井小民的眼界？"

怀王妃脸色几经转变，末了却冷冷一笑："事不在你身上，你自会说轻巧话！"

"娘娘说的是。"姜瓷从善如流，倒叫怀王妃不知该如何说下去，僵了片刻，觉着姜瓷聪慧机敏，她本是来试探，可再说下去保不齐就要套出些什么，便看了看天色："时辰不早了，改日，我下个帖子邀你去怀王府做客吧。当初我们表姐妹情意深厚，你是她的儿媳，我自也该管顾一番。"

"那便多谢娘娘了。"姜瓷也起身送，怀王妃一路往外走，见姜瓷果然一句不再多说，思量着帖子里的话，和方才姜瓷说的话，心里越发的没底。姜瓷直送马车出了府，才慢慢走回去，就在她们方才坐的地方停下，少顷两个婆子扶着卫如意走过来。

不过数日不见，卫如意头发灰白了一半，肌肤黯淡粗糙，怕是不止心事，那没解清的毒也在时时折磨她。

"姑母。"

卫如意将将坐下，姜瓷唤了一声，卫如意抬着浑浊的眼看了看她，冷笑一笑："青怜呢？你们把他弄哪里去了？怎么？我观里有个男人伺候，丢了你们的脸面？就要这般想法子折磨我？"

"姑母那日，便是因毒因病，一时糊涂，但这么多日过去了，怎样也该想清了，何必在我这里还要做样子呢，左右这里也没外人。"

卫如意脸色僵了僵，冷哼一声。姜瓷看她一眼，低低地咳嗽了一声，转头交代春寒："入夜了，有些潮，点个香炉来吧。"

"是。"春寒福了一礼下去，姜瓷倒了一盏热茶递到卫如意手里，叫她笼着权做取暖，没片刻香炉取来，袅袅轻烟，透着股子寒冽清香，卫如意嗅着嗅着，觉着一阵舒泰，这些日子病痛精神上令她快要疯狂的折磨忽然松懈下来。姜瓷慢慢倾身过去，低低地笑问："姑母，二十一年前，安怀公主寿宴前，您去许府做客，缘何要游说许老夫人让许璎去赴安怀公主府的宴呢？"

"你胡说什么？"卫如意皱眉。姜瓷又笑："姑母何必还诳我呢？您也瞧见了，方才怀王妃在这里。"

卫如意心一沉，提起此事便恼恨不已。这事误了她终身，偏她敌不过旁人，只能咽下这口脏气！怀王恨许璎，多年针对，怀王妃也同许家断了干系，更从没理会过卫戍这表外甥，可她今日竟登了卫府的门。

"这事，也就比个先后。姑母您是知道卫戍的，在他心里，还有什么事是难以释怀的？有什么事又是非要查出个结果来？他如今的本事您该心知肚明，他想知道的事，您也该掂量掂量，能瞒他多久。姑母如今到底没了依仗，不比旁人。但我想着，卫戍想必也还愿意顾念多年亲情，同怀王妃相比，还是您要亲近得多，这份人情，是承了您的，总比承了怀王妃的要好。"

"怀王妃已然来过了，想必该和你说的，都和你说了，你何必还来问我？"卫如意神情阴鸷。姜瓷慢慢摇头："她说的，是跟她有关的。但您说的，自然是该和您有关的。"

卫如意好美色，性情不佳但擅遮掩。当初她是堂堂卫侯府嫡出千金，未来的夫家又是公爵府邸，要能说动卫如意替她们办事，荣妃和安怀公主所能许的，荣华富贵，那时候的卫如意是不在乎的。

姜瓷忽然想起卫如意当初派去杀了梅香夫妻的人马。

卫戎曾说过，卫老侯爷管事时，卫家家风尚严，卫如意便对梅香如何，也只敢私下里偷偷摸摸，一个养在深闺的侯府千金，是养不了私兵，又不敢动用卫侯府的人去做那些事的。

"说起来，姑母落到如今，都怪那梅香。倘或当初没有梅香的事，姑母如今怕已是公爵府的宗妇了。"

姜瓷慢条斯理一句话，卫如意脸色骤变："贱人！竟敢嚼我的事做人情！"

卫如意低骂，以为是怀王妃透了她的底，姜瓷轻笑："也不知是谁同姑母出谋划策，但此事倘或是我，必要劝姑母暂且忍一忍，便是再多的心思，等到成了亲，渐渐掌控了公爵府，养了亲信，怎样再筹谋终归比那时要稳妥得多。"

卫如意咬牙，恨得眼珠子都泛了红："是啊，比不得有人包藏祸心啊。"

事情败露，等她明白过来的时候，梅香已然死了，她人财两失，搭进去了一辈子。可她到底得罪不起，转头又道："她得了好处，却害我……"

"吕家那时小门小户，吕莺艳又是个未出阁的姑娘，能借您人手做那事？"

姜瓷嗤笑，卫如意脸色又是一变，想起吕莺艳方才从这里走的。

"她都说了？"

"姑母说的什么？我不知道呢。"姜瓷笑，不肯接她的话，卫如意急起来。

"你同阿戎说！不是我！我也是中了计！安怀公主同我说，她能帮我稳住梅香，等我成了亲便将他安置在我别院！况且她哭得可怜，说怀王性情不好，针对她们母女姐弟三人，她虽成亲出宫了，皇弟将来也会出宫建府，却还留着荣妃在宫，她心里很是不安。但怀王从不听人言语，只听许璎的话，她只想借个机会和许璎说说话，求许璎从中调和罢了……"

"那卫将军呢？姑母不是说过是许夫人对卫将军有心，骗你将他哄去了寿宴，在寿宴上设计苟且之事？"

"是吕莺艳！我同许璎交好，她来找我，说吕家门第，她倘或想寻个好人家，不是续弦便要为妾。她仰慕大哥风采，也知卫侯府门风，知晓入我卫家不会受委屈，也心知大哥有婚约，只想做个明媒正娶的二房夫人，决不妨碍大哥夫妻，便求我想趁着寿宴同大哥见一面，探探口风。"

　　说罢，卫如意倏然住了口，惊疑不定地盯着姜瓷。

第七十七章　强撑

　　吕莺艳才走，倘或她真的什么都说了，姜瓷又为何有此一问？

　　卫如意忽地站起来，顿时明白了。

　　吕家捏在荣太妃手里，吕莺艳怎么可能这么轻易就吐了底？是姜瓷不知使了什么手段把吕莺艳叫来卫府，就是为了给她看，混淆她！

　　"你！"卫如意大恨，但方才不知怎的就松懈下来，由着姜瓷问话答起来，她看着姜瓷笑，和她始终支在下巴拿着一方帕子的手，回头一脚踹翻了香炉，却也力竭地摔倒在地。

　　"你这个贱人……"卫如意咻咻喘气，姜瓷慢慢站起来，笑容转冷："那也不如姑母。便是当初被人蒙蔽，可事后，您却连一句公正的实话也没说，顺着那些人诟病婆母，将她陷入万劫不复的境地！对待卫戍，不仅没有自责弥补，反倒算计针对。这么多年，他真心对您，奉您若母，您就没觉着亏心吗？"

　　"你……"卫如意还要再骂，姜瓷摆手："堵住嘴！带下去！"

　　她不想再听卫如意的声音，眼圈发红。

　　天色渐沉，周边也宁寂下去，等了许久，见姜瓷还站在石榴树下一动不动，吴嬷嬷同付兰看了一眼，才轻轻走过去。

　　"夫人。"她扶住姜瓷手臂，姜瓷眼泪流下来，一把抹去。

　　"哎，夫人今日行事忒险。怀王妃想必如今已告诉安怀公主，您已疑心到她身上的事了，往后再想查出蛛丝马迹，怕是不易了。"

　　"嬷嬷，倘或查出证据，会有人还许夫人一个公道，还卫戍一个公道吗？"

　　吴嬷嬷愣了一下，面有难色。二十多年过去，受害的人也只剩了卫戍，许璎平反与否并不影响什么，但是那些算计许璎算计卫戍的人，却都还活着。为皇家颜面，太上皇也好，圣上也好，都不会为卫戍讨一个公道，或许还会劝他放下。

终究多年旧事，他如今也已熬出来了。

"是了，也没人会还个公道，要那些证据做什么？我从前便是想错了，如今想明白了，只要知道是谁，自己把仇报了也就是了。"

"夫人您是想……"吴嬷嬷大骇，那可是公主！堂堂皇室血脉！

"有些时候，报仇不仅仅是要了命便罢了。看她在意什么，拿去了，叫她或者比死都难受，岂不是更好？"

吴嬷嬷愕然，随即松了口气。只要不杀皇家人便好。

"夫人先前不是说，且慢慢查，终究多年旧事，也不是一朝一夕便能查清的，怎忽然这样急起来？"吴嬷嬷扶着姜瓷回夙风居。姜瓷神情淡然："我等不及了，卫成回来前，必要查出个结果才是。"

"说起来，好些日子没公子消息了。"吴嬷嬷小心觑着姜瓷脸色，见她面沉如水，悄悄松了口气的当口，又忽然提起一口气，"夫人？"

"潺山恐怕出事了。"姜瓷仍旧一副淡然，掩盖着内心撕扯的煎熬痛苦。

这几日她是如何度过的，没人知晓。

打从那一日后，卫嵘再没在她眼前现过身。岑卿虽瞧着一切如常，却只字不提潺山的消息，连她后来不再问，他也不提。他们显然是在回避。而回避的原因，只有可能是一个极其不好的结果。

一个比她所能想到的，还要坏的结果。

姜瓷忽然觉着有些喘不上气，却强自支撑着稳稳地走着。

"夫人别乱想，不然叫岑管事来问问？"吴嬷嬷能感到手掌下姜瓷手臂的僵硬和隐隐颤抖，心中大骇，姜瓷却摇头。

"如果能告诉我，不等我问，他早和我说了。这么久，一点消息都没说过……"

她闭上眼，不敢想。

她努力地回想最后看到的卫成的身影，他笑，他皱眉，他曾经吊儿郎当的样子，他打起人来意气风发的样子，连他们心生嫌隙疲累而又心如死灰的样子，还有他孩子一样哭的样子……

一个多月不见，他的身影仍旧如此清晰地印在她心里，她不敢想象，这个男人会忽然没了消息。

那个折了他两回的潺山，难道真是他的死穴？

姜瓷似乎迈不进夙风居院门那低低的门槛，她死命扯着吴嬷嬷衣袖，身后的春寒觉着不妥，忙上前去扶，就看见惯来恬淡的夫人脸色灰败心如死灰的模样，青筋迸起的手背上，一层密密的冷汗。

"夫人？"

姜瓷咬牙摇头："不许告诉人，谁也不许告诉！"

他们不会为她分心，就是眼下能帮卫戍最好的法子。

姜瓷回到屋里便一头栽倒，吴嬷嬷和春寒得了示下，谁也不敢说什么，只说夫人累了，早些歇了。姜瓷也不许人守夜，把人都撵了出去，整个夙风居便只剩了她一个。

她捂在被子里，咬着手背狠命地哭。

忍了这么久，然而到今天，她不得不正视自己的猜测，再不能自欺欺人下去。

她哭得歇斯底里，却又不敢出声，怕暗中守护夙风居的人听见，报知岑卿和卫嵘。但她必须继续装下去，才能维持如今局面。盛京不乱，才不会给溁山添乱，一切或还有转机。

她多想现在就拿出黄雀令，带着卫戍留在京中的人杀去溁山。但卫戍说了，他需要的时候，会给她信儿。如今没有消息，她便不能动，不能动！

姜瓷哭了半夜，为不露馅儿，强逼着自己睡去，但没睡多久便又噩梦惊醒。后半夜如此反复了几回，天便亮了。

吴嬷嬷带着春兰在外梢间候着的时候，听见屋里低低咳嗽，忙推门进去，就见姜瓷脸颊微红，神情颓靡，眼神都散漫了，忙伸手去摸。

"夫人发热了，快去请郎中来！"她回头低声交代春兰，春兰忙搁了东西出去找付兰，安排人去请郎中。吴嬷嬷回头就瞧见半开着的窗子，不禁摇头。昨儿半夜起风，夫人昨夜同她说的话，怕是心事忧思，又招了风，铁打的人也扛不住。

"夫人，且歇歇吧，天大的事儿，您也得养好身子不是？"

吴嬷嬷在姜瓷耳边轻轻劝慰，姜瓷昏昏的，点了点头。吴嬷嬷喂了她几口水，她翻了身又晕沉沉半睡半醒。

郎中还没来的时候，门上来报，说玉和郡主到访，吴嬷嬷皱眉，安顿好姜瓷，亲自往前头去打发玉和郡主。

但玉和郡主此番却难缠得很，甚至说了难听的话，见吴嬷嬷铁了心不叫她见姜瓷，才愤愤去了。吴嬷嬷转头又回后院，走到垂花门见身后阿肆领着郎中急匆匆来，便跟着往夙风居去。

待去了夙风居，便发觉姜瓷比早起时更重了些，摸着额头滚烫。

郎中诊脉，好半晌才道："瞧着虽凶险，却也还好。内里的症候，表出来就好了大半了。"

随即写了方子，阿肆拿着要去买药，吴嬷嬷却夺回方子交代道："你送郎中，我叫婆子去买药，直接带来院子里的小厨房便熬了。"

阿肆点头，送郎中出去，吴嬷嬷却叫了春寒小声交代，春寒连连点头，拿着药方子出去了。

吴嬷嬷心神不宁，同春兰和桃儿梨儿不住地换帕子镇着姜瓷额头，足等了一个时辰，春寒匆匆回来，没带回药来，却是带回了个郎中。

吴嬷嬷看春寒凝肃脸色，暗道不好，却也没再说什么，叫那个瞧着显然出自小医馆的郎中又诊了脉。

"夫人这是忧思过度风邪入体，归根结底还是心事多，吃两副姜汤，先退了烧，倒是该开解开解才是。"

吴嬷嬷软语道谢，吩咐春兰去照着郎中交代的熬煮姜汤。春寒又送郎中从偏门走了，少顷回来，冷笑道："真是狠毒心肠，那服药倒是没毒，却也不是治发热的，我走了几家医馆，都说那药若对上发热的症，吃上几日人便交代了。"

吴嬷嬷暗暗心惊。她是在宫里待过的，不少见这种阴狠手段，但没曾想如今对付一个市井出身的年轻妇人，竟还有人下这样深的心思。

是因为公子？还是因为许夫人的事？

她沉沉地想，潢山那种境地，昨日姜瓷又兵行险招地套了卫如意的话，怀王妃转头若告诉了安怀公主……

"岑管事在吗？快请过来。"

片刻后，便在凤凰居院子里，吴嬷嬷将方才郎中的事告诉了，岑卿脸色阴沉得难看。

昨日怀王妃离开后便回了怀王府，但晚间便说身子不适，府医晚间吃了酒，便半夜从外头招了郎中。

姜瓷用了姜汤，狠狠发了一身汗，人虚脱得很，但终究醒了。听外头低低说话声，叫桃儿把他们叫进来，狠狠咳嗽了几声后才喘吁吁道："告诉怀王，昨儿的事，也都一并告诉了怀王。"

荣太妃实则现在并不怕什么，太上皇势必会偏袒她，但她怕怀王。

曾经的宫婢不怕主子训诫，可一旦成了妃嫔，哪怕是低阶嫔御，都已不得不顾着脸面了。何况如今的荣太妃，是宫里辈分最高，且有子嗣的太妃。

"消息不会递得这么快，安怀公主半夜得的消息，今日一早郎中就进了咱们府，谁能料到夫人会患病？恐怕是盯着咱们府，临时起意。"

姜瓷努力使自己清醒："是了，公主比太妃，到底差着些火候。不怕她动，就怕她不动。还是该拦着宫里，别叫公主府的消息送到太妃那里。"

第七十八章　借刀

"好说。"岑卿忙出去分派，安怀公主今日安排好这些，必还要等等消息，事后为不显眼，只能以请安的名头进宫，便要先去圣清殿见过太上皇，才能去寿宁宫见荣太妃。如此拖延，反倒给了姜瓷时间分派。

安怀公主确实如他们所料，安顿好后便急匆匆进宫，先去了圣清殿，带了几样亲手做的点心给父皇请了安，陪着说笑会子，便急匆匆往寿宁宫去，没曾想才到宫门口就得知，片刻前舒妃陪着荣太妃去御花园赏花去了。

御花园大得很，安怀公主足找了小半个时辰也不见，好容易得了消息，谁知舒妃竟引着荣太妃去了她宫里，说是品尝家乡小吃，等做的工夫，便叫宫里一个会唱小戏儿的宫婢唱了起来。

荣太妃经年礼佛，日子惯来清净，难得有人陪着消散，自然乐得享受。

安怀公主追去舒妃宫里，却见偏殿满是人，她心急如焚却又不敢显露，舒妃留她一道午膳，她将将地留了，想着午膳后太妃总要回宫歇晌，谁知用罢午膳，舒妃便摆起牌桌，叫了宫里偏殿的两个贵人作陪，打起了叶子戏。

这一打便到黄昏，宫里将要下钥，安怀公主再留不住，只得托词赔笑着先出宫了。

但一出宫，还没上马车，她安顿的人就急匆匆跑来报信。

卫家今日没人出去抓那服药，反而又请了位郎中进府。

安怀公主心一颤，暗骂姜瓷奸猾。

受寒的小症，医女也能瞧得好，竟然还谨慎地验证方子，甚至另请了郎中。

多半是败露了。

安怀公主冷汗涔涔，随即又有人来报，这回却真是惊了她的心魂。

今日心神不宁，叫人去京郊查看良辰观，没曾想人快马回来报说，昨日便有人将卫如意接进卫府了。

安怀公主捂着胸口喘起来："回府！快回府！"

半路上安怀公主便想，凭姜瓷闹出天，漭山那头的消息她已知晓些微，没了卫戍，只剩个小民姜瓷，消息只要不传进怀王耳朵里，她什么都不怕！

"盯着卫府的人，但凡有人要去怀王府，不拘用什么法子，一定把人拦住！"

安怀公主要孤注一掷，却没想到姜瓷要给怀王报信，何必要走明路子？反正也是没证据的事。

这时候，怀王已然知道消息了，黄昏甚至派了人去卫府，悄悄接走了卫如意。

卫如意被接走后，姜瓷的心才算安稳了些，又灌了一碗姜汤，出透一身汗，换了干净里衣，沉沉睡去。

第二天一早，一夜未曾安寝的安怀公主得知卫如意已到怀王府时，砸碎了一套茶具。她匆匆忙忙又进宫，半路却被撞了马车，钗环散乱却没受伤的安怀公主失了分寸，忽然想起了玉和郡主。

太上皇子嗣不丰，除四位皇子，和贵太妃荣太妃所出的两位公主外，只剩了意外所出的玉和的生母。

安怀想去探口风，又想警醒姜瓷，但从无往来的两府，似乎利用玉和最合适。

她接连两日想要与母妃商讨都困难重重，显然有人刻意不叫她见，今日她即便进宫，恐怕也仍旧没有和母妃商讨的机会，甚至叫人生疑。

安怀如是想，便叫人去请玉和来。

前几日宫里已下了册封旨意，玉和册封了公主，但谁都知道她这公主的来由，是为着预备紧急而来的和亲。玉和原本不必和亲，以从前传闻卫戍对她的心思，如今卫戍又露了头，到底侯府长子嫡孙，做郡马也般配，太上皇一道旨意便成就一桩良缘。偏卫戍拒绝了，为了这个市井小民的娘子。

玉和自然恨着她们。

玉和确实恨，尤其昨日去卫府竟然没见到姜瓷就被赶了出去。

安怀请她过府，她册封后便住在从前她母亲成亲后的公主府，待去了安怀公主府，见雕梁画栋广阔堂皇的安怀公主府，对比她那冠以公主府名号，却寒酸至极地三进四合院，心里酸得更恨。

安怀勉强维持平和，片刻前才得的消息，摆出一副慈和长辈的姿态，劝解她不要再对卫家有所纠缠，毕竟卫戍已然成亲了。

玉和冷笑连连，只说晚了。

安怀叹气，玉和却忽然心念一动，假装后悔，说昨日到卫府，想要同卫夫人说开，她已然要和亲，希望卫夫人不必再介怀，但卫夫人却记恨，不肯见她。

说到动情处，竟还落了几滴泪。

安怀顺着她心意，宽慰了几句，为难道："你这一去，不知多久才能再回来，心里存着遗憾，终究也是遗憾。"

"皇姑，您能帮帮我吗？随我一同去卫府，卫夫人看着您情面，总要见见我，这事说开了也就是了。我那时候不过一时情急，得知卫戍成亲，又拒了皇祖父赐婚，脸面上下不去，便同卫夫人说了几句难听话。"

安怀思忖着，一副勉为其难的模样，答应了。

到底各怀心事，谁也没摆出公主的架头，两驾马车低调地去了卫府。

门上通传安怀公主到府，已然退烧却还有些虚弱的姜瓷勾唇冷笑："请进来吧。"

但却没请进凤凰居，姜瓷嫌她们脏了卫戍的地方。就在前院正厅接待了两位身份尊贵的公主。

姜瓷也没坐在主位，她坐在东侧首位，托词身子不适也并未出门相迎，只在二人进门时站了起来。

"听说你身子不适，倒不必拘礼了，快坐吧。"安怀探了探手，姜瓷便没客气，只站了站，她二人还没落座，姜瓷便又坐下了。

几日间，姜瓷又消瘦许多，昨日一场病，脸色泛白，安怀满面关切嘘寒问暖，倒把玉和给骗住了。玉和耐着性子许久，终于忍不住："皇姑，我想和卫夫人私下说几句。"

她垂着头，手里帕子绞来绞去，一副难为之色，安怀轻拍了拍她手背，权做宽慰，便笑着起身："你们便说说话吧，我瞧着院子里花开得不错。"便起步出去。

本是心照不宣的事，走到门口时安怀回头，恰姜瓷也抬眼看她，她朝姜瓷笑了笑，眼神森冷。

玉和直等安怀走远后，才轻轻吁了口气。

"卫夫人，别来无恙。"

眼角眉梢的嘲弄冷笑，姜瓷帕子压了压下巴，淡笑道："见过也没几日。"

"是啊，见过没几日，但如今却风云遽变了。"

姜瓷狐疑看过去，玉和不自觉便微微前倾了身子，带着难以言喻的兴奋压低声音道："卫夫人，许久没有卫戍的消息了吧？啧啧啧，怕是往后，再也收不到他写的信了……"

她满意地看着姜瓷渐变的脸色，猖狂地笑了两声："潦山那样的地方，死无葬身之地，你想给他收尸都不能了！"

姜瓷忽地站起来，脸色苍白惊惧凝重。

"怎么？还不知道吗？半月前溅山半夜起火，整个山寨都烧成灰烬，连里头的人，都烧成灰了。哦是了，听说你亲娘当初也是被人一把火烧了，连尸骨都没留下，倒真是缘分呢，没曾想你成了亲，夫君也是这般下场。"

玉和站起来，慢慢走到姜瓷跟前，眼神直逼："你不是得意吗？如今便得意吧，新婚不足半年，你就成了寡妇！看来不仅他是丧门星，你却是个更毒的丧门星，把他都给克死了！"

玉和猖狂大笑，还没两声，忽然啪一声脆响，玉和捂着火辣作痛的脸颊不可置信地看着姜瓷："你敢打我？"

这一愣怔，再要回打姜瓷时，门外的春寒春兰已听见声音忙跑进来，就看见姜瓷摇摇欲坠，春寒一把扶住姜瓷顺手推开玉和，就看见了姜瓷苍白脸颊上的泪光。

"大胆！"玉和的婢女也冲进门，正见春寒推玉和，忙扶住了，就看见了自家主子脸上的巴掌印，喝了一声。还要再骂时，春寒一手把那婢女的胳膊也挥开："当这是什么地方？来这里猖狂？你这劳什子的公主怎么来的心里没数？亲娘拿命换来的荣宠，你享的可开心？你但凡晓些事理，哪里就叫你去和亲？多少宗室女不能册封？"

一下戳中玉和痛脚，太后故去后，为博得太上皇宠爱，每每要摆出失母的委屈可怜，叫太上皇时时记得当初是自己母亲为太上皇挡了刀。虽说是亲女儿亲外孙女，可这么日日被拿捏着，太上皇也厌烦。

但终究才智有限，玉和除了以此邀宠，并没什么出色之处。

"你！"玉和待要打春寒，却见春寒唤了一声，几个护卫倏进来，森森阴冷地盯着玉和，玉和只觉毛骨悚然，色厉内荏道："好！好啊！我再不济，终究堂堂皇室血脉，将来和亲，也是一国之母，容得你来践踏？我这便回宫禀报太上皇！"说着拂袖而去。春寒愤愤，扭头交代春兰好生照料，忙要去找郎中，却听姜瓷气若游丝地制止："我无妨，去，去把岑卿叫来。"

春寒皱眉，顿了顿还是听话地去了前院。

不多时，岑卿急匆匆而来，他听见安怀和玉和到访，便知不妥，前来阻止更是显眼，正同卫嵘商议，便见春寒来叫，二人少不得来见。

但二人不管做了多少设想，可一进门看见端坐镇定的姜瓷，多少还是意外。

"夫人。"二人迟疑着行礼，姜瓷脸色难看，正兀自出神，听见声响才回神，看清来人，指了叫人坐下，路上春寒已将事情说了，但起先二人守在外头，里面说了什么不清楚，只知晓姜瓷打了玉和。

两人如坐针毡，许久不听姜瓷出声，岑卿数度看来，每每看见姜瓷脸色，总觉惊心，好容易鼓起勇气，姜瓷却忽然开了口："还预备瞒我到什么时候？"

第七十九章　异常

岑卿心里咯噔一下，顿时暗道不好，张了几次嘴，才艰涩道："那边消息还没确定，这才……"

"没有确定，宫里怎就传开了？"

岑卿堵了一下，还想隐瞒，卫嵘忽然沉声道："半月前漭山起火，之后公子和黄雀卫均不知所终。"

姜瓷的心忽地捏住，狠狠疼了一下，重重地喘了一口气："不知所终？"

她笑了一下，又冷又苦，转瞬即逝："好，好啊。不知所终，好啊。"

岑卿以为她伤心至极昏了头，正要安慰，姜瓷忽然打起精神，拧眉分析："一场能把一个山寨都烧成灰的火，没有助燃物是绝不可能。那种地方，最好的法子就是火油，再不济桐油也成，可要把一整个山寨都淋满，不可能不惊动卫戍等人。他并非孤家寡人，带去的那么多精锐，还有被救出的卫将军父子三人，不可能一个都没惊动。"

"是。"岑卿也皱眉，因没一个活口从里头出来，这便成了悬案。

"除非人先死了，可若死了，也没必要再放这一把火。到底是山贼，杀人越货，犯不上再放火遮掩。"

姜瓷眼中忽然闪烁光亮："如此看来，这场火，倒更像是给活人遮掩，就不知……"

就不知是给哪边的活人遮掩了。

但终归还有一半的希望。

岑卿见姜瓷眼中闪现的希望，虽不忍心，却还是道："夫人，漭山附近的兄弟，在灰烬里……寻到了公子的令牌，那一处没烧尽的骨头跟灰，也都收起来了。"

姜瓷一愣，转头去看，就见岑卿卫嵘垂着眼强忍悲痛，眼圈都红了，她诧异了一下，那股子幼小的希望火苗忽然又大了些，她颤抖着手从怀里也摸出了一枚令牌。

岑卿眼前忽然多了什么，他抹了把眼泪定睛一看，陡然大惊一把夺去，上上下下翻了几番看过，匪夷所思："这是……"

"卫戍的令牌。"

"这不可能！"姜瓷此刻已冷静下来，"这是卫戍出征前夜交给我，更同我交代许多，如有意外，可持令召集其余黄雀前往救援。"

"那……"

岑卿和卫嵘眼神闪烁。

"所以潏山的那一枚令牌，是假的。"

卫戍是绝不会自己带一枚假令牌，他诏令黄雀是不需令牌的，所以这一枚令牌是有人故意留在灰烬里，希望让人相信卫戍已死。

"卫戍恐怕是发现了什么。"姜瓷出神，却还参不透。正冥想，门外来报，说孔府来访。姜瓷怔了怔，摆手叫人进来，不多时就见康虎从外头风尘仆仆而来，一脸气急败坏。

"安怀和玉和来了？"

一进门便质问岑卿，岑卿皱眉："康虎，守好孔府就是，你来这里做什么？"

康虎愣了愣，神色收敛，尚算恭顺地从袖笼里摸出一张卷着的纸笺："我收到公子密令，前来守护夫人。"

岑卿大惊，慌忙接过展开，内容还没看清，一眼扫过字迹，忙看落尾留下的印记，与卫戍和他们传信所用一丝不差，顿时眼泪涌上来："公子！公子！"

姜瓷也浑身颤抖，忙上前几步，虽不认得字，却认得他留下的卫戍二字，一般无二。顿时捂着嘴哽咽出声。

康虎看着姜瓷流泪，看她憔悴苍白，神情复杂："我，公子还交代了几句话，我要同夫人私下说。"

康虎沉着脸，一本正经，岑卿几个狐疑，姜瓷摆手，这才退下。岑卿临走时意味深长地扫了康虎几眼。

"夫人，还是回夙风居说吧，那里更安全些。"

姜瓷点头，率先出门，康虎跟随在后。这一路姜瓷脚步虽虚浮却走得很快，几次摇晃，康虎伸手去扶，却都被姜瓷躲开，她满心激越。

待进了夙风居，才一入书房，康虎忽然出手，一把拽住了姜瓷。

"康虎！"姜瓷大惊，挣扎间却已被人按进怀里。

"你……"

才又出一声，就被人堵住了嘴，姜瓷奋力挣扎，手已摸到腰间匕首，康虎却在她耳边忽然喟叹了一声："娘子……"

低微嘶哑的声音，姜瓷陡然僵住。

"对不住，对不住……还是来迟了一步，叫你担惊受怕，叫你难受了……"

姜瓷呜咽了一声，一把抱住他，却又忽然将人推开，死死地盯着康虎的脸。康虎苦笑一下，弯腰侧脸，将耳垂下一处露给姜瓷看，那里细微一道浅浅的痕迹，头发遮盖，轻易不会被人看见。

"到底，到底怎么回事？"姜瓷急切地关上门，盯着卫戍又觉着不自在，到底是一张康虎的脸。卫戍也发觉，便把她抱住，她贴在他胸膛，听他有力的心跳，那颗慌乱的心也总算渐渐安稳下来。

"才攻下溱山就发觉不妥，将计就计演了这么一出。火油是我叫人泼的，里头死的是原本预备算计我们的死士。"

"是谁？"姜瓷浑身颤抖，"是太上皇对不对？"

卫戍震惊，没想到姜瓷会这样敏锐。

"你……"

"若是别人，你犯不上这样。就算是三皇子，你也大可人赃俱获带回京城，可你如今偏要假死，只能说定是个你如今扛不住的人！"

姜瓷咬着牙，红着的眼圈里都是恨。

卫戍紧紧抱住她，手在她背脊抚着宽慰："是啊，我不是个听话的，但如今大炎海清河晏，溱山的事一了，我也确实没了用处，到了飞鸟尽良弓藏的时候了。"

卫戍觉着他如今境遇更像狡兔死走狗烹，但又不大愿意做狗。

"那你预备怎么办？"

姜瓷有些发愁，卫戍看着她，她拧眉思量："不然，咱们就走吧。"

卫戍扬眉："便是走，也不能叫算计了咱们的人好过。"

瞧着样子已心有成算，姜瓷想想也咽不下这口气，正要说话，外头忽然一叠脚步声，夫妻两个忙站开，一脸正经，门外响起付兰略有急切的声音："夫人，夫人？"

卫戍开门，姜瓷迈步出来："怎么？"

"不好了，卫家两位姑娘在咱们府门外和两位公主打起来了！"

姜瓷挑眉，这可真是意外，下意识回头看了一眼卫戍，也在卫戍眼中看到了淡淡诧异，但更多的却是笑意。姜瓷想了想，嘴角也不觉上扬，卫戍嘴上不说，这心里如今怕是还有些高兴的。即刻便往大门外去，脚步很快。

半路上岑卿卫嵘跟上，身后吴嬷嬷春兰春寒婆子丫头，倒是一行人浩浩荡荡，大门一开，就看见了外头围着不少百姓，还有卫宁宁叉腰迈腿，揪着玉和的头发不放。

便是心里想过无数，看到这么一副场景，姜瓷还是惊诧万分。

玉和嘴上厉害，仍旧恫吓卫宁宁，卫安安在一旁满脸惊恐，嘴上劝解着卫宁宁，手却拦着安怀公主，甚至不小心还把安怀推翻在地，自己也一个不稳压了上去，安怀到底三四十岁的人了，被压得哼哼唧唧起不来。

卫府出来的人都愣了一下，回过神后也都极为默契地继续假装呆愣，足停了片刻，姜瓷才一副强忍悲痛的震惊道："这是怎么了？快去扶起来！"

吴嬷嬷才忙唤了一声，门里出来几个粗使婆子，硬是拉开了卫宁宁。

卫宁宁手还不松，拽着玉和的头发拖了几步，玉和凄声惨叫，婆子忙掰卫宁宁手，卫宁宁早拽的手酸，松开手气不忿，弹腿又踹了玉和两脚，气喘咻咻骂道："你是个什么东西？来这儿调三窝四？卫戍死不死有你什么干系？你不就恨他不要你？你也不瞧瞧你是个什么东西？就这黑心烂肚肠的，你也配？"

那头卫安安也被拉起来，忙跑过去要捂卫宁宁的嘴，可这话还是一字不漏地说出来了。

安怀捂着胸口站起来，脸色苍白，方才卫安安倒下，肘子恰巧捣在她胸口，生疼得说不出话，只一味摆手，马车过来，婢女扶着赶紧上去。玉和惯会装可怜，本气的要打回去，眼下见不少人围观，便捂着脸哭，一副可怜模样。

姜瓷才要说话，卫宁宁又抬脚要踹，婆子忙拉，她远远伸腿："你哭什么？打小你但凡遇上点事，卫戍都替你出头，拿你当至交相待，你却算计他利用他，背地里还笑话他低贱痴傻！你要和亲，就得逼她休妻娶你？他不要你，就是对不起你？你哪来的脸面？凭什么？这会子他出了事，你就忙不迭来害他娘子，你真是……"

姜瓷头一回见世家贵女骂人，从前也约略觉着卫宁宁不寻常，但还真是头一回见她当街打人骂人，不期然转眼扫过卫戍，这兄妹二人还真是如出一辙。卫戍不自在地摸摸鼻子，但眼中笑意掩不住。

看他高兴，姜瓷心里也高兴。这人毕竟从小苦，没得过亲情关爱，如今卫家姐妹为他，他自然高兴。

卫宁宁足骂了盏茶的工夫，姜瓷见她显然有些累了，便上前拉住她："卫二姑娘……"

欲言又止泫然欲泣红肿着眼苍白小脸，比玉和装可怜要真得多了，围观百姓也听出许多，这会儿看玉和的眼神极为不善。毕竟前些时候这卫戍小将军可是摆了粥棚救了灾民，还去潆山剿匪了的。玉和下不来台，见安怀早走了，忙摆手示意，婢女来扶着，掩着面匆匆走了。

卫宁宁这才长出一口气，回头慑人眼光盯住姜瓷，冷哼一声，甩手先进了卫府。姜瓷一愣，卫安安也意味深长地盯了姜瓷一眼进了卫府，卫家众人这才一头雾水地跟了进去。

卫宁宁脚步极快，走进垂花门后倏然停了脚步，回头阴鸷地盯住姜瓷，姜瓷被盯得发毛，卫宁宁才阴恻恻道："往哪走？"

第八十章　新账

姜瓷恍然，指了一条路："去我那儿吧。"

卫宁宁却没动，一个一个扫视她身后众人，看着顶着康虎脸皮子的卫戍，并着卫嵘和岑卿，冷笑道："卫戍真是白养了你们。"又和姜瓷道："我娘已带着府兵去潆山了，是死是活，都会尽力把他带回来。"转头又吩咐吴嬷嬷："你是这府里的管事妈妈？去把离你家夫人最近的院子打扫出来，我和我姐姐要暂且住一阵子。"

姜瓷又愣了一下，才恍然明白，卫安安和卫宁宁这是要在眼下的混乱中，试图保护她。她有些感动，但下意识还是想要拒绝。如今这样，要是那些人信了卫戍已死倒还好，若但凡有一丝半点的不信，她这里确实危险。

"卫二姑娘……"

"叫我宁宁吧。卫戍同我们虽没什么干系，但到底也是救了我爹和哥哥，我们已收到我爹传的信，潆山出事前，卫戍悄悄叫人送他三个下了山，这才免于一难。"

她想了想，皱眉道："瞧着做派，他心里该是有计较的，绝不会这么蠢地着了道儿。"

说起卫戍她也有些担忧，声儿些微颤抖，眼圈发红，她却忙掩饰地转头就走，一边走一边恶狠狠道："怨不得别人，你总该知道，那些事情，我们同卫戍便难到一处。哥哥们看不得他伏低做小，格外厌恶他，便是一家子兄弟也难免打骂针对的时候，何况是我们那样。后来他离家，我爹便罢了，那是个混木头，心里除了我娘，我们兄妹都不放心上的，何况是卫成。我娘倒是悄悄找过，没了消息也就没了。后来他再出来，斗鸡赌马吃酒狎妓，怎么下作堕落怎么来，谁还看得起他？"

她又忽然停住脚步，喘了口气，心里多少有些后悔："我要知道……"

要知道他这一去就是生死之别，总该看一眼，也算是告个别。

姜瓷就见前头的卫宁宁拿袖子抹了一把脸，又脚步匆匆地走了。

她没再跟上去，安顿了两个丫头服侍，不多久卫安安卫宁宁的婢女也带着衣裳过来，就在凤凰居最近的小院子里安顿下来。姜瓷打发了吴嬷嬷和岑卿几个出去，小花厅里只剩了姜瓷和卫成。

姜瓷看着卫成，卫成沉默不语。

"留着吧，左右府里护卫的周密，她们就是留着也不会有危险。"姜瓷终究点了头，看着卫成。卫成又默了许久，才自嘲一笑："自小，卫旭卫骏就厌烦我，不少给我使绊子。我那时候就想，我一个没人照拂的孩子，他们这么算计，难道不知道一个不慎就断了我的活路？可后来想想，他们自小爹疼娘爱的养着，那个年岁的孩子，懂什么？但就是心里咽不下这口气，就是不愿意替他们开解。恨么，索性就大大方方地恨着，也就没那么挣扎没那么累了。"

是呢，细算起来，卫北靖和许璎一起被算计，卫北靖那么对许璎，已是对不住在先。后来又这么对卫成，自然是他这做父亲的亏欠了卫成这做儿子的了。

但这笔债若放在梁文玉身上，许璎横断她和卫北靖的姻缘，本是许璎不对在先，但她后来又和卫北靖一处，未婚先孕入府为平妻，也算扳回一城。梁文玉的孩子与卫成相互厌恨，说起来也算情理之中。她就是意外，这种时候，没曾想跳出来为卫成的，竟然还是卫家的两个姑娘。

"九皇子和贺旻……"

卫成淡淡笑了："宅子外头有他们的人，老九和贺旻万事皆好，但胆小怕事明哲保身，打从我身份揭露，他们就再不敢与我交往。"

姜瓷点头："也没什么错儿，但就这样的性情，怕是为皇不易。"

"他自然不行，就是拿下了江山，也坐不稳。"

卫成眼神带笑地看向姜瓷："闹了这么一出，你预备怎么办？"

"还能怎么办，进宫去！都闹成这样了，我要是不进宫问问太上皇，反倒反常了。"

卫成赞赏，确实这样最好。姜瓷却烦恼起来："但我如今实在高兴，虽能装作愁苦悲愤，但气色骗不了人！"

她走进内室照着镜子，颇为苦恼，卫戍扶着她肩头，与她一起看着镜中人："那有什么，叫梅青来给你装扮一番便是了。"

"梅青！"姜瓷总算想起来，神色一紧。卫戍解释："他已入了黄雀，不日便将在京中开场。"

"那，仙长的事？"

"我已说服他，与其杀了她，不如叫她痛苦地活着。"卫戍也难，卫如意这么待他，若说他心里不怨不恨那是不能，但到底二十年来唯一给予亲情关怀的长辈，能保住一命还是想要保住她。

"但她如今在怀王府。"

"没事，怀王不会杀她，等过了这阵子，再把她带回来。"

既提了怀王，少不得又要说起许夫人的事，姜瓷不知怎么开口，卫戍笑笑，抚着她的头发："我知道了，我都知道了。难为你……"

再难说下去。

没有证据的事，太上皇如今也是要算计他死，更别提替他做主。

"要我说，怀王却是可以利用一番。他对婆母的心意，便是当初婆母一应承担下了所有罪责，也是为了保护他，希望把对他的伤害降到最低。怀王……"

卫戍沉吟点头："是，确实可以利用。但，太上皇未必就在乎这个儿子，又怎么会在乎儿子的心思？"

姜瓷也说不出话来了，太上皇此人最重权势颜面，荣妃和安怀做的事未必能瞒过他，便是事前不知，事后也总该觉察一二，但他选择沉默，自然为的颜面。那些人的死活，那些人的哀痛，和他都没有干系。

更甚至明明怀王比今上更适合为帝，但他依然以立长为由选择了才能平庸的皇长子，于是在他逊位后的这么多年，他依然把持朝政，架空今上。他的亲儿子，不过是个傀儡。

他是一个好皇帝，但并不是一个好父亲，如今看来，也不是个好主子。

姜瓷忽然心念一动："卫戍，我曾听人说过，怀王当初才学卓著，他若有心，也可创一支自己的黄雀，堪与太上皇抗衡。有没有可能……"

卫戍眼中暗芒闪过，姜瓷意会，怕是卫戍也已想到了。

这样一个儿子，若遇上了心怀天下的明君为父，自然心中宽慰必要传位，但太上皇贪占权势，又怎么能容得下这样的儿子继位？许璎的事击垮了怀王，太上皇顺应而为，立了平庸的长子。

姜瓷攥起手，忍不住发抖。

好一个太上皇，好一个主上，好一个父亲……

难怪当初卫戍那么难查当初的事。

女人的愤怒有时难以估量，姜瓷叫岑卿把梅青带来，一番装扮下便成了哀痛欲绝奄奄一息的模样，便带了吴嬷嬷和春兰直奔宫门而去。

姜瓷没有封诰在身，也没传召，这皇宫自然不是随意能进的，便在宫门外咚地跪下了，一个时辰前卫府门外闹那一出，如今京里也传扬开来，见摇摇欲坠的小娘子跪在宫门外哀哀痛哭，没有不明白的。于是远远的，宫门外也有人驻足相看，指指点点，交头接耳。

卫戍与岑卿卫嵘混在人群里护卫姜瓷，但看姜瓷这么跪着，眼神森冷，把太上皇的账又默默在心里记下一笔。

姜瓷这么跪了一个来时辰，得到消息的卫安安卫宁宁也赶来，但没劝解，看了片刻，也同她一起跪下了。

京里总还有些当初的灾民如今沦做乞丐，自是认得姜瓷的，见状也奔走相告，叫了当初受过姜瓷恩惠的，没半个来时辰，后头又黑压压地跪了几十个灾民。

这阵势有些大了，太上皇本想忽视，等夜深人静悄无声息把人送回去，可如今还不到黄昏就成了这样，百姓奔走相告，宫门外围了不知多少人看。

待得知缘由，太上皇气得狠狠砸了茶盏。

"蠢货！简直蠢升了天！"

庆安默默捡了碎片，又送了一盏茶搁在小几上。太上皇眼神阴鸷，略思量道："废玉和公主为乡君，把瑞亲王的孙女嘉敏乡君封为公主，下月北徽使团便要进京，让玉和随侍陪嫁嘉敏公主。"

庆安眼神带笑："还使顾将军送嫁吗？"

太上皇斥道："叫他去！他除了能送个嫁还能干什么！"

庆安哽了一下，也是。顾允明要是得用，哪里还有太上皇为卫戍的事费心。

太上皇还想拖延着，圣上却急匆匆来了。

多年养尊处优，圣上生得细嫩白皙，身量适中，但匆匆而来也微微带喘，满面惊惶："父皇……"

太上皇抬手，圣上不敢再言语，试探地瞧一眼庆安，庆安行礼后微微摇头。太上皇叹了口气："传进来吧。"

庆安应声，亲自带了人往宫门外去。天将黑的时候，姜瓷如愿进了宫。

到圣清殿时，姜瓷虽啜泣却还知礼地控制着，行了礼，就跪在地上帕子捂了嘴呜呜咽咽低泣。太上皇看着也不知什么心思，想着卫戍从前那不听话的模样，为了这娘子还驳过他本想赐的婚，如今看她这么哭，又痛快又烦躁。

"怎么，你这么跪着要进宫，就为了叫孤看你哭？"

第八十一章　做戏

太上皇面色不善，姜瓷立刻直撅撅跪起来："殿下，臣妇就是想知道，公主今日所说是否为真？卫戍他……卫戍……"

演绎得刚刚好，姜瓷悲苦得说不出话，泪珠子断线似的掉，从那白瓷一样的脸颊滑过去，太上皇心里咯噔了一下，又把玉和暗骂了一顿。

姜瓷打听过，太上皇极怕女人哭，不过是没几个女人敢在太上皇跟前哭。如今有卫戍命丧漭山的消息在前，太上皇多少还会优容些她，她便这么哭。

"你哪里听来的浑话，她哪里知晓。"

"可确然半月有余不曾有消息了……"姜瓷濒临崩溃，这哭得叫太上皇不信也得信，卫戍真就死了。

太上皇沉默了，觉着没必要撒谎，他也不是个愿意撒谎的人。可他也不是个能宽慰旁人的人，姜瓷算什么？于是他递了眼神给庆安，庆安又递了眼神给身边一个不苟言笑的嬷嬷，那嬷嬷便举步上前，弯腰对姜瓷道："卫夫人，这是朝中大事，不好随意说些什么。不过殿下也许久没收到卫将军的信儿了，倒是听那边的邸报传来，半夜里一场大火，之后……"

嬷嬷话说得有分寸，姜瓷怔了怔，再度哽咽出声强忍悲痛。太上皇愈发烦躁："好了，事已至此，哭也没用，你且回去安心等着便罢。"

姜瓷哀哀戚戚没起来，太上皇气得一拍桌子，姜瓷吓得哆嗦一下，便顺着那嬷嬷搀扶起来，又要跪下行礼，太上皇不耐烦摆手，那嬷嬷便夹着姜瓷退了出去。

"消息未准，玉和是怎么知道的？"

"太妃娘娘每日给殿下送补汤点心，许是进出圣清殿时，偶然听到了？"

庆安塌着眼皮子神色未动，太上皇冷哼："心思动到孤头上来了。"

"也怨不得太妃娘娘，卫夫人前些日子查得紧，听说都与怀王殿下接上了头，娘娘得您眷顾，却到底还是畏惧怀王一些。"

太上皇皱眉："没本事的东西，做个事儿也不干不净。"

"倒没有留下证据，可终归有那么一两个人知晓个一星半点的消息，殿下也知道，卫少将军和他那娘子，可是聪明得很。"

自然聪明，不聪明当初他也瞧不上。但太上皇喜欢卫成的聪明，又厌烦他的聪明。

"他要是真聪明，就该知道顺着孤，如此大好前程要什么没有？偏生是个主意多的。"

"哎。"

庆安应声，没多久荣太妃又送补汤来，年岁不小的人，在太上皇跟前还有几分娇羞在，太上皇眼皮子不搭，知道她的心思，是想升一升位份，女儿也该晋长公主了才是。

原本给了也罢，偏今日安怀和玉和去了卫家，太上皇没好脸色，砸了汤盅，太妃叫泼了一身烫得不敢吱一声，回去才知道，今日宫门外那样大阵仗的事，竟然与安怀有关，顿时大怒，连骂蠢货，沉不住气！

而这厢姜瓷回去，仍旧恹恹伤怀，至晚由卫成和卫嵘护着。暗中，卫嵘冷冷盯着卫成，好半晌才道："你离夫人远点！"

卫成愣了愣，忽然想起康虎从前做的事卫嵘是知道的，顿时觉着有苦难言，哈哈笑着要拉拢卫嵘，谁知卫嵘振臂甩开他，愤愤嘟囔："什么玩意儿，公子怎么给他派这差事……"

卫成想着，今夜怕是难钻进房里同娘子亲热了。

"哎……"

叹息一声，便蹲在暗处小心护卫。

姜瓷这一夜睡得很好，翌日早起神清气爽。连岑卿和卫嵘也喜气洋洋，到底昨儿康虎带来的消息叫他们知道公子如今还活着，那也就够了。但戏总得演下去，于是夙风居里时不时传来哭声，连饭也不传了。

这么两三天下来，京中也传遍了消息，甚至卫府管事已暗中购置丧仪用物，听说是在潇山大火的灰烬里找到了卫少将军的令牌。

天不亮，姜瓷照着镜中形如枯槁的面容，竟生生叫人瞧着还轻减了许多，下巴都尖得不行了，忍不住朝着梅青竖了大拇指。

"这装扮的，真是……"春寒赞着，回头看一眼淡淡笑着的梅青，一阵脸热，羞得躲开眼神。

哪有男人能生得这般？貌美妖娆，端是勾人心魂。

姜瓷在铜镜里看得一清二楚，春寒年岁也不小了，自然懂些什么，梅青生得确然招人，但有卫如意的事在前，恐怕是……她寻思着，该和春寒把话说白了，趁着才相识不过几日，早早作罢也没什么。

"咱们如今都信了卫戍已故的消息，但太上皇一直秘而不发这消息，恐怕还未尽信。"

姜瓷理着身上素色衣衫，四月的天已热了起来。许多事须得外头人都信了，才会减轻戒备，也才好行事。

"梅青，你先去吧。"

梅青拱手行礼，一言不发便出去了，到院子里一翻墙头就没了踪迹，春寒的眼神便追着梅青，直到看不见。姜瓷暗暗叹气，吩咐了一声，继而哭声震天了起来。

这一哭，岑卿等人自然匆忙而来，强忍悲痛地劝慰，姜瓷却拼死挣扎，哭喊中透出的意思，是要往潓山去寻卫戍，大有活要见人死要见尸的意思。但吴嬷嬷等人死死阻拦，主仆哭作一团。

这样闹了一天，姜瓷声音都嘶哑起来，奄奄一息地躺在床上，但是一夜也没等到该等的人。于是第二天继续闹着，直闹了两三日，姜瓷被看管得严密，连逃出去都不能，她如被抽去了生气，日渐衰弱了下去。

这日一场大雨，电闪雷鸣，足下了大半日，待雨稍小了些，躺在床上的姜瓷只说想要透透气，吴嬷嬷付姑姑这才张罗着，撑着伞把人扶了出来，安置在园子里的六角亭里。

远远瞧着，姜瓷脸上的灰败，连身子都枯瘦成了一把柴。

小雨淅沥，姜瓷缩了缩肩，春寒见状交代几人，便回去给姜瓷拿斗篷。然少顷姜瓷便咳嗽起来，春兰自然也忙着去备茶。而不一会儿，园子里忽然闹了起来，吴嬷嬷见状，少不得安置姜瓷了几句，便过去看看。

毕竟如今姜瓷这般，便是要跑出去独自去潓山，也是不能了。

姜瓷就这么陷在座椅里，眼神都不会翻动一下，好半晌，忽然有人从六角亭后头的花丛里探了头。

"夫人？夫人？"翠芽连着唤了几声，姜瓷恍若未闻，她少不得左右看了，小心翼翼地跳出来。

"夫人？"她晃了晃姜瓷，眼见姜瓷要倒下去，忙是扶住，眼里就见了泪："夫人这是怎么了？"

姜瓷死鱼一样的眼睛一翻晃动下才算看了翠芽一眼，又慢慢挪开，只盯着一处，虚无涣散。

"夫人，奴婢熟漭山，您要去，奴婢带您去！"翠芽哽咽，姜瓷耸然颤抖了一下，一把攥住了翠芽的手："漭山，漭山……卫戍……"

翠芽枯瘦的手竟格外有力，她叫道："是！是！公子是死是活，您总要去看看不是？万一公子等着您呢，您说是吗？"

姜瓷不住点头浑身颤抖，神情顿时破碎，泪水肆流。翠芽忙去掩她的嘴："夫人别哭，可别哭！您把人招来了，咱们可怎么走？"

戒备地四下看了，便去扶姜瓷。奈何她也生得瘦小，扶得吃力，便忙摆手，花丛里又钻出个人来帮她挽起姜瓷，三人极快便没了踪迹。

这厢三人消失，那头吴嬷嬷春寒春兰冒头出来，春兰忧心忡忡："夫人不会有事吧？"

"怕什么？我给夫人身上装了药，撒一把就能脱身！"

"呀，你哪来的呀？"

春兰诧异，春寒脸一红："和梅先生要的。"

春兰捂着嘴笑得意味深长，吴嬷嬷摆手叫她两个别再出声，三人片刻后前前后后地回来，不见了姜瓷，顿时把整个卫府闹得人仰马翻地找了起来。

翠芽和阿尧脚步如飞把姜瓷搓弄出了卫府，一番兜兜转转，从后门进了一家客栈。姜瓷还没出声，就闻见屋里一股子甜香，她便昏昏沉沉睡了过去。

哦，果然是还有疑心，怕是想用她来钓出卫戍了。

姜瓷安心睡了过去，左右他们有疑心，没钓出卫戍，她就还安全。做了两三日戏，天天哭得声嘶力竭，她也真是累了。

香甜一觉，姜瓷醒的时候就见外头黑沉沉一片，不知是夜半还是被挪去了哪里。她试探摸索了几下，屋里没动静，看来只有她一个人，然后身下就摸到了一把稻草。

果然没在客栈了。

会是谁？

姜瓷想得出神，就觉着屋里多了一道呼吸，她没好气道："吓唬谁？"

下一刻，便有人飞扑过来腻到了身边。

"要叫他们知道你跟我在一块儿，还不气死。"

姜瓷好笑，外头人想尽办法要查卫戍生死，谁知这人竟就在她身边。她要说什么，卫戍却腻腻歪歪起来，分外委屈："卫嵘看我死紧，几天都没偷着空儿亲近。"

姜瓷好笑："谁叫你要假扮康虎？"

"迫不得已。你熟悉他，再者黄雀里出了内贼，京中留的人内贼都熟悉，康虎却是才来的，好下手。"

"果然！"

要是没内贼，怕三皇子也不敢做这些。

"查清了吗？"

"嗯，那两个贼婆出了门就争执起来，似乎因为对你的处置有了分歧。"

"是三皇子吗？"

"嗯。"卫戍攥着姜瓷手，黑暗里，恨不能把她揉进怀里。

第八十二章　从容

"太上皇不是眼里揉不得沙子吗？怎么会纵着三皇子？难不成真看上了他？"

"怎么会。就三皇子那点子心性，老头子还是为了脸面，他哪怕私底下杀了三皇子，也不能叫三皇子筹划潲山敛财的信儿传出去。借我的手料理了潲山，也顺道借三皇子的手料理了我。现下怕是爷孙融融，把三皇子蒙骗得团团转。"

姜瓷嗤之以鼻："那现在呢？"

"我带你走。"

姜瓷一把拽住他，匪夷所思："好容易打进来了，不来个人赃俱获？"

"要什么人赃俱获，瞧你说的好似会有人主持公道似的。心里有数就成，这破烂地方，没得叫你受罪。"说着卫戍消失了身影，咚咚咚的脚步传来，姜瓷看见一处光亮，才发现这约是个地窖，卫戍出去放了信号，没多久外头一阵糟乱。

待出来姜瓷才发现，她还在这个客栈，只是在客栈的地窖里。翠芽和阿尧也没走脱，都被绑了起来。

"你！你装疯卖傻？"翠芽气急，绑着也直撅撅跪起来质问姜瓷。姜瓷失笑："要论装疯卖傻，也是你先吧。"

率先出去，马车就停在门外，倒是清晨时候，外头一缕曙光带着朝霞，叫人心生欢喜。

这么一闹，没到午时，门上便来通传，说是三皇子妃前来探望。

是了，毕竟闹了这些日子，外头人都知道姜瓷病了。昨夜又出了那样的事，姜瓷一脱身，三皇子还有什么不知道的？

"请进来吧。"

不多时，三皇子妃款款而入，但是叫姜瓷意外的是随侍在三皇子妃身边的，竟然是卫澜。

"三嫂。"卫澜见姜瓷看她，一进门便先行了一礼，袅娜温和，和从前格外不同。

卫安安卫宁宁听了信儿也过来，昨日的事因事先瞒着，她两个只知道姜瓷闹得受不住了，用了药早早歇了。卫宁宁还恨铁不成钢地痛骂姜瓷了一顿，这时候听说三皇子妃到府，着实意外，待进了凤凰居正厅看见了卫澜，姐妹两个也诧异地对视一眼。

"卫家这姑娘，我瞧着甚是喜欢。琴棋书画样样精通，模样好，性情好，母妃也早听闻，本预备着这回选秀讨了去给殿下做侧妃，谁知卫家竟没送她，这不，前几日我便亲自上门同卫大人提了此事。"

"哦，那便恭喜了。"姜瓷淡笑，卫宁宁看一眼姜瓷，愈发诧异。

昨儿还气息奄奄，今儿怎瞧着跟个好人似的了？姜瓷看过去，悄悄朝她眨了眨眼，卫宁宁想着，又看了看三皇子妃，多少有些明白了。

细论起来，姜瓷这是第二回见三皇子妃，同三皇子不同，三皇子妃瞧着颇有几分威严，容貌算不得上乘，看上去也像是个刻板的人。出身尚书府，作为皇子妃来说，是个不高不低的出身。

"昨日还听说三嫂病着，今日见却气色不错，看来是好多了。"

三皇子妃自持身份，没耐心多敷衍，这话是卫澜问的。卫宁宁见状便笑："是呢，这病啊，自然是有坏也有好的时候。"

卫澜回头，假装惊诧："倒是前几日听闻卫二姑娘在卫府门外打了公主？"

卫宁宁不以为忤："我是粗人，再者说，如今也不是公主，是乡君。"

意思显而易见，挨打还得降级，是她的错。

一来一往交锋，卫澜没得好，忌惮地偷看三皇子妃一眼，三皇子妃有些不耐烦，似笑非笑地看着姜瓷："卫夫人，咱们也明人不说暗话吧。"

"好啊。"姜瓷饶有兴味地看着三皇子妃，三皇子妃盯着姜瓷，想从她脸上看出什么，却有些失望。那双好看的眼睛，太过清澈。

诈不出来，三皇子妃只得先抛了出来："卫夫人怕是得了卫将军的消息了吧。"

"是呢，听说卫将军安然无恙，算着日子，如今该是在回京的路上吧。"

卫宁宁嗤地笑出声，三皇子妃暗恼："卫夫人，你该知道我说的是谁。"

姜瓷诧异地看过去："娘娘您说的是谁？"

"自然是这府上的主子，卫戍少将军了。"

"哦。"姜瓷恍然大悟，视若无睹三皇子妃堵心的眼神，理了理鬓边的钗子，才慢条斯理道，"是有些消息。"

卫宁宁忽地站了起来，又忽地坐了下去，面无表情，仿佛方才激越惊喜的不是她。

三皇子妃没曾想姜瓷这么实诚，没等套话就直说了，此刻反倒惊地牙齿打战："他，他在哪？"

"在哪？告诉了娘娘，莫不是叫三皇子再杀他一回？"姜瓷算是一把扯下了遮羞布，眼神冰凉彻骨，卫安安卫宁宁大惊，却强耐着没有出声，反倒是卫澜吓了一跳，竟退了半步。三皇子妃慑人眼光扫过去，卫澜慌忙低头，姜瓷淡笑："怎么，敢做不敢当？"

"卫夫人，人前留一线，日后好相见。世家大族，今儿你同我亲厚，明儿她与她好，难不成都要记恨？还是遮掩些好。"

"倒是对不住娘娘了，我不是世家大族，我出身市井，不过平民。"

"你！"

姜瓷好整以暇地看着三皇子妃险些发怒，她到底深吸了几口气，忍了忍，拂袖而去。卫澜左瞧右瞧，忙着跟去了。但到底听了今日这场秘辛，脸色苍白。

"三皇子生得难看，又没本事，挑来选去的，就眼光而言，卫澜就比不过卫韵。"

"真有卫戍消息了？"卫宁宁只急这一件。姜瓷笑笑："是有了，但不确切，只知晓人还活着。"

"活着就好，活着就好！"卫宁宁眼圈有点红，又高兴不已。卫安安倒能把持得住，卫宁宁高高兴兴出了，卫安安才回头道："卫戍到底是为了救我爹和哥哥，若他真死了，就成我们心里过不去的坎儿了。"

毕竟从小到大，卫将军府并没人善待过他。甚至在他遭遇险境时，作为亲人的他们，也没一个人搭救。卫安安想了想又道："这消息还是瞒着的好，我看三皇子妃的意思，怕是不好。"

"瞒不住呢，起先就有疑心，昨儿做了个局，果然掳走了我意欲招出卫戍，幸而卫戍安排得当,我今早脱身,不过两个时辰,三皇子妃就上了门。如今已然撕破了脸了。"

"那怎么办?"

卫安安焦急,姜瓷却不以为意:"也没什么好法子,终究兵来将挡水来土掩罢了。"

"是了,卫戍是太上皇的人,三皇子这样,不如去找……"

卫安安话说一半忽然苍白了脸,她惊疑不定地看向姜瓷,不可置信地摇了摇头,最终惊魂未定道:"多加小心,如有什么,定要同我们知会一声。"

"又有什么用?卫家军被裁革得不剩多少,此番基本都带去了潇山,京里还剩的那些,梁夫人怕是前遭已带去潇山了吧。如今这样,你和宁宁不如先回去……"

"不!"卫安安坚决,"卫戍回来之前,我和宁宁不会走。"

说不感动是假的,但这份情意倘或再早些,在卫戍还在将军府的时候,卫戍是不是就可以少吃一点苦?

卫安安走后,吴嬷嬷和付兰便服侍姜瓷进了内室,歪在矮榻上,姜瓷还在想着这些事。岑卿这些人如今也只知道卫戍还活着,却不知道卫戍已经回来。卫戍千里迢迢从潇山往回赶,不敢送只字片语,可见这一路上太上皇和三皇子把持得有多严。

三皇子的忌惮姜瓷还能想得明白,但太上皇为什么?仅仅只是因为不需要了,厌恶卫戍的不听话,就要这样吗?还是说……

姜瓷心念一动,忽然想起之前岑卿曾说过的。卫戍的这一支黄雀,等同于自己养着。若是如此,会否在太上皇看来,这一支黄雀是卫戍的,而非太上皇的?若是如此,岂非卫戍想要扶持谁,谁就基本能登上东宫之位?

姜瓷颤了一下,这个想法,震惊了自己。

但除了这个,姜瓷实在想不到太上皇还有什么必须要除掉卫戍的原因。

姜瓷将了捋如今的皇子,卫戍只和老九相熟,但也明说过老九守不住皇位,他要有心,替老九守着保他皇位也不是不可能,但看卫戍的意思,他并没这么想过。而从前吴嬷嬷却曾赞过十一皇子,难道……

四月初一,京里最大的茶楼来了一支戏班子,唱旦角儿的青年扮相妖娆绝美,唱腔婉转悠扬,一炮而红。姜瓷听春寒兴冲冲地说着,那股子担忧又兴了起来:"你才见了梅青几面,怎么就这样上心?"

姜瓷笑,春寒红了脸:"奴婢也不同夫人说虚话,梅先生那样,怕是没人不喜欢。但奴婢心里明白,他是公子的属下,也是个有本事的人,可我却是个奴婢,配不得。我能看见他就高兴了。"

竟是一见倾心。

姜瓷张了张嘴，话却没法说出来，想了想，便打发春寒出去，叫了岑卿来，几句约略说了，岑卿皱眉："也不必试探了，我瞧着不成。梅青心里有坎儿，便是真要成家，三年五载也未必能走出来。小丫头到底不大，兴许过阵子也就丢开手了。"

姜瓷想着也是，往后叫春寒少见梅青也就是了。

日子就这么风声不显地过，左右如今卫戍就在身边，姜瓷没什么好急的，急的却是那些被卫戍拿捏了把柄却又找不见他的人。这么过了小半个月，到了选秀的时候，姜瓷也没着意打听，卫家却使了人报信，说是卫韵赐婚给了九皇子做侧妃。

但叫姜瓷意外的是廖永清，竟然赐婚给了六皇子。

第八十三章　缭乱

"六皇子不是躲着廖永清吗？怎么又成了这样？太傅可断不会去求圣上，这么看来怕是六皇子办的？"

"是呢，说是宸妃寻圣上求了，把廖永清赐婚给六皇子，听说赐婚前消息传出去了，廖永清还亲自进宫求了皇后，不想要这门亲，六皇子却赶去凤仪宫把廖永清带走了。听说禁锢在六皇子府上，等赐婚旨意下了才放出来。"

"这是闹哪一出？"姜瓷失笑，当初廖永清帮六皇子对付卫戍和她，手段可谓阴私，后来还是她挑了出去离间二人才算作罢。六皇子眼里显然皇位比廖永清重要，可廖永清便是看重后位，对六皇子却是有些真心的，才会对此大失所望，针对算计。

六皇子那阵子连连吃瘪，都是廖永清的手笔。廖永清那会子可是来找了她，说的是要和九皇子一起，叫卫戍扶持九皇子，也算肥水不流外人田，人人得利。没曾想最后竟还是落在了六皇子手上。

倒是想谁谁来，才听了信儿，门上就来通传廖永清到访。

"我同她也没什么交情，相反还是有些仇的，做什么有心事也要同我来说？"姜瓷无奈，却还是叫人进来了。廖永清进来时姜瓷就看见她脸色不好，眼圈也泛着红。

"听说卫戍没死，什么时候回来？"

"干什么？"姜瓷戒备。

"叫他办事，赶紧断了六皇子后路，免得他痴缠我。"

"你又要利用卫戍？"姜瓷柳眉倒竖，端是一股怒气直冲上头，又想起了当初那个漏洞百出的局。

"怎么？你怕他对我旧情难忘？"

"呸的旧情，卫戍要对你有情，还能等到如今？"

姜瓷毫不客气地嘲笑，廖永清也真是没皮没脸，到这时候还笃定卫戍对她有心。姜瓷气不过，言语难免尖酸起来："你不是对六皇子有心么，如今他求着赐了婚，你也算心愿得偿，也别端着了，过头就显假了，差不多就成了。"

"你懂什么？"廖永清满眼怨毒，"宁缺毋滥你明白吗？他对我的心思不纯粹，我要来何用？也是，你这大字不识的市井小民又懂什么？还是快把卫戍的踪迹告诉我，我要好好筹谋一番。"

"对不住，姑娘既是太傅府千金，自然可用之人多着，何必要用卫戍？慢走不送。"

"你这么善妒跋扈，卫戍早晚休了你！"廖永清冷冷放了狠话转头就走，姜瓷气得进了外梢间，卫戍忙跟进去，姜瓷回头便扯开他衣裳咬在肩头。卫戍有苦难言，生生忍着。

姜瓷咬得见了血腥才松嘴，看一眼伤口又心疼起来："你不会躲？"

"我躲了你不是更生气。"

"你就是个瞎的，你看看一个一个的，你打小帮过的还人情的，都是什么人？"

卫戍忙抱住了她，伏低做小的求饶，姜瓷撒了气，想想卫戍也是委屈。

"罢了，我去园子逛逛，疏散疏散这口闷气！"剜了卫戍一眼，姜瓷唤了人，春寒陪侍着，便往园子去了。

四月的天，园子里草木扶疏，花开遍地。姜瓷最喜那一架子紫藤，辟出了大片阴凉，下头还有一架秋千。才坐了上去，春寒推她荡了起来。微风携着花香，姜瓷心里本也没多少郁气，就是厌烦廖永清的自以为是，又恨卫戍从前待人的不知节制，一个两个的，都当卫戍好欺负。

没多大会子便疏散开来，正是高兴，忽然听见一阵细微又尖锐的破空声响。姜瓷陡然睁眼，就看见一阵箭雨而来，尚在愣怔的功夫，卫戍几人便腾空跃起，长剑格挡，一支箭也没放进来。但紧接着，春寒惊呼一声，人便跑了出去，随后一声闷响。

姜瓷就看见春寒软软地倒了下去，梅青错愕地看着身后倒下的姑娘。

原来刺客来袭，卫戍等人挡箭，梅青几个抵挡。不过两个刺客，但身形诡异，难免应付吃力，却有人在前头放冷箭，春寒瞧见，来不及示警，便扑上前以身相挡。

箭来的那一刻卫戍已然发觉，回手将剑扔了出去，墙头隐藏的刺客中剑倒地。一行人匆忙去看，几个刺客眼见不敌，都已咬破齿间毒丸。

"是死士！"卫嵘皱眉道，卫戍越过要查看姜瓷是否受伤，却被卫嵘拦住，警告地看他一眼，正要询问，姜瓷已急急跑了出去。

"春寒？"

"夫，夫人……"春寒惨白着脸，箭中在肩头，已失不少血。梅青并未扶起她，只蹲在她身边，面无表情。见她张了张嘴，便先回道："我没事。"

声音冷冽，平静无波。但春寒还是高兴不已。

姜瓷暗骂一声，叫人扶了春寒回去，请了郎中来看。

卫戍的脸黑沉一片，三皇子几次三番行刺姜瓷，为的还是逼他现身。

姜瓷报了官，府衙的人来来往往忙碌，姜瓷在西边下人院子里，正在骂春寒："他有功夫在身，用不着你去护！他就是伤了，也能扛得住！你一个姑娘家替他挡箭，你当你铁打的？箭伤不得？略歪些你命都没了，你还管不管你弟弟了？管不管你叔叔婶婶堂弟堂妹了？这才认识多久？命都要给人家了？"

气得恨铁不成钢，春寒失了血，可怜巴巴苍白着脸，一句不敢辩驳。姜瓷喘了口气，恶狠狠地朝春兰吩咐："叫厨房炖一锅枸杞猪肝汤，再蒸一副猪脑，好好给她补补！"

闻讯而来的卫安安卫宁宁姐妹嗤笑："倒还是个忠仆。"

姜瓷剜一眼，今日真被春寒吓了一身冷汗，这小丫头真是不要命。那头才听箭响，她是先扑在姜瓷身上，要替姜瓷挡箭。眼见姜瓷没了危险，又冲出去为梅青挡箭。

姜瓷气得出来，又吩咐吴嬷嬷仔细照看春寒，又叫春兰去择个勤快眼明的小丫头，这几日照顾春寒。回去后不见卫戍，想来忙碌得很，毕竟如今三皇子动作不断，其他几个皇子也蠢蠢欲动。

听闻圣上前日着了风寒，本是小病，但竟叫妃嫔皇子侍疾，可见身子不如从前了。

姜瓷想着，太上皇不过三个儿子三个女儿，如今年岁，还健壮得很，倒是圣上，十来个儿子八九个女儿，不到五十的年纪就这样了。可见妻妾多了也不是什么好事。

到了晚上，天黑沉了，春兰便急匆匆跑来，说春寒发热了。

姜瓷命人再去请郎中，又亲自往下人院子去，但才走到一半，就看见前头一道黑

108

沉沉的瘦高身影，不是梅青又是谁？便抿了抿嘴，停下了脚步。

许春寒替他挡这一箭，倒叫他心里感动，能成就一场良缘？

春寒伶俐，刀子嘴豆腐心，梅青受过大难，十来岁就被卫如意给侵犯了，十年禁锢，心里的伤不会浅，合该有个知冷知热又有主意的姑娘才成。可终究日子太浅，姜瓷心里也没底。便叫春兰去了，自己悄悄跟了去。

夜虽不深，但到底已黑透了。

梅青进屋，春寒虽发热，但并没烧得糊涂，见进来的人身形不对，警觉地问了，梅青便挑亮烛火，春寒看见是梅青，顿时红了脸。

"梅先生……"

"我叫梅青。"梅青还是那戏子特有的温软妩媚的声音，却偏偏冰冷彻骨，无波无澜。

"你叫我梅青便可。"

春寒红着脸，有些慌张，梅青上前，温软的手掌覆在她额头，微微皱眉："发热了。"

"春兰，春兰已经告诉夫人了，想来已然请了郎中。"

春寒往被子里缩了缩，心里小鹿乱撞又耐不住的欢喜，梅青淡淡看着她："你喜欢我？"

春寒一下红透了脸，觉得有些喘不上气："我，我……"

梅青仍旧淡淡笑道："若不是喜欢，又怎么会奋不顾身。"

左右瞒不住，春寒索性别过脸："是，我是喜欢先生。"

她这样爽快，梅青倒有一刹失神，继而又是淡淡的笑。他站起来，退开两步，慢慢去解衣衫。

春寒心里咚咚发慌，听见梅青脚步，忙回头去看，就见梅青正在解自己衣襟，急得坐起来，却牵动伤口，她哀呼一声倒回去，梅青却没管他，只是慢慢地解开长衫，露出半截胸膛，腰身上缠着的素白腰带都勾勒着慑人的弧度。但可惜那身躯上，却有着深深浅浅大大小小形状不一的伤痕。有些像是许久之前留下的，已然只剩淡白的痕迹，有些却还露着红，并没全然长好。

"你……"春寒惊住了。

"我不是从前就跟着公子的人，我入黄雀，尚不足一月。这些伤，不是为前程厮杀而来，而是一个女人。从我十四岁到二十四岁，整整十年，加在我身上。"

梅青仍旧那样平淡温软的声音，缓缓诉说。他淡淡笑着，不见悲苦，不见嘲弄，慢慢掩住衣襟，系上腰带，扣上扣子。

"我是肮脏的，所以姑娘，别在我身上浪费你的心思。"

春寒泪珠子已滚下来，梅青这样，剥开伤痛给她看，是要务必打消她的念头。可现下她怔怔地，全不知该说些什么好。梅青看她神色，有礼地垂了垂头，转身走了。

姜瓷在梅青解衣襟的那一刻便已被人拉了出去，卫戍沉着脸，要不是他下手快，他家娘子就要看别的男人了！姜瓷却还在懊恼，梅青这是要一击中的啊。

没多久梅青出来，看见院外的姜瓷并不见意外，姜瓷却因跟随偷窥有些不自在。

第八十四章　缘

"夫人的婢女，是好姑娘，烦劳夫人费心，为她寻一段好姻缘。"梅青淡淡笑着，举步而去，姜瓷忙道："梅青！过去的，都过去了，往前走才能走下去不是？"

梅青脚步微顿，略抬了头，却并没回头，轻轻地叹息："过不去。"

姜瓷还想说什么，却被卫戍拉住，眼睁睁看着梅青的身影越来越远。她回头看了看院子，还是觉得不进去为好，春寒现在恐怕心里难过得很，她又不是个会安慰的人。

"这可怎么办？"姜瓷发愁，卫戍没好气道："叫你的丫头死心吧，梅青这样，不说十年八年，没个三年五载，难走出来。她今天为梅青挡了箭，梅青欠了她情，要不说明白，往后越欠越多，就还不起了。"

"哎，这种事，也真是没法子管。倒是才没多少日子，梅青竟已会武了。他原学的是刀马旦？"

"仙长为美色，寻的教习教的是闺门旦，虽没学过功夫，但终究有些根基底子在，他有心求学，这才不过月余就上了手，不过还浅薄。"

姜瓷点头，有些唏嘘："不过防身也够了。"

若早有功夫在身，又何至于被卫如意的银链子锁了十年。

卫戍看天色道："我先送你回夙风居，还得出去一趟。"

"做什么？"

"三皇子送我这一份大礼，我不回又怎么行？"卫戍冷笑，送姜瓷回去后，便只身往三皇子府潜去。卫戍的狡黠在太上皇心里，他两个本就不信卫戍轻易就死了，这才许久没发潲山的消息。上回得卫戍示意，姜瓷又漏了话给三皇子妃，三皇子就急得跟热锅上蚂蚁似的，偏又找不见卫戍，只有这法子能使了。寻思姜瓷有险，卫戍怎么也得现身。故此为防卫戍寻仇，人马都埋伏在三皇子身边护着，没曾想卫戍单枪匹马竟避着人到后宅去。半夜里三皇子私库却走水，等救下来时，一个库房烧去了大半，三皇子气不可遏。

姜瓷天才亮就看见了枕头边上厚厚一叠银票，顿时见钱眼开高兴不已。库房里的东西大多拿不走，倒是几匣子珠宝银票好拿走。

"三皇子还真是有钱啊。"姜瓷感叹，拉拢朝臣已花去那么多，没曾想私库里还存了几万的银票。转念一想这里头钱大多是潲山劫来的，不知多少人命毁在上头，多少人家因此离散，心又沉下去。

洗漱后叫岑卿来，吩咐他在京郊择一处地方，建个孤老庄。

才和岑卿细细说了，不到巳时，竟有宫里人上门。姜瓷愣了愣，才要叫人去找康虎，卫戍便顶着康虎的脸进来了。简单说了几句，姜瓷就在小花厅里见了宫里来人。

因不是正经宣旨的，也没什么好讲究，来的是贵妃宫里二等管事内官，说是同姜瓷投缘，要接姜瓷进宫说话。

姜瓷冷笑了笑，正要回话，卫宁宁已冷着脸进来："人要脸树要皮，话都说到那份儿上了，怎么？拿人当傻子？还宣她进宫？"

内官顿时沉脸："卫二姑娘何意？娘娘宣召，难不成是要抗旨？"

"抗旨？呦，是圣上圣旨，还是皇后娘娘懿旨？贵妃而已，銮驾连半幅都没有，都能传旨了？"

内官被卫宁宁噎得说不出话，好半晌忽然甩袖子冷哼一声，门外顿时涌进十数护卫，卫宁宁扬眉："怎么？这是要来硬的了？"

正要抽腰间软鞭，姜瓷慢条斯理拍了拍手，凭空从天而降十几道身影，顿时把那十几个护卫辖制得死死的。卫宁宁顿时笑出声，内官脸色难看。

姜瓷端坐，双手交叠，分明温婉浅笑地看着那内官，却叫那内官觉着被毒蛇盯着一般，嘶嘶冒着冷气儿，汗却顺着额头下来了。

姜瓷笑了："回去告诉贵妃，莫说她想见我，我却是有些话也要同她说说。叫她在宫里安心等着吧。"

内官竟悄悄松口气，不管谁高谁低，他的差事就是把人弄进宫，如今姜瓷说她会去，那也算完了差事，忙不迭便跑了。

卫宁宁皱眉："就这胆量，还敢杀上门来？上回我没问，但你那话是什么意思？三皇子为什么要杀卫成？"想了想，道："难道是因为拉拢不成？这心眼未必太小了些。"

姜瓷淡笑："若单为这个，三皇子怕也忌惮着。拉拢不成也不敢明着得罪，毕竟涉及皇位呢。"

"那是为什么？"

姜瓷没答她，反而说道："人人知道三皇子有钱，为人跋扈又没才学，朝中却有不少人还肯卖他面子，都知道是银钱拉拢来的。但贵妃嫁妆在那，三皇子根基也在那，他的银钱，够他那么花销吗？"

卫宁宁愣了愣，卫安安想了想惊道："潒山！"

姜瓷赞赏地看了卫安安一眼，卫成这两个妹妹，一个沉稳内敛，一个张扬跋扈，但都聪明善良。

卫宁宁也缓过来，震惊且愤怒："皇室子弟竟做山贼烧杀抢掠自己的子民？好啊，真是好啊！"

转头又道："难不成你真要进宫？"

"进，怎么不进。但……"姜瓷笑了笑，"我可不能就这么进。"

她端坐在府里，甚至叫人支起牌桌，拉着卫安安卫宁宁，搭上吴嬷嬷打起叶子戏，难为宫里宫外都为她愁废了心。

卫府一派融融，外头却惊天动地。家丁小厮里里外外忙碌不已，外头见的人自然疑惑，便要打听。只是没人告诉。

人就这样，越想知道越没人告诉的，便越要知道。

于是不经意间就要打听，当影影绰绰的听闻潒山出事与皇族有关，是忌惮卫少将军，所以这回派他去时还特与山贼勾缠谋害，如今还生死不明。卫少将军剿了匪，还将山寨里山贼掳劫的东西送还山坳里几个村寨穷困百姓，兼之前番卫少将军的夫人在城外设立粥棚救助灾民，卫成夫妻如今在民间声望极高。听闻这些后，百姓立刻奔走相告出离愤怒。

酒肆茶楼不过半日就遍地可闻激昂论调，顶着康虎脸皮的卫成坐在南方小馆儿，对面一个相貌寻常的男人勾唇嗤笑："我不记得咱们计划还有这一遭。"

卫成扬眉，很是得意："没法子，我家娘子心疼我。"

程子彦受不得，牙酸得不行，忙岔开了话："老头子气得不行。"

"气便气吧，你从前给他调养的身子健壮，是气不死的。"

程子彦点头："是呢，这时候死了，大炎难免要乱。北徽使团眼看要来，趁乱做些

112

什么，都要伤害国本。谁坐江山是小事，可受苦的都是百姓。"

卫戍丢了一颗花生进嘴："北徵使团进京前，好好热闹热闹吧。"

圣清殿近来瓷器损坏频率过高，才因玉和乡君砸碎补上的冰纹白瓷茶具还没几日，又换了一茬脆响，碎裂在地。

庆安照旧站在一旁不言不语，神情却凝峻起来，微微蹙眉看着气喘咻咻的太上皇："殿下！"

眼看太上皇险些喘不上，忙上前扶了，摆手叫小内侍奉了参汤，太上皇就手狠喝了几口。他注重保养，但这些日子接连事端叫他觉着每况愈下。

"蠢货呢？叫他滚进来！"太上皇的咆哮传出殿外，三皇子哆嗦了一下，等人出来传话，惨青着脸进去了："皇，皇祖父。"

一进门就跪下了，力道之大，身形又壮硕，发出一声闷响。

太上皇眼神阴鸷盯着三皇子，好半晌忽然笑了，阴恻恻叫人畏惧。

"好，好啊。没这个本事，偏生那样贪心。你要有本事把尾巴扫干净，也勉强能坐住这江山，偏你连这点本事都没有。阴私狭隘，大炎是我简家江山，疆土百姓财富也都是我简家的，立个山寨劫掠敛财和杀鸡取卵有何区别？你这么做还不如贪墨卖官！"

三皇子不敢顶嘴，心里却不服气。贪墨卖官一拿一个准，自然轻易也就解决了。可山贼却不一样，如今仍旧影影绰绰没个实证，太上皇的意思，分明是不在乎他的死活，却厌烦他添了麻烦。

"跪着吧，什么时候跪明白了，什么时候再起来。"

三皇子一言不发，太上皇也厌烦他，才叫内侍扶着欲要回内殿歇着，就见人进来通传，太妃送汤来，太上皇怒喝："叫她滚回去！没有诏令不得出她那个宫门半步！"

喝骂声大，殿外传来碎裂声响，想来是太妃奉着的茶盅坠地。

太上皇冷笑，转身进了内殿。殿外一个守着的小内侍瞅着无人关注的时候，悄悄跑了出去。

姜瓷搓着叶子戏，听人回报，眯眼去笑："这人啊，越是贪心，越容易叫人拿住把柄。有句话叫无欲则刚，看来也很有道理。"

几个人都不大明白，却也不问，卫宁宁今日才被拿住学打叶子戏，一开始厌烦嫌弃，摸了几把就上了瘾，不住催促："快打快打！"

姜瓷甩了一张牌出去，捂嘴娇笑："自摸！拿银子拿银子！"

第八十五章　木头

高兴的样子叫一旁从不爱言笑的付兰也止不住笑道："夫人高兴的什么？满桌的银子都是您拿来做彩头，赢来赢去不还都是您的？"

"姑姑不懂，要的是这赢的心情！"姜瓷搓叶子戏搓得满脸通红气色颇佳，看一眼天色又无奈叹息，"罢了，姑姑来替我吧。把宁宁拉下来，这要不叫她打了，怕是要吃了我。你们继续，我去去就来。"

吴嬷嬷要叫人侍奉她，她一行起身一行摆手："春寒病着，叫春兰照看这里，有人伺候，别费心了，好好儿打牌。"

理了理鬓发，也没换衣裳便出了门。院子里站着个姑娘，见她出来迎上去，姜瓷瞅着她脸色道："怎么月余不见就瘦了这么多？"

婢女装扮的钟轻尘撇了撇嘴，委屈地想哭，却忍下了，扶着姜瓷往外走。主仆两个上了马车，姜瓷瞥一眼垂头的钟轻尘道："卫嵘欺负你了？"

"啊！啊，夫人……"

钟轻尘顿时慌乱，她不过在夫人跟前显过一次眼，没曾想夫人的心思竟会这样通透。

"慌什么，你的心思，是个明眼人都能瞧出来。"

钟轻尘局促了片刻，眼圈就红了："夫人这样说，怕他真是对我无心。不仅无心，恐怕还……"

那样冷淡，怕不是无心，甚至是厌恶了。是厌恶她不像个姑娘？还是厌恶她卑贱的出身？她身上到底流着一半胡人的血。

看钟轻尘强忍着哭，姜瓷噙笑："但有些人，却不能一概而论。就算旁人都能瞧出来，他也未必能瞧出来。"

"为，为什么呢？"

钟轻尘怔怔地，姜瓷笑："因为他一根筋啊！卫嵘那人，怕你不是怼在他脸上告诉他，你喜欢他！他是不会喜欢他的！"

这接连几句喜欢，钟轻尘顿时红了脸，想了想，心里又升腾些许欢喜，啜喏着："那……夫人的意思是？"

"喜欢就去说，缝补浆洗送吃送喝的，他还当你念在同袍之谊照料他呢。"

钟轻尘羞涩又喜不自胜，她虽是个大方的姑娘，可要跟人直说喜欢，还是有些放不开。想了想道："眼下正事忙，等过了这阵子……"

姜瓷笑，腹诽岑卿。人精一样，怕是早看透了，却偏不给卫嵘点拨，分明就要瞧热闹。

到宫门外时天色尚早，姜瓷亲自下了马车，捏着帕子掩着嘴，左右看过守门的护卫，娇笑地往西边那个寻常木讷的护卫走去。

"小哥儿，烦劳递个话给重华宫。贵妃娘娘不是要见臣妇么，臣妇就在宫门外等着她。"

护卫眼中一闪而过的诧异，忌惮地左右看了看，又看姜瓷晶亮的眼神，便知自己怕已露了身份。见姜瓷转身走了，他才和身后的护卫道："你来，我内急。"

后头的顶上，他往宫内急急走去。待进了宫，左右看过没人跟着，才径直往一处见了个小内侍。待他走后又等片刻，那小内侍才出来，先往御膳房，要了两碟子点心，端着往重华宫去了。

贵妃正急躁，听见传话僵了僵，但想起方才圣清殿传来的话，神思一转，与身边的嬷嬷道："你去！"

"是。"

重华宫管事嬷嬷在宫里也算是小有头有脸的人物，一路走到宫门口，腰牌也不用亮，只推说娘娘吩咐出去办差事，就径直往卫家马车去，轻轻敲了敲，车帘忽地掀开，露出钟轻尘冷艳的脸。

钟轻尘一见只有个嬷嬷，忽地又放了车帘，那嬷嬷笑容僵在脸上，里头就传来钟轻尘冷声："贵妃娘娘未免托大了些，有事相求还端着架子。罢了，夫人，咱们且回去吧，左右如今也不是咱们要求人。"

"嗯。"

姜瓷轻轻应一声，钟轻尘便唤车夫，车夫立刻扬起马鞭，把嬷嬷吓得忙拽住马鞭赔笑道："哪能！哪能呢！娘娘只是派奴婢先来瞧瞧是不是夫人来了，马上就来，马上就来，烦请夫人再稍待片刻。"

姜瓷没应声，倒是软软地同钟轻尘道："哎，我乏得很。"

"是呢，夫人整日不知多少事要忙碌，哪里能在这儿多耗时候。"

钟轻尘话音才落，就见车帘缝隙里塞进个荷包，她等了等，才忍笑抽走，捏了捏分量不轻，便在姜瓷笑看下又道："夫人，左右来一趟，奴婢给您捶捶腿，您且先在马车上歇歇？也免得将来再去咱们府上请您，您还得费事再跑一回。"

姜瓷忖着，慢慢应了一声，外头那嬷嬷才松了口气，忙告了罪，慌张往回去。一路小跑，把话带到，贵妃气不可遏却又没法子，想着圣清殿还跪着的儿子，咬着牙忍了，便往宫门处去了。

贵妃只带了心腹几人，到宫门处时叫人与护卫说了，便出了宫门。左右不走远，护卫睁一眼闭一眼，也并不想得罪后宫的主子们。

这回来人敲车，钟轻尘看一眼，同姜瓷禀报了，贵妃想姜瓷怎么也要请她上马车说话，谁知那头却掀起车帘，姜瓷就坐在马车上，与贵妃平视而笑。

"见过贵妃娘娘了，因等娘娘久了，我坐得困乏，便不起身和娘娘请安了。"

"你！"

身边人欲要斥责姜瓷，却叫贵妃拦住，笑着对姜瓷道："无妨，卫夫人怎么都行。只是……"

她左右看了："有些话，卫夫人真要这么说？"

姜瓷假做不明白地也左右看了看，诧异道："有什么不能说？左右不是我做了歹事，怕人知晓。"

贵妃一口气险些提不上，硬忍了忍，僵笑道："不远有个茶楼，不如往那处说话？"

姜瓷深深看了贵妃一眼，笑道："随意。"

话音落，钟轻尘就放了帘子，车夫即刻架着马车就往茶楼去，把贵妃几个丢在原地，灰头土脸。

"宫里胆子大的，贵妃真是头一份。手都能伸到太上皇那儿去了。"

"贵妃出身不低，大家子娇养的嫡女，自幼天之骄女，心知自个儿是要进宫做主子的，怕是还存了要做太后的心思，脸面上再谦恭，心里终究野性得很，什么不敢干呀。"

钟轻尘嗤之以鼻，姜瓷就想不明白："那就一个位置，今上最大的功绩就是儿子多，她就没想过成王败寇，若不争，还能做个富贵闲王，要是争了，未必就有好结果。"

"人啊，到了那地步，野心止都止不住。"钟轻尘看得倒透彻，姜瓷想着也是。

茶楼不远，姜瓷到了就自个儿上去了，没多大会子贵妃也匆匆而来，姜瓷顺窗户看见外头一架小马车，贵妃衣装都未更换，看来是真心急了。

钟轻尘侍立姜瓷身旁，贵妃上楼看见，心里怨毒脸上不敢显出来，微抿着嘴角上前，还没走近，就见一众小婢越过她，端着茶点奉上桌案，且一瞧就不是这家茶楼的东西。

"哦，这是我家厨子做的，茶是雪山今年的新银芽，贵妃尝尝吧。"姜瓷淡淡笑着，贵妃眉头抽搐。

雪山的茶是春天出，运到京城正是这时候。如今宫里才送进来不到三日，各宫还都没分到，姜瓷却已喝上了，要不是卫戍会是谁？

"卫夫人。"

"嗯。"姜瓷啜一口茶，淡淡应了，贵妃却不知说什么了。明说前番做事不周，请别计较了？但姜瓷算什么东西？计较不计较的，用得上看她脸色？她到底堂堂贵妃，母族壮大，儿子还是皇长子！想着，贵妃便挺直背脊冷声道："卫夫人好手段，不过半日，坊间便沸沸扬扬流言四起，难不成卫夫人觉着凭此就能拿捏皇室？"

姜瓷嗤笑："娘娘说笑了，姜瓷市井出身，没那么大本事，更不敢跟皇室叫板，自然是诸位叫咱们生，咱们生，诸位叫咱们死，咱们死。且娘娘说的什么？流言？流言是假，难不成外头说的那些，是假的？"

姜瓷抬眼瞥去，眼神清冽，贵妃冷笑："是真是假，如今说又有什么意义？卫夫人，事到如今，你我都已身不由己，不如叫卫将军出来，咱们好好把这事说开了。毕竟阿源他是皇子，卫将军总也不能为这一件事就放弃官途，你说是吗？"

姜瓷皱眉，有些发愁的模样："娘娘说的也是，我家相公虽手握实证，但三殿下到底是皇子，便是太上皇和圣上气恼了，终究也是骨血亲缘，惩戒了他，也未必不恼卫戍。"

"是呢，正是这个道理。左右潨山如今已然被剿，阿源也脱身了，卫将军且松松手，咱们也都过去了。倘或能坐上一条船，往后……"

贵妃心里上上下下心惊肉跳，她那蠢儿子再三说潨山清干净了，留着就是为了要除掉卫戍，可卫戍手里要没点什么，怎么敢这么跟她叫板？如今听姜瓷说的，可见是真的。而那头太上皇的态度也叫人畏惧，说的话，显然是要推阿源出去了。

贵妃冷汗下来，阿源要是倒了，她这做母妃的必然牵连落罪，连母族也必然受损。

看姜瓷显然犹豫了，贵妃的心又稳了些。

毕竟相互拿捏，这事还有的商量，许些好处，保不齐还能拉拢卫戍相助。

姜瓷沉思半晌，却是笑了。

第八十六章　橄榄枝

"娘娘说的虽有理，但三皇子可是下了狠手几次三番要咱们性命的，咱们哪里敢？岂非与虎谋皮？"

贵妃顿时气倒，她那蠢儿子自诩聪明，从来只会坏事！

"只是一时上头，卫将军该和你说过，阿源是真心欣赏卫将军，卫将军若肯赏脸，没准还能成就一段佳话。"

贵妃试探地太明显，姜瓷道："这事我也做不得主，还是要问过我相公才是。"

"是这个理。"贵妃话接得太快。姜瓷却没计较："娘娘怕是不能出宫太久吧，毕竟也未曾禀报圣上和太上皇，臣妇的茶点还没用完，恕不远送。"

贵妃也没计较，款款起身："无妨，待夫人有了消息，传话进来便是。"

姜瓷点头，贵妃便走了。

"夫人这样不敬，贵妃也没计较。"钟轻尘知道贵妃性情，有些诧异。姜瓷却笑道："我如今就是敬了，她便信？凭他们对卫戍做下的事，我也合该如此才是。可有人来？"

"跟夫人料想一样，贵妃才派心腹出来，宸妃那头便得了信，比贵妃还早派人出来，夫人前脚进了这厢房，隔壁就进了两个白皙干净的小郎君，怕是内侍了。贵妃才说罢潆山的事，那两个就匆匆走了。"

姜瓷点头："嗯，把荣太妃和安怀公主的事，也散布出去吧。"

"是。"

姜瓷慢条斯理咬了口点心，又吐了出来，微微蹙眉："忒甜了，腻歪歪的。不是府里做的？厨房一贯淡口儿……"

姜瓷不解，正说着，忽然一凛，从钟轻尘手里拿过葫芦接连灌了几口水。

钟轻尘惊诧，姜瓷却看着这茶楼，微微冷笑："不干不净的地方，留着做什么？"

钟轻尘顿时明白。

茶点自然是府上带来的，但姜瓷没带多少人，赏钱给的大方，用茶楼的人端送茶点也没什么，但就这几步的路，茶点就被换了。

钟轻尘一身冷汗："亏得夫人警觉！"

也亏得上头有心，叫她带了一瓶解毒汤药，说是只消是毒，入口一刻钟内服用，寻常毒可解，剧毒也可缓解，能换来解毒的时间。

"回去叫岑卿来把这茶楼收了吧，离宫门这么近，也有点用处。"

姜瓷拍拍手起来，钟轻尘小声道："夫人，不审问审问吗？"

姜瓷嗤道："左不过那几个人，我临时起意出门，这么快就能安顿好的，不是老三就是老六。"

姜瓷同钟轻尘说笑着下楼，还没登上马车就听见有人唤卫夫人，回头看去，竟然是九皇子。

"见过九殿下。"

姜瓷意外且诧异，许久不见，没曾想九皇子憔悴消瘦得脱了形。

"阿戍呢？可有阿戍的消息？他还活着吗？"

九皇子眼瞳晶亮，姜瓷皱眉，九皇子忙摆手："不不不，你不必告诉我，我只要知道他还活着，我也就安心了。"

九皇子瞧着不大妥当，姜瓷递了眼神给钟轻尘，钟轻尘摆手，便有两个小厮走过来。

"殿下是才从宫里出来？瞧着疲惫得很，还是先回去歇歇，回头再来说话吧。"

姜瓷行了礼，九皇子失落不已，但转念想了想，顿时又高兴起来。姜瓷看他顺从地让小厮扶了登上马车往自己府第回去，皱眉道："这是怎么了？"

"公子出征后，贺公子筹谋划策，九皇子在一些小事上冒了头，得了圣上几句夸赞，转头便被打压，贺公子也被寻了由头降罪入狱了。"

姜瓷蹙眉："都知晓东宫那地方得太上皇说了算，得了几句圣上的夸赞就值当这样对付？"

何况九皇子出身，想要出头也不容易。

"是谁出的手？"姜瓷问过，心里却也明白。卫戍没同她提过这事，可见也不预备插手。

"是三皇子。"

这就叫姜瓷心里不痛快了，贺旻让九皇子挑在那时候出头，为的还是要借卫戍出征的势头，到底卫戍做过九皇子侍读。三皇子到底还是为着打压卫戍。

姜瓷什么也没说，马车一路回了卫府，眼下这时候，一切小心为上。

贵妃心里明白得很，卫戍倘或真死在潇山，这事也算险中求胜，但卫戍倘或没死，以他的心计才智，怕是已然掌握了她那蠢儿子阿源的把柄。

"三殿下呢？"

"还在圣清殿跪着呢。"

贵妃一阵心烦，这跪的时辰不短了。她回想此事始末，太上皇的心性她揣度得也有七七八八，儿子在外大肆用银钱收拢朝臣，从前不少和她要，底子空了大半，后来却渐渐少了，但他的银子还是流水似的花，她早觉出了不妥，待逼问出来，真是吓飞了三魂七魄，叫他即刻散了潇山，可他却叫银子贪红了眼，一再推脱，存了侥幸心理，直到贪心渐大，过往百姓商船没有不被劫掠，甚至闹出人命，数量且不少，不知多少人上书，惊动了朝廷。

几次剿匪均未成功，是大炎的兵将真就这么废物？

太上皇心里早有疑心，这事，没人里同外鬼，不会这样。

她那傻儿子，以为自己能瞒天过海，暗自窃喜，直到卫戍几上漭山，再到后来卫戍身份显露，她就知道坏事了。

太上皇知道了，但太上皇重颜面，她那傻儿子明面上不会出事，可暗地里，太上皇不会放过。

贵妃的心越来越沉，从起先的乱了心神，到儿子来和她说起太上皇私下召见吩咐的事，她还存了奢念，觉着可以逃过一劫，甚至暗自窃喜太上皇这么做，或许心里还是属意自己儿子的。

可如今想来，不是！

根本不是！

卫戍是什么人？是太上皇手里的一把刀，太上皇用这把刀办事，算是自己心腹，到头来连自己心腹都容不下，哪里会容一个犯了这么大错的孙子？

要是寻常人家，念着血脉亲缘，这事也能原宥，可偏偏在皇家。皇家的子孙，可以是亲人，也可以是仇人。

卫戍要真死了，她那蠢儿子过不了多久也得"殁了"。

贵妃的心思从来没有这么清晰过，她忽然有些后悔了，晚了那么半刻才想明白，若是在见姜瓷之前就想透了这些，她方才一定会表现得更诚心挚意。

眼下能坏她儿子的是卫戍，能救她儿子的，也是卫戍。

就是在这样的情况下，当贵妃听见了那些风言风语的时候，忖度再三，她觉着她该表个态，让卫戍夫妻看到她的诚意。

"永王近来在做什么？"

太妃最叫人忌惮的，一是如今她算是太上皇后宫唯一留下位份高的，二就是她的儿子永王了。

"还不是那样子，吃喝玩乐，胆子又小，寻常不出王府的门。"

贵妃点头，想起永王妃，有些顾忌道："封家呢？"

永王妃出身不算高，却也不低，算是盛京老牌贵族，但如今袭六世快到头了，伯爵没了，也就永王妃的哥哥做着个四品闲差。

"娘娘，封家应是起不来了。"心腹明白，悄声在贵妃耳边说了，贵妃打消心底最后一点迟疑。

"成吧，好歹得有个样子。"她这厢才说罢，那头却有人比她更快对卫家示了好。

安怀公主听了传闻进宫，大约太过急躁，竟冲撞了一个有孕的嫔御，位份不高，瞧着也无甚大事，公主没放心上，睨了一眼就要走，那嫔御却抱着肚子堵了路不肯放，公主心急，大怒之下又推了那嫔御一把，恰被宸妃看见。

宸妃大怒，这嫔御不但有孕，且还是她宫里人，便拦住安怀公主理论起来，吵嚷间那嫔御见了红，宸妃即刻叫了御医，闹了好大一场，惊动了后宫每一个人，幸好最终那孩子还是保住了，宸妃听闻孩子保住了，连声念佛，甚至眼红掉泪，这叫闻讯赶来的圣上很是动容。

接下来自然要审理公主罪状，安怀倒也有眼力，立刻跪在皇兄御书房请罪，圣上本气恼，但一见此状，顿时想起这还是父皇的女儿，又踟蹰了起来。

这时候，怀王也进了宫。

为何是这时候，实在是因为见过卫如意后，怀王大病了一场，如今将将才能下地，便不顾病躯衰弱，强撑着进了宫。

太上皇早听说了外头影影绰绰的传闻，自然不想见儿子，但分明传话出去，怀王却还是闯了进去，进门一见跪在殿里的三皇子，低喝一声滚，三皇子惯来怕这个皇叔，抖了抖却没敢动，庆安从里头出来，低声温言地请三皇子先去外头回廊等着。

说话的工夫，怀王已进了内殿。

没有赘语，怀王把事情说了，太上皇眼皮子也不抬，半晌没说话，怀王皱眉："父皇！"

"有证据吗？"

太上皇撩起眼皮子盯着儿子，见儿子冰冷苍白的脸色，顿时一阵烦躁，也皱眉道："不能凭你红口白牙，是孤的儿子，孤就听信你的话，这样如何堵住天下悠悠众口？便是你不要名声，孤不要名声，难道我简家皇室的名声都不顾了？"

怀王勾唇一笑，浅薄而冷。

来之前，他早已想到他的父皇会是这样的，于是转身就走。太上皇又烦又气，抖着手指着早已没人的殿门骂道："一个两个，难不成孤欠了你们？真是见了鬼了！一个女人，二十多年了，恨的也是他，要公道的还是他！跟他有什么关系！"

庆安恭身立在一旁，见太上皇发怒，才上前轻声道："殿下，名声得保，可如今却也不碍什么了。王爷的性子，您是知道的，若是逼急了做出什么来，那殿下辛苦维持的皇室声誉怕也要毁于一旦，倒不如……"

太上皇看过来，他话语渐渐放轻，最后那几个字便没说出口，主仆却心照不宣。

太上皇的脸色一下就平和了："你说的也没错，他也是走投无路，孤是他的老子，孤是得给他主持公道。"

庆安闻言，垂头行礼，揣着手便出去了。

第八十七章　真相

事情叫人始料未及，贵妃正扼腕没有先下手，叫宸妃那贱人得了先，想着往后得怎么插手进去的时候，安怀还在上清殿哭着，甚至怀王还没回到怀王府，宫里就传出了太妃病了的消息。

姜瓷听到消息的时候顿了一下，继而冷笑一笑。

"夫人？"钟轻尘询问，姜瓷慢慢摇头："太上皇怕丢脸面，便先把这事扼杀了。始作俑者都要死了，二十多年前的事，自然也没什么可说的了。"

钟轻尘厌恶，却也说不出什么，姜瓷却忽然笑了笑。

这夜里正睡着，外头忽然喧闹起来，吵醒了姜瓷，姜瓷惯不爱叫人守夜，但钟轻尘不放心，就睡在院子门口的那间小屋里，即刻便进来。

"夫人……"

还没说明缘由，外头的声音就清晰了起来，是卫宁宁尖厉的声音，待卫宁宁把顶着康虎那张壳子的卫戍扭进来时，姜瓷诧异了一下，顿时就明白了。

"这小子半夜三更鬼鬼祟祟在你院子外头！我盯他几天了，看你眼神从来不对，怕是心思不正！"卫宁宁显然已把这人归在趁卫戍不在试图勾搭姜瓷的人，姜瓷徒劳地张了张嘴，却不知怎么解释，看卫戍耷拉着脑袋也没法说的时候，她忽然忍不住嗤地笑出了声。

"你还笑？"卫宁宁不可置信。姜瓷忙敛笑上前拉住她："你这三更半夜的，怎么抓住他的？"

"我和我姐姐这几日，都是她守白天我守夜里，我功夫比我姐姐好。"

姜瓷心生感动，忙提醒道："有暗卫守着的……"

"有用吗？这不也是你们的人？不照样半夜鬼鬼祟祟试图潜进你院子？"

卫宁宁斜睨她一眼，仿佛看着笨蛋："我不是说，卫戍就是蠢的！看人不带眼睛吗？什么人都要！"

被点名的卫戍张了张嘴，仍旧不知怎么为自己辩解。姜瓷好笑，想了想才道："今儿宫里出了事，我叫他去打探了，还叫他有了消息不拘什么时候，都必须即刻呈给我。"

卫宁宁愣了愣，迟疑道："真的？"

姜瓷一本正经点头，然后看向卫戍，卫戍忙道："夫人吩咐的，属下已办妥，太妃明日便会好起来。"

卫宁宁更疑惑起来："太妃？"

姜瓷看了看她，朝卫戍道："你们先下去吧，我同卫二姑娘说几句话。"

钟轻尘戒备地盯了卫宁宁一眼，却听话地催促卫戍出去，卫戍心里明白，低头出去了。

"你要和我说什么？"

"外头近来的传闻，你知道了吗？"

卫宁宁摇头："我白日都睡着，晚上蹲树上守着你这院子。外头什么传闻？"

"关于许夫人的传闻。"

卫宁宁诧异了一下，大眼睛转了转，立刻明白："许夫人的事，果然有蹊跷？"

"是，可惜年代久远，只有人证，没有物证。人证嘛……"

就卫如意那样的，怀王妃倘或不松口，也还真做不得什么证。姜瓷看卫宁宁极快冷静下来，忍不住心下赞叹，这才十四岁的姑娘。卫宁宁转头看过来："你同我说说吧。"

姜瓷便捡着紧要的，将许夫人的事同卫宁宁说了一回。卫宁宁脸色没有多大转变，却始终提着一口气，到底是她们一家人心里避忌了多年的人，如今听到当年事的隐情，心里别提的复杂，一直到姜瓷停口又过了好半晌，她才长长地出了一口气："没想到……"

她不知道该怎么评论，毕竟一直以来，她们都恨得理所当然，如今没曾想那个她们以为心机繁重带累她们一家的罪魁祸首，竟然才是最悲惨的那一个，她不知道该怎么去说这件事。

好半晌，她才幽幽道："我会把这些都告诉我娘的，她……等我爹娘回来再说吧。"

姜瓷点头，卫宁宁并没质疑此事，已足见中肯了。

"所以这当口，太妃忽然得病，是有人想叫她死？这事也就不好再提？"卫宁宁看着姜瓷，说过之后又立刻明白，"想叫她死，能叫她死的，只会是宫里人。这件事除了涉及卫戍和卫家许家外，涉及的便也只有皇室了。"

想明白姜瓷夫妻是在跟谁作对，卫宁宁忍不住翻了个白眼。姜瓷笑道："不如你和卫大姑娘先回去吧。"

"不回去！你不必担心我们，我爹虽是将军，但我们一家也没享过什么富贵，真是不成了，这个官大不了不做，反正我爹做得也憋屈着。"

多年未曾得用，甚至手下兵将也连番裁革，卫北靖的日子确实也过得不那么舒心。

两个人也实在没多少话可说，该说的说完了，卫宁宁也就走了。

卫戍知晓他这宅子里暗卫的排置，能掐算着避开潜进来，却实在没想到竟然会被卫宁宁逮住。过了好半晌，黑黢黢里，卫戍灰头土脸地摸了进来。

姜瓷忍不住笑，卫戍委屈地蹭过去：“娘子不疼我了。"

姜瓷笑得更大声，卫戍也忍不住跟着笑了起来。

"宫里怎么说？"

好半晌夫妻两个才停了笑，姜瓷轻声问，卫戍微微摇头：“便是眼下救了，怕也过不了多久，老头子要她死的心正着呢，一次不成必还有下次，我犯不上去救她。"

"叫她这么死了，便宜她了。"

卫戍勾起唇角：“我是好人，死也得叫她死明白不是？"

"嗯？"

"怀王明日怕是要见见她的，这么多年心里的伤痛，哪能轻易就过去了。"

转头又惋惜：“怀王比今上更适合为帝，可惜却牺牲在亲爹的私心里。更可惜的是怀王没有子嗣，如今便是要夺储，也……"

姜瓷嗤笑：“怀王才刚四十，尚算健壮，广纳后宫的话，总会有子嗣的。"

"哎，如今便是这般。合适的人不是没子嗣，就是还没长大。"

夫妻平躺在床上，盯着黑漆漆的帐子顶，一齐叹了口气。

怀王确实咽不下这口气，在听闻他见过太上皇后不久，宫里就传出了太妃患病的消息，他更加阴郁了。

翌日一早，待吩咐把卫如意悄悄送回卫府后，他又进了宫。但并没去圣清殿，而是径直去了寿宁宫，先叫宫里人替他扫了路，寿宁宫里没几个人，只殿门外立着个内侍，同他眼神交汇，他正欲抬脚进殿，就见那内侍脸色倏然一变，他便立刻闪身避过，果然就见大门外，嬷嬷引着太医正进来。

怀王避在转角，见那面容刻板的太医入殿。

徐太医昨夜临危受命，把突发急症命悬一线的荣太妃救了过来，眼下荣太妃气息奄奄地躺在床上，见徐太医进来，还是勉强笑了笑。

这么些年，她始终是一个慈祥善和的人，便是待奴婢也都柔软。

徐太医行罢礼搁了脉诊，细细给荣太妃诊脉，微蹙的双眉渐渐舒展，抿起嘴角点了点头，荣太妃松了口气。徐太医便转身往桌案上去写药方子。

香炉里新焚的香清淡，荣太妃却忽然咳嗽，引着太医来的嬷嬷左右看过，皱眉道："娘娘便是太好说话了，如今病在床上，这些蹄子还乱跑，殿里一个伺候的都没！"

提了瓷壶，里头竟是空的，顿时气恼，冷着脸出去。荣太妃正闭目养神，听着脚步声睁眼，就见眼前忽然垂下一张纸。

"娘娘，请您过目药方。"

"交给御药房便是，本宫也看不明白药方子。"

因太上皇尚在，荣太妃始终自称本宫，徐太医有些逾越令她不快，然而这点不快很快便在她看清纸上的字后顿时消散，取而代之的是惊恐。

"你是谁？"荣太妃倏地坐起，一阵晕眩，阴鸷地盯住徐太医。徐太医那刻板的脸上，忽然现出一丝诡笑。

"日子久了，有些事娘娘是不是记不清了？下官这方子提神醒脑，有助恢复记忆，娘娘可要试试？"

"滚开！来人！来人啊！"荣太妃声嘶力竭，外头却一派平静，她顿时满脸灰败。徐太医再度大笑："何必呢？娘娘，下官手里的，才是救您的药方，您真不试试？"

到这时候荣太妃再没有不明白的，当初的事，看似平静了二十年，外头忽然兴起的传言，她突如其来险些丧命的急症，这宫里，怕是再容不下一个活着的荣太妃了。

徐太医看荣太妃脸色几经转变，慢条斯理坐下，隔着几步同她对视，语调平和："娘娘若肯安然赴死，永王想来是能保全的，但安怀公主牵涉其中，怕是不多久，也会因思母心切而病故。再往后说一些，纷纷扰扰前尘往事，倘或这般也镇压不住，娘娘就是死了，也会被挖坟戮尸，到那时候，永王想来也……"

看荣太妃脸色惊惧苍白，徐太医歉然一笑："毕竟自己做下的事，总得自己承担后果，虽然晚了二十年。"

"你到底是谁！"

徐太医挑眉："娘娘心里不是有数么。"

荣太妃冷笑："你倒是胆子大！"

"胆子不大，也不敢与虎谋皮不是？"

"你想从我嘴里得到证言？"荣太妃想了想，又骄矜起来，觉着还能拿捏徐太医。

谁知徐太医却嗤笑："娘娘，我是好人，只是想叫您死个明白罢了。瞧您说的，好似我有了您的证言，就会有人为我主持公道似的。"

荣太妃冷笑僵在脸上，徐太医又走来，手中的药方子轻飘飘落在她身上，徐太医转身就走。荣太妃以为他欲擒故纵，眼睁睁看着徐太医走出殿门再没了踪迹，才惊觉他是真不稀罕她所谓的内情真相，以及证言。

"来人！来人！"她再度歇斯底里大叫。方才引着徐太医来的嬷嬷惊慌跑来："娘娘！殿里不大对！除了门口的小路子，一个人都不见！"

荣太妃却气喘吁吁一把攥住嬷嬷："你去圣清殿告诉太上皇，卫戍潜进宫了！"

第八十八章　收场

嬷嬷愣了一下，满脸惊恐，转身要走，荣太妃却一把又攥住了她，她惊慌回头，就看见了自家主子灰败的脸色。

"娘娘？"

荣太妃摇头。

卫戍再大的本事，在宫里还做不到如此，她的殿内殿外一个人都没有，是怀王的手笔。而太上皇已然对她下手，就算她帮太上皇捉拿卫戍，那个冷心薄情的男人，也并不会因此便放过她。荣太妃苦笑："笔墨伺候。"

嬷嬷惊疑不定，却还是去铺纸研墨，荣太妃强撑着起来，颤着手奋笔疾书，写了一封后，又写一封。

"娘娘？"

这么会儿工夫，荣太妃愈发虚弱，她死死攥住嬷嬷交代："把这封信送到卫戍府上，亲自交给他的夫人。这一封……这一封，交给怀王。"

徐太医从宁寿宫出来，并没回太医署，而是径直出了宫，行到一处偏僻处，撕掉脸上一层皮，露出本来面目，继而又贴了一层在脸上，在城里绕了几绕，才回卫府去了。

姜瓷正在练字，卫戍二字如今得心应手，与卫戍写的一笔一划分毫不差，只是风骨不同，她正满意，岑卿进来传话，说宫里送信出来。

"宫里？"

姜瓷拿着笔才诧异了一句，就见康虎从外头匆匆而来，她接了信，吴嬷嬷会意地将人带出书房外。姜瓷展信，就见约略一句，大约意思是只要卫戍能保全她身后名，保住永王，她愿意把当年事端始末悉数告知。

是谁送来的信已不言而喻。

岑卿多少有些吃味儿，曾经他是卫戍心腹，如今许多事他却一概不知。

姜瓷看了看卫戍眼色，便叫岑卿回信。

允。

只一个字，荣太妃收到的时候，顿时心安。

"娘娘？"

这么半日工夫，荣太妃心腹嬷嬷已约略知道怎么回事，双眼通红，荣太妃笑："阿欢，我到如今，不亏。安怀身涉其中，恐难抽身，只要永王能保全，一脉传承，谁也忘不了我这开宗的主子。吕莺艳替我母女背了那么久的嫌疑，我甚至在罪民署安插了假的许璎侍婢以防万一，可归根究底，只要做过的事，总有露的那一天。你去吧，卫戍和怀王在宫里都有人，他们会保护你安然离开，你便去卫府，带着这封信。"

嬷嬷颤抖着手接过信，眼泪就流了下来："娘娘……"

"去吧。"

荣太妃摇头，推了她一把，她一步三回头，出了殿门，死死捂着嘴痛哭一场，连东西也顾不上收拾，便往宫外去。

荣太妃交代得很到位，这一路确实畅通无阻，甚至无人察觉，她便安然到了卫府。

姜瓷没见这位宫里出来的梁嬷嬷，只吩咐岑卿将人安顿好。

而那厢人都走后，荣太妃孤身在寝殿，喘息的声音愈发清晰。少时，殿门口现出一道身影，荣太妃笑："怀王时辰算得不错，再晚半刻，怕是见不到了。"

怀王背光，一张脸尽数隐藏在黑暗里，荣太妃嘴角沁出泛黑的血丝，她抹了一把，苦笑："夫妻一场，终究这样心狠。难怪当初娘娘会郁郁而终。"

她抬头，朝着怀王笑："阿禾，事到如今，也没什么可隐瞒的了。当初的事，都是你父皇属意，毕竟你若一直意气风发，你父皇不改立你为太子，朝中也难答应。那件事后，你被仇恨痛苦击垮，娘娘却暗中查了此事，那些没有来得及隐藏的漏洞，娘娘知晓得一清二楚，难得许璎和她一条心，把那些漏洞填补，几乎天衣无缝，只要叫你以为是许璎变了心，让你恨她，才能保全你。"

荣太妃又是一笑："你恨我，倒不如恨你自己，若非你行事那般乖张，连阿申的封号也要踩一脚，我哪里会掉进你父皇的圈套，替他做了这么一遭事？我如今也是利用你，告诉你实情，看你父子成仇，你搅起轩然大波，才能保全我的阿申。"

荣太妃得意一笑，一股黑血却涌了出来，她极具痛苦，却笑得畅快："许璎不是自尽，她为你死了心，要安心养育卫戍，但你父皇怕你心不死，才掳走卫戍，胁迫许璎自尽。连你母后亦然，你父皇口口声声痴情痴心，却唯独对她最是薄情，不然又怎么能不顾她的苦苦哀求，仍旧对你下手？才致使她郁郁而终。"

一股一股的黑血汹涌而出，没有卫戍的药，毒发作起来极其快。

本就不清晰的怀王身影更加模糊，荣太妃甚至出现了幻觉，仿佛回到那时候，她娇娇俏俏的十七岁，侍奉温柔大气的皇后。皇后有孕，年轻隽秀的圣上日日陪伴，哪个姑娘不动心？哪个姑娘不想要一个这样的情郎？圣上眼角眉梢递来的情愫，生生勾起了她的贪心，于是那一夜，皇后有孕贪睡，圣上深夜批完奏折前来探视，她在殿内焚了香，娇媚勾缠，一夜旖旎，封了选侍。

圣上对皇后越歉意，她越觉着这样痴心的男人难能可贵，为讨好圣上，她得封后仍旧日日前往凤仪宫侍奉皇后，兼之一夜得中怀了身孕，果然日渐得宠。却也因此越发招惹怀王厌恨，但她不知道的是，怀王对她的厌恨，更多的却是来源于他的自责。怀王一直觉着当初若非母后怀了他，又怎会叫荣妃有机可乘？母后又岂会自那之后始终郁郁寡欢。

但原来并不是，母后的郁郁寡欢不是因为荣妃，而是因为父皇。

怀王这时候才忽然明白，母后大约才是天下最了解父皇的人。

荣太妃以为圣上对她总有几分真心的，毕竟比之皇后和贵妃，她出身低贱，而另一个曾被临幸的宫婢，下场又是那样落魄。然而归根结底，她只不过是圣上使的顺手的一把剑而已。

荣太妃笑个不住，眼神却渐渐涣散。

怀王沉着脸，自始至终一言不发，待荣太妃倒地后，他转身离去，身影极快消失，仿佛从未出现。

荣太妃殁了的消息传进圣清殿，太上皇总算觉着有一件事让他心情畅快。

"昨日是谁去宁寿宫看诊？"

太上皇阴沉着脸，庆安回复后，他闭上眼冷嗤："太妃死了，可见不尽心，罢官撵出去吧。"

医术是不错，却不听话。

在太医署角落昏睡了一日的徐太医莫名其妙就被罢了官。消息传到贵妃处，贵妃砸了茶盏："就没一件顺心的事！"

偏巧，徐太医是她的人。

四月底的天热起来，骤然薨逝的荣太妃不好停灵太久，宫里极快下了旨意，封了荣贵太妃，甚至升了安怀公主为安怀长公主，停灵三日，休朝一日，满朝不必服丧，归葬妃陵。

一切瞧着很正常，又似乎不太正常。

北边因为更换赈灾官员，也渐渐平息，今春下了大雨，灾民三月已逐渐往北回，在官府的帮助下播种下地。但到底经了这么一件大事，饿死不知多少亲友，朝中提出派遣一位皇族前往安抚百姓，便有人提了永王。

照理说荣贵太妃新丧，旁人也罢，他总该要为生母服丧，而偏巧荣贵太妃便生在北方。朝中的意思，永王为人敦厚，安抚之事最为合适，也趁此机会可以前往生母生地，建一座往生祠，为荣贵太妃积福。

永王是个没主意的人，听旁人这么说也觉着甚好，太上皇心里大约觉着到底亏欠了荣太妃些许，便也允准了此事，五月初，永王便带着朝中赈灾重建的银两布匹粮食与种子等物，前往北方。

而永王才走没几日，安怀长公主便病倒了。

这些消息一个接一个，都在预料中发生着。

看似一派平静，朝中始终没有放弃在潺山搜查，有些人已信了卫戍等人已死，但有些人的疑心却越来越盛。

譬如太上皇。

他知道卫戍没死，非但没死，甚至可能已潜回京中。但他一切搜查无果，连紧紧盯着的卫府也并没发现什么。虽然卫府的每个人看起来都很可疑，做的事也可疑，却偏偏一星半点都没露出卫戍的踪迹。

五月初的天，百花盛放，正是四处游历的好时节，日日闷在府里，姜瓷尚可，卫家姐妹却都憋得受不住了。

毕竟从前都是武将家出身的姑娘，又是飒爽的性情，卫宁宁夜夜盯着天，就那么一片星空，早看得腻歪歪的。

姜瓷在灯下做袜子。卫戍奔波，昨儿袜子破了洞，看卫宁宁坐在院子里这个模样，好笑的同时又觉着歉意："眼下平静，不如你和安安先回去吧。"

"不行！"卫宁宁断然拒绝，满眼坚决，"我娘来信，最多三日便进京了，要我们一定保护好你，等卫戌回来！"

姜瓷看一眼站在院子里充当侍卫的卫戌，也实在无奈："那……"

"我听说南方小馆儿新来了个先生，唱的曲词清雅得很！"卫宁宁忽然双眼放光，姜瓷又下意识看向屋里侍奉的春寒。

十来日的功夫，伤分明还没好透，她却偏要挣扎着来侍奉。姜瓷知道她心里堵得很，便也没驱赶，也不分派她做活儿。姜瓷看一眼满天星斗，试探道："既如此，不如明日咱们一道去南方小馆儿坐坐？"

卫戌说过，有些地方她是可以去的。

"行吗？"

"行的。"姜瓷本还有些迟疑，待看卫宁宁顿时双眼晶亮，便笑着应下了。

卫宁宁守了一夜，睡到第二日未时三刻醒来，急忙收拾了找过来，姜瓷已然在等她，安顿妥当，三人一驾马车，仆妇一驾马车，低调地往南方小馆儿去了。

卫戌跟在马车后，忽然遥遥往远处看了看，勾唇一笑。

第八十九章　揭破

岑卿定的还是二楼姜瓷从前坐的地方，半下午的时候，馆子里人不多，楼下台上的姑娘正弹着琵琶。卫家姐妹虽是慕名而来，但其实还是头一回进南方小馆儿，那姑娘趁着琵琶，也瞧得很有趣味。一曲罢，台子下头坐了两个老倌儿，一把京胡一架月琴，待音起，帘子后头便走出了一道身影。

卫安安倒抽一口冷气："这姑娘生得真是娇媚！"才赞一句就看见他颈间喉结，兼之身形高大，顿时又惊："竟是个男儿？"

却见他一身闺秀装扮，待唱腔起，春寒死鱼一样的眼神忽然活泛起来，嘴唇微微颤抖，往台上看去。

是梅青。

梅青近来声名大噪，但性情古怪，心情好了一日三登台，心情不好三五日也不唱一出。如今日这般，半下午客少的时候出场来的，还是头一回。

卫宁宁听旁边一桌两个脸红的姑娘说道，点了点头，暗叹运气倒不错。

梅青扮相极美，身段袅娜，一双媚眼勾魂摄魄，唱腔婉转清灵，二楼除开姜瓷，唯剩下那一桌的客人，两个姑娘打赏豪爽，姜瓷也吩咐赏下去，梅青唱间眉眼一勾，便从二楼掠过，两个姑娘顿时高兴，春寒却浑身一颤。

这厢一段唱罢，梅青退场，才走下去，忽然一个年轻妇人走到他身边，假做不稳便往梅青身上倒去，梅青抬手去扶将她推住，那小妇人不甘心，也伸手去拽，这么一推一拽，就听撕拉一声，梅青的衣衫便破开个口子。

"抱歉。"梅青仍旧浅笑着，温言软语，小妇人手里攥着一片梅青身上扯下的布，心满意足，看梅青进到后头，才红着脸快速离开。

姜瓷看着春寒，春寒盯着楼下。姜瓷才叹气，就听见一阵咚咚咚的脚步，急切得很。

卫家姐妹两个顿时警觉，才站起来的工夫，就见楼梯上忽然冲来一个男人，姐妹二人正欲拔剑，却忽然愣住了，连带才跑上来的男人也愣住了。

卫宁宁看一眼才跑来的人，又回头去看姜瓷身后站着的那个护卫。

二楼诡异地凝滞了一下。

姜瓷心一抽，先虚了一下，继而无奈得直想拍自己两巴掌。而那头才跑上来的康虎看着姜瓷身后站着的另一个自己，骤然愣住，旋即脸色大变抽刀冲了过来："阿瓷小心！"

他以为这一声是给了姜瓷警示，姜瓷恨不能拍死康虎，待要出声警示，刀已到了近前，卫戍惊出一身冷汗，生怕伤了姜瓷分毫，忙把姜瓷拽到身后护住，康虎一见，顿时气急："哒！贼人！有什么你冲着小爷来！别挟持她！"

姜瓷气得恨不能翻白眼，若真是贼人，没想起挟持人质，他这一提醒，怕是她难逃一劫。卫戍也气笑了，这勾起一边嘴唇邪里邪气的冷笑，叫呆滞看着这边的岑卿觉着莫名的熟悉，一瞬间如同醍醐灌顶，顿时清明。

"啊！"

他呆傻傻叫了一声，却伸手拽住了正要去帮忙的卫嵘。

"死开！"

卫嵘振臂却没甩开岑卿，正欲再挣扎，岑卿却一巴掌拍在他肩头："呆子！没外人！"

卫嵘愣住，这俩人虽惯常谁也瞧不上谁，但卫嵘也不得不承认，岑卿那猴脑子确实比他聪明，可惜他翻来转去地想岑卿这句没外人也还没能参透。于是他侧过身小心翼翼地问："咋个？"

岑卿看那头二人打得风生水起，自家主母一双快要吃人的眼睛盯着新来的康虎，下巴一扬幸灾乐祸："他！不消三招准挨打！"

话音才落，康虎哀号一声捂着屁股，涨红一张脸匪夷所思地盯着冒充自己的贼："你这么下作的吗？"

卫戍邪笑，他方才剑虚晃，脚却在下头实实在在地踹了康虎屁股一脚，没法子，他还记恨着康虎呢。

卫戍这么一笑，康虎愈发恼怒，大喝一声再冲上前。

姜瓷算是明白了，这么声势浩大地闹起来，卫戍是安心要趁这机会告诉太上皇，他回来了。既如此，她也懒怠担忧，闲闲地坐在角落看两个人你来我往打得风生水起。

"夫人……"春寒脸色不好，担忧地把她护在身后，姜瓷拉她坐在身边，顺手抓一把桌上的干果塞她手里，她就剥起了核桃。

楼上呼呼喝喝打斗声中，清脆的剥核桃声诡异地清晰。

楼上楼下聚了不少看热闹的人，不时从窗户掉楼下的零嘴儿令楼下也不时发出欢呼声。姜瓷想着，看热闹不嫌事儿大，卫戍也安心要闹，索性把春寒腰间的零钱袋子解来，抓了一把铜钱碎银子从窗户扔了下去，楼下顿时一阵沸腾，声响大得叫姜瓷也一阵热血沸腾。

春寒惊呆了，夫人这是吓傻了？

眼看楼上桌椅拆得差不多了，闹的阵势也不小了，姜瓷才站起来："好了……"

才一声，卫戍立刻跳出打斗圈，康虎却被打红了眼，鼻青脸肿冲上来，姜瓷一个核桃扔过去，咬牙切齿："差不多得了！"

康虎叫砸得头晕，诧异地看过去，就看见了站在姜瓷身旁的卫戍，正缓缓撩起半边袍子，露出里头一枚晦暗的令牌。

康虎愣住，心里咯噔了一声。同样心里咯噔了一声的还有岑卿，正嗑着瓜子看热闹的他忽然想起来这些日子因为假康虎总想和夫人亲近，他明里暗里地敲打使绊子，艰难地咽了口，决定先下手为强，丢了瓜子拍拍手，冲上前一把抱住了卫戍："公子！"

他干号一声，满脸悲切："属下险些忧心致死……"

抛开一滴眼泪也不见的脸上，那悲切的神情，令人闻之落泪的声音……卫戍嫌弃地推开他靠在自己肩头的脑袋："滚开！"

岑卿立刻跳开，嬉笑起来："咱们回去再说吧！店家，赔偿的银子往卫府去要！"

卫宁宁姐妹这时候才恍然大悟，凝滞了好半晌的表情总算有了变化。看两个一模一样的人打斗场面确实诡异，但眼下却明白过来了。卫宁宁看了看岑卿、卫嵘和康虎，忍不住翻了个白眼："上梁不正下梁歪！"

岑卿立刻直起脖子："哎，卫二姑娘你说清楚！谁不正谁歪了？"

卫宁宁又翻个白眼，率先下楼，姜瓷也没好气地走了，余下的人忙紧追而下。

除了康虎，这一路上其他人都神色如常，康虎一路惴惴，几次看别人，别人看过来，他又眼神闪避。卫戍忍笑，好容易进了卫府，大门才合上，康虎立刻跪地："公子！"

卫戍摆手："我算着时日，至多也就是这时候了。也是你心里担忧这边安危，不然也想不了这么多。"

康虎难为情地低头，卫戍说得不错，他接了命令出行，却越走越觉着诡异。这种时候公子还在溙山，怎他会忽然接到公子亲笔指令？但他研究了一路，指令确实并非造假。

这就难住了他本就不算聪明的脑袋。

不是假的，但这命令却下得太不合时宜。

他迟疑了一路，终于醒悟，觉着是有人故意支走了他，这才急忙回转，先去孔府看过，一切如常，又去卫府，还没进门就听门口的护卫笑问他不是才随着夫人出门，怎么又回来了？

他顿时大惊，又不敢问怕打草惊蛇，一路搜寻过来，果然就看见了姜瓷身边另一个自己。不过打到一半他就发觉了，对手并不上心，反倒更像逗弄他，甚至连跟他打斗的路数也诡异得熟悉。

如今想来，一切也就能对上了。

康虎拍拍袍子站起来，那点子愧疚很快就消散了。正要说什么，就看见前头的人已拉着姜瓷直奔凤风居去了，身后一众人等都被抛了下来。

没法子，卫戍觉着自己真是太难了。能瞒得住他身边的人，才能骗得过外人，但人都瞒住了骗住了，却也困住他了，他想凑近自己心上的人，叫她安心，却得缩手缩脚的。前些日子不过往凤风居去得勤了些，就被岑卿卫宁宁等人逮着不住敲打，就是夜深人静悄悄潜进来，也什么都不敢做。

没法子，当初为着把姜瓷保护好，他这凤风居可谓安排得滴水不漏，他若敢做什么，哪怕屋里气息稍有不同，都会惊动暗中护卫之人，所以他就算想死了，也只敢看着，拉拉小手亲亲脸蛋儿，这会儿好容易现身了，头一件事就是先把姜瓷带回去，一解相思。

足有个把时辰，凤风居的门才打开，卫戍换了衣裳一脸满足，姜瓷抿嘴笑着，眼角眉梢掩不住的娇羞。

卫安安姐妹尚未出阁，懂得不多，还以为这半晌关起门来是商议正事，如今得了信儿进了夙风居，小花厅里坐满了人。

卫宁宁看着主位上坐的卫戍，神情复杂，盯了好半晌，卫戍看过来笑道："多谢二位卫姑娘了，但今日卫将军夫妻应该进城了，卫将军还带着伤，二位姑娘不如先回去看看。"

卫安安霍然起身，凝重地立刻就走。

卫戍看着姐妹俩的背影，忍不住叹气："好容易还清了卫将军的生恩，如今又欠了这姐妹两个人情。"

转头又分派了几句下去，外头就响起了吴嬷嬷的声音："夫人，宫里传了圣清殿口谕，诏夫人即刻进宫。"

第九十章　亲人

"我身子不爽利，告诉外头，今日不便进宫。"姜瓷装模作样地咳嗽几声，吴嬷嬷会意，含笑回去把压根没放进府来的传旨人给打发了。

余下的人领了差事，一个一个散去，厅里只剩夫妻两个，卫戍才拉着姜瓷手往外梢间回。

方才只顾着虎狼，一句话都没顾上说，这会儿卫戍便说了起来："陶嬷嬷没了，临去前总算做了件明白事，把陶冬放出来了，叫他带了封书信给我。"

原来这么多年，陶嬷嬷守着的秘密，都是因为她的主子许璎。

二十年前，襁褓中的卫戍不见踪迹，许璎就知道自己活不成了。如果吕莺艳能叫简禾熙移情别恋，那么简禾熙依然是最适合继承大统的皇子。但她要是死了却不同了，简禾熙还没移情别恋，曾有多喜欢她，那时候就有多恨她，便是答应娶吕莺艳，一半是因为心灰意冷，一半是因为想气她。

她只要活着，简禾熙的恨有个着落，总还有回寰的时候，但她要是死了……

一个死了的人，不足以承担一个人的喜欢，更不足以承担一个人的恨。

她临死前交代陶嬷嬷了许多，包括谨守一切秘密，一定要对卫戍说她从不在意这个孩子，甚至厌恨他没能帮她夺来卫北靖的心。一个不爱自己的母亲，也会让孩子释怀许多。

然后她交代了对雪绫的安置。

被收买的不是雪绡，而是雪绫。

雪绫骗雪绡去了一趟卫侯府，事后在外人看来，确实是许璎生了不该有的心思，骗着卫如意算计了卫北靖。但个中真情，卫如意知道，许璎也知道。

于是许璎赴死前，安排了雪绫的结果。但被利用的雪绡却过不去心里那道坎儿，在安顿好许璎身后事后，她把雪绫骗下山，手刃雪绫，随即自尽谢罪。

这两个丫头，早就已经死了。

陶嬷嬷守着许璎安排的秘密足二十年，在上回卫戍去于水县时同她说了许多，她觉着，差不多了，瞒不下去了，也没必要再瞒了，她也该下去继续照看她奶大的姑娘了。

陶冬顺水而去，得知卫戍在漭山剿匪，就先去漭山找了卫戍。

所以卫戍几乎是和姜瓷一起得知了当初生母之事的真相。

姜瓷听卫戍说着，心里发酸。

置身处地，倘或她是许璎，卫戍是怀王，她若是遭遇这些，她会怎么办？

她思来想去，若想把对怀王的伤害降到最低，恐怕也只有这么一个烂法子了。叫他恨得理直气壮，总比为她做那些足以毁掉自己的混事，且终日痛苦要强。

姜瓷抿了抿嘴，她对怀王了解不多，但就眼下所知的这么一点，也觉着怀王要是当初知道了真相，怕是要把整个盛京掀起血雨腥风。就算外人知道荣妃与公主构陷许璎，但怀王若要荣妃和公主，甚至所有一切牵涉其中的人付出代价，头一个不答应的就是太上皇。

毕竟这事的始作俑者还是他。

姜瓷有点腻味，不过经历过姜槐那样的爹，还有卫北靖对卫戍的薄情，太上皇这种安心毁了儿子的举动也就不太难理解了。

毕竟有些人，他天生就是自私且疯狂的。

卫戍回来了的消息不出两个时辰就传遍盛京，头一个坐不住的自然是贵妃母子，但宫里对卫戍活着回来，还是高兴的人居多，毕竟知道内中隐情的人并不多。

卫家姐妹回家就看见几架马车停在院子里，匆忙去正房就看见了疲惫憔悴的爹娘。卫北靖这一遭回来，还带回了他当初留在山下的些许人马。

"你爹睡下了，这一路颠簸，伤还没好。去看看你们哥哥吧。"

梁文玉淡薄得很，只要人还活着，对她来说，其他的都不是事儿。

卫家姐妹又急往兄长院子，卫骏卫旭已梳洗更衣，身上还可见伤后的痕迹，见两个妹妹回来，卫骏先笑道："去了哪里？回来不见你们。"

卫安安三言两语说了，兄弟两个神情都有些古怪。卫骏没了话，卫旭嗫嚅了半晌，总算说出了一句话："这次，多亏了他。"

说罢有些惋惜："没曾想他倒是个真英雄，我从前只当他是草包，很瞧不起他。"

武人大多慕强，卫成单枪匹马救他父子三人出来，但一句"卫将军的生恩，我卫成自此报清了。"也叫卫旭心中别扭得很。

他们之间的关系，终归说不清。

卫宁宁看着兄长，把这些日子京里的事也说了，兄弟两个乍然惊异，好半晌叹道："竟然……"

不知该如何评论，但归根结底，卫成和他们都一样，都是那一场事故的受害者。许夫人若非被算计，如今大抵富贵无边，保不齐就位主中宫了，她的儿子是皇嫡子，将来没准也是坐拥江山的主儿。

"啧。"

想到这里，卫旭啧了一声，突然有些同情卫成。再想想先前他们兄弟姐妹四个厌烦他，又恨他不争气，诸多针对。

"别想那么多了，往后，各姓各的卫，他要是有难，咱们鼎力相助也就是了。"

卫安安明白，卫成是真对卫家冷了心，不想再搅缠了。卫宁宁却冷笑："你这么想，有人可不这么想，如今他活着回来了，顶着滽山的大功，不明真相的又当他是太上皇心腹，怕是恨不能把他身上的好处都占光了。"

卫宁宁说得不错，得到卫成活着回来的消息时，卫侯府立刻派了人往卫府去。

知道卫成不好说话，卫三卫四两位夫人又得罪了卫成，便叫卫二夫人带着卫韵来了。

因旨意已下，卫韵如今在府待嫁。她自诩和姜瓷有些姑嫂情分，将来又是要给九皇子做侧妃的，姜瓷总也得看着她做娘娘的脸面。

信儿报进去，姜瓷确实也愿意见她们。

卫韵多少有些得意，却不敢太露。在不清楚九殿下和卫成情谊如何时，一切还是稳妥为上。于是母女两个一进门，卫二夫人便先拉着姜瓷手哭个不住。

姜瓷无话。

这事这么久了，早不哭，如今人安然无恙地回来了，现在倒哭了。

"娘，瞧您，嫂嫂好容易苦尽甘来，您又来招惹她。"

因姜瓷不接话，母女难免尴尬，实在哭不下去了，卫韵红着眼宽慰，卫二夫人忙顺势止了，又笑起来："可是呢，真是苦尽甘来了。"

意有所指，窸窸窣窣便同姜瓷道："我前些日子，听了外头不少风言风语……"

"不是风言风语。"姜瓷坐得端庄，笑容亦浅薄有礼，卫二夫人愣了愣，原来当初许璎真是遭了算计？这么说来，卫家大哥岂不是也被算计？那老侯爷怕是要召他回来了，世子之位难落在他们二房了！于是心里不痛快，脸上却没带出去，不住唏嘘："我就知道，我那好大嫂，闺阁中就是少见的好女儿，怎会做下那样的事。奈何我后宅妇人，说什么也没人听，如今真相大白她也瞑目了。"

姜瓷笑笑，卫二夫人立刻又道："那便要锦上添花了，阿戍往后仕途一路光明，老侯爷定也会招大伯回去，世子之位呀，将来也都是阿戍的了。"

姜瓷又笑笑，没说话。她知道卫二夫人的心思，无非是想从她这里得到些安慰，可她偏不。卫二夫人斜眼好半晌，不见姜瓷接话，心里发急，正想怎么催促一下，谁知姜瓷忽然转头同卫韵道："九殿下病了，你知道吗？"

卫韵愣住，这神情，显然是不知的。这么看来，先前说的什么心悦于九殿下的话，怕也是假的了。姜瓷笑容意味深长，叫卫韵无所遁形，忙一脸急切道："殿下病了吗？我竟不知。自打旨意下来，我回府备嫁，因要避嫌，这些日子丁点往来也没有。"

卫二夫人忙宽慰道："殿下想来也是怕你焦急，才故意瞒着你。能是多大的病呢，还有御医在呢。"

"哦，怕是不好，殿下这回病得不轻呢。"姜瓷偏不叫她们如愿。卫韵顿时真就急了："病得不轻？难不成有性命之忧？"

姜瓷微微摇头。不再提起此事。卫韵急不可耐，旨意已下，她还没过门，九皇子若要死了，她就只能守活寡了，便是再要说亲，少说也得等个四五年才成，那时候年岁已大，哪里还有好亲事给她？

"这……我……"卫韵眼见红了眼。姜瓷却又问道："上回三皇子妃带着卫澜来我这里，说是瞧上了卫澜，要聘去做侧妃的，可已下定了？"

提到这事卫二夫人就恼得很，分明把人踩下去了，谁知卫澜竟又攀了高枝儿，三皇子比九皇子不知显贵多少。

"哎，都是卫家的福气呢。"

"是不是福气，这可说不准。"姜瓷又笑了。

卫韵看她笑就心里哆嗦，但听这话却来了兴头。她不好，卫澜怎么能好？于是忙凑上去不解道："嫂嫂这话怎么说？"

"也没什么，卫戍在溱山啊，查到了些消息，恰巧和三皇子有关。"姜瓷不深不浅地透了这么一句，卫二夫人还思索着，卫韵已然惊出一身冷汗，随即兴奋不已。

以为是个富贵包儿，不曾想竟是个乱臣贼子。她心里有了成算，回去定要快些叫卫澜过门去，免得她能逃出生天。

"哎，有些乏了。"

"想来知道哥哥回来，不少人来问候吧。"卫韵也急着回去，她们来本也是联络感情，如今感情联络到了，又得了两个消息，自然急着回去处置。便顺着姜瓷的话头，与卫二夫人做辞回去了。

这个时候，卫戌在九皇子府上。

第九十一章　余波

九皇子看着卫戌，消瘦泛青的脸上带着几许虚无的笑。

他是真的开心。

"不必放在心上，贺旻自然不会有事。"

老九谨小慎微惯了，不过被圣上申饬了几句，就伤怀成了这样。卫戌宽慰一句，九皇子摇头苦笑。他一辈子的苦心经营，怕是都要碎了。

"有些事，你就是想不明白。不拘谁坐那位置，你只要不争不抢，难道还会没你的好日子过？趁着如今还早，早些收手，我保你今后富贵无忧。"

九皇子一下愣住，心里一直的坚持忽然就碎裂了，但随之而来的不是他以为的悲观绝望，竟然是一派轻松。

他的本事他自己清楚，守一国江山，确实勉强了些，何况还没有母族势力可以依仗。但自小微贱，所想的无非是将来一飞冲天，要还报那些曾经得到的屈辱。

卫戌看九皇子脸色几经转变，最终化作平和，就知道他的话，九皇子听进去了。

有些话再明白不过，却也得挑个时机来说。不叫他试过，撞得头破血流，他听不进去，也不甘心。

九皇子是这样，贺旻也一样。

出了九皇子府，卫戌便叫人去知会了几句，翌日朝中便有人提起，被关在狱中几个月，受尽折磨的贺旻，总算被查冤屈，放出来了。

贺家人从来不看重这庶子，他成亲后便分房出去了，待回了自己府上安抚了惊伤的妻子，又稍做整顿后，贺旻便去拜访了卫成。

如今愿意管他，又有本事管他的，除了卫成没别人。

外头的那些事，贺旻在牢中并不知道。卫成再见贺旻不禁感叹，不过月余，却叫一个人脱胎换骨，曾经意气风发的青年公子，如今死气沉沉，一双眼睛再不见了曾经的风采和灵动。

"你和老九说了？"

二人枯坐许久，贺旻才开口。他一直知道卫成的心思，这也是后来他们和卫成越行越远的原因。看卫成点头，贺旻也点了点头："你说得对，我们……终究还是太势单力孤了些，那个位置，捍不动。"

他想了想，转头又问："你同别人也说过这些话吗？"

卫成失笑："我可管别人死活？也就是你们。"

贺旻的眼神忽然活泛起来，他笑了："你说得对，多谢你。"

"咳！"卫成摆手，这有什么谢不谢的。

两人许久不曾坐在一处说话，说了好半晌话，姜瓷又亲自下厨做了几道小菜，二人喝了些小酒，送走贺旻后，姜瓷安顿卫成躺下午休，才要也歇一歇，春寒却在外头报说："如意仙长不肯吃饭，要见公子。"

怀王把卫如意送回来后，卫如意向来老实，可这两日却忽然不安分起来，闹这闹那的。姜瓷看一眼才睡着的卫成，吩咐不要惊扰，便往后院去了。

宅子深处有一处偏僻的院子，里头几个粗壮的婆子服侍着卫如意。姜瓷才走到门口就听见里头碗盏碎裂的声音，卫如意的嘶喊也传了出来："叫他来见我！把我关在这里算什么？我是他姑母！是他的长辈！"

"姑姑也还记着您是卫成的姑母，是他的长辈吗？"姜瓷推门进去，就看见满头花白凌乱头发，面目苍老的卫如意。卫如意见人进来，眯眼细细确认了，啐了一口骂道："你这个贱人！要不是你挑唆，我们姑侄何至于到如今？你就是卑贱的丧门星！"

姜瓷不同她计较，只问："您要见卫成做什么呢？"

"我要回良辰观！让他把青怜给我找回来！"

姜瓷平静地看着癫狂的卫如意："姑姑回不去了，梅青也不会回去了。"

卫如意早料到这个结果，又狠狠啐了一口。春寒却陡然一个激灵，不可置信看着卫如意，匪夷所思的惊恐，但随之而来的，是愤怒和恶心。

这么一个足可以做梅青母亲的女人，竟然就是那样对待梅青的人。

卫如意骂骂咧咧起来，姜瓷就那么平静地看着她，她的身子到底不行了，骂了一阵子就累得张不开嘴。姜瓷交代人把她看管好，才带着人走了。

一路上主仆无言，走到凤凰居门口时，姜瓷才顿住脚步，回头看向春寒："梅青心里的坎儿，轻易过不去。你若是能想开，撒开手便罢，若是想不开……"

春寒这姑娘，心里很有尺寸，知恩图报，忠厚善良，却也有那么一点点死心眼。姜瓷话没说完，缓了缓又道："她活不了多久了，是梅青下的手。"

春寒听到这句，觉着一直梗着喘不上气的感觉才好了点，想说几句刻薄话，又碍着那是主子的姑姑，脸色就不好看。姜瓷拍了拍她道："我也不喜欢她，她也算计了卫戍。"

有人感同身受，春寒这心思才又舒服了点。

卫戍对卫如意的情感极其复杂，敬恨交织，何况又是血脉亲缘的长辈，也不是当初直接对许璎下手的人。

姜瓷进去，卫戍还在歇着。这些日子他忙累不堪，如今身份得明，反倒能松口气。

潲山那头得的消息如今已理得井井有条，只等人来上门。果然到晚上，就有两个人低调地登门拜访。

姜瓷看着两位脸生且从未见过的夫人，脸上报着假笑："佟夫人，李夫人，入夜拜访，不知是有何事？"

这两位夫人的夫君均不是大人物，京中五六品的官儿，投在三皇子麾下，名声不显的却正好为三皇子打点外头的事。潲山的事正是他二人当初的主意，更是他二人一手打点，训了一支队伍安置在了潲山，这些年进项不俗，在三皇子跟前很得脸面，做着将来三皇子继位后飞黄腾达的美梦。

"只是听说卫将军回来了，很是欣喜，便想来拜访拜访。"李夫人能沉得住气，拦住直接便要说实话的佟夫人。姜瓷笑笑："哦，多谢了。只是，我却不知我家相公莫非同两位大人认识吗？"

这就有些不给脸面了，李夫人脸色僵了僵，话接不上了，佟夫人冷笑两声道："果然市井贱民不懂事，我们关心你相公，才来拜访……"

"我求您关心了吗？"姜瓷笑意不减，眼神转冷，斜斜一眼截断佟夫人的话："若是真关心，感激不尽，但我卫府，可不欢迎别有用心的人。"

"哑，小人得志便猖狂！"

"你这不得势的还敢在我家猖狂呢，我这得势的反倒不能猖狂了吗？"姜瓷笑，

140

摆手，付姑姑冷着脸进来："二位在卫府对我家夫人如此不敬，倒不知端的哪家教养？还不如我家夫人这出身市井的知礼。"

身后跟着几个婆子，顿时上来，七手八脚把两人撵了出去，更把带来的礼物丢在身上。

"打发叫花子的东西，也好拿来别人家送礼。"付姑姑站在卫府门槛下居高临下地看着两个狼狈的女人，街上行人虽少，但见此变故都停下指指点点，两人羞恼异常，上了马车急急就走。回去三皇子府，哭着添油加醋都和三皇子妃说了，三皇子妃阴沉着脸，摆手叫人走了，暗骂废物。

如今是他们有求卫戍。

先前说的话，姜瓷那意思分明是可以结盟，如今看来，怕是不拿出些诚意来，很难打动卫戍了。她寻思着，叫人开了库房，只把最金贵的物件儿挑了些，什么百年人参鲛珠锦缎，又装了一匣子足有三万两银票，叫心腹悄悄送去卫府。

谁知第二天，就听说卫府拿了好些东西出去卖，最后拿了四五万两的银子，送往潫山，这些年途径潫山被劫被杀的人家，都一一送去赔付。

三皇子妃顿时觉着棘手，东西收了，却又这么送出去了，连宫里传召卫戍的夫人都敢违抗不去，宫里竟然连点反应也没有，她心慌得很。

卫戍这几日就腻在家里，不是教姜瓷写字，就是给姜瓷读书，再不就是练武给姜瓷看，小日子过得惬意得很，直到选秀结束，朝中开始准备科举，这一日早朝后，卫戍才收拾了收拾，带着姜瓷一齐进宫了。

姜瓷去了贵妃宫里，卫戍前往圣清殿。

太上皇听通传卫戍来了，眉毛狠狠抽搐了几下，才算压下情绪，面无表情地叫人进来。

卫戍进殿，一撩前摆，行了个武将的单膝礼。太上皇阴郁地盯着他，好半晌才扯了嘴皮子道："这么些日子都没消息，现在才知道来请安？"

"属下不是来请安，是来向殿下回这趟差事。"卫戍笑笑，"属下幸不辱命，已将潫山匪患荡平，缴获银两物品，也尽赔付了这些年在潫山被害的人家，也算替皇家挽回了些许颜面。"

太上皇的眼皮子不受控制地又抽搐了几下："嗯，干得好。"有些咬牙切齿，卫戍心情大好，抬头冲太上皇一笑，太上皇恨不能把手里的茶盏砸到他头上。

这么僵持许久，卫戍忽然笑道："殿下，您不问问属下，潫山幕后之人是谁吗？"

太上皇这才收回眼神，慢条斯理啜了口茶："不过是群山贼，能有什么幕后之人。"

卫戍看着太上皇，笑得意味深长："殿下说的是。"

第九十二章　传开

卫戍没跟太上皇顶嘴，这叫太上皇既意外又舒坦，也还有些不安。卫戍有些反常。

贵妃听说姜瓷来了，原本恹恹的忽然就坐了起来："快！请进来！"

不多时姜瓷款款进来，身后跟着两个婢女，还有付姑姑。

姜瓷才要见礼，贵妃忽地冲了过去拉住她："莫拘这些虚礼了！"

贵妃也是没办法，打从潆山事后，母子高兴了一阵子，却叫太上皇泼了冷水。要说谁还了解卫戍的行事做派，自然还是太上皇，毕竟自己手下这么多年，一语点破，卫戍没死。从那时候起，三皇子明里暗里派出了所有人马都打听不来卫戍的消息，想要从姜瓷着手胁迫他现身，谁知姜瓷身竟滴水不漏，就是卫戍现身后，一天几次派人暗杀，都没找着个好机会，没动手就夭折了。

贵妃也是怄得很。

明明他们才是皇族贵胄，怎如今叫这一对儿下贱的夫妻拿捏住了。如今不得不对姜瓷客气有加。

贵妃让，姜瓷也没客气。贵妃拉她要坐，姜瓷婉拒："原只是有几句话，不好假借他人之口，才来拜见娘娘。卫戍如今在圣清殿，也不过几句话的工夫就会出来。"

贵妃僵着笑脸，姜瓷才道："娘娘的心思，上回同臣妇也说得明白，但现如今风口浪尖，太上皇又迫着卫戍，总不好为着保全三殿下就搭进去他自个儿的道理，娘娘若想保全三殿下，为今之计，只有在卫戍将罪证上呈之前，先下罪己书大白天下，再散尽皇子府以赎罪，总是能逃过死罪的。"

贵妃心里咯噔了一下，有些不悦，头一件事便是递了个眼神给旁边的心腹，姜瓷轻笑："娘娘就是把我留下了又能怎样？能迫着卫戍妥协？您说，都为了一个活路，我今日敢进娘娘的宫，自然也有脱身的万全之策，再不济，闹一场，先把事情闹开了也好，左右对咱们也没什么。"

贵妃只是一时气急，心腹朝她皱眉摇头，她冷静下来，对太上皇的不满就浮了上来。

何苦？

早知道是自己孙子做的孽，提点两句让孙子自己收场不就好了？闹那么一出，还派了个有本事的剿匪，回头又和孙子勾结要杀自己心腹，转回头见孙子压不住心腹，又生了要把孙子抛出去息事宁人的心思。

"都是什么事儿……"贵妃嘟囔一句，脸子已拉下了。

"卫戍倒是愿意跟您合作，只是太上皇那头不肯放过卫戍，咱们也是没法子，卫戍能为娘娘和殿下做的，只能拖延一二，这不才许多日子不曾现身吗。"

贵妃一想果然如此，有些烦躁，姜瓷见扰乱贵妃的目的已达，便做辞先去，走到宫门口处恰遇上回来的卫戍，夫妻相视一笑，登车回府。

卫戍怎能放过三皇子，不说这人几次暗算他的性命，还曾在宫里对姜瓷恶言相向的侮辱，绝不饶恕。

太上皇以为自己总能镇得住卫戍，毕竟普天之下莫非王土，他只要还在大炎疆土，总得忌惮掌权人。这头卫戍夫妻才出宫，那头太上皇和贵妃都急召人入宫。

太上皇自然还有后手。

他需要一个听话的人为他掌管黄雀，他也知道卫戍练就的那一支黄雀比自己的那一支不知强过多少，毕竟自己那一支叫顾允明那蠢货带了这么多年，再好的底子如今更迭也都成了半废。

他急于叫自己人进宫，卫戍一旦现身，再想杀他已不易。

而贵妃则是招三皇子进宫，把话说了，三皇子满面阴沉。

"不可能！"他气急败坏道，"母妃！我要是不能坐那位置，老六会叫我活着？会饶过您？这么多年您和皇后宸妃在后宫僵持，我和老六争得头破血流，哪个赢了，那一个都别想活！"

贵妃哽住，儿子说的话也对。如今骑虎难下，贵妃多年要强，如今真是撑不下去，头一回当着儿子的面红了眼。

"母妃，皇祖父如今也必想叫他死却不好出手，我替他做。如今事情总还没大白天下，卫戍就是死了也没人疑心到我头上，便是我将来坐不到那位置，只要保住名声，总也能把老六也拉下来，往后不拘扶持哪个登上皇位，我也都是最尊贵的亲王！这才是咱们的退路！"

贵妃心里也升腾出希望，谁知当天夜里，三皇子还没做好安排，漈山之事跟三皇子有瓜葛的消息，就生了翅膀似的，在暗地里传开了。

三皇子的心腹气急败坏地深夜敲开三皇子府的大门，三皇子闻听消息，顿时泄了气。

有时候谣言扣在头上还有说不清的时候，何况如今证据确凿的真事儿。三皇子忽然觉着，自己真是大势已去了。

得到这消息最高兴的莫过六皇子，他被太上皇冷了好些日子了，也在廖永清对付他的时候，忽然发现自己对廖永清竟不仅仅是利用，既然已经惹恼了太上皇，索性继续下去把廖永清娶来，廖太傅门生遍布满朝，这决计是一大助力。如今三皇子出事，自然非他莫属，总不好去挑那些蠢的低贱的，或者是年幼的，谁也压不住。

在六皇子的推波助澜下，那点子风言风语传得有鼻子有眼且奇快无比，第二日早朝，几乎人人知晓了那些事，再看三皇子告病没来上朝，有人不安有人欢喜，还有人观望。

处理完朝堂正事后，今日朝上百官极有默契地谁也未曾提起立储的事，倒是圣上转头看一眼低眉垂眼的卫戌，手一摆，便有人出来宣旨了。

朝中人多少有些意外，前些日子听说卫戌回来了，大大小小都想走些门路，谁知卫府一概托词卫戌远征而归须得休养，全数回拒了，只当这人是得势便瞧不起旁人了，今日听了这旨意，明着褒奖封赏，实则……

封了个侯爵，却没提世袭的话。又封了个太仆寺少卿，四品官儿，这是从武将转成了皇室家仆啊。

殿上一派寂静，宣旨内官将明黄圣旨奉到卫戌跟前后，笑着道："卫大人，接旨吧。"

卫戌一如既往勾唇邪笑，伸手接过圣旨，那内官便拱手道："恭贺大人封爵，那黄雀令……"

众目睽睽，本也是为迫卫戌，谁知卫戌一点也没不快，从腰间拽下那枚铜令就给了那内官，倒叫准备了一肚子逼迫卫戌话的内官哽了一下子，才疑惑地拿着令牌回去了。

待要宣退朝，忽然有人出列道："卫大人剿匪归来，这潲山事物还未曾回禀。"

是六皇子一派的人，朝中静谧，圣上烦躁。

他实在不是个喜欢操心的人，兼之父皇辅佐，他这皇帝做得也还算舒心，但昨日父皇分明交代，今日却偏被人提起，若要压下去，怕也不妥，遂不悦道："卫卿，便说说吧。"

宣旨内官是太上皇的人，以为昨日太上皇交代过，圣上大抵会托词身子不适叫卫戌上个折子说明便罢，谁知他还是低估了圣上的糊涂。正捏一把冷汗，卫戌却笑道："臣已拟好折子，这便将潲山事宜呈给圣上过目。"

内官赶在圣上要说话前忙接了卫戌手里的奏折，便宣了退朝。

卫戌打前便先走了，武将之风行走极快，那些个想要打听消息的文官一个也没追上。越得不到消息越是心痒，一路三五成群小声议论，连从前收过三皇子好处的，也兴致勃勃。

三皇子开始认真思量罪己书的事，明知这是如今最好的法子，但怎么也不甘心。想想宫中无嫡子，老大老二都没了，他是名正言顺的皇长子，却叫老六逼到如今地步，如果不是他，自己何至于孤注一掷兵行险招？

他思量的当口，安怀公主府的掌事姑姑匆匆进宫觐见皇后，请了御医过府。

144

安怀公主疯了。

这消息和三皇子指使溯山之事一齐传开来，人人唏嘘，自从荣太妃故去后安怀公主便郁郁寡欢病患不断，但这疯了又是从何说起？

最先明白过来的，是太上皇。

大骂一通后，气得连连喘气："把那逆子给我叫来！"

不同于先前几次怀王求见太上皇都托词不见，这回传召，怀王却不在京。

消息传到卫府时，夫妻两个正在书房写字，姜瓷是个聪明的学生，又勤快好学，卫成很满意。听了下属禀报，只随意摆了摆手。人退下后，姜瓷有些诧异："这时候怀王不在京里会在哪？"

不等卫成回话她却忽然明白了，这时候不在京里，一定是在溯明山了。

"怀王府往宫里报了怀王妃病了的消息，只不过吕莺艳出身低又没子嗣，宫里也没什么人在意，消息也就没传出来。前日怀王又召了两个姑子进府陪伴王妃，这两个姑子从前是怀王麾下暗卫。"

姜瓷咋舌："怀王这是要……"

吕莺艳在许夫人的事上虽不罪大恶极，但也推波助澜，怀王怕是容不下。

也罢，终归没有无辜的人。

卫成翌日便不再上朝了，毕竟一个太仆寺少卿也用不着上朝，安心自在，衙门里有太仆寺卿在，他这少卿就挂个名头罢了，每日去点个卯，就带着姜瓷四处游逛听曲儿吃茶，日子舒爽。

没几日，安怀公主的疯病也沸沸扬扬，这一日竟将阖府下人集聚，当着众人面一字一句说起一桩二十年前旧事，没有放过任何一个细节，怀王妃吕莺艳，曾经侯府千金卫如意都牵涉其中，令人抄录下来，当着众人画押，随后竟涕泪横流触柱而亡。

第九十三章　报应

公主府执事奉公主遗命将供状交去了大理寺，便是有太上皇派去的人再三压制，但有人不愿遂他心愿，这事儿从大理寺外头就传开了。

甚至有人抄录了公主供状，沿街兜售。

太上皇是心狠的人，荣太妃死后就生出了连女儿安怀也一并处置了的想法，一劳永逸，免得再被人拿来做文章。卫戍不过顺势而为，把太上皇令太医给安怀的药加了点东西。于是在安怀本该"病死"的时候，她先疯了。

荣太妃死得蹊跷，安怀得知荣太妃死前怀王曾进过荣太妃宫里，而荣太妃身边的心腹嬷嬷也自她身故后不见踪迹，她就猜想有些事保不住了。

她畏惧太医，又不敢不吃太医的药，怀着悲戚必死的心日日服药，没觉着衰弱病痛，却时常见鬼。

不是看见母妃哭诉，就是看见许璎跳下来时摔得浑身是血，双眼直勾勾地盯着自己。

自尽那一日，天还没亮她就惊醒，看见许璎坐在她床头，她的母妃被绑着跪在许璎脚边，许璎转过满是鲜血的脸颊，一双漆黑不见眼白的瞳仁盯着她，忽然一笑，她彻底疯了。

许璎说，让当年的事大白天下，你母女还有魂魄解脱之时，否则活路没有，死后也要下阿鼻地狱，永世不得超生。

于是她召集全府人，不顾驸马阻拦，将一切和盘托出，令心腹照她所说写下供状，她签字画押后，解脱地喘了口气，便触柱而亡。

日日见鬼的日子，她过够了，不如做鬼。

永王正在路上，得知姐姐病故的消息时，安怀公主的身后事都已料理完了，他只来得及去坟冢上痛哭一场。

但二十年前安怀公主府上那一出丑事，坑害了许璎和卫北靖一辈子，连怀王也郁郁半生的丑事，总算真相大白了。

原来许璎是被人合谋暗算，是荣太妃为了报复怀王的不敬重。

"这人啊，做了坏事心里自然有鬼。从前罢了，如今许璎的儿子发迹了，做的又是那样行当，什么事儿查不出？怕是谁家猫儿生了崽子，是几只什么颜色什么花儿都能查得一清二楚，自己亲娘的事，压在头上的恶名，能不查？这才忧虑成疾的吧。"

"啊呦，会不会是……"

姜瓷听着小曲儿，伴着隔壁雅间儿影影绰绰传来的话。

"我也猜着呢，好奇得紧，就问了我家大人几句，据说是丁点儿也没见卫戍插手啊。可见啊，就是吓死的。"

"哎哟，真是丢人。闹成这样，宫里也没个信儿。听说只是悄无声息地撤了荣太妃追封的贵太妃，连安怀公主也是潦草下葬的。这两个都死了，怀王府那个也病了呢。"

哎，还听说卫家的那个如意仙长，也失踪了呢。"

这些日子外头议论纷纷的莫不过都是这些事儿，楼下的戏唱完一出，姜瓷赏了，看着时辰差不多，就起身走了。

京中新起了一个戏班子，驻唱畅园，这畅园也是新盖的戏园子，在盛京东边靠着城墙根儿，虽有些偏，但地方却大，有梅青这台柱子在，日日客满。

姜瓷今日就是来给梅青捧场，听罢戏回去，谁知在大门口竟又看了一出戏。

宋莹儿在卫府门外，正纠缠不休。

她如今已不是玉和郡主，而是乡君。乡君不需要封号，她只是宋乡君罢了。

姜瓷远远看着她和守卫纠缠，倒是一改从前尖利，哭得梨花带雨柔弱惹人怜，过了片刻，姜瓷就看见卫戍出来了。

在宋莹儿扑上去把卫戍吓得跳起来时，姜瓷不厚道地笑了。卫戍气急败坏连连后退，宋莹儿也不顾在外头人来人往，只是追撵他。

"阿戍！你我青梅竹马，如今你真就不管我了吗？我从前是蒙了心，这些日子潜心静气，心里眼里都是你，我忘不掉你啊，我不介意你娶了姜瓷，只要能跟你在一块儿，我为奴为妾的侍奉你们，你……"

卫戍恶心坏了，奔逃间看见远远站着的姜瓷，急忙窜了过来躲在姜瓷身后，狠狠懊恼。

宋莹儿是个女人，他虽是个混账，但能杀女人却不能打女人。尤其他在宫里做陪读的那几年，他和老九还有宋莹儿，确实相伴了几年。

但那是孩童时，是最纯挚的友谊，他后来投身黄雀极少见她，哪来的什么青梅竹马？

姜瓷笑吟吟的，宋莹儿乍然看见姜瓷险些没崩住变了脸，但顾及卫戍，哭得更凄惨："卫夫人……求您怜惜，我同阿戍青梅竹马……"

"不好。"

姜瓷笑得温存，冷眼看她，不等她说完便柔声拒绝。

宋莹儿咬牙："你凭什么？"

"凭我是他夫人。"

"哪个男人不三妻四妾？你是不容我？还是不容他纳妾？"

宋莹儿心机，不容她这个可怜的女人，是歹毒。不容卫戍纳妾，是善妒。当在人前，看姜瓷如何应对。宋莹儿正得意，今日定要逼卫戍姜瓷纳她入府，谁知姜瓷却浅笑道："别的男人，是别的男人。我的男人，只能有我一个。"

"你！"

宋莹儿惊愕："你出身低贱！进门半年多了还没身孕，不是阿戍不喜欢你，就是你生不出！难道你要阿戍为你断子绝孙？"

"这才半年，我们夫妻不急，你急什么？退一万步讲，便真是生不出，那也是他的命。"

姜瓷回头，笑看身后的卫戍："你认吗？"

卫戍笑："认！"

夫妻含笑相对，宋莹儿怄得恨不能吐血，姜瓷回头："倒是乡君，嘴里说的这些，连我这市井出身的小民都觉着不合适，乡君却张口就来。当街追撵旁人的相公，哭着喊着要给人做妾，我是市井出身不假，可我怀没怀身子，是乡君在外头便能宣扬的话？毕竟我和乡君，既不是亲，也不是友，更做不了姐妹。"

谁家女人愿意相公纳妾？这番话说到姑娘妇人心坎儿里，瞧着宋莹儿的眼光便不大和善。宋莹儿涨红脸，还要说什么，姜瓷又道："乡君何苦？卫戍是最念情的人，故而他虽知乡君一直利用他又嘲笑他的低贱，却还是愿意帮你，看的就是幼年相识的一场情分。但乡君不稀罕。走到如今，接连被贬没了出路，他又成了风口浪尖炙热的人物，便又想攀扯上他。有些事，既然已经做了，那就好好地走开便罢了，这么痴缠，实在失了风度。"

转头又吩咐："送乡君回去吧，往后，卫府不欢迎乡君来做客，也请乡君离我家相公远一些，瞧您把他吓得，千军万马阵前杀敌都不怕的人，就怕乡君呢。"

宋莹儿虽自小养在宫里，但自太后过世，宫里没几个人真心爱惜她，更别提教导她，虽端着个郡主的架子，内里却实在也算不得个知书达理的人，否则也做不出今日这事儿。姜瓷把话挑明了，宋莹儿也没法再揣着明白装糊涂，被人迫着送走了，姜瓷回头，不轻不重地瞥了卫戍一眼，卫戍心里一个咯噔。

果然夫妻一路回到凤凰居，姜瓷都没和他说一句话，卫戍满心惴惴，宋莹儿确实闹得厉害，怕是叫他娘子堵心了。但想起姜瓷方才霸道的样子，心里又甜丝丝的。一进内室就一把抱住了姜瓷，没皮没脸地瞎闹，不等姜瓷说话，先自承认的错处："我的错儿！不该瞎招惹！虽没搭理她，但她怀着贼心也是我的错儿，娘子消消气，消消气，恼得伤身……"

黏皮糖似的往她身上蹭，姜瓷哭笑不得把人死命推开："新做的衣裳，今儿才上身，叫你这么搓弄还能穿不能了！"

卫戍却不肯松手，抱着坐下，但不敢黏蹭了："去看梅青了？怎么样？"

"戏是好的，这么些年没白学，听那些上了年纪地说，颇有当年梅香的风采，甚至更胜一筹。但……"

面上柔和带笑，眼神却那么深，像是死水古井，幽深不见底。

他是心死了，活着只为了报仇，为了给梅家留一念香火。

"罢了，不提了。"

若非为春寒，这丫头曾拼死护卫她，她也未必会对梅青这么上心。

"婆母的事算是真相大白，许家几日登门，你都没见，是要如何？"

"那些年的事儿，虽不是我母亲的亲兄弟所为，但她那几个堂兄弟做那些算计我的事，许家人是知道的，却没制止。我母亲出事，许家没想给她一个依靠支撑，头想的事就是把她撵出门划清界限。许家只有我外祖母一个好的，我那几个舅舅，平庸没主见，不比那些个堂舅舅，胆大心歪。"

姜瓷细品，确实是这么个样子，也不多说了。

五月中，科考如期而来，幸而接连几日连绵小雨，没叫书生们热得考不下去。接下来又是殿试，三甲出炉，这一年虽事端不断，却显然是三甲资质最高的一年，文章做得惊才绝艳不说，还个顶个的青年才俊，容貌出众。除了榜眼已婚配，京中贵人这些日子都急着相看女婿。

三皇子就是选在这时候上了一封罪己书，想借着科考掩盖一二，措辞修饰，只字不提自己一手策划的潾山匪患，只说自己被蒙蔽，受了些许好处，给予那些匪患提供了些许庇护。如今甘愿散尽家财以赎罪过。三皇子妃也豁得出去，自愿代发修行永生茹素，为夫赎罪。

态度尚算诚恳，但也一石激起千层浪。

程子彦坐在夙风居院子里那颗合欢树下的石桌旁，同卫成下着棋，有些不解："他说的不是真话，你不去揭穿？"

第九十四章　观虎斗

卫成姿态悠闲地落了个字儿："用不着我出头。"

程子彦不解，卫成笑："性情使然，三皇子这样是想尽力保全自己，散尽家财终身茹素，虽说立储无望，但熬个几年朝中淡忘，新帝继位保不齐还能封个郡王，照样过富贵日子。可太上皇却不是个慈和的长辈，他要打掉潾山是不能让孙子挑衅自己尊严的地位，不让消息泄露是为了维护皇家声誉，这一切都是为了维持自己把持大炎的权势。可如今这事捂不住了，六皇子的人天天问漤山事宜，问我上的折子说了什么。漤山匪患能数次击退朝中攻打，必是在朝中有内应后盾，三皇子坐不住了，罪己书就写下来了。太上皇也料到三皇子会这么干，但接下来祖孙可就没有默契了。太上皇需要牺牲这个孙子，继续维持皇室的颜面，稳固自己的权势。"

程子彦听罢，顿悟："是了，太上皇要重罚三皇子，就是顺水推舟，怕保不齐也要贬为庶人。三皇子哪会依从？一来二往，怕是要咬扯出不少事儿来了。"

又疑惑："就算三皇子有些蠢，太上皇却心思深，哪能如你所愿？"

"如不如，由不得他了。"卫戍笑笑，落下一句。

皇家出了这种事，最失望的是百姓。百姓失望不服，掌权者将被质疑，国将动荡。太上皇想的很对，他觉着老三的罪己书下得很是时候，措辞也非常合适，不是主谋，只是被蒙蔽。那些卫戍带回的人证物证，在他的属意下，被梳理后展现出来平复朝堂的，也印证了三皇子所说。

那么接下来，自然是要重罚平复民怨。潞河横穿大炎，从南到北，百姓往来经商大多选择水路，而漤山匪患这些年给百姓带去的伤害实在太大。

他了解老三的性情，所以一切都在秘密筹谋，待诏书一下，即刻着人押送老三一家去往南方服罪。远离朝堂，那么一切也就平息了。

但如此隐秘的事也不知怎么泄露出去的，三皇子得了消息，太上皇要贬他为庶人，还要将他一家人都送去南方别宫看守起来，顿时恼怒。

是太上皇告诉他可以写这个罪己书，也是太上皇叫人来指点这封罪己书怎么来写，怎么到头来还是这么个结局？于是要进宫面见太上皇，却被拒了。三皇子便出宫去太上皇的心腹大臣府上拜访，一个一个也都托词不见，终于有个见了，三皇子气头上难免言语不周，三言两语吵了起来，大臣维护太上皇，历数三皇子从小到大的不足之处，显然是个糟粕不堪难当大用之人，为了证实太上皇要贬三皇子为庶人并没有错。

三皇子一怒之下就扯出了太上皇指点他的事情，甚至还说出了太上皇借漤山要杀卫戍的事情，想以此胁迫太上皇收回成命。谁知这大臣竟不知此事，闻听大骇，激动地和三皇子吵了起来，说三皇子构陷太上皇，大逆不道。

越吵越凶，自然也就遮掩不住，被府上下人听到，又影影绰绰传到坊间，民怨沸腾。

太上皇大骂三皇子蠢货，吓得圣上数日不敢登圣清殿大门。这当口，怀王却一力承当下来，在大理寺百姓声讨的时候，站出来直言会查清此事，若一切属实，会还百姓一个公道，还卫戍一个公道。

六皇子的人这时候才明白过来被利用了，朝中众人也终于明白过来卫少将军为何从漭山死里逃生却没立刻回京，甚至隐瞒身份，在被揭穿后也并不敢明着回禀漭山的事。

原来漭山的事是三皇子所为，而要他死的却是他的主子太上皇。

说是明白了，却又不大明白。

好端端的，太上皇的心腹，怎忽然就成了要算计死的人？

卫戍不是黄雀统领吗？

但又看归朝后的封赏，又不大像是太上皇的心腹了。

因涉及太上皇，朝上的议论声小起来，但不知是谁说了一句今上已继位十年有余，太上皇该退居颐养天年了，竟叫众人都暗暗赞同。

怀王忽然开始上朝了。

都知道怀王在百姓间立下的承诺，对他都暗生同情。涉及太上皇的事，怎么查？

怀王数次前往圣清殿也都吃了闭门羹，太上皇托病，一概不见。

卫戍琢磨着，他该进宫了。

六月，榴花似火，卫戍时隔许久，再度递了请安折子，太上皇许他进宫面见。

这么久太上皇没有召见他，等的也是这一日，他自己送上门。

圣清殿瞧着还是往日的圣清殿，宁谧，威严，卫戍也同从前一样，一步一步，勾着嘴唇走进去。

"臣，拜见殿下。"

太上皇也多年未曾给过卫戍好脸色，道了平身，卫戍站起来的当口，太上皇端着茶盏便慢条斯理地开了口："说起来，你临出征前，还跟孤求了姜氏诰命的事，拖了这许久，也该下旨了。"

"那臣先谢恩了。"

卫戍揣着手笑，一如从前君臣不曾出事前，带着些邪气。太上皇盯着卫戍，半晌忽然笑了："孤也有看走眼的时候，那时候，一个十二岁的孩子，没曾想竟是个野心大的。"

"殿下说笑了，臣也就是为了活命而已。"

"皇家威严在你眼中视若无物，否则，你也不能这么随心所欲地操控百姓试图颠覆皇权。"

"殿下抬举臣了，百姓在乎的，不是谁做皇帝，他们在乎的，只是安稳的日子，吃穿不愁。"

太上皇阴恻恻地盯了卫戍半晌，看他腰间空荡荡的，往日悬着的那枚令牌没有了，心才算顺畅了些。

"庆安，拟旨吧，卫大人既已封侯，就依照侯爵该有的品阶册封姜氏吧。拟好后送去上清殿给圣上瞧瞧。"

卫戍谢恩，太上皇咳嗽了两声，庆安摆手，上来个脸生的青年，神情刻板相貌寻常，奉着汤药上来。卫戍只扫一眼就发现，这是个功夫不俗的，再看一眼，就看见了他腰间悬着的两枚黄雀令。

卫戍忽然想笑。

其中一枚自然是他的，另一枚不言而喻，是顾允明的。

太上皇看卫戍眼底明显笑意，心下不快："既来了，就交接一下。"

卫戍有备而来，从袖笼中抽出个薄薄的册子递了过去，那青年接了，看了两眼，眉头大皱："卫大人册子上记着的，以令牌都已召集过，可见卫大人不实诚。"

"不实诚？"

卫戍笑，那青年扬起册子："黄雀卫记录，大人办差所使的人手绝非这些，况且大炎各地明桩暗探不知凡几，这些线怎就没交上来？"

青年脸上带出几许阴郁的杀气，太上皇好整以暇瞧着，这是他头两年就已开始物色的人选，一直暗中养着，早知顾允明废物卫戍不是个好掌控的。这人本事虽及不上卫戍，却也是少有的不俗，最紧要的是，老实听话！

就像他养的狗，如今听他的话，正对着卫戍呜呜叫嚣。

"你既查了黄雀志，也该查查账。圣清殿每月支取的银子就够养这么些，余下的，是我自个儿花钱雇的，如今既不办这差事了，也就散了。你想要？好啊，回头我把名册给你，你自个儿问去就是了。"

没想到卫戍这么大方，太上皇意外，忽又咳嗽起来，庆安急道："卫大人，不知程大人去了何处？这么些日子也不曾回宫复命。"

漭山的事险些也要了程子彦的命，这叫程子彦也对太上皇冷了心，卫戍现身后早已递了一封辞呈进宫，人是始终没进过宫。太上皇当初自诩一个郎中，宫里那许多太医总有得用的，且他和卫戍亲近，便想着一道料理算了，没曾想人没弄死，往常又都是程子彦为他调理身子，如今乍然换了太医，一时摸不清体质，太上皇又急，接连更换太医，如今许多日子也未曾调理好身子。

"这我就不知晓了，当初经人引荐，他也算是个江湖浪人，漭山一别已多日不见，我也不知道他如今去了哪。"

卫戍浅笑着，谎话说得脸不红气不粗的，太上皇气不过，咳嗽得更厉害，连连摆手。卫戍拱手，行了一礼便顺势退了出来。到宫门外也没急着走，就骑在马上等着。

这时候，怀王也正在上清殿。

怀王坐在下首，神情自若地端着茶，倒是书案后坐着的圣上有些许不自在。

兄弟二人一奶同袍，相貌是有几分相似的，只是圣上耽于享乐，这些年有些发福，人瞧着又白又细嫩，反观怀王，虽四十的年纪，仍旧英朗不俗。

茶喝完了，宫婢待要再续，怀王按着茶盅，总算撩起眼皮子盯住了圣上："所以，那些事，你知道多少？"

圣上一下有些慌张，嗫喏道："不，不知道多少。"

"不知道多少，是多少？"

圣上脸色更难看，额头冒了些许冷汗："也，也就那么多。都是事后才知道了那么一星半点，事后！"

圣上急着申明，怀王攥起茶盅又按在桌上，不轻不重的一声响，吓得圣上一个激灵，立刻住了口。怀王眼神森寒，盯得圣上无所遁形，少顷，他起身离开，圣上狠狠松了口气，背后浸湿。内官忙上前递了帕子，圣上擦着汗，手却慢慢停下，眼神几许伤怀："朕知道自己的本事，若非父皇偏要把朕顶到这位置，若非这些年父皇暗中掌权，大炎怕是早就乱了。"

当初若能叫他这弟弟继了位，或许一切都会不一样了。

他心里并非没有怨，却也无计可施。

怀王一路出宫，就看见了宫门外马上的卫戍。

第九十五章　过嗣

卫戍朝怀王咧嘴一笑，极尽灿烂，怀王满腔怒火便消散了大半。王府马车过来，怀王摆手，立刻有人从宫里牵了一匹马出来，怀王翻身上马，二人骑在马上，慢条斯理地走着。

"你倒是敢。"走了一半，怀王冷哼一声。卫戍笑："臣跟王爷不一样，太上皇如今反正不待见臣，又拿臣无可奈何，想明白了，怎么痛快怎么来吧。"

怀王肃冷的神情缓了几分："你特意等在这儿，有什么要说的就说吧。"

"也没什么，做臣子的，自然得体恤主上。圣上为难的事儿，臣得替圣上分忧不是？"

怀王怔了一下，回头就看见了卫戍灼灼的眼光，怀王脸色一冷："大胆！"

"那是，胆子不大如今怎能好端端活着？"卫戍不以为忤龇牙笑，怀王盯着卫戍皱眉，这与许璎有几分相像的面容，性子怎就这般南辕北辙？哪里能看得出是许璎的儿子？

一定是卫北靖的种不好！许璎那么好，生的儿子都被糟践成了这样！怀王冷哼一声。卫戍又笑："臣只是递了台阶儿给王爷罢了，臣想的，难道不是王爷所想？"

说罢，也不等怀王回话，他扬了扬缰绳，马快走了几步，卫戍回头："臣忙得很，就不和王爷多耽搁了！"

姜瓷还在家等着他呢，他归心似箭！

怀王聪敏，多年沉寂如今愈发稳重，很多事早已深思熟虑，如今被卫戍点明了，他眉头皱起，少顷便又舒缓。

翌日，九殿下进宫请安，头一回在上清殿父子说了许多话，隔了一日便有影影绰绰的传闻从宫里传出来，九皇子进宫是为自己请封，大炎的规矩历来新帝继位才册封兄弟为王，若在父朝便册封，便是没了继位的指望。

圣上诧异，却也高兴。他资质平庸，也安于平稳，儿子们暗潮汹涌地争来抢去叫他无能为力也厌倦，如今头一个来请封的儿子自然得了他的喜欢，接连几日传召九皇子进宫陪驾，更叫内务府要择一个极好的封号来。

朝中被激起不大不小的风浪，虽说意外，但毕竟九皇子出身摆在那里，本就没有夺储的希望。隔了两日，怀王也进宫面圣，求的是过继九皇子。

圣上大惊。

"臣弟年已四十，膝下还无一子半女，本想在宗室里过继一个，但看来看去，没一个瞧得上的。"

圣上仍旧不能平静，思来想去，老九是他儿子，依着出身不过能封个郡王，但若能过嗣怀王，将来却能承继亲王之尊。圣上本着能沾光绝不吃亏的心思，尤其这儿子近来行事很对他胃口，很愿意抬举抬举这儿子，于是头一回没等请示太上皇，便大手一挥应下了此事。

这些日子来，这两件事是他最高兴的事了。许怕怀王后悔，圣上当夜便拟好诏书

154

盖了御印，预备明日早朝便昭告天下。

消息送到卫府，老九和贺旻正在卫府，三人一张小几，一坛子酒三两碟小菜，都是姜瓷张罗的，给贺旻践行。卫成为他谋了外放的差事，七品的小官，算是从头开始了。三人正有兴致，忽闻听这消息，老九先怔住了："皇，皇叔……"

他不知道该说什么，过继给怀王做儿子，是他高攀了。

卫成却没意外，笑着拍了拍他："恭喜你了，往后朝中总会有一席之地，做个良臣还是不俗的。"

老九梦里一般，狠狠灌了一口酒，呛得咳嗽，贺旻也高兴不已。卫成看着他两个，坏笑一笑却没提醒。

怀王如今要查潲山的事，老九这一过去，就先跳了坑，且有日子要愁。怀王是不怕的，但老三的人怕是不会饶过老九。

翌日，诏书下，满朝哗然。怀王也少见地上了朝，对于政事忽然插手起来，他手下有那么一支卫队，足以媲美黄雀卫，宫里宫外大炎上下消息畅通，二十年里头一回上朝便接连下手，把三皇子的羽翼剪除了几个。

这苗头太明显，那些个因银钱而靠拢的朝臣纷纷散开了。

一下朝怀王就把老九带去了怀王府，怀王府肃静，老九头一回来难免局促。怀王引着他直接去了书房，一落座便道："后日是黄道吉日，内务府会张罗过嗣事宜，你还有什么要说的？"

老九怔怔地，忙摇头。怀王皱眉："做本王的儿子，拿出气势来，便不是九五至尊，也要做一根大炎的支柱。今日你就搬进来，眼下两件事，头一件查你三哥的事，第二件你成亲前我每日会教导你功课。"

说着又皱眉："皇兄那昏的，给你赐婚的那侧妃不论哪里都不出众，另几个贵嫔贵人也太过平庸，正妃人选，本王即日便会留心。"

老九却诧异："三哥的事？"

怀王看着他："可见卫成待你真心，但凡会涉及险境的事，一点都不会和你透露。"

又点头道："潲山匪患是你三哥一手策划，只为敛财收买朝中官员，你皇祖父有所怀疑，不容他挑衅尊严，才派卫成去查潲山的事。但又碍于皇室颜面想要遮掩，再者……"

怀王嘴角几不可见的冷笑："你皇祖父不喜欢卫成，出征前他硬求给夫人册封诰命彻底触怒了你皇祖父，所以这回借着潲山的事，既打压了你三哥，也想趁机了结卫成。"

老九脸色难看，他早有猜测，怀王看着老九脸色稍有满意，看样子这老九也不算太过平庸。

在怀王施压下，卫韵与老九成亲的日子一拖再拖，理由很简单，正妃还没入府，侧妃还是要等等。卫韵本因老九过嗣怀王的事欣喜不已，回头又遭此打击，郁郁不满时又听卫澜奚落嘲笑，暗自恼恨，便借着卫澜之名给三皇子送了封信，大致意思是愿意替三皇子去找卫成打探些消息，但请三皇子指点，须得问些什么。

三皇子见信十分高兴，眼下正一筹莫展，罪己书写下了，皇祖父却要重罚他，如今僵持不下，宫里贵妃缠磨着圣上，他也隐晦地放了狠话，知道皇祖父是为顾惜他自己的名声，他也拿着皇祖父的名声要挟。

卫澜这些日子躲着三皇子，当初三皇子妃突然来找她，说起意欲聘她为侧妃，她还高兴过一阵子，但过后却慢慢品出不妥，待要退缩又怕三皇子万一度过这一劫她平白失去了机会，便一直观望。三皇子下了罪己书后也明白三皇子没有起势的机会了，正与母亲商议如何退了这亲事，那头三皇子处却着人送信，说要见一面，商谈重要事宜。

她和三皇子哪有什么重要事宜？唯一重要的，就是婚事。

卫澜欣喜，怕是三皇子如今也不好办亲事，想要拖延一二，正中下怀，便知会一声赴约去了。

这般境况下二人一见对不上话自然会露馅，散了也就是了。但三皇子如今急火上头，好容易有点机会却又没了，怒火可想而知，偏又发现卫澜是想退亲，本性鲁莽暴躁的三皇子气急上头，当下便掳了卫澜回府先就洞房了。

卫澜等同被强暴，身心剧痛却也无可奈何，想死又舍不得死，呜呜咽咽叫人送信回府，卫侯府顿时乱作一团。

眼下不呆的都能瞧出三皇子势头不对，四房原先私下将卫澜和三皇子定了亲事，三皇子妃求着贵妃去找圣上求了旨意，如今正避讳着，偏又出了这事，二房立刻同三房商议着，不若分家吧，把四房撇出去，就算出事也连累不到自己头上。

二人一拍即合，便去禀报了老侯爷。老侯爷先前的病症才有好转，听了这事一阵晕眩，便觉着才有知觉的半边身子又麻了起来，口齿不清地吩咐心腹即刻去找卫成，求他身边的神医来。

卫南书兄弟哪里顾得上亲爹，忙着去和四房商议，为不牵连，忙着平分了侯府家产，即刻叫四房往城东的宅子搬走，四夫人哭着骂着也无可奈何，叫人收拾着搬家。

卫澜送信儿本也想叫母亲来宽慰一二，谁知卫侯府闹将起来，四夫人怕自己不盯着被人克扣了家产，便把女儿也抛开了，卫澜躺在三皇子府上等了两日不见人来，心也冷了。

怀王也没叫卫家等太久，很快便择出了老九正妃的人选，兵部尚书翟家的嫡次女。出身不俗奈何名声不好，出了名的凶悍。

老九性情温懦，是需要一个拎得清又有气魄的姑娘才能镇得住家宅。

怀王亲自过府翟家商议此事，翟大人虽看不上老九，但极钦佩怀王，亲事也就应下了。怀王又请旨，赐婚旨意七月便下了，同时定下了老九怀王世子的身份。

老九心里明白，怀王收他，大半是因为卫戍。

这些日子姜瓷识字进展迅速，毕竟有心要学，还有个好老师来教导。老九赐婚旨意下来的时候，卫戍带着姜瓷过府祝贺，两人推杯换盏难免醉了，入夜姜瓷带着他回去，才安置妥当，外头便来报说宋乡君在府门外，要见卫戍。

姜瓷怔了怔才想起来宋乡君是谁，心里有点腻歪。

第九十六章　宋乡君

"公子醉了，叫她明日再来吧。"姜瓷吩咐下去。小厮出去，不多时又匆匆跑来："厮闹个不住，终究是个姑娘，奴才们不敢死拦。"

姜瓷皱眉："带去前院偏厅吧。"

她理了理衣衫，看卫戍熟睡，方才闹了半晌酒，吐了一通又灌了两碗醒酒汤，才安稳睡下，交代了吴嬷嬷几句，就往前院偏厅去了。

姜瓷乍然看见宋莹莹时有些诧异，没多少日子，她憔悴得脱了形。宋莹莹看见姜瓷，皱眉不悦："阿戍呢？"

"他睡了。"姜瓷淡淡的，宋莹莹没有吵闹，盯着姜瓷的脸看了半晌，坐得端正笔直："那我等他醒。"

姜瓷也没啰唆，吩咐几个小厮守好门，给乡君备好茶点，又往后院回。

"这宋乡君真有趣，找到别人家，找别人的相公厮闹，还这么理直气壮的。"春寒耐不住，姜瓷笑笑没作声。

宋莹莹早已把卫戍心里对少年相伴的那点情意消磨殆尽，她越折腾，卫戍把她忘得越彻底。

姜瓷也累了，洗漱后就睡了。卫戍这一夜睡得死沉，倒是习武之人的习性，天刚亮就醒了，口干头疼，才捏了捏额头，姜瓷就醒了，起身递了一盅茶，吩咐奴婢备热水，做些清淡小菜，等卫戍梳洗过才道："宋乡君来了，在前院偏厅等了你一夜。"

卫戍怔了怔，才想起宋乡君是谁。

"哦。"

"早饭还得等一刻钟，不妨先去见见吧。"

姜瓷劝说，卫戍扭头看她："我见她，你不恼？"

都逼上门来的女人，姜瓷也太大方了，他不满意，忽然伸手揽住她腰，狠狠地搂过来。姜瓷被箍得死紧，哭笑不得："别闹！人来人往的！你心里有她我才恼，明知你对她没什么，我瞎恼什么？"

不住推他，卫戍这才松手，姜瓷红着脸看屋里几个忍着笑的丫头，嗔着卫戍："定是酒没醒！"

叫阿肆带路："快把他带走带走！"

卫戍笑着出门，一路去到前院，进偏厅时脸上笑意便都没了。

宋莹莹这些日子过得不大好，兼之这么坐着等了一夜，瞧着愈发憔悴虚弱，卫戍推门进去，身后阳光照耀，宋莹莹抬头，眼就酸涩起来，倒没作假，眼泪滴答地流。

"阿戍……"

声音柔软委屈，卫戍神情不变："有什么紧要的事？要等一夜？早上再来不也行？"

卫戍厌烦她逼得紧，她在外头已不知追拦过他多少回，但这话在宋莹莹听来，却品出了几许关心的意味。她有些得意，也有些高兴，看来做这个可怜的模样，确实能叫他怜惜。

她站起来，摇摇欲坠："也，也没什么。"

这么些日子，她后悔了。自从贬做乡君，她狠癫狂痛苦了一阵子，那些平素与她交好的小姐妹也开始躲着她，待她渐渐平静才开始恐慌，没了皇家的宠爱，也没有爹娘，宋家出身极低，前些年也被贬出京了，她孤家寡人一个连宫门也进不去，十八岁的年纪了，亲事还有什么着落？

这时候她才忽然发现，这一辈子，真心待她好过的，只有太后和老九，还有卫戍。

太后早已过世，老九这些日子在怀王府，她去了几次，连话都递不进去就被无情地打发了，只剩卫戍。她数次在外堵截卫戍，都被卫戍躲过去，就只有上门来堵这一条路了。

她如今算想明白，转了角度，知道卫戍最心软，便做了这一副可怜模样。

"我，我这些日子想了许多，自小到大，只有你对我最好。那时候，那时候和廖永清一处说话，是她先说起你，我才顺着她说的。你是知道的，我谁也不敢得罪，谁说什么，我只有应承。但千不该万不该，我哪怕不出声，也不该附和她，实是我对不住你。"

宋莹莹说着眼泪又流下来，卫戍就那么站着，看着她。

"我怕和亲，宫里几个公主，都有生母护着，想尽法子也不会叫她们去那些蛮夷之地受苦，只有我，自小养在宫里，身上也淌着皇家的血，要和亲，只有我最合适。我害怕得紧，偏那时候你成亲拒了赐婚，我，我激怒之下……"

她号啕起来："我如今才明白，我那时候气急败坏，不是因为要去和亲，而是因为你拒了指婚！你娶了旁人，咱们再不能在一处，咱们……"

她自觉失言般，忽然红了脸，羞涩地哽咽："我，我是喜欢你的，阿成。"

卫戍笑了，回头看她："那乡君待要如何呢？"

宋莹莹看到希望，眼瞳晶亮含羞带怯望着卫戍："我们自小的情分，我知道你也忘不了，断不净。我叫你失望，你娶了姜瓷，都怨我。我不奢求旁的，只要还能留在你身边，像咱们小时候那样……"

"乡君预备没名没分地跟着我？"

宋莹莹愣了愣，卫戍又道："我是在太上皇跟前，拒了的。"

宋莹莹脸红："没事，我去求皇祖父，叫他赐婚。他们虽都不在意我，可到底也得顾惜皇家颜面，只能委屈姜瓷了，我是决不能做妾的，平妻怕是也不能，以她出身，贵妾也不错，我会好好待她的，毕竟你失意的时候，是她陪伴在你身边。"

卫戍嘴角仍笑着，眼神却冷了下去："乡君去求？莫说乡君没脸面，便是有这个脸面，也求不来。卫戍此生，不休妻，不纳妾，什么平妻什么通房侍婢，想也不必想。"

宋莹莹愣住，卫戍冷笑："乡君时常提起年少时的情分，那时候是有些情分的，你和老九同病相怜，我也是个下贱胚子，你敢说你那时候同我交好，存的不是利用的心？事到如今，接连被贬，和亲也不必了，但乡君怕是发觉眼下处境比之和亲还差了十万八千里，又盘不上旁人，才出此下策吧。"

"不……"

"不怎样？"

宋莹莹眼见骗不过卫戍，又实在不习惯在卫戍跟前伏低做小，遂恼羞成怒："她出身低贱，保不齐自小损了身子，你们成亲大半年了也没个信儿，你母亲可只你这一根香火，难不成你要断了她的血脉？"

"这就不劳乡君费心了。"

"她生得狐媚，你就是被美色所迷！早晚要后悔的！"

"我便迷了又如何？"

卫戍抱臂，吊儿郎当的姿态，嘴角噙笑眼神冰冷，宋莹莹还欲再说什么，他却没了耐心："乡君这品性，给我家娘子提鞋也不配。往后不必再来我卫府，不欢迎。阿肆，送客。"

他转身就走，忽然万分想念才分开片刻的姜瓷。

卫戍走了没多大会子就回来了，一回来就急不可耐地掩门，一阵虎狼过后，姜瓷还怔怔地，狠命地锤他："青天白日你待怎样！"

没好气，卫戍被她锤得嬉皮笑脸，一把攥住她双手，把人拉进怀里。

"你最近在瞧郎中。"不是疑问，是陈述。

姜瓷怔了怔，没有作声。卫戍手臂用了力："我该告诉你的，倒叫你不安心了。我在服药，你才没有怀上身子，不是你的事儿。"

姜瓷沉默了一下才道："我身子不好，我知道。在于水县的时候，你就叫郎中给我诊治过，后来进京，程大哥也给诊过，我是自小亏空身子根基弱，大半年里补着养着，虽说好了，但……"

眼下虽能怀胎，但从怀胎到产育会损伤身子，卫戍舍不得。却又不想告诉她，叫她心里过不去，这才悄悄自己服了药，预备着再过两年，等她身子彻底调养好了再要孩子了。

"你还小。"

卫戍笑着，一把揉在她头上，姜瓷愤愤，他又道："程子彦说了，女人过了二十再怀孩子，对身子的伤害会小很多。你才十八，太小了。"

卫戍竟然连这些事情都问程子彦，姜瓷羞红了脸，卫戍顶爱看她这模样，捧着脸，叭叭地亲了几口，姜瓷恼羞成怒推开他，愤愤地念念叨叨，重新绾发梳妆，打开门，看见院子里几个心照不宣抿嘴笑的丫头，顿时更羞了。

早饭吃过，卫戍看着姜瓷对了会子账，觉着她太劳累了些："该养几个识字的心腹，你也不必这么劳累了。"

心疼道："梅青那儿上了一场新戏，晚上去瞧瞧吧？"

是有些日子没出门了，姜瓷应了，这段日子夫妻少出门，却惬意得很。滁山的事一直没个结果，坊间百姓一直议论不休，也有卫戍的功劳，时不时往滁山送些东西，更查着那些过往被劫掠的商户，依次去送赔偿，这事就没冷下来过。怀王有心把卫戍摘出去，便传话出去说卫成已将漭山所查的证据全数交给他，如今三皇子和太上皇都忙着应付怀王，反倒叫卫成清闲下来。

到了傍晚，夫妻两个往畅园去。作为畅园背后的老板，姜瓷自然拥有一个自己的雅间儿，便在二楼上，看着对面的戏台子格外清楚。

新戏排得极好，姜瓷听得生了兴致，一出唱罢，休场的工夫，春寒交代春兰服侍好夫人，悄悄下了楼。

虽然知道没必要，但看见梅青伤了，她还是忍不住。

方才那一出小生的扇子刮了梅青的手腕，顿时红了一片渗出血来，梅青忍着唱完了一出。她才走台子后头，就见早下了台的梅青还被拦在戏台后头。她远远看着，一个妇人正在为难梅青。

她几次要去拉梅青的手，都被梅青避开了，顿时冷下脸去："下贱胚子，我肯抬举你是你的福分，我给你置座宅子，往后只唱给我听，不比在这里伺候那么多人要强？你一个戏子，初露头角就有人开了这畅园给你搭台，自然是你伺候好了人，总不能你便是个有钱有权的。"

她见梅青神色如常不见丝毫恼怒，愈发得意，笃定梅青是不敢露出委屈，便又道："你能伺候别人，也能伺候我，我有的是银子！你要是不痛快，我那儿好姑娘也多得是，你也能叫那些姑娘伺候你！只要你高兴。"

她是盛京出了名的青楼香荷居的老板兼鸨儿胜娘，香荷居里的姑娘素来以清雅闻名，是上得去台面的妓子，胜娘确实很有钱，也能和许多权贵搭得上话，如今瞧上个戏子，几次三番不得手，恼怒之余，盛气凌人，是打定主意，今日哪怕用强，也定要把梅青弄到手。

第九十七章　救美

梅青虽神色如常，眼神却已冷透了，他抿着嘴唇，却仍旧没有说什么。

胜娘不耐烦，又待伸手去摸梅青，忽然斜里探出一只手，抓住她肥壮的手狠狠地甩开。胜娘被甩得趔趄一下，回头就看见一个眉眼凌厉的姑娘站在梅青身前。

梅青略有诧异，看着身前矮了一头的姑娘，气势却高涨得很。

"拿开你脏手！你瞧不起他，别来看他的戏呀，又没人求你来！"胜娘还没缓过来，春寒已拉着梅青走了。但一路走着，越走越气，待走到后头人少的地方，狠狠甩开梅青的手，仇人似的盯了半晌，一句话也没说出来。

她就是堵得慌。那些纠缠和侮辱，梅青打不回去骂不回去，只能生生承受。

"我知道你不愿意，我也不是非你不可。打先我是为色所迷，你生得好看，这没什么可说的。可……"

可他剥开自己的伤痛不堪给她看，试图逼退她，却适得其反。

女人啊，有时候就是会因怜生爱。尤其是她这种嘴硬心软的姑娘，对一个如此绝色的妙人。

除了卫如意，梅青没有跟姑娘打交道的经验，看春寒这时候的模样，他就知道自己先前做的，恐怕错了。换作寻常姑娘，怕早避他如蛇蝎，嫌弃他的肮脏低贱，但这个姑娘似乎并不寻常。她能抛开世俗，只为心中的善恶。

"多谢。"

"你不用谢我。"春寒摆手，"换成是谁，我都会帮。"

梅青没了话，场面一时安静得尴尬，春寒局促道："就这样吧，我，我不缠着你。"

甩手走了，扭头又回来，抽了帕子把他的手给裹起来，裹完一句话没说就走了。

梅青看着春寒渐渐消失的背影，神情虽柔和，眼神却一如既往的冷漠。他三岁父母双亡，狗一样被欺辱的养大，十四岁就被卫如意凌辱，十年的折磨，对于女人，他只有厌恶痛恨，和畏惧。

春寒出去的时候姜瓷就留意了，夫妻眼神交汇，却没说什么。

卫戎理性，知道此事不能行。姜瓷却感性，总存着幻想，万一梅青被春寒打动，成就一桩美事，也能抚慰梅青过往伤痛。

但他们不知道，春寒这一去，遇见过胜娘。

春寒一路回去有些郁郁，夫妻两个晚上躺在床上，闲来无事聊起这些，卫戎不想泼姜瓷冷水，只说走一步瞧一步吧。姜瓷也明白春寒这路不好走。

说着说着，又说起北徵使团快要进京，这回西泠南玥也凑热闹，竟然也送了贵女进京。想来是要一起探探，往后和大炎是和是战。

姜瓷不懂政事，但也知道坊间做生意，两家联手，也是要结个儿女亲家才更牢靠些。

说着没了声响，回头见姜瓷睡着了，卫戎失笑，天儿热，姜瓷睡着也见了汗，卫戌翻身起来，一路窜出去，一刻来钟回来，背着个滴水的大盒子，在屋里置了大盆，把冰搁进去。

姜瓷睡得舒坦，一觉天明，谁知这一夜里外头却不安稳。

三皇子每况愈下，六皇子起先还算安生，后来却乘胜追击连番打压，三皇子前后夹击恼怒异常，这夜里派了刺客，一队刺杀怀王，一队刺杀六皇子。

怀王那头不必说，怀王府虽瞧着松泛，怀王也是二十年不理政事的人，但三皇子的人一入怀王府便如泥牛入海。倒是六皇子府闹得风生水起，六皇子还受了伤，半夜就敲开宫门，惊动了整个后宫，皇后与宸妃半夜就派了太医去。

三皇子豢养的是死士，六皇子府上除了打死几个刺客并没什么进展，倒是天还没亮，早朝之前，怀王押着几个刺客进了宫。

没去上清殿，径直去了圣清殿。

完好无损的几个刺客，惊惶不安，还有画了押的证词。

三皇子的罪名证据确凿，太上皇咬牙，令人去三皇子府把人绑了来，当下便投进天牢了。

继而怀王府便接连放出罪证，潆山的事，并非三皇子罪己书所说的被蒙蔽，而是打从一开始，就是他一手策划，潆山劫掠的所有钱财，也都尽数送到了三皇子府。

三皇子自觉收拾得干净，却没想到卫戌还是在潆山带回了人。人证物证之后又追根溯源，找到了在京里负责潆山事物的三皇子心腹。

一条线牵下来，三皇子倒得彻彻底底。

一时间民怨沸腾，百姓四处请愿。有这样的皇室，哪个百姓能心安？倒是这事儿里，得了民心的是卫戌和怀王。

"怀王打了个漂亮的翻身仗。"

程子彦这些日子都窝在孔府，躲避太上皇的搜查。太上皇身子近来不大好，换了几个御医国手也不成，这时候觉出没他不行了。但太上皇的凉薄也叫程子彦寒了心，生死有命，不愿再去救治有心要杀他的人了。

太上皇找不见人，狠发了一通火，又传卫戌进宫。

卫戌换了官袍，进宫了。

太仆寺少卿，照理说该忙碌得很，偏太上皇为了架空他，只给了个虚职，明交代了不叫他做事。

卫戌进宫，好生请安后，太上皇的咳嗽就没停，卫戌揣手站在一边，微微撇嘴。

"程……"

"殿下便是忧心太过了，何苦来哉？好生安养身子不就好吗。"

太上皇才开口，卫戍就堵了回去，太上皇气得更凶，咳嗽得更厉害。庆安忙着侍奉太上皇，殿内的人又都被遣了出去，卫戍左右无事，便四下打量，果然在角落看见了前回那人，脸色阴沉地盯他一眼，卫戍不以为忤地咧嘴笑，转头拽住庆安故意问道："顾大人呢？许久不见了呢。"

顾允明连番办事不妥，如今太上皇也算念着他跟随多年的情分，封了个官儿，却早已脱离了心腹这一界限，早先定好了叫他送和亲去北徵，如今已许多日子不得召见，也不能私自进宫。

京里的权贵各个满头满身都是眼睛，宫里的消息传出来，就知道顾允明失宠了，从前愿意抬举他的，巴结他的，都冷了下来。

顾正松早寻了个说辞，带着一家搬出去了。顾允明心粗，又笃定顾正松舍不得不攀附他，也没疑心。但顾铜这回科考却是一塌糊涂。顾正松也早辞了官，王玉瑶跟姜莹都心里不安分起来，但终究眼界浅显。王玉瑶所能看见能接近的最显贵的便是顾允明，这些日子正不遗余力地勾缠顾允明。那顾允明本就是个来者不拒好女色的，没两三回也不顾什么伦理纲常，把王玉瑶养在了别院，却也没几日便丢开了手。

小家碧玉对他而言，也没什么新鲜的，他仍旧还沉浸在老头子不会不要他的心思里，自欺欺人。

卫戍提一句顾大人，庆安摆手，伺候太上皇喝了汤药，太上皇的咳嗽好容易止住，却不敢开口，喉咙发痒，胸腔里风箱一样，呼啦呼啦作响。

"我的卫大人，程郎中呢？还是快请他来吧，殿下的身子惯来是他调理。"

庆安满脸哀求，卫戍一脸茫然："臣真是不知，打从潩山出事，咱们四散逃窜，就再没了他的消息。殿下不必急，宫里都是国医大手，哪是他一个江湖野郎中能比的，也就是殿下抬举他。您耐心些，慢慢也就好了。"

这话堵回去，太上皇气恼，却又没出声。说不出话是一回事，潩山的事他也确实不想提。万一哪里没说对露了风声，如今老三还在那悬着，总不能把他也带累进去。

庆安瞧着，怕卫戍再说什么激怒太上皇，便拉着卫戍往角落去，才要说话，门外声响，怀王不等通传便径直进殿了。

太上皇眼神阴郁地盯着儿子，做儿子的，也神情冷漠地看着他。

太上皇自然是要生气的，他的圣清殿，如今简禾熙竟如入无人之境来去自如。

"父皇。"

怀王中规中矩请安，不等太上皇摆手便自行起来，转头看殿里只几个人，也没拐弯抹角。

"简呈翌的事不能再拖了，越拖下去百姓对于皇室的怨念便越深，难免生乱，尤其如今北徵西泠和南玥的使团都进京在即，儿臣便是来知会父皇一声，就按上回儿臣所说，贬为庶人，发配疆北苦役吧。"

知会二字狠狠戳了太上皇的心，他狠狠一掌拍在桌案，怀王抬头，淡淡道："父皇逊位十数年了，做儿子的自当尽孝，不该再叫父皇劳心了。"

"你，你是要篡位么！"太上皇气喘咻咻地捶着桌子。怀王笑："父皇说笑了，儿子与皇兄一母同袍，自当敬爱于他，他的江山等同于儿子的江山，儿子自当为他守好。"

说着又恍然道："是了，太子也该立了。这么些年，因为一个东宫储位，父皇牵动了多少人。"

怀王一眼瞥见好整以暇站在角落看热闹的卫成，坏心思顿生："儿子同卫大人商议过，还是顺着父皇的心思，便立您心有所属的那位吧，左右儿子还年轻，再不济还有卫大人，定把太子教导好，叫他做一个为国为民顶天立地的天子。"

卫成暗骂，果然太上皇一眼扫过来，歇斯底里大骂："孤竟不知，养了这么头忘恩负义的狼！"

怀王心里痛快，要挨骂也得一起。太上皇阴森森地盯着卫成："你果然心机深沉，这么些年，哄着孤，却暗地筹谋。"

卫成叹了口气："主上待臣，有知遇救助之恩，臣领受，自当还报。八年里，臣为主上出生入死，为主上办的差事没有不圆满的，护卫主上，未曾令主上有分毫损伤，臣自认作为臣下，臣所作所为没有错处。如今不是臣背叛主上，是主上弃了臣。何况，太子人选，也是主上所属意之人，主上又缘何气恼？"

他语调淡然，早已不复当初遭遇不公时的委屈。

他也曾争过宠，以为拼了性命主上就会看到他的忠心。但其实并不是。

"主上，可否还记得沈书昀沈大人？"卫成忽然问的一句，太上皇乍然一惊，脸色急速难看下去。怀王看着，从先前的疑惑，到渐渐明白，脸色愈发凝重。

当年的沈书昀是大炎第一贤臣能臣，忠心耿耿为大炎鞠躬尽瘁，是太上皇在位期间最为倚重之人，更是幼年便相伴的皇子陪读。沈书昀智谋卓绝，太上皇能夺得皇位，大半都是沈书昀的功劳。

就是这么一个人，太上皇在逊位时特点了几位辅政大臣，以沈书昀为首，但很快他就发现，沈书昀太听他的话了，以为他真的是逊位，竭尽全力地辅佐今上，致使他没法子插手朝政。

　　于是他令顾允明遣人假做流民刺客，以对朝廷政令不满而心生报复杀人，在沈书昀一家回乡过年的时候痛下杀手。

　　满门尽灭，太上皇得知消息时狠狠做了一场戏，痛哭痛骂，下令绞杀流民刺客，沿河一道所有大大小小的流氓乞丐都被清扫一空，更是亲自书写诔文奠怀沈书昀。

　　世人感动，这是如何的君臣之情。

　　卫戍十八岁那年护卫太上皇，遇上了前来刺杀复仇的沈墨。

　　那是沈家唯一逃出生天的男丁，是沈书昀的长孙。

　　沈家书香世家，顾允明那厮惯来张狂浅薄，以为屠尽满门，难免露了些马脚，沈墨重伤逃生后，苦学武艺，却在行刺之前就被卫戍发现了。

　　卫戍正是那时候对太上皇冷了心，存了戒备。沈墨留在卫戍身边，他全然承继了祖父之才。

　　太上皇忽然噤声了，卫戍笑了笑，又瞥了一眼角落站着的那人。怀王怕才是殿里最郁结的人，生身的亲爹，竟然是这样的人。他转头和卫戍道："今科的榜眼探花，我瞧着不错，先调去詹士府吧，太子须得一股心腹，毕竟如今太势弱些，上头的那些哥哥，哪个都能压制得住。"

　　卫戍点头，有些不自在。怀王忒坏心，当着老头子面说这事，明知这老头子不是个好人。果然太上皇又生疑心，怀王特地和卫戍说这事，可见今科榜眼探花两个，是卫戍的人。

　　太上皇也没猜错，只是不止榜眼探花，卫戍早年便资助了一批寒门学子，他们遍布大炎各地，有留在本地读书的，也有投在大儒名下的，也有去了知名书院的。今科举子中，有三成都是他的人。

　　怀王点开了，便叫卫戍："你先回去吧，有事我会叫你去怀王府。"

　　卫戍拱了拱手，朝太上皇又行了一礼，知道他父子二人还有不少事要算，遂先走了。

　　从怀王年幼时太上皇便担忧有朝一日被儿子倾轧，他左防右防，没曾想这一日还是来了。

　　太上皇觉得自己甚至都没来得及挣扎，自认为固若金汤的把持忽然就崩塌了，无声无息间便被简禾熙击溃，取而代之。

卫戍如今算是无事一身轻，老头子卸了他的权，他的人仍旧是他的人，但终究不需办差事了。有三皇子的事在，怀王如今又显然袒护他，叫旁的人也忌惮起来，不敢对他下手。

但卫戍回去的时候，还是看见了一场好戏。

姜瓷有心要给春寒机会，这日便又要去畅园听戏，谁知才出府门就被拦下了。

拦着她的，是顾铜。

第九十八章　缠人

要说起来，顾铜来找她也不是第一次了。

可顾铜这一回却不大一样，大约近来受了太多打击，从前在苍术县他是出了名的才子，小小年纪就中了童生。可自打进京，似乎就没一件叫他顺心的事。

他贪婪地看着姜瓷，这么绝色的容貌，本该是他的枕边人。这么个知冷知热又勤快灵巧的女人，这才该是他的娘子。

"阿瓷。"他唤了一声，却又因为姜瓷如今不怒而威的气势略有踟蹰。

姜瓷没作声，微微皱眉。

"我，我有话想和你说，咱们，咱们能不能说说话？"

"不能。"姜瓷淡淡的，顾铜约早知这个答案，却不肯放弃，往前走了两步，姜瓷退了两步。

"顾公子。"姜瓷仍旧淡淡的，眼见的不认同，顾铜心中大恸，想着那时候姜瓷每每去给她爹送饭，都要给他带些吃的。她做的东西很好吃，他很喜欢，但那个时候他却不喜欢做这些好吃的东西的那个姑娘。

因为他觉着她低贱，且貌丑。

"我对不住你。我，我就是想和你说一声。"

"这倒不必了。"

顾铜见她是显然没有记恨的模样，略有欣喜："我就知道，你必然不会记恨我，你心里终究是有我的。"

"顾公子慎言。"

姜瓷脸色沉下去，顾铜却不管不顾道："我们那么多年，岂是卫成那厮短短不足一年所能比？他也就是趁着我混的时候，待你不好，才乘虚而入。我知道你伤心，有王玉瑶，还有你姐姐姜莹，可她们算什么？都不是什么好东西，王玉瑶如今不知去了哪里。"

他忍不住诉苦："还是你好，你待我，是真的一心一意。否则我对你做了那么些混事，如今你好了，也从没报复过我，连打我一巴掌也没有。"

他脸上带着奇异的光彩，话音才落，就听得啪的一声脆响，打得姜瓷和暗处的卫成都心里一阵痛快，也打得顾铜懵住了。

春寒揉着手，用劲儿太大了，手生疼。

"夫人，我从小到大没听过有人这样要求，实在忍不住。"

姜瓷帕子遮着口鼻，到底在外头，声响引得有人来看，姜瓷招手，春寒极快便退到了她身后，顾铜缓过神，顿时涨红了脸，姜瓷淡淡道："顾公子想多了。当初姜瓷伤重，在顾家养伤半年，却也给了银子，咱们两讫了，公子如今一而再地纠缠，又是为什么？"

顾铜张了张嘴，却说不出当初他们成亲的事。毕竟是他存了歹心，他们没有拜堂也没有婚书，根本算不得成亲。她养伤的时候他没有照料分毫，她落拓的时候，他落井下石把她赶走。他虽然觉得那时候姜瓷丑陋低贱，他这么对待她没有错，但也明白这话不能说出来，否则一旦被反驳，丢脸的是他自己。

他怨的，是姜瓷早没有显露出的容貌。他今日来找姜瓷，一半为勾缠，希望姜瓷对他旧情复燃，而最重要的，是想叫姜瓷利用如今显赫的身份，为他谋一份前程。

"罢了，前尘过往，你说什么便是什么吧。"他一副痴情的感伤模样，平白叫人误会，"便不念旧情，只说同乡，毕竟咱们一处长大，如今我一时落难，你能否帮一帮我？"

"不能。"

顾铜有些恼怒："当初是你说喜欢我，如今攀了高枝，说把我抛到脑后就抛到脑后了？"

姜瓷扬眉，嘴角带笑："是啊，我也没想到，我原来竟是个眼瞎心盲的，把个杂碎当珍宝，幸而我家相公治好了我。"

顾铜原想拿他们从前的事胁迫姜瓷，毕竟她如今身份不同，他光脚不怕穿鞋的，是姜瓷丢不起脸，谁知姜瓷竟毫不在乎，一下慌了神，也忘了计较姜瓷骂他杂碎，愣怔的工夫，姜瓷已登车走远了。

卫成看着顾铜痴痴盯着姜瓷的样子就不痛快，是夜，备了一个麻包，使人把顾铜叫出来，兜头打了一顿，狠狠教训。用麻包不是怕人知道，而是他实在不能看顾铜那张脸。

看见顾铜他就会想起曾经在苍术县姜瓷有多可怜，他就忍不住想弄死那些人。

隔了几日，朝中旨意下来，便如怀王所说，三皇子简呈翌及妻妾子女贬为庶人，发配疆北苦役，家产罚没，赔付溚山受害之人。

百姓略有不满，在他们心里简呈翌该千刀万剐处以极刑，但思量来他终究是皇族，血脉相承，能这么处置也算不差了。

紧接着，册封十一皇子简呈舒为太子。

六皇子还没来得及高兴，就直接被击垮了。原以为多年争夺，谁也不曾越过他二人去，老三败了就是他了，竟横杀出了老十一？

才十五岁的十一皇子如今宫外的府第还没建造完，就直接搬去了东宫。接着便是紧锣密鼓的选妃，太子十五了，还没定下亲事，这成何体统？

谁也没想到，势单力孤的十一皇子投了怀王的眼，在怀王的保驾护航之下得封太子。也更没想到，浑浑噩噩了二十多年的怀王，还有这么大的本事在，一出山就把老子都给拿下了。

太上皇病了，心病使然，使得身子的病症更加严重。圣上惯来没主意，从前父皇压制，如今父皇倒了，他只得依仗弟弟，又下了一纸诏书，册封怀王为摄政王。

忽然之间，从前的九皇子，如今的摄政王世子简呈箬，就成了风口浪尖上的炙热之人。

人人猜测怀王忽然过嗣是为着夺位，毕竟没个子嗣怎么弄都名不正言不顺。何况过的还是圣上的儿子，圣上又一贯没主见，会不会想着将来帝位还是会落在自家儿子头上，便欣然接受？

这时候不仅简呈箬避着人，连他未来的世子妃翟家姑娘也开始避着人。

摄政王又训斥了儿子，昂堂男儿，有什么可躲避？

而这当口，外头又传闻翟家姑娘当街训斥卫侯府的姑娘。

卫韵是要给简呈箬做侧妃的，随着简呈箬身份的不同，她自然水涨船高，难免有些得意忘形，便是在一场茶会上，听着旁人的吹捧，说了些不合宜的话，传到了翟家姑娘耳朵里，这日恰巧遇上，便训斥了一番。

她丢的脸面，也都是摄政王世子的脸面。摄政王世子丢脸，她这个未来的世子妃自然也丢脸。

但这一训斥，翟家姑娘的贤名却忽然传开了。

姜瓷这些日子佐着这些传闻过踏踏实实的小日子，从前心惊胆战，如今卫成虽落到了太仆寺，日子却有滋有味多了。但卫成就说了，怀王心黑，果然没几日，朝中罗列卫戍多年功勋，册封卫戍为二品大将军，其妻姜氏为二品夫人，这一下，卫戍又回到了风口浪尖上。

卫戍不大乐意，就跑去怀王府厮闹。

"这些年朝中安稳，边疆也安泰，有那几家老将守着，不必你出征，有什么不满的？"怀王斜睨着卫戍。卫戍撇嘴："瞧王爷这话说得轻巧，臣也是为皇家出生入死这么些年了，没功劳也有苦劳，王爷既要算功劳，就还叫臣还回太仆寺，过过太平清闲日子又如何？"

"没出息，太子新立，你不想着出力，净要躲懒。"摄政王的斥责轻飘飘的，可见不是真想骂他。

卫戍委屈，家里勾着心的娘子，不能日日陪伴，还得跟这些臭男人每日厮混一处，为简家江山流血流汗。

"说起来，你那头出了事。"

"嗨，知道。"

"有眉目？"摄政王笑，如今有些喜欢这个看起来没个正形的孩子。

"左不过三庶人心不甘，又没本事，就想从那头下手。不过我家娘子有些私心，索性借他的手，搞他一家伙，没准成事了呢，你说是吧摄政王？"

摄政王抿着茶，不太想搭理他。

卫戍讪讪地走了，出府就问那头的事可稳妥。这丫头曾护着姜瓷，姜瓷很是看重，若有个好歹可吃不了兜着走。

出事的正是春寒。

这日恰到她轮休一日，才预备着出门去给弟弟买些笔墨纸砚，因她弟弟有些天资，岑管事竟愿意教她弟弟识字，她高兴得紧，可才到书斋还没看几眼笔墨纸砚，忽然有人凑上来，轻轻说了一句话，春寒顿时变了脸色，随那人急急而去。

在城里七转八拐，把人都转的迷了路，才出了城，在城外渐渐荒凉的地方进了一片树林。

在树林深处绑着个人，身边十数个佩剑的侍从，春寒一瞧顿时心慌地冲了过去。梅青本闭着眼，忽然有人撞过来，睁眼就看见了慌乱的春寒，无奈地暗暗叹息。

这真是……叫人意想不到的变故啊。

春寒想要解开绳索，奈何够不着，那些人也没阻拦她，倒是梅青因她的靠近而浑身僵硬。

他厌恶且畏惧的女人。

他不厌恶春寒，也不畏惧春寒，可潜意识的反应却叫他控制不住。

春寒抱着梅青，努力半晌也没能够到绳索，终是忍不住，伏在他怀里掉泪。

"呦，还真是个情种。不过丫头配戏子，也还成。"树后走出个人，正是已废为庶人的简呈翌。他这时候本该在天牢待着，等官兵押解前往疆北。但他上下撺掇，有贵妃相助，还有太上皇暗里扶持，竟真叫他跑了出来。

这一出来听见门下回报，说起胜娘觉了卫戍夫人的贴身侍婢与戏子的奸情，他顿时生了主意。

他的事都坏在卫戍手里，安能不想报仇？

"把这个投在卫戍那贱胚的吃食里，爷送你跟你相好的远走高飞。"简呈翌发话，身边的侍从伸手，里头一个油纸包。春寒虽不认得简呈翌，但这人绑了梅青逼她来见，神情语气，该是和公子有仇的，那纸包里的东西，十有八九是毒药。

"不！"她断然拒绝，一阵鞭子落到她身上，鞭鞭见血，她死咬着嘴不松口，简呈翌不耐烦，身边侍从瞧着，在他耳边嘀咕几句，简呈翌抬手，施刑人住手，瞧着简呈翌眼色，再度扬鞭，却是冲着梅青。

"不！"

春寒早已被打得趴在地上，自个儿挨打不在意，竟受不得梅青挨打。她想跑过去替梅青挡，但跟跄了几下都没能站起来。

"你们冲的是我，放他走！"

"贱胚子，还想骗爷？把他放了，你还会听？"简呈翌冷笑，春寒终于挣扎起来扑上去，鞭子便又落在了春寒身上。

梅青一直闭着眼一声不吭，但春寒扑上来后便能感到她每每挨打浑身都在颤抖。

"起来。"他平静地叫她起来。春寒却咬着牙摇头："是我连累了你，是我连累你！"眼泪滚滚而下，这时候万般悔恨，她不该喜欢梅青，更不该缠着他，如今因为她又连累他受苦。梅青淡漠的眼神盯着她，看她眼神渐渐涣散，却死死攀着他不肯松手。

"你依不依？"简呈翌问。春寒生生咬牙受着鞭，狠狠道："不！"

简呈翌不耐烦，反手把侍从的剑抽出来，侍从忙拦住，又是眼神递过去，便有人一把拽开春寒甩在地上，一把短匕刺到梅青肩头。

梅青颤了一下，却仍旧没有出声。

春寒身上已挨了几十鞭，整个后背一片血肉模糊，她眼神渐渐涣散，盯着梅青："主子救我一家离苦难，如再生父母，春寒……"

断断续续虚弱的话，是和梅青说的。梅青微睁着眼，仍旧淡漠地看着地上的姑娘。春寒见他看来，眼神交汇，贪婪而又悲凉，她忽然笑了一下，梅青心底咯噔一下，暗道不好，春寒便已鼓起全身最后的力气，霍然起来，转身朝着简呈翌扑去。

简呈翌愣了一下，随即觉着什么打在手上一阵生疼，剑尖一偏的工夫，那个疯女人就撞了上来，一剑穿透了她的肩膀。

第九十九章　福祸

春寒疼得失去了知觉，忽然从天而降一群灰衣人，行动迅猛，十几个人还没反抗便都被制伏了。

卫嵘先是慌张去看春寒，见那惨状顿时气不可遏，狠狠踹了被制伏的人。公子交代不能出岔子，这人被打成这样，他回去怎么交差？再回头看梅青，也不知该说什么好了。

这个小哥儿，白生了一张倾城绝世的脸，净受罪了。

简呈翌意欲逃窜，但有卫嵘在他哪能如愿，又乱了一遭，总算把人都押送走，依着卫成交代送去了摄政王府。同时马不停蹄地把春寒和梅青往卫成就近的宅子送去，叫人去请程子彦快来。

姜瓷听说春寒受伤的时候，慌忙要去，卫成一把拦住："你去做什么？有梅青在，何况也没危及性命。"

姜瓷愣了愣，又坐了回去，但惦记春寒，仍旧心里发慌。卫成便把这事原原本本和她说了，气得她大骂简呈翌："就该千刀万剐，多少回了！次次算计你性命！"

如今还牵连了春寒和梅青。

"娘子说的是。"卫成好言好语哄着，再三保证春寒和梅青都不会有事，才算安生下来。

而那厢春寒等人安置下，程子彦给二人诊治了，虽伤得不轻，但确实没有危及性命，尤其春寒中那一剑，流了那么多血，且得好生休养。

"夫人的意思，就叫你们在此处养伤。"

宅子不大，方圆几里独一处的小院子，只三间屋，一个套间儿一个厨房。

春寒还昏迷着，梅青听了这些话，主子的心思自然明白。他垂着眼没有作声，程子彦拍了拍他肩头，也没说什么。

这事，谁也不好参言。

春寒一直没醒，晚上又发起热来，昏迷中不知梦到什么，激烈挣扎，梅青坐在旁边守着，怕她动得厉害再裂开伤口，便伸手握住她双臂，谁知春寒被制住竟挣扎得更厉害。

"姑娘，姑娘。"梅青无奈，只能呼唤，试图唤醒她，春寒却不为所动。

"春寒。"梅青没法子，唤了她的名字。这感觉真古怪，他还是头一回叫一个女人的名字。但可惜仍旧没有叫醒春寒，他没法子，只得俯身下去，制着她双手，用身子轻轻压制她的身子。

春寒被压制，愈发激烈，却也极快地没了力气，渐渐平复。但出了一身汗，略退了些热，梅青给她喂药的时候，她醒了。

盯着梅青看了好半晌，春寒才缓过神来，慌着要起来，梅青一手压住她："没事，公子叫人把咱们救出来了。"

话一出口，心里又一阵古怪。"咱们"这个词儿，实在暧昧。

春寒哪里有心计较这些，听闻已然被救，才松了口气。浑身疼得厉害，头也昏沉，她强撑着四下打量，梅青瞧她神色便解释："这里离得近，你伤得重，不宜挪动，夫人叫暂时在此处养伤，明日便会派人来照料你。"

春寒点了点头，就看见他袖管里顺着手臂淌下一股血，她一把抓住了他的手腕。

梅青颤了一下，从前每每被人攥住手腕，都是要将他制伏，他仓皇甚至粗暴地抽回了手。

"你……"春寒急得要坐起来，却疼得又跌回去。梅青回头："没事。"是方才春寒昏迷挣扎时，他用力压制使得伤口裂开。

春寒到底挣扎着起来了，看见桌上摆着的伤药："得止血。"

梅青拿起药："好，我这就出去。"

他去外间清理伤口，奈何血却一直往外流，索性直接把药粉撒在上面，蛰得一阵生疼。

春寒倚着门，看他半露出的身上斑驳的伤痕。

这不是她头一回看见，却仍然觉着触目惊心。她想不明白，这样一个人，怎么会有人舍得在他身上留下伤痕？

梅青觉着不对，回头就看见了春寒，他却没急着遮掩，她也是淡淡的，掩盖了痛苦心疼的眼神，默默转身回去。

这样很好，梅青暗自松了口气。

程子彦分明说了会派人来照顾春寒，谁知却一直没有人来，只有程子彦隔一日来送一回药和吃穿等物，梅青话少，程子彦也不说话，如此梅青便被耽搁在小宅子里走不得。毕竟春寒身边不能没人照顾，但两人除非必要，也都极少说话。

但经过这一回，春寒觉着她的心思是那么浅薄，因为对于皮相的迷恋，也或许后来因怜生爱，但终究对于梅青来说，都是负担。说来可笑，她对于梅青的了解，竟是这时候才算开始。他内心苍凉却又柔软，他对她的照顾事无巨细，温柔得令人沉迷，却又疏远得叫人难受。

但这些日子，姜瓷却是忙碌不堪的。

卫戍这半年大起大落，潇山的大功，朝中发布的他曾办下的差事，这么些年在大炎剔除几个虎视眈眈的边国安置在大炎的暗桩，单枪匹马去他国打探消息，粉碎了数次北徵意欲偷袭大炎的计划，甚至是朝中贪官污吏，也是他搜集证据拉人下马。

但摄政王没提这些年卫戍自掏腰包给皇家养兵的事，毕竟太丢脸，如今这些人也因卫戍被太上皇赶出黄雀而脱离黄雀，他们不再属于黄雀，而是属于卫戍一个人。

有时候摄政王也是暗叹，他那精明了一辈子的爹，老婆孩子都可以牺牲，到头来也不知是真精明还是假精明，放着卫戍这么个傻里傻气又有本事的人，不说好好拉拢，只想一味打压。

这世上的人，有人吃硬，但有人他是吃软的。

事实也证明，卫戍在离开太上皇后，才算是真正的腾达。

摄政王阅历在那儿，看人还是极准的，尤其卫戍是许璎的儿子，从前他怨恨许璎，如今知道恨错了，当初有多喜欢许璎，如今就有多心疼她，多痛恨自己。可许璎毕竟不在了，留在世上的，也只剩了卫戍一个。

不可否认，在得知一切真相后，狠狠压下了那股想要毁天灭地的痛苦心思后，他深思熟虑，过继老九，一半是因看重这孩子的性情。虽然从前糊涂过，但他请封的事对他还是有所触动。

在这个年岁，懂得避让真是不容易。

而另一半，就是因为卫戍了。

老九和卫戍是有些情分的。

这孩子经受的委屈，不比他母亲少。

爱屋及乌，摄政王愿意抬举卫戍，尤其卫戍有这个本事叫他抬举。

朝中人也嗅出了风向，朝上不好说什么，毕竟曾经都瞧不起这人，可后宅女人却好下手多了，帖子纷纷往卫府送，今儿吃茶明儿赏花，不是大寿就是满月，姜瓷隔三岔五就得赴宴，每每前往必是座上客，人人围着恭维。

卫戍告诉她，喜欢就跟她们说几句，不喜欢不搭理便是。但姜瓷知道卫戍一路走得辛苦，不愿给他树敌，虽有摄政王保着，还给他铺了后路，把他的人安排进詹士府，又有摄政王世子在，可终归明枪易躲暗箭难防，她从前经过几回，也知道做官的人并不如面上那么风光正直。

无谓的事，也就无所谓了。

这么下来，没过多少日子，人人都知道卫将军的夫人脾性好，于是渐渐大胆，自诩见的次数多了，说话也多了……无非每每强凑一处，她们说，姜瓷只坐着笑。

但那些夫人总觉着有了交情在，便试探着，想要通过姜瓷往东宫和摄政王府送人进去。

没法子，简禾熙自从许璎出事后便心性大变，二十年不问政事也不与人往来，就是王妃的母族吕家也从没走动过，显然是针扎不进水泼不进不好下手。

其实这些夫人何止看上了东宫和摄政王府，也看上了卫府。

东宫太子尚年轻，从前也风声不显，如今还没赐下婚事，别说妃嫔，太子连个通房侍婢也都还没。至于摄政王如今把持朝政，王府一个摄政王一个世子，也足够诱人。而卫戍，新贵得宠，也是要拉拢的。只是众人不好对着姜瓷说要送女人给人家相公。

这些暗潮汹涌，往小了说也只是皇室自家政权更迭，朝臣也好百姓也罢，真心为大炎的，不大在意谁做主，终究还是那父子三人，效忠的也仍然是大炎。但摄政王雷霆手段，几日工夫便把朝中清理一番，实则太上皇一派也没剩下多少人，当初的旧人早已老的老退的退，还有如沈书昀卫戍之流，不是死了，也已离了心。

太上皇以为固若金汤的权势，实则在表面平顺的掩盖下，早已糟粕不堪，兼之摄政王青出于蓝，手段智谋更胜，是以一出手，借着三皇子的事做契机，也就拿下了。

太上皇顾惜自己名声，还幻想着东山再起，到底姜是老的辣，就觉着沉寂一阵子也成，却没想着儿子强势，这一退就没法子再进了，气急之下身子愈发不好，也就更没法子斗了。

姜瓷今日又去了户部右侍郎钱府的赏荷宴，毫无意外，又带回了一沓子姑娘画像。

夫妻两个说着话，翻着几张画像。

"这一沓许是冲着东宫去的，这边的是摄政王府。"

夫妻看完了，姜瓷把画分成了两堆，指着和卫戍说，卫戍瞪大眼浮夸地赞叹："娘子厉害！"

姜瓷瞥她一眼："钱夫人今日带着个庶女，拉着我说了快半个时辰的话……"

第一百章　漏鱼

"哦，容我猜猜，她约是和你说，男人啊，总要三妻四妾的，等他提了自己难免过不去，不如自己做主，既能选个合自己心意的，也能彰显限量大度，可博得夫君敬重。"

卫戍摇头晃脑学着，姜瓷似笑非笑，卫戍又显摆道："自然了，还会说这纳进来的不能貌美，紧要的是老实，能拿捏在手，她说这话的时候，必然是看了一眼她身边带着的庶女。"

姜瓷被他学着的时候惟妙惟肖的神情逗笑，卫戍也笑道："谁再和你说这些话，扭头就走，不必顾惜颜面。如钱夫人这般，也可回一句，'那夫人可得夫君敬重，婆家喜爱？'，她得活活恼死。"

卫戍幻想钱夫人那时的样子，顿时乐不可支，把画像卷吧卷吧："明儿拿去摄政王府，没得只我叫添堵的。"

姜瓷掩嘴："你这是找打，摄政王没那个心思，世子正妃侧妃都还没进门，先弄个通房小妾在屋里，还不乱了。"

"他们不要自个儿去拒，我的娘子凭什么要替他们担着。"

卷好画像回头，拉住姜瓷手，双瞳晶亮地盯着姜瓷，脸上笑意却在渐渐减淡，姜瓷也不觉凝重："怎么了？"

"有些事，虽说我觉着该心照不宣，但还是该把话说明白。"

他拉姜瓷坐下，直直看着她："因为是你，我才愿意成这个亲。若不是你，浑浑噩噩一辈子，是谁无所谓，后宅乱不乱，我也不在意。但如今既然有福气遇上你，这辈子也就不一样了。我心胸不算宽广，唯你便足。我想一生一世一双人，只有我和你。"

说着忽然皱眉，姜瓷正感动，他一脸古怪："哦，也不行。往后还有孩子，不会只有你和我。"

　　姜瓷愕然，这转折叫她心里咯噔一下，再听后头的，啼笑皆非，红着眼失笑，拍他一巴掌，卫成却一本正经又拽住她拍过来的手问："你喜欢姑娘还是崽子？"

　　姜瓷不想理他，他认真劝说："要姑娘好，像你这样，人美心善，将来谁敢欺负我姑娘，皇帝老子也不行，小爷拼了命也得弄死他！"

　　姜瓷脸红透，抽手就走，卫成不依不饶后头跟着："娘子，要不是姑娘，咱们就得再接再厉啦！"

　　吴嬷嬷几个听卫成这话，掩嘴失笑被他看得有些不自在，姜瓷羞恼更甚。

　　但卫成剖白的，是真心话。

　　姜瓷跟着他，外人看来是她高攀，但他心里明白，姜瓷受了大罪，跟着他担惊受怕，如今才算缓过来。甚至在他母亲的事情上，男人对于后宅那些事，就算知道也不能明白得太深，他当初有疑心，几番查探遭遇阻挠，后来一心以为是怀王记恨，后来才明白，不仅仅是怀王。

　　女人心之深沉，爱一个人，愿意为他付出所有。所以他母亲出事后，最先想到的是如何将对怀王的伤害降到最低，而太后也一心为子，许璎既有这心思，便也帮着为她扫清事后遗留的一切疑点。

　　所以事情那么难查。

　　再给他些时日许也能查出来，但必是会走不少弯路。

　　事到如今，他人生之中最不能没有的，就是姜瓷。如同始终在黑暗里的人，看惯了黑暗，也不觉着什么，或许浑浑噩噩就过去了。可一旦见到了光明，就再难于黑暗中活着。

　　隔日朝会，一下早朝就在大殿外拦住了钱大人，卫成声音不小，脸色也不好看，只说了自家夫人看上了钱大人家的庶女，意欲给自己纳妾，但卫成不愿，却也阻拦不了钱大人，只能先同钱大人知会一声，请看在同袍的份儿上，且帮自己一回。

　　话是这么个话，但语气神情却全然不是这么回事。钱大人感觉到了深深的压迫和恶意，他想起他的夫人同他说的话，他从前觉着这事儿不错，可如今看来，别是亲事结不成便要成仇人了！

　　钱大人知道卫成的本事，能单枪匹马挑了一个北徵最大暗桩的人，一夕之间屠尽北徵数十高手。还是谁家半夜里说了什么梦话打了几声呼噜都能探清的人，钱大人忧惧得很。

他思来想去，莫不是觉着他三品官家的庶女给他做妾折辱了他？

不能，卫成二品，他的闺女给卫成做妾总还是使得的。

若不是如此，难不成是……

都道贤妻美妾，卫成的夫人贤不贤不知道，可美貌却有目共睹，在盛京那是首屈一指了。每日对着这样的夫人，寻常姿色哪里能入眼？何况他家的庶女那样，唯唯诺诺又姿色平庸。

自认为领悟关窍的钱大人忙令人去南边张罗美人儿，务必要消除卫成对他的不满。动作倒也快，一个来月就把人弄到了，钱大人一看，虽美不过卫夫人，可到底那一股子妖魅劲儿，能把人骨头都化酥了，便忙悄悄把人送去了卫府，谁知才进门，他还没安生喘一口气，就听门上来报，卫大人连人带东西扔了出来，且破口大骂。

钱大人惊惶无措，这时候，偶遇摄政王世子，好心指点，原来不是什么美色不美色的，只是卫大人他，惧内。

这倒叫钱大人着实意外了，简呈箬一贯和气，自从过继给摄政王后深居简出寻常不能见，如今好容易见了，钱大人自拉着好好儿亲近。简呈箬确实也好说话，请吃茶也吃了，说话也说了，但钱大人对着那张笑得和软的脸，却总觉着后脊背凉飕飕的。

二人说话间钱大人也听出了不少，譬如卫成曾在太上皇处拒婚，且发了不休妻不娶平妻不纳妾的话，谁能想英雄难过美人关，卫成竟被个市井小民的娘子拿捏得死死的。

转头这话传出去了，都知道因为这事卫成丝毫不顾钱大人脸面，谁又肯再去丢那个脸面，渐渐地遂打消了往卫府塞女人的心思。

这日姜瓷正叫春兰收拾了，趁着盛夏天气晴好，带着桃儿梨儿在檐下晾了些豇豆，茄子跟葫芦条儿，卫成到冬天格外爱吃熏肉炒葫芦条，外头买的不比自己晾的好。

才把菜都铺在席子上晾着，外头便来报，说阿尧来了。

阿尧在卫府是住过段日子的，谁都认得她，不过那时候她痴痴呆呆的，姜瓷听说她来了，也不见多意外，毕竟有些事前些日子她也都听说了。

说起来三皇子的事能审得这么快，阿尧居功甚伟。卫成在潄山带回的认证物证，还有之后叫黄雀查探从潄山运送下的银两物品，经过哪个商铺洗白送进盛京，都清清楚楚，便是人人都明白怎么回事了，三皇子却还死咬着不放，只说自己是被蒙蔽，便是送了一支卫队过去潄山成了山贼，也是被骗，兼之太上皇有意护着，这事暂时便有些僵持。但阿尧和翠芽的临时倒戈，迅速推翻了他的话。

姜瓷明白太上皇的意思，三皇子是皇家子嗣，他坏了，在百姓看来，就是皇家坏了。但事到了那时候，也不是他不承认也就能成的。

说起来，潺山早有匪患，但小打小闹不成气候。阿尧确实是山贼的闺女，所以一直在山上的阿尧是见证了潺山山贼的变化和成长的人。而翠芽更厉害了，她看着年小，实则三十开外的年纪了，从前是投在三皇子府上的一个江湖人士，做了谋士，后去了潺山，其实是潺山上能拿主意的一个紧要人物。所以卫戍的事后，翠芽觉着不妥，便跟随进京，想趁机挟持姜瓷逼迫卫戍，没曾想卫戍把姜瓷护卫得太严密，她只得了一个机会，还是个陷阱。

偏这个翠芽是个软骨头，怕死得紧，被捉后大骂一通，还没怎么审就都招了。

阿尧在山上大火时急不可耐，谢澜心知因此必见罪与大当家的，不会有好结果，便游说阿尧同她一起下山，阿尧自幼长在山上，哪里愿意。谢澜便先走了，阿尧急着解救库房，被烧坏了脸砸伤了头，傻了一阵子。

可后来在盛京与流民一处，几番冲撞，那头脑不知怎的就醒了。同翠芽一处，发现了翠芽不妥，便假装仍旧痴傻。她一直跟着翠芽，在潺山伪装，就为查探看是否有人背叛主上。阿尧观察下来，又得知自己亲人都已被三皇子杀了灭口，心里也就有了成算。

如今事情过去，因有谢澜在，她也算将功赎罪，又成了废人，故而也就放出来了。

姜瓷见阿尧的时候，她眼神沉静清澈，姜瓷淡淡一笑："有什么打算？"

阿尧也笑："他不嫌弃我，我自当和他好好儿过日子，给他生儿育女，给他个家。"

谢澜如今在京里卫戍的铺子里做管事，日子也消闲下来。阿尧能到如今，也算福气。

"那就好好过日子吧。"

"我来，是谢夫人。当初那些事，你夫妻并未因此记恨打压，反倒给了我们一条生路，这份心胸非常人能及。便是后来落难，在府上那些日子，也亏得夫人照料。"

翠芽拿阿尧不过是幌子，哪里肯好好照顾她，是姜瓷交代春兰，暗地里多加照顾，阿尧心里都有数。

"是了，有前因才有后果。谢澜心里有你，不然哪会跟卫戍去潺山剿匪。"

阿尧红脸，这回笑容情真意切多了。但她稍后又正色道："三皇子虽倒了，涉及众多，故而不严重的也只是处罚。但那些人受连累，怕要记恨将军，夫人还是小心为好。"

"多谢你，自当留心。"

那些人都在卫戍掌控下，翻不出大浪。倒是顾允明，人蠢胆小，太上皇倒了，他又没什么真本事，倒得更彻底。何况太上皇之前就缴了他黄雀卫统领之职，朝中却没安置其他官职，如今只有个品阶的虚衔儿，才是心急。可他不敢明着来。

没多少日子，到八月的时候，北徵使团进京了，朝中忙碌起来，继而南玥和西泠的使团也都来了。

国宴那日姜瓷势必在场，毕竟新贵得宠，还有诰命在身。但她不懂政事，这回三国除北徵送来和亲的公主外，还有美婢数人，西泠带了一位郡主，南玥是一位宗室女。姜瓷扫了一眼这三人，眼光停在了南玥那位宗室女身上。

"卫夫人也在瞧她？"旁边坐着的太仆寺卿柳夫人凑过来，此番国宴柳大人差事不少，连带着柳夫人也知道得比旁人多一些，"那是南玥的宗室女，不过出身不高，以色示人而已，你也瞧见了。"

柳夫人四十来岁的年纪，说起这些不屑地撇了撇嘴。那姑娘确实生得极好，眼角眉梢的媚色生生勾人心魂。姜瓷看她，是因为她一直盯着摄政王身边站着说话的卫成，眼神的侵略明目张胆。柳夫人见状，又小声道："卫夫人可得留神，三国这回送来不少美人儿，我听我家大人说，是要孝敬皇室和朝中重臣的，你家卫大人如今正炙手可热，又青年才俊，他们怕是不肯放过呢。听说南玥宗室精通媚术，极少有人能扛得住。"

"多谢了。"姜瓷漫应，那南玥宗室女总算觉察有人看她，眼神扫过来，四目相对，她对姜瓷挑衅一笑。

第一百〇一章　南玥

卫成得了空去看姜瓷，顺着她眼光便看向了那个南玥宗室女，那女人回头，又朝着卫成一笑，眼瞳晶亮，卫成一阵恍神，便觉着身子燥热起来，心里痒痒的，说不出难受的滋味，怔怔失神。但也不过片刻，卫成指尖迅速掐进掌心，破口滴血，刺痛令他回神。宗室女见媚术竟然没成，些许懊恼。

摄政王一眼看到了卫成滴血的手，又见他瞬间额头细密冷汗，甚至微微喘气。

"南玥这回，来者不善啊。"卫成冷笑，以只有两人可听见的声音同摄政王说，摄政王扫过去，眼神森冷。

国宴过后，三国使团将会在京留上一些日子，等着和亲的事定下来。

卫戍忙碌起来,大将军如今领了实差,统领京畿卫和京郊大营。头等的差事,就是负责盛京安全,尤其如今三国使团都在京中,保不齐跟着使团就混进了三国的细作。但卫戍不管怎么忙,哪怕没时辰睡觉,每日也得跑回去一趟看一眼姜瓷,心里才能踏实。

没几日朝中便与北徵使团闹得不大愉快,北徵此番送来和亲的公主竟有意要做太子妃,但大炎将来怎可有一位北徵的皇后,甚至将来有北徵血统的嫡出皇子,此事遂闹得不甚愉快。朝臣中不少摩擦,摄政王却丝毫不理会北徵,这当口大笔一挥,宫里传出旨意,定了平章政事范家的嫡女为太子妃。说起来这位新晋太子妃的生母正是廖太傅的女儿。

北徵本想强势逼压,太子妃的位置其实本也没敢肖想,但想着提的高一些,就算被拒了总也会再安排个不大低的。太子妃不行,侧妃总还行。再不济,也得摄政王世子。谁知到了最后,大炎却为那位公主指婚了八皇子。

姜瓷听说消息时,只赞说般配:"谁的主意?八皇子心狠手辣,与北徵彪悍的公主,真是登对。"

"我,我的主意!"卫戍凑脸,等着夸赞。姜瓷笑,夹了一块肉填他嘴里:"我猜也是你,这么聪明的事儿,除了你没别人想得出来呢!"

两夫妻月余没碰面,这会儿好容易一处吃饭,小夫妻两个腻歪歪的,连吴嬷嬷和春兰都受不了退下了,只有夫妻二人在屋里。

饭吃得也不老实,这头嘴还没擦净,卫戍就把小娘子抱上了床,整闹了姜瓷一下午,到晚上就直不起腰来了。

大炎早将韶郡王府的一个庶女开了宗祠计到圣上与皇后名下,以大炎嫡出公主的身份,和亲北徵。先前太上皇的安排,摄政王并未理会。而北徵公主的婚事赐下,余下那些美人林林总总也孝敬出去后,留在京里也只为着观望了,看看西泠和南玥如何。

这时候,一直在驿站没出过房门的南玥宗室女兰姬忽然提出了要求。

她要嫁给卫戍,哪怕做妾也好,因早先在南玥与卫戍有过几面之缘,心有所许,就是为他来的大炎。

姜瓷并没有意外,国宴那日晚上,卫戍便把一切都和她说了。

卫戍办差刺探消息,去过南玥,那时这个宗室女遇见卫戍,就对卫戍的美色起了贪念,把他掳走,甚至施加媚术,却都没能成事,只留了卫戍不到半个时辰,卫戍就逃脱了。但没曾想,这女人竟心心念念没放弃。

姜瓷听了这些,对一个觊觎自己男人的女人哪里会有好性子?但涉及两国,到底没有恶言相向。

卫戍于朝上直言拒绝了此事，且明说此女心思不正，擅长媚术，留在盛京是有意为祸，否则南玥那么多品性端庄的宗室女不遣，怎送了这样一个人？

这么一顶帽子扣下去，南玥反倒不敢造次了。

毕竟兰姬怎样他们心知肚明，送她来大炎也确实存了卫戍所说的那样的心思。可兰姬的心思却单纯得多了，她就是奔着卫戍来的。

眼见苗头不对，兰姬忍耐不住出了手，可惜出了岔子，媚术施展之下没能迷住卫戍，反倒将南玥送嫁的将军给迷了，夜黑风高，兰姬也在媚术中欲罢不能，二人颠鸾倒凤的动静太大，惊动了大炎侍从，推开门就瞧见了这般不堪景象。

尤其这兰姬，此番竟然已不是头一回。

送一个早非完璧的宗室女和亲，大炎自然有底气恼怒。但兰姬却也不是个省油灯，哭哭啼啼，只说当初在南玥，就是失身给卫戍了。

姜瓷听到这信儿，狠狠啐了一口，没见过这么不要脸的女人。

此事僵持不下，还是摄政王豁的下脸面，亲自审问兰姬，她口口声声早已失身给卫戍，那么是何时何地缘何而起，卫戍身上又有何特点？

兰姬也不要脸，说的点滴清晰，末了说起卫戍身上的特征，竟也对了。摄政王冷笑："脖子上的痣，别说你，本王也知道。你既说二人如此亲密过，还是说些旁人不知道的吧。"

兰姬思忖，卫戍办的差事，绷着性命之忧，必有受伤的时候，敌祸下死手，伤自然在致命处，不外胸腹之间。

摄政王令人抄录，又令人拿了卫戍进屋验证，自然也有南玥的使臣验看，结果验罢，三处一处不中，兰姬顿知瞒不过了，遂哭闹起来，要生要死，摄政王哪里理她，只斥责南玥使臣，以南玥心机不尊大炎为由，要发兵讨伐，吓得南玥忙要将兰姬送走，摄政王不肯，到底打了兰姬三十刑鞭，人打得半死不活才放走。

南玥不敢与大炎打仗，大炎十数年安泰国库充盈，打起仗来谁能扛得住？

这般拖沓着，便到九月中了。三国使团接连离京，大炎的公主也在备嫁中，预备着要往北徽去和亲了。原先太上皇定了顾允明送嫁，但太上皇如今自顾不暇，朝政插不上手，顾允明也就搁那了。正是这时候，月黑风高夜，卫府走水了。

夜半时分熊熊大火，把个卫府吞噬了大半，顾允明远在自家院子里，搂着几个姑娘看着远远天际出现的火光和浓烟，笑得阴冷，狠狠啐了一口。

什么玩意儿？也配和他斗！

喝着小酒听着小曲儿戏弄着美人儿，醉了之后颠鸾倒凤一番，心满意足地睡了。但没睡多久，下人就急匆匆来叫。得宠的小妾嗔怪怒骂，小厮在门外却也仗着胆子没停，话又不敢直说，小妾怕惹顾允明不高兴，只捂着顾允明耳朵叫小厮滚开，有什么也等老爷醒了再说。

小厮急不可耐，忽然被人一把掀开，继而一脚踹在门上，那看着格外厚重的木门顿时离了门框，轰然倒地，发出一声巨响。

小妾吓得惊声呼叫，顾允明自也醒了，转头先打了小妾一巴掌，再看屋里火光大亮，顿时一惊，酒便醒了五六分了，模糊着看屋里站着个魁梧男人，细细辨认，似乎是卫成身边的，他鬼使神差，竟然咧嘴露着大黄牙笑道："呦，报丧来了？"

卫嵘拎鸡子一般从身后拎出个瘦弱小厮，一把丢在地上，卫成这时候背着手，悠闲地从外头也进来了。

顾允明惊呆了。

他看着径直走进来跷着二郎腿坐在他屋里的卫成，使劲扎眼晃头。

"呦，顾大人这是干什么？"卫成笑，语调吊儿郎当的。顾允明剩下的酒意顿时消散完，顶梁骨走了真魂儿一般，顿时一身冷汗："你，你……"

"我怎么？"卫成笑，往他跟前探头，"这小厮，是顾大人的人吧。"

顾允明要否认，卫成甩出一张纸，在他脸前晃来晃去："都招了，你派他去小爷府上的，你叫他放火的。啧啧，怎么跟山贼还学上了，都要放火。"

卫成不管顾允明惊恐无状，无奈地坐直身子，皱眉看供状。

"你，你……"

"爷命好，今儿看戏去了，看得兴起，夜半三更才回，正赶上火起，天干物燥带风助燃，这火虽大，但好歹没伤着人。"

卫成龇着牙笑，顾允明看卫成白惨惨的牙，心里直哆嗦，暗骂不好，被这厮逮着把柄，哪能轻饶？怕是要告上一状，让自己再没翻身余地了！

"小爷心好，念着同朝为官，先来问问顾大人，事到如今，您是要公了呢，还是私了呢？"

"公，公了？"

见顾允明惊诧，卫成好心解答："公了，我把这事告到刑部，顺带也要知会摄政王一声。我人虽没事，可你却是冲着要我命来的，如今我宅子没里，身家也没了，都被你这一场火烧没了，咱们就等刑部审这事儿就是了。末了该砍头的砍头，该流放的流放。"

顾允明艰难地咽了一口唾沫，冷汗顺着流下来。

"这私了么，赔银子给我，我放你一马。"

"老爷，老爷，私了！私了！"被打了一巴掌一直捂着脸在角落的小妾爬过去拽着顾允明袖子，慌忙建议。卫成朝她竖大拇指，赞她精明有见地。顾允明烦躁地甩开小妾："那，那你要多少？"

"不多，五十万两。"

"什么？你怎么不杀人放火去抢？"顾允明直起身子大怒。卫成嗤笑："放火的是顾大人，顾大人忘了？我那府上攒着我全数身家，加我娘子嫁过来带的嫁妆，屋舍家具，二十万两是少的。你这把大火，吓得我府上上上下下魂飞魄散，我是要给朝廷办差的，你吓坏了我，我办不好差，损了我大炎的里子面子，不要赔偿的吗？我府上那些个人，不要安抚的吗？我少算些，你便赔我十万两，还有我娘子，比我还矜贵的人，十五万两也算了，咱们心善，府上那些人的补偿，便从我夫妻两个的银子里扣也就是了。最后，你说这事，知道的人也不少，一个一个的封口，你不出五万两说得过去？"

顾允明咬着牙，脸都白透了，一句话也不说。岑卿在外头看着，嗤地笑了："公子何必跟他废话？属下就说了没必要，这人忒坏了，几次三番要您性命，就该把这事儿告了刑部，再同摄政王说了，从重处罚，砍头了事，都一了百了！"

卫成闻言站起来："你说的也是，顾大人显然也不愿意。"

第一百○二章　再讹

卫成作势要往外走，顾允明忙不迭阻拦："我答应我答应！"

卫成回头："顾大人可不要勉强。"

"不勉强不勉强！"顾允明快要哭了。卫成又冷脸道："顾大人虽无情，我卫成却不能无义，你几次三番要我性命，我如今也是以德报怨。"

"是，是，多谢卫大人。"顾允明心都在哆嗦，伸手要去卫成那拿供状。卫成一扬手："顾大人这是做什么？顾大人不是个有信誉的，还是等把银子送来了，我再把供状跟人交还给你吧。"

话音落，卫戍便拎起小厮三两步退出去了。顾允明也不敢明抢，卫戍来这儿，怕是会留后招，便是抢回来了别惹怒了他，反倒没有回寰余地了。

卫戍的人来得快去得也快，顾允明甩手走了，叫人去把顾正松叫来，这事儿他须得找个人好好商议商议该怎么办。小妾全程目睹，再听到五十万两的时候，心哆嗦得厉害，暗道顾家怕是完了，登时起来收拾细软，把顾允明往常赏的好东西跟银子都包罗着，趁夜跑了。

顾正松还没来的时候，顾允明就先去库房点了家底，卖几个庄子铺子，加上府上所有存银现银，五十万堪堪能凑够，他龇着牙把管家叫来，恶狠狠吩咐："去，告诉夫人出了事，须得银子打点，叫她拿两万银子出来。再到其他姨娘房里，一人五千的出，这些年老子也没亏了她们。"

管家看惯顾允明行事，这会儿听了这话心里愈发鄙夷，嘴上却应着，吩咐底下去办事。少时顾允明院子便聚齐了莺莺燕燕各个哭哭啼啼，顾允明哪里肯听她们的？只摆手叫搜屋，拿不出现银就把首饰拿去变卖，能凑多少算多少。待听说春燕跑了，顿时大怒，要砸茶盅却没舍得，茶水霍了一身，堪堪没把茶盅丢出去。

这五十万赔出去，往后一分一毫都得俭省。

王玉瑶躲在角落看着，暗暗叫苦，她才来这儿没多少日子，也没得几天顾允明宠爱，满打满算那屋子里把家具床铺都算上都未必值个一千两，她揣着身上偷藏的几张银票，趁着顾府乱的时候，悄悄跑了。

王玉瑶一路哭哭啼啼跑回顾正松家，知晓公爹精明，敲了后门悄悄去找顾铜。顾铜近来不如意，姜莹也有些嫌弃他，独自歇在书房，听门响，外头啼哭，心里一颤，开门王玉瑶就撞进怀里，一身凌乱梨花带雨。

"铜郎！我总算逃出来见你一面，此生死而无憾了！"王玉瑶凄厉地喊了一嗓子，推开顾铜就往墙上撞去。事出突然，顾铜怔怔地，就听一声钝响，王玉瑶软软倒了下去，额头冒血。顾铜一个激灵，就觉着胸腔里什么冲出来，直冲上了脑门。

"阿瑶！"他扑过去抱起王玉瑶，王玉瑶奄奄一息地喘着，泪珠子一颗一颗滚下来："是，是顾允明……"

她伸着手，还没搭上顾铜的手，忽然被人撂下了地，王玉瑶哎哟一声，顾铜已火冲上脑地冲了出去。

王玉瑶没话说，她算着角度，只磕破了点皮，本想这么再挽回，谁知顾铜这蠢的，竟然跑了？

顾铜气火火跑了，不忘去厨房掂了菜刀，他记着姜瓷在于水县时这么来过一回，很有气势。他气急败坏往顾允明家去，顾正松先走，去到之后听顾允明说了这事，表达也无计可施，顾允明大骂他废物把他撵走了，顾正松才不想管这事，巴不得走，他后门出去，顾铜前门大闹，父子俩岔开。顾铜用菜刀劈门，连拍带踹的大骂，门上不敢开，报进去，顾允明也正气头上，听说顾铜这么闹，兼之顾正松方才来也没出力，气得他跑出去，掂着棍子兜头罩脸把顾铜打了一顿。

顾允明虽不堪，可到底干了这么些年差事，跟在太上皇跟前，功夫还是有些的。顾铜没法招架，被打得遍体鳞伤，顾允明踹着他大骂废物，顾铜气不过，抱着头忍痛大喊："为官为长，礼义廉耻都不顾，侄孙媳妇都掳走了……"

顾允明一脚踹他脑袋上，虽双手护着，可顾铜还是一阵剧痛发晕，话也说不出来了。

"给我扔远点！我顾允明还没落魄到什么狗东西都能踩我头上的地步！"

下人拖着顾铜，直在地上拖了颇远，把衣衫磨破皮肉出血，才丢了出去。

顾正松回去远远见书房还点着灯，心里多少宽慰，想要叫儿子虽用功也得顾着身子，谁知走到门口却忽然看见了失踪有些日子的王玉瑶，王玉瑶听见脚步，正蕴着一腔惊天动地的哭，转头看见错愕的公爹，生生噎住了，一口气没上来，狠命咳嗽起来。

"顾铜呢？"顾正松沉着脸，王玉瑶不敢在公爹跟前耍花招，忙说不知道，顾正松狐疑，细细问了，王玉瑶趁机忙哭诉，说自己好容易从顾允明处跑回来云云，顾正松听见这个，才从顾允明那回来，焉会不知是因为什么，但王玉瑶之前是在顾允明那，还是叫顾正松恶心了一下。他忽然一个激灵暗道不好，着急慌忙地往顾允明家去了

顾铜生死不明浑身是血叫抬回来，顾家几个女人都哭翻了天。

顾正松双眼滴血似的盯着王玉瑶，死死咬牙。

顾家都是毁在这女人手里了，她是庶女，怕攀不到好亲事，看上顾铜生得好，又读书进益，万一中了怎么办？便勾着顾铜，后来跟地主家接连两个儿子都搅缠不清议亲不成，背了命硬克夫的名声，回头来找顾铜。顾铜那蠢的，跟姜瓷都成亲了，还是过不去这个坎儿，从那时候起，顾家就不成了。

王玉瑶叫盯得心虚，缩在角落不敢出声，顾正松转头又看顾铜床前哭得伤心的姜莹。

顾正松觉着，顾家就是被这两个女人给闹散的。

"铜儿媳妇，你来一下，我有话交代你。"

顾正松把姜莹叫出来，给她几两银子："去请最好的郎中来，铜儿被打的，保不齐有没有内伤。再者……"

他把王玉瑶的事和姜莹说了，姜莹一阵咬牙切齿。

"铜儿心里还是有她的，出了这么多事，还是放不下。如今她回来了，往后，为着铜儿，你们也一定要和睦。"

姜莹最恨王玉瑶狐媚，她是知道王玉瑶和顾铜那点儿事的。当初为找顾铜，也实在因为在苍术县和于水县再择不出比顾家再好的亲事，尤其在她听说顾大人辞官进京，是投靠一个大人物的亲戚，顾铜往后锦绣前程，所以在顾铜因为王玉瑶的事情生气的时候，才会毅然抽了进去。

可顾铜对王玉瑶是又爱又恨，这点子叫她心里难受极了。她是不多大喜欢顾铜，但她也决不能容忍她的夫君心里看重另一个女人。

顾正松看着姜莹几经转变的脸色，心里冷笑，进屋守着顾铜去了。姜莹回头，隔着窗子看屋里的王玉瑶，咬牙深恨。

回来了？怎么能叫她回来呢，这个脏女人。

姜莹很快请了郎中回来，也极为和气地同王玉瑶商议着，都守着顾铜难免受乏反倒照顾不好，她两个便轮替着一人一天，王玉瑶虽厌恶姜莹，但这当口却也不敢生事，同意了姜莹建议，这么守了两天，顾铜还没醒，王玉瑶却又失踪了。

姜莹心里宽松，王玉瑶这回的失踪自然跟她有关系，且她再也不会回来了。

说来王玉瑶才失踪，顾铜就醒了，只是醒来之后总呆呆看着屋顶，谁说话都呆呆闷闷的，倒不是傻了，只是不回应。顾铜才醒两天，衙门就上了门，说京郊发现一个女尸，查下来，追到了顾家。

顾正松有什么说什么，他什么都不知道，也没瞧见，但儿子这一妻一妾确实关系不大好。

人证物证，姜莹被拿走了，一切都背着顾铜，顾正松怕顾铜再经不得打击，之后亲自往人牙子那买了个老实本分又略是清秀的姑娘，放到顾铜房里，说是伺候他的婢女。

王玉瑶又不见了，姜莹忽然也不见了，顾铜被打之后，难得的通透聪明了。他什么都没问，也欣然接受了一切，只是略好些后，便和顾正松说起了离开盛京的事。

姜莹被拿走后，在衙门大喊冤枉，求家里人来救她，官衙却拿出了顾家的和离书，姜莹大惊，她是有些小聪明的，但却不是个很聪明的人，怔怔地，知道顾家靠不上了，忙攀着衙差腿乞求："大人，大人！大将军卫戍的娘子姜夫人是我妹子，亲妹子！求大人去卫府一趟，叫我妹子来看看我吧！"

衙差一惊，这事也不敢大意，万一是真的呢。于是马不停蹄往卫家去。

卫家正忙着，那日大火后，卫家便搬家了。

卫成封侯时朝中就该赐府邸了，这事拖到如今，摄政王理事后，赐了一处宅子，是从前老左相的府邸，荒了十几年了，前些日子在修缮，这会子倒是刚刚好。卫成朝中事忙，姜瓷领着一家子搬家。

卫成哪里舍得真把自个儿东西也搭进去，大火前实则早已搬到地库了，大火后就忙着装箱往新宅子搬。衙差去卫府扑了空，得了指点往忠毅侯府去，待看着巍峨门庭，衙差咋舌。

那女人瞧着，怎么也不像有个这样人家的亲戚呀。

卫成实则不大喜欢这个封号，忠毅，忒老气了些，奈何老头子赐下的，摄政王也不肯改。

门上报进来事关姜莹的事，姜瓷有些诧异，她忙得都已忘记那些人了。门上机灵，与衙差说了几句话，已打听了个大概，一并报知姜瓷，姜瓷愕然："厉害了啊，都敢杀人了。"

卫成淡笑，这些心思，他那纯善的娘子看不出，姜莹是上了顾正松那老狐狸的套了。

"怕是要求你救她。"

姜瓷理了理衣衫站起来："她要见我，那我就去见见她吧。"

第一百〇三章　大梦

衙差少顷得了回话，说忠毅侯夫人少顷前往关押狱房见姜莹，顿时大骇。还真是有关系？忙不迭跑回去报了自家上级，哪个也不敢轻视，层层就到了盛京府的洪大人耳朵里。

这位洪大人官阶虽不算太高，可能掌管盛京府却也是个耿直有本事的，听了信儿便悄悄去往狱房，提前躲在了隔壁牢房。没多大会子姜瓷来了，虽挂着忠毅侯夫人的身份，却随从轻减，很是低调。

只有钟轻尘跟着姜瓷，一路有人指引，因姜瓷的身份，还是很顺利就进了狱房。姜莹呆呆愣愣，进来还不到一天，整个人憔悴焦躁，听见脚步匆忙抬头，看见姜瓷，忽地就冲过来，两手死死攥着栏杆，恨不能把头钻出来，眼珠子都凸出来大喊："姜瓷！姜瓷！快救我！我不想死！"

衙差去拿她时，她先喊冤，顾家没人阻拦，很顺利把她拿来下狱，堂都还没过，但已有人来同她说过，证据确凿，杀王玉瑶的人指证就是收了她的银子受她指使。她悄悄打听了，杀人得偿命。

"我没杀人！那些人是栽赃我！他们，他们肯定是要对付卫戍，知道我是你姐姐，才拿我开刀！我是被你连累，你不能不管我！卫戍如今是大将军，还是侯爷，你是诰命夫人，你叫他们放我出去，不然你就砍了他们的头！"

隔壁牢房几人听得愤慨，姜瓷只在外头隔着两步的距离，冷冷看她，也不阻止她，等她把话喊完，才同身边引路的人客气道："烦劳这位大人，能否同我细说说这事？"

姜莹烦躁："有什么可说的？就是栽赃！栽赃！我就是被你连累……"

那边衙差正细细同姜瓷说，姜莹却吵得谁也听不清，钟轻尘捡起一团泥丢进去，塞到姜莹嘴里。姜莹吃一嘴泥，呜呜半晌，拼命用手去抠。钟轻尘就拍着手在外看着，她挖干净泥又要喊，便再丢一块进去，等她再挖，再想说话的时候，见钟轻尘手里的泥，就畏惧得不敢开口了。

衙差总算有机会把事都同姜瓷说了，姜瓷道谢，转头看姜莹："你也听见了，证据确凿的事，没人能救得了你。"

"你！你就是报复我！"

姜莹恨，忽然意识如今不是强硬的时候，立刻软了下来，哭得满脸是泪："我知道你恨我，我知道咱们姐妹恩怨颇多，可说到底咱们还是亲姐妹，旁的便罢，性命攸关的事，你救救我吧……"

说着压低声音满脸激动道："是我杀了王玉瑶，是我！你不恨她吗？我杀了她不是替你解气了吗！"

姜瓷淡淡抿唇："我做什么要杀她解气？"

"不是她在里头撺掇，顾铜怎么会不要你？你哪里会落到那样境地？"

姜瓷仍旧看着她，淡淡的笑容，却叫人觉着毛骨悚然。姜瓷慢慢往前走了两步，靠近牢房，姜莹竟吓得连退了两步，就见姜瓷令人厌恨的绝色容颜上，淡淡地开口："有什么比现在，我居高临下地看着你，更叫我解气的？她死了，才是解脱。"

说完，姜瓷站直身子："姜莹，有句话，叫自作孽不可活，还有句话，叫人在做，天在看。你们在我的人生里，实在微不足道，很难引起我的喜怒，今日你要见我，我来见你一面，已算是全了最后的血脉之缘。哦，是了，其实咱们的血脉之缘，早在当初你拿我娘的牌位胁迫我，姜家把我母女卖给卫戍的时候，就已然全断了。"

她轻巧地转身走了。没片刻身后传来姜莹缓过神来的嘶喊，她绝望至极，一声一声地喊着要杀了姜瓷，要杀了顾铜。

从狱房出来，院子里乍然的光亮刺得她微微眯眼，一路走出去，就看见了门外牵着马的卫戍。

卫戍见姜瓷出来，咧嘴一笑，露着整齐洁白的牙，姜瓷忽然觉着眼睛发酸，她吸了两口气忍着，走过去，本想云淡风轻地拉着他走，眼泪就滚下来了。

"心软？"卫戍心疼地给她擦泪，姜瓷摇头，拉着他手慢慢地走。

"卫戍，我没同你说过我和顾铜的事吧。"

"嗨，说过，咱们见头一回的时候，你就说了。"

她头一回见卫戍，是人生最糟糕的时刻，所有人都嫌弃她磋磨她欺辱她，只有卫戍这个陌生人没有，甚至给她烤了一只兔子，自己饿着肚子，也留给她。她隐忍了十七年，竟然对一个陌生人忽然有了倾诉的欲望，和卫戍说了她的经历。

"但我没和你说我心里的事。"

她抬头，对着夕阳余晖淡淡地笑。眼神悠远："我小时候，很爱哭。我娘和我说，不要把旁人的过错记在心里，你越伤心，那些欺负你的人就越高兴。我听她的话，再苦再难的时候，都再也没有哭过。可我不哭，日子也照样是晦暗的。直到那一天，我去校场去给姜槐送饭，穿过县衙后头，看见了窗户里头念书的顾铜。"

姜瓷笑了一下："十二三岁的少年，眼睛里都带光的年岁，冬天里正午的光，照在他身上，那一身月白的锦袍实在耀眼，他念着书，忽然笑了一下，光彩耀目。我多希望那些光也能照到我身上，能叫我的日子也亮堂一些。"

"所以你喜欢的，不是顾铜，是那道光。"

卫戍攥紧她的手，她转过头，悠远的目光渐渐聚拢，看着他，他也看着姜瓷："我也是活在晦暗里的人，这样咱们都能走到一处，才是真缘分，才是真的喜欢。"

他微微仰起头，胜利了一般抬起下巴，姜瓷被他逗得噗地笑出声："你说的是，自然是真喜欢，死都不跟你分开。"

卫戍高兴得一把抱起她，吓得姜瓷惊呼一声忙四下去看，幸而府衙后头没什么行人，气急败坏红着脸拍他："快放我下来，快快！"

卫戍朗声大笑，把人抱进怀里。他这小娘子，可爱得很呢！

姜莹如何卫戍夫妻不再关注，倒是收拾停当了新居所，吴嬷嬷等人陪着姜瓷在新宅子里转了三天，好容易不迷路的时候，姜瓷这才忽然想起来，春寒还在京郊的小院子里。

一个来月的工夫，春寒的伤势已好得差不多，预备着要回京了。她把心思和梅青说了，梅青点头。确实该回去了。

　　虽已入秋，但天还热得很，春寒近日身子好多了，时常就近走走疏散，发现屋后林子深处有处深潭，潭水清澈很是诱人。这些日子虽也日日擦洗，但看见那潭水，还是心动得很。

　　半夜时分，春寒忖着梅青已睡熟，又是荒郊野岭荒无人烟，便悄悄出门，意欲去深潭濯洗一番。一路去到深潭，脱了衣衫摆在大石上，就下水了。

　　水凉爽得叫她激灵，她白日看过，只边缘几尺浅水，往前就深了，她不识水性，只小心翼翼在边上洗。待洗了头，扬头的工夫，趁着月色忽然就看见了对面大石上竟也摆着一簇衣衫。春寒忖了忖，顿时大惊，迅速便明白梅青也在这里。她大惊失色，忙转身就走，谁知惊慌之下脚下一滑，人就倒下去了，惊呼声就被灌进嘴里的水给堵住。

　　春寒滑到了潭水深处，水从四面八方往身子里灌，呛水使她浑身憋室得疼痛，她拼命挣扎却还是不住往下沉，忽然有人拦腰将她捞住，继而柔软冰凉的嘴唇贴上来，渡了口气给她。

　　过了片刻二人冒出水面，惊慌无度的春寒死死抱着救她的人，二人裸诚相见紧密贴合，她甚至能感觉到他胸口的伤疤磨着她的肌肤。

　　她忽然醒悟，伸手去推，梅青不防备险些被推开，便用力将她又抱回来，另一手划着水，把她带上了岸。

　　春寒咳嗽不已，口鼻胸腔都生疼得很，又逃避似的不敢去看梅青。

　　"我，我不是故意的。"春寒喘息着辩解，怕梅青以为她是故意为之。暗夜下梅青双瞳亮着幽光，他审视瘫软在地的姑娘，却并没有怀疑。

　　春寒一来他就发现了，种种迹象表明确实不知晓这里还有人。为避免尴尬，他在暗处没有出声，等她离开，谁知她看见他的衣裳，惊慌地滑到水里。

　　春寒显然不识水性，他如不施救，春寒就命丧潭底了。

　　"事从权宜，还请姑娘见谅。"

　　春寒到底伤了清白，笑得凄凉："多谢你，救我一命。这里荒郊野岭，没人看见，你不必有负担。"

　　梅青点了点头，春寒便听见踏水走远的声音。她觉着委屈难受，又觉得自己活该，正是掉泪，忽又听见声响。原来梅青去而复返，只是去对面穿了衣裳。

　　春寒一上岸梅青就已扯了她衣衫给她遮蔽，这会子便问："能走吗？"

"行！"

虽还腿软得不行，春寒却咬牙站起来，摇摇欲坠地裹着衣裳往回走，梅青便不远不近地跟着。

一路回去，春寒换了干净衣裳，过了半晌梅青敲门，春寒开门，就见梅青端着碗姜汤。她道谢，接了碗，却见梅青并没要走的意思，知道他是要谈一谈，虽觉着难堪，却还是让路叫他进去了。

第一百〇四章　闲好

二人对面而坐，良久，梅青才道："

"姜汤不能放冷，快喝了吧。"

春寒才怔怔地，忙喝下姜汤，辣得眼泪险些冒出来，身上就开始发热了。

"公子，不必有负担，诚如我所说，没外人知晓，也权当没有这回事吧。"

梅青微微蹙眉，似乎并不赞同她的话："有没有看见，也都不能否定事实如何。姑娘若不嫌弃……"

他说出这样的话也艰难万分，但想着一个清白已毁于他手的姑娘，倘或他如今还顺着自己的心意，那么这个姑娘的一辈子也就毁了。

他已如此，犯不上再叫一人如此。

"我许无法给姑娘想要的日子，但事到如今，该负的责任，我不能躲避，我会尽力。"

春寒怔怔地，忽然笑了："你也说了，你给的，不是我想要的。我虽低贱，只是个奴婢，但也有傲骨，宁缺毋滥。我不是有心的，但也绝不逼迫你，我哪怕铰了头发做姑子，也绝不会嫁给你。没什么好说的了，公子，夜深了。"

春寒站起来，梅青又待了片刻，似乎想等她回心转意，但春寒决绝，他才站起来出去。身后房门闭合，他微微蹙着的双眉始终没有展开。

翌日，天才亮，春寒就已收拾妥当，梅青在后跟着，二人锁了院子出来，走了小半个时辰遇见一处村庄，雇了驴车往城里回。

春寒回去自要先去更衣洗漱给姜瓷请安，只是没想到梅青竟也在她之后进了卫府，比她先求见了姜瓷，并将城外的事事无巨细一一回禀，待说到深潭的事，及之后二人谈话，姜瓷先惊后忧。她看着梅青，仍旧那样深不见底的眼神，沧冷的语调，她细细品味，没有情动的滋味，难怪春寒要拒绝。

"撇开春寒如何想，你的意思呢？"

"自是该负责。"

姜瓷张了张口却不知该说什么，只得道："罢了，你先回吧，等我再问问她。"

梅青也没多说什么，施礼后走了，姜瓷忽然有些后悔，事到如今竟有些被拿住了的感觉。倘或从前，春寒总归随时能抽身，可到如今，人心没得，却先失了清白，委实被动。

"哎……"

听见她叹气，卫戍从外梢间出来，拉着她手笑："叹什么气？各人有各人的缘法，焉知不是好事？你那丫头倔强，梅青也倔强，他生性凉薄，如今既然松口，可见也并不是全然排斥你那丫头，这于他而言已是不错了，且看他们谁能磨得过谁吧。"

"也没别的法子了。"

姜瓷不擅长这些，有心无力。卫戍拉她起来："阿箬大婚在即，赶紧做几身上得了台面的衣裳才是。"

把她拉进屋，亲选了一套衣裳给她换上，又择首饰往她头上戴，姜瓷笑："你瞧瞧，屋里又新添了两个柜子，都满了，还做衣裳。"

"那不一样，女人啊，衣裳首饰不能少，银子更是缺不得。"

他回头，偷香了一下，姜瓷脸红，没想他这么大胆，惊慌地四下看了，见仆婢都假装没看见，低声嗔道："没个正形！"

卫戍大笑，拉着她扬长出门。一路到布庄再到首饰铺子，正择选间，便听见旁边有两个年轻夫人正在小声议论。

"听说太上皇病得不轻？"

"可不是，干爹正忙着寻旁的差事。哎，好端端的，谁知忽然就不成了呢。"

"怕别是气的吧？你瞧如今这阵势，摄政王只手遮天，哪里还有太上皇的地方了？"

"哎哟，干爹也是这么说的。"

两人忽然压低了声音道："一个卫戍，一个摄政王，真是要了太上皇的命了。"

两人喷喷的，等定了首饰出门，卫戍才笑："上不得台面，老头子圣清殿伺候的不知几层的内官，在外认的干儿子，八九品的官儿。"

姜瓷顿悟，难怪她两人就在旁边挑选首饰，那两个女人都没认出来。

"这些事，不必心里有负担。骂我的人多，赞我的也不少，我不是银子，不能人人喜欢。对于老头子，他的恩情我已还报，是他不要我了，而不是我背弃了他。"

卫戍怕姜瓷因这些而心有负担，为一个虚名而带累，姜瓷却笑："我只是心疼你，委屈的是你。"

卫戍幸灾乐祸道："我委屈什么？最狼心狗肺的是摄政王。"

九月初顾允明凑足五十万两银票给卫戍送去，拿回了供状，也带回了自己的人，总算松了口气。没几天摄政王还是亲点了顾允明，令他领兵护送公主一行前往北徵和亲。顾允明大喜，还道是卫戍收了他的银子给的一点好处。

九月中摄政王世子大婚，摄政王府大摆宴席，连圣上也亲临为世子证婚，婚事可谓办得盛大，便是太子大婚怕也不过这样的阵仗。众人于婚宴再见简呈箸，没曾想短短两个月，得了摄政王调教世子竟脱胎换骨，气度大不相同，虽和从前一样总浅笑和煦，却总有一股叫人不敢直视的威慑。

贺旻公务繁忙相隔太远，却千里迢迢送了贺礼，也不贵重，两尊烧制的瓷娃娃，憨态可掬。

卫戍是送了大礼的，但抛开那些，曾经警示的话，在简呈箸看来才是最珍贵的贺礼。

卫戍看着摄政王府收的山一样的贺礼，若有所思。于是摄政王世子大婚后没几日，忠毅侯府也办了一场乔迁宴，累坏了岑卿上下安排招待，卫戍很满意这场筵席收到的贺礼数量。

倒是筵席这日，卫将军府和卫侯府都来了人。卫安安姐妹同姜瓷一处正说闲话，卫韵却急着跑来了，也不顾卫安安姐妹在，登时就哭了起来，唠唠叨叨说了许多，卫安安姐妹无奈地互看一眼，又同情地看向姜瓷。

姜瓷静静听她说，说了半晌，总算点到了今日来的主题："脸面丢了是小，可世子到如今都不提成亲的事。"

"世子才大婚，没个才成亲几日，又成亲的。"

卫安安惯来瞧着柔柔弱弱，这会儿也软声宽慰。卫韵回头看她，今时不同往日，卫侯府没什么地位，她的处境也不佳，便也哀戚哭道："得娘娘教诲，我是真心悔过了，可世子不叫我进府，哪里能看到我的改正？"

卫安安笑得情真意切地替卫韵拿主意："可巧，今儿世子和世子妃娘娘都来忠毅侯府了，我瞧着姑娘如今也大好了，该是和世子妃娘娘亲自说了，才更显出姑娘的诚心呢。"

卫韵噎了一下，她是打算着求了姜瓷替她开口。毕竟这里头弯弯绕绕，世子同卫成交好，摄政王肯抬举世子，也是因为卫成，姜瓷若开口，世子夫妻总是要给些面子的。只要她能进府，只要圆了房，往后她自信能拴住简呈箸的心。

那个跋扈的女人有什么好？哪个男人不爱娇滴滴软绵绵的女人？

正这当口，外头说话声响起，正是摄政王世子妃翟氏的声音，卫韵吓得忙不迭要躲避，卫安安却热心地拽住她两眼放光："说曹操曹操到，姑娘的机会来了！"

用力将卫韵往前一推，卫韵倏忽就到了翟氏眼前，把个才迈腿进来的翟氏吓了一跳。

翟氏身边侍奉的嬷嬷顿时上前隔开，先看了眼自家娘娘，转头一看又是卫韵，一张老脸顿时拉下了："又是卫三姑娘，这会子又做什么呢？好歹是侯府千金，总该端庄持重些。"

卫韵一张脸羞红，嗫嚅着不知说什么，求助地看向姜瓷，卫安安"心直口快"笑道："卫三姑娘正忧愁，怕因前番的事得罪了娘娘，世子便不叫她进府了。"

翟氏扬眉，这话看似为卫韵说话，却处处机锋，她看一眼卫安安，见那少女圆圆的眼睛里满是狡黠，顿时明白了。

同不喜欢卫韵，也算惺惺相惜。

"这位是……"

"这两位是卫北靖将军的长女卫宁宁姑娘，次女卫安安姑娘。"

"哦。"翟氏这声悠长，又看了一眼卫安安。这姐妹二人的事她听世子同她说过，尤其在谣传卫成在潞山出事的时候，护卫姜瓷的事。她也听外头提起过，卫家的二姑娘卫安安是个烈性子，说话办事不留情面，年纪虽小名声却不甚好。

刚好，又是跟她一样。

翟氏莫名有些喜欢起卫安安来。

"原来是卫姑娘。"她说着，从旁边的盒子里拿出一对儿翠玉镯子，成色极好。

"没想二位姑娘也在，没预备见面礼，便借花献佛，这是预备给姜夫人的乔迁贺礼，还望姜夫人莫计较。"

姜瓷抿嘴笑，她不计较，但恐怕卫成会计较。

卫安安接了镯子，很是喜欢，顿时套在手上，将另一只套在姐姐手上，转头朝翟氏福了一礼："谢娘娘赏赐。"

翟氏笑，径自走到里头，坐在了姜瓷下首："世子同忠毅侯是至交，忠毅侯的妹妹，自当敬重些。"

卫安安姐妹不知卫成曾对简呈箸的指点之恩，有些受宠若惊，翟氏宽慰着，和她姐妹说了几句话，转头和姜瓷笑道："你家里的筵，你倒是躲懒，连面儿都不露。"

姜瓷连连摆手："真是怕了，娘娘不知道，我家走水前，卫戌书房可是摆了半屋子画像，那些人不敢惊扰娘娘，我可是不胜其烦。"

翟氏大笑："是了，满园子都在转着圈儿的夸姑娘，可不就是给我听的，好似我要贤良，就得给世子纳几个妾在房里似的。"

她转头朝着卫安安姐妹眨着眼道："趁着你们还没出阁，我可和你们说道说道。莫听外头那些鬼话，什么贤良不贤良，哪个女人愿意跟其他女人分享丈夫？若能两人相守一辈子，便好好儿守着一辈子，别听外头那些别有用心的浑话。"

翟氏这性子也着实投姜瓷和卫家姐妹喜欢，几个人凑在一起说道起来，卫韵站在一旁格外局促难堪。翟氏说了好半晌，天南海北，忽然回头看向卫韵："你在这里做什么？"

"我，我……"

"哦，是了。你来烦姜夫人也没什么用，我这人出了名的不好说话，世子听我的，姜夫人的颜面我也是不顾的。你是宫里赐的婚，顾的是老侯爷的脸面，只是你着实带累了老侯爷的名声。"

卫韵涨红了脸泪珠子往下不住地掉，翟氏皱眉："哭什么？我打你了吗？人家乔迁之喜，你在人家家里哭，岂不是平添晦气？真是不让人省心！嬷嬷，送她回去吧，把事儿说明白了，这儿可没人动她，也莫要带累了姜夫人。"

翟氏确实如外头所说，脾气不是太好，但却很讲理。

卫韵期期艾艾去看姜瓷，姜瓷淡淡抿着笑容，翟氏大怒："看什么？她能管我？你显然存心要害她！"

卫韵大骇，忙不迭避出去了。卫安安憋着笑，真心赞叹："娘娘英明威武。"

翟氏笑笑，神色如常道："我也只能少坐一坐就得回去，非是不给你颜面。王妃身子不好，久不理事了，我才一进府，王爷便叫我主持中馈，我如今还没全摸得透，很是忙碌。"

她说着，看一眼姜瓷："父亲说王妃的身子须得静养，王妃便说想去溯明山，父亲没理会，叫我往下安排，过几日送王妃到圣慈庵休养。"

姜瓷笑了笑，吕莺艳的事其实也都闹开了，许璎的事上她虽没下手，但也算推波助澜，又得了好处。如今还奢想去溯明山能博摄政王心，可摄政王却不给她机会。

"王妃娘娘病好些了吗？"姜瓷不过顺口一问，翟氏却目光灼灼道："不大好，至多也就半年光景了。"

第一百〇五章　凋零

姜瓷手一僵，上回见吕莺艳还好好儿的，她充其量只是有些心病，这么奋力还想得摄政王欢心，可见这"病"，不是真病。

摄政王容不下她了。

想想也是，连亲老子都赶下台了，一个当初宽慰的浅薄情意，还是凌驾在许璎的情分上，谁知竟是这样的，摄政王哪里能容得下她？

叫她悄无声息地死，已是对她最大的恩惠。

姜瓷点了点头："我知道了，会同卫戍说一声，好歹是他表姨母。"

翟氏也笑了笑："是了，那我便先回去了。"

她起身，姜瓷几个去送她，她走到门边忽然回头又道："叫卫戍看着简呈箸，少吃几杯酒，父亲要抱孙，酒吃多了就不好了。"

姜瓷捂嘴笑应，卫安安姐妹两个却顿时红了脸。这摄政王世子妃，也忒大胆了些，这些话也敢在外头说！翟氏却并没觉着什么，笑着同她们摆手叫别送了，便跨步走了。

卫宁宁凝视翟氏背影，她极羡慕翟氏这样的人，能活得洒脱。她忽得了勇气般，转头同姜瓷道："姜夫人，不知府上的岑管事可有妻房，可曾定亲？"

姜瓷诧异，这是……顿时又明白，笑道："没有妻房，也不曾定亲。可卫姑娘，岑卿是忠毅侯府的家臣，卫将军可会同意？"

卫宁宁红脸："英雄不问出处，何况我爹听我娘的，我娘说只消人身子康健品行端正上进，紧要的是对我好，不拘什么出身。"

卫宁宁比卫安安年长两岁，如今十五及笄，正是说亲的时候。卫安安这会儿高兴得很："便是在你们府上住的那些日子，打先不认得他，哪有管事这么年轻的，姐姐头一天半夜见他在你院子外头走，以为是刺客，在你家后院半夜三更打了一场，我也不知具体事宜，反正那一打把姐姐心也打进去了。"

"烦劳，烦劳姜夫人替我问一问吧。"卫宁宁红着脸说了，便跑了出去，卫安安嬉笑着追去。

姜瓷往外看，先是看见了钟轻尘跟在卫嵘身后走过去，又看见了捧着糕点走过来的春寒。

这一对对的，总是有希望的。

十月底，从北徵传来消息，送亲的使臣已归朝，只是那位护卫的将军在两国交界深夜潜入民宅强辱民女，叫姑娘的家人给打了半死。

消息传来，太上皇脸丢得更甚，毕竟这是他手里出来的人。

六皇子在册封太子时病了一场，之后满心郁结未曾疏散，可有廖太傅警醒着，总算没做什么出格的事儿，只是在太子大婚时恭贺的话说得酸溜溜的，难免失了体面。

年底，贵妃病重。

小年夜里，冷清的圣清殿里，庆安服侍太上皇歇下后，太上皇半夜却摇了手铃，一道黑影倏地落了下来。

"卫戍什么时候死？"太上皇阴郁至极，他恨透了狼心狗肺的卫戍，早已物色的人选虽已如他所愿替代了卫戍接掌黄雀卫，但纵横大炎数十年的黄雀卫，忽然就倒下去了，如今和他一样，强弩之末一般的苦苦支撑，只剩了名声而已。太上皇心知大势已去，他下的最后一道密令，便是令黄雀卫全力绞杀卫戍。

但他没有得到回应，他睁眼去看床头站着的人，那人面色刻板，太上皇怒极，锤着床板又问一句，那人才回道："为什么要杀他？"

太上皇一怔，没曾想会遭反驳。

"连你也要反了是吗？你别忘了，是孤把你从死人堆里救出来，叫人教导你，才有你今日！"

他忽然抿唇笑了一下，那神情像极了卫戍。心里却懊恼，跟着卫戍几年，好的没学，坏毛病尽学会了，遂又敛色道："死人堆？我会在死人堆里，难道不是拜你所赐？"

太上皇惊怔，喘了几口："你说什么？"

随即意识不妥，待要大声呼喊，谁知喉咙却忽然卡住一般出不来声，他惊恐地盯着那人。

"别怕，死不了，不过年岁大了，也病了这么久了，得了风症也正常。"

他倚在床头，看着太上皇，眼神不善，像是野狼盯着猎物，许久，忽然没了兴致，伸手在脸上一抹，撕下一片假面皮。

"你再瞧瞧，我是谁？这么多年了，我费尽心机才来到你身边，就是为了这一日啊。"

太上皇浑浊的眼神盯着他，看着看着，惊恐愈盛。

他竟然看到了青年的沈书昀，这个年岁的沈书昀是他最熟悉不过的时候。因为这个时候，他们几乎日日相伴，是沈书昀为他出谋划策，一步步走到太子的位置，也是沈书昀一手协助他，创建了属于他自己的黄雀卫。

沈墨拿着穗子捏起黄雀令牌，嗤笑："多可笑，我祖父留下的东西，如今竟只剩下这玩意儿。这么多年了，你叫黄雀卫为你办事的时候，有没有想过为你打造这枚令牌的人？顾允明真是该死，拿着他老人家的东西，竟然还去屠他老人家满门。"

他森冷的眼神盯了太上皇许久后，将令牌丢了过去，落在太上皇的身上。

"罢了，脏了的东西，不如不要。太上皇好生保重吧。"他从太上皇手里抽出手铃，晃了晃，门外有响动时，才纵身一跃，消失在暗处。

不多时，圣清殿乱了起来，庆安惊慌失措地跑出来，随后御医接连被传进圣清殿，至天明，便传出了太上皇中了风症瘫痪的消息。

卫成正在院子里投壶，中十个才能得一个彩头。程子彦，简呈箸，甚至太子都在他的院子里。

"父王去见了父皇，求了恩典，把我母亲接出宫了，我本想另置个宅子安置，但父王说一切谨慎为上，便将我母亲安置在我的院子里了。"

简呈箸说着，脸颊忽然红了红："世子妃，待我母亲很好。"

太子笑："瞧九哥这样子。"

太子如今才十五，早早大婚也不过为了断外间那些有心人的私心杂念。倒是太子妃比太子年长三岁，饱读诗书，贤良通达，二人彼此很是敬重。

说笑了一阵子，太子看向卫成："休朝前，收了几封上书，都是弹劾你的。"

卫成只顾投壶，淡淡回道："参便参吧。"

大炎久无战事，武将的地位渐渐消磨，朝中俱是文臣的天下。忽然卫成崛起，武将的地位也渐渐提升，令文臣不满，自要从根上开始寻他的错处，总要把他斥得一无是处，最好还能再打压下去，还复从前文臣为尊才是最好。

"没有战事，那些文官总觉着凭自己一张嘴就能平定天下。"

简呈箸冷笑，却也无奈。卫成投了最后一根箭，仍旧是笑："那就叫他们用嘴去平定天下吧。快过年了，莫为这些再烦恼，你瞧圣上，圣上才是大智之人，日子过得最是舒泰。"

卫成如今很算是懂得享受，几个没话说，倒是说笑一阵子，晚上府里有新鲜鹿肉，姜瓷命人支了架子摆了炭火，酒坛子浸在温水里，又做了十来碟子小菜点心，细细摆了，几个晚间吃喝一场，夜半才散，卫成醺醺的，想起自家娘子交代的差事，两条腿打着别走路，眼神歪斜口齿不清。

"岑卿！岑卿你过来！"

他大喊，早有暗卫一路传话，少顷岑卿小跑着过来："公子？"

卫戍一把勾着他脖子揽过来，眼神不善："考虑这么久了，还没个信儿？"

岑卿眉眼泛苦："整个卫家没个好人……"

卫戍大摆手："是没个好人，可歹人也得分个三六九等，梁夫人母女几个，算是头等的，最好的歹人！"

岑卿险些笑了，歹人还有最好的？不过抛开恩怨不提，梁文玉母女确实不算坏人。可他犹豫，一半因为自家公子跟那头的事，还一半是因为身份。

"归根结底，宁姑娘是公子的妹妹，属下……"

"啧啧啧，小爷什么时候重过那些虚的？咱们都是苦日子累日子一起熬过来的，情分深厚，什么公子属下的，做小爷的妹婿也不亏你什么！"

姜瓷料准卫戍今夜必饮酒，怕他醉了，叫阿肆盯着，说那头散了，客都走了，她才迎过来接卫戍，还没走到跟前就听到这些，摆了摆手，忙叫春寒和阿肆一起避了，听卫戍说话。

岑卿沉默了一下，卫戍不满地嘟囔："一个个，都不叫我省心，你说终身大事，难不成比从前挣命还难？卫嵘蠢，梅青犟，你呆！"

岑卿笑了："公子醉了，先歇着吧，等过了年，属下去见见宁姑娘。"

卫戍满意，姜瓷笑了笑，等岑卿扶着卫戍走过去了，才从暗处出来："阿肆，你回前头去吧。"

她和春寒不远不近地跟着，行走间，轻声问春寒："梅青的事，你想得怎样了？"

春寒低头："夫人，我不想叫他不好过。"

姜瓷点了点头："不过如今你应不应，他心里都不好过。"

毕竟梅青不是个恶人。

春寒愣了愣，心里酸涩，忽然有些彷徨。

姜瓷回去卫戍正在浴房净身，岑卿已经走了，春兰和两个小丫头在外头备着干净衣裳，见姜瓷回来，请了安，姜瓷摆手，她们便走了。

正房从不让守夜，晚上只需把茶汤寝衣备好，伺候完主子洗漱便罢。

屋里声响，姜瓷拿着干巾子到门口，卫戍开门，姜瓷把干巾子给他蒙在头上，卫戍便坐了，姜瓷给他细细的擦头发。卫戍拧了拧眉心，虽有些酒意，却分明没醉。

"我明日得去一趟溯明山。"

200

"嗯。那日听宁宁姐妹提起，卫将军说了要把婆母的墓迁到卫家祖茔。"

"我已拒了，我娘的墓是自个儿选的地方，她不愿意待在卫家。"

卫戍默了默又道："我同卫将军求一封和离书，他却迟疑。"

"婆母的事儿分明了，他怕是觉着愧对你们母子。"

卫戍哂笑："他的心思都在梁夫人身上，便是觉着怎样，也是梁夫人同他分说的了。"

卫北靖待卫戍母子的凉薄，姜瓷是知道的。

"那就索性同梁夫人说吧。"

卫戍拉过姜瓷手，揽她坐在身边，头发披在身后，略带酒气的慵懒，撒娇似的在她颈间磨蹭着脑袋。姜瓷触痒躲避，他揽得紧，姜瓷笑出声："别闹。"

卫戍嗑着笑转头，凉润的嘴唇就落到她脖颈上，软绵绵的声音拖得长长的："娘子……"

旋即把人抱起来，转头进屋。屋里灯灭了，传出窸窸窣窣叫人脸红心热的声儿来，直闹到半夜。

姜瓷翌日自然起迟了，院子里吴嬷嬷跟春兰春寒习以为常，自顾自忙着，听见屋里动静才进屋伺候。卫戍天不亮就走了，临行给迷迷糊糊的姜瓷说了，和摄政王去溯明山要办些事，约是明日才回。姜瓷醒了就有些疑惑，溯明山不大，山上也只那一个庵堂，卫戍和摄政王去溯明山能办什么事？

第一百〇六章　回魂

左右也参不透，姜瓷便也不想了，反正他回来就知道了。寻思入秋天渐渐冷了，该给他做两身绒布的寝衣，再冷，就该做夹棉的了。遂启了库房门细细择了，偏库房里什么金贵的布料都有，偏少棉布和绒布这些寻常布匹。姜瓷想，如今忠毅侯府仆从不少，换季也该给仆从添衣，便叫付姑姑去瞧着，叫锦绣阁送布料来，给下人们一人做了两身秋装，又好好择了几匹棉布绒布，给卫戍做寝衣。

忙了一日，晚上姜瓷早早睡了，第二天天还没亮，就觉着身边窸窸窣窣有人往被窝里钻，她才要睁眼，就被人蒙了眼："是我，吵着你了。"

卫戍歉意，声调满是疲惫。屋里也没点灯，姜瓷顺势钻进他怀里，好半晌他心跳也没见缓，姜瓷睁眼，就在昏暗里隐约看见了他睁着的双眼。

"怎么了？"

"出事了。"

姜瓷坐起来："溯明山的事办得不顺？"

卫成把她又拉回怀里盖好被子："摄政王受伤了。三庶人逃了，不知所踪。昨日吕莺艳忽然偷偷离开皇家庵堂去了溯明山，摄政王的眼线，说三庶人也在溯明山。昨日上山遇袭，吕莺艳死了……"

姜瓷一波惊过一波，卫成话堪堪停了，眼中却还有一言难尽匪夷所思。他理了理自己的思绪，抱紧姜瓷："摄政王和我，都知道溯明山上有埋伏，做了万全之备，但没想到，三庶人并不在山上，刺客袭来，吕莺艳死于混乱，她的婢女趁机行刺摄政王，摄政王分明能避开，但……后婢女被擒，扭下山的路上，奋力挣脱，跑到崖上，满脸哀痛的笑，继而跳崖。摄政王大骇，竟要跟着往下跳，幸而被阻拦，却晕了过去。"

姜瓷感觉卫成忽然在颤抖，他紧紧抱着她，连声音也在颤抖："姜瓷，摄政王晕倒前，叫那个婢女阿璎！"

姜瓷嘶了声冷气："怎么会这样？摄政王把那婢女当作婆母了？"

卫成摇头："我不记得母亲的样貌，可送摄政王回王府后，同老九说了这事，老九从摄政王书房的暗格里翻出一副画像，那个婢女同画像，足有八九成的相似。"

姜瓷顿时明白："她跳崖，临前又是那副模样，是刻意在摄政王眼前做当年婆母自绝时的景象，就是刺激摄政王！"

"我猜到了，可对于摄政王，却是实打实避不开的伤害。"

姜瓷不知该说什么好，好半晌抱着他手臂："摄政王如今怎样？"

"昏迷不醒。程子彦在救他。"

"那个婢女呢？"

卫成眼神一下晦暗，意味不明："找到了，挂在半坡上，被树枝子都穿透了，却还存着一口气。"

卫成心里想必也复杂得很，姜瓷心疼他，回抱紧他："你歇会儿，等天明了，我和你一起去摄政王府。"

卫成点头，闭了眼。姜瓷知道他不踏实，就陪在身旁，可卫成到底不安心，只睡了一个来时辰便醒了，夫妻收拾了，吩咐小厨房做好软烂的膳食，稍后往摄政王府送，便先往摄政王府去了。

昨日的事只摄政王和卫戍两个知晓，是以卫戍回府的时候，老九守在门口。见卫戍来了，神情严肃："半夜时父王醒了，癫狂一般寻那姑娘。没法子，只得把人挪到父王跟前。那姑娘伤重，眼见要死了，父王呵斥她，说她要死了，就叫她的亲人都陪葬，又逼着程子彦必要把人救活。直等那姑娘稳下来，父王才又昏睡过去。"

卫戍皱眉点头，拉着姜瓷进去，里头浓浓的血腥药苦味儿，越过屏风姜瓷就看见床榻旁还摆着一个小榻，上头躺着个与她年岁相当的瘦弱姑娘，双目紧闭脸色苍白。卫戍也看着她，好半晌，程子彦进来，满脸疲惫。

"你是没见昨夜摄政王的模样，撞邪了似的。这姑娘稳下来后，昏迷中叫了阿禾，还叫孩子。"

卫戍皱眉："戏倒做得全，到这份儿上了，还不忘作假。"

程子彦神情复杂，看着摄政王，满是担忧："那时候你不在，若在……"

若是见了昨夜摄政王的模样，真叫人胆战心惊。他又看着姑娘，不知道救活她到底对不对。再去看卫戍，他已知道这姑娘极像许夫人，看她昏迷中还唤摄政王的名讳，总叫他免不了往鬼神转世之说上猜想。想多了，程子彦狠狠摇头。

真是中邪了。

卫戍转头出来，就在摄政王的小书房里，接连见了几个人。有他的人，也有摄政王的人。

"摄政王受伤的消息，要瞒着。如今还未大定，难免引起纷争。"

"查得如何？发现三庶人的行踪否？"

"里头那个女人是从哪来的？"

卫戍连番发问，大半日的工夫，也足以查到许多东西。

原来三庶人去过皇家寺庙见吕莺艳，里头那个女人却是吕莺艳自己找来的，前阵子才从锦华洲进京，这些日子在寺庙侍奉吕莺艳，跟着学规矩。

看来吕莺艳没死心，知道摄政王的心思在哪，是预备投其所好想要重回摄政王身边。

吕莺艳这心思由来已久，春日就已开始广寻与许璎面貌相似的姑娘，直到前些日子才寻到带来身边，连同姑娘的家人一并接来京，半是相助半是胁迫。但卫戍的人查过去时，姑娘的家人却已都死了。

"如此看来，这姑娘先是被吕莺艳找到，后又被三庶人发觉，同样以家人胁迫，叫她做那些事，过后杀人灭口。"

老九捋清了，卫戍紧握着拳，他和三庶人的仇，又添一笔。

"三庶人是恨我们，不过我跟前如今不好下手，吕氏就现成给他的助益，就先预备打下摄政王了。毕竟他觉着摄政王倒了，我没了靠山，也不足为虑。"

卫戍冷笑，眼瞳寒芒闪烁："查，把盛京翻个底朝天，也要把他查出来。"

卫嵘应声，还没出去，卫戍忽然又道："查查六皇子府上。"

老九惊诧："会吗？从立太子后，老六虽心里别扭，却也渐渐接受，一直平静得很。再说他和三庶人为敌多年，会和他勾结？"

"若换作你，三庶人倒台后，自以为储位非自己莫属，却忽然落到了旁人头上，面上再平静，心里能甘吗？三庶人再行挑拨，怕就兴起燎原之势了。老九，你想想，从得了三庶人逃了的消息后，他一路回京，却在进京后没了踪迹，若没人护持，他自个儿有这么大的本事吗？尤其他如今倒得彻底，若能替老六把我和摄政王都推倒了，如今太上皇也不顶事了，老六有大把的机会废了太子，入主东宫。"

老九思量着，浑身泛冷。是这样的，会是这样的。如果老六没死心，确实可能会是这样的。

"那……"

卫戍沉着眼，右手捏着左手的拇指沉思："看来，盛京得乱啊……"

老九悚然一惊。

是夜，因摄政王还没醒，卫戍留在摄政王府，如今这般形势，也不放心把姜瓷独自留在忠毅侯府，姜瓷就也留在了摄政王府，钟轻尘随身侍奉。

夜半传来消息，六皇子前几日出门，马曾撞了个乞丐，他下马问了几句丢了锭银子，本也没什么。可那个乞丐之后却一路隐匿更换行装，最后进了六皇子府。

卫戍果然没猜错，三庶人确实藏在六皇子府。

"既然如此，就把摄政王遇袭受伤如今昏迷不醒的消息传出去吧。"卫戍才吩咐完，回头就看见了睁开眼的摄政王。卫戍挑眉，心松了许多，却见摄政王低垂眉眼，面无表情地盯着旁边小榻上的女人。

"摄政王醒了，叫程子彦过来看看。"

程子彦少顷进来，细细看过并无什么大碍了，卫戍这才坐了下来。足坐了一刻来钟，摄政王的眼神才从那个女人身上移开。

"简呈翌，有心了。"

"是你的好王妃有心了，不过你也没机会同她道谢了。"

卫戍没好气，摄政王嘴唇抿了抿："查到哪儿了。"

卫戍把事儿说了，摄政王疲惫地闭上眼："我如今伤弱，这回的事，你自己来吧。"

卫戍哂笑，也不戳破他，起来就走，只是临到门前，还是忍不住回头去看。

真的很像吗？

心里总还是有些不足，他连生母的样貌都不知道。

这么伤感了片刻，转头去临时住下的客院，摸到床上，抱着姜瓷好生睡了一觉，隔日神清气爽。

摄政王遇袭受伤的消息一瞬就传遍盛京，自从摄政王理事起极为勤勉，可连接两日不见摄政王早朝，朝中也不仅猜测怕伤得真是不轻。摄政王府门户紧闭护卫森严，谁去探访都一概不放，宫里派去的御医出来也神情凝重，东宫里也是人心惶惶。

好容易立下的储君，怕是未必能坐稳。

六皇子府上，简呈慕听心腹回禀的话，这些日子一直烧着野火的心奇异地熄灭，继而深深浅浅地颤抖，一身冷汗出透。

简呈翌不见了。

他开始认真地思量，简呈翌的话说得很对，他要报仇，简禾熙和卫戍若都死了，那么朝堂之上，有皇后和母妃的协助，他可以很快回去，继而慢慢消磨新立的太子，甚至取而代之。

但他和简呈翌为敌多年，兄弟早到了恨不能对方死的地步，他就算要报仇，又凭什么要帮自己？

他捻着手里那串珊瑚，静静地思量。

"来人，备礼，去摄政王府。"他得为自己想，简呈翌既然要搞混盛京的水，他自该趁势浑水摸鱼才对。

这时候，简禾熙坐在官帽椅上，居高临下地看着脚边跪坐的少女。少女有伤，便是神情孤高却也难掩柔软，她别着脸，眼神复杂。简禾熙冰冷的眼神下，努力地掩盖着看到这张脸时满心的激越。

二十年了，阿璎死了二十年了。她死的时候，也正是十八岁的年纪，世家大族的矜贵嫡女，也总是这般温和却又清越孤高的神情，就和眼前的少女一模一样。

但是，倘或忽略她眼底努力遏制的慌乱，她便真和阿璎一模一样。

简禾熙阴沉至极，看着这个出身贫寒却有着高门贵女神情气度的少女，不便喜怒地冷漠道："说吧。"

少女颤抖了一下，简禾熙的心也狠一颤抖，但思及这人是吕莺艳教导，充作阿璎的替身送到他身边来，混淆他，蒙蔽他，他的心就冷了下去，盯着少女，如同盯着蝼蚁瓦砾，甚至带有厌恶。

再像，也终究不是。

少女的神情终于被打破，她垂下头，认真地思考了一下。

"我叫……许璎。"

第一百〇七章　错觉

陡然一声脆响，简禾熙狠狠摔了茶盏，碎片飞溅，在少女的脸上留下一道浅薄的血痕，少女拧眉，眼瞳隐忍瑟缩，一刹而过的慌乱，好半晌才抬头，看着怒容的简禾熙，她迟疑着，却还是坚持地开口，语调轻柔颤抖："阿禾……"

简禾熙倏地攥紧拳，他神情一刹皲裂，疯狂的想在少女脸上看出什么，少女也果然没叫他失望，他看到了阿璎每每唤他时会有的神情，此刻带着微微委屈，甚至连嘴角抿下的弧度也是一模一样。

他忽然笑了，极尽残冷，忽地站起身扬手，吓得少女瑟缩一下却没有躲避，跪在地上直直地看着他，及其倔强。

这一巴掌终究没有落下来，只因为这张像极了许璎的脸。

简禾熙又坐了下去，冷漠的眼光看着她："说。"

少女垂头，挣扎许久，终于面色平静："奴婢阿瑟，锦华洲人，出身农户，家中贫穷。十岁被卖为奴，今春有人寻到奴婢，为奴婢赎身，带上盛京，教导奴婢学规矩，琴棋书画均有学习，王妃娘娘说，叫奴婢好生侍奉王爷。"

简禾熙眼神渐深，意味不明，阿瑟继而道："王妃娘娘给奴婢改名阿璎，教导奴婢言行举止，告诉奴婢王爷喜欢芙蓉花香，叫奴婢以芙蓉花香熏染衣物，叫奴婢梳百合髻，簪碧玉钗，月白色的衣裳，烟紫的鞋。"

简禾熙笑容透着残冷："教得倒是全……"

阿瑟抬头，眼瞳竟隐隐泪光，她缓缓道："说话的时候，无名指尖，会蜷在掌心。"

简禾熙陡然如雷霆击打，他惊诧地看着少女，看少女眼中的泪光盈满，化作泪珠子滚落。他恍然回到十五岁时，与心爱的少女相约赏花，说话时见她微微攥着的手，玩笑说她可藏了什么好东西。少女笑着展开手，掌心淡淡一道痕迹，笑道："小时养的坏习性，说话总爱无名指尖蜷在掌心，都没人发现过，竟被你看见了……"

微风拂过，樱花如雨，少女浅笑嫣然的伸着手。

这是少有人知的，她的小癖好。

"你到底是谁。"简禾熙已冷了下去。吕莺艳待许璎虚情假意，许璎这些私密的事她一概不知。他探寻地望着少女，少女浅浅一笑，别过眼，手拂过鬓发，将一缕散乱的头发带到耳后，那手指弯曲的弧度，一路的轨迹，同当初那人，一模一样。

"奴婢阿瑟，只是王妃还来不及把奴婢送到王爷身边，便有人寻王妃，王妃改了主意，叫奴婢刺杀王爷，也承诺会保护奴婢，事后会送奴婢离开，还许了银钱无数。"

"你到底是谁！"简禾熙一把擒住阿瑟手臂将她拖起来，阿瑟被迫站起来，伤痛难忍，脸色苍白："奴婢阿瑟！王妃还说，若奴婢一击不成，王爷势必会把奴婢留在身边，便叫奴婢迷惑王爷，趁机再度下手，定要夺取王爷的性命！"

简禾熙鹰隼一样的目光审视阿瑟，想从她脸上看出破绽，但除看到她努力忍痛，旁的什么也没看出来，他忽然有些暴躁："为什么跳崖？"

阿瑟苦笑，盯着他胸口的伤处："到那时候，连王妃都死了，奴婢便是再蠢也知道被骗了，行刺王爷，奴婢绝无生还可能。与其落入贼手不知如何下场，不如自尽来得干净痛快。"

"贼？"

简禾熙品着这词儿，冷笑，松手，看阿瑟跌回地上，居高临下地冷声道："可你终究还是落在了我手上。"

阿瑟疼得发抖，简禾熙擦拭攥过阿瑟的手："装得再像，可你终究不是她。"

他冷声吩咐："本王从不是个善心的人，既然有错，就为奴为婢来偿还吧。"

他转身而去，回廊转角，卫戍夫妻冒出头。

本是来辞行，谁知见了这一幕。

"明知这姑娘有古怪，却偏还留在身边，怕是和婆母真就十分像吧。"姜瓷拉拉若有所思的卫戍，"你不劝劝？"

卫戍嗤笑："他比我精明多了，自个儿知道自个儿在干吗，不必管他了。这会子，怕也没心思跟咱们说话，走吧。"

夫妻出府的时候恰遇上来拜访的六皇子简呈慕，老九正在打发他。看老九不管简呈慕说什么，都一派和煦的笑容带着忧愁的眉眼，连卫戍都想竖个拇指。

"忠毅侯？"见卫戍出来，简呈慕转了过来，满眼担忧，"听闻是侯爷同皇叔一起遇了刺，皇叔如今可好？"

卫戍淡淡笼着眉，没有言语，却微微摇了摇头，拉着姜瓷道："抱歉。"

简呈慕见他二人这样，认真思量外头那些传言的真假，可不管真的假的，恐怕简呈翌都要动手了。这么想着，简呈慕的心安宁了下来。

"阿箸，既然这样，安心照顾皇叔，我便不打扰了。这里有几支百年山参，还有些上好的药材，虽说皇叔都有，但也是我一片心。"

老九道谢，命人收了进去，与简呈慕做辞，不等简呈慕走，他先急匆匆进去了。

天知道，老父亲身边有个别有用心的贼女，他心有多慌！

简呈慕见简呈箸额头冒汗眼神慌乱，不觉又信了几分。

看来摄政王伤得不轻啊。

卫戍一路回府，岑卿等人都等着他，姜瓷还看见个脸生的青年，眼角眉梢带着冷冷的讥诮。

"沈墨，那头收拾干净了吗？"卫戍将姜瓷安置回屋，便直往书房去了。

"有什么可收拾的，老头子指望把你那支人挖出来，拿银子收买过去。"

卫戍哂笑，银子收买？当初克扣他这支黄雀的时候，怕是没想到还有今日。

"简呈翌的信儿已经送进宫了，只是不知道贵妃有没有那个胆子。"

"没有就得帮帮她。"

卫戍看着邸报笑，卫嵘有些不明白："你说这三庶人，好不容易混进城，这会儿又出城去了。"

他盯着卫戍，摄政王搞完了，这卫戍不是还没动，怎么就走了？

"他这是一石二鸟，那个像许夫人的姑娘，不是正能拿住摄政王和公子两个吗。"

岑卿解释，但简呈翌没想到的是，卫戍虽在心里对于母亲埋了深厚的情意，可终究记忆里没有母亲的容貌，没有母亲的习性举止，是以阿瑟就算再像，带给卫戍的冲击也都是有限的。

卫戍的失魂落魄，仅仅只是在简呈翌的想象里。

没几日就是除夕了，卫戍告了假，几日没上朝，这日晚上就去畅园听戏，偏巧隔壁坐着许大人一家，高谈阔论谈及许璎卫戍，这位许大人细算起来，正是许璎娘家的旁支，笑话许家败落，鄙夷许璎，嗤骂卫戍终究还是下贱。卫戍一个忍耐不住，便和

208

人吵闹起来，动了手，把老的小的都打得不轻。

翌日朝中就有人上了折子弹劾，眼见休朝在即，太上皇不中用了，摄政王也倒了，圣上正是慌乱没主见的时候，听着满朝嘈杂，却念着卫戍多年功绩，想要护一护，便叫人传旨令卫戍上朝与之对峙。

谁知卫戍托大，竟把内侍冷嘲热讽了一番，到底没去朝上，把圣上气得不轻，朝上愈发闹得凶，且有些很会察言观色的人，又眼红卫戍的忽然崛起，甚至兼乎文武之争，自然铆足了劲儿把卫戍打从生下来就闹过的事一一陈述，力斥卫戍的不当，品性之差，难堪圣上信重云云。

圣上气头上，又有人谏议，于是当下便下了口谕，令卫戍去往皇家寺庙面壁十日，待过了年复朝后再论。

卫戍接了口谕，据说当时便气愤难当，竟要进宫同圣上理论，被劝了住，说权当去散心，好歹哄了出城，由羽林卫押送着去了京郊的奉龙寺。

巧了，卫戍如今麾下的京郊大营在盛京北边，可奉龙寺却在盛京南边。这一南一北，就是消息通传也比在盛京时要晚上两三个时辰，再遇上有人刻意阻拦拖延的话……

因旨意上只要卫戍独自前往，更不许带人侍奉，故而卫戍一到奉龙寺便如被禁锢一般，羽林卫守门，进了悔思殿。

供奉着佛祖像，立着皇家牌位，外有羽林卫，内有和尚指点，如何跪经，如何忏悔，还要抄经焚烧，每日歇息就在殿后，有小小一间屋舍，只有一张小榻，连个窗户也没。

京中的武将不多，大炎的武将除镇守在外的，京中几家武将之家，如今除在军中有供职的几个，余者都如卫北靖般，在朝中都吃不开了。先前因卫戍算是小小出了头，如今又因卫戍旁若无人的自大狂妄，这为数不多的武将又背了一身罪责，仿佛武人都是这般一样，一时间卫戍在文武之中都臭了起来。

卫北靖心粗，从潆山回来父子几个就在府上养伤，因也算立了小功得了些赏赐，但实在朝中的人也久不沾染，忽然听了这些消息，卫北靖同儿子吃着小酒，梁文玉却深思了半晌。

"娘？"

听见卫宁宁唤她，梁文玉回神皱眉："怕是有人要害卫戍了。"

卫安安豁地站起来："就觉着这几天盛京的风声不大对。"

卫骏转头去看他娘："不能吧？如今一切太平……"

梁文玉斜睨了儿子一眼，她这两个儿子，还是很像她的夫君，在军事上敏锐十足，但在这些事情上，总是迟钝些。

"吃吧，吃完饭，咱们一家也出去疏散疏散，且有些日子没出门逛了。"

"去哪儿？"卫旭喝得有些晕，笑得有点傻。梁文玉笑笑："梁家庄。"

梁家庄和奉龙寺就隔着一道五里坡，是梁文玉的陪嫁庄子。奉龙寺是皇家寺庙，尤其这种时候，轻易是进不去的。

卫戍在奉龙寺也不老实，时常要闹一场，消息传回京里，自然又要遭朝议，好容易到腊月二十九这日休朝，宫里却没消停，太上皇的病症忽然严重起来，竟还咳血。

圣上下了朝就急着往圣清殿去，身后跟着几个意欲议事的大臣。一进圣清殿，看一眼脸色灰败昏迷中的太上皇，圣上遂先掉了泪，跪在床前。

"父皇……"

"圣上！"庆安满脸老泪，也跪倒在圣上身后，殿内乌泱泱跪了一群人，庆安难掩悲痛道：

"殿下病势深沉，老奴忧心惶恐，先前殿下的身子惯是黄雀军医程子彦照料，那是位青年神医，殿下遣忠毅侯潜山剿匪时，怕刀剑无眼，特叫程子彦随忠毅侯同去，可后忠毅侯回来，程子彦却没了踪迹，宫中御医摸不清殿下体质，这才拖延病症，直到如今……"

圣上眼皮子抽搐，近来卫戍的消息萦绕朝堂，叫他不胜其烦，遂下令："即刻潜人去奉龙寺问，程子彦到底在哪，立刻进宫侍奉太上皇。"

"圣上，殿下对忠毅侯给予厚望，难免要求苛刻了些，忠毅侯怀恨在心，前几次老奴跪求忠毅侯告知程子彦下落，忠毅侯都不为所动，老奴听闻圣上前番召忠毅侯上朝都被忠毅侯给顶了回来，这么去问，怕是不会说的。"

庆安哭声更痛，圣上烦躁："不说，便赏十鞭子，再不说，继续打，打到说了为止！"

第一百〇八章　旧闻

几个御前侍卫相视一眼，有御前内官领命，带着他们前往奉龙寺。有人来扶起圣上，摆了座椅，圣上就坐在太上皇床边，庆安仍旧跪着，仰头望向圣上，满眼希冀："圣上，摄政王如何了？殿下便是听闻摄政王出事才气急攻心病症加重，昏厥前还念着摄政王的伤势。"

圣上面色愈发凝重："兵刃上想是带了毒，这么些日子了，伤口血还止不住，疮口溃烂，人也没醒过来，御医说怕是不中用了。"

"啊……"庆安呆呆的，惊恐怅然，连圣上说这些话时都忽然透出老态。

"起来吧，你跟随父皇多年，劳苦功高。"圣上随意摆手，小内侍忙来扶起庆安，庆安遂低着头往后退了几步。

圣上守在圣清殿寝殿，因太医说太上皇很不好，他便等着奉龙寺传回消息。

其实圣上心里有数，他虽平庸，又是个心性淡薄爱躲懒的，却并未不通透。太上皇的病一半始于年岁渐大本就不好的身子，另一半就全是心病了。

毕竟把一个人最在意的东西忽然夺走了，任谁都要想不开。

太上皇做的那些事他也知道一些，尤其皇弟和许璎的事……

他回想当初也险些成为他的皇后的那个姑娘，忍不住微微叹息。那些事，他不赞同，但就算当时他就知道了，却也无力阻拦。

圣上看着床上昏厥的父皇，两鬓花白脸色灰败，双颊凹陷，哪有从前意气风发的模样，哪有从前眼神锐利的锋芒。他一夕之间被击溃，但层层叠叠，哪一样不是有因才有果？

他和阿禾从小一处长大，这个弟弟敬爱他，聪敏异常。那个认死理又孝顺的孩子，从未肖想过皇位，从小到大，但凡兄弟两个说起对于未来的展望，阿禾给自己的定位，永远都是兄长的左膀右臂肱股之臣。因为他们一母同袍，所以从未有过嫌隙，所以他也从来没想过，父皇为了让他继位，会做那些打压皇弟的事情。父皇甚至曾安排过刺杀，想要让皇弟落下残疾，是因母后的保护而逃过一劫。

圣上身上一阵阵泛冷，他想不明白，做父亲的，为什么要这么对待自己的儿子？

圣上有几许痛苦，他遥想当初。倘或父皇不是这样的，他没有故意宠爱荣妃，没有故意纵容阿禾的任性，没有推波助澜地谋害许璎打压阿禾。如果许璎好好儿的嫁给阿禾，她们美满幸福儿孙满堂，阿禾是不会和父皇争权的。阿禾骨子里对父亲敬重孝顺，他不会忤逆父亲。

那么是不是直到如今，母后也会依然健在？她们一家是不是也可有其乐融融？

庆安站在角落看圣上几经转变的脸色，他递了眼色给外头的小内侍，那小内侍便转身走了。

去奉龙寺的人入夜才回到宫里，圣上一直等在圣清殿，外头听见风声的大臣也不住递请安折子进来，只是没人理会。恰巧跟着圣上进宫预备议事的大臣也心照不宣谁也没走。

侍卫进来复命，身上带着淡淡的血腥味。圣上回头不见带其他人回来，浓烈的失望。

"圣上，忠毅侯说，可朝着中毒查一查。"

随去的内官行礼后在圣上耳边悄悄回复，圣上惊愕，寻思再三，摆手令人都暂且退下，只留了心腹的太医院院正，叫到跟前低声问："可有为太上皇查过有否中毒？"

院正悚然一惊："不，不曾。太上皇英明神武，圣清殿惯来守得铁桶一般，太上皇怎会中毒？况且今日召臣来诊脉，脉象里也并没有中毒的迹象。"

"诊，即刻再诊！"

院正抖抖索索重新诊脉，越诊脸色越白，额头冷汗层层冒出来，来来回回诊了有一刻来钟，又掀开眼皮拨开下巴看了，院正嗵就跪了下来。

"是！是有中毒迹象，但瞧不出是什么毒！微臣斗胆，求圣上允准太医院会诊！"

"准！"圣上也急，即刻有人出去把外头候着的几个太医叫来，又令宫门不许下钥，派了几队人出去，把今日不当值的太医都紧急召回宫中。将近子时，圣清殿里太医齐聚，一个个面色凝重，连番诊脉会诊。

没有人敢尝试着用药。

相生相克，倘或用错一味药，本就命悬一线的太上皇承受不住就得一命归西，那他们轻则受罚重则赔命。

看一众太医嘈嘈熙熙一个来时辰，太上皇急怒："一个个号称国医圣手，到这时候竟没一个顶用的！"

庆安站在角落看着殿内种种，忧心忡忡地又看向昏迷的太上皇。

"圣上，殿下大半日水米不进了，是不是可以先喂些参汤？"

"不妥！"圣上还没回，院正即刻正色拒绝，"如今是什么问题还没诊明，这参保不齐也是相克的！不妥不妥！"

圣上沉着脸。

这么闹了一夜，太医院总算商议出个方子，不管是什么毒，暂且都可减缓发作，给太上皇用了下去，人虽没醒，脸色也却好了些，呼吸也平顺了些。太医们松了口气，忙又继续会诊下一步的治疗。

圣上总算看到些眉目，略松了口气，就觉着一阵阵发晕。

殿外宸妃求见，少顷进来，忧心忡忡，请安后瞧过太上皇，说了几句宽慰的话，

212

便劝圣上先去歇一歇。

"打从入冬圣上就不比从前，昨日寅时三刻起身到现在还没歇一歇，只喝了几口参汤，圣上该是保重身子才是，不然太上皇还要忧心您呀。"

圣上许也真是支撑不住，便交代几句，恰太子过来，便交由太子守着，由宸妃扶着便往宸妃宫里去用膳歇息。

圣上本想着歇一歇再过来，谁知用罢御膳躺下后，这一睡就是三个时辰，醒来便是又要黄昏。圣上迷惑了片刻，一个激灵坐起来："什么时辰了？"

内侍忙过来侍奉，圣上一行穿鞋一行训斥："怎不叫醒朕？圣清殿如何了？"

宸妃听见动静忙进来，侍奉圣上穿衣回道："臣妾一直叫人盯着，那头一切平稳。"

"太上皇醒了吗？"

"还没有。"

圣上听见这三个字，顿时火起，一路疾行到圣清殿，就见满殿疲惫的太医侍从，和正在喂药的太子。他探头去看，太上皇的情形还和他离开时没有变化，这就是一点进展也没有。

圣上凝重，招羽林卫统领到跟前："卫戍说了吗？程子彦可有找到？"

羽林卫统领欲言又止，圣上皱眉，他的心腹内官这时候匆忙进来，到他身边悄声回复："圣上，有消息了，说是从漭山下来就和忠毅侯分道扬镳，如今人在外云游，不知在何处，倒是从他的住处找见了这些，听从前黄雀卫的人说，这几瓶是解毒的药，不拘是什么毒，剧毒可缓解毒发，寻常的毒也就解了。"

他奉了个瓷瓶到圣上眼前，试探着拿主意。

吃？还是不吃。

圣上拧眉，又叫院正过来，几番询问，左摇右摆，但最坏也不过如今了。

"试药，若无不妥就给太上皇用上！"

院正领命，瓶儿里统共三颗药丸，即刻叫了试药小内侍来喂了一丸，一圈太医围着小内侍查看，把小内侍吓得抖抖索索不敢动弹。熬了半个时辰，小内侍安然无恙，院正忙捧了瓶儿进去："禀圣上，试药无不妥！"

圣上一句话也说不出来，亲自倒了药丸研化开，给太上皇喂了下去，就坐在床边一眼不错地盯着，太医们更是惶惶地不住诊脉。

"哎哟，哎哟！殿下这脉，显然重了些，比先好了！"院正激动，眼泪都冒了出来，圣上大喜，正要说什么的时候，外头忽然乱了起来。

太子出殿去看，少顷回来，神情少见的急迫。

"还请父皇即刻移步。"

圣上挑眉，一个羽林卫跌跌撞撞跑了进来："禀圣上，宫里忽然杀进一队人马，已直奔此间而来，为首的是庶人简呈翌！"

圣上惊愕，顿时明白，那个他废黜了的儿子，来逼宫了！

"护驾！即刻召集羽林卫护驾！今日是谁守的城门！"太子抽剑护在圣上跟前，拉着圣上道："父皇，不是追究的时候！先想法子出宫！"

"羽林卫呢！即刻来护驾！"圣上大怒。太子拉着他一行往外走一行道："三哥有备而来，宫里的这些羽林卫根本抵挡不住。倘或能抵挡住，也不至于叫人闯进宫来！"

一路走到庭院，才开宫门就见外头火光幢幢，不计其数的兵马举着火把冲了过来，显然是知晓圣上就在此处。太子即刻叫人关闭宫门。

"黄雀卫何在？即刻出来护驾！"

太子扬声，半晌却不见动静，又急道："贼匪逼宫，生路渺然，再不出来就无主可效忠了！"

话音落，倏忽有人自暗中飘落进庭院，圣上大惊，羽林卫即刻护在身边。太子仗剑前行几步急促道："有多少人？可能送信儿出去？"

"不足十人，送信……"几人相视一眼，面色凝重。

现下这情形，送信出去怕也不容易。

"好，你们几个就去送信，只消有一个能送出去就行！"

"敢问殿下要送给谁？"

太子迅速思考。

简呈翌能突如其来且这般顺畅的攻进宫中，京里乃至羽林卫中必有内应。摄政王遇袭，卫戍被斥，再到太上皇中毒卫戍受罚，串联下来，恐都是简呈翌的计谋。

冷汗涔涔下来，他捋了一遍，发觉京中此刻竟没有可救驾的兵马！

护卫京畿的护城军驻守在京郊大营，可卫戍远在奉龙寺又受了刑，怕是难带兵。即便能撑起来，消息也递了过去，可卫戍往来也须得两个时辰，两个时辰……除此之外，大炎武将除镇守边关的那几家大将，京中如今已少有武将家中豢养府兵，这也是朝中不允，文官攻讦的事。

太子抬头，遥遥望一眼太子妃，忽然笑了一笑。

短短片刻，他已明白今日之局无解。

唯一的出路……

太子拉着圣上又转回殿内，圣上惶惶，太子忽然撩袍跪下。圣上惊诧，外头杀声越近，殿内却诡异地安静，太子的声音清晰传来："父皇，三哥的心思，昭然若揭。今日之事他显然做了万全之备，可这终究是下下策，就算他逼宫成事，也终要落个乱臣贼子弑父弑储之名。但倘或父皇现下废太子诏书，改立三哥为太子，即刻禅位，如此总能保全父皇和皇祖父，也能保全我大炎皇室的名声。"

太子神情坚毅，圣上听着他的话，心内震撼，浑身颤抖。好半晌，他才找到自己抖得不成样子的声音："那，那你呢……"

太子一笑："三哥不会留下儿臣，儿臣……便先同父皇拜别。儿臣不孝，不能承欢膝下，奉养父皇了。"

说罢不等圣上回神，他已起身，大步行去太子妃跟前。太子妃双眼通红，却也嘴角含笑："臣妾跟随太子……"

"不。"

太子拂开她伸来的手，深深地看了太子妃一眼，探到她耳边轻声道："我出去，总能拖延一二。若无人来救，你便趁乱离宫，不要回娘家，寻个山遥水远之处隐居起来，总能活命。"

说罢，他直起身子，万般眷恋地捏了捏她的手，毅然决然地往外走去。

"殿下！"

太子妃凄声大喊，太子堪堪停下脚步，回头看她，笑得温存："听话。"

第一百〇九章　落幕

太子挥手，令人开了殿门，便走到了庭院中去。黄雀卫数人已叫太子派遣进殿护卫圣上和太上皇。院子里的羽林卫如临大敌，见太子出来忙聚拢过来，将太子护在中间。

没多久，院门轰然倒塌，不计其数的兵卫簇拥着简呈翌冲了进来。

无数火把将院子照得一片光亮，披甲的简呈翌直对着十几个羽林卫护着的简呈舒。

太子轻轻摆手，令这十几个人散开，他一下暴露在众人跟前，兄弟相对，简呈翌的笑容带着嗜血的残冷，他一步步上前，染血的剑抵到了简呈舒颈上："没想到啊，可皇弟也没想到，皇兄我，还有杀回来的一日吧？"

他仰天大笑，剑尖颤抖，在简呈舒的颈子上留下血痕。

殿内从窗户缝往外看的圣上冷汗直冒，心底一阵阵的颤抖。

"别奢望有人来救。皇宫已被我层层围住，什么消息也递不出去。就算漏了出去也无妨，这盛京城里但凡能派出个兵来的人家，也都被我围住了，哪个敢出来，杀无赦。你说说他们，犯得上为简家的事把命搭上？总是在朝为官，尽忠的也总是我简家的人，是谁，对于他们而言，没什么分别。"

简呈翌笑得痛快："简禾熙倒了，卫成倒了，里头那个老匹夫也快断气了，这天下，就是我简呈翌的了！本就该是我简呈翌的！"

他越说越激越，越说越恼恨，想起为这个储位费尽心思，到头来不抵太上皇一个心思，不抵简禾熙与卫成的为敌，就觉着满腹怨怼，看着这个蚕食了本该是他的成果的弟弟，恶上心头，举剑刺去。

简呈舒闭眼，攥紧双手。

一切如他设想，他一死，父皇下改立诏书，紧接着禅位诏书。只要缓过这一刻，缓过让摄政王和卫成知道这件事，那么一切还有回寰的余地。

千钧一发之际，眼见长剑便要刺进胸膛，忽然一声破空轻响，一支翎箭划破紧迫又寂静的大殿，叮的射在长剑上，剑尖一歪，简呈舒趁势闪身，来势汹涌的长剑与简呈舒错身而过，只划破了他的肩臂。

"殿下！"

太子妃凄厉呼喊，从殿内扑了出来，太子一把接住太子妃护在身后，因这一支翎箭庭院顿时大乱，简呈翌恼怒大喝："谁！"

殿门外忽然响起皂靴踏地的声音，一声一声舒缓，满庭院的人不觉回头，就看见了一个修眉俊眼墨色长袍的青年吊儿郎当地走过来靠在殿门上，懒洋洋地丢掉手里的弓，堆着灿烂的冷笑看向简呈翌："呦，三庶人啊。"

卫成拖着长长的腔调，简呈翌气不可遏。

"好啊，天堂有路你不走，地狱无门你自来。本还想留你几日狗命，待我大事所成后再料理你，没想到你自投罗网。那就别怪我心狠手辣……"

简呈翌再抬手，剑指向卫成。

他有恃无恐。

京郊大营有人盯着，没人领兵出来，就算其中有诈，可卫戍单枪匹马又有何惧？思及此简呈翌冷笑起来，心头畅快。若不是卫戍去查潇山的事，哪有后来这么多事？而如果没有这些事，他依然还是那个最有望继位的皇长子，身份尊贵。

越想越恨，简呈翌疾行几步往卫戍走去，他的手下会意，即刻也分出一股将卫戍团团围住。简呈翌说了那么多，卫戍正掏着耳朵，任由被围住，看似放弃抵抗。简呈翌越走越兴奋，脚步越来越快，即将走到卫戍跟前时，卫戍懒洋洋慢条斯理一甩手，简呈翌惊呼一声趔趄着险些倒地，长剑脱手，急忙攥住右手手腕，便从指缝里簌簌冒血，细微的暗器，简呈翌浑身颤抖气不可遏："杀了他杀了他！啊啊啊啊杀了他！"

手下听令，听过卫戍本事，方才也瞧了，谨慎拔剑，几人朝卫戍去，卫戍百无聊赖仰脖子："嘻，你家的事，你要再不出来，丢脸我可不管啦。"

几人顿时停下脚步，戒备地四下张望，就此时忽然雷霆之势四面八方无数兵卫越墙而入，顷刻将简呈翌一行围拢，局势瞬息改变。

太子看见殿门外，卫戍身后，慢慢走进来一个人。

玄色蟒袍，金质玉相，雍容冷淬。

摄政王！

摄政王走到卫戍身边时停下脚步，平静无波的眼神扫过庭院种种，微微蹙眉，有些失望。卫戍好心安慰："就知道他不行才废的。"

摄政王脸色舒缓，甚至微微点了点头。

简呈翌匪夷所思的脸上，急速变色，这时候再没有不明白的，打从摄政王遇袭后，一切都是演戏，就为了把发配途中失踪了的他引出来，甚至要把他暗中豢养的兵给引出来。

"你，你……"

简呈翌难以成言，不知是伤痛还是害怕，促促发抖，卫戍嗤笑："就这鸡胆子，也敢逼宫篡位？"

摄政王斜睨他一眼，卫戍假装没看见，摄政王又吩咐："太子，你该同他说说你的经历，也好叫他死得明白。"

简呈翌咚的跪地。太子诧异了一下，又明白过来："皇叔说的是。"

他放开攥着太子妃的手，轻拍了拍安抚，便有人把侧殿的大门打开，把简呈翌拖了进去，太子随后也跟了进去。

卫戍看着太子攥着太子妃的手，撇了撇嘴，他也想攥着姜瓷的手，好几日没见了，想得心慌。待要张嘴和摄政王说要没事他先回去了，摄政王冷冷一眼瞥过来，卫戍笑：

"我再待一刻，一刻一刻！"

摄政王冷笑："出息。"

"王爷不也圈了女人在房里，谁又笑话谁呀！"卫成无畏地揭短，摄政王哽了一下，别过头去，卫成一阵窃笑，往摄政王身边凑了凑："王爷，听说那姑娘同我母亲生得极像，叫我也再见见？"

摄政王皱眉，下意识要拒绝，话到嘴边却变成了意味深长的一句："见见也好。"

卫成点头，不再言语，看殿内那一站一瘫坐的兄弟两个。

太子居高临下看瘫软在椅子里的简呈翌，半晌无言。过了许久，简呈翌心思渐渐平复，阴狠地盯着太子："你得意了。"

太子微微浅笑："没什么可得意的，同是皇家血脉，你丢的脸面，也是孤的脸面。不过今日之后，皇兄怕是再难活在这世上，到底是出生的地方，长大的地方，你要是愿意，孤带着你，再走一回宫道。"

简呈翌脸色一变，咬牙暗骂："小人得志！"

"小人？"太子仍旧温煦，不见恼怒，仿佛听到笑话，笑容更深，"是孤欺辱幼弟？是孤中饱私囊？是孤拉帮结派？是孤搅乱朝堂？是孤踏着子民的血肉满足私欲？还是孤弑父弑弟，意图篡位逼宫？"

太子往前一步，居高临下地看着简呈翌："是你，皇兄，是你。在你交代内务府暗中苛刻我们这几个出身不高的弟弟时，孤就同你说过，皇兄若志在天下，就该有个志在天下的样子，可惜皇兄听不得这些话，打了孤一顿板子，险些叫孤残疾，孤没死，皇兄不开心，几次三番暗中要害孤的性命，不是冬日把孤丢在冰窖锁起来，就是酷暑诬陷孤偷了你的东西，叫贵妃罚孤跪在庭院里，凡此种种。孤自诩不是圣人，做不到以德报怨，但也没有报复你。因为有人同孤说，孤不该为旁人的过错，染黑了自己的心。"

太子眼中璀璨，想起年幼时遇上的那个同样落魄，声名狼藉的少年，是他救了自己，没有声张，没有携恩以报，他只是叫自己，仍然做自己。

多年之后，也是这个少年，用自己血肉铺出，本该锦绣却仍旧黑暗的路，保他前行。

他说："你们兄弟，只有你一个有志有才，但最重要的，是心怀百姓。"

太子站得笔直，笑容干净而纯粹："孤很庆幸，听了他的话，这一辈子，得此良师益友，自能熬出苦难。皇兄，时至今日，你所做的一切都是你自己做的，没有人逼迫你，你怨不得任何人，唯一能怨的，只有你自己。"

简呈翌听太子说的话，脸色越来越难看，恶毒且胆大的心思顿生，他还没动，太子便笑道："孤若是你，就不做这蠢事。如今念在血脉亲缘，大约还能得个舒坦的死法，但你若做了你想做的事，恐怕死也不能安生地死了。毕竟，皇兄的决定，从来没有对过。"

想要挟持他？

太子终于信了卫戍的话，三皇子此人，着实不够聪明，才智与野心不符。

简呈翌颓然，还想挣扎，却忽然发现浑身乏力，太子觉出不对，想了想，就回头看外头廊下靠着柱子的卫戍。卫戍一笑，太子回了一笑。

暗器上，涂了麻药。

太子缓步从偏殿出来，正殿里的太医立刻抖抖索索跑出来一个，为太子肩臂上的伤上药包扎，太子越过重重看向太子妃，太子妃眼含热泪却含笑以对，卫戍瞧着撇嘴，这回也不看摄政王了，转身就走。

午后忠毅侯府外就影影绰绰许多可疑之人，姜瓷叫厨下去买菜，自有暗卫假冒小厮出去，四下转过，发觉但凡能调兵的府上门外都是这般，余下便要松了许多，她心下明白，怕是卫戍临走前交代的事，到了要冒出来的时候了。

她也不慌，只在自己院子做饭，把人都打发了出去。

卫戍说要和她一同守夜的。

做好了饭，她就静静等着，眼见入夜，卫戍还没回来的时候，岑卿却先来了，笑容有些勉强无奈，又有些欲言又止。

第一百一十章　良人

"怎么了？"姜瓷问。岑卿挠头，少见的难为情，眼底却闪着光亮，他悄声道："照着夫人吩咐，请畅园的戏班子来府上搭三日台子，小人去畅园接人的时候……"

午后，依照约定忠毅侯府去畅园接人，后园戏台子都搭好了，梅青等人本该收拾妥当等接就是，谁知人都齐了只差梅青，坐等不来右等不来，岑卿叫戏班子的人去瞧瞧，梅青一人住在最后头，僻静得很，小厮跑去后谁知梅青竟不在院子里，屋里地上反倒躺着个中年臃肿的女人。

岑卿听说暗道不好，跑去一看松了口气，人只是被打晕了，但看桌上有个药碗，还剩了半盏汤药，小厮解释梅青略有风寒，怕误了这三日堂会，今早就服了药，本预计是歇到午后刚刚好。岑卿端碗一闻，诧异挑眉。

这药里，下了迷情药。再看地上躺着的女人，是胜娘。

岑卿是听说了胜娘纠缠梅青的事，实则不少女人喜欢梅青，怕是接连遭拒，胜娘出此下策，谁知梅青中了药还是打晕她跑了，那么梅青如今在哪儿呢？

姜瓷听得脑仁儿突突直跳，忽然灵光一现，看向岑卿的那一眼，说明了她和岑卿想到了一块儿。姜瓷踟蹰道："嗯……春寒今儿轮休，该在房里。"

岑卿点了点头，姜瓷已站起来："我去瞧瞧吧。"

倘或梅青真在春寒房里，这事不好闹开。岑卿让路，就在小花厅里等着，越想嘴角的笑就越大。

到底事情已经过了小半日，因是除夕，府上忙碌，女婢住的院子僻静得很，姜瓷见院子里没别人，先松了口气，去到春寒的屋门口，先叩了叩门，里头没有声响，姜瓷缓了缓先将门推了个缝儿，少顷门便从里头被拉开了。

春寒开的门，眼睛红肿，面颊却也一片潮红，她是从门缝里瞥见是自家主子，才来开门。

"夫人。"春寒有些局促，姜瓷就在门外看她一身倒是整齐，但有些虚软，心知怕是该经的事都经了，但屋里这么安静，难不成梅青事毕就走了？心里便有些发沉，才要说什么，屋里却有脚步声，春寒脸色一变，梅青已走到她身后，唤道："夫人。"

姜瓷正暗骂梅青狗东西，如今狗东西就在眼前，顿时不知该说什么。

"哦，半日不见春寒，我就来看看。"

梅青嘴角淡淡地笑，洞悉一切的眼神，姜瓷索性也不顾着她们脸面了，看春寒一眼，自顾进屋坐下："好了，还是敞开了说吧。"

梅青垂眼，少顷后，他一撩衣袍，跪了下来："求夫人，将春寒许给小人，小人愿用全部身家，为春寒赎身。"

姜瓷似笑非笑盯着梅青："你才出虎狼窝也没多久，身家能有多少？"

这事戳中了梅青的心，一辈子的心结，春寒急，正要替梅青分辨，姜瓷不轻不重瞥过一眼，春寒闭嘴垂头，有些心疼。梅青却坦然："有多少，便拿多少。"

姜瓷又道："你拿干了身家给她赎身，往后日子怎么过呢？"

"自是奋身竭力，给她安稳日子。"

春寒皱了皱眉："夫人待我恩重如山，我不会离开夫人。"

梅青点头："依你。"

春寒更皱起眉头，却不知该说什么，姜瓷看了看道："梅青，你先去吧。"

梅青躬身行礼，却在离开前顿住脚步，头也没回道："姑娘，你已退无可退了。"

春寒发颤，梅青说罢人便走了，屋里静默许久，姜瓷看向春寒："这么些日子我都没曾过问，但如今这样，你预备怎样？"

"奴婢就是铰了头发做姑子，也绝不会嫁给他。"

姜瓷挑眉："你要是铰了头发做姑子，我心里就会不痛快，我要是不痛快，公子怕是不会叫梅青好过。"

春寒张了张口，又迟疑道："会如何？"

"打骂自是不必说，还会叫他去办险差，惩罚他。"

春寒心疼，却又倔强，姜瓷看着好笑，却沉着脸："从前你有情他无意，难得如今他有了心思，莫不是你心思有变？若是这样，我打死他替你出气！"

"夫人！"

姜瓷作势要起，春寒扑来抱住姜瓷腿，姜瓷故意怒道："这是做什么？"

春寒大哭："夫人！从前他拒我拒得心安理得，我也觉着没什么，人谁还没点儿心事没点儿脾气？自打出了那事，他一反常态，他不是转了心思，他就是被逼无奈，他从前已经被人欺辱被人逼够苦了，我不能再逼他……"

姜瓷叹息，敛了怒容，把春寒拉起来，满脸眼泪一张帕子打湿了都没擦干净，她又叹气："春寒，你我都是自小过得苦的人，自该知道这样的人，看着再铁石心肠，再冷酷无情，实则心肠最软，最容易被打动。你是，我也是。我拿你当妹子看待，你的事，才会这么上心。可是春寒，有时候就是当局者迷。梅青经了那许多，有心结是必然，可因此他也成了世俗外的人。你口口声声那一回，依着他的性情，若心里真是分毫都没你，根本不必你拒绝，他大可先拒了你，不给你任何攀扯上他的机会。但他没有。"

春寒怔着，眼泪虽还流，却止了哭声，姜瓷摇头："这些日子我没过问，但我知道他来找过，你避而不见。你人前欢笑人后寡欢，这些我看在眼里，他想必也知道。你一心为他，他若心里一点波动也没有，也不值当你喜欢他这一场。今日的事……"

春寒眼泪滚下来："夫人，今日的事是个意外，他中了药，这才，这才……"

春寒难为情，姜瓷与人说这些事，多少也有些难为情，她掩饰地清了清嗓道："畅园到忠毅侯府，多少路？他要真是中药到了这么紧要的地步，哪儿不能寻个姑娘疏散？何苦避着人来找你？且退一步讲，梅青招人喜欢，他又吃过不少亏，难道就不会存个心，手头备个解药？何必仗着这次做这些事？他是寻了条路，叫你和他都能走下去。不过诚如我所说，他就是个世俗外的人，做事难免孟浪了。”

“夫人，你是说？”

姜瓷怜惜地看着春寒：“事已至此，给他个机会，也给你自个儿个机会。不管怎么样，总不会比如今更差了。”

春寒仍旧呆呆的，姜瓷拍了拍她手，站起来：“你且好好想吧。”

外头忽然震天响，春寒吓得抖了一下，姜瓷眉开眼笑：“今儿是除夕，如今也是梅青等你的意思，别闷闷不乐了，收拾收拾出去同小姐妹玩乐去，看看烟花吃肉喝酒。”

姜瓷从女婢院子出来，往正房回的路上，就见园子里路边上的腊梅树下站着的人影儿。

多日不见，姜瓷想得发慌，跑着就往他跟前去，卫戍疾走几步将他的小娘子抱了个满怀，头脸埋在她颈窝里摩挲了好半晌，闷闷的声音传过来：“想死我了……”

头顶烟花爆开，一瞬的光亮，趁着腊梅的香甜，天人一般的姿容，姜瓷迷醉，窝在卫戍怀里，少见的也说起了甜言蜜语：“我也想你。”

卫戍高兴得不得了：“叫你担心了。”

“我信你，你说你会回来陪我过除夕，你就一定不会出事。”

外头传言不管怎么样，姜瓷都一如往常地平静等待。

卫戍开心，将她揽在怀里，夫妻两个慢慢往回走：“大事算是了了，三庶人怕是熬不过今年了。”

姜瓷松口气，简呈翌终究是个威胁，他养的私兵更是个威胁，但姜瓷警觉：“大事？还有什么小事没了吗？”

卫戍笑笑，眼波璀璨：“三庶人逃了的消息传回来后，京中一向守得严，即便他混进来了，可谁给他提供了庇护？谁放了这么多私兵进城？又是谁开了宫门叫他们神不知鬼不觉地进了宫，这些事，都还没审呢。”

“那这个年岂不是……”

“干我什么事？有摄政王在，他如今是有儿子的人了，且叫他支派他儿子就是了，咱们只管好好儿过年就是了。”

卫戍拉着姜瓷手：“身处此间，难免要遵循此间的规则。但娘子，你如今是有封诰在身的，凡事不必委屈自己，一切总还有我。”

夫妻说着话走回去，就着烟花吃了年夜饭守岁，这且不提。那厢梅青从春寒房里出来后，一路往外走，走到一半却忽然停住，似乎彷徨，片刻后转了脚步，往院子深

222

处走去。

忠毅侯府深处有一片梧桐林，林子里有一处荒僻的院子，府里的下人都知道里头住着个主子疯了的亲戚，偶然也有人半夜听见里头或嘶喊或鬼魅般的哭泣，是以如今谁人也不敢再靠近。

除夕夜，爆竹声声，梧桐林里却格外僻静，仿佛隔绝的世界。梅青一步一步，走到林子深处，伸手推开了院门。

院子里有个年轻的妇人，见人进来，皱眉提着灯笼细看，待看清后，便提着灯笼越过梅青出去了。梅青待身后的门关上，才朝着院子里唯一亮灯的屋子慢慢走去。

低低的咳嗽声，梅青进屋就看见了床榻上躺着的那个女人，花白的头发，憔悴苍老，神情阴郁。

第一百一十一章　饮恨

"滚！叫那些贱胚子来见我！"卫如意大喝，又激烈地咳嗽起来，听屋里没动静，她大怒抬头，倏然就看见了屋里站着的青年，俊朗得叫人心里发热。卫如意怔了一下，便咧嘴阴冷地笑了："恨我？可你即便恨我，也没办法。这么些年，点点滴滴，你忘得了吗？走得出去吗？所以你瞧，你逃出去没多久，还得回来见我。"

她说着，呼哧呼哧喘气粗气。身子大不如前，仿佛下一刻就会断气，她竭力嘶喊："你就是个贱胚子！你就是脏东西！从你十四岁我就占了你，十年间，什么样的花样你没经过？除了我，你还能跟着谁？啊？跟谁？哈哈哈哈……"

卫如意大笑，一边咳嗽喘气一边笑，梅青脸色难看得紧，手紧紧攥着，掐破的掌心有血流下。

有些事，只有直面才算过去，逃避，是永远也过不去的。

埋在心里深处，什么时候冒出来，什么时候总要伤筋动骨一场。可他如今不再是独自一人，不再是随意怎样的人生都无所谓。有一个姑娘，余生都寄在他的身上，他不想连累她，不想叫她过苦日子，他想挣脱，想要逃出生天，想要和她比肩站在阳光下，一起哭，一起笑。

那些发霉腐烂的日子，那些肮脏不堪的回忆……

卫如意欣赏着梅青的恐惧和愤怒，良久，梅青睁开眼来，眼底甚至还通红一片，他却忽然轻轻笑了："肮脏的只有你。"

一个被施加受害的人，凭什么是肮脏的？没有人愿意过那样的日子，虽然他经历了，可如今，都过去了。那个内心邪恶手段卑劣的人，才是肮脏的人。

梅青缓步上前，立在她的跟前，与她直视，眼神一片清明："只有你，是肮脏的。"

感谢那个姑娘，是她给了他勇气，叫他劈开了这片迷雾，认清所有一切。

身子虽脏，心却洁净。

梅青缓缓弯起嘴角，十数年来头一回这般的笑，轻鄙的眼光，他攥紧的手慢慢松开。

最好的报复，不是杀了那个对他施加伤害毁了他的人，而是昂首挺胸地走出来活下去，叫她在阴暗的泥泞里，永世不得脱身。

梅青走了，卫如意的嘶喊被爆竹声掩盖，她歇斯底里了一夜，天还没亮人就不行了。卫戍才起身，门外就有人通传，他看着还在熟睡的姜瓷，昨儿折腾了她半宿，才将将睡下一个时辰还不到，他抚着她的头发，满是心疼。

"送回卫侯府吧，临死之前，叫老侯爷和侯夫人都见见。"

这个年姜瓷很盼了许久，不能叫卫如意给她添了晦气。

又叫姜瓷睡了片刻，卫戍才叫醒她，昏昏沉沉地被装扮了，夫妻两个登车往皇宫去。如今是有品阶有封诰的人，初一自然要进宫请安。

姜瓷一路在卫戍怀里睡，进宫门时拍了拍脸，总算醒过来，顶着一身诰命朝服脖子酸困，悄悄打量了皇宫，一派祥和喜庆，哪里看得出昨夜经过了那样一场劫难？

太上皇病着，卫戍等只在上清殿向圣上请安，姜瓷自然是在后宫同那些各府的夫人候着给皇后请安。

往年依次也要去给贵妃等请安，可今日只见了皇后，皇后瞧着还好，可笑容总有几分勉强，余下贵妃宸妃等都未曾露面，也免了请安，姜瓷早早就出宫了。

这个面上祥和的年注定暗地里要腥风血雨，摄政王是雷霆手段，那些简呈翌留在京中的，那些如今还蠢蠢欲动不肯臣服的心，都将在这个年里被理顺，被压制，甚至被消除。

夫妻回府后，自有下属仆婢依次请安。

忠毅侯府不比从前的卫府，仆从颇多，夫妻两个升座发红包，早排好队的仆从拜了半个时辰的年，卫戍忽然想起来："岑卿呢？"

"去卫将军府拜年去了。"

卫嵘冷脸暗骂岑卿，卫戍却笑。

他在奉龙寺的时候，卫家人暗中守护，在圣上下旨鞭打时，卫北靖怒不可遏冲了进来，幸而摄政王提前安排好的人把他也一并按下去，作假地打了一通，卫北靖虽不是很聪明，但在狠狠打下来声音脆响却没什么疼痛的鞭子下，总算醒悟这不过是个局，却也配合地跟卫戍一起怒骂哀号，这才骗过了简呈翌的眼线。

卫家的姑娘，只有梁文玉养的这两个没有歪，而卫将军府对不起他卫戍的，归根结底也只有卫北靖一个。

卫戍想起在奉龙寺，父子两个被迫装伤重趴在禅房里，卫北靖扭捏却咬牙切齿青筋直蹦地骂卫戍："打也打过了，骂也骂过了，欺也欺过了，你确实得跟老子计较！可你却永远也挣不脱你身子有一半流着老子的血！"

想要说和却这么说和的，天下大约也只有卫北靖一个人了。卫戍笑笑，可有些事，一旦过去了，就算弥补，也永远弥补不了。他和卫北靖父子，也注定只能做生疏的父子。

年初一，忠毅侯府门庭若市，不知多少府上派了人来拜年，姜瓷坐在小厅里，只需待人进来请安拜年收了年礼再派下红包，自有吴嬷嬷和付姑姑带着人收拾东西，往各府去拜年的礼也是早些日子姜瓷就定下的，倒也不算吃力。

初二就好些了，毕竟主子年轻，夫人也没娘家可回，夫妻两个就窝在府里，这几日后院一直摆着戏台子，小戏儿唱着。到初三就有不少往来宾客，初一送过年礼又收到忠毅侯府回礼的，这会儿就送了拜帖，随后往忠毅侯府拜访。姜瓷命厨房备足了点心酒菜，晌午开了筵席，算是仓促之下也妥妥当当，倒叫人对姜瓷有些刮目相看。

梁文玉是少来这样场合的，今日也带了两个女儿来，宴罢当着众人就和姜瓷提了卫安安和岑卿的事，姜瓷早得了信儿，自没有不允的，也抬着卫家两姐妹的颜面，当下便说亲自备礼，待回头择了良辰吉日往卫将军府下聘。

即便岑卿出身低了些，可忠毅侯府这般也叫人不敢小瞧了这场亲事。转念想卫戍少年离家，如今的本事身家都是这些个人陪着打下，名为主仆实为兄弟。

这边筵罢众位听着戏闲谈的工夫，宫里就传来消息，贵妃殁了。

众人眼神交汇，却谁也没说什么。打从简呈翌出事，贵妃就病倒了，除夕夜又出了那么一场皇家捂着可谁都心知肚明的事，贵妃难以自处，也只有这样的下场了。

心照不宣的事，但到底也不好明着玩乐，果然到初五，又发了逃犯简呈翌被杀的消息。不过圣上终究心软念情，没有殃及简呈翌的妻姜子女，仍叫他们前往发配。

初七，虽还没到复朝的日子，可宫里已忙碌起来，摄政王调兵遣将，将除夕那日的事但凡牵涉其中的都掌控起来，雷霆手段，没个几日就都审了明白，该杀的杀，该贬的贬，登时京中人人自危，毕竟当初收过简呈翌好处的不在少数。

在这当口，六皇子简呈慕去了一趟摄政王府，隔日宫里就传旨，派了简呈慕一件艰苦出力的差事，没个三年五载回不来，去的还是西北苦寒之地。

"这是发配了？"书房里，卫戍正教姜瓷学字，姜瓷一边写着，一边听卫戍说着，挑了挑眉。

"嗯，简呈翌进京后就是进了他的府，摄政王遇刺前都是他在京里给简呈翌打掩护，自然是要罚的。"

"这么些年过去，等六殿下再回来，太子的地位已然稳固了。"卫戍笑笑。

卫如意的丧事办得及其隐秘，卫家闹得不堪，把四房撵出去后，二房三房又闹起来，逼着卫老侯爷请立世子。卫戍和卫北靖父子虽没和好，却也算冰释前嫌，有些事一旦澄清后，他们都担心老侯爷再把卫北靖召回来。

老侯爷这回也学了精，好容易好了些的身子不能再叫他们气倒下，遂一概不见，卫如意被送回来时，老侯爷也没见。

当初知道卫如意做下那些事，老侯爷是当真失望之极，唯一的嫡女，他曾给予厚望，便是平庸些也就罢了，竟这么不顾廉耻，当年也知道老妻暗中安置女儿的事，终究血脉亲缘，睁一眼闭一眼也罢了，但在谋害许璎的事说清楚后，卫戍又叫程子彦来给老侯爷诊过脉，趁着工夫，又把卫如意对梅家人做的事说了，是以在老侯爷心里，这个女儿早就死了。

侯夫人伤心一场，要厚葬女儿，老侯爷却不许，只一口薄棺在荒郊野岭寻个地方葬了，堆了几块石头认个地儿。到元宵这日，老侯爷挣扎起来，拖着半边不利索的身子进宫请安，便提了请立世子的事，十七复朝，就下了卫侯府立世子的诏书。

叫人意外，老侯爷提的，是卫骏。

卫骏人在将军府，看传旨来的内官有些茫然，那内官笑道："恭喜世子，圣上言明，不必进宫谢恩了。世子倒是该多和兄长走动才是，老侯爷本属意忠毅侯，但忠毅侯如今已有爵位在身，还补了世袭，是比卫侯府还矜贵的身份，自不好再做这卫侯府的世子。是忠毅侯荐了世子，老侯爷也觉着很妥当。"

卫骏脸色古怪，内官又道："圣上还说了，叫将军一家回府去，老侯爷是大炎的有功之臣，可不能叫那些个不肖子孙给磋磨了。"

二十年整，卫北靖听见这些，一言难尽的心酸，眼圈就红了。

"我，我先去给父亲母亲请个安。"

父亲既愿意立他的儿子做世子，想是已原谅他了。不顾还没送走内官，卫北靖策马就往卫侯府去，看见苍老憔悴的爹娘，跪倒抱在膝头痛哭不已。

没几日，卫北靖一家就搬回了卫侯府，当日卫侯府就闹了起来。卫北靖护着爹娘，怕再气出好歹，独自出面，提了分家的事。

卫侯府分家闹得沸沸扬扬，卫北靖是带兵的，性情刚硬，硬是没叫二房三房得一点额外好处，把人撵了出去，但自打分家后，卫侯府却也算清静了。

到了二月初，纷纷扬扬一场大雪，卫成带着姜瓷往摄政王府去。

第一百一十二章　人间

简呈箬亲自在门口迎了，夫妻两个先拜见了摄政王，摄政王面有不快，似乎和卫成因为什么有了分歧，但终究也没阻拦。二人随后去了后宅，卫成先送姜瓷去世子妃翟氏处，随后由简呈箬引着，去到花园深处一处独立僻静的小院子，笼着炭盆的小屋里，安安静静坐着的少女，正在绣花。

卫成没急着进去，隔窗看着，少女绣花的姿态极其优雅，眼角眉梢的淡泊，微微翘起的指尖总有几分娇态，这绝不是一个贫民家里养大，甚至须得为奴为婢的姑娘该有的姿态。

卫成看着她，渐渐有些眼热，他抹了一把脸，再睁开眼时，神情冷漠，轻轻推开了门。

木门吱呀，少女抬头，看见陌生的郎君，面有疑惑。卫成眼神幽深，叫人瞧不清心思："我姓卫，我生母，名叫许璎。"

少女手一颤，针扎进指头，她仓皇地把冒了血珠子的指尖纳进嘴里，眼神躲避地站起身："原来，原来是卫公子。"

卫成点点头，自行坐了下来，少女定了定心神，勉强笑着问道："公子喝什么茶？"

"随意吧。"

炭炉上坐着个小壶，少女烹茶，手法娴熟，少顷便送了一盏清香茶汤，卫成看着茶汤，眼瞳瑟缩。

陶嬷嬷说过，母亲最喜雾针茶，洗上三回，泡个五息，浅淡清香，透着些许苦，微微回甘。

卫成品了一口，抬头又看她，少女坐在左手边的椅子，微微低垂的头颈，螓首蛾眉。卫成眼皮子倏然搐了一下。

像！她的侧脸，和他太像了！

他心里翻江倒海口干舌燥，甚至有些想要哽咽。他摩挲茶盏，好半晌，忽而一笑："戏做到这里，足够了。胁迫你的人已经死了，早就死了。"

少女怔了怔，转过头看他，目光柔软温暖："你过得好吗？"

卫成嗤笑，扬手把盏子丢回桌上，看盏子转了半晌，屋里只有盏子在木桌上晃荡的声音，好半晌越来越疾，最终慢慢消失。

"等到这时候，为了给你见个人。"他站起来，却走到床榻跟前，极自然从枕下摸出个匕首，少女眼神晃了晃，又恢复平静。门外声响，有人踉跄进来，少女抬眼的一刹那，神情破碎，惊慌地站了起来。

进来的人看见少女顿时慌乱，眼神躲避："阿瑟，不怨我，不怨我……"

阿瑟诧异，忌讳地瞥一眼卫成，强压下激越，缓缓又坐了回去"你是谁？"

淡漠地问这一句，青年呆怔住。卫成仍在床边把玩匕首，闻言回头，看着狼狈的青年，笑着走过去，将匕首拔出抵在青年颈间："你不认识？那好说，杀了了事。"

作势要割，青年大骇，鼻涕眼泪哭嚎起来："阿瑟，阿瑟你救我！我不想死，我不想死啊……"

阿瑟眼神颤抖，看卫成并不是做戏，终于现出狠毒："呵，你们这样的人，终究视人命如草芥。他有什么错，你要杀他？我又有什么错？被你们逼到如今，家破人亡。"

她自嘲地笑笑，凉薄道："就因为我像一个女人？"

卫成喷了一声，似乎不高兴，匕首下沉，青年颈间见血，阿瑟慌乱："你放了他！"

卫成闲闲回头，阿瑟在他目光下无所遁形，恼恨道："我说！我说！"

她气的喘息，卫成嗤笑："我不想听你说，我想听他说。"

阿瑟狐疑，青年却早已吓得腿软，哭着瘫坐在地。

"冯，冯郎……"阿瑟看着青年，蹲在他身边意欲安慰，却红了眼。

她说的关乎自己身份的一切，都是假的。她不是贫苦人家的姑娘，更不是为奴为婢。她家中小有银钱，是个有些根基的地主，她甚至还读书识字。青年姓冯，与她青梅竹马，是她早年便定下婚约的未婚夫。冯郎父亲是十里八乡出了名的童生，冯郎因此在县衙做了个文书的差事。

卫戍厌烦，踢一脚冯郎，冯郎一个激灵，竟躲避阿瑟伸过去的手："阿瑟！这事怨不得我，衙门里的人都见过你，便不是我，他们也会告诉吕家人！"

阿瑟呆了呆，忽地站起来，不可置信地盯住冯郎，眼神风波骤起，红了起来。卫戍看着她，却并没丝毫怜惜，翻看着匕首的刀刃道："你这情郎，如今屋里收了两个貌美婢女，还悄悄又定了一门亲事。"

卫戍凑近阿瑟，嘲笑："县丞大人家的姑娘。"

阿瑟侧过眼斜视冯郎，惊痛交加，毁天灭地玉石俱焚的恨意。冯郎被她神情吓坏，坐在地上连连退缩。卫戍顶看不上这样的男人，拿自己女人换前程换银钱，又踹他一脚，冯郎哭道："是我！是我！是我告诉吕家人敬葛庄有个姑娘同画像上的人足九成相似，也是我同吕家人说你性情刚烈，若要逼你就范，须得拿走你爹娘弟弟妹妹以此胁迫！阿瑟你如今得宠，日子过得好，终究有我功劳！"

他嚷完连滚带爬出去，害怕至极。

卫戍同他说，阿瑟很得贵人喜爱。他若不说实话，卫戍就会杀了他，但说了实话却未必会死。毕竟如今阿瑟过得好，况且在贵人后宅里，想杀人也未必能杀。

冯郎逃走阿瑟也没能回神，卫戍把匕首扔到门外，两手来回拍了拍，仿佛有尘，又回头看她一眼，便走了。

他并不是太在乎阿瑟说什么。

吕莺艳指望她回摄政王府，简呈翌指望她刺杀摄政王，再明白不过的事。阿瑟最大的好处，就是根基太清白，一查到底。她的相貌足以迷惑摄政王和卫戍，但卫戍最厌烦的，也是她冒充许璎。

卫戍走后许久，阿瑟不支倒地。

这么些日子，支撑她活下去的，一半是杀了摄政王这始作俑者，而另一半，就是冯郎。

敬家人都死了，只剩冯郎还是她的亲人。

可没曾想到，真正害了她的，竟然就是冯郎。

吕家人根本没往乡野去寻人，若非他告知，根本不会找到她，恐怕也未必会掳走她的家人来胁迫。

好半晌，屋里响起凄厉至极的号哭，没走远的卫戍眼神复杂地看着屋子，垂眼走了。

简呈箸听着哭声叹息："我也是没法子。送走她，父王不同意，可不送走，又是个祸患。你不知道，父王近来……"

简呈箸一言难尽的苦笑，卫成一言不发，脚步越走越快，简呈箸终于发现他脸色不对，正要再看，卫成忽然停了脚步，咬牙冷笑："吕莺艳真是该死。"

可惜她已经死了，死得太舒坦了。

吕莺艳死了，简呈翌也死了。逼阿瑟，杀了阿瑟全家的人都死了，那么阿瑟该怪谁？又还能恨谁？只剩一个摄政王，若非他念着一个死了二十年的女人，何来她的悲剧？

卫成大约能猜透阿瑟的心思，所以她才在明知胁迫她的人已经死了的境况下，还依然甚至是变本加厉地使自己越来越像许璎，就为杀了摄政王。

她不是许璎。

从来都不是。

许璎死了二十年，尸骨都已成灰，她不可能再活回来了。虽然摄政王和他都希望这是真的，但终究不是。

卫成长长出了一口气，满心复杂，却又尘埃落定。

卫成总有些怅然，姜瓷陪他坐着，看外头纷纷扬扬的大雪。他这一辈子，并没有太多机会缅怀生母，毕竟记忆里从来没有的身影，可如今见到了一个足够相似的，自然勾起心底对于母亲的怀恋。

但卫成并没等太久，午后有他留在摄政王府的眼线来报，阿瑟闹了一场，被摄政王拦下了。到黄昏时，摄政王派了人来，送来了一个小小的木箱子。

"阿瑟姑娘忽然癫狂，点火焚烧这些，侯爷的人与我们王府的人下手快，救了下来。"

摄政王府派来的人把木箱开启，卫成看见了里头摆得整齐的册子，有几本边角上还留着烧燎发焦的痕迹。卫成拿出一本，随手翻了一眼，只扫一眼，眼神一缩。

"摄政王看过了吧。"

摄政王府的人点了点头，神情极为松泛。正因为看了这些册子，摄政王总算从这个局里挣脱出来。

"这些都是许夫人的手札，自幼记载，不过先前记的并不多，三不五时有事才会记下，但……从出事后，夫人每日都会记下，直到离世。"

摆在最上面的那一本，就是最后的一本，正在卫成手上，卫成翻到中间，看见了最后一篇记载。

字迹颤抖，却仍然娟秀规整，她没有不甘没有怨恨，只有浓浓的不舍和担忧。她怕孩子不得善待，怕许老夫人经不得打击，怕简禾熙再因她而起风波，甚至怕卫北靖和梁文玉因为她再背骂名。

卫戌眼眶发热，却抿嘴笑了一下，心酸得厉害。

他的母亲，很爱他。虽然他并不是母亲所期待的孩子。

摄政王府来的人看着卫戌的神情，叹了口气："许夫人才过世，吕氏就已奠怀表姐为由，去了许府。那时候赐婚旨意已下，许家不愿得罪新晋怀王妃，她从前骗得许夫人信任，知道这些东西都放在哪里，轻易偷了去，这么些年一直藏着，想来就是害怕自己不得宠，望从夫人手札练出一个替身，好为她固宠。王爷这些日子困扰至极，有些分明只是他与夫人知晓内情的事情，阿瑟却都知道，极尽勾缠，让王爷觉着她不是夫人转世而来，也是夫人借尸还魂，用这些鬼蜮伎俩迷惑王爷。如今看了手札，王爷便都明白了。"

吕莺艳还真是舍本，拿压箱底的宝物造就一个阿瑟，只是还没物尽其用，就被简呈翌发觉，再被利用。她偷鸡不成倒蚀把米没了性命，也带累阿瑟死了全家。

"我知道了。"

卫戌轻声应了一声，摄政王府的人哎了一声，悄悄带上门出去了，看书房外站着的姜瓷，含笑施礼："夫人。"

姜瓷带有敬意点头，转头又低声吩咐道："备些热茶点心送进去，悄悄地。点心不要甜腻的，要清点酥咸的。"

摄政王府的人心下感叹，忠毅侯好福气。

卫戌看了一整夜。

夜色将沉时，姜瓷在窗外告诉他先行歇息去了。没有熬夜等他，才能叫他更安心地看。卫戌分明一整夜未歇，甚至时而痴笑时而悲伤，心绪随手札起伏波动，但翌日巳时从书房走出来时，却神清气爽。

母亲在他的心里，再也不是从前那个虚无的形象。他虽然没有见过，却仿佛有血有肉地存活在他的心里。从小那些对于母亲的遗憾，此刻终于弥补。

他的母亲，是一个善良坚毅，且活得极明白的一个女人。

"我娘给我做有好些小衣裳和虎头鞋，当初都在卫侯府她住的院子里，后来卫侯府把东西都清去了卫将军府，咱们去找回来吧，等咱们有了孩子，给孩子穿。"

卫戌眼睛通红，神情却好，拉着姜瓷。姜瓷把他拉回屋，绞了热帕子给他盖在脸上："年前宁宁和安安已经把婆母的东西收拾了送过来了，我都放在旁边小佛堂了。你忙的时候，我把东西都整理过了，你说的小衣裳小鞋子，我早收到咱们屋里了。"

她拉开衣柜，里头一个藤箱，打开来看，满是婴孩的衣物。卫戌贪婪地看着，手指细细摩挲针脚，姜瓷看着他嘴角含笑眼眶通红，将一个小肚兜放进他手里。

"你如今该好好歇一歇。"她把人拉到床边按下去，盖了被子。

被角才掖好，姜瓷回眼就看见卫戍攥着小肚兜睡了过去，不免失笑。果然人不管多大，在母亲跟前，永远都是孩子，永远都会依恋。

有些事姜瓷是知道的。

譬如简呈翌交代阿瑟，若一击不成被擒，便作假迷惑，寻机再动。所以阿瑟在看明形势不对，果断选择许璎当初跳崖之地，以许璎当年跳崖姿态来冲击摄政王。而醒来后极尽作假地勾缠，让摄政王在真假虚实间迷惑，先是为了活命，后是为了报仇。在得知她遭遇的一切都是因为冯郎时，她彻底崩溃，却也露了马脚，想要玉石俱焚叫所有人陪她下地狱的痛苦，她所能想到伤害摄政王和卫戍的唯一手段，就是毁了许璎的手札。

姜瓷也不得不感怀，若非手札，摄政王还不知要陷多久才能清明。连卫戍怕也不能这样释怀。

因太上皇的忽然患病，也因朝堂权利的更迭，一派平和下的波涛汹涌，所有人都经历了一场大动荡。

太上皇不死心，既想治好自己，还想把权力再度集中收回手中，制造了一场不小的谣言攻势。先是卫戍背主，拉走了本该是太上皇的黄雀卫，又投向摄政王暗算太上皇。再是摄政王不忠不孝，逼迫太上皇，甚至下毒暗算。

这种事解释不来，越描越黑，虽牵扯了卫戍，但根源还在摄政王身上。于是谣言才起的时候，摄政王就前往传说中的仙山寻找神医为太上皇求药，攀山越岭，伤痕累累地回来，带了一颗所谓的灵药，在众目睽睽下给太上皇服了，太上皇果然当下便好了许多，半边身子有了知觉，甚至可以蹒跚走路。

所谓仙山自然也不过是放出去的烟雾，所谓灵药，也是程子彦炼制的治疗风症的药。

很有效，可惜须得依照体质连着服用才能治好。

一剂药下去，能看见明显的改善，却治不了根本。

太上皇可不知道，见自己能下地了，也不嘴歪眼斜涎水肆流，顿时又兴起了野心勃勃。

宫里的眼线把话递出来，卫戍嗤笑："年纪一大把了，都不知道享享清福，本来孝顺的儿子，弄到今日地步，还不思悔改。"

"用知会摄政王一声吗？"

卫戍捏着棋子摇头："宫里是摄政王的天下，咱们都知道了，他会不知道？他一点动静也没，想必是要顺着太上皇的意思，毕竟太上皇不闹出点什么惊世骇俗的事来，摄政王的上位又怎么能名正言顺呢。父子俩的博弈，咱们还是躲远着点吧，神仙打架小鬼儿遭殃。"

姜瓷抿嘴笑，落了一颗子儿，卫戍顿时嘶了一声冷气："我的妈，一眼不看，丢了一片城池！娘子，你这脑袋瓜子忒聪明了，才学了个把月，领会不少精髓呀！"

"贫嘴……"姜瓷笑着低声斥他，他却笑起来，摆手叫人下去了，一把打乱棋盘，姜瓷惊呼，他一把打横抱起姜瓷，一路往卧房去了。

"娘子吃了我的城，不赔给我可不行！"

卫戍除上朝和处置军中事物，只窝在府里享乐，整日与姜瓷厮守。

没多少日子，佟家有人进京了。

佟家是太上皇的母族，当初继位也出力不小，太上皇却怕外戚干权影响自己，继位后渐渐掏空佟家，后封了个国公，以舅舅身子须得调养，把人迁去了南边。南边气候宜人，佟家人就是知道太上皇心里的打算也没法子，举家迁徙，几十年过去，在地方上也算是一方霸主了。这回是收到太上皇的信儿，说是病了，于是佟家就遣了些人进京来探望太上皇。

太上皇的心思卫戍心知肚明。

佟家在地方上虽显赫，但没什么实权，仗的也是太上皇母族的身份。可太上皇一旦倒了，佟家渐渐也要没落，于是这些年也没闲着，调教了几个很是不俗的女儿，此番进京，怕是要趁势与京中权贵联姻，为之后回京做准备。

卫戍摸着鼻子盘算，摄政王府他们怕是塞不进人，但太子东宫人可还少着，少不得要塞人进去。

林林总总算下来，他必也是个要被算计的。太上皇哪里甘心，就是要除了他，也得把他练出的那一支黄雀给拉回去，毕竟如今已没了沈书昀，他也没那个精力再自己调教了。

这么想着，卫戍就托病告假，连朝也不上了，每日只在侯府不出去。

这么几日下来，忽然有一天门上来报，说是卫宁宁姐妹在首饰铺跟人起了冲突，叫他即刻去救。

卫戍腻歪得不行。

首先说起来，卫宁宁卫安安姐妹刚硬得很，与人起了冲突也定是旁人吃亏。其次，就算真吃亏了，怎么求助也求不到他头上来。

"这是有人打听了，寻摸来寻摸去，就对她们姐妹下手了，要把你引出去。"姜瓷笑，"走一遭吧，这腌臜事儿，终究是咱们连累了她们。"

卫戍懒洋洋更衣，携了姜瓷就朝那人报说的首饰铺子去了，一下马车就看见铺子外头里三层外三层围着人看，卫戍拨开人往里去，就看见人群的最里头，卫骏卫旭一脸愤慨尴尬地站着。

也是，女人的纷争，男人总不好插手。

见他挤进来，卫骏皱眉，把他拽去一边悄声道："你怎么来了？"

"有人去府上报信儿，说宁宁跟人起了冲突吃了亏，叫我们来帮忙。"卫戍懒得搭理他，姜瓷悄声回了。卫骏皱眉："并没叫人去传信儿……"

尾　声

"我知道。"

卫戍懒怠地截断他的话，小指尖儿虚虚指着里头娇弱蹙眉嘤嘤低泣的姑娘，道："是佟家人吧。"

卫骏皱眉："是。好些日子没出门，宁宁和安安今日才说出来逛逛，说是看上了一支玉簪，这姑娘也瞧上了，宁宁本让了，可这姑娘语气骄纵言语刻薄侮辱了宁宁，宁宁忍不住回呛了两句，她忽然就哭开了，身边跟的小厮婢女也闹将起来，只说宁宁欺辱了她。你瞧这副姿态，说不清。"

卫旭沉着脸，卷起的袖子看样子已冲了几回，都叫卫骏给拦住了。

卫戍嗤笑，斜睨他一眼，拉着姜瓷越众而上。

人群顿时惊呼，为这天人一般的夫妻两个，有人认出姜瓷，顿时窸窸窣窣。

"哎呀这不是卫夫人么，设粥棚派棉衣，卫家还大肆赈灾……"

"这攥着卫夫人的，怕就是卫将军了吧！"

"啊呦啊呦真是般配……"

佟三姑娘听见声音心头一喜，缓缓仰起头来，梨花带雨，微红的双眼，颦蹙的细眉，娇弱得令人我见犹怜，见卫戍走来，站了起来，身子微微发颤，泪珠子恰到好处地划过脸颊，委屈而坚强。

"卫……"

"啧，这支玉簪不错，包起来。"

卫戍直接越过佟三姑娘，盯着案上的玉簪吩咐，店家却被这阵仗闹得不敢动，忌惮的眼神左右看过。

没法子，卫姑娘外柔内刚，真恼了砸了他店怎么办？眼前这姑娘也了不得，完全两副面孔，杀人不见血，哭起来真是叫人心慌，惹不起！

佟三姑娘也不知意会到了什么，听卫戍这么说，竟忽然红了脸颊，垂下头不着痕迹冷冷瞥了店家一眼，店家哆嗦一下，忙不迭把玉簪搁进盒儿里递过去，卫戍甩了一锭银子，身边小厮接了盒子，转身间，佟三姑娘红着脸挡了路，竟伸手去小厮手里接盒子。

小厮僵住，却攥紧了盒子，佟三姑娘见状脸色一僵，不解地望向卫戍。

只听卫戍一声嗤笑，挥手，小厮径直去到卫宁宁身边，恭敬地把盒子递了上去。卫宁宁也不解，看向卫戍："做什么？"

"不是你说受了委屈，叫人送信儿给我，给你主持公道吗。"

"我没有。"

卫宁宁沉静的脸，卫戍故作讶然："哦？那是谁？报信的那叫一个慌呀，说我家姑娘被人欺辱，哭得肝肠寸断，命都快保不住了，叫我快快来救！"

话音落，里里外外一众人等的目光忽的转向佟三姑娘，佟三姑娘的脸顿时红了，卫戍扬眉："我认得你吗？"

佟三姑娘嗫嗫着往卫戍跟前凑："这，这……奴家听闻卫将军侠义心肠公明正道，奴家初入京，遇到这般境况，脑海中只能想到卫将军才能搭救。"

不得不说佟三姑娘这嗓音真是与容貌如出一辙，软得能滴出水来，又带着一股子南方姑娘甜腻腻的味道。她想着，哪个男人不爱英雄救美？哪个男人不喜欢被女人仰慕依赖？虽然是初见，但她有把握拿下卫戍。先前因舅祖父的吩咐产生的不满，在看到卫戍的第一眼就消弭殆尽。

如此样貌的郎君，着实勾人心魂呀。

尤其这时候，卫戍听见她的话，缓缓地笑了。佟三姑娘娇羞垂头，正是得意，却听见卫戍戏谑又冷冰冰的声音传来："这位姑娘怕是对卫某人有些误解。于公上，卫某人帮理不帮亲，于私嘛……"

他拖着长长的腔调，佟三姑娘心急地看向他，他冷笑道："帮亲不帮理。你敢算计我妹子，还敢叫我来，你可真有勇气。"

"你，你……"佟三姑娘大窘，却很快明白过来，苍白着了颤抖道："将军这般实辱没名声！"

"切……"卫戍冷嗤，眼神冷鸷地盯着她："名声？"

卫宁宁眼见牵扯到卫戍头上，上前两步："这位姑娘，簪子是我先看上，付银子的空当你来的，我不想图惹事端，把簪子让了你，之后我看旁的首饰，你在旁一直言语侮辱，轻鄙傲慢，这些事，店家都可以做证。我不过叫姑娘住口，姑娘就哭了起来，我是打了你，还是骂了你？"

都没有，只是语气凌厉了些。佟三知道这事不能细说，遂又呜呜咽咽哭起来："你们无非欺我外来的……"

"侮辱了你什么？"卫戍忽然出声，佟三僵住，卫宁宁也僵着脸挪开眼光，那些污言秽语，她说不出口。但因佟三这一番造作遭受了诸多指责的卫宁宁主仆几个，婢女却忍不住了。

"她说我家姑娘是小娘养的，登不得台面，又说我家姑娘穷酸势弱，吃到嘴里的吃食也得吐出来让给别人，还说老爷公子无非仗着将军的势才能活命，一家子下贱……"

"下贱？"

卫戍忽然出声，嘴角意味不明地笑着。

京中无人不知卫戍和卫北靖父子之间的那些事儿，佟三见卫戍出声，顿时也斥责："你胡说！"

"我胡说？这些话店家的人都可证明，姑娘说这话的时候可没一点儿忌讳，生怕别人听不见，声音且大着呢！怎么？这时候反倒不承认了？"

佟三痛哭摇头："我即便不如京中勋贵，可也是自小深知礼义廉耻，这种污言秽语我怎么可能说得出口？"

人往往偏向弱者，佟三弱不弱，可这哭得却叫人心疼，不觉就信了几分，卫戍笑道："这么说来，是她自个儿编派了自个儿这些话了？"

佟三张了张口，没敢应声。卫戍一指店家："来，一个一个说。"

店家擦汗："方才，方才那姑娘说的没错儿，是，是这样的……"

佟三顿时呜呜大哭起来："你们这般欺我……"

"掌嘴。"忽然一道清越的女声，店内一刹宁静，就见姜瓷身后的吴嬷嬷慢慢上前，抡圆了巴掌，一声脆响，打在了佟三的脸上，顿时见血，半边脸顷刻肿了起来。

236

佟三被打得蒙了，捂脸都忘了，就觉着半张脸麻木火热，后知后觉地疼起来，才忽然捂住脸口齿不清地惊恐道："你敢打我？你知道我是谁吗？"

卫戍牵着姜瓷手好笑道："我管你是谁？你不是要讲理吗？就这么讲理了。姑娘初来乍到，倒是知道不少卫某人的事儿，素不相识却叫人假冒我妹妹的婢女往我侯府送信，你以为你哭得很美？我夫人今日掌你这一嘴是轻的，往后若再出现在我卫家人眼前，见一回，打一回。"

卫戍话虽没挑明，却叫人一下就听明白了，周遭眼光顿时变了色，佟三支不住，捂着脸哭着跑了。这一路回宫，才踏入圣清殿偏殿，才要诉苦，却见她的五堂妹用被子紧紧裹着自个儿，委屈得哭个不住，堂叔堂姆在一旁安慰，悄悄问了才知道，原来太子妃把东宫看得死紧，堂妹数日没得机会见太子，今日好容易在上清殿回东宫的路上截住了太子，假做摔倒，险些摔到太子怀里了，谁知太子竟反手一推，把人推到御湖里了，还张罗了好些内侍把人打捞上来。

佟五想起那些低贱的内侍在她身上摸来拽去，哭得更狠。

佟三爹娘听见消息出来，见了女儿，佟三瘪了瘪嘴，才要哭，忽然外头一阵糟乱，佟三的小堂姑叫抬了进来，气若游丝一身血污，顿时满殿乱糟糟。

佟三的小堂姑年纪不大辈分却大，以拜访表哥的名头进了摄政王府，听闻摄政王进来宠爱一个婢女，就想来个下马威，点名叫阿瑟服侍，阿瑟奉茶，她故意甩手，茶汤洒在阿瑟手上，她还预备责打阿瑟。可预想的好，这头茶盏才倾，阿瑟忽然被人拽开，那人还顺手一点，热茶都泼了她手上，她惊呼一声，看清来人还没来得及委屈，就见摄政王盯着阿瑟手上落的一滴茶汤，杀人的眼神看向她。

一句辩解也没来得及，就被杖打一顿，摄政王还放了话出来，往后佟家人再不许踏足摄政王府。

"真是见了鬼了！"佟三惊愕，往日她们姐妹在外把那些权贵富家子弟都迷得团团转，怎一入京竟一个也成不了事儿？

庆安把偏殿的消息告诉太上皇，太上皇也皱眉斥责："真是见了鬼了！当初母妃以女官的身份还能为父皇产子封妃，佟家的女儿手段不俗。孤继位后，废了多大力气才把舅舅他们送到南边，怎如今一个一个都如此不堪用！"

太上皇红了眼，几番思虑后，同庆安耳语几句，庆安转身走了。

圣上惯来悠闲，外头不拘怎么闹，只要朝政不出偏颇，他日子照样过。去岁选秀留下的几个宫嫔竟先后传了好消息，圣上这般年岁还能如此也实在令人咋舌。

二月底黄道吉日，姜瓷亲自往卫侯府下聘，这时候的岑卿已非忠毅侯府家臣。太上皇虽倒了，可黄雀卫却留了下来，卫戍如今除统领京郊大营外，尚有黄雀掌在手中，岑卿的身份也大白天下，不简简单单是忠毅侯府的家臣，还是黄雀卫小统领，五品少将军衔儿。

　　青年才俊，前途无量，家里又没公婆须得供养，怎么看都是一桩极好的亲事。

　　卫侯府好生热闹了一场，多的是愿意奉承的人，姜瓷忙碌一日回去，就看见了春寒的三姊哭红了眼，一见姜瓷回来，跪地大哭。姜瓷大惊，叫她说怎么了，她却一味摇头，姜瓷命人都出去，屋里只剩主仆两个，春寒三姊才痛哭道："求夫人给奴婢做主！我家春寒命苦，好容易跟了夫人这样的好主子，奴婢一家都熬出了头，谁知好端端的姑娘竟叫人欺辱，这些日子闷闷不乐，今儿竟呕吐昏厥，奴婢怀疑，一问她月事竟好些日子没来了！夫人！春寒老实巴交从没独自出府，定是府里的奴才欺了她……"

　　姜瓷愕然，春寒三姊再说什么也没听进去，只唤了吴嬷嬷进来，春寒三姊顾着春寒名声，立刻不再言语，姜瓷就叫吴嬷嬷把程子彦叫来。

　　一行人往女婢院子去，因春寒是大丫头，有独个儿的一个小屋，春寒这会儿恹恹昏睡着脸色难看，程子彦悄悄把脉，回头递了个眼神给姜瓷。

　　有了两个多月的身孕了。

　　从那一日过去，可不是这么些日子了。

　　姜瓷把人都屏退出去，用程子彦留的药熏了熏春寒。那股子躁郁恶心的感觉顿时浅薄许多，头脑也清醒起来，春寒悠然转醒，就看见了坐在床头的姜瓷。

　　"夫人。"

　　春寒挣扎要起，姜瓷按住了她："真是拖延，我叫你想，你想了两个来月没个信儿，如今你自个儿心里怕也清楚，有了身子了，预备怎么办？"

　　春寒脸色苍白凝重，好半晌才颤声道："奴婢，奴婢想见见他。"

　　姜瓷脸色这才稍霁，愿意见梅青，这事还算有望，遂起身才要出去吩咐人去找梅青，却一拉门就看见了站在门外的梅青。

　　绝色的青年气息平稳，不像是闻讯匆忙赶来，倒是鞋尖上一片嫩绿的叶子，怕是时常藏在树上。

　　"刚好，你们自个儿说吧。"姜瓷出去，顺手带了门，叫人都走了，就在院子的石桌边坐了，与春兰和吴嬷嬷有一搭没一搭地聊天等着。

　　自从那一日后，春寒再没见过梅青，如今梅青站在她身边，她一阵阵心慌，又堵

238

得难受，躁郁恶心的感觉又上来，她呕了起来，这半日早把肚子吐空了，只吐了些水出来，梅青即刻过去扶住她，手托着她下颌，吐出的水便都流在他手上。

春寒忙去给他擦，梅青却只顾着她，待把她安顿躺好，梅青从怀里取了棉布裹着的小包袱递在她手上，春寒被迫接了，只觉着烫手，有些无措。她慌慌张张，把先想好的话就急急说了出来："不会麻烦你，也劳烦你别逼我打了她，我会好生养育，绝不会扰了你！"

梅青静静看着她，嘴角携着一丝淡淡的笑："看看。"

春寒慌得狠，鬼使神差听了他的话，就把小包袱拆开了，展眼就见一沓子银票，上头一支成色寻常的玉镯子。春寒愣住，梅青的声音传过来："我全数身家，尽在此了。虽不多，但我往后会努力，这镯子是我娘留下的，我身边，亲人留下唯一的物件儿。"

春寒脑中一片空白，就听梅青道："咱们成亲吧。"

梅青的声音平静无波，春寒却陡然清醒，苦笑摇头。梅青看着她"为什么呢？"

春寒抬眼望着梅青："有朝一日，我若成亲，我希望那个郎君是真心喜爱我的，而非迫不得已的责任。"

她也有她的倔强。梅青即便不厌恶她，但也绝没有喜欢她。说不怨也并非全没有，她不怨他的拒绝，她能理解他的决定，甚至心疼他，可他却不该……

那一天的事浮上心头，春寒苍白的脸上顿时几许殷红，梅青看着她脸颊，微微抿起嘴唇。

"从我和你剖白心迹，你就开始避着我，一半因为不想逼迫我，一半因为自惭形秽。"

春寒慌了一下忙别过眼，急着解释："你这样的人，只要你愿意，什么样的姑娘寻不得？我……"

"但是姑娘，你我之间，真要有一个自惭形秽的，也只该是我。"梅青截断春寒的话，春寒听了这些，不知该再说什么。

"所以，你不嫌弃我，已是难能可贵。"梅青回想从前，他们其实并没遇上多久。

"我没遇上过多少姑娘，我也觉着我该心如枯井，毕竟我这么肮脏的一副身子，不该玷污任何一个洁净的姑娘。而那些过往，也叫我厌恶，叫我畏惧，我觉着男女之间，都是那么污秽。"

春寒红眼，听梅青说这样的话，心疼得很。梅青叹息了一声："我叹命运不公，我恨世道不平，我厌自己肮脏，我躲在自己的心里封闭自己，直到有一日，忽然发现这一切，都不是我自己要的，我是被迫施与，我没有污秽的心肠歹毒的心思，所以这一切，都不是我的错。"

春寒听他说话，心疼得厉害，却也慢慢平静，擦了一把眼泪点头："是，不是你的错儿！"

梅青笑了："谁说不是我的错儿？"

他抬手刮掉她脸颊上的泪珠子："我有错。夫人同你说的话，我也听见了。她说得很是，我们这样的人，瞧着心最硬，却最容易打动，一点好处就会动摇。你为我挡箭，为我出头，为全忠义为护我，你不惜自戕。可是我……我浸在自己自怨自艾的怨恨里，不愿意出来，不愿意改变，不愿意接受。你要的喜爱，已经在这里发了芽，你可不可以给我一个机会，让它在我心里长得再牢固一些？再深厚一些？"

梅青慢慢拉起她的手，覆在他的胸口，春寒越听越惊愕，早已忽略了他的动作，梅青低低的说话，胸腔微微地震动："姑娘，我这里，洁净得很。"

春寒仍旧呆呆地看着他，梅青笑了，慢慢点头："看来，你是默认了。"

春寒仍没回神，就觉着腕上一凉，低头就看见那镯子已带到了腕子上，梅青低低道："这一辈子，都别取下来了。"

春寒呜咽了一声，捂住了嘴，眼泪滚滚而下，又仓皇地捂住了脸。

姜瓷在院子里听见春寒惊天地的大哭，春兰吓一跳，忙要进去，吴嬷嬷一把拉住，笑着摇头："这心结啊，还得心药来医。对梅郎君，对春寒也是。"

卫如意死了，梅青在卫如意死前特去见她一面，是为了结，是为给自己一个了结。只有把从前都抛却，才能重新开始。

"是他的福运，要没有春寒，他这样子就指不定到什么时候了。"

姜瓷盘算着，嫁妆得备起来了，忽然扭头去看春兰，春兰比春寒只小个半岁，她笑道："你呢？有没有心上人？我给你做主啊。"

春兰顿时红脸："奴婢，奴婢……"

春兰性子软糯，平素少与人往来，这府里的人还认不全，说心上人自是早了些。姜瓷无非拿她打趣，见她红脸，遂笑道："不急，什么时候有了，告诉我，我给你备一份厚厚的嫁妆，送你出门，才不枉咱们一场情分。"

春兰羞得愈发扭怩，却又感动得红了眼，这样的主子，当真少见。

姜瓷笑着，心里感叹。梅青和春寒的事这算是了了。

梅青和春寒的亲事比岑卿和卫安安的办得还早些，依着二人心思，只在忠毅侯府摆了几桌，春寒只有弟弟和三叔一家，如今都在侯府，梅青更是没了亲眷，亲事办得温馨，卫成看着卫嵘傻兮兮的脸，气不打一处来："卫嵘！"

240

卫戍招手，卫嵘过去，因热闹不得不凑到卫戍跟前才能听见，卫戍喝得醺醺的，眯着眼道："听你家主子夫人说，下个月十三也是个良辰吉日，你和钟轻尘的事儿，也办了吧。"

卫嵘大惊，匪夷所思地盯着卫戍，雷劈一样的表情，卫戍幸灾乐祸地笑。

他就知道，钟轻尘一个姑娘明示暗示多少回，连他和姜瓷都点到了明处，可这个猪脑子啊……

卫戍一拍大腿，这种人，也只能用这个法子了！早先是顾忌卫嵘对钟轻尘没心思，怕促成怨偶，可几次出差事，卫嵘有意无意都护着钟轻尘，显然心里也有些什么，就是蠢！自个儿不想。

四月里，气候宜人，今年的四月好日子也多，似乎好事也多。

卫骏和卫旭的亲事都定了下来，廖永清也请旨去了西北，毕竟简呈慕这一去不知多少年才能回来，廖永清祖父也是圣上的帝师，圣上隐晦地提过可为老六和廖永清解除婚约，谁知廖永清竟拒绝了，且请了旨，前往西北与简呈慕完婚。

这确实是有真情了。

程子彦给姜瓷调理身子的空当，与卫戍谈笑，姜瓷这才知道，摄政王府仍不提娶侧妃的事，甚至传出世子不喜卫韵，要请旨解除婚事的消息，卫韵心急，竟想生米煮成熟饭，趁贺旻归京，世子接风洗尘时买通酒楼和车夫，半路把世子拉去别院，意欲成好事时，却忽然对上了世子一双清明的眼。

世子大怒，请旨解除婚事，这事卫家二房虽尽力遮掩，却还是传得沸沸扬扬，卫韵名声坏透。

转眼又到冬日，卫戍下朝回来见姜瓷还睡着，笑了笑，忽觉不妥。近日姜瓷贪睡，一日有大半日都在床上还日日嚷困乏，便叫程子彦来给姜瓷诊脉，竟有了两个来月的身孕了。

卫戍大喜，又忧心姜瓷的身子，程子彦笑。

两年调养，姜瓷身子早已大好，甚至比寻常富贵人家娇养的姑娘还要健壮得多，喜脉强劲，人也没有孕吐恶心。

近一年里，摄政王府的阿瑟姑娘时常来探望姜瓷，二人相处甚佳，外头总有好事之人嘲笑，出身低贱的人自能凑到一块儿去，虽说姜瓷有了封诰做了忠毅侯夫人，这位在摄政王府身份微妙的阿瑟姑娘也跃了龙门，却仍旧摆不脱低贱的出身。

姜瓷心大，并不放在心里，阿瑟亦是经过坎坷大彻大悟，更不会庸人自扰。

过了年，宫里新添了几位小皇子小公主，圣上也招摄政王入宫，说起王妃已故一年，欲给摄政王再赐婚，摄政王不允，兄弟难得起了争执，圣上少见的震怒，兄弟不欢而散。

姜瓷产子，出月子的时候，北徵送来国书，和亲的王后病故，接着两国边境摩擦不断，甚至派了刺客毒杀了大炎镇守边关的老将，继而开始派兵犯境。

朝中动荡，安逸久了的大炎，朝臣早已忘了战争的恐慌，一时间朝中竟有大半的文臣支持议和，朝上闹得沸沸扬扬。摄政王几日不出声，由着吵闹，却在下朝后提着马鞭，把议和呼声最甚的几个大臣，就在宫门外当着百姓的面鞭打了一顿。

堂堂中原大国，被边境小国欺辱至此，倘或是你连自己的女儿都护不住，倘或是你家门外的流氓挑衅，杀你家人抢你家产烧你家宅，你能忍否？

摄政王边打边斥，振聋发聩，下朝的臣子都听得仔细，细细想来，一样的道理。

半个月后，大炎出兵。

卫成本要请战，摄政王却不许。

"多灾多难，好容易有了安稳日子，好好儿珍惜。"他这么说，二月里便点兵出征，且带走了阿瑟。

这一战凶恶，北徵蓄谋已久，足足耗了一年多的光景，后北徵国主被摄政王手刃，将北徵纳入大炎。大战过后，摄政王却并没有回来，留在边境镇守。

建安十九年，久病的太上皇薨逝。原本有些起色的身子，因后几次三番派人刺杀摄政王，事情闹得沸沸扬扬，世人不解，后追根究底总算明白，原来当初为怕能力出色的幼子掌控朝堂，太上皇当年背地里就做了不知多少打压幼子的事，设计许璎就是在他的默许甚至是帮助下才成的事，还掳走尚在襁褓的卫成，逼迫许璎自尽。太上皇声名扫地，身子越发坏了下去，熬了三两年就熬不下去了。

建安二十一年，圣上逊位，新帝继位，改国号为广安，即册封皇后所出嫡长子为太子，却又清风化雨革新朝堂，官员更迭。

广安四年，忠毅侯与摄政王世子辅国有功，忠毅侯封忠毅公，累世世袭，立其长子为世子。摄政王世子封王，封号为瑛。

广安五年，卫成看着北境传来的书信，阿瑟事无巨细将摄政王境况说明，但瞧着样子，她的心思似乎还并没有什么进展。不过这些卫成也实在并不在意。

"婆母为了摄政王做了那么多，也是为了摄政王能过得好。"

但摄政王如今过的，算不得坏，却也实在不算好。

卫成揽着姜瓷轻声宽慰，看着床上安睡的两个小人儿，他们想要个软糯糯娇滴滴的女儿，却接连生了两个小子！卫成看着孩子，将姜瓷抱在怀里，回想从前，把姜瓷

242

抱得更紧。

"大约，还是因为人不对。我都不敢想，这辈子要是没遇上你……"他轻轻发抖。
姜瓷靠近他怀里，微微地笑："我也不敢想，若我没遇上你。"

卫戍蹭着她的鼻尖，与她厮磨，听见她也说这样的话，顿时心里吃了蜜似的甜，便笑了开来："幸好，幸好！"

她是珍宝，世间绝无仅有的珍宝。

新帝睿智，盛世清明。

卫戍与姜瓷总算熬过寒冬迎来春日，苦尽甘来。往后的日子，甜蜜而顺遂。

番外一　熙瑟

屋里低低的咳嗽，阿瑟端着碗进去，见简禾熙就坐在窗下看书，把药碗搁在简禾熙手边，顺手拿了大氅给他披上。

简禾熙微微皱眉，端起碗一饮而尽，冷声道："不必你伺候。"

阿瑟没理会，把桌上碟子递到简禾熙跟前，见他不动，径自从碟子里择了一颗渍金橘塞进了摄政王嘴里。

摄政王大怒，但分明盛怒而起，却在回头看到阿瑟的一瞬便偃旗息鼓，阿瑟冷笑。她今日着了一件绣着梨花的藕荷色袄裙，清雅淡薄，额间甚至贴了一枚殷红形如蝶翼的花钿。

这身衣裳素雅，就须得个明艳的额妆来趁。

三十年前，意气风发的少年皇子，正是这么和心上人说的。如今的阿瑟穿着与当年许璎一模一样的衣服，做了一模一样的额妆，还有足九成相似的容貌。

人的缘法有时就这么奇怪，谁能想到千里之外毫无瓜葛的两个人，竟然能生得这么像。可再像，终究她也不是。这么想着，简禾熙的心才又淡漠下去。

"你家的地，都收回来了，你回去吧。"

"回去做什么？"阿瑟一边给炭炉加炭，把铜壶挂上去，一边嗤笑，"一家死绝了，我回去干什么？"

简禾熙没话说，继续翻着兵书。

大战过去九年，他不愿回京，他那皇帝侄儿便命在这座边城按着规格又给他造了一座摄政王府，他收的儿子封了瑛王，上清殿甚至备着一纸已盖好御印的诏书，只名姓那里空着，就等着他回心转意。

阿瑟虽然出身寻常，但所有人都觉着，凭她那张脸，总该留在摄政王身边。

连阿瑟也这么认为。她在短暂的迷惑过后，发觉那个她一直最想杀了的人，其实才是她在困境中对她最好的人，虽然并不是因为她，而只是因为她这张脸。可一个人能念着另一个人几十年，这样长情，使得经历冯郎之殇的阿瑟越发觉着难能可贵。

这样的人，世间少有。

她改变主意了，她想留在他身边，哪怕作为一个替身。

但她没想到，她连替身都做不了。他说让她为奴为婢，果然就把她当作奴婢，几年过后，他觉着她的罪责已然赎完了，就开始赶她走。

王爷真是薄情，害我一家断绝，如今轻易开口就要断我活路？

她每每如此，摄政王就没了话，能容她再留一阵子，更为她在外再多打点一些。

到如今，阿瑟粗略估算，她该是已有一个千顷良田的庄园，甚至敬家七拐八拐的亲戚都被安置了进去，日子过得好得很。

可她不稀罕。

他对许璎越痴情，她便越痴迷。这样的男人，决不能放过。

"明儿你就该启程了，这样路上就不必赶。"摄政王每年都会在许璎生祭那日到溯明山，陪许璎过生辰。阿瑟每年为他打点行装，甚至准备许璎喜欢的祭品。"你回敬家庄吧。"摄政王忽然又一句，阿瑟觉他反常，看来这回是铁了心要赶她走。她索性坐下来，和摄政王面对面，认认真真地看着他："我家是为着你才绝了的，你认吧？"

她拿这理由噎了摄政王九年，但摄政也不能否认，阿瑟见他默认，又道："你认就好，老敬家十来代单传了，到我爹这辈子，好容易生了两个儿子几个女儿，如今被你害的，剩了我一个。"

她眼神怪异，一副埋怨他使得老敬家要绝了根的模样，又一副使人难以意会的神情，简禾熙想了想，阿瑟二十八了，过了秋天就要二十九了，再不管，老敬家就真绝了根了。

"我知道了。"简禾熙又应了一声，合上兵书，转身回屋了。阿瑟满意地点了点头，看他进屋，才端着碗出去了。她以为摄政王明白她的心思了，但显然，摄政王理解的她的心思，和她的心思并不一样。翌日天才亮，阿瑟就听见窗下有整齐划一的脚步由远而近，她唤伺候的嬷嬷，没人应声，便穿起衣裳推开窗子，看见院子里站着的十几个一水儿高挑俊强的军中儿郎。

阿瑟呆住了，摄政王在一旁负手而立，淡淡道："挑一个吧。"

"挑什么？"

阿瑟傻呆呆回头，看见摄政王挑眉："要是看上了，今日就给你办亲事，趁现在还不算晚，给老敬家留根。"

阿瑟一口气提起噎住，生生忍住想吐出来的老血，砰地关上了窗子。

看来怀柔真是不行了，对摄政王只能来铁血！

阿瑟在屋里整半天没动静，摄政王也耐得住，就叫这十几个儿郎面面相觑地站着，见她真不出来，叹了口气，自言自语："怕是没合意的。"

扬声吩咐："段洪，继续找。"

边疆军中，别的不说，就是好儿郎多！

摄政王前脚走，后脚就叫惊慌失措的嬷嬷追了去："姑娘悬梁了！她说您要逼死她！"

摄政王皱眉，脚步一转又回了阿瑟院子，看倔强地坐在窗边虚弱的阿瑟，颈子上那道青紫的勒痕，显然不是作假，少见动了怒火："你要如何？"

阿瑟闷闷的，嗓音沙哑低迷："老敬家的根，不是你的种，我不要。"

摄政王一口气哽住，狠狠皱眉。阿瑟半晌不见他说话，回头看他，眉眼讥诮："你守身如玉几十年，你以为许璎就高兴了？她愿意叫你为她断子绝孙？你才是叫她魂魄不安！她当初所做桩桩件件，背负所有，她的手札你也看了，她做的一切都是为了把对你的伤害降到最低，可你做了什么？"

这么多年，他们都不提许璎，阿瑟直喇喇把话说给摄政王，摄政王心里一阵抽痛，他想要反驳，然而看着阿瑟这张与许璎足够相似的脸，却张不开口。

"怎么，说不出来了？我愿意做替身，你却矫情上了，堂堂摄政王，倒不如我一个小女子通透！"

她冷声道："容不下我，无所谓。不过王爷也不欠我什么，我走就是了，是生是死都跟王爷没干系。"

她跟跄站起来，开箱子收拾包裹，几身衣裳装下去，拿了一袋碎银子，就在摄政王蹙眉瞪视下跌跌撞撞地走了。

"备车，送她去敬家庄。"

敬家庄在江南，路途遥远，摄政王在阿瑟背影消失后吩咐，有人立刻跟上去。半日后回报："阿瑟姑娘不坐车，也不许人跟。"

"悄悄跟着，她回到敬家庄就行。"

十年了，这人终于送走了，摄政王想象中的踏实心安并没有，反倒有些慌乱。他耐了几日，得来的却不是好消息。

"阿瑟姑娘失踪了！属下等沿途寻找，她并没有去敬家庄！"

摄政王豁然起身，打马出去寻找。

阿瑟没走远，她不是个太通路途的人，其实就在边城外的山林里迷着，转来转去。

摄政王最知道她，原是怕她走错方向摸到北徽那头，谁曾想也没找多远，就在林子里找到了虚弱的阿瑟。

这么多天了，她那日走，只在边城买了两三日的口粮，这片山林能吃的野果不多，还要防备野兽。

"你来啦？"迷离中看急急走来的摄政王，阿瑟痴痴傻笑，摄政王大怒，把人一把拉过来：

"你蠢？高山野林显然路不对，就不会退出来？"

"我也想退啊，可找不见路……"

摄政王也不知说什么好了，这片山林说小不小，但说大也真没多大，还就在边城外头，她一个在边城住了九年的人，还会在这里迷路。她果然如她所说，失去家人之后，无路可走。

阿瑟一把攥住摄政王衣襟："我不求名分，我这出身，也要不了什么名分。我跟了你十年了，谁都知道我是你房里人，你叫我背了名儿，却要把我撵出去，谁会真心待我？你明明是个痴情人，为什么就对我这样薄情要逼死我？我不要你分一丝一毫情意给我，给我一条活路就行，一条活路……"

摄政王的神情越来越深。

阿瑟出走八日，昏迷中被摄政王又抱了回去。他此时才不得不正视一件事，这个相貌酷似许璎的姑娘，怕已然被他耽搁了。

从十年前摄政王走出内心的阴霾，十年里摄政王便不是意气风发，却也少有烦恼。但阿瑟这次回来后，摄政王独处了半个月，他经历了内心波折复杂又甚为痛苦的转折，有些他刻意遗漏的事情不得不重新想起。

可他仍旧不愿迈出这个坎儿。

这夜里，卫成持灯推门，看见被打扰后满眼阴郁的摄政王，吓得呦了一声。摄政王也诧异，起身把屋里别的灯点着，坐了下来："你怎么来了？"

"奉圣上命，来劳军啊。"

卫戍在他跟前惯来没规矩，兀自坐了笑道："王爷这是闹哪遭儿？"

摄政王不想搭理他，卫戍呷声："你说，你自己的事，旁人都劝了，你不好这么矫情。当初圣上怎么就给老九封了瑛王，不就是预备给你儿子腾个位置，不给你添堵么，可这么些年了，你也不好叫自己提携的小辈失望吧？"

摄政王脸色越来越黑沉，卫戍却不怕死地继续道："阿瑟的名分也不必纠结，你反正不会再收旁人，她不是正妻胜似正妻，她的孩子不是嫡子胜似嫡子。王爷，再过一二年你也要年过半百了，再不收房可就真生不出了。"

摄政王拍桌，卫戍往后趔了趔，苦口婆心："王爷，我娘肯定很乐意你念着她。"

这句话才叫摄政王松了神情，卫戍却接着道："可她更愿意你过得好。"

许璎当初做的事，是迫着让他恨她，也好过怀念痛苦。这些摄政王都知道，却放不下。

"我如今过得很好。"

"这算好吗？"

卫戍嗤笑："我娘可不愿意看你断子绝孙，她有我这儿子念着，可不想你无子送终。"

摄政王的脸色又难看下去，卫戍看着他脸色，叹了口气站起来："王爷，鳏夫还能续弦呢。你就是收了阿瑟，也不妨碍你想我娘。毕竟，她走了三十年了。"

每个人都圆圆满满的，摄政王也该圆满一些，这才是她娘愿意看到的。

翌日，摄政王走出自己屋子，却带着一支人马追猎去了，这一走，足半个月。但再回来的那一夜，把阿瑟留在了屋里。

广安十三年，北徼彻底臣服，再不生乱，摄政王简禾熙携侍妾幼子归京。归朝请封，敬氏得封贵嫔，其子封为安郡王世子。

番外二　璎溪

黄昏马车摇晃进了永和州府，街市繁华，与马车里的低迷氛围格格不入。

"姑娘宽心，等姑娘过去，俞老夫人许就好了呢？"婢女递茶。豆蔻年华的姑娘蹙眉摇头："若真这样，再好不过。"

喧哗恼人心，姑娘勉强支撑到客栈门外下了马车，就看到旁边略显巍峨三层木楼下人头攒动，众人激动地仰望着什么，她也望过去，在三楼两颗硕大夜明珠间看到一个风华绝代的妙龄女子，神情冷峭。

因前日来定房的小厮再三交代来人是贵客，老板在门口殷勤接待，见小姑娘也抬头看，遂笑道："姑娘头回来咱们永华州吧，这位冰溪姑娘可是咱们永华州的一宝，今夜客仙居盛会，不仅咱们州郡有头有脸富有人物，就是周边州郡的也都来了，就为竞卖她初夜。"

"住口！忒的废话污了我家姑娘耳朵！"略年长些的大丫头红着脸捂住姑娘耳朵，吩咐婆子们簇拥姑娘进去。

老板讪讪："几十年没见过的盛会，比过年还热闹，来得正巧，待投价成了，还有焰火呢。"

人群已进去，到后院远离喧嚣，姑娘神情却为松动。

婢女忧心："这三教九流难免不安全，或许咱们再换个客栈投宿？"

"你也听说了，州府忽然涌入这些人，挟带家仆的，如今恐怕想寻个干净些的客栈也不能，将就一夜，叫周叔他们辛劳些，晚上轮替守了，明日就到外祖家了。"

婢女点头，忙吩咐一应人等预备粥膳热水，一路舟车劳顿已累得很，服侍姑娘早早安歇。

姑娘这头歇了，却久不能眠，半夜外头忽又闹起来，外头小厮护着门口，少顷周叔在门外回禀："说是那位冰溪姑娘不愿为娼，在香闺烫烂脸，客仙居闹起来，人都散了回来，想是吃醉酒。"

姑娘为证，没想青楼还有如此烈女："你去问问鸨儿，那姑娘赎身要几钱？"

"姑娘要为妓子赎身？不可不可！"

"举手之劳可救人一命，权当为祖母积福，赎后安置在庄子也罢。"

但周叔寻去又回，鸨儿竟要三万银子，姑娘攒眉，想那鸨儿是不愿轻易放人。

"罢，我眼下也没心思，待明日到外祖家看过祖母再做打算吧。"

待天明，一行人启程，走到门口，姑娘鬼使神差掀帘，就看见昨夜还风华绝代万人追仰的姑娘如今血淋淋绑在廊下，右脸触目惊心，半张脸都血肉模糊地烂了。

"叫这姑娘陪我吃盏茶。"她吩咐，贴身婢女想劝，却心知自家姑娘柔善本性，遂叹息叫周叔去。少顷，客仙居几个龟公押着冰溪进了对面茶馆二楼雅间儿。

冰溪挨了打，行走艰难，进门道罪便坐下，婢女倒茶，冰溪捏着碗慌忙灌下。

"鸨儿开了三万两。"姑娘盯冰溪半晌，说这一句。冰溪自嘲一笑，又诚心挚意道

248

谢："原来姑娘就是昨夜要为我赎身的善人，多谢姑娘。"

她眉眼清澈看姑娘一眼，又垂头道："姑娘矜贵，莫为姜女污损。"

原来她本姓姜。

姜女幼年家贫，七八岁被卖，本想为奴为婢也罢，偏爹娘为多贪几钱银子把她卖入风尘。鸨儿见她眉眼不俗，琴棋书画教导尽心，到十岁容色长开，给她取名冰溪，寓意冰肌玉骨，又如溪水荡漾。至十三岁陪客，因色艺双绝渐渐名动永华，不知多少人豪掷千金就为听她一曲，下一局棋，吃一盏茶，三年已为客仙居赚得盆满钵满。

姑娘赞叹，能如姜女这般常人难以为之，但经此之后怕前路艰难。

"你往后有何打算？"

"没什么打算，且走一步算一步吧。"

姑娘缓缓点头："我姓许，从上京来。但眼下家中有事，你再忍耐……"

"萍水相逢，已十分感念姑娘善心，但鸨儿手黑，更不愿放过我，姑娘万别沾惹。"

许姑娘闻言，探手悄悄将一张银票塞进她手里。她料想不错，鸨儿未必真心要这三万银子，只不想轻饶冰溪。姜女这些年陪客也积攒不少，这时候鸨儿正命人搜查姜女住处，一应值钱之物俱搜刮干净，清点足有数万之数，仍旧气不可遏："这么些年悉心教导，往后还能大赚千万两，她便如此回报？好日子不过，那便叫她生不如死！想赎身？妄想！就她如今这死模样，五十两也没人要！何必为这五十两叫我吞不下气。"

"鸨娘，才有人拿十两银子叫冰溪去陪吃盏茶，人就在对面。"

鸨儿诧异，尾随而来，缝隙瞧见许家姑娘，迟疑起来："虽年岁小，瞧这通身气度必出身不凡。"

想了想冷笑："怕是大户人家动了善心，昨儿要为她赎身，听我提三万两也就作罢，如今又来见她。"

却终究怕压不过权势，到时不得银子也罢，咽不下气却难熬。她吩咐即刻把冰溪卖去下头县城低贱妓馆。

"不想为娼？我偏叫她做最下贱的事！"鸨儿恼怒，翌日便把冰溪卖下去。许家姑娘到了俞家，老夫人果然安稳许多，宽心之余又打发人去客仙居问，得来的消息却是冰溪有相好的已把人赎走为妾。

姜女被带去了县城妓馆，拖着伤躯打听妓馆头牌，寻了过去，自荐为婢。小妓馆便是头牌，也只略通诗书容色寻常，见姜女面目骇人且识文断字，且这样貌，接客也价贱，便讨来为婢。虽保全清白，但姜女被人轻贱欺辱，辛劳不提，时常遭打骂，熬了几年身子渐渐不成，做不得活儿，鸨儿把她贱卖。

那日，恰逢姜槐经过妓馆儿后门，见跪在外头的女子虽相貌丑陋却身姿不俗，身价也贱，原想买了做婢女，却听说是坏了身子不能做活儿，又作罢。几日过去却没忘了这茬，他忽想起这婢子是伺候头牌的，想必往日也得些恩客打赏，便动了心思，花二两银子把人买回去。

果然姜女回去便说给他三两换自由，姜槐如狗见腥，哪里肯放？与妻商议着，当夜便强占了姜女。

姜女挣了二十年就为清白和自由，没曾想虎狼窝都走出来，竟损在姜槐手里，心灰意冷浑浑噩噩。被盘剥两年，竟有了身孕，一朝产育得女，又燃起希望，挣扎着与女儿相依为命。辛劳做活儿赚来的银钱都被姜槐一家盘剥，却不肯稍有宽待。女儿只几岁，她便再熬不住，想着姜槐一家血蛭一样，盘剥她又厌她低贱，怕一星半点也不会留给女儿，遂亲手缝制荷包，剪了一缕头发给她带在颈间，权做将来念想。

但看瘦弱且年幼的女儿，姜女死也不能安心，可如今那远在上京姓许的姑娘她也再没本事能联络得上。思量着，留给女儿一句话："女儿，你只消离了姜家，在哪儿都能活得好。"

又想女儿至今尚未取名，遂道："阿娘姓姜，你这命，生来注定坎坷，索性起个易碎的名儿以毒攻毒好了。"

她握了女儿的小手，思索半晌，轻声道："便叫……姜瓷。"